U0567464

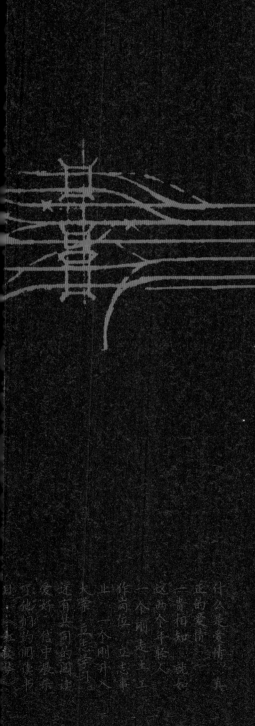

什么是爱情？真正的爱情——贵相知。就如这两个年轻人，一个刚走上工作岗位，立志事业，一个刚升入大学，立志学习。还有共同的阅读爱好——信中展示了他们的阅读书目（《红楼梦》

有一种爱情叫见字如面

白鸥　徐荣兆／著

图书在版编目(CIP)数据

有一种爱情叫见字如面/白鸥,徐荣兆著. —北京:人民文学出版社,2020
ISBN 978-7-02-015904-8

Ⅰ.①有… Ⅱ.①白… ②徐… Ⅲ.①书信集—中国—当代 Ⅳ.①I267.5

中国版本图书馆CIP数据核字(2020)第005999号

责任编辑　王永洪
装帧设计　黄云香
责任印制　苏文强

出版发行　人民文学出版社
社　　址　北京市朝内大街166号
邮政编码　100705
网　　址　http://www.rw-cn.com

印　　刷　北京雅昌艺术印刷有限公司
经　　销　全国新华书店等

字　　数　420千字
开　　本　787毫米×1092毫米　1/16
印　　张　28.5　插页6
版　　次　2020年5月北京第1版
印　　次　2020年5月第1次印刷

书　　号　978-7-02-015904-8
定　　价　99.00元

如有印装质量问题,请与本社图书销售中心调换。电话:010-65233595

那时

从北京到上海

一趟火车要走 27 小时

一封书信要走 5 天

……

有一种爱情叫见字如面

序

《有一种爱情叫见字如面》我看过数遍，每看一遍，都有一些新的感受，有一种要写点什么的冲动。作者是我大学同班的学姐，在丈夫逝世一年之后，她决定把珍藏了一辈子的当年的情书，完全属于个人隐私的内容,公开示人,这是需要极大的勇气的。承她信任，嘱咐我帮她看看，提提意见，并邀我为本书作序。我勉为其难地答应了她，写下自己的读后感，权为代序。

作者白鸥，本名牟翔凤，1935 年生，江苏常州市牟家村人，童工出身，新中国成立后读中专，升大学，进研究院，到工厂工作，1988 年退休后继续奉献余热若干年。她是高级工程师，长期参与气流纺纱的研究工作，为气流纺纱的成功应用，做出了贡献！该项目曾获 1978 年国家科委一等奖。在纺织工业部召开的颁奖大会上，她作为该项目的代表上台领奖，可见其事业上的成就。

对于一个女性来说，仅有事业上的成功似乎还不够，还要在爱情、婚姻、家庭方面有一个甜蜜的归宿，才能真正称得上幸福美满。在这方面，看看白鸥自己是怎么说的吧："我觉得如果你的丈夫一直深深地爱着你，时刻关心着你，并尽他的可能来满足家庭和你的需求，不管穷与富，他是个好丈夫，而你是一个幸福的女人。""荣兆是个好丈夫，而我就是一个幸福的女人。"他们的晚年生活也亮点多多，她说自己"这一辈子没有白活"。

爱情是文学的永恒主题，古往今来，在描写爱情的浩如烟海的文学作品中，经典的如老夫人的悔婚、祝员外的逼嫁、凤姐儿的调包等等，几乎都是以悲剧告终，鲜有以有情人终成眷属并且白头到老、至死不渝而流传后世的喜剧作品。亦鲜有以第一人称写的、完全真实的爱情故事问世。而《有一种爱情叫见字如面》则完全是第一时空的感情流露，用的是本色的不加修饰的文字，因为，书信是当时的留言，而非日后的创作。

既然如此，就一帆风顺了吗？非也。由代人写信而开启的爱情之旅，在前期，由于女方的腼腆及怕结婚、怕生孩子等想法，“我做你妹妹”的思想流露，引起男方疑虑，就已有了一些曲折，解释清楚之后，一路继续前行，迅速进入到谈婚论嫁的阶段。新房如何布置，买些什么家具，都开始商量了。可就在这个时候，突然爆发了一场“风波”，几乎接近要分手。难道又是一场悲剧？本书的高潮就此开始。因为这样一场既在意料之外，又在情理之中的合乎逻辑的风波，深层次的矛盾终于揭开了。毋庸讳言，白鸥上了大学，又处在上海这种客观环境中，对配偶的要求、思想上如果没有一点点变化，反而不近人情了。所谓深层次的矛盾，实际上就是在四个方面女方感到男方“确有不足之处”。首先当然是政治条件，要团员、党员。其次是要大学学历，世俗一般认为，男方的受教育程度应比女方高，起码也得相当。说实在的，这两条又岂是仅靠个人的努力就能达到的？第三条是脾气要好，这一条，男方有时脾气不好，似乎一直存在。第四条是不要吸烟，这吸烟更是顽疾，很难治愈的。以上的要求未免有点脱离实际了。由于双方在京沪两地长期聚少离多，两人在日常生活中常常看到别人双双对对，自己却形单影只，“在漫长的岁月中，在每天的现实生活中总觉得缺少点什么，心里空虚”。此时若有第三者闯入，情感危机往往一触即发。由于“他的某些地方在吸引着我”，令女方一度产生动摇，导致双方互相猜忌，疑虑重重。加之当年通信条件较差，不像今日人手一机，有什么误会，一键可以搞清。于是积怨越来越深，直至“既然当初，何必这样？既然这样，又何必当初”，仿佛要挥刀断流。这里有大段大段的自白，读后为之唏嘘。荣兆苦苦的痴情追求，慈母焦虑而日渐消瘦的面容，亲友撮合的好心热泪，自己坚守的做人准则，白鸥终于守住了底线。1959 年暑假，在白鸥家中的一次聚会后，最后一天临别之前，白鸥应允了婚事，确定了结婚的时间。在双方信誓旦旦地表达了“我非你不嫁”“我非你不娶”之后，结束了历时半年的冷战，峰回路转，雨过天晴，并相互以诗唱和。风波归于平静，一切重新开始。

书中的男主人公徐荣兆（1931—2014），1954年毕业于齐齐哈尔铁路学校，分配到北京铁路管理局勘测设计所工作，一干就是三十五年。他参加过抗美援朝、下放过农场，以后又调到列车段做乘务员，又曾下放到工程队，最后还是回到设计所。他为祖国的铁路建设事业奉献了一辈子。

荣兆是一个有担当的男子汉，只要有他在，什么难事往往都能迎刃而解。1976年唐山大地震后，他先后搭过四个防震棚，让一家老小有了遮风避雨之地。他的游泳技术特棒，曾多次下水救人。他为人正派，是正人君子，他们勘测队在荒无人烟的地方作业时，在野地里，女同志要他为她们“站岗、放哨”。他多才多艺，他让白鸥枕在他的手臂上并为白鸥讲故事催眠简直是一绝。更绝的是他的无比执着的追求，始终不渝的爱情，真叫爱得死去活来，忍受着孤独、委屈、煎熬，这是一般男子难以做到的。“一刀两断，确实是痛快，但痛快的后面隐藏我今后无极限的痛苦”，真情终于感动了白鸥，赢得了她的芳心。经过马拉松式的恋爱，最终修成正果，夫妻恩爱，子孙有为。荣兆走了，斯人已乘黄鹤去，留得佳话在人间。

《有一种爱情叫见字如面》的主体“情书”，产生于20世纪50年代初至60年代初，后来男女主人公结了婚，成了家，近一个甲子的共同生活则在“婚姻是爱情的保鲜柜”中有生动的记述。纵观全书，作为老年读者，毫不夸张地说，可谓感同身受，一切都那么熟悉，甚至那么相似，而且几乎有同样的心路历程。对中青年而言，则可承前启后，了解历史，知道爸爸妈妈、爷爷奶奶他们是怎么生活的，怎么一步步走过来的。年轻人对爱情的憧憬、向往，恋爱过程中卿卿我我、甜言蜜语、腻腻歪歪、山盟海誓，那些词儿，那些事儿，这中间的爱恨情（“仇”未必），书中不一而足。过了恋爱这一关，结婚成家，“执子之手，与尔偕老”，又岂是一件容易的事。怎样才能善始善终，走得远，走到老，读一读《有一种爱情叫见字如面》这本书，认真地、细细地去体会，不难从中得到一些启发，悟到一些道理，一辈子都会受用不尽。

《有一种爱情叫见字如面》反映的是两个人的恋爱史，以及延后成家立业，共同度过一生的故事。虽然看起来无非就是谈情说爱，家长里短，风土人情，信息互通，生活琐事而已，但是，生活在世界上，离不开社会，离不开大环境，在大时代的背景下，数十年来的风云变幻，人海沉浮，种种政治生态，社会现象，在人们的生活中必然或多或少会有所反映。本书完全是真实的记录，反映了七十多年来各个时期社会生活方方面面的真实面貌，是难得的历史资料，此乃信史。

现在该说说本书的观赏性、艺术性了。本书写得颇为好看，感情真挚，笔法细腻，很多地方引人入胜，就想继续往下看。比如，石家庄车站站台上，上海姑娘遇上一个“叫花子”的场面便饶有情趣。荣兆千里迢迢，身携巨款，从朝鲜出差回国购买仪器，如此这般，便巧妙地掩护了身份。那一只绿色背包的点睛之笔，具有时代特点，值得细细玩味。又如他们在北京动物园游玩时，巧遇近百只孔雀同时开屏，这吉祥幸福的象征，让一对新人激动不已。“荣兆突然想起什么，他转过身来对我说：白鸥，他们在跟你比美！我唰一下脸红了……”“所有的孔雀都在翩翩起舞，……我俩同声喊道：谢谢你们了！谢谢你们了！”这次孔雀开屏持续了三四十分钟，仙境奇观，天作巧合，浓浓情意，妙不可言，“这一生中能遇上这一次已足矣！”书中有些细节如实而又生动地反映了男主人公灵敏机智、见义勇为的品格和精神，如荣兆结婚前夜返沪时京沪列车失火事件，还有天津防震棚内煤气中毒事件，读来让人凝神屏气提心吊胆，好在均有惊而无大险。有些语言也颇有趣。如“假如你再吸烟，我以后就不高兴和你接吻了”，又如男方针对女方怕生孩子，赌气说他就自己生孩子，生个又白又胖、又逗人爱的大布娃娃，“我要她同样哇哇地叫你妈妈，好吗？”等等。

人生如白驹过隙，转眼便是百年。当年同窗四载，由于我在班上年龄小，也不大懂事，对这位学姐的曲折离奇的故事毫不知情。毕业之后的2006年，由留校的李鸿儒同学与其他在沪同学组织，在“相识五十年”回母校同学聚会中，白鸥偕夫君徐荣兆与会，见过一面，当时感到这一对倒也般配，男方高高的个子，站在一起白鸥如小鸟依人。2009年初，我到北京中国纺织出版社校对书稿，在苏正林同学家中，又小聚过一次，老班长陈渭耕来了，白鸥来了，荣兆因病未能同来，此后便再无联系。如今，苏、陈二君均作古了。2015 年 11 月，我突然接到白鸥的电话，说是李鸿儒同学在她家中看到此书初稿，忆及当年笔者在大学时代喜欢舞文弄墨，常在各种报刊上卖过“豆腐块”，建议她把原稿寄给我帮忙看看，于是便有了这篇文字。

严立三

2016.11.24　初稿

2017.2.1　定稿

目录

见字如面

六七十年前的老上海，是我国纺织工业的基地。纺织厂基本上集中在沪东和沪西，沪东就在杨树浦路一带，而沪西就在曹家渡大自鸣钟一带。纺织厂的工人大部分来自江苏、浙江、安徽、山东、福建等省。他们都是打工者，绝大部分人在上海没有地方住。那时的工厂基本上也没有单身宿舍，大多数靠借、租房居住，也有的自己在马路边或荒地上搭建一个窝棚居住。

这些打工者中有一对姐妹，姐姐牟金凤，1931年11月27日生，妹妹就是我，叫牟翔凤，笔名白鸥，1935年4月4日生，我俩都是童工。我们是由舅舅从常州乡下带出来的。舅舅租住在杨树浦路松潘路万兴坊58号的亭子间里，大约只有七八平方米，室内仅放了一张床、一张小桌子及一张竹椅凳，几乎没有空地了。不像现在，一家住一套房，那时像现在的一套房起码要住五六家。我们58号里住了七家人。前楼和三层阁住的是房东；后楼住的是宜度阿姨；我们住亭子间；二层阁是桂英姐住的；下面客堂是招娣姐夫的缝纫地；二层阁下面是招娣住的；亭子间下面叫灶头间，里面住着长胜父子。这样的弄堂房子，只有前楼和客堂较为大点，约有十二到十四平方米，其余的都很小，大约只有六七平方米。楼下灶头间前有一个公用自来水，洗洗刷刷全在此地。每家有一小煤球炉或煤油炉做饭；家家有一只马桶就是厕所。吃、喝、拉、撒、睡都在自己的小房子里，相安无事。

我和姐姐吃饭在舅舅那里，但没地方睡。纺织工厂是三班制，工人轮流上班，机器是不停的。桂英和招娣两姑娘，她们都在纺织厂做工，她们谁的床铺空着，我就睡哪，有的时候也会遇到她们都在，那我也和她们睡。那时的人真好，她们从不嫌弃我们。这样的生活大约过了一年多，由于房东家部分搬走，舅舅有机会搬到前楼住。除舅舅的床外，又搁了两块铺板，才有了我和姐姐的小床。后来，隔壁60号后楼的老人去世了，那房子就空了出来，从此我们姐妹租了那房，但吃饭还在舅舅家。

60号房子结构与58号一样。我们又有了新的邻居，楼下客堂和二层阁是木匠一家，他们有个男孩，小名叫“咪猫”，所以我们叫他们大人为“咪猫妈”和“咪猫爸”；灶头间里住的是在弄堂口摆“小人书”摊的人；前楼和三层阁住的是“大妹”一家，大妹妈妈也是纺织厂的，大妹爸爸是印刷厂的排字工人；亭子间住的巧珍姆妈也是纺织工人。后楼住进了我们姐妹俩，大家都非常欢迎，把我们当成他们自己的孩子看待。我们真的感到很温暖。上海解放了还是如此，我们姐妹工作积极，思想进步，很快我就入了团，还是团的干部。

到了1952年，为了社会主义建设的需要，上海成立了上海纺织工业学校。在各纺织厂和轻工业工厂中招收一批有文化的年轻工人和已工作三年以上的革命干部，经过统一考试和领导批准，我被录取了。因此1952年10月，当了四年工人的我又进了学校，当时我已十七岁了。

第二年暑假，有一天我回到姐姐那里，亭子间巧珍姆妈叫我替她写封信，此时我才知道她的侄子，在东北齐齐哈尔铁路学校上学时得了大病，是肾结核，一侧肾已切除。这在当时真吓了我一跳，这种病我从未听说过，我深知在上学时，时间多么紧张，生病会影响学习的，出于同情和礼貌在帮她写信的同时也附上了我的问候，我和他的信缘就此开始了。

他叫徐荣兆，以前他来看他婶时，我曾见过他。徐荣兆的叔叔叫徐培金，当地人称他为阿金老板，他在杨树浦松潘路开了一家五金店，那里有个胜利大戏院，他也有股份；他还有一个生产电珠的工厂，他还是我们60号房的房东。阿金老板有大小两个老婆，亭子间巧珍姆妈是小的，新中国成立后离婚了，我们称她为前婶婶；住在五金店的是大的，我们称她为前马路婶婶，她有一个养女，荣兆叔叔的家产，自然由前马路婶婶的养女继承。荣兆到东北上学之前，我们就认识，但几年中，我们仅仅说过一次话，有一天他跟随他前婶婶到过我的后楼，我桌上正好有本《人与病》的书，他随便翻了翻，问我能否借给他，我说当然可以。后来他看完还给我时，没有见到我，书就放在我的小桌子上。他给我的书包了书皮，书皮包得非常好，他的包法与众不同。出于好奇，我拆开看了看他的包法，很巧妙，书皮表面四角加了四个三角形，更牢固。心想，这个出了名的皮孩子（听说他小时很顽皮），竟然也有如此细心的一面！但是他抽烟，给我的印象并不好；何况我也知道他父母已给他订了婚，当时我就听说他不满意，订婚那天，一个人溜走了。后来他告诉我是到浦东去了，那时的浦东完全是乡下，有的地方还比较荒凉；信中为什么兄妹相称？是因为那时我已叫他前婶婶为干妈，所以我要叫他一声哥哥。

他的来信，头一年我看完就扔了，一年后我才开始留下，没有想到我给他的每一封信，他都保留了下来。1954年初他毕业了，分配到北京铁路局勘测设计所工作，我还在学习。我们间的通信在继续，爱情在成长。我中专毕业后又读了大学，大学毕业前我们结了婚。大学毕业后我分配到纺织工业部纺织科学研究院，接着又到郑州国棉三厂实习一年。我俩从1953年到1961年通了八年的信。1962年后我们在北京有了家，总算能在一起了。几十年过去了，大家都很忙，没时间再去看这些信。现在他走了，我想这些信也随他而去吧！在烧之前我再看一遍吧！这一看，我心动不已，舍不得把它烧掉。当时的两个年轻人情投意合、热情奔放，有时真有些扣人心弦。它是月下老人恩赐的一根红线，使我俩终于结成连理，白头到老。

我第一封表示问候的信是1953年8月8日写的，他的回信我没有留。我的第二封信主要介绍暑假回乡所见以及我学校的概况。

荣兆哥：

您的来信我已收到，勿念。在8月18日我又回到了故乡——常州三河口牟家村，我们乡下今年是该丰收的，但是老天爷不帮忙，接连好长时间不下雨，把一片绿色的庄稼变成枯黄。如桑叶干得掉下枝，蚕没吃的，我妈养的蚕已倒掉许多。早稻已经秀穗，所以还不错，但是晚稻就不好了。现在政府正在动员大家抗旱，我深信他们一定能战胜困难获得丰收。

哥：您想了解我的学校吗？那我就来介绍吧！我们上海纺织工业学校的校舍是解放前的圣马利亚女中，听说还是宋美龄上过学的学校，环境幽静漂亮。我们学校共有一千二百名学生，来自各个生产岗位的工人和已工作三年以上的革命干部，主要培养中等纺织技术人员。我校共分纺、织、印三科，其中纺科人数最多。因为我们来自四面八方，文化程度也是参差不齐，要同时完成学业是有困难的，为此学校把我们划分为两个进度，第一进度按照原计划进行，三年毕业，第二进度延长十个月毕业。我在纺科第一进度，对我们要求较高，所以我们也比较紧张。好吧我就介绍到这里。再见！祝您

健康！

妹

白鸥写于1953.8.31

荣兆哥：

您的来信收到了，我因忙于迎接国庆，所以直到现在才给您回信，感到很抱歉。想您不会生气吧？！今天我首先要向您道喜，祝贺您身体恢复健康！为您的健康我感到高兴、欣慰！

哥，现在我来告诉您我们庆祝国庆的情况吧！我们学校共有六百多个同学参加游行，是以代表华东及上海市运动员的资格参加的。在两星期前我们就开始排练，大会要求我们队形整齐，步调一致，要走军步！可是我们练了几天，还是不行，一走军步，队形就不齐了。后来我们没有走军步，而是军步的起步走。国庆节那天，我们的队伍就在司令台的前面，台上的首长，我们看得很清楚。庆祝大会开始，奏

国歌、放礼炮，然后陈毅市长作报告，报告完后开始检阅。我们队伍就在第一批队伍——新中国的下一代（少先队）后面，我们愉快而庄严地经过了检阅台。我们高兴极了！

哥，您问我现在担任些什么工作？在学习方面有什么困难吗？我回答您：很惭愧，我没担任什么工作。在学习中困难可能会有的，如刚开设的机械制图我有些生疏，但当我想到中国人民志愿军在朝鲜英勇杀敌的精神、当我看到我们的祖国像挣脱了缰绳的马飞奔似的走向工业化，那我什么困难也没有了。谢谢您的帮助！再见！祝学习进步！身体健康！

妹

白鸥于 1953.10.3

【按语】他的回信我没保存，可能是告诉我：他1954年初已经毕业并分配到北京铁路管理局工作。参加了“五一”游行，见到了天安门城楼上的毛主席！

荣兆哥：您好！

您是多么光荣和幸福啊！能在“五一”那天见到了毛主席，我把您的来信读了又读，看了又看，真舍不得放下，太高兴了！啊！“五一”这一天是多么的有意义啊！是多么值得纪念的一天啊！真羡慕您！我也希望将来有一天，也能见到毛主席，但是这个愿望还要我去争取。

我班参加国庆游行的部分同学（1953年）前排左起：陈洁民、林云楠。后排左起：张秀美、白鸥、王彩霞、陆林

我现在来告诉您一些关于我校的情况吧：我们在两周前就调整了生活制度，我们每天五点半起床，上午要上六节课，

上了四节课后，做课间操，并吃一个面包，接下来再上两节课。中午饭后午睡两个小时，接着就是文体活动和自习课。这在开始执行时，难免有些不习惯，我们白天睡了，晚上睡不着了。我们宿舍里有十个人，熄灯后，大家都躺在床上，没有一个人说话，如果此时有人进来，一定以为我们都睡着了，其实不然，我们一个也没睡着。一会她翻身，一会你翻身，到后来大家不约而同哈哈笑起来了，有的干脆做起了垫上运动！你说好笑吗？我每晚默念 1、2、3……强迫自己入睡。

我们虽然每天都有自由活动，但这时间往往不能自己用，一般都是开会。上星期是我们党、团干部及班内积极分子先听报告并讨论，本周是我们全体同学都听报告并讨论，是关于我校教育计划的事情：我校以前属于华东领导，现在属于中央高教部领导，因此教育计划也有了更改，现在我们第一进度四年毕业、第二进度四年半毕业、第三进度五年毕业。这是因为我们的祖国进步了，因此对我们要求也提高了。中央的计划那就是国家法令，我不仅仅是保证完成计划，还要带动和帮助同学一起完成，请您相信。哥，我们体检了，我 99 磅，一切正常。您要的手套，我在暑假里结，但您要告诉我用什么颜色。再见！敬祝

健康！

妹

白鸥写于星期六晚上

【按语】这封信没有日期，估计是 1954 年 5 月。他的来信日期是 1954.8.12. 我们通信已有一年，我开始保存下了他的信。

鸥妹：

你的来信我已收到，我想你也知道我的工作性质，所以直到现在才给你回信。妹，你已放暑假了，假期过得好吗？请你来信告诉我。现在我把我的身体情况告诉你：在最近一个多月，不知什么原因，我瘦了些，但从我的体力上来说，不但没有影响反而增加了。遇到义务劳动，挑也好，扛也好，并不次于谁。我还要告诉你，近来我养成了

一个好习惯，特别爱运动，抓紧机会打篮球、踢足球。现我已参加了我们基建机关的足球代表队；加上我经常出差，在外每天至少要走上几公里路，受着风吹日晒的锻炼，把一些小毛小病都赶走了，所以我体会到锻炼真能增长健康！我要求你也经常锻炼！

妹，北京西郊公园又进来了两只大象，一只非常怕羞的小熊猫，还有一只斑马。大象好像受过军训似的，要它左转，它就左转。要它向前走，它不会后退。斑马比普通马较小点，颜色真和“小人书”里画的一样；小熊猫老是把脸藏到使人看不见的地方；还有淘气的小熊成天打架，太有意思了。上班时间到了！祝你健康！

兄
兆 1954.8.12

【按语】据说，我的回信没有了，说是被他的同事抢走了。下面应该还有信，找不到了，但找到了我送给他的这张照片，反面这样写着：荣兆哥哥：留念！白鸥赠于 1954.8.26

鸥妹：

你一定在等着我的回信吧？！谁知对方是个懒人，把这封信拖到今天，没有理由要求原谅，那你就罚我吧！

白鸥在纺校

最近我们又上外面去测量了，但时间不长。虽然时间不长，也把我们青年测量队冻得够受的了。地面冻得比石头还硬，木桩要直接打到地里根本是不可能，打桩前一定要把大铁钎试一下，然后才能下桩。这样还打断好几根锤柄和不少木桩。尤其是我要看仪器，连手套也不能戴，因为戴了手套不方便操作。所以我的手、脚一起挨冻。妹，天气冷了，不知道上海进行些什么运动，北京现在正在进行滑冰运动，我已到北海溜冰场溜过两次冰。但我的技术还不行，不小心还要跌跤。因为我局距北海很远，所以不能经常去，很遗憾！妹，你的书签我收到，我很需要，谢谢！你要的参考书，我已忘掉书名（因为你的来信被同事抢走了），我想等我回上海后一起去买吧！我问你要不要看《远离莫斯科的地方》这本小说？如有时间看，我给你寄来。我的身体很好，工作也很好，但有些地方自己不能独立去做，原因是文化和经验的限制，所以我很想回学校学习。夜深了，祝你

学习优良！

兄

兆 1954.12.22

【按语】1955年春节，他回到上海过年。我觉得一切都很正常，他从1951年到东北上学，毕业后已工作半年多，一直没有回过上海，是应该回来了。但是他很认真地对我说，他是为我而来的！我当时惊得"目瞪口呆"不知所措。虽然我已经听说，他的婚约在1954年他爸爸已经替他解除，但我当时就知道他是不满意的，所以解除婚约是迟早的事，这跟我有什么关系？我压根儿就没有想过。他这次回来，我没有请他到我那里坐一会，更没有请他喝口水，我还是把他当作邻居家的熟人，这当然使他很尴尬，他要我陪他走走，于是我第一次和一个男的溜马路，那天我感冒了，又感到很拘束，只觉得浑身的不自在。

荣兆哥：

您已平安到达北京了吧！您好吗？没生病吧！我告诉您，那天我回家后就睡了，一睡就是64小时，我发烧了。今天好了，放心！哥，真对不起，您为我而来，可是由于客观条件的限制，没法陪您也没有招待您，我心里非常过意不去，好像是做错了一件事一样难过。您不会埋怨我太

无情了吧？！实际上我真的不知道，抱歉得很！哥，您送给我的小刀我很喜欢，我常常会拿出来欣赏一番。不过，我希望您以后不要买东西给我，因为我不知道您在实习期间有没有薪水，如果没有，那么您的经济条件会有困难的。我在经济方面没有问题，我有人民助学金。哥，您写过自传吗？有的话抄一份给我，可否？我校明天就开学了。再见！敬祝

健康！

愚妹

1955.1.29

鸥妹：

我很平安地到了北京，也收到了你的来信。分别后，我没病，请勿挂念！你说你像做错了一件事一样的难过，你不要这样，这样会使我更受不了。我很后悔，我不该要你抱病陪我，害你病了两天，请你保重身体。你校已开学好几天了，学习紧张吧？！在学习过程中绝不要有差不多的思想，有这种思想是很危险的。我在学校时有一道习题，自认为差不多了，5（那时是5分制）分得不到，4分总有把握的。也真巧，先生就问了我这道题，不过在后面加了个为什么，把我问垮了，我的有把握的保证也不知哪里去了，2分敌人趁机与我交上了朋友。因此我希望你不论做哪道题，自己都要问几个为什么。

妹，现在我正忙着外出测量的准备工作，因此今天才给你回信，请谅解，但希望你来信（这次外出约要五十天）。妹，你还记得我们在一起的时候，你问我有没有爱人？我想告诉你，有！她在上海，我为她来到上海，我为她拒绝了别人给我介绍新朋友，可是我没有勇气对她讲。只回答了她："你不相信吗？"唉！我这样痴心，所得到的反应："实在不知道。"她太不注意她的周围了。你问我实习期内经济上有困难吗，告诉你除吃用外，还有富余。我们有40万元的津贴①，家庭没负担。你要我的自述，我答应一定会给你。我想告诉你好消息②的同时

① 旧币，相当于现在的40元。

② 指入团。

寄给你。祝你

快乐!

荣兆

1955.2.12

【按语】我去的信没找到，但主要内容是告诉他，他在病中，我去信安慰是人之常情，没有别的意思；另外我文化水平低，政治觉悟不高，不值得他为我来到上海，拒绝别人给他介绍新的朋友。

鸥妹：

你说时间像流水一样的流逝吗？不！时间像光速一样地在前进呢！我觉得分别还在昨天呢，却已有两个多月了，你已陪着你慈爱的母亲欢乐地度过了春假。我们也提前十天完成了两个月的测量任务，现在正在绘图及做预算。妹，你要我给你分析一个问题吗？首先我得声明，我的分析能力不强,我只能以我的一些体会来告诉你,供你参考。你说你爱“生气”。你一旦生了气,在表面上及行动上就会表现出来,可是对方是无意的,他不知道什么地方得罪了你，你“生气”，不理他，他呐，还是莫明其妙，这会影响团结，也会影响学习，你应该原谅他；如果对方是有意的讽刺、挖苦，那你也别“生气”，可以在一定的会议上善意提出批评意见。再说“生气”会影响身体健康，不值得。不要“生气”了，好吗？

妹，你说，一个同志在生病，另一个同志给他写了一封信安慰他，他就认为对他有意思了吗？！我真想不到你会从这方面来怀疑他，而他就是我。我认为你对我在处理恋爱问题的估计也太低了。你问我，她有什么力量来支持我为她来到上海，为她拒绝别人给我介绍其他新朋友，你说她文化水平低、政治觉悟不高，她根本没什么地方值得我这样做。我想你的看法不一定等于我的看法，你要这样说，是在替她谦虚。拿我来说两者都比不上她。在文化上她学到的，我还没有学呢！她是一个团员，而我连团的大门还没跨进呐！她的历史清白、她的性格温柔，家里的活干得不差的，正因为这些我才爱她。我这样的爱她，你认为太早吗？不妥吗？正因为这些力量在支持我这样做，但她是不是爱我？只有她自己知道。据我知道，她以前没有注意我。她对我的了解是不够深刻的。我认为这个问题不大，我一定尽量使她知道我的情况及我的性格，我能等待她，直到她回答我爱与不爱为止。我相信我自己和她在一起，是会得到各方面的帮助，特别是在政治上。如果她要为她这些优点而骄傲或看不起别人，这时我会转变我的看法，她再有多少优点像乘上零一样，还是等于零。

妹，你的班主任给你提了好多优点而没有提你主要的缺点吗？我想缺点不再重复了，你要注意你自己的身体，要注意适当的休息。你曾经这样劝解过我——“身体是革命的本钱”，我高兴地接受，可我也要求你自己也要实践毛主席指示。我的身体很好，在外面测量一天走十多公里不成问题，因此我的食量也大大增加，说出来你会不相信，我一顿的食量能抵在室内工作的两个女同志一天的食量。在工作方面，我已熟练了不少，凡我参加的工作，大多是我看仪器的。现在我要集中力量把我们测量回来的资料绘图，送工程队施工。

现在已春暖花开了，我很牵记我心爱的西郊公园里的小动物，以前没有时间，现在我要抽个时间去拜望它们了。它们的情况下次告诉你吧！妹，我再重复一遍，知道自己的缺点就一定要想法改掉，我自己也要改掉粗枝大叶和有点急躁的毛病。夜深了，祝我俩能共同克服自己的缺点。祝你

快乐！

兆

1955.4.2 晚

兆哥：

来信收到，请勿念。谢谢您对我的帮助和送给我的一句格言：“如果她为她这些优点而骄傲，那她再有多少优点像乘上零一样还是等于零。”我永远牢记在心，以防骄傲的敌人向我进攻。拿我来讲，当然不应该骄傲，也没有什么可骄傲。您在信上讲了我许多优点，我觉得作为现在的我，还得好好加油，才能具备这些优点。您说，我家里的活干得不差，这一

点我不能承认，真的我一点都不会（结毛线活不算，上海女孩子都会的），这不是谦逊，而是事实。如果我将来有义务处理家务，那我还得从头学起。您“五一”来上海吗？真的吗？我太高兴了！您会到我这里来吗？我想您会来的。在哪里下车？如果在西站下车，那我一定来接您。我们刚从参观苏联展览会回来，觉得有些疲倦了，不写了，反正我们又可以见面了。今寄来《海鸥》和《钢铁是怎样炼成的》两本小说，望查收。祝

健康！

妹

白鸥涂于1955.4.10

兆哥：

时间过得真快，分别已六天了，您好吗？我很好！告诉您，您回北京后，我班有些同学和我吵死了，他们要我请客。他们说我“括皮”，您从北京到上海，还要您请客，经他们这么一说，我更难为情了。

兆，您在上海时对我说，到北京去玩，当时我说不来。可是您走后，我却很想来。您说，我的心理活动矛盾吗？实际上我到您那儿来玩一次是有诸多困难的。旅途那么遥远，在时间上就有困难。如果暑假里来，那很不方便，如果寒假来，那也要有吃住的地方！不行，还是您在空时回来方便多了。哥，现在我对您一点也不觉得有拘束了，您看出来了吗？我等着您的来信。再见吧！祝

快乐！

白鸥

涂于1955.5.7晚

鸥妹：

我俩分别后的第二天，我离开了上海，很平安地到达了北京。接着就上三沙河去测量地形，三沙河距北京有二百多公里，一去就是五十多天，因此这封信一直拖到现在才发出，你一定等急了吧？！请

原谅。妹，你的同学要我俩请客吗？如他们要我感谢他们的热情招待，这是应该的，因此我特地寄上几块小糖来表示谢意！请代我转谢。

妹，分别后你身体好吗？我很担心你。这次我回上海和你谈话中，了解到你有时身体不舒服还坚持着学习或工作，这样的精神是可嘉的，但对身体的健康是起着反作用的，对身体健康起正作用的唯一方法就是经常进行体育锻炼。听说你要学习游泳、滑冰，我非常同意，因为这两项运动都是全身运动。除此之外，球类及垫上运动也不应放弃。你说你对我一点都不拘束了吗？我在信上看不出来，你能直接告诉我好吗？！祝你学习猛进！

兆

1955.5.22

兆哥：

您的糖收到了，许多同学都吃了，他们谢谢您，可是我却不高兴来谢您，上次信中说要寄糖来，我还以为是开开玩笑而已，谁知您真的寄来了，同学们一面吃糖一面拿我寻开心。我知道您的意思是谢谢他们的招待，可是他们的想法却并非如此简单，尽管我怎么解释，他们就是不听，叫我怎么办呢？！吃糖本来是件高兴的事，可是他们当作有“另一层意义”，这使我心里有些不高兴。

哥，我们本星期内考了一门语文，我的成绩不是太好。语文考试有笔试、口试两种，而笔试内又分听写和问题回答，听写不及格者就不可参加考试。我听写和口试都是 5 分，我的错误是在问答题内：本来应该写“苏联作家坚决 [否定] 剥削制度”可是我却写成“苏联作家坚决 [废除] 剥削制度”，虽然是 [否定] 和 [废除] 两字之差，却犯了原则性的错误，因为我这样写就变了作家革命了。所以问题回答是 4 分，总分还不知道（因为总分要考虑平均分数）。下星期一要考电工，我正在复习。以后再谈吧！祝

健康！

妹

涂于 1955.6.4

【按语】我这封信发出后，他回过一封，我又去过一封，这两封信没找到。

兆哥：

请原谅我今天才给您回信，因为我近几天又病了。今天完全好了。我们是在本月3日回校的，在这次下厂实习中，由于永安三厂实习指导组各方面的帮助，工友同志无私地把技术教给我们，以及我们指导老师为我们争取有利条件，所以我们圆满地完成了实习任务。

哥，我在厂里实习时，因工作、学习比较忙，又没有地方供我们活动，所以写信时很急促，有许多想告诉您的事也没写。一天下来很疲倦，也不能坚持锻炼了。

哥，我们在下厂实习之前，粮食就实行计划供应了，我们每人每日平均吃14.4两（16两为一斤），由于大家开展了节约，炊事班开动脑筋找窍门，因此我校每月还可多余200多斤粮食。您一个月要吃42斤吗？我大概只需您的一半。哥，您要我的照片？我没现成的，以后拍了给您吧！

哥，您到万寿山去游泳了吗？！我真高兴啊！我还不会，我是多么想学啊！可是我又不敢去，因为我的身体不是顶好。如果将来我们能在一个城里工作的话，那么我要请您教我游泳，您愿意吗？哥：我近来有这样一种想法，可能您听了会很生气。我很希望您有另一个爱人，而我愿做您的妹妹，那我会感到轻松些。以后谈吧！祝

健康！

愚妹

1955.8.11

鸥妹：

你的两封来信都收到了。你对我的希望正像是晴天霹雳，它震醒了我的幻想，今天我才知道我对你情况的了解是不够的，特别是你的思想情况，我还在梦想我俩的情感正在增长着呢。我实在没有想到它

已经走上了相反方向了。我没有生气，我觉得我实在太痴心了，我没有站在对方的基础上来考虑自己的问题。现在很清楚的一个事实放在我的面前，要培养一棵眼睛与显微镜都不能看到而只有在心里才能体味到的“爱苗”，不是依靠一个人凭着自己的努力所扶植的，而是要双方共同扶植的。我恨我只管自己埋着头而没有注意到对方是否在努力。今天你会有这样一个希望送给我，我的痛苦是无法比喻的。

星期日，我刚从游泳池回来，疲乏战胜了我，要我投降——睡觉，谁知你的来信比我的疲乏还强上万倍，我怎么也睡不着了。我不是在高兴，我是在难过，我翻来覆去地也想不通，我为什么会得到你这样的一个希望呢？是不是你的文化程度比我高？是不是你的政治觉悟比我高？是不是因为你的工作岗位与我的工作岗位不同，得不到相互帮助？是不是……？我认为以上这些，在你的帮助和我的努力下是可争取和解决的。

妹，我不明白你说“我愿意做您的妹妹，那我会感到轻松些”是不是在你没有做我妹妹之前为我负过了重担？告诉你，我的历史和你一样是清白的，我现在也不是反革命，这一点我可以向你保证的，请放心。你问我好吗，告诉你，我不很舒服，或许是某种原因吧，今天（星期一）我头痛得像裂开来一样。驼峰调车场的图及预算还没有送出去，工作忙得我不能请假，但工作也是勉强做着的。妹，我想你对这朵花没有忘记吧？我还记得你这样说过：“当我看到这些小花时您好像就在我的身旁了。”为了我不离开你，今天把这朵花寄给你。（我不会忘记，那个春光明媚的春天，我俩漫步在中山公园，看见一大片不知名的小花，它的叶片上好像画着蝴蝶，又好像是猫头，因此我俩就取名为“猫头花”。这朵花是我为了不忘记你，留着做纪念的。）我可以这样告诉你：我是不会忘记你的，我也不希望我有另外一个爱人。妹，写这封信的时候，我的情绪不很好，一定有出入的地方，请指出，请谅解。

兆

1955.8.17

兆哥：

读到您的来信，我心里非常难过。我后悔将那封信寄给您，害您那么痛苦！对不起啊！哥，您千万不可这样难过．应注意身体。当我看到您写道“或许为了某种原因吧！今天我头痛得像裂开来一样……”时，我是多么着急啊！快别这样了，您不要为我而头痛，您安心地工作吧！晚上好好地睡觉。哥，您不明白我说的“我愿意做您的妹妹，那我会感到轻松些”的意思吗？我不是在我没有做您妹妹之前为您负过重担，我根本没有怀疑过您是不是反革命，（要知道，您这种讲法，使我非常不高兴！）难道我会这样的不信任您？！那么我讲此话的出发点是什么呐？我可以老实地告诉您，说起来您会笑我的，会笑我太幼稚了。

哥，我在小说里看到过这样的话：“恋爱是人生必走的路，恋爱的出发点是结婚。”哥，当我想到我自己正在慢慢地离开姑娘时代的生活时，我心里就有一种莫名其妙的恐惧感。当然我也想到您将来待我不会差的，但我想到有些已婚人的生活，我就会害怕。我不明白为什么一个人到了一定的年龄就必须结婚？这种幼稚的思想确使我害怕。哥，我的文化没您高，这是事实，您已毕业，我还没毕业。您的政治觉悟不比我差，您是个迫切要求进步的青年。我们的工作虽然不同，但同样是为着建设伟大的祖国，我们都是读专业的，当然我无理由（连想也没想过）要求您和我做同种工作，请不要瞎猜。我现在将“猫头花”仍然寄给您，希望您把它保存好，留着作纪念！既然您对我这样痴心，那我也不会做一个负情义的女子，放心吧！再见吧！祝您

健康！

白鸥

涂于 1955.8.20

鸥妹：

你的来信我收到了，请原谅我一个星期后才给你回信。告诉你，自从丰台回来后一直没有出差，忙着把图、预算送出去，为了完成这任务，我们把星期日也当作工作日了。最近，我们又接到一个特种工程，全长有 30—40 公里，也就是说，要铺 30—40 公里铁路，我们又要外出

测量两个多月。老实说，我很喜欢类似的工程，我觉得在这些工程里能学到很多东西，但也很辛苦！妹，现有四个调休日，如果没有这次政治运动，我想回上海来。妹，我曾经有过这样的想法：我什么时候也不回上海了，如果组织上同意我到大西北或大西南去，我马上就去，我还想过北京的青年垦荒队能让我参加，我立刻就走。去的目的是让我的脑子安静下来，这都是你8月11日的来信闹的。接到你信后，我的脑子平静了，我的头也不痛了，我相信你说的“我不会做一个无情义的女子”。

妹，你现在的身体怎样？不要在锻炼上偷懒，要多参加游泳及垫上运动。锻炼才是防止疾病的有效办法。我的身体很好，我每天早上锻炼，我要在劳卫制上争取优良级。在上次来信中在语言上冲撞了你，对不起！你说一个人到了一定年龄，为什么一定要结婚呢？我也不知道，我想研究生理卫生的科学家知道。你怕过离开姑娘的生活吗，我在几年内也怕过结婚的生活，因为我还想升学。我还是这样说：我能等你。在第16期《中国青年》的封面上有个人和你完全一样，起先我以为就是你，后来我拿了照片比较，好像又不像，看了解释才知道不是你。

妹，我在9月1日调休一天，有机会到景山公园去玩了一次。景山是北京城的中心，也是北京最高的地方，上面有五个亭子，中间的亭子中心就是北京的中心点。站在那里可以看四面八方的城楼、城门及故宫的全景，以午门、天安门、前门为中轴，故宫两旁的房子都是对称的。我们的首都美丽极了。景山是崇祯皇帝吊死的地方，他是吊死在一棵小树上，如今小树已长大，现还在呢！景山以前一直关闭的，最近才开放。妹，我又到故宫去玩了一次，故宫里有个国际友谊展览馆，展出的东西都是亚非会议后，各国代表团送的礼物，可以看出我国和其他国家的关系有着显著的改善。我真欢喜看这些东西。妹，你在8月11日的来信中，希望我有第二个爱人时，我以为你另外有爱人了，谁知我完全猜错了，我这样讲你会生气吗？我们要讲实话，我们就不应该谁生谁的气，你认为对吗？祝你

健康！

兆

1955.9.3

1955 年徐荣兆去朝鲜临别纪念

鸥妹：

我的前一封信收到了吧？不知你有没有寄出回信，如果没有寄出的话，那就不要寄了，因为我要离开北京了，要到另一个国家的首都——平壤去帮助朝鲜建新铁路。妹，你听了这消息高兴吗？请把你的思想告诉我。本来我想在去之前回来一次，想和你告别并留个纪念——合影。但今天来说，是不可能的了。因为我听说在10日前要到达平壤。去朝鲜后我想在短时期不一定能回来，也就是说，过年我不能回来和你在一起了，在约定相见的日期而不能相见，我很失望。但这个失望和我的光荣任务比较，显然是很小的，是吗？

妹，说老实话，我很想你。今天我直接告诉你，我很爱你。但不知你能直接地告诉我你爱我吗？到朝鲜去后，不知道什么时候才能回来？！你能等我吗？你考虑后，在下次回信中给我答复。我现在身体很好，我会注意的，请放心！但我要求你注意自己的身体。我希望你在下次寄来的照片已胖了些。今天我把我的照片寄给你，[①]作为到朝鲜去的临别纪念！时间很急促，我明天就要到人事处报到。到朝鲜后再给你来信吧！我所爱的妹妹，我吻你！祝你

身心健康！学习猛进！

兄

荣兆 1955.10.6

又：在信的背面还写道：我这次援朝是领导决定的，而只有我一个人去。这消息公布后，有很多人羡慕我，为我祝贺！

---

① 照片的背面写道：妹：愿永远在一起。留念！兄：荣兆 1955.10.7。

荣兆哥：

接到了您的来信，叫我如何不高兴呢？我太激动了！我的心快要从我的口腔里跳出来了。本来您在北京离我也很远，但是您还是在我们自己的祖国，您还可以抽空回上海来看看我以及您的亲人和亲朋好友。现您已到另一国的首都——平壤去了，离我更远了，并且短时期内不一定能回来，在预约之时不能相见，当然我的心里有些难过。我好像在您身边，我很难离开您。但是，当我想到您的光荣任务，想到这是祖国交给您的任务，这是高度的国际主义精神，我高兴极了！我为我有您这样的哥哥而感到荣幸！我希望您能更好地帮助我们的友好国家——朝鲜建新铁路。我希望您在工作中能刻苦钻研，因而能在您原有的技术水平上跃进一步，我更希望您在工作中不断地锻炼自己，努力学习，不断地提高政治觉悟！我愿让您：把青春的光和热，不但放射在自己的祖国而还要放射到朝鲜，而我感到莫大的欣慰！

哥，您为什么不把这令人高兴的消息早点告诉我呢？如果早些告诉我，那我可以准备些礼物送给您，以作纪念！可是现在来不及了，可能您现在已经到达目的地了？而我仅能捧着一颗万分高兴的心为您祝贺！同时我的同学——您的朋友们听了这个消息，他们都很高兴！他们要我代表他们向您道贺！我在等您来信！我和您握手！祝您

安好！

白鸥

1955.10.11

鸥妹：

上两封信你已收到了吧？听了这个消息高兴吗？告诉你，我9日离开北京的，10日到了安东，12日过江，当日就到平壤。路上很平安，请放心！现在我被分配到××部一中队二科。你写信来的地址是“中国志愿军士字信箱7210号一中队二班”。以后我等着你的来信。在前两封信上我要求你答复的事情，请在你的第二封信上答复我吧！因为

这里的地址是不是对，我还没有把握。等你回信来后，我再详细介绍。

祝你

快乐！

荣兆

1955.10.18

鸥妹：

我自发出信后，一直在盼望你的来信。今天你的回信来了，我真高兴极了！我好像见到了你一样，就像“五一”我们在上海中山公园一样高兴！妹，我真想念你，我经常拿着你的相片看了又看，刚把相片放进箱子，你又好像出现在我面前了。妹，你问我为什么不把这令人高兴的消息早一点告诉你呢！其实我是可以提前告诉你的，但我打算回上海来和你告别！后来由于时间紧迫，不能回来，只能信中告诉你了。请原谅！你想准备些什么礼物送给我？为什么又说现在来不及了？是什么？快告诉我。

妹，你说得很对，我在北京时能抽空回来和你相见，现在我到了朝鲜，回来就很不方便了。我们只能委托你和我分不开的朋友——“信”来联系吧！妹，我告诉你，我现在虽然在援朝，但我的名字还在北京铁路管理局。我的工资还在北京发。援朝是有一定时间的，到了时候我仍回原单位。你问我朝鲜冷吗？现在还不冷，要比北京暖和些。你问我要不要结绒线之类的东西，我要。但现在没法寄，慢慢再说吧！

妹，你问我现在的工作怎样？告诉你，我现在做的不是我的专行，好像什么都有我的份，不光是忙着现在的，还要防着将来战争重来。我忙的工作都是在督促和检查。现在不很忙。我也常出差，但不像北京那么多。我会经常来信的。我也要求你经常地给我来信，并且要比以前多，可以吗？

妹，你正在进行课程设计吗？设计工作本身就是很高尚的。我要求你，尽你的一切可能把设计做好，绝不要以为在学校里不是真的，就可以不认真地去做，而应该要像工厂里的工作一样地去完成。当然设计是很动脑子的，不动脑筋怎么能把工作做好呢！

妹，你现在每天早晨都锻炼身体吗？这样很好，要坚持。我也会注意的。我现在是过的集体生活，也就是军队生活。星期日也是乘车一起到外面去玩。前天我们看了阿尔巴尼亚军事文化代表团的表演。我们部队里一个星期差不多看五次电影，所以我们的文艺生活是活泼的，一点也不寂寞。我告诉你：在我们技术科里，我是最小的一个，他们都把我当弟弟看待，很照顾我，我真的不知道怎样感谢他们！

妹，你的照片为什么一定要到年底才拍呢？早一点拍了寄给我不好吗？我自己也不知道为什么会这样心急！你能给我想一想吗？！你现在属什么？是猪还是老鼠？我的朋友在北京时送我几套礼物，他问我："你爱人属什么？"我说不知道。他硬要我说，我没有办法，便说大概属猪，也可能属鼠。结果他给我买了一套羊（一只大羊，四只小羊）、一套猪、一套老鼠，还买了一套龙、一套凤。这些工艺品，我不能不收。妹，你的辫子没有剪掉吧？我希望你不要剪掉，留得越长越好，直到臀部以下为止，像一个新疆女子！妹，我在前几封信中要你回答的问题，你在下次回信直接回答我，好吗？虽然我在你的好几封信中已看出了你对我的心意，但我总希望你直接地告诉我，要比让我来领会好些。不知道你愿意吗？也许是我太心急了！不写了，祝你设计圆满（指课程设计）！祝你

顺利！

兆

1955.11.5

【按语】从他的信中可知，我应该还有一封信，但没有找到。

兆哥：您好！来信收到了，请勿念！

您要我告诉您，准备送您的礼物是什么？为什么又来不及了？您真有意思，为何要这样问我呢！如果您真的早些告诉我，那我一定会想出一件我最喜欢的物件送给您，至于是什么？我现在也不知道，我还没有想出来。我上次应该说来得及的，不但现在而且将来也来得及，

因为我们间的情感是永恒不变的。

哥，在您的最近三封来信中，都要我回答您一个问题，本来我不预备给您答复的，但您这般迫切需要我答复，为了使您更好地安心工作，为了不使您半猜半疑，因此在此信中与您谈谈。哥，您想念我吧？实际上我也很想念您啊！您今年的来信，我总要看好几遍，差不多要背熟了才肯放手；您的照片，我也常常拿出来看看，我见到您前几封信中的一些话，我也想告诉您，我的心理活动，但是“害羞”阻碍了我，直到现在我来告诉您吧！要知道我现在心跳得很厉害！哥，您问我爱您吗？那么您爱我吗？如果您的爱是从您心底出发的，如果您的爱是永恒不变的，如果您永远不会欺侮我，如果您愿意在政治上、工作上、学习上不断地帮助我，使我不断地进步，如果您对我永远抱着忠诚之态，如果您愿不断地求上进，如果您是勤劳勇敢，那么我爱您！我愿捧着一颗纯洁的心灵献给您！我等着您，我会等着您的，放心吧！

哥，我以前不是要您的自传吗？但您可能是工作太忙之故，还没给我，我不怪您。但是，我希望作为我的爱人，那我对他各方面都要了解，不但了解他本人，还要了解他的家庭。虽然家庭不能决定他本人，但不等于说家庭对他一点影响都没有；我不但要知道他现在，我还需知道他过去。如果您是真心之爱，那么请您在有空的时候，毫不隐瞒地告诉我，愿意吗？

哥，我要告诉您，我将来是有家庭负担的。您也知道，我们是三姐妹，没有哥哥、弟弟，同时我也不知道为什么，我的妈妈希望我来负担，她将一切希望寄托在我身上。她很早就对我说，要把我留在家中（不能嫁出去，只能招进来），但我一直反对这个主张，我认为女儿和儿子一样，同样有负担家庭的责任。不论现在或将来，我愿和妈妈生活在一起，我的妈妈真好，您是不知道的，将来您会体验到的。我的爸爸因为很早就离开我们（抗日战争时，他逃难去了重庆），他去重庆时，我只有三岁，他回来时，我已十四岁了，那时我已在工厂里工作了（我虚岁十四就进厂了）。我与您第一次见面时，大概是十五岁？！时间过得真快，如今我已二十岁了。所以您要知道，我有家庭负担。

哥，为了对您忠诚，我想还要让您知道我过去的一些事。在我十七岁时，我曾经有一个较为要好的男朋友，他是我同乡，小时候是同学，不过他比我高几级，后来他在乡下当教师，现在也是的。因为我觉得农村很落后，干部又少，他与我较接近，因而我也想帮助他的。我们曾通过很多信，他曾经追求过我。他的每封信都写得很长，像写小说那样。我欣赏他的写作能力。后来我发现他写的并不是他的创作，而是从小说里抄来的，我受到了欺骗。他还要我毕业后回乡教书。我觉得这是不可能的，党和人民培养我，希望我成为一个纺织干部，我不能辜负党的期望，因而我坚决拒绝了他。

还有一事（其实真的不关我的事，我觉得跟我一点关系也没有），还是要告诉您。我住的万兴坊弄堂里有个人，他老在那里盯着我看，那个人叫什么，住哪里（就知道他就在附近），在哪工作我都不知道。万兴坊，您是熟悉的。您知道我要走出弄堂，必须走像三角形的两条直角边，每天他就在那直角处等我，只要我一出现，他就呆呆地看着我，开始，我并不在意，日子长了，我很奇怪，他有病吗？弄堂并不宽，我必须从他身旁经过，我心里发毛、脸上发烧，我只能硬着头皮、低头或扭过身走过去。他已经掌握了我的上班时间，知道我什么时间一定要出门了，不管刮风下雨，天冷天热都在那里等我。我们没有说过一句话，我甚至没有正眼看过他，但我知道这个人长得很帅！这样不知过了多少日子，我房里的桌子上出现了一张他的照片，是谁放进来的？不知道。我没收下那张照片，过了一段时间，那张照片不见了。那人还是每天这样默默地看着我，直到我离开那里，住进学校。这个人是谁？照片怎么会到我房间？他这样盯着我约有两年，在他身上发生了什么？人们怎么议论？您的前婶婶一定知道。因为我房间，她有只被头箱放在那里，只有她可经常进出。将来或许有一天她会提起此事，那您心里也清楚是怎么一回事。

哥，您问我现在属什么？告诉您，我现在属猪，将来属什么？不知道！您现在属羊吧！那么您将来属什么呀？——跟您开个玩笑！您今年二十四岁？跟我姐姐同年，不知您何日生？我姐大概是11月27日，您的那位朋友多买了一套老鼠了，那您就去找一个属鼠的朋友吧！嘻！哥：我的照片本来早可拍了，是我们几个同学讲好一同去拍的，所以拖到现在。不过，快了。别心急！

哥，在此信中，我已经答应了您，但是将来能否结合，那么还应看我们的发展情况。我们应该相互忠实，谁也不要欺骗谁，特别是一些原则性的问题。您以为怎样？哥，我希望您光荣地归来！我忠心地

祝愿您立下功劳，为祖国争光！祝您

快乐！

白鸥

1955.11.14

鸥妹：我好，你也好，来信收到了，勿念！

接到了你的来信，我心里的高兴，也不知用什么话来把它形容出来！因为我有了这样的一个要求我大踏步前进，并不断地鼓励我前进的爱人！我为我而骄傲！

妹，我知道，你答应的问题并不等于我俩的结合，也不等于我俩一定会结合。我也知道，婚姻的基础是在政治上相互帮助，互相学习，共同进步！在工作上要热爱自己的工作。还要勤劳勇敢、团结友爱、彼此尊重、要诚实等，只有这样才能称为美满的家，幸福的生活！这些话，说是容易，要做到，我还需要加油呢！这是我奋斗的目标！希望你也和我一样来要求自己，或许你的要求比我更高！妹，你要我猜猜你会送我什么礼物？我挖空心思也猜不出来，我求你告诉我吧！免得我再瞎猜了。

妹，现在我来回答你对我提出的几个要求：1. 我是爱你的，是从我心底发出，你可以从我以前所有的来信中，看出我的意志和态度。2. 我对你的爱是始终不变的。3. 我对任何人都没有欺侮过，别说是你，我们要彼此尊重！ 4. 只要他或她是我的同志，我会对他或她忠诚，当然我对她的忠诚是有原则的，我不会无原则地去忠诚她。5. 在政治上、学习上、工作上，我不是谦虚，我都及不上你，求你不要失望。我会把我经过的或新发现的问题，写信告诉你，作为我对你的帮助吧！

妹，你要我的自述，我已答应过你，我一定会给你的。妹，关于你过去的事，我一点也不知道。你处理得对，我们不提了。你说你将来有家庭负担。我想谁没有家庭负担呢？我同意你，女儿和儿子一样，同样有负担家庭的责任。我将来也是有家庭负担的。

妹，我们这里的交接工作已经完了。原来的人员已经回国了，我们也已着手工作。在今年我们要整理朝鲜境内其中三条铁路的一览图。

忙，就要开始了！妹，我现在身体很好，我休息时差不多都在篮球场上。有时，我在做别的事情，他们也来拉我去打篮球，他们说："朝鲜人来和我们打球啦！快去！"当我赶去了，一看都是自己人。有意思吧！我在这里生活很好，放心！要求你注意自己的身体，多参加锻炼。你的辫子多长了？我喜欢！现在的朝鲜气候不太冷，还可不穿棉衣。我在这里是穿的军服，虽然我不是军人，但也一定要穿军服，因为我们的工作是代表志愿军的。妹，我觉得写信费时又费脑，别人在休息或看书，而我们在写信。我知道你学习很紧张，我怕我的信写长了，会影响你的学习和休息。所以我建议：在来信中把重点的告诉我一下就行了，但写信的次数不能少。你别误解我的精神，可接受也可不接受。祝我们的

情感永恒不变！

你的哥哥

兆 1955.11.22

兆哥：

您好！每天都在盼望您的来信，但至今还未见到，使我很扫兴！大概您现在很忙吧？告诉您我也很忙。连着好几个星期天放在功课里了。前几天忙着要把课程设计做完，今天终于完成了。在该项设计中，有好多地方我不太满意，想要修改，时间不允许。如一张总图画了很多时间，因此把图纸弄脏了，我很想重画，那就要花上整整一天，老师叫我不要重画了；设计说明书写了十五张，我觉得其中的词句不太精练，自己看看心里也感到不痛快。虽然这次设计中存在很多缺点，但有一点是使我高兴的，那就是使我懂得了什么叫做"设计"！并且基本上能掌握这项工作了。至于其中的缺点，那就是给我的教训，在明年的毕业设计中，我就不会重犯了。哥，我们这学期有四门功课要进行考试，还有五门是进行考查。对我来说，考试不成问题。但考查的功课，问题就来了，所谓考查，是根据平时的成绩来评定的。但是这些功课平时没有提问过我，小测验也只有一次，有的连小测验也没有，就是说，没有平时分，这考查怎么评定？所以还要进行测验，我们哪有这么多时间去复习？我们在12月10日开始大考，时间为两周，考完

后要进行教学实习四周，大考期间我不再写信，您不要盼望。考完后我马上写。

哥，您的入团问题怎样了？在您出国之前，组织上是怎样对您谈的？您应该努力争取。我们每周星期三、四的自由活动时间，党内组织我们学习。内容是:“正确对待入党问题”，我总觉得我的进步太慢了，我落在时间后面很长一段路。很多同志在帮助我，希望我进步，希望我能入党（连您在内）。的确我进步缓慢，但我相信自己不会辜负大家对我的期望。哥，我希望来信告诉我朝鲜的建设情况和您的工作，只要不是秘密，请您尽量地告诉我，好吗？再见吧！祝您

安好！

白鸥

1955.11.27

鸥妹：

你的两封来信我都收到了。我真高兴得了不得，因为我有一个为我牺牲很多宝贵时间来信帮助我进步的爱人。但奇怪的是，我接到你11.14的信后，我马上就给你写了回信，你怎么还没收到？因为这事，使我想起报上看到的“家信秘密”，其中的意思是：李连刚在未参军前，有个爱人叫玉莲，两人感情很好。但除李参军后的第一封信后，第二封、第三封信都是说不爱你了；而玉莲接到的信呢，说：你另嫁人吧！其实他们俩人从未说过这些话。后来破案了，原来是送信的人搞的鬼。因此我希望你今后要注意类似的问题。

妹，你很关心我的入团问题。最近北京铁路局团支部书记来信告诉我说，我的历史问题调查清楚了，证明我是没有问题的。本来嘛，我以前没有入过团，硬说我入过后又退团了。为了这些莫名其妙的、无中生有的事调查了那么长时间。现在清楚了，我更有信心争取入团。

妹，下面我告诉你一些关于朝鲜的建设情况：从鸭绿江边新义州车站开始直到“三八”线为止，都是山连山，山下有平原，据这里的志愿军同志告诉我说，平原上有不少的侵略者留下的弹坑，朝鲜人民把弹坑填平了，而且盖上自己的房屋。在沿线较大的车站旁边，无数的起重机不停地忙碌着。为了朝鲜人民的幸福生活，不少民主国家以

国际主义的精神帮助他们盖厂房、造企业，中国更不例外。朝鲜首都平壤停战后，新建了两条马路：斯大林大街和毛泽东大街，非常美丽。路旁种植了花草，建筑了高楼大厦。总的来说，真的日新月异，每天都有不同的感觉。如若我们今天看是这样的，过一段时间再去，你会看见平地上又出现了新的大楼。实际建设比我说的更辉煌。

妹，我们要做一个光荣的共产党员是有条件的，这些条件我们要去争取。为了不辜负同志们对我们的期望及党的培养，我们要在工作中、学习中及各方面找缺点并改进这些缺点争取做一个共产党员。祝你成绩优良！

你的哥哥

荣兆 1955.12.3

鸥妹：

上次来信收到，不知你收到我的信了吗？我估计你已考完了一项了？对吗？不知考得好不好？我要说，考完了，不管它考得怎样，不去多想，接着集中精力准备下面要考的。这些你比我懂，不多说了。妹，大考期间，锻炼身体不能停止，我很关心你身体！我这里的体育设备差多了，除了一个不大的篮球场外，什么也没有。这里休息时，只有打篮球和看电影，此外就是打扑克。我近来的工作不常出去，就是出去也只有一两天，所以工作不太忙，看电影的机会较多，我给你写信都是看电影的时间。今天我接到北京铁路管理局团支书的来信，才知道我的关系和团对我的意见到今天才寄出。从这里可以看出他们的拖拉作风多么严重，本来没有的事，查来查去花那么多时间，到今天才得证明根本没有那回事。（我申请入团，有人说我已经入过团，是因为思想不明确而退团。为此就一直在调查。）真是叫“不是自己事不知其事急”！最近几天有一特别任务，停了好多天工作，它影响了我们的工作进展，我们为了完成工作任务正在加油干呢！祝你大考

胜利！

荣兆

1955.12.17

又：在这封信的反面写道：我要你寄的毛线手套和毛线袜子不知寄出没有？如还未寄出，再给我加两双普通短袜、两双长袜，再给我买一双棉鞋，因为我嫂嫂给我做的太小了，没法穿。寄物地址：安东镇桥下专用列车管理处王宝礼转一中队二班。我收可也。

荣兆哥：您好！

您大概在等着我的回信吧？抱歉得很，这大考，忙得我拖到今天才给您写信，请原谅！到今我已考了三门，还有一门后天考。其余都是考查。考试的成绩：两门是5分（满分），另一“机械零件”是4分。告诉你：我在考“机械零件”的时候真危险。当我抽了考卷，卷上有三道题，前两道我很快就做好了，看到第三题时，我傻了，我不记得公式，因为公式很长，我在复习时想如果遇到这题，我就先推导公式。在推导公式时，有一地方弄错了，我知道不对怎么办呢？如果这道题做不对，那两道都对，也只能3分。我真急了，后来我决定换考题，我抽了第二张考卷，全部做对，扣了我1分，所以得了4分。您不知道，好多同学为我急坏了，遇到这种情况，很意外。他们都一直在教室门口等我，在门缝里窥视。等我出来后，大家才放心！我班这门课的成绩不大好，3分的不少，5分的很少。哥，您的前两封来信均收到。我在信中常怪您来信迟了，实际上一点也不迟。我不能这样要求您，对不起！看到您前一封信中写的“家信秘密”，我真有些不信，我想在我们之间不会发生，因为您的来信我能直接收到，用不着有中间人做“过桥”，放心吧！我要您猜一猜我的礼物是什么？你基本上猜对了。好，我来告诉您：1. 相片，今天寄来了；2. 一双象牙筷（我也想不出什么好东西）；3. 您猜对了，在我前封信中表示的态度。

哥，以上是我在考最后一门课的前两天写的，今天提起笔来已是考完后的第二天了，就是说，我们考试结束了。我们又从教室走向实习工场了。告诉您，我在考最后一门课前一天晚上又发烧了（本学期还是第一次），到了早晨，不能起床，热度还有38.4℃，头痛得使我连书都不能看，到了下午，我再也不能不看了，因明天要考了。但人像“腾云驾雾”，虽然看了一下午，但一点收获也没有。到考试那天，我急坏了，我来不及看，到中午我还未决定考不考。午饭后，我决定考，考不及格以后补考，结果还好，是5分。考查分数:三门得5分，有一门4分。也就是说，我现在知道的总成绩：有6门得5分，两门得4分。我现在身体已恢复健康！请勿挂念！

哥，我同意您说的，对同志的忠诚是有原则的。我不会要您无原则地忠诚于我。我们能忠诚的就是我们的党、团组织以及我们的国家和人民。我要您对我忠诚，就是您要对我率直，不能欺骗，不要隐瞒。当然我不会要您将国家机密告诉我，否则我就是犯罪。另外我也不是单要求您而我自己不这样。

哥，您经常打篮球吧！的确，篮球运动已被广大人民喜爱，特别是男同志尤其喜爱！我们同学一听说今天的锻炼项目是篮球，那他们高兴得喊起“乌啦！”——俄语:万岁！但是，我希望您除了打篮球外，可抽些时间看看有益的文艺小说，这能增进你的知识、丰富词汇。您那里有图书馆吗？您现在看些什么书？如果您想要看的书，无法借到，也不便购买，那您尽管告诉我，我会买了寄来！《海鸥》及《钢铁是怎样炼成的》两本书早就看完了吗？你要看《红楼梦》吗？我有一套，如要，我就寄来。我近来看书不多。在永安三厂实习时，看了一本《日日夜夜》。这学期只看了三本《家》《春》《秋》，是巴金的作品。后来我又到图书馆借了一本《保卫延安》，作者是杜鹏程。此书没看完，大考又来临了，我怕会妨碍大考，就还了。

哥，今天下午又接到了你12.17的来信，很高兴但也很抱歉！你来了三封信了，还没接到我的回信，今天是星期六，到下星期你可收到此信。您的历史问题（应该说疑问）调查清楚了。我真高兴！我希望您能早一些到团的队伍里来！您要的东西，我明天去买，请别担心我的经济。我记得曾经告诉过您，我拿的助学金已足够我用的（每月41.8元），有时我还寄些回家。您的嫂嫂真好，她有许多孩子，还能给您做棉鞋。可惜我不会做鞋，要不我叫我妈给您做吧？您到现在还没穿棉鞋吗？那您的脚要冻坏了？！我今年对手、脚特别保护得好，因此手上没有冻疮（脚上还是有的）。如果明年有时间，我想给您绣双拖鞋，不过我也好几年没绣花了，绣得不好，您要吗？您喜欢穿毛线裤吗？我喜欢，因为它比棉裤轻便。我想给您结，但又不知道您喜欢穿吗？您在下次来信中附上您裤子的总长和裆高就可以了；您对写信的建议，我忙时就采纳，我写信不会妨碍学习或休息。我对您的信有意见，您信中漏字太多，有时我要捉摸好多时候，才能懂您的意思。另外用字也要注意。如："改进缺点"，在语法上讲，没有毛病，但在事理上来讲就不通了，你想"缺点"本来就是不好的，那么有什么可以改进呢？缺点改进那么越犯越大，应该说"改正缺点"。这是我们以前上语文课时，语文老师指出的，我觉得很有道理！您说呢？！我的错别字也不少，望指正。上海的情况我以后来信告诉您。这封信写了好几次才写成，写得很零乱、琐碎，有脱节之感，请原谅。祝您

健康！

妹

白鸥 1955.12.24 晚 10：06

鸥妹：

你的来信，我在 29 日收到。那时我正在赶任务，一直忙到 31 日下午才完成。现在我把我们在这里过年的情景告诉你：元月 1 日我们组织了野游，目标是世界闻名的牡丹峰。这里我已经来过多次，但一次也没到里面去玩过，今天还是第一次进去。进门，迎面而来有一个大喷池，池中心有一块巨石，它旁边有七个石头雕刻的光屁股小孩，其中两个女孩，五个男孩，个个活泼可爱！顺着马路往里走，就到了乙台亭，在乙台亭里能看到右面的大同江，左面是停战后建设起来的大运动场和平壤市无数高楼及平房，平壤的市容尽收眼底。接着我们在那里玩了集体游戏。从牡丹峰出来，我们就到街上走走。走在街上，见行人不多，心里好生奇怪，人到哪里去了？一位 1951 年就入朝的志愿军告诉我：朝鲜人过年是睡觉。老的

1955 年寄到朝鲜的白鸥照片

找老的，年轻的找年轻的，一睡就是一整天，我听了这稀奇古怪的话，真有些不信。妹，我再告诉你一个笑话，也许是我的脑瓜封建了一点，朝鲜人的厕所，不分男女。我刚到平壤时，因为我不懂朝语朝文，好不容易看见一个厕所，刚想进去，出来一个女的，我不好意思回头就走。（实际上朝鲜除了志愿军的单位外，男女厕所不分的）我找了半天也找不到一个男厕所，后来，接我的人来了，我才知道这些。我很不习惯！

妹，你问我要不要绒线（毛线）裤？我不要。因为我喜欢跑跑跳跳，容易把裤裆磨破，倒不如球裤。关于棉鞋，你怎么想要你妈妈做呢？商店有就买，没有拉倒。叫妈妈做，我不好意思，你也不怕别人开你玩笑？！你的照片，我收到了。我拿你的照片和我的照片放在一起看了一下，你要比我稍稍胖一些。你的照片拍得很好，你的笑引起了我不能在纸上来表达我的高兴！虽然我比你瘦了一些，但我的身体很好，精神饱满。放心！

妹，你的考试成绩很使我满意！你说我信中常漏字，这是我不细心的表现，我会克服。请在我的来信中多加注意，来信告诉我。你问我爱不爱看文艺小说？我爱看，但没有时间。如有时间我就要用在学习技术或文化或玩。但小说一旦给我看上了头，我会不吃饭、不睡觉地把它看完。以前我很喜欢把小说里的字句用到我的作文里来。现在不行了，因为我小说看得少，就是看了小说也不去领会它的句子或形容或描写得好坏，只去领会它的意思和内容。有些遗憾！你想给我绣一双夏天穿的拖鞋，我不要。因为北方人他们都没有看到过，我以前有一双绣花拖鞋，给他们说得很不好意思。我现在比较忙，没时间看小说，所以小说之类的就别寄了。你这封信写得长了，都超重了。你花了多少时间？一定牺牲了不少休息时间吧！现在通信地址：志愿军209部队一中队二班可也。祝你

身体健康！

荣兆

1956.1.4

荣兆哥：来信收到，勿念。

您说您不喜欢穿绒线裤?！真糟糕，我已给您结了一大半了，怎么办呐？我从考完到现在还没有玩过，也没有看过小说，一直在忙着替您结。前几天，气候真冷，但我想到您比我更冷，因此我越冷结得越快，都快结好了，您又不要，叫我怎么办？拆掉还是继续，我等您决定。我觉得绒线裤不容易坏，我也是爱跑爱跳的人，怎么穿了两年一点也没坏呢！羊毛的单纤维强力是比棉纤维差，但当羊毛纺成线后，其强力就大大地超过棉纱，所以我用粗毛线结的毛裤是很结实的。我也太主观了，没等您回信就自说自话地开始结了，这是我的错。到底怎样，我等您回信。

哥,您要的东西我已寄出,当您接到此信时,来物也快到了。来物是:棉鞋一双、手套一副、袜子五双、筷子一双。望查收。我真担心筷子会不会被压断？收到后告诉我。绒线袜子买不到,因而买了两双棉毛袜,绒线手套也买不到所以我给你买的羊毛手套（其实绒线手套和羊毛手套是一样的，都是羊毛制成的，只不过我们指的绒线手套用的线较粗而已),戴了手套能写字吗？我现在习惯戴了手套写字、结绒线、记笔记。此信也是戴了手套写的，不过几个字写得像“蟹爬”，是吗？以后这些毛线的东西我都可以给你结。

哥，您告诉我的两件关于朝鲜的事情，我真的感到奇怪，我的同学听了也感到奇怪。这不是您脑瓜封建，而是各个国家各民族的风俗习惯不同。像我国的少数民族，直到现在还有一些我们以为是稀奇古怪的事情，但我们还必须尊重他们的风俗习惯。因为这是他们的思想情感的表现；又如我们中国的服装，男女都一样，在外国人看来很少有区别，他们一定会感到我们的衣服很奇怪，实际上我们倒也已经习惯了而不感到怎样。我也告诉您一个笑话，我是从报上看来的，其意思大概是这样的：一天，一个儿子和父亲到某饭馆吃饭，父亲从窗口向下一看，他说:啊！怎么两个男人在结婚?！儿子说：哪儿有两个男人结婚的道理！一定是你年纪大眼花而看错了。儿子也向下一看，他说：啊！大概是在结拜兄弟。事实呢？是在结婚。只是因为新郎新娘穿的衣服一样，其区别就在于新娘的头发稍比新郎长一些。因此粗一看，两个都是男人。当然细致地看是可区分的。这个笑话，说明了我国的服装问题。

哥，我的成绩不能使我满意，也不能使您满意。我的 4 分是因为不记得公式而造成的，不能原谅！

哥，您收到了我的照片，就知道我的辫子有多长了！有一天，我洗了头发，因为头发未干，披着头发和几个女同学在校内走着，迎面走来两个男老师，其中一个是教我们语文的郭虹老师，我们很有礼貌地打招呼——郭老师！他笑着点点头，低声地说了句“真像观音菩萨”！我先是一愣，接着也和大家哈哈一乐！说我像“观音菩萨”。

我们在本月19日就放寒假了。如果我妈妈不到上海来，我本打算回家的，我差不多有两年没有回去了。但我姐姐要我妈到上海来，因此我也不回去了。告诉你，我姐大概在新年要结婚了。听到姐姐要结婚，照理妹妹听了应当高兴，但我这个傻姑娘，不知为什么我心里有点难过。哥，您现在没有时间看小说，那《红楼梦》就不寄了。我上次的来信是分两次写完的，大约花了两个半小时。超重了，你替我付罚款了，是吗？我的信较长了些，真好像是“懒婆娘的裹脚布又臭又长”，不简洁。您讨厌吗？不会的吧？！再见！祝您

工作顺利！

白鸥

于1956.1.12晚8：18

【按语】在这封信后，我又去了一封信，是关于上海工商业界改造方面的事，但我没有找到。下面是他的回信。

鸥妹：

你好，来信收到。

你说，当我听到祖国有很多的私营工商业已走进了半社会主义性质阶段的消息，一定会高兴地跳起来！的确是这样。以前我还这样认为，上海是资本家集中的地方，也是私营工商业主最多的地方，想把这个城市带入社会主义社会是较困难的，想不到事实已走到我想的前面去了，我很高兴！

妹，我的入团问题还是没有进展。就是说我以前有没有入过团的

问题,没有解决。我真想写信请求《青年报》编辑同志来帮我解决。妹,我经常在报上看到：今天在祖国土地上建起了十万纱锭的纺织厂，明天又有十几万锭纺织厂……这里所说的“纱锭”是什么单位？你能给我解释吗？在铁路方面的问题，你可问我。祝你

快乐！

荣兆

1956.2.1

鸥妹：

看不到底的天空出现了数不清的星星，虽然没有像你那样纯洁的月亮，但也不是伸手不见五指。我不是在想家，我是在想：如果我不是在朝鲜的话，现在我可能就出现在你的身旁！我愿意看到你那微笑的小脸、我愿意像那天晚上一样我俩在上海从中山公园走到静安寺。在这个宁静的夜晚，我压制不了不想你。

好像在一个黎明的早上，我俩站在高山顶上，看到了漫山遍野的猫头花，又听到了离我们不远的小溪潺潺的流水声，它有调有节。刚发芽的小树上有只小鸟，它那清脆的叫声像掌握了小溪的音谱，正为我们歌唱。你的整个上身投入了我的怀抱。虽然是初春，还有寒气，但在我的心里，却充满了温暖和激动，我想你能听到我的心跳！但我想你，除了知道我温暖和激动外，还有什么别的感觉？我向你诉说了我心里的话，我又注意着你在高兴地听着。后来我不知道你为了什么突然离开了我，你走得那么快，我想追你，但我的脚像生了根似的迈不开步……我急着高声喊道：白鸥你快回来！结果没有把你喊回，而把睡在我周围的同志闹醒了。原来是梦！我久久不能入睡，偷偷地拿出手电看看你微笑的照片（你的照片就放在我枕旁的日记本里），抱着你的照片过了年（那是大年三十晚上）。

现在我来告诉你，我们这里过年的情况：年初一中午，祖国亲人的慰问团，为我们演出精彩的文艺节目，还给我们分发了从祖国带来的糖果。晚上，我们进行会餐，我们互相敬酒、轮着唱歌……大家愉快地度过了这一天。初二，上午有自己组织的各项文艺表演。晚上，

1956 年荣兆在朝鲜

还有舞会及电影。总的来说，我们的年过得非常热闹！

妹，你曾告诉过我，你买了一件红色的衣料，但又怕穿不出去。我认为你可以穿的。团中央曾经号召我们穿得美一些。红的不是更美吗！我记得《人民日报》上曾登载过一幅讽刺画：从七八十岁的老太太到抱在手里的娃娃都穿着一色的衣服，这幅讽刺画太妙了；现在朝鲜的天气变暖和些了，到室外去，可以不穿棉衣了。待到春暖花开时，我借了照相机，拍几张照片回来；我穿军服的照片，有些显得年轻，像不像是你弟弟？！妹，你送我的象牙筷子已使用了。我用后洗干净仍放入盒子，我很珍惜。你什么时候开学？这学期是你毕业前的最后一个学期，学习一定非常紧张，我怕写信会影响你的学习和你的休息！我愿意我们的通信减少或你可写得简单些！越简越好，我不会怪你。预祝你的成绩比任何学期都好！

你妈身体好吗？你姐姐什么时候结婚？向她们拜个晚年！祝妈妈身体健康！祝姐姐幸福美满！祝我能早日抱到外甥！祝你下学期

成绩优良！

荣兆

1956.2.14

哥哥：

您的来信使我感到很温暖，也使我非常激动！您的信中，充满了“爱”的气氛！谢谢您。“……你倒在我的怀里，听我诉说我的心里话。”虽然这是梦境，您远在异国他乡，就是我们在一起也没有过啊！您也太浪漫了吧！但是我们的心还是连在一起的。我也常想您，您的照片也在我的枕头下面，我也会常拿出来看看。

哥，我一切都好，就是功课较忙。您不要这么想念我，以免影响工作。因为您肩负着祖国的使命，在工作中不能出一丝一毫的差错，您要注意啊！您穿军装的照片，好像是比国内时稍稍胖了些，是像我的弟弟，那您就做我弟弟吧！真好玩，我有一个比我大的弟弟！——跟您开个玩笑！

哥，我代表我妈妈姐姐谢谢您，同时也向您拜个晚年！我姐姐还没结婚，我也不知道他们什么时候结婚。您看您一点也不怕难为情，您怎么祝自己早日抱到外甥哩！她还没有结婚，你倒要抱外甥了？没有这样快的事；另外，我姐姐的孩子，为什么是您的外甥？而是我的外甥啊！好啊，您在“揩油”！好，马马虎虎就算是您的外甥吧！再见！祝您

快乐！

白鸥

于 1956.2.22 晚

【按语】这封信后，可能还有信，但我现在没找到，下面又是我的信。

哥：您好！

在4月4日的晚上，火车将我们送到了祖国的一个风景处——无锡，我们到达无锡已是半夜三点多了。睡意正在向我们进攻！可是当我们一下火车，就看见我们敬爱的老师在那里接我们，那时我们的情绪又沸腾起来了。老师为了照顾同学们的健康及玩得好些，所以为我们预订了旅馆，因此我们走出车站就到旅馆里去睡觉了。

第二天的上午我们去参观了新型的棉麻纺织厂。该厂规模虽小（仅10000锭，这里我要向您解释一下，什么叫纱锭：它就是一个个单独能纺纱的机件。锭子的高速回转，使须条加拈成纱，纱锭越多，规模越大），但机械及机械排列倒是新式的，对我们毕业设计有帮助，所以我们班里百分之九十以上的同学都来了。参观后我们就到无锡的惠山、锡山去玩了。告诉你，无锡的交通不大方便，我们去参观工厂是步行去的，

尤其是我们几个女同学，足上穿的皮底皮鞋，而无锡的马路不是柏油马路，而是黄石铺的路，路面不平。所以我们走到厂里，脚已经很痛了，参观了半天当然很吃力，再要走到惠山，那是很困难了！你猜，我们是怎样去的？！我们真的很有趣！有的唱歌，有的吹口琴，还有人在指挥！我们互相鼓励、互相搀扶着前进！特别是男同学，他们特别卖力，一直想尽办法帮助我们、鼓励我们！真应该谢谢他们！……我们终于到了。本来我是比较喜欢爬山的，但那天实在太累了，所以我只爬了一个锡山，惠山没上去。我得告诉你无锡的锡山没有锡的。也就是说这"山名"与它本身是"名不副实的"。这天，我们还玩了惠山附近的一些公园，天下第二泉就在这里。

第三天，我校包了汽船直放太湖，首先到的就是蠡园。啊！蠡园太美了。如果我是一个美术家，那我立刻就把它的全景画下来；如果我是一个诗人，那我一定为它赋诗一首；如果我是一个音乐家，那我就会为它谱出一支动人的歌曲来！遗憾的是，我既不是美术家，又不是诗人，更不会作曲，我仅能把我心里的感觉很简单地告诉你一些。蠡园胜过苏州，但并不亚于杭州的西湖。有人说杭州的西湖像"盆景"，给人们一种秀丽的感觉，使人轻松愉快！那么，"蠡园"是老天爷给我们的一幅"活动着的画"。它给人的感觉，除了"美的享受"外，还能使人感到它的"庄严"！它的雄伟气魄，使人胸襟开阔！给人增加力量！苏州的几个名胜古迹一般都是人工修饰而成，但这里是自然风景，是老天爷恩赐的（当然也离不开人工修饰）。它优于人工修饰。你随便站在哪一条道上，可以看到湖水像浅绿色的绸带在湖面轻轻地舞动。远远的高山守卫着湖水，就像母亲守护着婴儿、丈夫守护着妻子，那样的专注……在你行走的游道上，有绿色的杨柳伴着那粉红色的桃花，它们整齐地、等距离地站成一排。微风吹动，那柳条轻轻地摇摆，微微点头，好像在欢迎我们的到来！那桃花虽然不会点头，但它用那娇美鲜艳的花朵向你表示，它欢迎你！这里当然也有人工修建的亭台楼阁，树木花草。一切都那么自然、那么雅致、那么使人心旷神怡！我好像进入了仙境，我陶醉了……此景此物，由于我的水平有限，因此我无法用语言来形容。幸好我在这儿留了影，如果照得还可以的话，我下次来信中寄来。

离开了蠡园，我们又到了鼋头渚。这儿的风景也很好，它是在湖中间，它的周围是真的太湖（蠡园的周围不是太湖，无锡同学告诉我，那叫五里湖），你可以在这里欣赏太湖。我们在这里又爬了一个小山坡。最后我们又到了梅园。游玩结束由汽船把我们送回泰山旅馆。接着由“你们的”火车将我们送回上海。这样就结束了我在上海纺校的最后一个春假活动！

哥，我们的设计在4月4日晚8∶30前已交出了，我们这次的设计时间实在太紧了，星期日我们整整地加了一天班，这样紧张的日子我有生以来还是第一次。因为我们是超前班，在春假前一定要交出的，再加上我们要做毕业设计，因此老师对我们的要求较高。到要交出的一天，我们好多同学连晚饭也没吃，直到上了火车才买了吃的。有的同学为了设计有几次没吃饭了。有时我晚上睡着了也会突然惊醒！所以当设计一完成，我们真感到轻松愉快！两星期后我们又要大考了，又要紧张了，可能要比设计好些。

荣哥，我要告诉您一件可笑之事：在三星期前的一个星期六晚上，我和同学一起去溜冰。你是知道的，我还是第一次，当然不会，我扶着栏杆走了两三圈后，一直是同学带我溜的，当然我有时也扶着栏杆走，当我在栏杆边时，有一位解放军同志主动过来带我溜，在我思想里，解放军有一定政治修养和文化修养，带我溜冰有什么关系？！他带我溜过几次后，他拿出笔记本要我留下通信处，当时我很窘，不好意思拒绝，我只好写了。三天后，他给我写了一封信，隔了一星期，早上来了一个电话，而后他自己来了。正巧，那天我们过团日，他参加了我们的团日活动。下午三点多才回去，在当天晚上又来了两次电话，又隔了三天给我一封信，星期日他自说自话跑进了我的学校。我恨死了！虽然类似的情况已经有过几次，但我从来也没有碰着这种人，我真不明白身为一个军官，连制度也不遵守，因此我连信也不回。你觉得好笑吗？而可笑的还在后面呢！有一部分同学把他误解成是你，因此那天过团日跳舞的时候，有些同学跟我开玩笑，弄得我莫名其妙，后来我弄明白了，跟他们做了解释，才消除了误解。

荣兆，我好久没接到您的来信了，我很想念！您也很忙，是不是？您能不能每星期给我写一封信？在一年多以前我真没有想到，我会像您一样盼着来信。荣兆，您的入团问题现在到什么程度了？您要耐心等待，积极帮助组织了解。不要急躁，知道吗？另外，我很想知道我结的绒线裤好不好穿？您要看《知识就是力量》吗？这杂志是我订的。

再见了！祝

愉快！

您的白鸥

于 1956.4.8

鸥妹：

当我看到你这样神妙地介绍祖国的一个风景区——无锡，使人愉快和忘掉疲劳的美景时，我和你一样的高兴。当我想到你有这样的机会去那胜过苏州并不亚于西湖的蠡园游玩时，使我太羡慕了！但我在这方面并不悲观，我想今后我有机会的。如果这样的机会能实现，还要我的爱人——你做我的向导，陪着我共同观赏，你愿意吗？亲爱的。妹，你不是音乐家、作曲家和诗人，但在你这封信里也看到了一点，你是个文学家（不敢当——白鸥）。你虽然没有作出歌曲而歌唱起来，你也没有作出诗来，可是你已经把这些胜过仙境的美景形容出来了。你说你语文水平低，这是你谦虚。你在蠡园留过影吗？不管好不好，我都要，你寄来吧！你的设计交出去了吧！我太高兴了。说老实话，当我看到你有四张信纸的来信时，我有点不高兴，学习那么紧张，一封信还写那么长不会影响你休息？！当我看到你已完成了设计时，我就转忧为喜了。大考就要来临，请注意身体！

妹，你问我，如果你能继续升学的话有什么意见？我没有什么意见。我很主观地想，谁都有自己的理想，谁都希望自己能得到更多的知识，因为学校是得到知识更多更快的地方。我没有理由来反对我爱人的深造。你问我这句话的意思是不是已联系到今后我们两个人的问题吗？没关系，你能等我，难道我就不能等你？放心吧！妹，我在报纸上看到今年高考学校的招生要比去年多 180%，只要自愿报名，

1956 年白鸥于无锡蠡园

其单位的领导或人事科室不能拒绝，而要鼓励。去年因为领导上强调了工作忙，我不能走。现在我是在朝鲜和祖国的情况不一样，还是不能达到我的愿望，怎么办呢？只有以后看机会吧！

妹，你已经有了第一次溜冰的体会了，你有没有树立起一定要把它学会的信心？树立起来吧！这是全身运动，是很有好处的。你还告诉我，在溜冰的过程中，有一位解放军和你交朋友，还教你溜冰，但这是偶然的。他的目的是很显然的，他是想和你交朋友，从朋友变成他的爱人，但他不知道，在邻国的土地上——朝鲜已经有了你的知心爱人。我在半年的军队生活中，我体会到有些军人，特别是军官，在这方面是很迫切求得解决的。你要能和善地向他解释，他是能听话的。

妹，没有接到我的信就特别想念我吗？当然一年多没有相见了，没法不想念。我愿你在5月初到北京来，因为我在这个时候可能回国来买仪器。超过这时间今年我们不能相见了。要相见的话可能在阴历年底。我想，为了工作的需要而不能相见，在我们来说，也不是一件了不起的事。因为我们俩的心是连在一起的，我们的爱是建立在牢固的基础上的。只要互不变心，谁也不欺骗谁，什么事也不会发生，你说对吗？你要我一个星期写一封信，能不能放宽些，每三周写两封？！因为我最近很忙；另外信的内容有些限制，特别是我的工作，（在这封信里，我已有露密的现象）我想你能理解。你问我绒线裤能穿吗？能穿。我想要些有关铁路设计的技术书籍，另外我想复习一下高中的书籍。如高中的物理、化学、大代、三角几何等，如有给我寄来！我有六块钱的朝币寄给你，保存好！这是来朝的纪念！妹：我告诉你，4月8日，我们和朝鲜的青年一起在牡丹峰种树并进行了联欢，互相交换礼物、签名留言，还一起跳舞，观看了他们演出的文艺节目。太热闹了！就写到这里。吻你！祝你

学习猛进！

爱你的人

荣兆 1956.4.17

鸥妹：

我们科长的爱人星期六从祖国来到朝鲜，带来了烧鸡和熏肉。他

借着提前三天完成5月份任务的借口，请我们喝酒。没出息的我，经不起二两烧酒的刺激，使我提前进入梦乡。有人说睡得早，次日起得也早。我5点5分就醒了。小鸟清脆的叫声，好像在唱歌，又好像在叫我：荣兆，荣兆你来吧！到前山来！为了不辜负它的邀请，我起身来到了前山。早晨的空气是那么的新鲜、清爽！使我顿觉心肺舒畅！我呼吸着这新鲜空气，欣赏着这黎明山头上树木花草，我有些陶醉！想到那天的梦境，也是在这山头，你倒在我怀里，听我诉说……我沉入了梦境。梦总是要醒的，就像“何日君再来”歌曲里唱的：“好花不常开，好景不常在……”我在异国他乡，我俩相隔万水千山，你怎么能倒在我怀里？！是的，我们是没有那么浪漫过，但我做梦也不能吗？！难道你连梦都不让我做？你也太狠心了吧！

妹，你问过我要不要买布做衣服的事，而我没有很好地回答。你是不是生气了？对不起啊！以前我是这样想的：自己的钱不在身边，要单位寄来又要麻烦人家；我又想到你，你自己的钱除了去掉饭费还要寄点回家，所以你的钱也不多，我不愿使你身边没钱，再说你自己也应当做一些衣服，因此我没有答应你。请原谅并感谢你对我的照顾！妹，告诉你一个好消息：六月份，政委批准我回国买仪器，但只批准我到沈阳去买。他们为了我能和你见面，特允许我到沈阳后，再请3—4天假，你听到这消息高兴吗？告诉我！妹，你们什么时候到石家庄去实习？我可以到天津或石家庄等你！你要告诉我哪天乘几点的火车，在德州停留多少时候？告诉我就可以了。就写到这里吧，吻你，亲爱的！

祝你

快乐！

你的荣兆

1956.6.1 晚

【按语】从他的来信中知道，我已告诉他，我们为了做好毕业设计，学校已决定让我班到石家庄国棉二厂去实习。石棉二厂是刚新建的纺织工厂，其规模很大。与北京国棉二厂、郑州国棉三厂同一规模（听说是同一图纸）。当时石棉二厂已投入生产。我告诉他的那封信没找到。在那封信里我寄给他在无锡蠡园的照片。

荣兆哥：

来信迟发了，请别怨我，好吗？告诉您：我们是在 6 月 25 日中午 12：30 乘车到德州。到德州已是 26 日中午 12 时了，在德州换乘当日下午 1：50 的车（大概是 123 次车？请你算一下是不是？！），到石家庄已是晚上 7:10 了。哥，您能到天津或石家庄来接我，那我太高兴了。我希望您在可能的条件下，您能在天津上车。因为我们到了石家庄已是 7 点多了，听老师说，我们在第二天下午 2 点便要进厂，那么我也不能例外，这样说来我们相见的时间太短了。所以我希望您在许可的情况下，能在天津上车，我们同到石家庄，可能吗？我们见面再谈吧！

祝你

快乐！

您的

白鸥涂于 1956.6.13 晚

【按语】我们于 1956 年 6 月 26 日晚 7 点多到达石家庄车站。兆哥已在那车站等候了多时，我们终于见面了。我们那么一大批同学的目光全集中在他身上，因为我们这节车厢旁边的站台上只有他一人。我班很多同学都认识他，都高兴地和他打招呼！有的同学不熟悉他，那也含笑地默默看着他，也有人掠过一道诧异的目光。老师和同学们都知道他是远道而来！他呢，已应接不暇。他当然早已看到了我，一面和同学们打着招呼，一面走过来帮我提着行李。我俩默默地对视，我感觉到我俩都有些窘。他的穿着与我们太不协调了，我的心里稍有些不安。我们来自上海，6 月底的天气已很热，所以身上穿的都是浅色的夏装。女同学都是上身穿短袖衬衫，下身是裙子，脚上穿皮凉鞋；男同志也是淡色夏装，衣领干净，裤线笔挺。由于大家都是出远门，在衣着方面自然要讲究一点。尤其是上海人，可能是受西方文化的影响，比较“洋气”；再看这位老兄，他虽然从小在上海长大，但长期在北方，他穿着一身蓝布衣服，里面还穿着绒衣绒裤；头戴六角形蓝布帽子，脚穿一双球鞋，领子黑乎乎，帽子油光光，球鞋也脏兮兮；肩背着一个退了色的军用挎包，谁也不会想到里面装着是他认为比他命还重要的、志愿军司令部买仪器用的巨款。上海人说北方人“土”，他现在比北方人还“土”。只有那双炯炯有神的眼睛，还能看出他的英俊。我那天穿的是一件连衫裙，脚上穿着皮凉鞋，两条长辫已到腰部，辫梢系着两朵淡粉色的蝴蝶结。由于南北的气候差异和南北的穿着习惯的不同，我在他身旁一站，显得很不匹配；我已感觉到他有些不好意思（他后来说自己那天像个“叫花子”）。后来，我轻轻地对他说，出远门也不带一套替换的衣服？！他笑笑，轻轻地回答我：“我想不到这些！以后注意。”他帮我拿着行李，随着大家一起到了我的住处，我们随便地聊了一会，由于时间不早了，他只能离开我到市里找旅馆住。第二天，因为我们都是集体活动，也不能和他在一起，唯一的只能在第二天的晚饭后，到马路上去走走。他千辛万苦地来到这里，也就是为了能见我一面，能和我在马路上走走，第三天一早，他就要离我而去。就这样，我们也就满足了。下面是他回平壤后的回信。

鸥妹：

明月在天上，星星在发光，你是不是在想情郎！第一封信收到时间已经很长，但第二封信还不知在什么地方，莫不是他已把我忘。亲爱的，我只能告诉你，不要胡思乱想。我哪能会把你忘，因为我是任务忙。工作时间要工作，休息时间要写自述，还要做个准备把课讲（在部队担任文化课教员），没有另外时间写信送到你身旁，只能在晚上睡不着的时候把你想。

朝鲜的列车把我送过了鸭绿江，祖国的列车在等待，好像说，我送你到石家庄。石家庄好像和去年不一样。噢！原来在那里多增加了一个牛郎会织女的地方！

清静的解放路上，路灯树立在两旁，牛郎和织女，步行在路中央。牛郎陪着织女，织女紧贴牛郎，马路上的人影，为什么只有一个？原来是路灯没有本领把他俩照成一双。妹像织女那样多情，又像羔羊一样的善良。你和仙女一样美丽，你是勤劳、勇敢、坚强的姑娘。我愿看着你微笑的小脸，我喜欢抚摸着你那乌金色的长辫。我和你一起，你会给我温暖。你给我的印象，在我脑子里实在难忘、实在难忘！

告别，决定在今天晚上。分离的苦味不得不尝。我想多看你一眼，但我又不敢把相见的时间拖长，为的是怕你的睡眠受到影响。离别时没有和你握手，等于仍在你的身旁。分别后，你可能以为我没有回头，在转弯角上我看着你向左转，把楼梯上。亲爱的你千万不要把心伤。

飞快的列车把我拉回沈阳。在那里忙碌了三天，接着就去平壤。一路平安、身体健康，请你把心放！临时的任务已经完成，工作已经恢复正常。工作本来很忙，义务还是负担在我的身上。啊！半个月的日子，忙得实在够呛，更不能上球场。因此这封来信拖到今天才发出，我的小妹妹，你要万万原谅，不要把“嘴噘得离地八丈”！

妹，分别已有半月，不知你身体是否健康，实习的成绩怎样？我们要谦虚为佳，骄傲自满可要加以提防。我们要多请教有经验的人，不懂就问，我们应该这样。预祝在实习战场上打个大胜仗！我的照片和你给我做的衣裳，请来信告诉我一声。同时我也恨你，为什么不替你自己做些衣裳，快把那些余钱买点你自己的衣料，下次再见时我才会加以原谅！提到相见二字，可能在今年年底才能有希望。你说相见时要和你一同回乡，告诉你：我愿意观赏一下乡下的风光。到那时，我想我俩一定高兴得跳进那悬挂在高空纯洁的月亮，度过我们的假期时光。

月亮已经偏西，夜气使我感到寒冷。我抬头看到你在对我微笑，可是你不把话讲，但我能领会你的意思，好像说：亲爱的不要把睡眠影响。我把你吻了又吻，然后把你抱到我的枕头上，一夜睡到大天亮。妹，你要尽快来信，免得我日夜盼望！祝你

身体健康！实习中打个漂亮仗！

你的荣兆

1956.7.18 晚

【按语】下面是我的回信。其中除了思念以外，还告诉他一个好消息：我要进大学——华东纺织工学院继续深造。我们这一批进大学的人是纺织工业学校（中专）保送去的，其条件是：1. 学习好。2. 年龄小。3. 家庭没负担。我被批准了。要说我进上海纺织工业学校读书，是我人生第一个转折点——从工人到中等纺织技术干部；那么到华东纺织工学院读书，应该是我人生的又一个转折点，是更进一步了。这是我人生大事，我很高兴！

月是那么的洁白明亮，
她的床上洒满了月光。
姑娘双眼凝视着远方，
她在想那心中的情郎。

荣哥：

见笑了，不会作诗，瞎编一首，以表思念。7 月 18 日的来信已经收到。不！说得正确些，我收到了一封抒情诗。这诗写得很美，但我以后不允许您这样写信给我，因为写这样的信比写一封普通信的时间要多，为了节省时间起见，您就随便地写吧！

哥，我要告诉您一个好消息：昨天，团委组织委员找我谈话，他正式通知我：组织上保送我进大学。您高兴吗？我真的高兴极了，我找不出适当的词来形容了。哥，毕业设计忙得我真够呛！这任务要在本月 28 日结束。我们升学的同学（我班共四人），9 月 1 日就要到华东纺织工学院报到。9 月 5 日—9 月 12 日其中任何一天，请假回校进行毕业设计答辩。我不进行统配学习，也没有什么告别假。我始终处在紧张的生活之中。今天虽是星期日，但也不得不去“加班加点”。所以此信写得很短，请您万万原谅！但愿您不要把“嘴噘得离地八丈”——抄录您的词句。再见！

祝您

快乐！

您的妹

白鸥于 1956.8.5

【按语】荣兆从 7 月 18 日来信以后应该还有来信，但没有找到。

荣兆哥：

别生气，请原谅我三个多星期没有给您写信了。虽然没给您信，但我还是常常想着您，您近来还好吗？哥，告诉您从昨天上午九时多起，我已失去了两条可爱的小辫子。当您看到这里，您一定会发出“啊”的一声！很为我失去两条辫子而痛心。其实我也很难过。不过，我还是下了决心把它剪了。原因是：从我到华纺后，在前两周，我不感到吃力。但现在来讲，我感到功课很吃力，特别是俄文，听写，有两次得了 2 分。您是知道的，我以前得了 4 分，我会不高兴的。可是现在我得了 2 分，我想您是知道我心里是怎样难过了。为了早晨早些起来读俄文，所以我将我的辫子剪了。同学们都为我可惜。哥，您别为我可惜了，反正我以后还可以留起来的，对吗？

哥，您的绒线衫（毛衣）我结了一大半，因绒线不够，暂时又配不到，只能暂停。把绒衫、裤先寄来。哥，关于我们两人的问题，如果您不想了，那最好。如果您不同意在三年或四年后结婚，那意即要提前结婚，请原谅！我回答您“不同意”！如果您的家里以及您本人要早结婚，那请您能谅解，我不得不请你另……别生气，请原谅我。哥，你的入团问题，我很为您着急！不过，无论怎样，您不能泄气！如您不能入团，那您就在超龄那天（或以后），送上您要求入党的申请报告。

1956 年白鸥在上海纺织工业学校门口

这封信写得很乱，请原谅！再见了！祝您健康！

您的白鸥于
1956.10.16

亲爱的，你好！

来信收到，你说因为来信迟了，请我不要生气。其实我一点也没有生气，因为我知道，你在把自己的功课打好基础，那就没疑问需要时间。我想过经常要你来信，那就经常要占用你一些时间，或多或少就会影响你的学习和休息。再说你的俄文成绩不好，要想迎头赶上就得更需要时间。妹，请告诉我，在你得 2 分的时候有没有背着人哭过？不要过分地难过，我认为 2 分对你来说是暂时的。自己要自信。你要多方面争取时间，要多看、多读、多写、多争取帮助。化难过为力量。在你面前的 2 分就会永远消失。

妹，当我看到你信中说辫子已剪掉的时候，我的“啊”是和你信中的“啊”同时发出的。你知道的，我很爱你，我还爱和你相称的辫子。你像红花，辫子是绿叶。现在你已经把它剪掉了，实在可惜！妹，辫子剪掉后，一定和以前不一样，我很想看一看我亲爱的现在的样子，抽个时间照个相给我寄来，也可以解掉我一点对你的想念！妹，当我看到你来信中“如果您的家里以及您本人要想早结婚，那我请谅解，我不得不请您另……”的说法后，产生两种情绪：一、是你这样坦率的想什么就说什么的态度对待我，我感到高兴！二、听你说，“不得不请您另……”的时候，我就不高兴了。你想，我们的爱是建立在什么基础上的？难道说就建立在要你提前结婚，不提前结婚，我就不爱你，就去找另一个姑娘？！当然我不信我找不到另一个姑娘。但遗憾的是任何好看的姑娘我都不要，我就爱你！我知道我要爱上一个姑娘不是容易的，而我要放弃我心爱的姑娘也不是容易的。如果对方硬要坚持不爱我的意见时，我会含着难受和痛心来满足她的要求。总的来说，我最不高兴你提起“您去爱别人吧！”一类的话。我想你能在我每次来信的最后称呼里可以看出：以前我称呼自己是“荣兆”，后来为“爱你的荣兆”，最后成为“你的荣兆”。不难看出我已经是属于你的，反过来你也称呼为“您的白鸥”。妹，因为你讲了这句话而引起了我啰唆了半天和不高兴。我想我在讲话中也有使你不高兴的地方，请原谅，请看在我对爱的忠实面上。

妹，三年或四年的时间，我在工作的时候，因为其他因素而会感觉得长，一旦到我有入学的机会后，就会感到不长了。不管长不长，结婚是双方的事，你不同意，那我等你三年或四年。我爸爸来信了，当然他老人家的信里免不了我以前所说的那些，我已经去信告诉他了。

妹，最近我的工作还是很忙，估计加一把油能在12月底完成，完成后有可能争取在过阴历年时回来过年。你高兴吗？关于你来朝鲜的问题（以前,政委及许多同志想叫你来朝玩）,在目前来说是不可能的了。现在强调一定要家属来朝探亲才可以。还指名批评了部队一些人冒着到朝鲜来结婚的名义,把亲戚带到朝鲜来玩。所以你如果想来朝鲜的话，那就要以家属的身份来,我想你肯定不答应,是吗？！如果你愿意的话，各方面我都给你准备条件。妹，我的入团问题还没解决，眼看超龄就在眼前，实在有点着急！好吧我们就谈到这里，因为有很多衣服还没洗出来呢！吻你，祝你

学习成绩迅速提高！祝你快乐！

你的荣兆

1956.10.28

【按语】从这封信后一直到1957年1月17日为止，他的来信都找不到了。谁能想到相隔58年后的今天——2015年1月20日我还能来整理这些信件。丢失的都是他的信，也就是说，是我当时没保存，要知道有今天，那我一定也会保存好的，对不起啊！徐荣兆。下面是我的信。

要善于珍惜爱情，

天长日久，更要加倍地珍惜。

爱情是一支美好的歌，

然而歌子不是容易编好的。

——什巴乔夫

荣哥：

上首诗，我觉得很有意思，就将它抄于纸上，夹在我的笔记本内了。现在我拿起纸来写信，顺便将这首诗也寄给您。我相信您不仅看过，而可能已背熟了。因为我知道您有《远离莫斯科的地方》的小说，这首诗大概是那书里的吧！哥：我的来信您大概收到了吧？可能近几天我又可收到您的来信了，是不是？我今天刚看过《伊凡从军记》那部电影。那电影有趣极了，您看过了吗？我看得“笑煞”了！您看伊凡接不到他爱人的来信，他是多么想念啊！想到这里，我急着又要给您写了，免得您挂念。

哥，您近来好吗？朝鲜天气很冷了，是不是？抱歉的是您的东西还没有寄出，最近我可以寄来了。每想到天气已经冷了东西还没寄，我就非常不安，请原谅。上海也很冷，报纸上说，明天上海最低温度到零下 2 度。我从昨天起已经穿棉衣了。我除了功课很忙以外，其他都很好，请别挂念！

现在告诉您一些关于我们的学习情况吧：我院一年级的同学有许多是从中技来的，当然我们不可否认，我们的基础差，因而跟起来大家都感到很吃力，我们现在把星期日当作星期七都不够用。这些情况，我院行政上都知道的，他们也做了反复的研究。但现在已是学期中间了，如要改变教学计划那就困难了。但我们系里给我们用了一些措施：俄文可以缓修、制图课外作业减少，另外，我们是从中技毕业的，当然对专业有了一定的知识，因而将来有些实习可以不必做了；有些课程读过了，那么就不需要与一般的高中毕业生那样，因而领导上决定从下学期开始，将我们重编班级，教学计划也分成两套。一套用于高中来的，一套用于中专来的。就是将我们现在基础课时间拉长，以后专业课时间缩短。该计划只能到下学期才能实行。现在的办法是从下星期一起，我们不读俄文了，到二、三年级的时候再读。这对我们来说，是减轻了一些负担，但不会从此而轻松。

哥，我希望您现在好好地复习功课，再加上您基础比我们好，因此不会像我们现在这样困难的。您不要因我常在您那儿诉苦，因而有些害怕，至少有些担心。您将来一定不会像我们这样的。我现在的记忆力和思考能力没有以前好了，是不是我年纪大了？我还有很多功课要做，就聊到这里吧！再见！祝您

快乐！

您的白鸥

于1956.11.24晚10：20

荣兆哥：

今天是我姐姐结婚大喜之日，的确，我太高兴了！上午我陪他们到南京路去拍了结婚照。现在是晚上，我带头与新郎新娘闹了！闹得我喉咙也痛了。但是当他们厂里的同志来闹新房，闹得不可开交时，我就出来打圆场了。例如：他们在灯线上结了一块手帕，要新娘解开，可是新娘没有那么高。他们要新郎抱她上去解，可是新郎却不肯，推说抱不起她。这样闹了很长时间，此时我说既然新郎抱不动，那么我来帮他一把，这样新郎乘势就把新娘抱起来了！哈哈！真有趣。

哥，你是否可以将三角上的公式抄一份给我，（如没有时间，我好像记得在我书里，夹有一张抄着公式的纸）因在高等数学中常要用到三角公式，要大考了，我想要重新复习一下。哥，今晚又接到您的来信了。您有十五天假？！我太高兴了！比我的寒假还要多呢！太好了，我们可以在一起很多天了，对吗？哥，您回来的时候，不要买什么东西，知道吗？否则我会不高兴的。爸爸会抽烟的，但他到了乡下抽的是旱烟，香烟大概不大抽的。酒，可能不大喝的。哥，您到了朝鲜后又抽烟了，对吗？当心您与我在一起的时候，我会不许您抽的。因为谁在我旁边抽烟，我就会呛嗓子！不抽了，耐得住吗？嗯！不要抽了，好哥哥！烟有什么好的，又不甜，可能还有些辣吧？是不是？那辣的东西干吗要抽呢？！好，拿出您的勇气来把烟戒掉吧！祝您

胜利！

您的白鸥

1956.12.31

兆：

我的前一封来信，谅您已经收到了吧？愿您一切都很好！时间是那

么的不留情，大考又在眼前了，回想在中专时，我可能已经把所有的功课复习一遍好了。可是现在呢？我连欠的功课债还没还清呢！至于大考成绩如何？我真不敢设想。但我一点也不害怕，我只要求能及格就好！这样，您一定要说，要求太低了。是的，对我来说，本学期只能这样，但愿在及格的基础上提高一步！哥，到下星期一就开始大考了，考到27日完。在考试期间我不给你写信了。

1957年白鸥（左）和姐姐合影

哥，我以前一直跟您讲过，今年的新年我是预备到乡下去的。并且我希望您也去，大概您在思想上已经准备好了。但是，现在情况又变了：我妈妈在上海，姐姐他们不让妈回乡，但妈妈知道您要到我家去，她一定要回乡。后来姐姐和姐夫来动员我，要我劝妈不回去，他们说您也不要去，都在上海过年。所以那么都在上海吧！要不，过年后我俩一起回乡？！因为我爸还在乡下呢！我现在正在争取和我爸爸搞好关系，以后对我们和对妈妈有好处的（您知道的，我爸和妈关系不好）。我爸爸现在很想念我，前几天，他烧了一条大青鱼寄给我吃，我很感动！您想在假期中，要我与您一起到什么地方去玩吗？如果想的话，我也愿意！在沪宁线一带。您什么时候到上海？我去接您！兆，您来吧！您快来吧！我在等着您呢！再见！祝您

一路平安！

您的白鸥

于1957.1.9晚7：15

亲爱的：

你的来信解决了我存在的矛盾，我想过年后再回到乡下去，但我又怕因为我而耽误你回乡的日期。我很想到乡下去玩一玩，但又想和我年老的父亲多相处几天，现在这个问题基本解决了。妹，我很同意你要为你父母相处得更好而做些调解工作。我会做你的后盾。在初二或初三，我们一

同到乡下去一次。妹，你要到车站来接我吗？我计算了，时间可能在星期六或星期日上午（26日或27日）到上海。我到上海时，你的考试或许还在进行！这样吧我在28日早晨在前婶母家见你，好吗？吻你！

你的

荣兆 1957.1.17

【按语】但当时这封信我没接到，又写了下面的信。

荣兆哥：

因我妹妹不适，因此我妈妈已经回乡了。所以他们都决定回家。这突如其来的通知，给我们带来了很多麻烦！我准备28日夜车回去，到常州是清晨。我知道我已经来不及接到您的信了，所以我准备在车站等您半天，到中午一点离开车站。您若不能在29日上午到达常州，那么请您接信后马上写信到我的家里（常州北外三河口镇牟家村，牟根宏转交我可也），等我回家见信后再来接您。若由于什么阻碍，您找不到我，您出了车站以后，乘三轮车到青山桥轮船码头，乘船到三河口镇上岸，向北走一里路到牟家村。我每天都会到镇上去等您的。再见！祝

一路平安！

您的

白鸥 1957.1.19

【按语】由于交通和通信的不便，当我俩兴冲冲地到了我的老家，看到眼前的一切，我们惊呆了！家里“铁将军把门”——大门锁着。幸亏钥匙在德茂阿哥——邻居家，我们才进入家门，我们也知道了爸妈和妹妹都到上海过年去了！家里空空荡荡，只有我们两人。也真是怪了，反反复复，来来回回商量了多少次，结果呢！我们今天回来，他们今天去了！这叫什么事？我这心里空荡荡的，不知所措。

我家年前一般都要杀一头猪，那是自家养的猪，杀只鸡，这也是自家养的，一般在年前要做好多菜，那时虽然没冰箱，但因为天冷，放几天没问题，我们打开竹厨，果然找到了吃的。晚饭就很简单地解决了。最要命的是，今晚只有我们两人，怎么办？家里有两间卧室，每间有一张大床，一张是爸爸的，一张是妈妈的，我俩分好了，他睡爸爸那张，我睡妈妈那张。那时家里没有电灯，还是点的煤油灯，到了晚上，屋里黑糊糊的，我本来就不敢一人睡，他在我屋陪了我一会，然后去爸爸床上睡了。我们那时虽然认识多年，互相通信也已三四年，两人感情也很好，在信的落款都称呼为你的……实际上我们两人都是清清白白的。尤其是我，思想比较守旧。我认为女孩要自重，要守身如玉。如果未婚先孕等问题发生在我身上，那我就没法活了。所以我们两人在一起时，只可以吻我的脸，不许动我的身，不可越过雷池半步。可是今晚我把他带到家里，只有我们两人，所有亲戚朋友，左邻右舍，全村的人他们怎么议论，怎么看？我没法想。

到了第二天一大早，爸爸回来了（他到上海，一看我俩不在，当晚乘夜车返回）。他一回来一句话也没说，就拿了一大把芝麻秆在门口点火燃烧着，那火势还真旺！我俩都不懂是什么意思？！可能是按老家的规矩，迎接新女婿吧！从那天后，我家已把他当作是女婿了，而他爸爸也把我当成是他的儿媳妇了。呵！那天是多么的重要，它是我人生道路的分水岭，以前我还可以有选择的余地，以后不管怎样我也只能认定他了。要知道是这样，我才不回去呢！这大概是命吧！都说姻缘是前世定下的，难道这是真的？想起几年前，他的前婶婶来问我们要不要借房子的那天，可能是厂休日还是什么节日，舅舅家里有很多人，他前婶婶来后，我给她倒了一杯水端过去，有一人开玩笑地说：给“阿婆娘娘”端茶了，满屋子的人哄堂大笑！那年只有十四岁的我，满脸通红，

1957 年夏徐荣兆在上海梅兰照相馆拍摄的照片

羞得我端着杯子直往后退。此时，又有人说：阿金老板没有儿子。我又把杯子端了过去。他的前婶婶开始也是和大家一样嬉笑，当她接过杯子后，很正经地说，阿金老板有侄子（在旧社会，没有儿子，侄子就是儿子）。喔哟，想不到八年后，这个玩笑变成真的了！

我们在乡下住了几天，又到上海看了他爸爸。很快假期过完，各自又返回原处。各忙各的了。我们又只能靠我们的老朋友——“信”来联系了。他又有好几封信，我没有保留。下面是我去的信。

荣兆哥：

你好！来信收到，勿念！听了你关于入团问题的说明（组织准备批准的时候，发现已超龄），可以说是给我一个打击。因为我一直深信不疑，你能成为一个青年团员。我在亲戚面前、在我的同学面前，我一直说，你能成为一个团员。可是事实并非如此。这确实使我失望了。但是我也知道，这对你来说，更比我痛心。但对一个青年的好、否也不是用是不是团员来衡量的，现在我对你的唯一希望就是你所说的——争取入党。我要求你用党员的标准来衡量自己，以党员的标准作为你的奋斗目标。前进吧，亲爱的同志！谢谢你向我指出的缺点，我一定慢慢地把它纠正。关于我的入党问题，你是知道的，我打报告已经很久了，在这么长的时间内我没有被党接收，这说明我存在着很多缺点。另外，我在纺校的最后一年，我对入党已失去信心。我想在纺校这么长的时间没有入党，那么在一年中怎么能入党呢？当然这显然是错误的；我的主要缺点是你现在给我指出的以及我以前告诉你的——我容易生气。这两个缺点使同学们感到，我这个人很难弄（就是不好相处）。我也不知道我的脾气为什么会变得这样？！我以前在厂里一直担任团工作的，我记得同志们给我提意见，总有这一条：工作耐心负责、脾气好。从我到了华纺（华东纺织工业学院）后，我很注意我的脾气，我也主动地找工作做，现在一般说，同学们对我的印象可以说是不坏，党对我也很关心，叫我参加听党课。本学期，我又担任学习小组长。在团内我担任校刊通讯员工作。我很想把我的工作做好。在生活中我也经常征求党员们对我的意见，力求改正。以求争取做一个光荣的共产党员。要求你经常帮助我，愿我俩共同奋斗，争取入党。

哥，告诉你，在这星期二，你爸爸到我校来了一次，看来他对我的印象不算差，我打算经常给他去信或邀他来玩，这样可以在他的晚年得到快乐和安慰。希望你也常常给他信。在我送他回去的时候，他叫我到你家去看看，我真的跟着他去了。使我奇怪而又高兴的是，你们的房客是我的老师，他没有教过我们书，但他曾经陪我们到石家庄去收集资料，回来后又指导我们做毕业设计。在石家庄时，他还怪我不跟他介绍呢！那次去，我没有碰到他。你们楼上有一间房空着没人住。我初步有这样的想法：在以后有必要的话，是否可以作为我的自习之所？因为我们现在没有专用教室自习，在房间里只可以坐八个人，而我们一室有十个人，所以总有几个人要到外面去自习。这个问题以后看吧！（我在瞎想，请别当真。）

哥，近几天我对骑自行车发生了兴趣。每天我都在学，今天我已会骑了。我真高兴得要命。在学的时候，我不知跌了多少跤。教我骑车的人是我班的男同学，自行车也是他的。他说：教会我自行车有两个条件：1. 谢谢他！ 2. 当我结婚的时候“糖”应该给他特别多一些。你说，有趣吗？

我们本学期增加了一门新课——金工实习。其内容是锻工、木工，我现在是做锻工。所谓锻工，那就是你看见过的像铁匠一样打铁，告诉你，我照样举起大铁锤打呢！

哥，昨天我将两件绒线衫（毛衣）寄来了，你穿穿看，合身吗？告诉我。另外我替你买了一根皮带、一只小木梳和两双袜子（你上次带回来补的袜子，大概都补好了，我忘了带来，所以我又买了两双）。这些东西你喜欢吗？告诉你，我还买了些吃的东西想放在里面寄来，可是邮局里的同志告诉我：因为你是部队里的，只可以寄一些日用品，

不可寄吃的东西。所以只能留下我自己吃了。你的照片我取来了。拍得倒也神气。我一切都很好，放心！祝你

愉快！

你的

鸥 1957.3.11

荣兆：

这几天你好吗？愿你一切都好！

哥，昨天接到妈妈托人给我写的一封信，说她在乡下我爸爸常和她不和，因此她想到上海来住。我也很想接妈妈到上海来住，和我在一起；但是，问题又来了，到上海来，住哪里呢？姐姐那里太小了，住不下。后来我想了一想，还是请你父亲帮助我吧！因为你们有房子空着，并且就在我校附近。昨天晚上我已写了一封信给你爸爸了。荣兆，你会知道吗？我是多么难开口啊！但是为了我的妈妈，我不得不厚着脸皮请求你父亲帮忙。现在，我怀着焦急和不安的心情在等待你爸爸给我答复！若你父亲答应了我的要求，我预备走读，你认为好吗？在经济上，我和姐姐去商量，若不够，我想申请人民助学金。苦一点，我们能解决的。

哥，我知道你看了此信会同情我的妈妈，但我不知道你是否同意我这样做？哥：我真过意不去，我们还没有结婚，我就要来打扰你，要你来分担我的忧愁，要你和你的家庭来帮助我，我这样连累你，请你老实告诉我，你后悔吗？哥，我开头已说过，我不希望你为我忧愁，我希望你好好复习功课，准备迎考大学！再见了！吻你！祝

康健！

你的

鸥于 1957.3.15

荣兆：

来信收到。关于我妈出来后的房子问题，你爸爸完全同意了。

这使我很感激！你爸待我很好，他说："我没有女儿，现在媳妇和女儿不是一样的吗？！"这使我既惭愧又感激。你的信他收到了，他在上星期六告诉我，他要写信给你了；你的前婶婶她也已收到了你的信，但她很怕写信，叫我代她告诉你一声，她现在很好。哥，关于经济问题，我已和姐姐商量好了，她愿意贴补，所以我也不想再申请补助金了。

哥，你听到关于下学期招生的消息吗？我真为你担心啊！我估计你很难实现你的理想。但你也不要伤心。你在5—8月就有可能回来了吗？我希望你尽可能早些回来。回来后，你可以到这里来吃、住，和我玩。最要紧的是你可以统一地复习功课（按照已往的习惯，考大学的同学都有老师给他们复习的）。好！就谈到这里！我要去吃晚饭了！再见！

祝你

快乐！

你的

白鸥于1957.3.21

荣兆：

你好！来信收到，勿念。记得你有一封来信中曾这样写着："时间像光速一样地飞驰着……"的确，是这样的，春天在不知不觉中又来临了。她给人们带来了温暖，她使大地又铺上了一层淡绿色的绒毯，她命令各种花苞加速开放，好为我们春游创造前提；还记得吧，去年的现在我正在告诉你，我要到无锡去玩呢！今天呢，本来我要告诉你：我要到南京去玩，我是多么想到南京去玩啊！可是，客观环境不允许，它要我到我的故乡去探望我的妈妈！在我的心里，没有比慈母心最伟大了。当然没有问题，我能放弃"玩"。兆，前几天，我正为我的家庭而苦恼着。现在我的思想又好转了，因为只要将我妈妈接到上海来，一切问题都解决了。哥哥，我告诉你，在以前，我怕结婚原因之一：怕生孩子。原因之二：怕夫妇关系处理得不好而带来终身的痛苦。现在呢？对于第一个问题始终不能解决。对于第二个问题已根本消除了。我相信我们今后能生活得很好，虽然有一些问题，不一定会看法一致的，不过我相信我们能够互相照顾、互相谅解。通过协商，能取得一致的。哥，我还这样想过：每个人都有一些脾气，如果我们两人为了某一件事而争吵起来了，若你在发火，那我一定让步，到你平静的时候，我再跟你评理；若我在发火时，那我要请你让步，到我平静时，你再跟我讲道理。好吗？你同意这样吗？

哥哥，若你不能深造，你说你想给我买一辆脚踏车（自行车）送给我吗？谢谢你！请你把钱积起来，留给我们以后用吧！我学会自行车后，我想学摩托车。将来如果我们经济条件许可的话，那我们就买一辆摩托车。星期日，我们一家人，坐在摩托车上，啪！啪！……开向电影院、开向公园……多开心啊！哥，告诉你，去年我溜冰认识的那个解放军军官，他又给我一封信（是从纺校转来的），真是出于我意料之外的，我都快要忘了。怎么办？是给他信呢？还是不理他，告诉我怎么办？好，以后谈吧！再见！祝

身心愉快！

你的

鸥于 1957.3.24 晚

亲爱的：

你好，来信收到很长时间了，这封回信很晚，请原谅。

春天在不知不觉地来临了。但我们这里的大地还未铺上一层淡绿色的绒毯。杏树所含的花苞几乎小得看不出来。我很喜欢看到你所形容的景色。我更愿意和亲爱的在一起观赏我们喜爱的猫头花。看来今年是不可能实现了，只能在我们晚上的好梦中了。鸥，妈是否已回上海了？她的身体好吗？请来信告诉我。鸥，关于你爸爸，我们还是应该做些工作，让他在思想上转变过来，其他办法就不是我们让妈过快乐生活的根本办法。你考虑一下，这里的困难很多。我们有责任，也有义务，我们还是争取把他的思想变过来吧！（如妈不和爹一起，我们也不能放弃这件事，好吗？）

亲爱的，你怕结婚有两个原因吗？特别是第一个原因，那怎么办

呢？我们除非不要儿女，如果要儿女的话，我也不能分担你的痛苦，我想不出什么办法来！你看怎么办？亲爱的，你真傻！

亲爱的，我爸爸谈到，他没有女儿，他会把儿媳妇当作自己的女儿一样地爱。这是真的。

亲爱的，你现在的学习，是不是和你前几封来信中所说的，不如上学期那么紧张？！可不要为此大意了，知道吗？我的入学的信心不很大，但我没有放松我的自习。因为如果不能入学的话，我在工作上还是有用的。回朝后，我把物理上册快看完了。我要求你再给我一些习题。化学书买不着吗？你的化学书现在用不用？如不用的话，能否给我寄来？今天我买了一套《志愿军一日》（朝鲜钱 500 元，折合人民币 2 元，在国内要卖 10 元），有机会，我给你寄来。

亲爱的，最近我们这里展开了思想学习。我们首长谈到今年基本上不发展党员。我考虑到我不一定能在这里入党了。但我没有放松，我要争取创造条件：做好工作、认真学习、和同志们搞好团结，锻炼自己在政治上的涵养和认识社会发展，不但现在有用、将来还是有用、在这里有用、到哪一个地方去都有用。我虽然在这里不能入党，但不等于我不想入党，我相信我会争取的，问题在靠我的努力。亲爱的，那几位志愿军的照片印好了吧，是否已寄来了？麻烦你了。以后我不再负担这些义务了，因为弄不好，都会弄到你身上来的，会影响你的学习。好吧，谈到这里。祝你

学习猛进！吻你、吻你、吻你！

你的

荣兆 1957.3.30

【按语】20 世纪 50 年代很少有彩色照片，但我寄给他的是一张彩色照片，许多人看见了觉得很新鲜，后来我的那张照片竟然被人偷走了。以后就有人拿了他们黑白小照片要我替他们到上海“王开”照相馆去放大、上色，后来找他的人越来越多……

兆：

3月21日的来信已收到，[①]请勿念！

看你想得多有趣啊！真有意思。你说，你像宋丹萍想他的霞妹一样在想你的鸥妹，是吗？但是你比宋丹萍幸福得不知多少倍！宋丹萍不能见他的霞妹，唯有这“夜半歌声”去安慰她；而我们能经常的通信、会面。我说，你不要恨，虽然暂时不能，但我深信总有一天能：

> 我像天上的月，你像月旁的星，我东你追，我西你随。
> 我像高山上的树，你像树旁的藤，我长你生，我生你盘。
> 我像池中的水，你像水中的萍，我流你跟，我静你停。
> 我们能像一种荷花，并蒂连理。
> 我们能像一种鸟，比翼双飞。

（写到这里，我好像有些不好意思，因为我太不谦逊了。但我是要引用你的原词，只将每一个“不”字划去，将“你”改为“我”，“我”改为“你”，因而就这样写了，请原谅！）但愿我们能够：“在天愿作比翼鸟，在地愿为连理枝。”让老天祝福我们吧！

哥，我告诉过你，在春假里我准备回家的，可是现在又决定不回去了。原因是：你可能在报纸上已看到：现在全国正在流行着感冒。我们学校以及其他许多学校一样，本来组织同学到杭州、苏州、无锡、南京等地去玩，为了防止流行性感冒蔓延，现在都决定不去了。组织同学在本市玩。上海的各工厂、学校感冒也流行得较厉害，许多学校都提前放了春假，并将春假由四天延长至一星期。上星期日我回到姐姐那里去，楼下、前楼、后楼、亭子间都有人感冒。后楼是我的姐姐，亭子间是巧珍，她们都很严重，我姐发了三天寒热，现在不知好了没有？由于这样，领导上希望我们不要到外埠去。我们学校里比别的学校要好得多，患感冒的人少，并没有人得过脑膜炎。你看到这里，一定为我担心，告诉你：我很好！我每天都戴着口罩。我能很好地注意预防的（我宿舍里已有三人在感冒，其中一人较重）请放心！

---

① 该信找不到了。

哥，以上是我不回去的原因之一。原因之二，据爸妈的来信，他们从那次吵过以后，一直还好。妈来信告诉我，爸爸对她说：“今后决不和你吵闹，你也决不能离开我。”所以妈妈也不想出来，待以后再说吧！爸妈并来信告诉我，你写去的两封信，爸爸看了很高兴，也很满意；既然他们已经和好，那么我也没有必要回去了，是吗？我们的春假是三天，连一个星期日是四天。在四天中，我有个小计划：昨天看了一场电影——《刘巧儿》。今天吃过中饭去溜一次冰；6 号到上海水产学院去玩。其余的时间放在做功课和复习一下，因为春假一过就要期中考试了，应该稍微复习一下。

哥，北京寄来 70 元钱我收到了。我没想到会这么快，我还想叫你不要寄来呢！既然寄来了，那我也只得收下。连你这次寄的共有 150 元在我这里。我想去给你买一只手表？好吗？因为现在上海手表很多，是从瑞士进来的。我想手表早晚总是要买的，对吗？那么我给你去买，好吗？请快来信告诉我吧！志愿军的那张照片已拿来了，你告诉他，他真好运气，他要放 4 寸的，结果给他放了 6 寸。因为是照相馆的疏忽导致，所以不要补钱。我马上给他寄来！哥，你要的化学书买不着，不过我会借到的。请勿着急。好吧，我们以后再谈！再见！

祝

快乐！

你的

白鸥 1957.4.4 上午 9 点 25 分

亲爱的：

你的美想（大概是看了我 3.24 的信），的确是太美了。我考虑一下，我们很可能实现。问题在于时间，在于我们今后在自己的前途上争取得如何，愿早日实现。亲爱的，你谈到那个解放军，我不知他给你的信是怎样写的，他的目的我们分析：是不是在朋友的基础上进一步发展？那我们也可婉言拒绝。我们可以去信，但不要告诉他你的地址。亲爱的，我身体很好。今天我们和朝鲜人一起种树（牡丹峰）。回来后，大家都很疲乏了，大都躺在床上了。我呢！却和别人打了一个多钟点

的篮球。现在我真想睡觉，亲爱的，我们梦里见！祝你

快乐！吻你！

你的

荣兆 1957.4.7

又：妹：祖国在流行“流行性感冒”和其他病等，你们学校怎样？请来信告诉我，我想念你。

亲爱的：

当我想起你曾经说过，从信箱那里失望回来，就很不高兴！现在我想，你在盼望我的回信，不是两天三天了，是吗？可是我呢！“心有余而力不足”。我想给你写，可我起不来床，我感冒了（流感）。现在能起床走动了。你不用为我担心，知道吗？妹，你不是说还有剩余的钱吗！你喜欢买什么就买什么，但绝对不要给我买。我现在什么也不少，手表我自己能解决。爹妈那里你要经常去信，实在不行，叫妈出来，以后还是采取说服。你看一下我寄来的《前夜》，请你把看后的感觉告诉我。亲爱的，我还不能多写，你原谅好吗？好吧，我们谈到这里。

你的

荣兆 1957.4.17

亲爱的：

我如果能有报考大学的机会，我一定要考。我已考虑了我的经济问题。我觉得问题不大，如果真能像以前那样，我们有 25 元调干待遇的话，那问题就不大了。我计算了一下，到那时我这里有 300 元（不算你那里的）够我俩以后结婚用了。我现在怕的是我的条件不够，特别是文化。今年是好里挑好，我估计差不多三个人中取一个，我太悬了！好！为了不辜负你的鼓励，我一定克服困难，提高信心，争取条件，

跳入高等学校的校门。预祝我成功！鸥，爹爹来信了，又寄来了两双单鞋和一大包干菜。一双我已穿在脚上(正好)。可是干菜怎么办？没油、没盐、没炉子。上次带来的还未吃掉呢！亲爱的，你可不能告诉爹爹，不然他们会不高兴的。好吧，就到这里。祝你

身体健康！吻你、吻你、吻你！

你的

兆 1957.4.20

亲爱的：你好！

很长时间没有给你去信了，害得你不止一次地在信箱面前感到失望。请原谅我的客观情况。“五一”国际劳动节，因我的国籍不同，不能参加游行。但我今天的运动并不亚于今天朝鲜人民参加的游行。我到了咸兴的山上公园（这名字是我给起的，因为这公园在山上），站在山顶，可以瞭望看不到对岸的朝鲜海，可以观望咸兴的整个城市，还可看到离我不远的游行队伍。在山的另一面，坡度几乎直得像峭壁一样。但也比其他几面绿得可爱，这不是绿草，而是很多小树组织起来的树林。这小树林，如你不注意的话，你绝不会到里面去欣赏一下是什么样的？因为这个林门太小了，小得你只能钻进去，而不能走进去。到了里面，只能让你坐着或躺着。在行走时只允许你弯腰走，绝不允许你站着行。里面既清又静。有很多很多让你躺着或坐着的位置。里面的人，除了我以外，差不多都是成双成对的情侣。我找了一个较为平坦的位置坐下，欣赏着这个奇异的景色。回想起两年前的今天，我在上海，和你亲爱的在一起，我们观赏着在我们来说有一些意义的“猫头花”。就在这个时候，我们正在倾诉着我们所要说的话。我还记得亲爱的你是那么怕羞！想多看我一眼而又不敢看，我要看你也不让看……我们相会的时间不多，但是我很留恋！在两年后的今天，我更思念你了。上次收到你的信，说学校里正在流行感冒，但我不知你怎样？你说快要考试了，也不知你考得好不好？你告诉我，乡下爹妈已经和好了，现在是否相安无事了？……我无时无刻不在想你！

妹，我病好了还不到三天，就出差到咸兴。也许是我太疲乏了，或

病尚未痊愈的因素，我到咸兴又病了几天，因此我的来信（加上通信兵来取信的时间我没掌握）直到今天才发出。这是我的客观原因，请原谅！现在我的病算已经完全好了。我的饭量和体力都增加了，请放心！

亲爱的，我这几天一直在考虑：我这个人好说好讲，特别是对你，我什么话都乱说，我知道你是会谅解我的。但我很不放心，我不知道以前在信中，或在和你见面时的交谈中，有没有你不爱听的地方？亲爱的，你可以向我指出来，以便我今后注意！妹，今年我肯定要回国了。这是处长和我谈话时告诉我的。时间不会晚于7月底。回国后，我们见面的机会更多了。妹，以前我告诉过你，我对入学的信心不大，其实我是多么想要进入校门啊！

亲爱的，我爸爸常和你见面吗？他的身体怎样？我很想念他。因我病了，未能给他去信。如你见了，劳驾代为问候。

妹，妈妈给我做的两双单鞋，我已经穿了，很合脚。我们这里的人问我是谁给做的？我说是妈妈做的。他们说你妈怎在牟家村？是你丈母娘做的吧？！丈母娘怎么知道你脚的大小？我的回答很有意思，我说丈母娘怎么会不掌握“毛脚女婿”（指未结婚就上门的女婿）的脚呢！你们太成问题了。他们不懂这句话是什么意思，要我解释，我说，对不起，这是秘密。你说有趣吗！好吧，谈到这里。吻你！祝你

学习优良！

你的

荣兆 1957.5.1

荣兆：

好久没有给你信了。你恨我吗？你在骂我吗？虽然我没有来信，但我还是常常想念着你！这么长的时间没有来信是因为我正在期中考试，没有时间写信，请你原谅我，好吗？

哥，你为什么不给我信呢？（我还是接着你的4.20的来信以后一直没有接着）这确实使我很不放心。因为上海有许多人得一次流行性感冒还不算数，还得第二次。这就不得不猜想到你是不是又病了？还是另有原因呢？哥，我很好，一切都很好！请你放心好了。待我有空了，

我去拍一张照片寄给你，好让你看到我的近影；提到照片，真的，那志愿军同志的照片收到没有？为什么收到后不告诉我？上次，我在信上向你发脾气了，你生气吗？对不起！但是你不好意思拒绝，我哪有那么多时间一次次跑照相馆和邮局？哥，你的爸爸上次到我这儿来看我，他告诉我，你的嫂嫂已经生产了。因为又是生了一个女孩，所以你的嫂嫂很生气。但你的爸爸从他的谈话中可知，他并不生气。他说男孩女孩反正是一样的；他邀我到吴淞去玩。我不好意思，因而没有去。最后，请你快来信告诉我，为什么不给我信？祝

健康！

白鸥

1957.5.13

亲爱的鸥：

上次来信告诉你要到医院里休养，可是我到了医院后都没给你来信，你一定盼望得心焦了吧！请原谅！因为我前几天病又发了，不能写，这两天我又好了。现在我在阳德志愿军 511 医院。这个地方环境还是不错，四周是山，医院门口有河。山水具备，风景优美！的确是会招人留恋。可是我这傻瓜，就不愿在这里，我一心想回国。升学，和我亲爱的聚一下。我很想你！有一次，我梦见了你，可是我们表现得并不亲热。特别是你不但不理我，而还和另一个我不认识的人有说有笑！我觉得我在平时气量很大，可是我在这环境里感到有很多醋意。请原谅我，这是梦里的情景。我很爱你，我在梦里还是那样地爱你。半个多月了，也没收到你来信，可能是我转到了另一个单位，通信不便。以后等我出院后好好地恢复我们的通信吧！我快出院了。亲爱的，现在我和我的单位脱离了联系，心里想的也没法去做。妹，你说帮我想办法借本化学书，现在借到没有？如借到了，请寄来，没有就算了。下次再谈吧！吻你！再见！祝你好！

你的

荣兆 1957.5.18

荣兆哥：

来信收到了。

听说你的身体不好，要去医院休养。这确实使我很不放心，愿你好好休养，早日恢复健康！不知你要去的医院在何地？希望你早些告诉我。哥，你的病是什么病呀？是不是得了流行性感冒以后没有全恢复健康，还是另外得了什么病？如在感冒以后觉得不大舒服，那不要紧的。你好好地休养一个时期就会好的，别担心！乐观一些，知道吗！你在什么时候到咸兴去的啊！怎么你没有告诉我？难道这也是机密？若是机密，那当然不需告诉我。

哥，我们期中考试今天才结束。大概还有四个星期就要大考了！说笑话，到了学校，什么都好，就是考试不好！你说是吗？近来比较忙，一天到晚忙得晕头转向。当我在忙乱时，我总是命令自己：要镇静、沉着。话是这么说，但是效果还不大啰！

哥，我的爸妈仍在乡下。预备三个月后，妈妈到上海来长住了。哥，妈妈到了上海后，仍预备住在姐姐那里，因为姐姐身体不好，需要妈妈来照应她；你愿意帮助我负担家庭，这使我很感激。但是我们不能不信任我的姐姐和姐夫。妈妈是我和姐姐共同的，我们都有赡养的责任。所以谢谢你的好意！

顺便向你提个意见：我们说话要留有余地，要前后呼应，否则容易"开空头支票"，例如，你刚到朝鲜时，你预备要立上几个功，你相信你自己会在朝鲜入团……如果你的诺言不久就成为现实，那旁人也无话可说的啰！否则人家就认为你不谦虚、好吹。以后说话，我们还是谨慎点好，对吗？本来我要给你寄钱来的，但邮局不让。好！下次再谈！祝你

早日恢复健康！

你的

鸥 1957.5.19 晨

又：你的 5.2 的来信，我今天刚收到——5.21。

亲爱的鸥：

你好！5.13 的来信收到，勿念！

告诉你一个好消息，我已离开了医院，很平安地回到了原单位的驻地——平壤。感冒已绝根，但我头颈上的“热疖头”，痛得我很不好受，但不要紧的，你放心！

鸥，你以为我接不到你的信，会骂你吗？不！我根本没有这样的行为。我知道你在期中考试，我会原谅你的，同时也要求你原谅我。如没有其他客观原因，我可以每个星期给你写一封信，但不要求你这样。鸥，你说从 4.20 以后一直没收到我的信，其实从那天以后，你可以收到我四封信了。

鸥，我再告诉你一个消息，我北京铁路设计事务所的领导已同意我深造（考大学）。这里的领导也同意。如有必要可以回北京去报名。领导是这样支持，问题在于我是不是争气！我现在又高兴又害怕，害怕我不争气。鸥，这里的部长告诉我们回国的日期是 7 月底到 8 月初。说不定我们可以在暑假里相会。

鸥，我的爸爸来了一封信。他说：别人告诉他，说我们也许在最近结婚，也许要过一个时期。因此，他的意思要我们最近结婚。他是这样讲的：“我年老了，看到你结婚以后，我也可以安心了。”最后他又说：结婚是你们的事，你们看着办吧！从这些话里可以看出，他已经看中你做他的儿媳妇了，他很喜欢你。

鸥，我再一次请求你帮一下忙，因为我很不好意思推却，那志愿军的照片收到了，可是他还要替他爱人同样印一张和他以前一样大（6寸）的上色照片。劳驾劳驾！（北京话）我要的钱如不能在信中寄，那就从邮局寄，把汇票寄给我，我请别人到安东去拿（寄安东邮局就可以了）。30 元就可以了。因为我一到北京就有钱了，我不好意思去麻烦别人，因此只有求你了。好吧，我们就到这里。最后吻你！祝你

好！

你的

兆 1957.5.29 晚

亲爱的鸥：

从医院回平壤已将近十天。回来后的第一封信想你收到了吧！我要的化学书，今天已收到了。我很高兴！但我也想到你一定为了这本书碰到不少麻烦，我拿什么来谢你呢！唯一的，我要加紧复习，争取录取来回答你。亲爱的，你们以前学习化学，有没有用什么方法来区别哪一种化合物是属于酸类或盐类、卤类等等。我不能很好地把它们这些化合物是属于哪一类的区别开来，你能来信告诉我吗？我想找个方法以便我复习。亲爱的现在离高考的日期很近了。不知怎么的，我感到考期越近，就越紧张。越紧张我就觉得什么课程好像都没有把握。别的办法没有，只能在这环境里锻炼自己的镇静。

亲爱的鸥，我现在身体已经好了。感冒已经绝根，但头颈上有一个像"热疖头"一样的东西还没好。最近脸上又长了一个不知什么东西，现在不痛了。过几天我又要参加球类活动了。我从4月12日—4月20日是得了流感；4月23日到咸兴，因为工作需要，不能休息，但只工作了一天，倒又病了两天，最后到医院去休养了，就这样。

亲爱的鸥，你可能不会知道有多少次月圆了又缺？我也不知道多少个寂寞风雨的夜晚，未能很好地入睡，我不是因为工作得不好而在寻找错误或教训，我是在想我远方亲爱的你。我多么想和你生活在一起，但又怕影响你的学习。我想常回来看看，但没有那么多的机会，我多么希望有这样的日子：在工作完了的时候就能在一起，我们有谈不完的情、说不完的爱。在假期内骑着我们的摩托车，带着我们的孩子，在风景优美的地方野餐。我想呀想，有几个晚上，我想得入迷了，好像我们已经到了那些地方，好像我们已经生活在这样的时期中了。可是当我清醒过来后，除了你的微笑的脸蛋和星星一样的一双眼睛还留在我脑海中外，什么都不见了。我有时也批判我自己：我们还没结婚，家庭观念就这么重？我们真的结了婚后，该怎么办呢？！不应该想得太远了。我真的没有办法控制我不想你！我是多么地想念你呵！亲爱的鸥，你对我提出要我注意，不要把大话说在前头，否则别人就认为我好吹！你还举例说明。这里的同志也向我提到过，说我有些骄傲。你的意见我接受。以后说话要谦虚！不事先下结论。亲爱的，我们就谈到这里！

吻你！祝你

好！

你的

荣兆 1957.6.3

荣兆：

好久没有给你信了，你是了解我的，所以不解释了。还有一星期的课，以后又要大考了。“忙”未去，可是它又偷偷地来了：我们共考三个星期。到7日7日考完，大概8月放假。哥：寄来的是数学答题，我买不着，所以我只能花了几个午睡的时间抄给你的，看看吧！对你有好处的。物理、化学的答题我没法买到，也实在没空抄，抱歉！请原谅！不过我还在尽量替你去买。你要的钱，我没法寄，因为邮局一定要我写明，安东邮局什么人代收。你快点告诉我。我的妈妈已来上海了！她还好，勿念！哥：我建议你是否可以把你的休假提前，以有利于你的考试。并且上海有些大学可以组织你们复习，准备迎考！你看怎样？花了5分钟写完了此信。就算是一张便条吧！别生气。再见吧！祝你

好！

白鸥 1957.6.9 晨

亲爱的鸥：

你好！

很长时间没有收到你来信了。或许你现在正在准备考试，否则就会使我产生焦急和不安。亲爱的，我有可能在7月底8月初回到上海，但我不知你什么时候放暑假？希望我们能在暑假里见面。现在我们的工作基本上结束了。因此我有很多时间来准备我的功课，争取录取。你为我借的化学书和笔记，我一定会把它保持干净，不会遗失一张纸，你放心吧！上一个星期我打了一个通北京的长途电话。北京的领导告

诉我说：因为人事处还没有接到铁道部的命令。因此我的报名还尚未解决。但这点可以肯定的，设计事务所已同意。问题在我这次考试的结果如何。正是“万事俱备，只欠东风”！这次我把我需要入什么学校的意图也告诉了领导。我要入铁道学院或交通大学，在什么地方，我都没有意见。但如果把我报到兰州去，我们就会离得更远了，但为了前途，我们不得不牺牲眼前，你说对吗？再说，我们的假期是统一的，在每个假期，我们都可见面。亲爱的，我快要回来了，因此我很着急要买些人参，回来送人。所以急需要钱。

亲爱的，有人说，有钱难买星期六，是因为明天不用上班，今天可以晚睡，明天可以晚起。他们可以利用这幽静的晚上和心爱的人畅谈着甜言蜜语；或他们在舞场里拥抱着对方，跳起那轻如燕飞的步子，沉醉在欢乐的舞步和优美动听的音乐里。但是我呢！却在这异国他乡，在山沟里，独身孤影的，凝视着悬挂高空那纯洁的月亮！虽然援朝任务光荣，但怎能阻挡我思念着我远方的姑娘——我的爱人。唉！明知相思苦，偏走相思路！月亮也同情我，她默默地看着我，陪伴着我；那微风轻轻地抚摸着我，安慰着我……夜深了，我还未入睡，我在想你，愿你身心愉快，愿你考试成绩优良！愿你永远

快乐！

你的

兆 1957.6.10

亲爱的鸥：

你辛苦了！我谢谢你为我而牺牲了你好几个午睡时间，给我抄集了53年、54年、55年数学考试题。的确，这些考题给了我很大的启发。这些题我初看了一下，我大约只有40%能做得出来。如果要我现在考试，那不是糟了吗？何况，今年的考试我估计要比往年难呢！鸥，我以前来信要你帮我找化合物区分等问题，现在不要找了。现在我找到了1957年高等学校招生考试大纲上规定考试范围的书籍，唯一的是要我加油！鸥，我要回国了，你不要寄钱也不要来信了。这封信也许是我在朝鲜给你的最后一封信了。因为我在本月20日回到安东，23日可

到北京。今后日程安排还要听管理局人事处的。亲爱的，我的心已回到自习上去了。就到这里！祝你安心地复习！争取成绩优良！身体健康！吻你。

你的

兆 1957.6.14

亲爱的：

你好！

我很平安地回到了祖国的首都——北京。请放心！由于今年机关为职工干部报考高等学校的报名手续和往年不同，机关不但不代报名，而且也不动员大家去报考，更不用说组织大家为报考而学习了。我的情况虽然特殊，领导上也仅仅给了我一个同意。报名手续还要自己奔跑。听了这个消息，我震惊了！但我很快就恢复了平静。我抱着“不到黄河心不死”的念头，我想我有一个月的假期，我想利用这个机会，因此我暂时决定不回上海。如果等我考试完毕后，工作不忙的话利用还有四天的假再回上海，如工作忙的话，那就过年时再见吧！亲爱的，我相信你是知道我的，也会谅解我的，是吗？我是本月 19 日离开平壤，21 日到北京。昨天办了一天手续，住宿、行李、人事资料等等，今天才开始休息。下午我还想去打听一下报名需要什么手续！鸥，你们快要考试了吧！功课复习得怎样了？我告诉你，我的功课准备得很不好，再加上今年比较难，所以我的希望大概只有 30%。鸥，如果我不能入学，我的工作经常出差，经常有调休的机会，所以也可常回来看你的。我已回北京了，请你告诉我父亲！祝你学习

优良！吻你。

你的

荣兆 1957.6.23

【按语】我收到这封信后，已经知道，他要想报考大学，已经没有希望了，因为他连名也没法报了，实

在太晚了。我很难过，而他比我更难过。他忙了几天，报考大学已完全不可能了，就回上海休假。在休假中，他的思想情绪产生了极度的不愉快。其原因应该说是我造成的。但在当时我还并不知道。原因是：我曾经在他的前婶婶那里暴露过我的思想，我和他两人通信已有四年，虽然开始我仅仅是出于同情和礼貌，但他向我明确表示，他爱我也已三年，我俩感情也很好，如果我不读大学，那我们可能已经结婚了。但是，我不能。我俩相隔千山万水，一年中最多也只有两次相会。平时也只能在信中舒展一下彼此的思想。但是在漫长的岁月中，在每天的现实生活中，总觉得缺少点什么，心里有点空虚，特别是星期六、星期日或假期中，别人双双、对对去电影院，或去跳舞，或去公园、商店……而我独身孤影。我这里也有人追求我，有的条件也不差，但我不能，我还要躲避他……有时也会迷茫，心里很矛盾。所以我呢，到星期六和星期日，我就做功课或洗衣服等；他的婶婶听了很同情，她说，等荣兆回来，她跟他说。我说：别告诉他，我自己也没想好！我得好好地想想。这次回来，他婶婶果然告诉了他。再加上，那时的通信是多么不便，他在车站等我回去，一等就几个小时，而我却全然不觉。这就造成了他极度痛苦。他回北京后，我们仍然继续用信来表达彼此的思念。下面是我给他的信。

花草萌芽了，随着春天的到来，我们间产生了爱情。
经过日积月累，我们间的感情，已难以用文字表达。
虽然相隔千山万水，但我们的心，已紧紧相连。
回忆：在一个“五一”节的早上，哥哥陪伴着妹妹，
在中山公园观赏我们喜爱的是哥命名的“猫头花”。
那时，在妹妹的心里已种下了“爱苗”的种子。
曾记得在一个炎热的夏天，哥从千里之外赶来会妹。
呵！她很激动，她衷心地感谢你，永生地不忘你，对爱的忠实。
我们的爱苗在成长。

在一个寒冷的冬天，我们曾在一起度过了一个愉快的、难忘的新年。

我们已难分离。

虽然随着风浪的起伏，我们间的爱情，像大海中航行的小船一样，

也曾颠簸几下，但是很快就风平浪静了。好在我们都懂得：

“爱情是一支美好的歌，然而歌是不易编好的……”

送走了我的骏马，留下了我满腔思念。但愿我的骏马一路平安奔向前程！

白鸥

写于 1957.7.31 晚 9：20

亲爱的兆：

谅你已平安到达北京，是吗？此次你来上海，论理应该愉快地度过这一月的假期。可是我使你很不愉快！给你受了很多痛苦，我打扰了你安宁的假期。无论是当时还是现在，我的良心受到责备。但愿我的知心人儿能原谅！哥哥，有一天你在车站等我，等了几个钟头，最后还是“白”等了，这当然使你很生气。可是，我真的很冤枉！当时我确实没有领会你的精神，造成了误会。亲爱的，我现在再次地请求你原谅！好吗？哥，你知道吗？所谓妹妹，是因为她年纪比你小，懂得的东西比你少，犯的错误可能要比你多，做哥哥的有责任帮助妹妹少犯或不犯错，即使触犯了你，那么哥哥你也不能生气，应该原谅她，因为她是你的妹妹。是不是？

哥，有一天晚上，我们在马路上溜达，你和我讲了许多话，但得不到我的回答，因而很生气。亲爱的哥，请能理解我，我当着你的面，讲不出什么，我也不知道为啥，要知道我的内心及我的思想，那只有在信上，请原谅！哥，我知道有些事情通过我们的交谈，已经解决。但已在你心里留下不小的创伤！这使我很内疚，也在我的心灵深处留下了一个解不开的疙瘩。我不知用何方法才能医好你心里的创伤，万望哥哥不要再想，可不可以像没有发生过这场风波一样。

兆，你对我很不放心，因而要求提前结婚。这一点我也曾想过，我也不要求你等得太久。可是我很怕结婚，原因你是知道的。哥，如

果我们结婚以后，住在一起你也不能来碰我，像你的身旁没有我一样，或当我是个男的，若能这样，那我同意！能这样吗？恐怕很难！不过最早也要到明年年底。你考虑！

哥，你去以后，我就在我的同学家里住下了。

【按语】那天我送他上了火车，因为我家是乡下，当天回不去了，就住在小时候的同学——年灿兴家里。我和灿兴是同村，是隔壁邻居，可能还有点亲戚关系，所以两家大人关系也不错。我们小时候，那还是抗日战争时期，灿兴一家也都住在乡下，所以是同学。抗战胜利后，他们又回到常州，灿兴的父亲、姐姐都在常州纺织厂工作。后来灿兴又在上海读大学，我们常有联系。他们一家人生性善良，为人诚恳，还乐于助人。那时交通非常不便，一天只有一班船——上午来下午走，遇到天气不好，船也停运；村里人到城里办事常会遇到回不去的情况，那时穷，又舍不得住旅店，就到他家住宿了。他们不但要管住，还要管吃，真是难为他们了……

他的妈妈待我真好！头一天我是一个人睡一张床，到第二天，我的同学回来了，我便和他妈妈睡一床。那天很热，她一直在替我扇扇子。到第三天夜里较冷，她一直替我盖被子。看到她待我那么好，我又联想到我的妈妈也是这样的。妈妈真好啊！世界上没有什么比慈母心更伟大了！我的妈妈也很喜欢你，她一定会像对待亲生儿子一样看待你的。

哥，我在常州玩了一次。我们三个人（我和我同学，另一个是他现在的同学，是个华侨）玩了东郊公园、城中公园、南大街等。以后我和你去常州玩的时候，我可以充当向导了。你说可以吗？哥，我在家住不长的，会回上海去的，来信寄到上海吧！亲爱的，你说我只写过一次吻你？！那么今天我第二次吻你！好！再见吧！愿你

安好！

你的

鸥于 1957.8.2 晚

兆：

你好！

7.30 的来信已收到。勿念！[①]

哥，你不要看信封上的地址，猜猜我在哪里？告诉你，我在本月5日已经返回上海了。一路平安，请勿挂念！我和爸爸两人在家，到了晚上，不知怎么的，我总有些“怕”，我也知道没有什么的，但我的心里总有些疑惑。哥，我以前在同学中间胆子还算大的，可能你要笑我经不起考验，胆子这么小。要是你这么说我，我也无言可答。哥，现在我来回答你信中提出的问题：你说“你对我的爱不是从你心底根部发出的……”这句话，你刺痛了我的心吧！我很难受。请你想想看，要不是真心地爱你，那么我为什么会把你带到我乡下的家里去？到我家里去，作为普通同志关系也没有什么的。但是，我对你的态度、行动，你自己可以知道。如果你认为我可能会以同样的态度去对待别人。那你太不尊重我了。我定要说你这个人真坏！我是哑巴吃黄连，说不出的苦啊！你一定要问：既然你是真心地爱我，那么为什么偏要产生这个矛盾？“矛盾”是我心里的疑虑，不等于是决定，我还没有想好呐！坦白地说，我想在暑假里冷静一下头脑，好好地考虑一下，既然问题提前爆发，那我只能提前考虑了。我认为一个人要在另一个人的印象中是十全十美的，一点没有矛盾的地方？我认为那是很少的，我知道我在你的印象中也不是十全十美的。有矛盾产生，采取什么态度？是谅解？还是决裂？那倒是要好好考虑。其实，你在我心里也已经牢牢扎根，如果失去你，我也会痛苦的。这不是我说的“矛盾”吗？！当我看到你是那么痛苦，我很后悔。我不想毁灭一个人，也不想毁灭我自己。虽然有些地方不合我的理想，但我不能怪你，因为我知道你的客观因素。至于你的工作，哥，你知道吗？因为你的工作很艰苦，我就更同情、更爱你了！这是不难理解的。因为工作艰苦，在生活上就需要有人来照顾，我们将来会有一个温暖的家，你在生活上可以得到关心，在精神上一定会愉快的。对你工作有帮助，对我也是一种安慰。我曾经听你说过：你有的时候，曾经和马睡在一起。我敬佩你们！我觉得你比我强得多了！如要我睡在马厩里？可能不容易吧！哥，这是

---

① 他这封信我现在没找到——2015.1.28 记。

真的，我一直是这样想的。我曾和我的同学说过哩！我没有想到，我的思想矛盾会给你带来这么多痛苦，使你感到我变得那么“无情”。我真痛心！我的“无情箭”射穿了你的心底，但也绞痛了我的肝肠，一切都是我不好。请原谅！

哥，你告诉我，在12日你要出差去石家庄。到了石家庄你代我去看看我纺校的老同学，我很想念他们！问问陈洁民和李金佑，他们什么时候请我吃糖？对了，你很长时间没出差了！我预祝你胜利完成任务！在工作中要小心些。就到这里！再见！祝

愉快！

你的

鸥于1957.8.8晚9：54

荣哥：

你好！

为什么还没接到你的第二封来信？明天你要出差了，现在大概已将东西理好了。在外面小心些，并注意身体！哥，听妈妈告诉我许多话后，我真又是气来又好笑，从妈妈和姐姐的感觉中，你的婶婶和你都以为我在外面又有“朋友”了。喔！所以你是那么生气，怪不得我迟回来后，你又是那么的生气！原来里面还有那么一套！我要认真地告诉你：朋友吗？有！并且很多，不过，我们间的所谓朋友，不像你们所想象的那样。哥哥，我已不止一次地告诉你，我没有像你们所想象的那种朋友。我们间的关系，在任何情况下，也不允许我答应别人了。在和你相爱的几年中，你应该知道我是一个什么样的人了，你可以放心！在我以前和现在的学校里，我的同班同学，一般都知道我是有你的。假如有个人，明知我有你，而还是那么穷追不舍，那么我定会鄙视他，因为他为了自己的幸福而破坏别人的幸福，是把自己的幸福建立在别人痛苦的基础上的。如果人家不知道，那么我也会好言相告，婉言拒绝。不想隐瞒你，在前天我还写一封信给西安的张××（纺校同学），我把你向他介绍了，因为他的来信中要我做他的终身伴侣。真是笑话，大概他不知道我有你。哥，你可以尽管放心。不过我得申明：如果谁要

来干涉我的正常的社交，那我不会屈服的。好！我们就到这里，我想早点回校，信寄到学校去！再见！祝你

好！

你的

鸥于 1957.8.11 晚 8：35

亲爱的鸥妹：

可能你现在认为我在石家庄呢？其实我还在北京，我的计划又改变了。我们一定要把煤建公司专用线工程做完，才到石家庄去。石家庄的工程一定要我们去做。因为我们组里有位同志的家在那里，为了照顾他，因此石家庄工程，大多数是我们都包下了。我去的时候一定会去看望你的四年同窗同学。

鸥妹，我现在比在上海的时候更黑了。我没有忘记你曾经告诉我，要我把黑皮肤分一些给你，好吧，我现在分给你，你收到了吗？请来信告诉我。

妹，我现在比在上海的时候又胖了一些，可能是生活好了吧！你的身体怎样？我很担忧你，在你的“朋友”来的时候，痛得那样厉害！现在你两封来信中仍未提起。为此我很担心。我不懂，所以也不知道这样痛是否会影响你的身体健康？如果有影响的话，那就请医生看看，不要让它发展大了。这样的担心，是不是多余的？请原谅，我是外行。亲爱的，我们可不可以把来信编一下号。譬如你现在已来了两封信，可以把它当作 2 号，如你再来信就可以当作 4 号。我现在连这封信还只有三封，因此这封信把它作为 3 号。这样一来，我们在写回信时，就不要说几月几日的信收到了，只要说第几号收到了，以便于将来整理。这也是我向别人学来的。亲爱的，你在（编 3）中给我解释得很彻底，我很感激你用实例说明你对我的爱。妹，我写到这里，我的心好像有一样什么东西撞击着，我很过意不去。我看到你说：“哑子吃黄连，说不出的苦”的时候，我很难受。我很对不起你！我现在相信你是真心爱我的。亲爱的，你不要难受了，好吗？也不要瞎想，我一向是尊重你的，我不会欺负你。我现在没有理由不相信你。亲爱的，你放心吧！

1957年冬徐荣兆在上海中国照相馆拍摄的照片

你不要再难过了，好吗？我再也不会东想西想了。我可以这样肯定地说：你是永远属于我的，而我同样永远属于你的。我想这很符合我们客观发展的要求吧！亲爱的，关于你谈到我的工作很艰苦。其实也没什么，因为我们在外面的时候不很长。我不论在做内业或外业，在精神上都很愉快！特别是外业更觉愉快！的确很适合我。谈到工作，说也奇怪，我脱离本行工作将近两年，照理说再拿起现在的工作会有点生疏，可是今天我做的那些，很顺利。好像是我出差在外，今天刚回来一样。妹，我再重复一遍，不要难过了，好吗？我心里的创伤已经完全好了。以前的事不完全怪你，我自己也有很多责任，特别是向坏的方面想得很多，造成了一个时期极不愉快。现在风平浪静了。我们高兴吧！好吧，谈到这里。最后吻你！

荣 1957.8.16（编3）

荣兆：

（编3）收到，勿念！

喔！原来你已将“黑”分一些给我了吗？怪不得我从乡下来到上海这么许多天了，皮肤还没转白，是你偷偷地将“黑”给我了。我还不知道哩！现在已经收到了（不！应该说早就收到了），谢谢你啊！你说你又胖了些。这我很高兴，我希望你胖，越胖越好，但不要变成一个大胖子。喂！你以为怎样？哥，你很关心我的身体，这我非常感谢。我还是那样，不胖，但也不算太瘦，今天我到医务室去称了一下，你猜我多重？ 84市斤。哥，我除了常常有些头痛以外，基本上没有什么毛病，是健康的。至于你担心我“痛经”，这你完全可以不要为我担心的。

因为我还是属于轻的一类，我还可以照常地去上课或工作，虽然也有时因它而停课，那是难得的，并且痛也只有一两天。不要紧的，请你放心！亲爱的，你叫我去找医生看看，告诉你，对于这些病，医生是没有办法的，顶多给你吃些止痛片。有种人痛得实在厉害，那医生只有劝她去结婚。据说结婚后会好的。什么道理？我也不懂。

哥，前几天我在劝你别难过，现在却你来劝我别难过了。想想真好笑，知心的人儿已知其心了，那就好了。我们大家都不该束缚于痛苦之中了。应该尽情地欢乐！将那场风波忘了吧！它一去再也不复返了。

哥，我们学校里有许多同学要去参加义务劳动，你知道他们去做什么？告诉你，他们是到你们火车上学当列车员，你说，好玩吗？

哥，你写给妈妈、姐姐的信，她们收到了，并将回信与此信一起寄来。你看我妹妹还写一信给你呢！她说她的嘴上没有挂上十八个“油瓶”，你说好笑吗？那信是她自己的意思，不过，我代她前后次序排一下，再由她自己抄写的。你在上海拍的照片我给你寄来了，你看，拍得不差啊！寄来两张，一张我留下了！时间不早了，我该去睡了！亲爱的，再见吧！祝你

快乐！

你的

鸥于 1957.8.21 晚 10：30（编 4）

【按语】他的（编 4）我没有找到。下面是（编 5）来信。

亲爱的：

你的身体情况我知道了，我现在放心了一些。但还要求注意，虽然是属于轻的一类，也不要把它当作一点事也没有，知道吗？妹，现在我们谁也不用劝谁了，因为它一去再也不复返了。我们今后就尽情地欢乐吧！我想了又想，我考虑了又考虑，我不会在你“怕”（怕结婚）的情况下来满足我的愿望。你放心吧！

妹，我现在决定以后不脱产去考什么大学了，我想考夜大学。但

听说国务院决定，在职干部他的职业是什么才能报考什么。可是北京现在没有我的专业大学，听说要到明年2月，北京铁道学院要设立铁路专业的夜大学，我想报考这学校，现在我正在城里补习。妹，你们有很多同学要去参加义务劳动吗？在列车上做列车员？如果你可能去的话，千万不要这样说："旅客们注意！前方车站是上海车站，请旅客们把小孩放在背包里，上下车以免发生危险！"或者说："请旅客们在下车时不要忘了拿别人的东西！"知道吗？妹，近来我出差范围没有离开北京。但出差的机会也不多，原因是我们58年的任务还没批下来。如批下来了，石家庄有九十公里的工程，要我们线路组来设计。其他的地方还有。或许你会怀疑我以前说的话：在家的时间多，在外面的时间少。其实一点也不矛盾，还是在家的机会多，因为设计要在家里设计。在外面勘测也不会超过一两个月，不会影响我们今后的生活。也就是说，我们能常在一起的。好吧！我们就谈到这里！吻你，祝

好！

你的

荣兆 1957.8.24（编5）

荣兆哥：

你好！（编4）收到，勿念！

你们煤建公司的工程是否快要完了？完成后是否就到石家庄去？哥，昨天晚上，我们在上海的纺三、纺四的同学在纺校聚会了。是因为我班的一个女同学和纺三的一个男同学，从青岛回来结婚。所以约我们都去了。啊呀！老同学见面多亲热啊！多高兴啊！有些同学我们毕业以后还是第一次见面哩！我们无话不谈。从老同学那里得知，陈洁民和李金佑同学在今年"十一"要结婚了！我还刚知道哩！你到了她那里，你跟她说，我衷心地祝福他们！并且向他们要糖吃，你代我吃吧！叫他们预付给你，你高兴吗？！

哥，你的好几封信上都叫我不要难过了。好！我就听你的，我不再难过了，请你放心吧！我们以后不要再提到它了，好吗？你的心意我已经收到了！请你别记挂我了。

哥，我要告诉你，最近我接到了一封有趣的信，那是西安一个老同学写来的。我将信拆开来，并不见信纸，只是一信壳，再拆还是一个信壳……这样一连大大小小有十个信壳，然后见到“请原谅”三个字及一张 8 分邮票。我有生以来第一次接到这样的信。我不知他的用意何在。哥，你定要问我，这是在什么情况下给我的呢？就是接到我在（编 3）中告诉你的情况下写来的。你说怪不怪，这是什么意思？！后来，我又接到他的一封信。这封信倒讲得很明白，我把它寄给你，请你给我想想办法，叫我如何回信？如果你要问我和他的关系如何，那我可以告诉你，在他将要毕业之前曾到华纺来过两次，但都没有见到我，后来，他来了三封信，我一直没有回信。到第四封信，我再也不好意思不回信了，故我们开始了通信。以后我大概接到他两三封信回一次。不过，我得告诉你，我不是因为他不好而不给他信，他是一个很好的同学和同志。是因为我懒、功课又忙而没有及时回信。但我们是普通同学关系。我告诉你的目的，是要想办法，就要了解他。不要误会！

哥，近来身体可好？我常常想念着你！哥，明年的布票很少（每个大人半年 1 丈 7 尺），我们一定不够用的，你的布票不要送给别人，知道吗？我在写信时，我的脚给蚊子叮煞了。好！不写了，以后再谈吧！

祝你

一切都好！

你的

白鸥于 1957.8.27 晚 10：45（编 5）

亲爱的：

你好！（编 5）收到。

你告诉我的那封神妙的信，的确，引起了我的奇怪。后来我又翻起了你的（编 3）时，我才明白。我不是因为我胜利了而骄傲，我更不是幸灾乐祸。我很为他的失望而同情。但很遗憾的是，我不能将我的知心人儿让给他。因为我爱你的时间要比他长，我们认识的时候比他早，我是比他优先。我应该属于你，事实也是如此。但痛苦的不单是他一人，我俩也沾染了一些，但主要还是他自己承担。现在我只能这样的劝告和安慰，请你转告。要他不要为此而过分伤心！可以在纯洁的友谊上继续生长，你可以去信安慰他。

妹，这几天的时间过得很忙，因为整风学习，我们的工作时间增加了一个钟头。早上和中午是没有空的。晚上有时看电影，有时写大字报。我还要去补习学校上课或做习题。在这一个星期内，我已接到了二十封信，可是只回了你一封信，有的我许了愿也没还。我真没想到，我会这样怕没时间。妈妈、姐姐那里也没去信，要求她们谅解！妹，我在整风中，谈了我的入团的事情。我要求处理在团组织里的一些官僚主义，我问他们为什么、根据什么给别人背上“莫须有”的历史包袱，又不给人去掉？当我想起这事，我的确很愤怒！

妹，煤建公司专用线，今天就可以把所有的图纸及工程分析都拿到预算组去做预算。大概可允许我们一个星期在外作业，因此我们又要出差了。我们出差地点可能是石家庄。如是石家庄我一定会到洁民那里去，向她要糖吃。

亲爱的，八月十五快要到了，八月十五月亮最圆的一天。而我们呢？却只能在心里团圆。你说你很想我，而我呢！有好几个晚上梦见了你，我们还特别亲热。想起万山千水之隔，的确是相思重重，如要永远相逢，再过三个寒冬。

亲爱的，我爸爸来信了，他说有个姓王的已经搬进去住了。他又告诉我，自我们回乡后，一直也没看见过你。我看了信后，我就想起你，你为什么不去看看他呢？那房子的事应该和他商量，否则他会不高兴的。亲爱的，这封信写得很乱，请原谅！夜很深了，写到这里，最后请我的使者——信代我接吻！祝你

好！

你的

荣兆 1957.9.3 晚 11：30

荣哥：

来信收到，勿念！

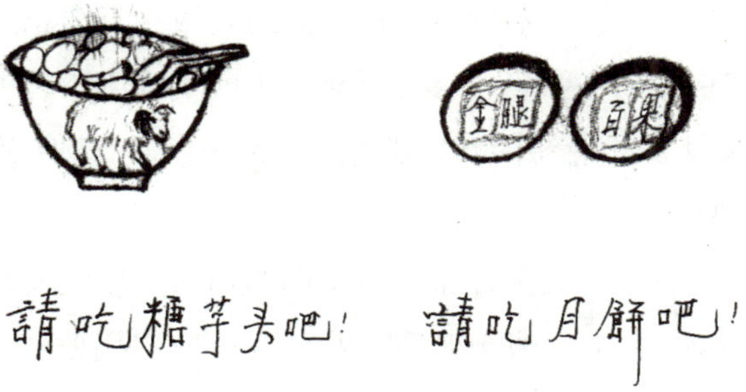

1957 年中秋白鸥画的糖芋头和月饼图

今天已是八月中秋。在那蔚蓝色的天空中，除了飘浮着几朵白云外，是一片晴朗。家家户户都是喜气洋洋，不是杀鸡便是杀鸭。我家也不例外，我的妈妈正在忙着烧蹄髈和鸡呐！是的，我们在欢度八月中秋了。但是，我们都没有忘记在远方的你。我们不知你是怎样度过的？是否会想着买只月饼哩！还是吃些什么东西呢？这里给你吃碗芋奶和两只月饼吧！（见附图——请别笑我，我不会画。）在吃芋奶的时候，当心别把嘴烫痛了，在吃月饼的时候，当心牙齿痛啊！（这是你前婶婶说的。）

哥，关于你对张 ×× 同学一信发表的意见，我很感谢你那么大方！你说，我可能已给他十封信了，所以他寄来大小十只信封？不！我一共去了三封信，他倒可能给我十封信了。

哥，你告诉我，你们机关里已开展了整风学习，你已投入了反对官僚主义的斗争，我很支持你积极投入帮助党整风的运动。但是，我要求你注意党的整风方针，要和风细雨式的帮助同志式的提出批评和意见，不要像狂风暴雨，不要凭感情用事，不能在大字报中出现谩骂等词句，我不知道你的机关里是否经过反右斗争，如若没有，那么请你特别注意不要被右派分子利用。因为像你这样的情况，是很可能被右派分子作为向党进攻的话柄，请注意些。

哥，你说我没有到你爸爸那里去，看来你还有些不高兴哩！实际上我一回校就到他的厂里去看他的。可是因他不在，故未见到。昨天我回家的时候又去了一次，但仍未见到，遗憾得很！以后我再去看他吧！关于姓王的已住进你们的房子，我还不知道。因我在半月前到那去了一次，那里还是空无一物，所以我还是你告诉了，才知道的。其中的一些情况当然我会跟你爸爸商量的。这些事情我真怕麻烦。并且为了房子的事我多次麻烦了你的爸爸，你爸爸一定会觉得我这个人真麻烦！其实我也不愿，不过我总觉得帮助人做些事情总是好的！要知道人家为了房子，东找西寻多么困难？！而你们那房子空着无人住。给他们住了，人家会感激的啊！能为别人做些好事，即使我受了些怨言，我也心甘情愿！

明天，我就要开始上课了。下学期的功课又是比较吃重的。有好多新课，例如材料力学、机械原理、俄文等。下学期我一定好好地学习，上自习课的时候抓紧时间。我要到20及23日补考，考完后我一定马上回信。在这一段时间，我不给你信了，请别盼望！哥，你说，你这星期收着二十封信？！你的外交关系这么广啊！我的信以前算多了，可是从来没有一星期就接到二十封信啊！没时间写信，那就将我的回信延长些时间吧！再见吧！祝你

快乐！

白鸥

于1957.9.8上午

亲爱的：

八月十五已经过去了。昨天你过得怎样？吃了几个月饼？告诉你，我一个也没有吃。那天过得倒比较有点意思。整个一天，我们四五个人①没有到食堂去吃饭。我们买了很多东西，如米、面，买了螃蟹等菜，还买了啤酒。的确吃得很热闹。酒后就觉得这种热闹是一种苦恼，王锦堂的苦恼并不亚于我。其他人也和我有同感。亲爱的，我常有这样的想法，而我又不敢告诉你，我怕你看到这些也会和我同感，可是我又憋不住。我曾经分析了一下，我们有这样想法，对我俩的感情上来说是一种好的现象，如果谁也不想谁，那就糟了，你说对吗？

妹，今天是你开学的一天，我不知你补考完了没有？考得怎样？如果还没有，那也不要害怕，定心一点，复习功课。我预祝你成功！

亲爱的，王锦堂在10月1日可能要回上海（因为整风运动不知何

---

① 这四五个人，我知道是指王锦堂、王礼敖及张云鹏。他们都是设计所的同事，也都是上海人。几个人的爱人都在上海。他们在一起都很谈得来，所以相互关系很好。

时结束，如“十一”前结束不了，那他不能走）。我本来也想回上海，但我怕花钱多了。唉！我从来也没有尝到的滋味，而现在尝到了。

亲爱的，你送的礼物我收到了！我多么感激你呵！只有我知心的人儿才能体贴我。告诉你，我吃得很香。我没有烫着嘴，牙也没痛。说真的，芋奶我有很长时间没有吃到了，今年我没吃过月饼，也没烧鸡。好吧！祝你

快乐！

你的

荣兆 1957.9.9

荣兆哥：

你好！

你等急了吧！这么长时间没有给你信了。你想不想啊，当然想，是吗？首先，得告诉你，在 23 日我已经补考完了，你我都可以放心了。具体的分数还未知道。这次我的物理不及格，主要是我没有好好复习，我在复习的时候，思想不集中，考的时候时间没有掌握好。这次的不及格，对我来说，好像是受到了极大的侮辱。我为它难过了多少天啊！为了补考，我一个暑假没有愉快地过好，并且为它而瘦了好多，以后我一定好好地学习，到考试的时间，好好复习功课，再不在复习期间开小差了，因为我已经受到了一次深刻的教训。

哥，从今天开始，我院已开始停课（停四天），进行鸣放。我们将达到鸣放高潮。你们机关的鸣放是否将告一段落？上次你来信说，如果你们鸣放在国庆前结束，那么王锦堂同志想回上海，并且你也想回来，可是又受到经济约束。我想如果你真想回来的话，那么也不要这样约束自己。如果我们到那时候没有能力结婚，那么到我毕业后，不好吗？告诉你，姐姐、妈妈叫我也要准备起来了！我想了一想，倒也不错。可是我受不了经济的约束，所以我现在仍然如此。我想，反正我又不想结婚，谁想结婚，谁去准备吧！哥，你听了生气否？我的意见是：如若你想回来，那就回来吧！如不回来那也没什么关系，是不是？

哥，妈妈在姐姐那里不太满意。妈妈常对我说，她想还是到乡下

去的好。在上海，她也没地方住。听了妈妈的话，又为难了我，叫我怎么办呢！我说，那么等我们结婚后，你跟荣兆去吧！她说她不去，一定要我去，她才去。你说叫我怎么处理好这个家庭呢？哥，我爸爸已搬到横山桥去住了，他开了一个修理缝纫机门市部。妹妹也到那里读书了。妈妈听了很生气。第二天就回乡下去了。你写给妈的信，我还没有给她。嗯！我要向你提一个意见：在别人面前少提到我，你想想看，我好意思吗？什么要抱我的孩子等到第二个五年计划啦！什么啦！呵！我不愿在第二个五年计划里生孩子，那你一个人去生吧！

哥，最近，你是否出差了？石家庄去过没有？身体怎样，好不好啊？要注意些自己啊！并且也要将自己理得整洁一些，勿要反正我看不见，你就弄得一塌糊涂。一个人要会工作，也得要会生活，是不是？我的话好像有些不客气，是吗？好在你不会计较我的，是不是？嗯！还要告诉你，我昨天晚上去烫了头发，这样一来，你要不认识我了，如果你在国庆节回来的话，那么请你注意：别认错人啊！好！再见吧！祝

快乐！

你的

白鸥 1957.9.26 晚 8：05

亲爱的，你好！吻你。

前几天我出差在天津，我们的招待所在“宁园”旁边。“宁园”在天津来说是一个最大的公园了。但它是属于铁路的，市民到里面去玩要买票的，我们铁路员工就不用买票。昨天早上按理说，我可以晚点起来，但不知怎么的，六点钟不到就起来了。招待所有个后门，可直通宁园。当我走到里面，唷！里面已有很多人了。有打拳的，还有钓鱼的。里面很幽静。在这样的环境里，我怎能不想你！如你在我身旁，我一定高兴得很，我会陪你玩个痛快！但是，我只能看着别人一双双、一对对……而我只能孤零零的，相隔万山千水。亲爱的，我只有这样来安慰你和我的心：我们要耐心等待三年。三年是很快就能过去的。我们就可以相处在一起过幸福生活。我们幸福生活的基础比别人要坚固，因为我们是在耐心等待中锻炼而成的。亲爱的你说对吗？！

亲爱的，国庆节后，我们决定到石家庄去。我们现在整风还没有停止，但不像以前那样占很多时间。我们工作是二、四、六，都是整天工作；一、三、五下午是整风学习。上午也是工作。妹，今年“十一”，我参加仪仗队（红旗队），将来，你看“十一”电影纪录片时，你只要在红旗队里找我好了。告诉你我又可以看到毛主席了。我已计算了，我的位置是在靠天安门的十几排里。

妹，妈妈在姐姐那里，的确使我有点遗憾！我也和你一样束手无策。我曾这样想过：妈如肯到北京来住，我可以在北京借房子，我和妈妈住在一起。随着经济条件的许可，把我们所要的东西一点一点买起来。另外你在假期里也可到北京来！但妈妈不会答应的，怎么办？亲爱的，你不愿我在别人面前提起你，是吗？不！我偏要提！我可以不在其他人面前提，但我在妈妈面前提。你的这个意见，我不接受，因为我喜欢妈，也喜欢你。所以我对你俩都会把心里所想的话来告诉你们。妹，你不愿在第二个五年计划里有孩子吗？好！那我就自己来生，生一个又白又胖又逗人爱的大布娃娃，我要她同样哇哇地叫你妈，好吗？亲爱的，我会注意我的身体的，我现在也学会了处理我的生活，不过有点忙乱！你放心吧！你也要注意身体！你瘦了吗？你身边有钱吗？没有的话，先向别人借一借，多买些补品吃，你听我的话，好吗？我下个月会寄来还给人家的，知道吗？写到这里，我很惭愧，我很对不起你！因为我没有像其他人那样，买这买那的送给他的爱人，请原谅！好吧！我就写到这里。祝

好！吻你！

你的

荣兆 1957.9.3

荣兆哥：

刚才读完了你的两封来信（有一封信没找到）。激动的心情真是无法形容，非常的感谢你去访问了我的老同学，看来他们都很好，是吗？我真高兴！尤其是我的阿洁（陈洁民），真的和李金佑同学结婚了！我衷心地祝贺他们，并为他们幸福生活的开端而感到欣慰！说真的，我

真想立刻能看到他们！那我激动的心定要从口腔中跳出来了！我们定会长夜不眠地谈着一切的一切，多美的理想啊！可是我能碰到他们的机会，真是寥寥无几。说到这里，我也和他们一样的羡慕你们铁路工作人员，来去方便。在这一方面，我的“福气”可能要比他们好些，因为我有可能靠你之福，可以享受几张家属票[①]，如果将来到了北京，那我如果可能的话，我就要多来几次上海。要是能出去玩就好了，那对我这个爱玩的人来说，我真的太高兴了！

哥，在 9.30 的来信中，我最爱这几句话：“……那我就自己来生一个，生一个又白又胖又逗人爱的‘大布娃娃’，我要她同样哇哇地叫你妈。”每当我看到这里，我就笑了，太有趣了！

哥，你要我买些补品吃，并且你要寄钱给我，谢谢你！你的心意我收到了。我不要你寄钱，你现在积蓄一些，将来要用的。我的身体已恢复正常了，我也不太瘦，我也不希望胖。所以请别为我的身体担心。你应该多关心一些自己的身体，买一些补品自己吃。如若有钱多的话，你可以将借你前婶婶的钱还她。你一共借她 25.8 元，是吗？本来，我预备还她的。可是我现在每月都要寄钱到我爸那里，因为他现在脱离了农业劳动，而他的“副业”劳动，据说没有生意。并且他已将社里的工分全部拿掉了，如我不寄，那他的生活就成问题。所以我现在每月都寄一些回去。他的生活大概要比以前稍微紧些，这也好给他尝尝苦的味道。

哥，你说，你很想念我！说句良心话，我也非常想念你，每天晚上，我都会想到你！想一会才会睡着。你想在元旦回上海，说真的，我很想看到你。但是，你在暑假回上海时说过“以后不来上海了”！当时我很难过。但随即我也意识到来去一次很麻烦。在火车上要很长时间，人很疲倦，因而你不想回上海是完全能理解的，也是能谅解的。所以如果你是为了我而想到上海来，那么还是不要来吧！为了我，害你来来去去的弄得很疲倦，那我实在不好意思。哥，你要我在新年里到北京来！北京，祖国的首都，谁不想来啊！可是，我到那时，还要看看我的客观条件（功课、经济）允许否！如果主、客观都能如愿的话，那我就来。如若不能来，那我只能请你回上海了。假如我到北京来，那我一定先到郑州，请你到郑州来同我到北京好吗？

---

① 因为我有工作，从来没有享受过免票——白鸥 2015.7.25。

哥，你告诉我的同学说：我们最少两年半以上或我毕业以后才结婚吗？！那你为什么在我的面前又不肯答应呐？偏要我在明年的年底结婚呢？看来你对这一问题的态度是很矛盾的，是吗？如你真愿意在两年半或毕业后结婚，那我太感谢你了，但这定会遭到你吞吞吐吐的反对，你爸爸坚决的反对，是吗？我应该做功课去了，和你就谈到这里！再见了，亲爱的哥哥。祝

快乐！

你的

白鸥 1957.10.11

亲爱的：

你好！来信收到了。

我看你的确是太激动了！那你就在过年的时候来吧！反正不是我来就是你来，我们是一定要相见的。相见能解除我们暂时的相思。我曾这样说过：

千时相思千时苦，千时盼望相逢时，相逢不久又别离，别后重犯相思苦。

亲爱的，这说明我们的相逢是多么需要啊！我是爱你到无法形容的境地，甚至到不能离开你。因此我要求，只要我们有机会就相见！今年元旦看来我们不一定会见面了，因为石家庄车站改为枢纽站的时候，我要在那里三个月。亲爱的，你说过年的时候不一定会来，因为受到经济和学习方面的限制。我想，这个问题由我俩来共同求得解决，经济不会成问题由我负责。学习方面由你负责，好吗？现在我告诉你我的经济情况，我每月 70 元，我想每月能积 40 元，可惜，这几个月都没有实现计划。亲爱的，你说我对结婚的问题有矛盾！是的，我是有。我想早结婚，但又怕影响你的学习！亲爱的，妈妈回乡下了吗？她好吗？我很想她！姐姐和姐夫他们好吗？最近我真没时间写信，代为问好！我爸爸那里你去过了吗？他身体好吗？你代我去看看他！代我问好！我是本月 13 日回京的。回京的前夜我又到洁民那里去了。他们还是那样很客气地招待我，并硬要我把一块喜糖放在信里寄给你，他们

不让我代吃。洁民要你寄一张照片给她，同时我也不例外。好吧，我们就到这里！祝你

好！吻你！

你的

荣兆 1957.10.16

亲爱的：

上次的来信，想你收到了。关于我要求下农村和下基层的事，只征求一下你的意见。现在我把我们这里的实际情况告诉你。《人民日报》的社论想你已看到了？！现在政府和党号召我们下乡和下基层，这个运动不但是增强工农联盟而对加强我国现在的农业发展也有所帮助。但主要的在我来说是个劳动锻炼，也是个劳动改造。让我真正能体验一下体力劳动的生活。因此我没有顾虑地报了名，填了志愿表，时间不允许我征求你的意见。我想，你不会反对我的行动吧？请原谅！或许你听到这个消息可能会产生另一种感觉，因为你曾经有过这样情况而不爱……现在我已进入了和那个人一样的地步。我想你会更难受，我想不出怎么来安慰你，唯一的要求你忘掉以前的情况吧！我很爱你，而你也很爱我。我想我们的爱不会因此而受到阻碍吧！我想你是一定很支持我这个行动的，你不会扯我的后腿吧！

亲爱的，这个消息你先不用告诉爸爸，因为领导还没有批准，等批准了告诉他也不迟。听说，我们的劳动不会长期，也许有个期限，如果没有期限我也没什么，在农村干一辈子也不要紧，你认为怎样？

亲爱的，你现在的学习怎样？一定很费劲，是吗？适当的注意休息！因为我很担心我的知心人儿，我吻你，祝你健康！我会争取在我没有下农村前回来一次，来解除我对你的想念。亲爱的，你能不能对我笑一笑吗？因为我很喜欢你微笑的脸。再让我吻你一下，我的心爱的。我的身体很好，请放心！愿祝我的爸爸和你的爸爸、妈妈福体健康！

吻你的人

荣兆 1957.10.22

荣兆哥：

你的两封来信均收到了，勿念。我在22日早上乘54次快车到乡下去了一次，到昨天才回上海。今天才来校上课。我想当你听到我到乡下去，一定觉得惊奇吧！原因是这样的：在21日下午接到爸爸来信，说了莲娣妹妹头上生东西而在发炎，而颈上又生了“力子颈”。总之写得很紧张，我接到他的来信非常着急，吃过晚饭就回去与妈妈姐姐商量,结果决定由我回去领她到上海来医治。所以我回去把莲娣领出来了，决定让她在上海医治，并转到上海来读书。她头上是生“脓水疮”，把头发都剃光了。颈上真的有“力子颈”，但是并不危险，请勿挂念！

由于我急着到乡下去，故对你的来信没有详细地考虑。在今天早晨早醒了一小时，想了一想你要求下乡的行动，首先声明：可能我是落在历史车轮的后面了，我的意见可能是不对的。但是我没有理由驳倒我的意见，照理我没有资格可以发表我的意见，既然你征求意见，虽然我的意见已无你参考之余地，但我还是说明我的意见：我不同意与农业在技术方面无关的技术人员下乡从事于农业生产。但是我同意并热烈支持技术干部下基层。我认为非农业性的技术人员下乡简直是转业，对你以前所学的专业毫无用处。这在我个人认为是“浪费”，我认为技术干部与一般普通干部不同。一般做政治工作的干部有许多来自农村，他们在农业上有一定的知识水平，在国家现在的情况下，是应该回农村去，从事于农业劳动（我不是说没有农业知识的人就不应该到农村去）。而技术人员下乡要他从头学起，你说这是一个劳动锻炼，的确是一个劳动锻炼。但是试问：你以前不是劳动吗？到农村中才是真正的劳动吗？我认为这是对脑力劳动的不尊重；我们以后在实习期间要参加一定时期的体力劳动，我很愿意参加体力劳动。但是我希望能对我今后工作有直接关系的体力劳动，这样对我今后工作也有所帮助。

以上是星期四写的。而现在是星期六晚上了，我应写完这封信了。我觉得这封信很难写，我不知怎么写才好。我知道你看了会很不满意，反正现在正在大争大辩吧！各人有其各理，如果你认为我是错的，那你就对我展开争辩好了……

你说，在下农村之前，到上海来一次，如果在这两星期内来上海？那我要预先声明:我没有空陪你玩（下星期日要做习题，要做整一天——

老师说过了）。不要再高兴而来扫兴而归了。我的意思是，若是单为我而来，那就不要来吧！反正后头的见面机会多着呢！对吗？祝

好！

白鸥

涂于 1957.10.24—26 晚

亲爱的：

你好！来信收到，勿念！

从我保定回来的那天，第一就打开我的抽屉，以为在这里可以看到知心人儿的来信，结果是失望了。但我并没有一点不高兴，我知道你是一定有原因的。

亲爱的，你的好几封来信中都说：如果你有其他事就回来，如果为我就不要来，说什么我们以后有很多的见面机会。亲爱的，你说这话的动机和含义我是知道的。你是关怀我因长途旅行的疲劳，同时到上海来也不一定能得到很好的休息。但你不知道我是在日夜地想念你、我在日夜地盼望着我们能相聚在一起。说老实话，长途旅行的确很疲劳，我曾这样说过：以后我再也不回上海了，但当我一见到你，我的疲劳就去得无影无踪了！这说明了我们之间的"吸引力"已无限的大于疲劳。亲爱的，你不知道吗？当我一见到你，我就会更加高兴！

亲爱的，莲娣妹回上海来后，她的头上的疮好了吗？医治起来有问题吗？她的学习是不是可以中期插班？我想你在经济上一定是有困难了？可是你的信我刚收到，而我马上又要出差，只能等我回来再寄钱给你了！亲爱的，关于下放干部问题，你的论点和看法我和你出入不太大。有很多地方我同意你。现在我把我所想的来告诉你：我认为领导在何时、何地把我分配到另一地方或者需要我改行，我一定无条件服从。那就没疑问领导要我下乡，我一定会服从。以前我没和你说：我们下乡是有期限性的，也就是说，等我劳动毕业后，看工作的需要就可以回到原来的岗位上来。我还认为技术干部（非农业技术）也应该下乡，因为技术干部很多是从学校门一步就到工作岗位上来了，其中有很多人，四肢不勤、五谷不分，他哪能体验到体力劳动生活和他

们的果实来之不易！我们就会多考虑一下，我们的设计中画一条线（即一条铁路）就能多占或少占农民的田地，多破坏或少破坏他们的庄稼或禾苗……因此，我同意技术干部锻炼一个时候就回来，但在这里面也要条件，如果这个技术干部在以后的作用已大于他技术岗位时，他就可以不回来，因此我的志愿是第一农村，第二基层，第三服从分配。我认为农村要比基层苦，所以我要到农村去锻炼一个时期，等我毕业后，我们再过好日子。（我指的我们能相聚在一起了）好吧！我们就谈到这里！吻你。祝你

学习猛进！

你的

荣兆于唐山 1957.10.30 晚 10：00

荣兆哥：

来信收到了，勿念。

在未接到你信的时候，我是抱着恐惧但又渴望的心情等待着你的来信。因为我不知道我的意见怎样，对的还是错的？或许考虑是不全面的。很可能会受到严厉的批评。这个我倒不怕，就怕你对我说："这是拖我的后腿，这是妨碍我进步！"那我真受不了，因为我不希望有人来妨碍我的进步，更不愿我会去妨碍别人的进步！如果我去妨碍别人进步，那简直是罪恶；你说我《人民日报》的社论一定看过！抱歉！我没看过。当我看到你这句话时，我才去翻《解放日报》（我们看的是《解放日报》），可是遗憾的是，找了半天没有找到那篇社论。所以我的心里很乱，不知怎样才好。当我听到你告诉我的情况后，我就去告诉你爸爸了。所以当你第二封信上说"不要告诉爸爸"，抱歉！我已经告诉了。后来，你爸爸他可能有信来的，是吗？不过还好！你没有骂我，而是说明了你的想法和理由。这使我很感谢！对于你的理由我基本上同意。

哥，你是昨天回北京的吗？你说，回京后寄钱给我，哥，我不要你寄钱给我，我的钱够用的。如果寄来了，我反而会不好意思的，你知道吗？可能你会不高兴我这么说，可是，这个我是没有办法改掉的，

不但现在这样，将来或许可能还是这样，请原谅！哥，关于我在前几封信里说“如果为我而来，那么不必……”这样说法可能你不会太高兴吧！我的含义正如你所理解的那样，我怕你太疲倦，而到上海后没有好好的地方让你休息！这使我真不好意思，真觉得对不起你！假如再听到你说我以后再也不回上海了，那我又有什么感觉呢？……所以我希望你还是少回上海，好吗？

哥，莲娣妹头上的疮快要好了，请你放心！她头颈上长的什么，现在也快好了。勿念！

哥，我院正在热情奔放地迎接伟大苏联的十月革命四十周年！我们从 30 日起到 11 月 10 日止，每天都有活动，不是听报告便是看电影。现在是 6:45，到 8:15 我还要去看《坚守要塞》呢！你说开心吗？哥，你出差刚回来，一定很辛苦了，在远方的我向你慰问！并且希望你在工作以外适当地注意休息！知道吗？

哥，这封信是属于编几啦？我早已忘了。我看将信编号，对我们来说不适合吧！我的功课很忙，要我记的东西实在太多，多记两个俄文生词才是真的，记好上次信的编号实在没有意思。所以我第一个破坏我们的规矩，请原谅！好！下次再谈吧！祝你

快乐！

你的

白鸥 1957.11.1 晚

亲爱的：

来信收到，勿念！

你说很可能会受到我严厉的批评。我想，我现在可以这样的告诉你了，在我们意见不合的时候，我也不愿采取这个方式。因为我们大家都是要进步的人，我们都懂得道理。你还记得吗？在 55 年年初的那个时候，我是为你而来，结果，未能使你在这方面理解，而我呢也不想法使你理解，反而态度极不好地对待你。害你病了，连着睡了好几天，现在想起来，我还有点不好意思呢！再想到我在朝鲜的时候，我差不多每封来信中都提到恨呀悔呀的，而你呢，却压制了自己的痛苦

来安慰我。为此，我很感激你。亲爱的对我这样的好，我们有话都可以和气地多谈。“严厉的批评”是否适合于我们现在的基础上，还是一个问号。亲爱的,我们所里第一批人员已经下放了。有到乡村合作社的，有当测量工的；房建的人们也有到下面去当油漆工的。里面有工程师、技术员和一般的工友。可是里面没有我。但是第二批或第三批，我倒希望有我，我的确很愿意下去锻炼。

亲爱的，关于回上海路途中的疲劳问题，你不用为我担心。有一种力量使我回上海，当然也有种力量来战胜我的疲劳，这是无可非议的。但为什么说，我以后再也不回上海了呢？其主要原因是我们之间的一个时期的风波。风平浪静了，我的力量也随着增长了。我很知道你当我说这句话以后的感觉,但我也要你相信我以上的这些话。亲爱的，你知道吗？我是多么的想你呵！当我每次在刚要收到你来信的前几天，我想得更厉害。我有两个晚上，是在吻你的时候醒的。醒来后真像失去了雨后美丽的彩霞，留下的只是一片空虚！叫我为什么不回来看看我心里唯一的爱人呢？亲爱的，现在我来告诉你，我以前信中省略号中要说的话：我同意我们在你毕业前半年结婚，但我想我们是不是可以先去登记结婚，在法律上来说，我们就算是结婚了。这样我们也会有很多有利的地方，我想你分析一下就会知道。同时也会使我在心理上所怕的那些化为乌有。亲爱的，你的慰问我收到了，我现在用吻你来谢你，好吗？ 10月7日前几天你玩得很高兴吗？我也放心了。但我也得告诉你，我在7日的那天，我也玩得比较高兴。为什么不说“很”高兴呐！因为我看到别人陪着伴侣在玩，而我是一人，心里不是很高兴！晚上，我们又到北京天文馆，观看了天文，虽然是模型，但当时的情景，我们都好像乘了人造卫星，漫游在宇宙间。亲爱的，北京的确是有很多玩的地方，只要你学习方面没问题，你就快到北京来玩吧，我一定陪我的爱人玩个痛快！祝

好！吻你。

你的

荣兆 1957.11.8

荣兆哥：

好久没给你信了，真抱歉！请原谅我好吗？你寄来的钱和信都已收到。说实话，我不知道说些什么好，是感谢你呐！还是骂你几句呐？虽然我不太欢迎你寄钱给我，但是我还是应该感谢你的心意。我知道你日日夜夜地想念着我，我知道你愿意在各方面来帮助我，不但在政治上，而且在经济上。这叫我说什么好呢？只有这颗火热的心——它知道是怎样感激：我亲爱的同志和朋友。你寄来的钱，我是这样支配的：还给你前婶婶25元；寄给乡下爸爸20元——因为他现在正需要本钱哩！你对我这样的支配有意见吗？是否合理？请你告诉我。昨天你爸爸到我学校来的，我告诉他，你寄钱给我的，他先表示同意，而后要我转告你，要你积聚些钱。他说：你将来要用的。这个，我想你一定比他考虑得更周到，对吗？哥，以后假如我没有来信向你要钱，那你不要寄来，好吗？

兆，你说，你同意我们在毕业前半年结婚，但是你又希望早些到区政府去登记，这是为什么呐？你说，我想想就会知道的。我想除了你说的：你的心理上所怕的那些消为乌有外，还有什么呐？有许多有利的地方？是不是我们在一年中的相会时间可从两次增加至四次？可能你要说我了，这么笨的，连这点都想不到。可是我真的想不到啊！请谅解。我想关于这个问题以后再说吧！好吗？兆，我们现在正在进行期中测验，大概每星期都有一样功课进行测验。我们不好算很忙，但也没有空。我除了你以外(给你的信也少了)，差不多要和人家绝交了。这有两个原因：一个是主观的，我现在对于"写信"好像不感到什么兴趣了；另一个时间确实是少。我知道这样不大好，可又有什么办法呢？

兆，上星期日我们纺织系进行义务劳动。我们是分配在下午三点到五点。我们的任务是在我校的建筑工地上将一大堆的煤渣搬掉。啊呀！我们的劳动热情可真高。呵！扛的扛，铲的铲，每个人都是汗流满面，满面通红。但是我们都感到非常愉快！累，的确很累！可是这是以后的事；在当时是不觉得什么的。告诉你，我去了不到一小时，就弄破了右手的中指和食指，食指上一块是先起了泡，以后破了，更可笑的是我的右手起了几个老茧，又好像紫血泡，又痒又痛。这也说明我平时不劳动，所以会这样，你别笑我啊！哥，你如果有空而又不妨碍你，那你在元旦可以来上海吗？如果你能来，那我不但不阻止你，并会感到非常高兴！因为我也想能够看见你啊！哥，写这封信好像有些可怜相的，写了几个晚上了，到今天才算告一段落，在路灯下（已熄灯了），不好写，那就不写了。再见吧！祝

健康！

你的

白鸥于 1957.11.20 晚 11：00

亲爱的：

你好！来信收到。

首先我要感谢路灯，因为它也帮助了我亲爱的来信。你说，因为你的来信，分了好几次写的，因而写得不很好；但在我来说，你写得很好，很通顺，很有意思，因此引起了我很多的回忆。你谈到你不叫我寄钱，那我就不寄来。接着我就想起我们在常州将要分别的时候，我觉得 5 元钱在路上已够用了，而你偏要将你剩着不多钱里抽出 5 元给我，我实在不想拿，这时你好像有些生气了。最后我还是接受了。当时我就这样想：你对我那样钟情地体贴，入微地照顾。这事好像是很小，但在我的心里却好像留下了很深很深的烙印。我是多么地感激你呵！谁能这样对我呢？唯有我的知心人儿和我那已离开我的妈妈。我们之间的爱是牢不可破的！像刀斩、像鞭抽的西北风也吹不开我们心连着心，那残酷无情的冬寒也冻不了我们心里的热情。我们心底里比春天还要温暖，我们盛开着的爱苗的花朵比百花齐放还要鲜艳，还要美丽。她给我的芳香，我到心脏停止跳动时也不会忘记。在阳历年时，我们的会见一定要比我们在 55 年的“五一”会见时更会有意义。我是多么激动呵！我的心快要跳出来，我希望它能飞，一直飞到你的身旁，让它来吻你！吻你！吻你！

亲爱的，我有这样的要求，我要求我们的相见不要在上海，我愿意在杭州或者无锡，也可以在南京和苏州，我不知你怎样，同意吗？假如你要问我为什么不在上海？我讲不出所以然来，我就是不愿在上海。

亲爱的，钱的支配我一点也没有意见。但我觉得你没有钱了，我

到下月再寄40元来好吗？你不要生气，如你不要，我就把它存进银行，什么时候要，你就来信。亲爱的，我要你爸爸的通信地址，你为什么不告诉我呢？我好长时间不给他信，他会生气的。你怎么不给我想想！亲爱的，你的学习怎样？我很想知道。妈妈、妹妹那里代为问好！我们第二批快要下放了，有很多人领导已经找他们谈了，而我还没有，或许也快了。上次爸爸到你那里来，他谈起过我下放的问题吗？他意见怎样？你已基本上同意了，那我要求你帮我做一些解释工作，因为我从他的来信中，特别是最近，他很喜欢你，他很高兴有你这样的一个好姑娘做他的儿媳，我不说假话，你也知道我从来不和你说假话的。请帮帮我的忙！好吧，这封信就写到这里！祝

好！

你的

荣兆 1957.11.28

荣兆哥：

上次的来信实在是太迟了！可能你等急了，也可能会有些不高兴呐，是吗？虽然我的信是来迟了，但我不知怎么的，我倒在盼望你的来信呢！有时我在信箱旁边看着，我也想，我的信刚发出，怎么倒盼你的来信呐！但是不管怎样，我还是要找一找，“碰一碰我的额骨头了”——碰碰运气！哥，你是这样吗？有时我自己也觉得好笑！

哥，告诉你，我回到杨树浦去时，也到你前马路婶婶那里去了。我与你的婶婶倒还谈得来，我跟她谈着谈着，连家里什么情况都告诉她了，后来我真有些后悔了。因为我还没有掌握她的性格和她的一些特长。以前我大概是从你的前婶婶那里得来的影响吧，对她的评价不是太好。但从我们接触中，我觉得对她的评价应该修正一下。可是我将我们家的情况告诉她，好像不大合适。我不知她对我的看法如何？对我的印象又怎样？你可不可以到她那里去吸收一下对我看法，然后不折不扣地告诉我，好吗？

哥，我来告诉你一下妈妈和妹妹的情况：妈妈来上海已经很久了，这你是知道的。她的户口直到最近才迁出来！以前一直是临时户口。

以前我们也曾经写信给乡干部，请他们办理，他们也的确为我妈妈迁了，但是遭到我爸爸的强烈反对，故没有寄来。在我上次回去领妹妹到上海来时，我又特地到我们乡下去了一次，想将户口一同转出，但是不巧得很，那时正好乡组织调整，我们乡政府已迁到焦溪去了，所以没有办成。后来我又托人，费了好大的劲啊！现在虽已迁来了。但是，上海方面又有了变故，原来答应的，现又不可了。派出所里的人说："现在正在动员农民回乡，我们不报户口。"他们建议我妈把户口仍回到乡下，以后再转，或放在这里等几个月再报，我真恼怒，但又有什么办法呢！

哥哥，我每次回去，妈妈都将姐姐家里的情况告诉我：妈妈睡在隔壁的二层阁里，并且人家现在自己睡了几个人，剩下极小一部分给妈妈睡，妈妈十分委屈。哥哥，想到这些情况，我实在无心读书，不知怎么办才好。唉！现在已经 11 点了，我应该去睡了，否则明天早晨我又要不肯起来了，明天见！

哥哥，我知道你听了我上面的一段话，不但是同情，而还会着急！亲爱的哥哥，你别着急，知道吗？我不需要你任何援助，关于妈妈那里的经济困难，我会每月贴补一些的，就是在住的方面，我很过意不去。我知道妈妈的自尊心也是很强的，她现在很受委屈，可是我有什么办法哩！我是心有余而力不足啊！

哥哥，现在我来告诉你一下我的学习情况：我们每星期有三个下午政治学习。我校现在已进入了整改阶段了。整改的计划、方针都用大字报、校刊等公布出来，让我们大家看后进行讨论，再一次引向大鸣大放高潮。我们对大学生下农村的问题也进行了讨论，我们班一致要求下农村，到农村里去锻炼自己、改造自己。现在我院在教职员工中已动员下农村、下工厂了。而对我们学生停课下农村的方案正在研究中。哥，现在我同意你下农村了。我已热烈地同意和支持你的意见和你的见解。我落后了，请原谅！我们的学习情况很糟！功课忙、习题多、时间少。这是普遍的情况，刚才我们在开会讨论这一学习情况，派出代表到系领导去办交涉。要求将材料力学延期到下学期中，并要求停止期中测验，因为一测验，我们来不及复习新功课，来不及做习题了。有时我想：早知现在如此，我当初就不该来了。学习是这样，家庭又是这样。我真吃不消了，但是吃不消也得"行一记"了。

哥，我不知怎么的，我总想如果你在上海工作那多好啊！有时我想，如果上海铁路管理局有人要到北京去工作，那你们对调一下，那该多好啊！这对我来说是太理想了。可是我不知你是否高兴在上海工作？我认为如果你在上海工作，我们现在可以经常在一起，将来在上海建家会比其他地方有利些对吗？不过，这样是不是会影响到国家利益那还是个“？”，是吗？近来怎样，好吗？也许是出差在外面吗？天气冷了，好好地注意自己啊！好！再见了！祝

好！

你的

白鸥 1957.11.27—28

亲爱的：

你好！来信收到，勿念。

还是用“额骨头”去碰信箱要比不这样倒要好些。原因很简单，就拿 11.27—12.9 出差到京浦线的日子里来说，我估计你已给我来信了，但我不能用“额骨头”去碰信箱，想回京一次，但工作很紧张，因为我们做的工作是支援农业。因为农村需要用水来灌溉田地。他们的水渠要通过我们现在的铁路，这样原来铁路就要修桥，那就会影响火车通过。为了不影响运输，因此就在现铁路旁边再修一条铁路。我们这次所做的就是这个工作。

亲爱的，我现在身体很好，但我很担心你的身体。你不但是功课紧张而且还为家里——特别是你的妈妈感到不安，由于这些引起了你悔不该当初入学，同时也把你急得想不出办法来解决这些问题。亲爱的，我不知你是不是允许我这样说：我应该来分担你的一部分或全部的不安和着急！我要求你不要后悔你的入学，相反的你要安心地学习。关于妈妈的问题，因为是客观造成的，只要我们的心永远不忘记她老人家就好了。但是现在应该怎么办？是不是可以这样：让妈和妹过一时期搬到我爸的那间房子里去住。这样，住的问题解决了；关于生活上的经济问题，我可以每月寄 30—40 元钱，加上你在可能的条件下，再补助一点，我想妈妈和妹妹的生活就不成问题了。但是我不明白你为

什么不愿意这样做呢？我不要你因为我这样而感到不好意思，你想想我们现在是什么关系？我和你来说有什么不好意思和好意思。如果你认为我真正是最亲的人了，那么我要求你不要再在“意思”两个字上去考虑。实事求是地说，我们以后的生活长着呢！何必一定要死拉着一个不好“意思”的主义而不放手呢？亲爱的，你现在是很难受，我不应该再来责怪你，我很谅解你的心情（因为有良心的儿女对大人总是这样的），但我需要你慎重地考虑我的要求。关于我调上海来工作，可能我对这个问题考虑得比你早，但现在更困难了，像王锦堂这种情况在我们所里很多的。但上海不要人，实在没办法。就到这里吧！最后吻你。祝

好！

你的

荣兆 1957.12.10

荣哥：

两封来信均收到。

你好长时间不来信，我也猜到你是出差了，因而我也没来信。你的第二封信我已收到了，我现是应该来信了。当我看到你的 11.28 的来信上写道“像刀斩、像鞭抽的西北风……”我才意识到你们北京已经很冷了，可是棉鞋、围巾我今天刚寄出，也许在你接到信的同时，你也可收到了！棉鞋是妈妈做的，试试看！好不好穿？围巾是春天就结好了，你到北京去时忘了给你带走。是我买的绒线，请你的前婶婶给你结的。你喜欢吗？应该好好地使用啊！它的成本比买的还贵！两块手帕是我今天才去买的，一块较好；另一块较差，好的出去用，较差的平常用。我反对你将乌七八糟的东西、洗也洗不掉的东西揩在手帕上（因为我以前好像替你洗过一次手帕，这一点我已有体会了）。嗳！我对你是不是太凶了吧？你看我什么事都要管呐！不过，我只有对你才这样的，你不要生气啊！哥，你说，我对你钟情的体贴，入微的照顾等，“过奖”了！我觉得这是不切合实际的。实际上我并不是那样，有许多地方，我还脱不了有些孩子气，表现得很“自说自话”，因而可

能有许多地方会得罪你！如果得罪了你，那请你原谅！好吗？

哥，你要求我们这次相见不在上海，在南京、无锡或杭州等。其实我也不想在上海，你是知道的，我是爱玩的人，但在冬天出去，我好像有些不愿，如果在春天，我真会无条件地服从。但可惜的是我们不能在春天一起出去玩。因为冬天太冷，风景不是太美，所以我不大愿意。好！这问题以后再商量吧！

哥，你说下月 1 日再寄钱给我？快不要寄了，我有的用的，谢谢你啊！哥，关于妈妈的问题，今天我已按照你的意见和妈妈商量过了。妈妈的户口报得进报不进还是问题。如果报进了，妈妈也不能到我这里来，因为姐姐就要生孩子了。假如生孩子以后，她更走不开了，所以她很难！我真想不出一个妥善的办法来！哥，我很感谢你！你是那么照顾我、那么体谅我，我真的感激你！哥哥，你说，我如果认为你真正是我最亲爱的人,那么你要求我不要再在“意思”两字上去考虑了。哥，话不能这么说啊！一个人总有他的思想意识。有一些事情，虽然发生在他们亲爱的之间，但有一方也会感到不好意思，所以我要强调：即使对方感到不好意思，不能说另一方不是她最亲的人。不过，我想好意思和不好意思，这一问题，以后会习惯的。请原谅！哥，你说你如果阳历年不能回来，则在阳历 1 月份回来，你真的想在阳历年回来？那今天已是 12.15 了，离元旦只有 15 天了？你会不会写错了啊？（因为我只知道你在农历过年回来啊！）真的是在元旦回来吗？假如元旦不能回来，那就过年回来吧！因为 58.1.13 我们开始大考，到 27 日才考好，考好后还要品德检查一周。所以你如果在 1 月份回来，那我一点空都没有，请你考虑！哥，我的同学都睡了，所以我应该熄灯了！好，再见吧！祝

健康！

你的

白鸥于 1957.12.15 晚 10：25

附：爸爸的地址：戚墅堰横山桥陈铁巷陆家。

亲爱的：

你好！

你寄来的东西我已收到了！我终身不忘地感谢你对我的关怀和体贴。但我拿什么来谢你呢？唯一的我只有用吻来谢你！我想因为你寄给我很多增加我热量的物质，现在我想用吻来把我已得到的热量传给你一半，甚至一半以上。

亲爱的，妈妈的户口现在怎样了？报上了没有？现在我已把以前告诉你的主意改变了！我如果回来的话就到上海来。我很想妈妈能住到离你很近的地方，这样你能每天和妈见面，和她睡在一起。我想妈妈生活在现在的环境里，我们对不起她！亲爱的，我多么想回来和你见面呵！但在最近几天看来我要在阳历年回来过年的希望很小了。因为最近我所下放的人很多，我们留下的这些人仍要完成以前的三百万元的设计任务，保定车站要改建，计划是在明年2月底提出设计资料，而且现在就要开始动手，因为设计方案是我们做的，因此非我们去做不成了。亲爱的，我给你买了一样我很欢喜的礼物，你猜猜看是什么？可惜礼物缺少一样东西，它一定要等我们俩在一起的时候才会出现，我很想要它在我这次回来时永久的出现。亲爱的，从津浦线回来后，我们没有出差，因为我们的内业还没做完，做完后我们就要到保定。我多么想这个工程到来年去做，如果能这样，那我们的相会就没有问题了。我们的设计事务所快要取消了，已经决定要和施工部门合并，合并后我们变为设计科。如果我回来后，你同意和我一起到杭州去吗？来信告诉我。好吧，写到这里。祝你

好！吻你！

你的

荣兆 1957.12.20

亲爱的：

你好！

一日不见，如隔三秋。但我们快要五个月不见了，应该如隔多少秋呢？叫我有什么理由不想念我远方的知音呢！亲爱的，我多么想你

啊！我很想和你多谈一会，我们别后的情况，恨纸短。亲爱的，冬天来临，引起了我很多的回忆。月亮上升了！她和我们一样没有成圆。她悬在高空，好像和你一样相隔在远方。我要看你，我要吻你！你知道吗，你只能对我微笑！我只能主动地吻你。你却不会和我说笑、你不会拥抱我，你不会主动地来吻我……唉！亲爱的，我阳历年不能回来了，因为我今年的免票用完了。我最近也无事可做（因为领导把我当作回上海的来考虑和安排工作的），怎么办呢？对你的想念越发加深了。估计今年年底也不能回来了（指阴历年）。因为我们的工作从阳历年1月初到2月底外业半个月，其余都是内业。亲爱的：阴历年你能到北京来吗？我多么想你来一次，玩玩呵！我盼望着你！我等那个时候！能在北京陪着我亲爱的一起游山玩景。同时也可以在真的冰上溜冰，也可以看看我们所喜欢的西郊动物园里淘气的小狗熊及其他动物等。也可以看看皇帝的宝殿。反正玩的地方很多。

亲爱的，妈妈的户口报进了没有？如果报进了，告诉我好吗？！如报进了，我希望妈妈就搬到你学校附近住。你知道吗，我已给妈妈准备好了粮食和食油以及糖等。如果需要添些什么，钱也准备好了。可惜我不能回来。

亲爱的，家里要不要食油（豆油或花生油）？因为我们机关里有很多高级劳动者，他们有另外补贴。但因为这种油票买油比普通油贵两倍，所以他们就把这种油票浪费了。

亲爱的，你真的不要钱吗？我这个月有80元结余，如果不要的话我就把它存进银行。因为你不好意思，反而弄得我也不好意思了。本来我是这样想的：我把每个月结余的钱寄给你，如果家里要用那就用了它，如不要用，你就存进银行。我这个人你是知道的，钱多了就会多用，钱少了也就那样过去了。好吧！今天我看书看得晚了！现在更晚了！写到这里，十一点了，吻你。祝你

好！

你的

荣兆 1957.12.25

兆哥：

恭喜你，新年好！

两封来信都收到了。本想在 1957 年写最后一封信的。可是实在抽不出时间来写，所以只好到 1958 年来写了，请你谅解！我今天在杨树浦，中午饭是在你前马路婶婶那儿吃的。这对我来说已经是第二次了。我这个“末代”——即没出息——是不善于到人家去做客的，不过今天比往常要好些，因为今天我是和你前婶婶同去的，还有巧珍，再加上你前马路婶婶热情的招待，已减少我一些窘态，但总不像在家里一样自在。

哥，在 1957 年最后第二封信中说，你替我买了一件你很喜欢的礼物，又说可惜里面缺少一样东西，一定要我俩在一起时才会出现。这个很难猜，我真想不到，世界上有哪些东西一定要在俩人在一起时才能使用？在我想来没有什么东西不可一人使用！在一个晚上我睡在床上，偶尔想到那礼物中一定缺少一张照片，大概是你和我的合影吧！可是我猜不出这是什么东西？可能是我还不赏识它呐！亲爱的哥哥，你不要“卖关子”了，告诉我，好吗？如果不告诉我，那我就……不跟你好了！嗯！好吗？哥，你说一日不见，如隔三秋。那么 5 个月不见，该隔多少秋呐？那么：

5×30×3 ＝ 450（秋）

我们相隔的时间是太长了！怪不得我那么的想你；你说，你很想念我，这个我能理解。你说，你常在床上吻我，这大概是吻我的照片吧！啊呀！你不害羞？！倘若给人看见了，那你怎么办呐！快不要这样了，好吗？！哥，你今年过新年真的不能回来吗？你叫我到北京来。我的确很想来，可是我来一次车费太贵了。因为我到你那儿来，车票大概是不能打对折的；并且我到了北京后，当然你要陪我玩，这样花的钱太多了！我本来就是很会花钱的。而你呐？大概也不亚于我！两个人碰在一起，那就更会花了。而在我们这时，不是花钱的时候，你应该积聚一些钱，准备将来……所以我想不来，好吗，亲爱的？而你既然工作不允许你回来，那就不要妨碍工作了，好吗？

哥哥，你要我妈妈住到你爸爸的房子里去，并且你已为她准备好粮食和食油，这使我从心底里感激你！但是，妈妈不能马上到我校附近的你家里去住，因为姐姐快要生小孩了！生了小孩后，也不能马上离开她。要离开她，这在情义上说不过去的。我为了这个问题也大伤脑筋！我有时问我妈妈，愿不愿意到你那儿来，她说：不能够的。大概在我们结婚以后，那么她肯来的。而我们到底什么时候结婚？连我自己也不知道呐！你说呢？我看啊，在你矛盾的心里，大概也很难说吧！是吗？哥，那油票太贵，那就不要了！若有粮票那要的。妈的户口虽没报进，但派出所已照顾我们了，每月贴补 30 斤米，但还是不够。哥，我现在急着要读俄文了，好，就谈到这里！好，再见！祝

新年好！

白鸥

1958 年元旦，晚

亲爱的：

你好！

好长日子没有收到你来信了，我除了想念你外，也不知什么原因，收不到你的来信，我的确好像失掉了什么似的，那样很盼望地想找到它，结果还是使我失望。这种滋味多么难尝呵！新年已经过去了，现在只能向你拜个晚年，祝你身体好！学习好！祝你身心愉快！亲爱的，最近几天来，我的心里很不愉快。在度过新年的那天晚上也是如此。我这样想：如果和你在一起，那多美呵！可是现在这样唯一的只有在晚上睡梦中。越是心碎越是会碰上触心境的事。有一件事，我从未告诉过你，在设计总局有一位女同志，她长得除了个儿比你高一些外，几乎和你一样。我每天在吃饭时就碰着她。当我碰着她时，我总要多看她几眼，有时我会把她看得两个人都不好意思起来！她除了莫名其妙外，哪能知道我的用意？她是不会来弥补我这颗想念得快要碎了的心的，她是不会来治好我的相思病的。当想到这里，我又难受起来了，怎么办呢！唉！亲爱的，我的单位已经和工程处合并了，以后来信请寄：北京铁路局工程处设计科。

亲爱的，过阴历年能到北京来玩吗？请来信告诉我，好吗？关于经济问题，你一点也不要担心，我早就准备好了。当然我没有忘记，以前和你说的，但我现在已同意我们俩在等你毕业前半年结婚！因此

也应该改变我们的经济计划，你说对吗？好，就写到这里。祝你新年愉快！吻你！

你的

荣兆 1958.1.1

兆哥：

你好！来信收到了。勿念！

你是这样的想念着我，那叫我怎么办呐！我又没有办法一步跨到北京来，我什么都很好。亲爱的，请你别这样想念我，如果再这样下去，那真的要变成相思病了，你说对吗？哥，看你那么想我到北京来！你们那儿很冷，是吗？我特地到图书馆去查了一下报纸，可能最近一两天的温度吧！最低是－7℃到－9℃，那就是说比上海最冷的天还要冷，（上海最冷不过－6℃——去年的资料。）所以我很怕。不知你们是怎样过的？以前我听说过，也许是我小的时候吧！听说，北方的冬天，如果鼻子没有套好，那鼻子会冻得掉下来的。如果是真的这样，那你要当心点啰！别把鼻子掉了啊！哈哈！的确，我很怕冷。上海的冷天我倒不怕，因为我已取得了一定的经验了；而北方的冷天啊！我怕，我不知道怎么过，你不要笑我！并且我听北方的同学说，他们到了冬天不常出去的，室内有暖气，所以不显得冷了。假如我来了，不到外面去那我到哪里去呀？并且，我想冬天出去玩，那就是出去吃“西北风”，这真是够受的！想到这些啊，我就不想来了。可是话又要说回来，当我想到你是这么想我，而我也很想来，一来看看你，二来见见我们的首都——北京。因此我像吃了一粒“橄榄核”，上不来、下不去，怎么办呐？你有理由说服我吗？假如你的理由胜过我，那我就来，好吗？（实际上不是理由，而是顾虑。）

哥，我们从下星期起，就要大考了。考查的课程除体育以外都通过了（考查的课程：金工、物理、俄文、体育。考试的课程是：理论力学、材料力学和机械原理）。体育中测验四项：跳高、跳箱、100米跑和高低杠。其中跳箱和100米跑没有通过。我真没有办法。100米跑达标是18.5秒，我本来要跑20秒，后来19秒，上次跑18.7秒。只好每天都练。跳箱是分腿、腾越、横跳箱。我总是跳不过去，老师说我是气力不够。你说，我该怎么办呢？到 1 月 27 日考完。以后要做整风总结两星期。在寒假中还有一星期的义务劳动——到郊外去开河。寒假大概一共只有两星期，所以留下的时间就很少了。怎么办？如果我来北京，时间就很紧了！好！我该自习去了！再见吧！第三次吻你！祝你

康健！

你的

白鸥 1958 年 1 月 9 日

亲爱的：

你好！

来信于本月 10 日收到，勿念！多数人这样说，等人心焦。但多数人并不知道和你相隔千山万水的我，在等着他远方的亲爱的来信并不亚于等人心焦的感受。

亲爱的，你知道吗，我有时常向着东南方向盼望（因为你在那里），也有时常向东南方向叹息！我在盼我们以后谁也不分开的日子早日到来，我在盼望我马上能望见你微笑地把你那信片飞到我的手里，我在思念着你的身体和学习，思念着我和你怎样避免相思苦，最后我只能用长叹来表示我事不如愿！

亲爱的，我能谅解你来信晚的原因，可是总的来说，你这次来信和你上次的来信的间隔时间（指我收到你信的日子）太长了！为此我产生了对你的想念更厉害了，特别是从本月 4 日以后，我对你产生了也是说，我没有理由和错误的想法，当然我讲出来一定会挨打。但我不得不告诉你，我愿挨打，因为我错了。我是这样考虑的：我认为你不来信是在考虑怎样来给我第四个希望。我是爱说爱笑和爱逗人的人。可是本月 4 日以后，我变得很忧郁。6 日那天我是拖着很沉重的脚步离开北京的。我还认为不可抗拒的暴风雨即将来临了！我是带着忍受暴风雨来摧毁我的心情来到保定的。唉！没有能早日收到你的来信，我的人就变得这样胡思乱想。

亲爱的，我现在有 8 个调休日，是不是能回来还要看我们这个保定车站改建是不是在年前交出文件（设计资料和图）。我现在的确很矛盾，我想回上海，但我在什么地方住？如果住在家里，那和你见面无疑就会减少；如果住在万兴坊，我实在不好意思。如果住在前马路，那么前婶婶会有意见，唉！我真难呀！因此，我想来思去，还是要你来。可是经你一提，我又认为你的意见很对，我们是应该准备将来。老实说，我们在结婚的时候新房里的家具应该要像点样。我不赞成很简单，因此增加了我的矛盾！我现在考虑：我们结婚的日子，离现在还有两年零一个月，要准备将来，从明年开始还是很可以的。你要来北京的话，在经济上一点也不受约束。我认为 150 元足够我们俩在北京 10—15 天花的了。不过我的算法是属于概算。好吧，亲爱的，你说怎样我就怎样，反正我们是到 7 月 7 日了，应该是相见的时候了（传说每年七月七日，牛郎织女相会的日子）。

亲爱的，你把我们离别的日子换为“秋”来做单位的时候，也只能属于概算，我们离别不是 450 秋，而比这个数字要多！亲爱的：你要我不要“卖关子”了，是吗？好吧！就告诉你吧：是日本出产的小皮夹子，里面有一个我俩连在一起的、也就是说我们俩共同在这个心里出现。东西不很好，但我很爱它，因为将来我俩都能共同在里面出现。姐姐快要生小孩子了吗？考虑了没有，我们应送些什么？我想送几床被子和一件斗篷，好吗？

亲爱的，我们出差在外面，业余时间很少，只有吃饭和睡觉。因为我们技术人员不把明天要做的工作计算出来和设计好，明天就不能工作。当然在局里所设计的是一个总体，但有很多要根据现场的现实资料来详细地计算，因此时间很少。亲爱的，以后如果没法挤时间给我写信，那你就像写便条似的几个字也可以，这样也可以让我减少些对你的想念！好吧，写到这里。祝你

快乐！祝妈妈身体健康！吻你。

你的

荣兆 1958.1.12

兆哥：

来信收到了，勿念！

照理说，我给你的信不能算少了，（相对的说）不是吗？今年我这是给你的第三封信了。不过我完全能理解你等我信的心情，请原谅；在去年的暑期以后，妈妈和姐姐都和我说，以后要多给你来信，否则你要怀疑我的。这一点我很知道，我也很想给你多来信，但我的时间实在少，当功课一忙的时候，我很少想到其他，一天到晚就钻在功课里了。我想这一点，你是应该原谅我的，是吗？关于你自己所说的“你的错误思想”，这不能完全怪你，而我也应该负一部分责任。

哥，既然你有八个调休日了，那你就到上海来吧！不一定要在大年夜回到上海的，只要在我的寒假里回来好了（现在我也很难说，我们到底在什么时间放假，因为我们有可能要到郊区去义务劳动）。你回来后，假如不住杨树浦，那你就住在你爸爸的房子里，因为那房客王怀德他们在寒假里是要回去的，我住学校里。或者我们住到杨树浦去，你睡在前马路婶婶那里，而每天到后面来。那你的前婶婶也不会生气的吧！哥，你原来准备150元钱，作为我们两人在北京过年用的，那你回上海，大概只要用掉三分之一就可以了，所以你还是回来合算。

哥，姐姐大概在新年里生小孩子，你还能看到呐！我也是想送一只斗篷，并且我还要代妈妈送！这些事以后谈。哥，我们今天第一门，在10点多我就考好了。是材料力学，一共四道题，我错了一道。我太粗心了，在中间错了一个符号，结果全错了。第二门是理论力学，下星期二考。今天下午去看电影——《新寡》。好！再见了！敬祝

健康！

你的

白鸥于1958.1.16中午

兆哥：

你好！

怎么啦！这么长的时间不给我信，是不是工作太忙？还是存在着别的因素？我非常的想念。请快些来信，好吗？哥哥，我们已经在上

星期六考好了。考材料力学的情况，我已经在上次来信中告诉你了。后两样功课你还不知道呐！你替我着急吗？不要着急。第二门是理论力学，到现在为止，我没有发现有什么错误；第三门是机械原理，很遗憾，我太粗心了，有两个小错误，5 分是淘汰了。再谈谈我们班的情况吧：我们班里的一般成绩并不令人满意。材料力学有 5 个不及格，理论力学有 2 个不及格。机械原理还不知道；我们的俄文虽然没有考，但考查也有 2 个不及格的。有些同学说：下学期俄文去免修了，我真为他们可惜！我的俄文虽然不太好，但我并不灰心，我想在寒假里好好读读，为下学期打好基础。我们俄文一直要读到毕业呢！哥，告诉你，我们到三年级可以选修 1—2 门功课，我想选修日文。你一定会说：为什么不选英文？我也想啊！但英文没有初级班，只有日文和德文有初级班。

哥，告诉你一个好消息：振兴哥已经批准下乡了。于 2 月 2 日前去嘉定参加农业生产。妈妈的户口报不进，派出所里的同志说：根据上海的条件，妈妈的户口可以报进，但是根据乡下的情况，是不够条件迁出的。这次振兴哥下乡，姐姐又要生孩子，所以国棉十厂领导与派出所再次联系，不知能不能报进？

哥哥，告诉你一下我们现在的情况吧：我们从考试一结束，就已经投入了紧张的反“右”斗争。我们大班也有，我们小班也有。我们都很忙，要开会、要揭发、要写大字报、要看大字报，我要好好投入反“右”斗争，在阶级斗争中提高自己。哥哥，火车上能带花生米吗？如果能带的话，能给我带几斤回来，好吗？我很喜欢吃，但这里买不到。（新年里一个人只可买半斤长生果）好吧！我们就谈到这里！等着你的回信。我们定于 2 月 9 日放假，到 2 月 23 日开学。祝

康健！

白鸥

于 1958.1.30

亲爱的：

我是昨天才从保定回来，因此你的 9 号和 16 号的来信是同一天收到的。关于你提出的理由或者顾虑，要我来说服你，那我是很好做到的。

你不是说：你在小时候听人说，北方很冷，在外出的时候要戴上鼻套，否则鼻子就会冻掉的。那么你来北京要外出的时候，我就给你做一个泥的，不！做一个混凝土的，让你套好！这样鼻子就不会冻掉了吧？！嘻！关于我那倒没有什么关系，因为我很抗冷。可是你在 2 号及 16 号所提出的理由，我没法说服，因为你说得很对！那我只能回来了。但什么时候回来，这具体日子，我没法确定。因为我们很忙，你想我们下放了那么多技术人员，好几千万元的工程设计任务没减少，就要我们留下的人来完成。

亲爱的，你要我来沪后住在前马路婶婶处或住在你校附近我爸爸的屋子里，我就听你的安排，不过我要吻你的啊，你同意吗？亲爱的：我现在显得更老气了，皮肤也很粗糙。可能是经常在外风吹日晒的原因。你还爱我这个老头吗？！亲爱的：你的考试已经考好了吧？除了你告诉我的一门外，其他怎样？现在我检查我对你的学习的影响是不利的，我老是要你来信，或者说怎么想你啊……这都会分散你的精力的。我真不知道我现在变得这样矛盾。我要求你能原谅！争取以后尽量不影响你！

亲爱的，在体育方面我提供一点锻炼的资料给你考虑：我觉得“跑”是和体力有关的。但这体力是怎样产生的？那就要平时锻炼，多跑和多做一些体育运动，特别是跳绳，对跑也起一些辅助作用。在跳绳的时候速度要快，时间要长，那就更好了。关于跳箱，就需要胆大、心细。如胆子不大，当你跑到面前就停住了，心不细就会出事故。

亲爱的，过年时你愿意到杭州去玩吗？我们到杭州去时不需住旅店，因为我有一同事（女），她家在杭州，她家很大，保证我和你都有睡的地方。如果愿意的话，那你做个准备好吗？吃饭的时间快过了，就到这里！祝你

快乐！

你的

荣兆 1958.2.3

亲爱的：

你好！来信收到，勿念！

上次的来信迟了，害你等急了！原因是因为我们小组技术人员本来有四人，现在只有两人了。一般不大的工程，两个人就可以了，可是保定车站改建是中等的，两个人就觉得少了。每天晚上要计算和整理记录，实在没有时间给你写信。唯一的希望要回北京后给你写。谁知天气不帮忙，冷得很，桩打不到地下去，工程拖延了。亲爱的，我要回来了。但要到2月15日以后，因为我的工作很忙，可是领导上很照顾我，要我10日回上海，我没同意。因为我走以后，要在另一组抽出人来帮我组干活。这不是因我而影响工作了吗？我说：我爱人曾说过，如影响工作就不要回来。我可以在上海少住几天。亲爱的，现在上海可以买在15日以后的戏票吗？（话剧、越剧、沪剧和滑稽剧等）因为我们相爱到现在，我们没有在一起看过一次戏，不是很遗憾吗？亲爱的，你15日以后不会参加其他社会活动了吧？我们在17—22日是不是可以一步都不离开了？呵我多么想我们谁也不要离开谁啊！

亲爱的，姐姐生了没有？妈妈和妹妹都好吗？妹妹要的和平鸽纪念章，我已买好。关于毛主席像还是到上海来买吧！皮球一定给她带来！你要买花生米，北京也不好买。亲爱的，你不来北京，我真有点不高兴。我曾这样想过：你不到北京来，我就不回上海来。可是我战胜不了我们的情感，因为我爱你。其实我回来一次并不少花钱，你说只要三分之一，我感觉三分之二能打住，我也心满意足了。我现在不吻你了，因为我老吻你，而你才吻过我三次，我太吃亏了！好吧！写到这里，祝我们早日

相见！

你的

荣兆 1958.2.9 晚

亲爱的兆：

千盼万盼的相见，又随着时间无情地逝去而消失了。谅你已安然无恙地到达了北京，而我又回到了学校。唉！又要等半年或一年才能相会，好不叫我烦恼啊！哥哥，两夜不睡而又做了一天工作，很累吧？现在已是六点钟了，你该早些睡吧。好好地、乖乖地睡一个甜蜜的夜

晚吧！到明天可以消除疲劳，精神饱满地工作了。

亲爱的哥，在19日的夜晚，在我们将要分别的时候，当你还在我的身旁时，我并不感到分别是可怕的。可是当火车一开动，你慢慢地远离我，后很快地消失了……喔！我不禁打了一个寒战！心里感到阵阵的空虚。喊又喊不应了，追又追不上了！几天来，我们可以说是寸步不离的，可是现在又留我孤零零的一个人了。我真想放声大哭起来；在深夜十二点钟，我乘三轮车回去。我只坐半个位置，另一半是留给你坐的。可是你却和我背道而驰了……而我现在只能看看我们唯一的合影。哥哥，我们的相会是多么的巧妙啊！你看，我一放假，你就来了，说实在的，我是无论如何也想不到的啊！你去上班了，我也回校上课了。我们像预先商量好似的。这可能有神仙在中间帮我们的吧！哈哈！哥哥，谢谢你送给我的礼物，我都很喜欢，我会特别珍惜我亲爱的送给我的礼物。

哥，我发觉你有些地方是很会生气！这是不应该的。男子汉气量应该放得大一些，一些小问题是不值得你去生气的。尤其是在我们之间，你发觉我哪儿不好，可以马上就向我指正，以免心中不愉快。在短短的几天中，你已生了几次气，那么我们今后怎能生活在一起呐？在我们之间也要展开批评与自我批评。对吗？好！再见！祝

快乐！

你的

白鸥 1958.2.21 晚

亲爱的：

在我的记忆里，我觉得已不止一次地这样说过，我对家乡和上海的思念，一年比一年更重了。我对我们这分别时的留恋，一次比一次更深了。是不是因为家乡和上海变得更美丽了呢？是的，但北京并不亚于上海。因此上海和家乡变得美丽不是我所留恋的主要因素，其主要因素是在那里有我一个能照顾我、体贴我、同情我还很爱我的知心的未婚妻。她是那样的善良，是那样的温情，她的姿态、她的微笑会使我终生难忘！可以这样说，我在爱情上已完全做了她的俘虏，我是死心塌地地爱上了她。

亲爱的，昨晚未能很好地睡觉，今天又工作了一天，上眼皮和下眼皮不断地打架，因此我在这封信上不能把我们相会时的那一段形容出来了。我迫切地需要告诉你，就是：你从 53 年—56 年来的一大卷信，我忘了把它带回来了。这些信我把它放在亭子间（前婶婶住的地方）靠无线电一头的垫被底下，你快打个电话回家叫妈妈代我收藏一下吧。亲爱的，我们分别了，再要见面的时候，绝大可能的是在半年以后，我要求你专心地学习，在暑假考试中不要像去年一样，这样在我们相见的时候不会再有其他心事。我相信我们一定会玩得比以前任何时候都要痛快！你说对吗？吻你！

你的

荣兆 1958.2.21 晚

亲爱的：

你好！

上次的来信想你已收到。未知你可曾叫妈妈把那些你给我的信收起来了没有？我真着急！因为里面是我们俩人的悄悄话，是我俩的秘密。怪我太粗心了。

白鸥和荣兆 1958.2.14

亲爱的，太阳怕羞似的红着脸露出了地平线。由于她的害羞，把她周围的云朵染得特别美丽，使得整个东方显得更加灿烂。而我就在这个美景里来到了上海。我想我们提前或者是突然的相会，一定会使你又惊又喜，我真想在这一瞬间，拥抱你、吻你！可是有旁人在场，不好意思。这次我们的相会虽然时间不长，但在我工作的许可上来说，时间是很长了。不管时间是长是短总要比相隔千山万水时所尝的相思苦要好得多。也许是相思苦味难尝，因此当我们每次在相会时，我的高兴实在是难以用笔来描写，难以用词来形容。长途旅行，是很辛苦和疲乏的，但等我们相见时，疲乏就被冲淡了，等我吻你的时候，我的疲乏就化为乌有了。亲爱的，在我们离别后，我只能在你的相片上和睡梦中看你和吻你！现在，你就在我的面前，我为什么不多看看、不多吻吻你呐？！亲爱的，我感谢你的慷慨、大方，感谢你帮助我消除长途旅行中的疲劳。我永远不忘你，我用终身不移的爱你来作为我不辜负你对我的体贴、谅解和慷慨。亲爱的，上帝好像知道我们这次相会很不容易，而时间又是那么短，所以没有让你去参加义务劳动。由于我俩都知道，相会来之不易，所以在这几天里，我们基本上谁也没有离开谁。不是你陪着我，就是我陪着你。唉！我真恨美景不能常在，现在又分别了，又把我浸在“相思苦汁”的溶液里了。你知道吗？我又在犯相思苦了，我又在想念你了！我还愿意在我们还没有结婚之前常有像我们这次相见时的情景。我想着想着，好像又回到了上海，又重演着我们这次相会的情景。我们相见的第一天，因为我刚下火车，你们让我好好休息，于是让我躺在姐姐的床上，你在我对面，背靠着床头，安静地坐着结绒线。四周有时静得连我们的呼吸声都能听见，有时小孩的吵闹声和脚踏楼梯声打扰了我们的甜言蜜语。我趁四下无人，主动再吻了你！你为了让我休息，而离开了我。可是天啊！我哪里睡得着啊！好在你马上就回来了，我一把将你拉到我的怀里，我真想把你紧紧地抱住，但又怕你透不过气来，我只能使劲地吻了你几下。

夜！真不留情地来临了。我们谈不完的情话，只能到此告一段落，我万分留恋地离开了你。多么漫长的夜晚，也未能使我很好地入睡。我在盼，我在盼时针要加快它的转速。黑夜快点过去，黎明提前到来！为的是要见我未婚的爱妻、心爱的鸥妹。懒觉在我个人生活中在可能的条件下是经常的，可是今天却打破了我的常规，早晨六点钟还未到，我就起床了！可是当我来见你的时候，妈妈和妹妹去排队买菜了，姐姐正在准备着上班。而你却走上了我的老路——赖在床上不肯起来。说老实话，我多么希望姐姐早一点走，其实姐姐早猜着我的心思了，不多时，也不告诉一声就走了。今天的情景比昨天更美了。没有小孩的吵闹声，也没有上下楼梯的声音。多么难得的机会，我扑向你，我压在你身上（当然隔着被子），唯一的就是听到你的心跳声，我高兴得快要疯了，我吻遍了你的脸！或许我太野心了，我幻想着，我们能永远地在一起就好了，谁也不要离开谁，这样才能彻底地解决我的相思恨。可是幻想总是幻想，我们还要等待两年半，这两年半是多么漫长的日子啊！像我们这样的情况来说，没有很大的耐心是等不到的。但我一定可以，我一定耐心地等你！等你毕业！妹妹上楼的脚步声使我清醒。能吻你就知足了！

上海的气候好像是由于我们的相会而变得那么好，不刮风也不下雨，还不冷！我不得不再次感谢上帝的恩赐！因此我俩到上海市中心去了。我们在上海南京东路几家大商场转了一下。上海真是个繁华胜地，物质极其丰富。各商场的货架上、橱窗里琳琅满目……而我们真有些目不暇接。人也太多了，我们在其中挤来挤去，仅买了一对枕套就到你的学校里去了。

亲爱的，因为你要去检查长宁区的清洁卫生，所以我做了下午个人计划。感谢你的同学，她们都走开了。我陪着你，在你的宿舍里做完了给我盖的被子；我还感谢你陪着我到我父亲那里去了一次。以后我们就愉快地回杨树浦了。在上海的第三个晚上，因我答应我父亲回吴淞哥哥那里去一次，但我心里实在舍不得离开你，人虽然到了吴淞，我的心却留在你那里了。我好不容易盼到天亮，还给我的侄女做了半天的代教老师。午饭后，我们终于相会了。今晚，我睡在亭子间。我俩谈啊谈，一直谈到深夜，我也不疲倦。最后，我们还谈到我们再过两年结婚时需要的那些东西，并做了概算。最后我高兴地吻了你，就各自睡觉了。

可爱的黎明又来临了，我们像前天早上的情景又出现了。感谢你像羔羊一样温柔，让我吻遍了你的头额。我俩是这样无比地相爱着，要离开你，从我的心底里真是万分不舍啊！我盼望着我们不再分离早日到来！

今天，我们又到了市中心的几家有名的百货公司。我们看到了我们将来需要的家具。我们的心意是很投合的，我们看到心里所喜欢的东西会不约而同地叫好！我不是没有主见的人，可是当你喜欢的东西，我总是感到满意的。我们看了我们计划中所要的东西，其价格也基本合适。我真希望这些东西一年后还有出售。今天我俩还到外滩公园去玩了，我们在苏州河边照了我出生以来第一次和你的合影。黄浦江上，船只穿梭似的来来往往，船上人家都在不停地忙碌着。孩子们已习惯在船头玩耍。我想，我们要有了孩子，一定会比他们过得幸福！唉！我多么喜欢有两个小孩呵。

七点多钟了，我们才到了家里。我们没有在外面吃饭，为的是勤俭建家，你说对吗？今天姐夫回家了，你和妈妈、妹妹都睡到亭子间来了，你们都睡在床上，我只能睡在地板上了。看来有点怠慢了我！但是我一点也没有这样的感觉，因为在住房紧张的上海，打地铺是常有的事，另外你就在我身旁。我感觉到要比我一人睡在单身宿舍要温暖得多，你的热情给了我温暖！有人曾这样说过：情侣在旁边和他一起散步时，西伯利亚的寒风吹在他俩的身上，也不会觉得寒冷。现在我已体会到了这话并不夸大。良夜是不会常留的、时针是不会不走的、雄鸡不会在早晨不啼的、太阳不会永远在地球那一面的。是我舍不得夜晚又过去了，妈妈起得很早，去排队买菜了。我就离开了地板，来到了你的床上。我一面是和妹妹说着玩，另一面就想能靠你近一点。

亲爱的，今天我们去看电影：《奥赛罗》。我对这部电影很有感触。我想你一定会和那个女主角一样地爱着她的爱人，但我不会像那个男主角听着坏人的话去怀疑他的爱人。我肯定地说：我们一定会永远相爱的。亲爱的，我很感谢你能陪我一起到吴淞去。晚饭后，我们和小平一同到了江边。我们虽然没有看到大海，但江心里的船家灯火像天上的星星一样，闪闪发亮；虽然没有月亮，但你已代替了月亮。晚风吹来，我没有寒意的感觉，因为你在我身旁。亲爱的，当我们住在吴淞的时候，你知道吗，嫂嫂是怎么给我们安排的？她要让我们睡在里屋的那张床上，她们都睡在外屋。我很反对。后来才变为我睡外屋，你和侄女睡里屋。我很奇怪她为什么要这样安排呢？吃完早饭，我们就回杨树浦了。下午我们和妈妈、妹妹一同来到人民公园游玩。妈妈对我们太好了，她真是个贤妻良母。她把希望寄托在我们身上，我们今后一定要好好待她，使她愉快地度过晚年。我很想买些东西给她，也不知买些什么，我确实有点不好意思。

亲爱的，今天我们就要分别，我有千言万语要想用吻来告诉你，但无此机会。鸥妹，你在我们这次相会中对我最体贴了，有时你像羔羊一样善良，你很慷慨地让我吻你，在我来说应该是满足了。唉！当我想到离别就在今天，我的心情是多么难以形容呵！我万分地难受。我也这样想：应该是革命情长，儿女情短。但在将要离别的今天，后者比前者并不负于多少。我是不大会喝酒的，但我想用酒来解除我心中的难受。我虽没喝醉，可是也迷糊了。睡呀睡，睡到离开车的时间不长了，你才把我从睡梦中叫醒，那时我像个不倒翁一样，真不好意思。你陪我到了车站，发现 6 次车早已开走，只能乘 16 次车了，到北京后就得马上上班，但也别无他法。16 次车要到晚上 11 点多开，时间尚早，只能再回去。晚上 10 点，你又送我到车站。列车开动了！你向我挥手！跟着列车走……我真想跳下列车……无奈，我只能以千万分的留恋、依依不舍地看着你向你告别，再见了，亲爱的！我回北京以后，身体很好！工作也很忙。保定车站的改建，在“五一”前通车。所以我明天要到保定去讨论，晚上就回京。3 月份我一直在局做内业，不出差。告诉你一个好消息：我们一年内有 15 天事假，因此我以后回来就不要全部依靠调休了。好吧，就到这里！吻你！祝你

学习优良！

你的

荣兆 1958.3.1 夜 12：07

兆：

你好！

想不到你这么快就来信了，我满以为你 22 日才能给我信。你忘记了疲劳，马上来信，我衷心感谢！关于那卷信纸，没接到你的来信前，我就发现你没带走。看你多粗心啊！不过，我也有责任，因为你的行李是我整理的。现在妈妈已经来信了，说已经给我们藏起来了，你放心吧！兆，告诉你一个好消息：我姐姐生了一个女孩子，是在 26 日生的。你看，多么高兴啊！和我想象的一样，是个女孩。我觉得第一个孩子是女孩，可以给她打扮，我的“福气”真好！外甥（是表姐祥度的儿子——张京）、甥女都有了。好吧，我们共同来享受这个“福”吧！

哥，告诉你一下我们的近况吧！我们开学以后还没有上课呐！可是我们已经投入了热火朝天的反浪费运动了。啊！我们的热情可高呐！在25日那天，一夜就形成了反浪费高潮。贴了8万张大字报。啊呀！大字报到处皆是。从大字报棚上贴到地上；饭厅里挂满了大字报；宿舍走廊里也贴满了大字报。25日晚上，每个同学到深夜2—3点才入睡。有的同学根本没有睡。我们班每个同学要写35张大字报，全班一共900多张。可是我和另一同学不计在内，因为我24、25日两天身体不舒服（不要怕，我已好了）。到今天为止，我班大概还差100张左右。我们已经落后了，但我深信，我们会赶上去的。我班上次反“右”还未结束，所以我们既要反右、又要反浪费，还要搞勤工俭学，所以很忙。

哥，告诉你，我们的实习工场，从今天起正式开工生产了。为了今天能正式生产，我们昨天晚上搞到深夜1：40才睡。你知道那机器以前只给同学拆拆装装的，从来没有生产过，现在开起来，“头”当然断得特别厉害（意思是说，不能连续纺纱），所以我们昨晚必须开起来，预先做好准备。以后我们每天两班生产，每班两个半小时。每周每人大概是做两班。我以后大概是细纱挡车工，这是我老本行。

哥，告诉你，我班从反浪费后出现了一个好现象：我们班从前抽烟的男同学，今后不抽烟了，“不”！现在已经不抽了，我问他们，不抽难过吗？他们说：难过是难过的，可是这是暂时的，以后就会好的。哥，我班有一个男同学，他的烟瘾比你重得多哩！他不抽烟啊，打哈欠连天啰！眼泪也会出来了，可是他现在照样不抽了。哥，你为什么戒不掉呢？为什么主观不努力，而专强调客观影响？抽烟的害处你是知道的，我不说了。请问你现在抽烟是不是为了工作？也许你会说：“是的”，抽烟可以帮助你思考问题。可是抽烟会影响你的身心健康，缩短你的寿命，这不是严重的影响工作吗？影响到国家建设吗？再在经济上来说，你每月抽烟花6元，每年12×6＝72元，10年要720元，假如你抽50年，那就要3600元。这是多么可观的数字啊！你假若每月把6元钱存到银行里去，到了一定时期拿出来，买一件有意义的东西，那多好啊！再说，你们不知道烟的味道多难闻呵！假如你再抽烟，我以后就不高兴和你接吻了。我希望你向前跃进一步吧！拿出你的革命干劲来把烟戒掉！好吗？假如你再不自觉地戒掉，那我就要贴你的大字报了。

哥，你给我 70 元钱，后来我给你 10 元。你走后，我给妈妈 10 元，随便买些什么，我说是你给她的。还剩 50 元已替你存进银行了。

哥，我们学校为了勤工俭学，养成艰苦朴素的良好习惯，本来申请人民助学金的同学纷纷要求降低等级或放弃。我班有些同学每月零用只有 3 元。在这方面我应该向他们学习。因而自己初步估计，每月零用不超过 5 元。养成不吃零食的习惯。我的助学金是 38 元多。除了膳费每月 10.5 元、带回家 15 元、自己零用 5 元，另外我还可以每月存有奖储蓄 8 元。这是我的经济情况。

哥，我们班已经订好了大跃进规划（我自己的早已订好了），其中有一项是在一年半内 85%达到劳卫制一级。这一点我是一点信心也没有的，我其他都可以，就是 100 米跑！真伤脑筋。所以我是不想劳卫制及格的，可是同学们说我太保守了，他们说就此一个项目，一定能够达到标准的（16.8 秒）。并且有一男同学（他跑 13.1 秒）和一个跑得快的女同学，他们愿意每天陪我跑，帮助我在技术上提高，我没办法，只好“行一记”了！ 3 月 3 日我们正式上课。好！我们就谈到这儿吧！再见！祝

快乐！

你的

鸥于 1958.3.1

荣兆：

你好吗？你从保定回来了吗？我很想念你！我答应过你：每星期给你写一封信，而今天已是星期日了，现在已是最后一天的晚上了。因此我不得不提起笔来写了。说实在的，我很想给你写信，但好像事情多得很，好像永远也做不完，因此到现在才给你写，请原谅！哥，昨天是“三八”国际妇女纪念日,整个下午全院妇女开庆祝大会。晚上，我们纺二大班（5 个小班）开了一个庆祝“三八”的联欢大会，每个小班都演出了许多自己创作的精彩节目。节目演完后，还有许多游戏与一些集体舞蹈。男同学为女同学演出特别精彩的节目，有的提了保证；

有的为女同学作诗。我班为“三八”而创作了“姑娘的心”一歌，自己作词、自己作曲、自己演唱。哥，你们是怎样祝贺你们的女同志的呀！

昨天我在节目演完后回姐姐那里去了。游戏与舞蹈我没有参加！到杨树浦姐姐那已是10：15了，他们都睡了。哥，我已告诉过你了，姐已生了，上星期日我回去没看见，所以昨天我赶紧回去了。孩子倒也有趣，就是哭不好，昨天大概没有吃饱之故吧！所以哇啦……哇啦……哭个不停，害得我也睡不着，今天倒是乖乖地睡得很好！姐姐生后倒还好，就是出院以后，给小孩喂奶次数多了，所以奶头痛得很。现在给小孩吃的是奶粉，昨天晚上是我喂她一次。今天，我又喂了她两次。本来我真不知道小孩吃的奶粉是怎样冲的，原来是和我们平时吃的奶粉一样冲的，那我“老主”（上海话，很熟练的意思）了，因为我吃过奶粉。孩子的脸上有一个酒窝，真有趣；我给她取名叫徐萍，经过大家讨论都认为很好！你以为好吗？关于我们送些什么好呐？我代表你送一只斗篷，好吗？哼！看你多坏啊！你专开空头支票，而我在给你填空，真是又好气来又好笑！我送一只金木鱼，还要代我妈妈送一只，我和妈妈送一对。我想够多了吧！一只斗篷，一般要10多元，一对木鱼要12元，那就要20多元了，你说够了吗？！

哥，本星期我院也掀起了文体大跃进的高潮。同学们都创作了许许多多精彩的节目，通过各种会议，以及每天的广播唱给同学们听，演给同学们看！哥，你的来信是多么长啊！你的那封信好像是你回来后的几天日记。哥，我给你的许多信，现在我已将它藏起来了。前几天，我已将它全部看了一下，我觉得很有趣，我还有这样一个感觉，就是很热情的。我不知你的感觉怎样？不过，我的热情是充满在语气中的，至于“吻你”，那是很少的。也就是说，我的热情不是用“吻”来表示的，也不是用“亲爱的”来表示的。你有意见吗？我知道你是有很大的意见！在你回去以后第一封信就表现出来了，你以为“亏本”了？！实际上你一点没有“亏”，反而赚进。因为你的“吻”和“亲”，而你已经收到了更重要的东西了。对吗？

哥，我们棉纺工场已经投入生产了。我每星期一下午12:30—3:00要去“挡车”，我非常愿意！这是我原来的工作，情感很深。

哥，本学期我们多了两门功课：电工学和纺织纤维材料工艺学。电工学，我们在中技已读过了，并且现在用的书也是我们以前的那书，不过，对我们的要求是不同了，并且电工学是一门比较难的功课；纺织纤维材料工艺学，是新的。当然有一些以前也是念过的；这门功课是我们纺织系主任任教的。我是这门课的课代表。这学期没有物理、理论力学和材料力学了！哥，我们就谈到这里！愿你身心

愉快！

你的

鸥于 1958.3.9 晚

鸥妹：

我刚从石家庄回来。我在那里工作了一个多星期，每天都要经过石家庄国棉一、二、三、四厂的门口，特别是晚归时，当我们坐钢铁厂的小汽车经过石棉二厂大门口时，我真想下来到洁民那里去玩，可是我身上给风沙吹得特别脏而没去。你会怪我吗？以后我再去吧，请原谅！亲爱的，我们俩最近的通信的确是很少，但我不怪你，也不生你的气。原因是：因为你功课很忙，再加上向右派斗争和双反工作，就显得更忙了。

亲爱的，你也不要太为爸爸和妈妈的关系而感到很大的苦恼，这样会对你的身体和学习不利的。苦恼不能解决实际存在的问题。我们现在只能叫妈妈到上海来住几个月再回乡下，用这种方法来度过这两年。你要含着自己的苦恼常去安慰妈妈！免得她再伤心。等你毕业后就好了，一切问题都能解决了。我计算着，还有不到四个月，我们又可以见面了，我想我们到乡下去，我们和爸爸妈妈在一起度过我们愉快的假日。你说好吗？鸥妹，我很高兴地知道了妈妈想要买一件皮袄，妈妈年老了，应该有件皮袄御寒。我会放在心上，有合适的我会买的。但你现在不要告诉她。你现在身体好吗？还咳嗽吗？如果还咳，快去请医生看看，不要“无所谓”，知道吗？

亲爱的，今年暑假我回不回来？我还在犹豫。我要求你到北京来，我们可以在万寿山背后谈谈我们别后情况；在万寿山前划着小舟，在昆明湖里倾吐我们别后的相思苦。我们还能在那里游泳。关于住的问题，你不用担心，不用住旅店，可住在家属宿舍里，因为我同学的爱人在

那时就回杭州，如果妈妈愿意，也可一起来！好吧，就谈到这里。祝你

身体健康！

你的

荣兆 1958.3.10 晚

亲爱的：

你好！来信早已收到，放心。

向你姐姐、姐夫道喜！恭贺他们新增了小家庭中的有生力量！

亲爱的，来信迟了。原因是苦战两夜写大字报，很紧张！你给我的大字报，我收到啦！现在我宣布：我可以接受你的意见了。我回答你的大字报是这样写的：抽烟确实在个人经济上开支很大，而还伤害身体，现经三思，立即停止吸烟。告诉你，我也五天不吸烟了。亲爱的：我们这里写大字报的劲头很大，每人平均有 50 张以上。可是我还未到 50 张，我要向这个数字或超过这数字而奋斗！亲爱的，我们这里在反浪费、反保守。食堂为我们开通宵，过 10 点以后，食堂还可电话送饭。我是负责统计我科的大字报的，我们“线路组”一共 20 多个人，已出的大字报将近 1000 张。在生产中浪费的最多，浪费的钱是没法估计。

亲爱的，关于劳卫制及格问题，你不要伤脑筋。你也要像劝我那样拿出革命干劲，不要以个人来影响全班的指标，要多跑、常跳！做有劲的运动，到你的饭量一增加、力气一来的那时你就会不但及格而且还要优良！可是你不能等待，而要加油地锻炼，听你的好消息。

亲爱的，我记得已告诉过你：我们探亲假一共是 15 天，只能一次用完。如我们下次相会就有 15 天以上（加上我的调休）。争取在暑假好吗？我身体很好，放心！好吧，时间已很晚了，吻你！祝你

快乐！

你的

荣兆 1958.3.11

鸥妹：

你好！很长时间没有给你去信了，你一定盼望很久了吧？请原谅！我也不知道我们这次分别以后的日子是长呢还是短？我总觉得当我回到宿舍，身旁没有你就感到异常的孤独，因此我对你的想念更深了！明知是不可能的事，但我仍是要乱想。如果我调到上海就好了。或你毕业后能分配到纺织部工作……我差不多经常是在乱想中入睡的。妹，分别后，你的身体怎样？功课还是那么忙吗？你的 100 米短跑到什么程度了？你有没有信心？这是我常关心的事。最近，北京的气候变化得很厉害。有时变得很冷，有时变得很热；上海不知怎样？你可得注意身体，免得感冒向你进攻！妹，姐姐产后的身体怎样？妈妈是否还在上海？她老人家的身体安康吗？亲爱的，我总是这样想：妈妈对我太好了，她真的把我当作了她的儿子一样地照顾我、关心我！我心里也时常想着她的，但我不像有的人会买这买那，我什么也没给她，心里很过意不去！你给我注意点，看她要点什么告诉我。

亲爱的，春天来临了！你喜欢什么衣服就做吧！你那里不是还有钱吗？把它花掉算了，就算是我送的，好吗？你不要怕我们结婚时的经济，还有两年呢！再说这经济是有伸缩性的，你说对吗？妹，是不是快要放春假了？在春假里多拍些照片。我今天到同事家去玩，她把影集给我看。有童年时的、少女时的、结婚时的，以及后来的。她有六个儿女一起拍的，我现在看她本人，再看她的照片，真有意思！我们现在不能这样做吗？我们也要把现在的照片放到老了的时候去看，那多有意义啊！可惜，我们以前的照片太少了，现在不拍，等年老就会感到遗憾！

妹，我的工作情况是：保定车站改建已经完成，接下来要做秦皇岛市耀华玻璃厂的工程，但因为杨柳青站货场改移工程很紧张，因此又改变了方向，所以现在我在忙杨柳青工程了，可能到下月中旬完成。妹，在生活上除了想念你和感到孤单以外，过得还好。自我回京后，星期天不是出差，就是写大字报或是义务劳动。你怎样？常来信告诉我，免我瞎想。你说我不吃亏吗？我总是主动的，你却常处于被动。现在我仍是主动地吻你！

你的

荣兆 1958.3.25

兆：

来信早已收到，请原谅我复迟。原因你是知道的，不解释了。

哥，我这次接到你的来信，我从来也没有这样高兴过，因为你给我带来喜讯：你不抽烟了。我衷心地祝贺你！我恳切地希望你以后不会再抽了。我也知道你是一个勇敢的人，那么你一定会拿出勇气来的，因此我深信我以后再也不会看见你抽烟了，也不会为了吸烟而生你的气了，对吗？哥，你这才对呐！这才是我的好哥哥呐！以后你再也不要抽了，喔！否则我非但不高兴！而且我还会来羞你的，知道吗？

以上大概是一星期前写的，现在我继续写完。哥，我感冒了，但我怕你接不到我的信就会有些不应该的想法，故我不得不提起笔来；我是上星期六开始感冒的，星期日晚上发了一个寒热，星期一睡了一整天，昨天好了一些，今天不知怎么的，比星期一还不好，故又睡了一天，幸好这学期功课很轻松，故我在功课上一点心事也没有，就是人很难受。但你不要为我担心，这些小毛病，没几天就会好的，别害怕。

哥，妈妈和妹妹在30日（本星期日）要回到牟家村去了。姐姐将要满月，故与妈妈一起回去了，到乡下去休养几天。哥，你近来怎样？工作当然是忙的，身体呢，好吗？应该自己当心！上海近几天，天气变化多端！不知北京怎样？天热了要脱衣，冷了不要忘了穿衣，不要怕麻烦，知道吗？好！再见了！祝

健康！

你的

鸥涂于床上 1958.3.26 晚 9：50

荣兆哥：

你好！

离火车开动还有半小时，而我已经坐好。你奇怪吗？我要去哪里？你以为我是出去玩吗？非也。今年的春假与往年不同，往年的春假是游山玩水而今年呐？经过整风运动和反右斗争以后，同学们思想觉悟大大提高，远在一月前，同学们提出变“春假”为“农忙假”，嗯！大概你又猜我要到哪里去劳动了，不是的。我们学校在春假里留在学校

半天义务劳动，半天看展览会；两天开运动会，一般同学都留在学校里。我们的假日是从明天开始，到4月8日为止，共四天。我乘火车是回家看望我的爸爸妈妈。哥，上次的来信，大概使你受惊了！没有关系，亲爱的哥哥，我现在已经好了。今年我真“触霉头”（上海话，倒霉的意思），从开学到现在，我的身体一直没有好好的，感冒好了，一直在咳嗽，现在稍为好些。6：30快要到了，快要开车了，以后再谈——4.3

哥，今天我又提起笔来继续下去，今天已是春假最后一天了，明天我要上课了。哥，我是今天中午乘12：24车到上海来的，到上海已是下午4：31了，一路平安，勿念！

乡下爸爸妈妈身体健康，请放心！

哥，我在本学期给你的信很少，不正常。我想你一定对我有意见了，这点是我不好，请原谅！以后力求改正。不过，我发觉你的来信也少了，这是何故？

哥，你说要给妈妈买些什么，但又不知妈妈需要点啥。哥：妈妈她非常勤俭也非常节约，这你是知道的。她不喜欢买贵重的补品给她，也不要我做衣服给她。她说：我们现在是困难的时候，要做衣服以后做。可是我很想给她做一件皮棉袄，我知道她心里喜欢。因此我想今年我们两人合起来送给她，好吗？你买皮，我买面料和夹里。至于我，什么也不要。衣服我都有，再做，同学要批评我了！再说，我国棉布还不能满足人民的需要，因而尽量少用些布吧！谢谢你的好意！今天我们就谈到这里吧！再见！祝

健康！

你的

白鸥于1958.4.7晚9：05

鸥妹：

你好！

快要半个多月了，还不见你的来信，上次的来信也不知收到没有？也不知你现在的身体怎样，真叫我万分挂念！快来信吧！如果你的身体不好，那就请你的同学代写一下，也可让我知道你的近况。近来我

因整风学习尚未结束，现在正在展开向党交心的时候，没有特别的急事不能出差，因此我仍在管理局，但因半天工作半天学习，因此工作很忙。我身体很好，我又加入了基建足球代表队，你说好吗？请不用为我牵挂。

妹，乡下的爹爹给我来信了，他告诉我现在生意不好做，但没有说今后不做了，从他来信的语气里他对我仍是很好！妹，妈在乡下好吗？自从妈回乡后，我还没有去过信，她老人家一定很想念我了，请你给妈妈写信的时候代为问候！妹，我每次来上海，家人都对我不满，说我在家的时间太短了。唉！他们真不能谅解我，谁不愿意和他亲爱的人相处在一起呢！当然我也知道家里人也很爱我，但我既能和你相处在一起，我哪能离得开你呵！我们就谈到这里！希来信！祝你

健康！

你的

荣兆 1958.4.25

亲爱的兆：

万分抱歉！很长时间没有信给你了，在这些时间里，害你挂念万分，甚至怀疑我的身体可能不舒服了？没有，我很好！昨天还参加游行哩！给雨淋得一塌糊涂，你参加游行了吗？我身体倒很好的，请放心吧！就是时间太紧了。除了睡觉的时间是属于私人专有以外，其他从早上起身到晚上睡觉，差不多都属于工作、学习、除七害、清洁大扫除……所以我与外界的联系几乎是断绝了。我从春假回家出来以后，妈妈那里我还没有去过信呢！当然我自己也太懒了，假如要抽出一些时间写封信，那还是可以的。所以不能全怪客观，自己也太懒了。

哥，你们现在正向党交心吧！我们也是。我们在“双反”后，就掀起了教学改革的高潮！随着我们由整党而转入了整团，现在我们正在搞臭资产阶级个人主义，大破大立，向党交心！我们每星期有三个半天是政治活动、一个半天是勤工俭学、一个半天义务劳动，还有一个半天是清洁卫生大扫除。读书只能在上午，晚上自习。除七害自己抽时间，在学习上我们倒不算忙，假如学习忙的话，那就糟糕了。从

下星期一起停课一星期，进行期中测验。我们测验三门课:金工、电工、机械原理。后两门我已复习了一遍，金工，我最不喜欢了，平时我从来不翻它，也没复习过，从今后我要看它了。

哥，你告诉我你又参加了基建足球代表队了，我很高兴！虽然我自己在体育方面是很差的，但我很羡慕运动健将。

哥，姐姐已恢复工作了。她来上海后，我还没有去看过她，而只打了一个电话，问了一下情况。

哥，在你的两封来信中都提到在暑假里到底去哪里，你在犹豫。我告诉你，我不来北京。请原谅！我要去陪伴我的妈妈，还是请你到我家来吧！不过，我有一个请求：请你在与我在一起的时候，请倒退到两年以前去，否则使我带着恐惧的心情来迎接你的到来，我不太欢迎。请你特别谅解我，请别生气！好吧！以后再谈吧。再见！祝

健康！

你的

白鸥于 1958.5.2

兆：

你好！

还是接着你的 4.25 的来信，今天已是 5.18 了，相隔已有 23 天了，还不见你的来信，我的心里好像掉了一样东西似的，又好像做错了一件什么事似的感到非常不安。我的信你大概已收到了吧！你的身体怎样，好吗？你的“心”已经完全交给我们亲爱的母亲——共产党了吗？我们也正在向党交心。我还没有写好呢！准备在下星期的上半星期写好它。

哥，是不是我上次的来信中有什么地方得罪你了？是不是我有很多地方不理解你的所思？是不是……一切请你谅解！好吗？喔！假如你不能谅解，那我也没有办法啰！

哥，妈妈回去后，身体不大好，常生病，我真着急！爸爸已经从横山桥搬回来了。

哥，我的外甥女——小萍，真有趣，上星期我到姐姐那儿去，我

快有一个月没有看见她了。啊哟！她长得那么快呀！已经变成白白胖胖的洋娃娃了。我买了两只睡袋显得太小了。她会笑了！她会和你学讲话了。姐姐非常喜欢她！她现在除了工作就是为她忙碌，她也是我姐姐的玩具了！我也非常喜欢她。我还是第一次这样喜欢小孩。以前我不大喜欢小孩，我甚至于说我是一个失去女性本分的人。嗳！小萍我倒很喜欢她，你是一个喜爱小孩的人，那么你看见了她，也一定非常喜欢她了。哥，我的身体很好，功课也不大紧张，请勿挂念！好吧，以后再谈吧！祝

健康！

你的

鸥于 1958.5.18 晨

荣兆哥：

你好！

今天已是 5 月 27 日了，而我还是接到的你 4 月 25 日的信。说得明确些，我已经有一个月另两天没有收到你的信了。我很怀疑：是不是邮局把你的来信给遗失了？还是你在这一时期确实没有给我信呐！根据以往的经验，这么长时间不给我信，那是很少的。那么你这是为什么呐？是什么原因在阻碍着你的来信呐？难道是因为我在 4 月份给你的信少而你向我报复吗？假如真是这样，那是毫无意思的，也太小孩子气了。是吗？我想你是不会的;是工作忙吗？我也知道你确实是忙，假如你是真正为了工作抽不出一点时间来写一封信的话，那我一定能原谅你的；根据你以往的一些思想情况，不得不使我想到另一个问题，那就是我上一次再上一次给你的一封信，我要求你的“行动”倒退到两年前去。对这一点你可能有些误解，既然有误解，那我就有说明的必要。你要知道，我这个人可能思想比较守旧，你的过分热情，我会害怕，我会恐惧，不知所措！对不起，让你为难了，因为我真的不知道怎样来处理恋爱时期的生活或以后的生活，请你特别原谅！这样是不是会影响到我俩的感情呐！这一点你应该相信我：一个人的感情只能给予一个人。当然也有例外，那不在我们的情况之内，我们不去研

究它。假如你真是为了这一点而不给我信，那我真有些生气了。假如你不来信的原因不属此三范围，也可来信说明。当然啰！假如你是不愿给我信，那我从不去强迫别人给我干一件事，当然也不会来强迫你给我信。

哥，我们正在搞臭资产阶级个人主义，正在向党交心，我已将我的一颗心交给亲爱的共产党了。为了更好地搞此运动，故我们已经停课一星期了。明天我们要上课了。我的资产阶级个人主义是严重的。我很感谢党，给予我们挽救的机会，使我能比较早地丢掉个人主义包袱，奔向红透专深的道路。经过此交心运动，使我的思想觉悟有些提高；你们向党交心比我们早啰！我想你一定是很正确的、很积极地对待此运动的。哥，你的爸爸已经退休了。可能你已知道，他想住在这里（上海凯旋路），但又觉得太冷清，并且一切事情都要自己做；又想住到吴淞去，又觉得太烦，也有可能会与你嫂嫂合不来。故他很为难，最后他决定两面住住。我也知道他如果住在这里，是会觉得冷清的，所以我打算，并且我也愿意今后多去看看他，和他谈谈，可能会减少一些寂寞。好，我们今天就谈到这里！再见！祝

健康！

你的

白鸥于 1958.5.27 晚

哥：

记得你在 4 月 25 日的来信，第一句是这样写的："快要半个多月了，还不见你的来信……" 今天已是 6 月 3 日了，从 4 月 25 日到 6 月 3 日，相距多少天啊？在这些日子里没有接到你的一封信，那么我的心情你是可以理解的了。我半月没有给你信，你就急得那个样子，那么你 1 个月另 8 天没有给我信，叫我怎么办呐？是不是你病了？还是出差在外？还是工作忙？还是……真使我猜疑不透。要不是我离你实在太远，那我一定要来看个究竟。假如我有两只翅膀，那我们太幸福了！我一定常常来看你！可是遗憾的是我既无翅膀，又离你太远，前几天我想还是在暑假里来赴你的约会吧！可是，暑假可能太短了，我没有办法

来！怎么办呐？唯一的办法，那就是“信”，通过“信”，我才能知道你的一切。她帮助了我们爱情的增长、她是我俩的媒介质——可以这样说吧？！如今失去了她，叫我如何不痛苦呢！有时我也想：既然你不给我信，那我也不高兴给你信了。可是我复杂的思想感情又不可能使我这样做，并且我们到底是不小的人了啊！那样做未免太孩子气了，对吗？以上是我的思想动态。请你来信告诉我：你不来信的原因。

哥，明天我们要到农村去了——嘉定，去帮助农民夏收夏种，另一方面向农民同志们宣传“八届二次”会议的决议。前者为主,后者为辅。我们上海共有十万人下乡帮助农民夏收夏种，我们学校有一千四百二十人去。今天我们已经停课，明天就去与农民同吃同住同劳动，十天后回学校；这次去义务劳动对我们来说，是一个劳动锻炼、进行思想改造的好机会。这封信已是接到你4月25日来信后就回信的第三封信了。前两封信不会遗失吧？！好，再见吧！祝

康健！

你的

白鸥涂于58.6.3晚9：05

亲爱的：

你好！

很长时候没有给你去信了，知道你是等得很着急了。的确两封信之间相隔44天的数字，在我和你的通信史看来，可能是最高峰了。为什么会在这样长的日子里不给你信呢？你是知道我的工作情况的，另外再加上我们机关交心运动进行得很热烈。现在虽然要出差非得经处长批准，可是我的外业时间仍是比别人多。做外业工作时，我不但没有时间写材料，当然也挤不出时间来给你去信。你曾对我说过，你已是属于我的了，我有什么理由说，我不是属于你的？亲爱的，只要你不弃离我，我爱你的心直到停止跳动时也不会变，你相信我这样说吗？亲爱的，你告诉我、你回答我好吗？！亲爱的，我在这漫长的日子里，可以这样说，没有一天在我临睡的晚上不想念你。在上月22日，我一个人睡在保定旅店里，光线是非常暗淡，而正在这个时候，从门外走

进来一个人，等我看清楚是你的同时，我的心简直要跳出来了！我们很自然地接了吻。我很奇怪以往的接吻，一会就散了，而今天我们谁也没有离开谁。由于我白天太累了，等我醒来的时候，才知道是个梦！也许是我把被子盖在嘴上了。我告诉了你，你可不能取笑我，否则在我们相会时，我可不饶你，知道吗！亲爱的，我刚从定县回来，我累得很，我们晚上梦里见！我有很多话要告诉你，只得等下次来信告诉你吧！亲爱的，我吻你。祝你快乐！祝你

健康！

你的

荣兆 1958.6.10

亲爱的：

你好！

自上次的来信发出以后，身体就感到很不舒服，食量也减到以前的三分之二。现在虽是好了一点，但仍是没有以前精神，也许是夏天的关系，我想过几天就会好的。

亲爱的，你的身体怎样？！自上次的信发出后到今天这些日子里，我们工作变化很大。告诉你：我不在北京办公了，我被分配到值得我们回忆的、有意义的地方，请你猜猜看，这是什么地方！

亲爱的，最近我时常回忆着 4 月 25 日—6 月 9 日的那些日子里的思想情况，总的一句话，我觉得很对不起你！但我告诉了你以后，要求你能宽恕我。我为什么会这样长的日子里不给你来信，第一，我觉得你一点也不知道或者是没有体味到当得不着他心里所爱的人的信时，会有一种特别的想念，加上难以形容的心情，我就是要你知道一下这种苦味！如果你还未感觉到，也许我到今天，还不会给你来信。我现在知道这种做法确实不好的，我完全同意你说的，我们相隔很远，我们要相见一次很不容易，我们现在只能以通信来了解我们之间的思想感情，以通信来作为我们增进爱的媒介。第二，我看到你说这次如果我回来，要我不要淘气，否则你就会感到恐惧，不欢迎我。因此我生气了。我想：我们彼此相爱、感情深厚，我们所以不结婚，是为了完

成你的学业。我只要不越“轨”，其他有什么关系呐？但你反对，你恐惧，你讨厌。我也想我要和两年前一样，绝不使你感到恐惧和不高兴。可是当在相会时，情况就变了，我的理智就变得特别弱了。对不起！但请你相信：只要你不弃离我、永远地爱我，我会到死也不变爱你的心，而且相信我对爱的专一。

我们的交心运动已经结束了。我们又进入了务虚阶段，要把以前不敢想的，现在也要动手干起来！我也是属“母鸡”，我也要“下蛋”（指培养别人）。当然我要尽我的力量来培养别人，也要求别人来培养我。

亲爱的，我现在在石家庄。因为要配合各个企业的大跃进，铁路运输也得突飞猛进！我们现在又合并了其他一个处，因此我们的单位名称也改了，现改为基本建设处，同时又增设了两个分处：一个是石家庄分处，另一个是天津分处。我就分配在石家庄分处。由于工作忙，洁民那里我还没有去拜望过呢！亲爱的，现在我们的工作忙，因此这次暑假我很可能不回来了，怎么办？这次相会我实在不知道在什么时候，如果你不愿来的话，那我们今年就难以相会了。唉！希望在梦中吧！亲爱的：乡下爸爸妈妈的来信和鞋子我已收到了。爸妈对我这样好，我也不知怎样来报答！我不能回去问候，也没时间写信。只能要求你在给爸妈写信时转告我的情况。另外问候姐姐！祝我甥女小萍身体健康！再要求你有时间的话常去看看我年老的爸爸。谈到这里吧。祝你

快乐！

想吻你的人

荣兆 1958.6.20

荣兆哥：

我很生气！假如你不告诉我，你身体不大舒服和不寄小萍的照片来，我真不高兴来信呐！一月、两月，甚至一年，让你受个够吧！我是因为忙没有空而半月余未来信，而你却有意那么长时间不给我信。假如我那个时候知道你的企图的话，我真不会给你信呐！这次又有好

多时间没有给你信了，那你又可以玩那套手法了？！假如你再来那一套，那也只得随你的便了！不过，我也可以不给你信。看你的气量只有“芥菜籽”那么大？！

哥，听说你的身体不好，我又很着急！不知现在可好了吗？最近上海很热，我在室内还感到热，那你假如在室外，那要热得够呛了！自己要好好注意身体。球可以少打打，有空的时候，争取时间多休息休息！我的身体很好，请勿挂念。

哥，我们这次下乡劳动十天，我觉得很有意思。我们去的第一天就是割麦子，刚开始的上午倒还可以，到了下午就累得腰酸背痛了。幸好第二天，天气“帮我们”的忙，让我们休息了一天。假如不休息，那还要够呛！这一天雨下得不大，我也跟着几个男同学去钓鱼了（我们班分两队，一队一个村，他们这里风景极佳，三面环水，离河很近很近），遗憾的是钓了半天，一条也没钓着。我实在忍受不了，因而我便到河里去摸螺蛳了；这天的晚饭吃得很香，尽管没有饭吃（吃粥），也没有好菜，仅有 11 条像猫吃的小鱼。但我们觉得这顿晚饭的菜很丰富！吃起来也特别高兴！后来的几天，我们帮助农民打麦、打菜籽、拔秧、插秧时拉绳子等工作。反正，我们跟着农民劳动！分配给我们什么，我们就做什么。这次正是给我们锻炼的好机会！

哥，我们现在集中精力搞科研，搞技术革命。这几天我又钻到我的课题里去了，可是困难很大，不一定能取得胜利，不过我还没有放弃！我想你们一定比我们更紧张啰！

哥，道口不是每次火车经过的时候，都有两人把两栏杆放下来的吗？我建议你去想办法用栅极电子管来控制。我是这样想的：火车还在较远处的时候，铁轨就会发出震动了，不过随时间的增加，震动由弱至强。我们可以利用震动还在很弱的时候，亦即火车还在较远的地方，通过栅极电子管，将震动放大，然后通过一套“杠杆”机构，自动将栏杆放下。这样既可节省人力，又控制正确。你可试试。

哥，本学期因为停课太多，故我们不大考了，而改为考查。还有四个星期便要放暑假了。可是我们二年级的同学可能不会有暑假了，而要到工场里去劳动。

哥，我校从下学期起一年改为三学期。两学期上课，一学期劳动。暑假有是有的，但不知道什么时候放。

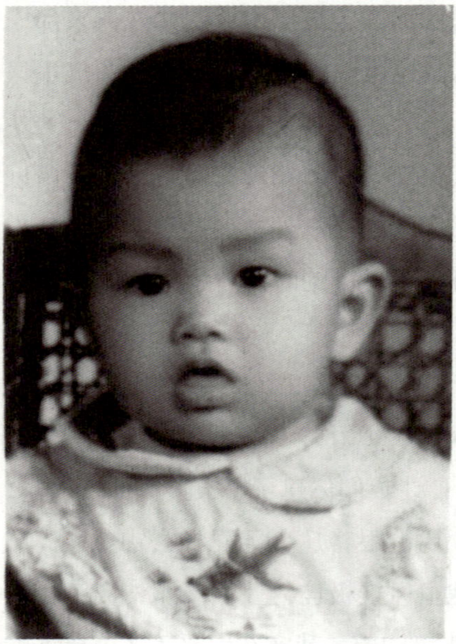
徐萍三个月

哥，你说暑假很可能不回来了。假如工作不让你回来，那就算了吧！到你能够回来的时候再回来吧！或到我能来的时候再来吧！

哥，你看了小萍的照片心里有什么感受？你知道我以前是不大喜欢小孩的，可是我现在不知道什么原因使我也喜欢小孩了，小萍的照片我常常拿在手里看看，我还常常回去看她哩！她所需的一些小衣服小东西，我都喜欢给她买，因此同学跟我开玩笑，说我也可以生一个了，弄得我很不好意思；你看三个多月的小萍多大啊！到你回来的时候，他会叫你姨夫了，你高兴吗？

哥，我很早就想问你：你是不是又抽烟了？要坚持啊！不要在戒的时候决心很大，而后来决心便给猫吃掉了。祝你

幸福！

你的

白鸥涂于 1958.6.29

荣兆哥：

你好！

我看到《解放日报》上登载的今年上海高等院校招生增加八成，学校添四所，其中两所是：上海铁道学院及上海铁道医学院。因为这与你的专业有关，因此使我好久不能平静下来。哥，我知道你还是想深造的，因为去年条件不允许，故未能如愿。但是今年条件好极了，你是不是还想投考呐？我非常希望你能继续深造。我想经济不会受到压缩的，你个人有调干金维持。你爸爸虽然退休了，但他有养老金；至于我的家庭和我们以后的一些问题，那我还有两年就要毕业了，因

此我觉得你继续读书，一点问题也没有，你认为怎样？是否可以立即争取领导上的同意，马上挤时间复习功课准备投考上海铁道学院？好吗？祝

快乐！

你的

白鸥涂于 1958.7.4

鸥妹：

你的两封来信我早就收到了，我看到你每封来信中的内容时，我的心里真是有一种说不出的高兴和温暖。我觉得你既批评我又爱我，我很感激你。在这样长的时间里，我也没有给你回信，也许你正在生我的气呐？也许我这种想法是多余。不管怎样，我还需请你谅解。现在我来告诉你，我来石家庄后的生活和工作情况。来石家庄后的二十多天里，工作忙得连业余时间也用上了。我每天晚上要到十点钟以后才回宿舍，虽然这样，工作还是忙不过来。自从整风以来，我局的新修铁路，明年就有一千多公里。这些铁路都要由我们处来担任。在今年 10 月我们要完成一个很大的工作，没疑问我们在很忙的工作基础上还要加忙，因此在今年暑假里我是不能回上海了。亲爱的，我现在的身体很好，食量不但恢复还超过以前，请你不用担心。

小萍的照片我收到了。我从照片上就很喜欢她，当然我要看到她时，我对她的喜欢绝不会亚于她的父母和你。唉！我实在不知何时也会出现我们的儿女！但我相信我们会有做父母的一天。

亲爱的，在每天晚上人静的时候，我虽然工作得很疲乏了，但我还是抽出一些时间来想你，想的结果，总是要自己很快入睡，希望在梦中吻你。现在工作忙得这样，我要进高校的愿望是不会实现了。要想和领导提出这个问题也是白提，算了吧！唯一的进夜校来弥补我的愿望吧！有一天，我从工地回来经过洁民家，遗憾他们一对都不在家。

亲爱的，我来石家庄后，也没有去信告诉我爸爸，如你有时间，

到我爸爸那里告诉他老人家一声。乡下爹爹、姆妈现在好吗？很长时间没有给他们信了，如你写信时，代问二位老人家好。祝你

快乐！

吻你的人

荣兆 1958.7.10

来信地址：河北省石家庄铁路办事处基建分处。你的哥哥收就可以了。

鸥妹：

你好！

德州这个站名想你一定很熟悉的，前两天我还在那里呢。由于在那里需要很多的计算资料来进行工作，因此每晚都是在十一点多钟才开始入睡，实在抽不出时间来给你写信，请原谅！

亲爱的，白天在外勘测的时候，我总是要多看一眼北京开往上海去的 5 次快车；在晚上非得要等北京开往上海去的 15 次快车离开德州站以后才能入睡。这两次车离开德州没法不在我的心弦上有所波动，我是多么想立即踏上这两次车中任何一次回上海来的车和你相会。可是工作不允许我这样做，留下来的我，只能在晚上更加想念你。我想如果在两年零二十天以前的时候，那多么好啊！我们不是可在德州相会了吗？同时我可再安排一下计划以后，真送你到石家庄。写到这里，又想起了我们在石家庄相会的情景，不管是谁陪着谁，我们的心里所受到的温暖一直不会消散的。我回忆了一下，我弄得像叫花子那样的镜头，还使你产生不高兴，请原谅我吧！这种情景以后再也不会有了，我会弄得很干净的。

亲爱的，我为什么会出差到德州去呢？也许你会怀疑！是这样的：石家庄枢纽站设计第一期工程已经提前完成了。在第二期工程还没开始之前，我们把一些小工程做完以后再做第二期设计工程。我估计在月底以前，我们的工作不会太忙。

亲爱的，你快放假了吧？遗憾的是，今年暑假我不能回来和你相

会了。可是我的休假日总加起来有25天了，但有什么用呢？真是遗憾！亲爱的，最近你的身体怎样？我很牵记。如果身体好的话，能不能到石家庄来？我不知你什么时候放假，假如在这月底的话，我还能到上海来接你。但我没时间在上海停留一天或两天，这是我一个愿望和要求，因为说过你不打算来，因此我也不敢强求，请再重新考虑吧！近来我的身体很好，不过就是黑得很和瘦得很，我也不知道什么原因，可能有时想你不能很快入睡，也是一个原因吧！你分析一下是不是一个主要原因？姐姐的身体好吗？请代为问候！告诉你，我很喜欢小萍，她真胖，又神气！可是对我有点怕生，当我看她的照片时候，她的一对小眼睛就溜跑了，不信，你试试！乡下的爹妈的身体好吗？莲娣妹的身体和学习一定很好吧！夜又很深了，就谈到这里！祝你

快乐！

你的

荣兆 1958.7.25

荣兆哥：

很抱歉！好久没给你信了。你的两封来信均已收到，勿念。你告诉我不准备升学了，这使我十分遗憾。由于你的客观条件的限制，加上你主观的不愿，使我不能再次地来鼓励你了。只好表示非常惋惜而已。本学期的课已经在上星期结束。但是不等于已经放假了。本星期从星期日开始，我们已经进入了整风第四阶段了——总结。这个总结并不是马马虎虎的总结，而是更进一步的整风。我们总的口号是：拔白旗、插红旗。解放思想，向党交心。放下一切包袱，扫除前进道路上的一切阻碍，轻装前进！我班到昨天为止，包袱基本上已经放下了，现在是在写下来，大约3日结束，4日放假。不过，不是放了假就可以玩了，我要在本校工场里劳动两星期；不是来自工人的同学也下厂学习两星期。哥，我是我们班的保健员。我们虽然上了许多课，但是我觉得学得太少了，故我已与医生联系好，暑假里去学习一星期，这样一来，我的暑假只剩下一星期了，可是学校里还在号召："暑期建校"，意即同学们留下来帮助建筑工人造房子。我们虽然不会造房子，但是我们

可以做些辅助工作。我又不好意思不参加。你要我到石家庄来，我非常为难，不知怎样才好，要么将一星期的卫生学习分配到劳动的两星期中去。因为我做一星期中班（下午2点到晚10点），一星期早班（从早上6点到下午2点）。建筑劳动不参加。这样一来，还剩两星期，可以到石家庄来了。可是火车票不可以半价的，并且你在月中旬和下旬不一定有空吧！因此非常困难。你说怎么办呐！

哥，妈妈已经在上海快一个月了，妈的身体很好，她很挂念你，我每次回家，她都问我，你在那里怎样、有信来吗等等。爸爸在家也很好，听妈妈说，他近两月已经变好了，也不骂人了，这使我非常高兴！听说可能是蛇丹吃好的。

哥，近几个月来，我发觉我们的关系很不正常，尽管你亲爱的多叫几个，可是在它的反面已经隐藏着一种莫名的东西。我的心常常被一种说不出的东西笼罩着，我非常难过。我幻想着最好能将我的心到清水中去洗一洗。我不知你的脾气为什么那样古怪？在新年你回北京的那一天和最近一段时期常常在我的心中徘徊着。你知道我的脾气也是不好的，尤其最近，我的脾气更烦躁了！我不得不担忧我们今后怎么能生活在一起？！我常常想要写信给你，可是当我一想到那些乱七八糟的东西，我就提不起笔来了，请原谅！我自己也不愿这样。以后谈吧！再见！祝

健康！

白鸥

于1958.8.2

鸥妹：

你好！来信收到。

你能不能来石家庄的问题，我也和你一样不知怎么办好！我对你的想念你是可以理解的。如要一年才能相见，这样我们和牛郎织女的条件一点也没有两样，可是我想念你的程度比牛郎对织女的想念还要重，你知道我有很多时候工作虽然忙到深夜，但我在临睡之前还要拿一些时间来想念你！我也经常幻想着和盼望着我们谁也不

离开谁的那一天早日到来。结果在梦里才能实现一部分。亲爱的，我们的工作忙得基本上是边设计边施工，一个工程完了，只有两三天而第二个工程接着来到。自从整风以来，工农业的发展真如雨后春笋、突飞猛进的形势，交通运输如不加快新建、扩建、改建，那就满足不了工农业的发展。因此我实在没有时间到上海来和你相见。现在我们的工作固定在石家庄，不出远差。以前由于我是可怜的一个，因此经常把业余时间常放在工作上。如果你来，我就会另外支配，还可以抓一些调休时间来陪你玩。我估计我的工作到月底能提前几天完成。亲爱的，我宿舍的条件很好，像小花园一样。同时还有你睡的地方（女宿舍，我的女同事，对你是一点也不陌生）。你来吧！如不会引起别人反感的话，你就尽量争取来，好吗？来的时候，把你要做的功课带来。我已告诉你了，我们宿舍的条件很好，白天没有人，你能看书。晚上能陪你一起，女、男宿舍离得很近。你相信我对你的保证，我一定做到。

亲爱的，我为了要解除你的徘徊、烦躁和担忧，因此我想谈一谈我心里要说的，或者有一部分以前已经说过的话。我们的通信是在53年8月开始的，我想你现在已经知道，在我们开始通第一封信以前，我就对你产生了好感。在这一封信以后，很幸运的是我们的友谊得到了更进一步的发展，没法使我不高兴！在这样良好的基础上直到55年10月，我才开始向你求爱。虽然我们相见的时机不多，但我对你考虑的时间并不算短。我要向你求爱，也就是说我已死心地爱上了你。自从爱上了你以后，我就把凡和我接触的年龄相仿的那些女同志建立了一道再也不能发展到超过同志关系的界限。如果要超过的话，那就很容易发生意外，这就像我犯了错误一样地对不起你。因为我爱你一颗善良的心。除了我母亲以外，你对我是最体贴的了。我是有心肝的人，我不会辜负你对我的一片心意。亲爱的，你如果认为我是一个人，那我就要求你：请相信我说的这些话。亲爱的，虽然我是这样地爱你，正因为我这样地爱你，才在我思想里产生了一种顾虑：由于我在什么地方都不如你，我怕你弃离我，后来经过你的忠告和解释，才把我的顾虑打消了。以前我为什么常在来信中这样说："只要你不弃离我，我始终是属于你的，我爱你的心直到死也不变。"原因就是我有顾虑，因为你要弃离我，那我再爱你，还有什么意义呢？亲爱的，现在我可以把我以前对你表示的态度可以发展到，改为这样说：“我爱你，我把你当作自己的心脏一样地爱你，我们的心是永远也不能分离。我们结婚后，有了我们的子孙，告诉他们：将来如果我们死了，把我们的骨灰合在一起。”亲爱的，你同意吗？！

“亲爱的”这三个字写起来容易，但我把这三个字用在你身上的意义是很重大的。我把你当作最亲的人和最可爱的人了，因此我把这三个字用在你的身上，是我感到一生中最高兴的一件事了。可是在你来信上说，尽管你亲爱的多叫几个，可是在它反面已经隐藏着一种莫名的东西。显然你对我有所怀疑，请不要乱想，否则对我们的情感是不利的。你要想到：如我们没有发展到现在这样好的基础，你就不可能在我的来信中找到这三个字。如果你再要对这三个字有所怀疑，我就认为你在怀疑我的品德、怀疑我对爱的不忠，我是会生气的，知道吗？我再叫你声亲爱的，为了我对爱的忠实，我吻你。

亲爱的，关于谈到我俩的脾气，我觉得你要比我好得多，这也许是和娇气分不开的。当然脾气不好是不好的。有了坏脾气，很可能影响团结，也容易伤感情。我的坏脾气不但常出现你的面前，我在比较和我相好的那些同志间也常犯。我在同志们和你的帮助下，我认识到这是一个比较大的缺点。但它不是不可变的东西，它不能决定我们今后在生活中的好坏的绝对因素。因此你不用为这担心，我会把它丢掉。你不知道虽然我对你或要好的同志常来一个莫名的脾气，过后我就后悔起来，再向别人去道歉！回想着这些实在是使我难为情。真是没事找事做。

亲爱的，关于入学问题，我知道你是为我遗憾。但我不同意你说我主观不愿意。你不但不能谅解我的处境，你还冤枉我。虽然你对我这样，我还要向你申诉：我为我的入学问题，我早就和我的领导谈过，他和我这样说：“在大跃进以后，我们的工作量不但工程增大了，而在数量上还增加得很多。你不是看不到，现在能独立干设计工作的人员如此缺乏。向北京要人，而北京也在叫缺人。有很多工作虽然是急！但也把它放起来了。在这个时候提这个问题是不是时候？”总的一句话，要我考虑工作！我还能往下说些什么呢？！唯一的就是看工作的需要和今后争取进夜校。

亲爱的，姐姐和前婶婶及乡下的爸妈那里我实在没有时间给他们去信，求你代为问候！要求他们原谅！夜深了，就写到这里吧！祝你

晚安！吻你！

你的

荣兆 1958.8.9

鸥妹：

昨天发出的信，想你已收到了吧！但为什么今天又来信了呢？我想和你谈的很多，本想把昨天给你的信再往后压一压的，但又怕你在烦躁的心情下等不着我的信，而再增加烦躁。

亲爱的，你在信中谈到我们在最近几个月里的关系好像不很正常，请不要在这些坏的方面去想。其实我们的关系比以前还好！虽然我近几个月里给你的信不多，是整风学习和工作忙得把很多业余时间都占用去了，当然有时给你去信的内容也就谈得不多了。这样一来，就使你感到信也不多，内容也不热情。这是我要负责的，要求你谅解我身处的客观环境。亲爱的，由于我看到别人都是一对对、一双双地在柳树底下很欢乐地度着他们的假日和休息时间，而我却是可怜的一个，叫我如何不想着远方的你呐！我多么想见你，但工作不允许啊！正因为我想你想得太急了，我就在昨天的来信中，不加考虑地叫你来石家庄。因为你要参加劳动和学习，如你来了是不是会受影响？我要求你绝对不要在别人有反感的情况下来石家庄。另外我告诉你一个消息：我们的机构又要变了，我是不是回北京基建处，还是在工程队？在什么地方也不知道。不过很快就会公布的，等公布了，我再给你去信。

亲爱的，爸爸妈妈和好了吧？！这使我和你同样的高兴！我希望永远好下去。妈妈一生中受了大半辈子的苦，我们要想法让她在今后过得愉快和幸福。今天寄来 100 元，粮票 25 斤。关于我们想要给妈买皮袄，现在皮都不好，像我皮衣里的那种毛皮买不到，我会注意的，一有我就买，我这里有钱。

亲爱的，我爸爸现在身体怎样？生活过得愉快吗？如有时间常去看看他，告诉他一下我的情况。请他放心！最近我很难抽出时间来写信。

告诉你，给你的这两封信，我是在业余时间放下了工作写的。现在很长的图纸还放在我面前呢！测量工作在生活上确实是很苦，吃不好，中午又休息不好，我的手很脏，可是拿出馒头送到嘴里的时候却很香，也许是饿极了；虽然睡在马粪堆里也感到舒服，那是累极了，但醒来的时候才闻到有臭味。虽然是这样的生活，我的精神是愉快的，因为祖国又增加了新铁路。我要工作了！下次来信再谈吧！祝你

快乐！吻你。

你的

兆 1958.8.10

鸥妹：

你好！

收到你电报的那天，我正好在外面，因此隔了一天才回的电，请原谅！我在电报上说月底回来，也可能在本月26日回来，再晚也不会超过28日。

亲爱的，我上次来信说，我要调动工作，不知被调到什么地方去，现在告诉你，我们设计科的全体人员都被调回北京去，在本月25日就要回北京。

亲爱的，我在以前的几封来信中要你来，可是电报却叫你别来。问题在于我的工作要调动。我想过，先让你到石家庄来，我俩再到北京去玩。因为你没有到过北京，这样我就可以做你的向导，陪我心爱的观赏北京和石家庄的风景。可惜的是，我一到北京后，不知又要到什么地方出差？！倒不如趁着工作还没有计划的时候，我回来几天，如果有时间，你也同意的话，我俩双双地再来北京玩他一玩。亲爱的，我估计我回来的日子不多，我不愿因为其他的因素来减少我们相聚的时间，因此我想我们还是到乡下去或到杭州到南京玩个痛快！反正我不想在上海住一天以上。这是我主观决定，回来后我们详细谈吧！

吻你！

你的

荣兆 1958.8.21

【按语】他这次来沪，时间不长，也就六七天而已，由于我在学校工场里劳动，根本不可能出去玩。他只能住在上海他父亲家里，好在他家离我学校很近，我们可以常见面。下面是他回去以后，我给他的信。

亲爱的兆：

你好！

大概我们还是第一次吧——分别已15天了，我还是第一次给你写信。在目前的形势下，少通几封信，我想是无话可说的，对吗？

哥，我告诉你：自从你回北京后，我的确变了很多，以前我是不大爱运动的，对争取劳卫制一级及格，我是一点信心也没有，因为我跑不快。可是近来形势逼着我要快些加强体育锻炼，随时准备着祖国的召唤！上海市委提出要求全市大学生在“十一”前达到劳卫制一级及格。100％地成为普通射手。因此我每天除了劳动便是锻炼。我要在“十一”前达到劳卫制一级。我的100米已达到17.3秒与标准16.8秒还差0.5秒，跳高大概不成问题的，就是手榴弹还差些，其他项目全部通过了。告诉你，昨天我们开始学射击了。真好！我一开始学就及格了！我打了5发子弹，中了30环，正好达到及格标准，非常侥幸。哥，我现在一天要锻炼好几小时。照例我这星期是该上夜班了，但因为劳卫制还未及格，故调做中班了。及格后再回自己的班去。哥，我知道你很忙，到上海来后，工作又拖延了几天，现在正要以尽快的速度赶上去吧！好，赶吧！干吧！我不允许你用多的时间来想念我，我很好，不要挂念我。愿你身体好！再见吧！祝

快乐！

你的

白鸥于1958.9.21

鸥妹：

今天我才发觉，我们分手已半个多月了，也没有给你去过一封信。这不论站在什么角度来说，我没有理由来强调说我是应该的，我要求你宽谅我（宽恕、原谅）。

来到北京以后的第二天，我就来石家庄了。在钢铁挂帅的形势下我们铁路交通运输的繁忙，是可以想象的，因此我的工作忙的程度同样可以想象。我们的工作在我们处里来说是一颗卫星，我们每天晚上总是计算到深夜，特别是在出差的时候，我们四点多钟就起床了，从以上来看我们的工作确实是忙！但我不强调，总的来说，我是没有挤出时间来写信，要求你宽谅！

亲爱的，我怀疑你可能在怀疑我，会有其他的态度来对待你？如果不是这样的话，那就最好了。我要求你不要产生任何怀疑，因为我们的爱情非常巩固的。我常这样想，你对我是最体贴，我是不会忘记的。就拿我们这次的相会来说，我说我要被头（被子），你就把被头给了我。我来北京的当天就用上了，我觉得被头软软的，使我好温暖，这被头里还藏着你的热，让我热遍全身……我想到我在上海时，我是多么感激你呵！因为你是夜班，可是你白天睡了不长时间就来陪我了，这说明我们情感好到再也不能分割了。我再说一遍，不要乱想！亲爱的，分别以后我的身体很好，请放心！但我不知道你的身体怎样，我很挂念！希望常注意身体，有机会应参加体育锻炼。你是知道的，它能助长你的身体健康！

亲爱的，台湾的局势在目前来看显得比较紧张。我想和你商量一下，如果美帝像疯狗那样要咬我们的时候，我就立即报名参军，你认为怎样？我是这样想的：保卫祖国是每个人的责任，就是死也是光荣的。

鸥妹，我大概在27号或28号回北京，过了“十一”，我有可能重回石家庄。我爸爸那里你也常写信或常去看看他；妈妈、姐姐、妹妹和小萍的身体好吗？向她们问候，因为时间不多。我就写到这里。祝你

愉快！吻你！

荣兆 1958.9.25

亲爱的兆：

请原谅我这么许多时间没有给你写信，不会产生别的误解吧！如果没有那就好了！请原谅吧！我告诉你：我们已经停止劳动两星期，专门进行体育锻炼。争取在两星期内100％达到劳卫制二级。哥，上次来信我告诉你在“十一”前达到劳卫制一级，可是遗憾的是一级到现在还未达到，二级与一级没有通过的项目完全相同：100米跑、跳远、手榴弹三项。现在我正在集中精力攻100米跑。100米跑的成绩是提高了，本来我要跑19秒多，后来稳定在18秒多，现在稳定在17秒多，可是劳卫制二级标准是16秒。这对我来说确实是艰难的，但我并不害怕，我想“锻炼”两字本身就不是轻易的。胜利一定是属于有坚强意志、不怕困难者的，对吗？哥，今天已是我们停止生产开始锻炼的第五天了。按照我的计划，一级应该及格了，可是还有三项呢！我的心里多么急啊！可是急有什么用呢！“急”，反而要影响别人的情绪，所以只好忍耐着、坚持着；哥，我的身体很好，就是很累。故在休息的时候，除了睡，我真不想做别的事情，给你的信、家里的信，几乎要没有了；哥，从这几天锻炼来看，我深深地体会到，体育锻炼应该从小开始，并且经常化，所以我主张我们将来的小孩应该从小就教他们锻炼，等他们长大了不至于埋怨我们，对吗？你别笑我，好吗？

哥，我从来也不曾怀疑过你，也不会怀疑你，而倒是你在怀疑我，不放心我呐！不是吗？是你自己对我说的，因此只要你放心我就好了。

哥，你想和我商量一下，如果美帝要来侵略我们的时候，你就立即参军！保卫祖国。你啊！这还用得着商量？保卫祖国是每一个公民的神圣职责，何况是我们青年呐！如果美帝胆敢发动战争，只要祖国一声召唤，我们立即放下笔杆，拿起武器，冲上前线，为保卫祖国而战！你是我的好同志，我真感到自豪。

你的爸爸那里，我还是和你一起时去看的，没有空去看他，真不好意思，请他，也请你能谅解！

哥，你想过没有，明年的国庆节是我国建国十周年纪念日，我们大大地庆祝一番哩！并且可能有两个大卫星上天，这一天将是历史上很有意义的一天，因此，我想……不知你想过没有？假如想过，那就

告诉我吧！好，再见了！祝

健康！

你的

鸥于 1958.10.12

又：哥，告诉你，这封信晚寄了两天，我的跳远一级、二级全部及格了，还剩下 100 米跑及手榴弹两项。

鸥妹：

时间过得真快，没想到就以中秋节那天来算，也有二十多天了，但我没忘掉中秋节的那个晚上，想起了你去年送给我的礼品上有月饼和芋头，虽然是一张画，但它包含着只有我所能体会到的莫大的意义呵！夜是多幽静！可是美中不足的就是我孤单的一个人，如果你能在我身旁出现，我会多么高兴呀！现在我只能以一首打油诗来表示我对你的想念。

明月，洁得可亲，圆得可爱。

我只能对她看得发痴，想得发呆，

为什么你只让我看，而不让我吻。

唉！增我相思苦。

亲爱的，“相思”，只有亲自尝到的人才能知道苦。甜！只有他知心的人儿给他，才能知道甜。我多么欢喜听你这样说：……我们将来的小孩……这一天将是历史上很有意义的一天，因此我想……你问我想过没有？最近我没有想过。昨天晚上我想了一下，“十一”也许不会有可能如你所说的，是我们伟大祖国十周年的隆重节日，别人都热烈地庆祝而我们却在结婚，在情义上说不过去，同时你的假日也少。这仅仅是我的顾虑，除了这顾虑我是非常高兴的！亲爱的，我吻你！我祝我们的这一天早日到来。亲爱的，你的跳远及格了吗？！我祝贺你，我和你一样的高兴！还有手榴弹和 100 米跑，我完全相信你有信心达到标准。但我希望你在平时常做一些辅助这两项运动的动作。第一，经常和别人比比谁把石头甩得远，或者是自己来试试，这样会有助于你的手劲。第二，跳绳，最好是一圈跳两下，跳得越快，时间越长越好！这会增加你的弹力和体力。亲爱的，我同意你说的，将来让我们的小孩从小就教他锻炼。亲爱的，妈妈也在上海吗？她的身体怎样？小萍现在能不能叫我姨夫？我太想念她了！姐姐和妹妹的身体好吗？祝她们快乐！我的身体很好，放心好了。亲爱的，要求你吻我，因为你只吻过我两次。好吧，时间不多，就写到这里。吻你。祝你体育

猛进！

你的

兆 1958.10.19

兆：

首先接受你的要求：我吻你！分别将近两月了，我只有接到你两封信，我知道你一定很忙，所以我一点也不怪你，同样我也要求你不要怪我不来信，好吗？哥，告诉你，劳卫制一级我已及格了。劳卫制二级只剩下100米了，其余全部及格了。哥，手榴弹，我整整投掷了四天，后来当我方法一掌握，二级的手榴弹一掷过去20米，18米就及格了。我真高兴极了！100米，那天我跑16.7秒，还差0.7秒。本来我的信心很足，我想一定要在20日之前通过，可是，事不如愿，因为我的朋友快来了，所以我现在就不太舒服了。我估计要在11月初才能达到。真遗憾！不过，我还想在这两天达标。

哥，你说，假如我们在明年“十一”结婚，别人在欢天喜地地庆祝伟大的节日，而我们却在结婚，这在情义上说不过去！我不知道你是怎样理解的？我与你的见解完全相反，我正是为了要欢天喜地地过好这一天，我要永远地记住这一天，所以我才愿意把我们的婚期提前至“十一”，否则，我是无论如何也不会同意的。话也要说回来了，我随便你吧！你说“十一”我的假很少，的确，是很少，但我的寒假也只有一星期！怎么办？否则就等我毕业以后吧！

哥，妈妈早已回去了！听说我爸爸的身体不好，现在我也不知道是否好了！小萍很有趣，可惜，我已好久没有看见她了，我真很想念她！

我们在26日就要回工厂生产了。我很好！勿念。下次谈吧！祝

身心愉快！

你的

鸥妹于1958.10.24

鸥妹：

你好！你的吻，我已收到了，为此表示感谢！亲爱的，你知道吗，多么甜的吻呵！已一直甜到我的心底，我多么愿意永远地这样甜着。

亲爱的，现在来谈谈我们的婚期吧！明年是我们祖国国庆十周年，这在我们思想里就可以意识到一定是非常隆重的，因此你提出就在这伟大而有意义的国庆节，来举行我们的结婚典礼，结束我俩以往的光棍年代。写到这里，我确实特别高兴。你也知道因为我已想了很多年了！今天是你提出来了，我是再高兴也没有了，以前我是有顾虑的。亲爱的，你考虑了没有，我们的新房设置在哪里？新房里应该添置些什么设备？我现在已有一个初步考虑，但不在这封信上告诉你。我要求你也想一想，然后在下个星期日（15日），同时寄出去。并希望我们同时收到我们知心人儿的来信，你说好吗？

亲爱的，自从周口店回来后，一直未曾出差。但工作很忙。明年大概在天津到北京要开高速列车，因此在这区间的各个车站内的线路设备也不同了，就需部分改建。我和另外两个同志分工设计，在15日以前我们就可以完成设计。15日以后我们又要到石家庄去了。也许你要问，上次去了这么长时候，为什么现在又要去了呢？告诉你，上次去做的都是辅助工作，这次去是做主体工作了。

亲爱的，石家庄是我们相会的地方，我多么希望我到达那天也能看到你的到来！我真的愿意看到我们两年前在石家庄相会的情景重演。唉！这是幻想。

亲爱的，你的100米跑通过没有？我和你一样相信你是会通过的。因为你是个倔强的姑娘。祝你早日通过。

亲爱的，你们学院有没有炼钢任务？我这句话问得不对，应该说，你们已经炼了多少钢了？告诉你，我们处单位，一天能炼500公斤以上。

这是利用业余时间炼的。遗憾的是因为我工作忙，轮着我炼钢次数不多，但我也可以告诉你一下我们炼钢时的镜头：如通知今天要炼钢了，大家就争先恐后地做着炼钢的准备工作。那时我戴着黑眼镜、白手套，真像个炼钢工人。每一炉钢炼好时心里有一种说不出的高兴！火花特别灿烂，钢块放着光芒，虽然累得很，也会感到舒服。

亲爱的，要求有空就看看我年老的爸爸！好吧，乱七八糟地写得一点也不好，请原谅！最后我是很好地、很端正地和你接个长吻！祝你

快乐！

你的

兆 1958.11.8

荣兆哥：

你好！

本来早就想写信给你了！我要等你来了信后再回信。请你原谅！哥，我的劳卫制二级已经在上月底通过了！你为我高兴吗？我的确很高兴，以前我连一级都不想争取的，因为我的100米跑太慢了，所以我认为是无法突破的。想不到通过短时间的突击，就提高得很快。在上月的15日以后，我的腿很痛，所以后来差不多没有跑几次，但还是要跑啊！正因为这样，我的左腿上部先是扭伤了筋（我只知道痛，不知道是扭伤筋），由于继续跑的缘故，在筋上结了一个又大又硬的“块”。由于剧痛之故，我不得不上医院。哪儿知道，医生倒为我很急，他说要发炎的，假如发炎了，那就得要开刀。因此要我停止锻炼。那一大块又红又肿，还痛，你要看了会心痛的！贴了膏药。我不敢跑了！但是我在旁边看着人家及格了，心里很急，我忍着痛，“拼”了，又跑了几次，终于及格了。及格以后，我不能参加生产，又整整地休息了十多天，今天我刚第一天参加生产。腿还没好，大概要很长时间，不过大概不会发炎了。因此请你放心！

哥，你说我们的新房设置在哪里呢？我看在上海的可能性大，因为你爸爸早就为我们准备好了房子。并且假如在明年的“十一”，那我

们只能在上海了，因为我无法来北京，不过在上海的话，也是有困难的。因为这是不稳定的，很可能要搬到北京来（假如你工作不能调动），所以我们的东西只能简单一点了。这一点我好像很受委屈，但是为了以后方便，我只能这样打算。一方面我也考虑了一下经济条件，也不可能要求高，因此，像我们有一天晚上在亭子间里那样的打算，那只能在我工作固定以后吧！你认为怎样？哥，对于新房的问题，我有两种方案：一种是借旅馆。最方便了，什么也不要买。不过，这对我们不大合适，因为我们有房子，假如真是这样，你的爸爸定会不高兴的，对吗？第二种是新房设置在你爸爸那里。“床”是必不可少的，我想这应该买得好一点,假如可以的话,将来我们带走。床边有一只你说的“夜壶箱”，箱上最好有一只无线电；房中靠窗有一张小圆台周围有四张椅子，还有一样，我还没有考虑好，是买张写字台呢？还是买五斗橱？考虑到我要做功课，就想要买写字台，想到东西没有地方放，又想买五斗橱。你的意见怎样？别的不要了。哥，你的方案是怎样的呢？我拭目以待。

哥，你的爸爸现在在里弄里办的食堂帮助工作。每天很早，就要起来买菜，所以是比较辛苦的。我去看过他一次，他在前天到我学校来过一次。有空的时候，我一定会去看他的，请放心吧！我们的事你可以去信跟你爸商量商量，征求一下他老人家的意见。好，再见吧！以后谈了！祝

快乐！

你的

鸥妹 1958.11.14 晚

鸥妹：

你好！

很长时间没有收到你的来信。想你的学习和体育锻炼，一定很紧张吧！祝你胜利！我在这几天里工作不算紧张，石家庄在最近的几天里也去不了，因为我们以前所做的设计经过总工和其他有关部门，如车务机务以及施工等单位鉴定后单位做了一些修改。我的身体很好，

请放心！

鸥妹，天气渐渐地冷起来了！希望你经常注意自己的身体，以防感冒及其他的病菌来向你进攻。特别是我要提出来的就是你的一双可贵的手。鸥妹，我要给妈买一件皮袄用的毛皮，可是买来买去都不称我心。我所看到的不是黄色，就是毛很粗。天津也是如此，石家庄也是如此，怎么办呢？我真着急！如果上海有，那你代我买吧！如果我看到了，我仍要买的，多买一件，将来还是用得着的。亲爱的，现在来谈谈我们新房设置在哪里？我初步意见：设置在我爸爸的那间小房子里。这间房子只能作为我们临时新房。房里设备：如一张比较好一点的床以外，什么也不要了。不！还可以增添一些轻便可以带走的一些东西。我是这样考虑的，因为将来我们定居在什么地方，现在也没法确定，如果买多了，将来不太容易带，同时寄费也很贵，又容易损坏。你的意见如何？我再有个建议：我们在结婚的两三天里，我们住在旅馆里，这个问题我们以后再在信中讨论。亲爱的，我今年不想添什么衣服了，因此把我所有的布票都寄给你，你可以到“协大祥”布店去换，换好后就把它完全买布，这些布的用途，我不参加意见。千万不能浪费了，知道吗？

亲爱的，今天是星期天，你们学院有什么活动？或到哪里去玩了？过得一定很愉快吧！告诉你：我到动物园去了，因为我已很长时间没有去看望那些我喜爱的小动物了。遗憾的是那些淘气的小熊已没有了，那非常怕羞的小熊猫，我看了它很长时间，最后还是没有看到它的脸。另外我看到了很多我以前只能在画中看到的动物。

亲爱的，今年过年我不回来了，因为我只有两张免票。如果过年用了一张，那只能明年10月1日才能用第二张，这样一来暑期就只能买票了！光买票钱得50元，同时回来过年花钱也不少。所以我想过年不回来，到你的暑假回来，为“十一”做准备。你的意见如何？好吧！我们就谈到这里吧！吻你。祝你

快乐！

你的

荣兆 1958.11.15 晚

鸥妹：

你好！

记得我上次来信的日期是15日，距今已有21天了。在我们来说，两信间隔的时间不算短。我也拿不出什么理由来说明，为什么要这样长的时间才给你来信，因此唯一的只有向我亲爱的认错。

亲爱的，我们为我们新房的设计和布置，意见是一致的。这使我太高兴了！告诉你，在没有收到你来信之前，我是很担心的，我怕你认为太简单了。为了我们的新房布置，我曾和我要好的同事谈过，我自己也想过。现在我们来决定一下，究竟要买些什么：1.床：约100元；2.写字台：约80元；3.夜壶箱：约30元；4.小圆台：约40元；5.五斗柜：约90元。这些就需340元。另外，需要床上用品和两张带弹簧的椅子，以及台面上的小摆设，最好是可爱又逗人发笑的小工艺品，你平时多注意些。

亲爱的，我想今年过年不回来了。两张免票，一张用于你的暑假，一张用于“十一”。我在暑假回来后，我们共同来维修一下我们的新房。我初步想用几块三夹板把房顶改成弧形，然后再粉刷一下，尽量把它弄得美观一些。如你没时间，那我一人来完成；另外再添置些我们需要的东西。写到这里，我实在太高兴了！我的心已经向你飞来了，也许你已感觉到了，在你的心上已经有另一个人的心，我们两颗心完全吻合在一起了，什么力量也不能把我俩心分开了。我拥抱你！我吻你！亲爱的，乡下的爹爹和姆妈，我已告诉他们我们准备明年“十一”结婚。上次我来信把我这里的布票都寄给你，结果我忘了。现在又听说非要本人去才能换，因此我不寄来了，我想在这里买两件我的衬衫和你的衬衣衬裤的绒布等。

亲爱的，我这封信是在北京写的。因为我在北京开了很多天的会，手里的零碎活没完成，因此出不去。估计下星期四、五要到石家庄去了。时间最少要两个月，但你来信仍寄北京。亲爱的，乡下爹爹的病好了没有？家里如有困难，你就多寄一点钱回去，反正我们结婚费用是有伸缩的。你说对吗？亲爱的，你的身体好吗？学习与体育近来怎样？我的身体很好，工作很忙，因为我们现在就做明年的工作了。而明年的工作任务要比今年多两三倍。工作忙得是不是会影响我们的计划，我们也应该做个思想准备，我估计回来的问题不大，但回来的日

期可能要缩短。好，就谈到这里。祝你身心

愉快！学、体猛进！

你的

兆 1958.12.6 晚

荣兆哥：

你的两封来信都收到。非常抱歉，我将近一个月没有给你信了，你一定等急了吧！这么长时间不来信是有我的所谓原因的，在这段时间里，我给你写过一封信，但我没有寄出，因为我发觉你又好久没有写信给我了。我是有些生气，因此我想接到你的来信后我再回信。请原谅！哥，看了你的两封来信，我觉得你在迁就我。哥，我也知道，我们应该尽量简单，可以买些随身带跑的东西。但是，仅是一张床和一张小圆桌是不够使用的，所以我建议写字台和五斗柜可以在两者中任买一张，我的意见是后者。这样可从 340 － 80 ＝ 260 元，好吗？哥，你建议放在台上的装饰品要既好玩又要有意义，我非常同意！我一定好好地留意着，你也注意着，好吗？哥，你建议用几块三夹板把房顶改成弧形。这当然很好，但是假如要花钱比较多或没有时间的话，那就不用了。反正我们不大可能在上海久住，对吗？你说今年新年你不回来了，到明年暑假回来。我很同意你的意见，你今年就别回来了，但是别忘了给我来信，好吗？哥，要给妈妈买的棉袄皮，前天我出去看了一下，遗憾的是只有绵羊皮，我看了又不大喜欢，加上我又不识货，所以没买。以后有机会再去买吧！哥，我不知道有没有告诉过你，大概在两个月之前我买了一条羊毛毯子，重为 6 斤，价格 53 元。淡绿色的，我倒很喜欢，未知你喜欢否？我俩都很喜欢的白缎子上绣梅花的被面买不到，只有上面绣的龙等花样。哥，别人说，白缎子上绣花被面不实惠，只能放着看看，有人建议我买粉红色的。可是我老是想着那条白色的，我觉得白色的大方，假如真是只好放着看看，那就看看好了，你的意见呢？请告诉我。哥，你说，我们准备四条被子够了吗？我看可以了吧！嗯！床上的东西我负责准备着！从现在起到结婚这段时间里，我不要你寄钱给我。我希望你能将钱一领到后马上存入银行，不要放在身上。放在身上容易打破计划。你存入银行的钱，每月不能少于 40 元，否则结婚时便会发生困难，是吧？

哥，妈妈最近可能到上海来，因为小萍最近在出痧子，姐姐写信叫妈妈来，所以可能会来的。我们从下月 5 号开始，劳动就要结束了，又要上课了；你们那儿现在已经很冷了吧？请你注意自己的身体，别冻坏了啊！我很好，请放心！以后再谈吧！再见！祝

快乐！

你的

鸥于 1958.12.15

又：洁民来信叫你去玩。假如你要去的话，她请你早一天拨电话 4823 告诉她，如她不在，可请人转告。

荣兆哥：

你好！

好久没有写信给我了，怎么样还好吗？时间过得真快啊！转眼 1958 年又快要过去了，新的一年又将要来临了。在 1959 年的元旦，大概总能休息的吧？在哪儿欢度元旦节啊？！在石家庄还是北京？我猜是在石家庄，对吗？好吧，祝你愉快的欢度佳节；我们在元旦也放假一天，31 日晚上学校里还有元旦会演。我准备在元旦早晨回凤姐那儿，妈妈最近来上海了，这是因为小萍出痧子了，需要有人照顾，请求她出来的。她在社里很忙，否则是无空出来的。这次在上海的日子不会很长的，大概一个月以后就要回去的。哥，我们劳动到 1 月 3 日，4 日休息一天，5 日开始上课。以后大概每星期有一天到工厂里去劳动，主要是要上课了。哥，我现在很好，手上脚上都没有冻疮，请你不要挂念我。你们那儿一定很冷的了，请你注意一些自己的身体，别冻坏了啊！好再见吧！祝

快乐！

你的

白鸥于 1958.12.29

鸥妹：

我刚从石家庄回来，你给我的来信也是在石家庄收到的，那里的工作是比较紧张的，因此把我要给你的来信一直拖到今天，求你原谅！妹，洁民那里我也未曾去过，实在挤不出时间。我不是向你诉苦，我的头发长到 1 个月另 10 天也没理，为的是要争取时间来完成任务。这一次任务为什么会这样紧呢？原因有两个：一个是，在同样的时间内又增加了一个修改工程；另一个是培养新手，在外业时边培养、边工作，这就比我所订的计划要慢得多。如果不让新手工作，我一个人忙不过来，同时他们一直也不会，从不会到会。好吧，不能及时给你去信的原因就谈到这里。但还要声明一下，这一次不给你及时来信绝不是懒或其他原因。写到这里，还要你原谅！好妹妹，我吻你。

好妹妹，你谈到发觉我好长时间未曾给你去信，你就有些生气，同时也把你已经写好的信也不发给我。好吧，以后我一定要像今天这样抓时间给你去信，免得你等不到我的来信而感到心焦。同时我也要求你，不要因得不到我的信而不给我信。说实在的，也就是说信是我们现在的媒介，没有它会使我们更加想念，彼此都不了解。我再求你，如果发现我很长时间再不来信，你就在给我的来信中骂我一顿好了。我倒愿意你这样做，因为我是这样想的："打是亲、骂是爱"！这句话，我不敢用在别人身上，但我敢用在你的身上。为什么？因为你爱我而我更爱你。

好妹妹，我完全遵照你的要求，也是我们的计划来做，我保证每月存 40 元，以这样的计算，到我们结婚的那天，在我这里就有 550 元左右，这数字不包括意外，譬如，我回上海或哥哥要我寄钱等等，可能有效数字是 500 元。

好妹妹，你在来信中说：我是在迁就你，我就觉得受了委屈。我和你的想法基本上是相同的。我忘了我在 10 月 15 日的那封信上少了在你信上所说的那些东西。本来我不想写这几句话，为了要向你解释，我又不得不写。

亲爱的，在我刚要到石家庄去的时候，我翻了一下箱子，也看了看你给我很多的信，那些信中谈到你时常头痛。现在你是不是还是这样？这大概是大脑神经未曾得到很好的休息，请你在这方面多加注意，应该要掌握休息！亲爱的，妈妈到上海来了吗？小萍出痧子好了没有？

妈妈、姐姐以及乡下爹爹身体好吗？请来信告诉我。这一次出差比平常更累，我用这几句话来表示：

早出夜归二头黑，外业测量少水喝。

北风呼呼寒意增，饿着肚子回家来。

苦吗？不！为了祖国建设，这一点算不了什么。

亲爱的，我们就谈到这里，吻我的知心人儿！

你的

兆 1958.12.30 京

亲爱的：

你好！

好像上次给你的信发出还不久，而现在又给你写信了，其实屈指一算也有十多天了。没想到时间会过得这样快，亲爱的，你又在等我的信了吧，你想念我吗？过两天，我又要到石家庄去了，因为那里的主体工程还未完。虽然现在我们还没有订出整个计划，但我估计，非得到今年第一季度末才能完成整个工程。反正现在我们不能在一起，在哪工作也是一样。

亲爱的，近来你的身体怎样？而我的身体不很好，因为我不小心受了寒，变成了感冒，鼻子不通，头也有点痛。好在这两天工作不很忙，因为我的工作要总体设计负责人审核，而他的爱人有病，他回家了。今天我没有上班，因此就写了这封信。亲爱的，如果你在这里多好呀！这就可以免掉我对你的想念！躺着无事对你更想念了，我想吻你，而你不在，怎么办呢？拿出你的相片来代替一下吧！

亲爱的，我们这一次分别，看样子非得要一年了。为什么我们不像比翼鸟一样，而非要像牛郎织女一样，我自己也不知道。是不是上帝没有保佑我们？！我多么想念你呀！亲爱的，我们现在还是来谈谈我们结婚的准备工作吧！我问你，你在我俩结婚的时候，准备做些什么衣服？你说床上的东西由你准备，我担心你的钱不够。现在我又想了一想，在我们的新房里不能再少的东西是：床、五斗柜、小圆桌、夜壶箱、写字台、两对不一样的凳子、两只樟木箱子，这样一来估计得450元，反正要借钱就多借一些。噢！另外还要零碎费用需100元，我做衣服也得50元，说实在的，我真不愿向我的家里开口，因为爸爸自己也很苦，唯一的就是我自立家业。亲爱的，由于我的收入不多，只能委屈你一点了。写到这里，我太对不起你了，怎么办呢？！亲爱的，我只能在我良心上记着将来再还你吧！亲爱的，我有点头痛，我就写到这里吧。祝你身心愉快！

你的

荣兆 1959.1.10

鸥妹：

你好！

上次的来信你已收到了吧！在来信中告诉你说，我有病想你一定很着急。亲爱的，告诉你不要着急，我的病已好了，现在我已来到石家庄，工作仍是很忙，今天我的工作可以告一段落，才抽空给你来一封信。你的身体近来怎样？妈妈回乡下去了没有？请来信告诉我。亲爱的：洁民那里我没有去过，因为没有时间，电话也打不通，如果有时间的话，我是要去的。我听说上海用肥皂每人每月只有一块，是这样吗？我们这里不限。如果真是这样的话，今年过年有人回上海时，我托人带一点来好吗？

亲爱的，新年快到了，今年我不回来，你准备怎样来度过？告诉你，虽然我已决定今年不回来，但我心里多么想回来呵！因为上海有我一个最亲的知心人。唉！我多么想吻她呵！而她却使我有这样一种感觉，她不大喜欢吻。我虽然在她给我的来信中吻过三次，但这三次都是在我的要求下赠给我的。我是这样理解她，她的心里是非常爱我的，因此我更非常爱她。我愿她永远是那样活泼天真。我欢喜我们将来的儿女，一半像她（他）妈，一半像我这带有淘气性的爸爸。告诉你，我写到这里——我心里笑了！因为这种可爱的情景不太远了。我想到那个时候带着我们既淘气又活泼天真的孩子，和他们的外婆，到公园里观赏着优美的风景，实在是太美了。

亲爱的，你告诉我，你买了毛毯，虽然我没看到，可是听到你一说这种颜色，我就很喜欢。今年上海冷吗？你的被子给我拿来了，你冷不冷？今年北京不算太冷，最冷到－17℃，只有两天。当然石家庄要热一点，可是石家庄的伙食不好，每天都是玉米粉做的，米饭实在是不太容易吃到。不但饭是这样，而菜更是不行了，每天离不开胡萝卜。北京的伙食是很好的。上海怎样？粗粮是什么？虽然我来北方已很长时间了，但离开米饭，我就不习惯。亲爱的，爸爸现在在食堂里工作吗？你能否抽些时间去看看他。好吧！乱七八糟就谈到这里！夜深了。祝你

晚安！

你的

兆 1959.1.20

荣兆哥：

你好！

很久没有写信给你了，非常抱歉！请原谅。不知道为什么，近来我变懒了，我不大愿意写信，家里我也好久没有去信了。朋友、同学那简直是断绝来往了，至于你，也不例外，将近一个月没有给你信了，当然你是要生气了，不过我觉得写信也没有多大意义，因此也就懒得写了。

哥，我们明天就要放寒假了。这次寒假有两个星期，到2.16上课。这次寒假我准备到我们乡下去度过。乡下比较安静些，这可以有利于我复习功课。因此我准备在5号乘车回家。我的妈妈大概在上海过年，因为假如妈妈回去了，小萍就没有人带她了，所以姆妈在上海过年。

哥，离“十一”越来越近了，日子的逼近，不得不使我静静地思考一些问题。看到你的来信，又促使我去考虑。哥，我不愿你为结婚而负债。结婚是双方的事情，经济也应该双方负担，因此，我要求将我们的婚期延到我毕业之后，并让我工作一年之后，好吗？我之所以这样要求，不单是经济问题，另外我不愿近几年有孩子；再有我实在害怕你淘气。由于这些原因吧，因此我提出了我的要求。你可以考虑一下，假如不对，那就提出批评，但不要生气。好吗？最后祝你春节

愉快!

你的

白鸥于 1959.1.30 晚

亲爱的鸥妹:

你好!

我已从石市回北京来了。身体很好，就是瘦了一点。

亲爱的，我告诉你：我有一个新决定，就是要回乡下去过年，但要求你不要告诉我家里。因为我这次回来，时间很短，没有时间东跑西走的，如果给家人知道了，我也没有时间回去，因此他们要骂我的。亲爱的：我这回来的决定，是经不起寂寞的痛苦，是经不起想念的苦恼才下决定的。春节即将来临了，回家团聚的人越走越多了。要想梦中重逢也是不太容易，希望谅解。我决定回来的日子是在 2 月 7 日下午 4 时 19 分到常州，如果你有时间的话，你也回家去一次，我们在常州会面。

亲爱的，以前我曾告诉你，我这次春节不回来了，正因为这样，也许你已订了春节计划，因为我是临时决定的，我不想打乱你的计划，只是在你有空的时候，陪着我一起玩。好吧，见面时详谈吧！吻你。

你的

兆 1959.2.2

【按语】我的 1959 年 1 月 30 日的信发出后，他回我常州乡下前已经收到，所以这场风波从他回来就拉开了序幕。我那时的心情也是十分复杂（开始他是不知道的）。说实在的，他已经苦苦地等我六个年头了，如果没有我，恐怕他早已结婚生子。（因为他早已订婚，是因为我，才使他父亲在 1954 年替他解除了婚约——这件事我连问也没问过，荣兆也没和我说过。）但我当时的心里很苦闷，他确实也有不足之处。

一、在政治上，他是群众。原来我满以为他能入团，现已超龄，要想入党？那是遥遥无期。

二、在学历上，我曾经为他花了很大精力帮他买书、借书、抄写习题等等，帮他复习，希望他能考大学深造，由于种种因素也是不可能了。

三、在性格上，他脾气不好，很古怪。虽然我们在一起的时间不长，但我已领教了。我是因为忙，15天没给他信，他竟然44天不给我信，害我着急，不知出了什么事了。他说是为了让我体验一下收不到信的"滋味"。这种赌气、这种玩笑竟敢开？让我伤心至极。

四、他抽烟，我很反感！

我尽管对他有诸多不满，但我没有想过要弃离他。我心里感到不畅，此时学校里有个男同志突然进入了我的生活，他的某些地方在吸引着我，我的思想有些波动——这当然是我的不对。由于我当时精神空虚、烦躁等原因，我曾赴过他几次约会。因为他是公众人物，很快消息就传开了。其实我的心没有一时离开过徐荣兆，因为我始终认为：一个人的感情只能给一个人，女人要自重——这是我做人的准则；另外他等我那么多年，我若真的离开他，我的良心过不去。本来我们的风波不会持续那么久，是因为有一天我去信箱取信，看到那熟悉的笔迹，竟不是写给我的，而是写给我班的一个党员同志的，是我把这封信交给她的（当时她十分尴尬）。当然我不知信的内容，但我估计是在调查我了。我一赌气，干脆不写了，让你们调查个够吧！其实还是苦了徐荣兆。好不容易盼到暑假，我想回家好好清静清静，谁知学校的那位同志，他从学校总务处查到我乡下的地址，找来了。正好年灿兴也在乡下，我请他帮忙，赶紧把他带走。从此我再没有见过他。后来荣兆也到乡下，我答应他过年结婚，从而平息了这场风波。下面是风波时期的通信。

鸥妹：

我于2月12日下午9时半到达天津，预计在12小时内可到达我的目的地——北京。一路是否平安，我自己也不知道。因为在我的精神、情绪、饮食、睡眠上都与以往不同，以往和你分别回来时，总是带着留念、难舍、愉快和充满着幸福的希望，同时在我的心脏中也铺满着舒情、甜蜜和温暖。而这一次却是带着忧愁、凄凉、痛苦、矛盾。是谁要我这样做呢？我也不知道。我自己也曾安慰过自己：过去的事当它已死，今后的事再重新更生。其实这是自慰而已。人是有感情的动物，他不会忘掉以往。虽然我们以前曾是使我陶醉在情人怀抱中的喜剧，可惜的是前段和中段，后段才看出我们演的是悲剧。这本剧在我们这次相会中已演完了，我没有想到这场剧的演员要比观众会更加难受。在我来说，这是奇迹，应该怪这场剧里的男主角太痴心。

鸥妹，你劝我今后要少吸点烟，少喝酒，要节约一些钱，将来会有用处。你的善意我已领会了，但你不知道我今后怎样来消除我的苦恼和忧愁？！我是最喜欢回忆以往、幻想今后，但在今天来说，以往再好也仅仅是一个梦，今后也仅仅是一个空想。也许你不会相信，但我还要这样告诉你，我除了你以外，再也不会在我今后的生活中有任何美好的信心。唯有以烟酒来解我一时的悲痛。

你曾对我说过：将来我有了儿女取名时，最好取你名字中的任何一个字。这就是说，我们今后再也不会有共同的儿女了？那也好，等我死后三十年的那一天，我会满足你的希望。你问我：我们今后什么时候相会？本来我想两年一次，因为两年是我俩生活中的转折点，但两年的时间确实太长了，究竟什么时候相会一次，我也不做硬性决定。你又问我：今后我们会不会通信？我是说会，可能不会像以往那样多。因为在今后来说，我的痛苦和想念告诉了你也不会有什么意义，我应该自受。我也不希望任何人来可怜我，因为我本是苦人儿。最后，我对你有三个要求：

一是你愿意的话，把你以前给我的信都寄给我。

二是你那心爱的项链，我想把它作为纪念。但我不要你重新买一只手表，我自己会买，请你不要买了寄来。如果你买了给我，那就等于你把我心爱的纪念物退给我一样。

三是我虽不愿说，但非说不可，就是我们这次分别时对你的希望，我想比我更好的人是很多，比我更爱你的人应该要好好考虑。我现在想吐！（也就是说很难受）就写到这里吧！祝你幸福！

你自由飞翔的海洋

兆 1959.2.13 写于天津

荣兆哥：

分别已有三个多星期了，在这一段时期中，接到你的三封来信，可是我连一封信也没有给你，真感到抱歉！假如能谅解的话，那么请你谅解我。从我回校后，接着当然是抓紧时间复习功课，因为开学以后就是机械零件测验。本来我打算在寒假里每门功课至少要复习一遍的，但是我没有抓紧时间，所以没有复习好。现在对一般同学来讲，期中测验已经完毕，可是对我来说，还有一门功课要考，原因是：我最近病了——发烧，体温是 39.3℃，头痛得很，医生要我好好休息！因此我不得不将考试延期。现在可以说已经好了，请勿挂念！

哥，自从我们分别以后，我的心情好像有些变了，有些像歇斯底里：有时会呆呆地坐上半天，也不知道在想些什么；有时会站在窗旁看着外面，也不知在看些什么；心里真想痛痛快快地哭一场，可是不知为什么，又哭不出声;可是又有的时候也会忘掉一切，倒感到很轻松。以往，我总是一夜睡到天亮，可是现在我老是失眠，经常的头痛，使我无法看书。我真想退学了，到很远很远的地方去工作。因为工作能使我忘掉一切。不过我又想还有一年了，无论如何要坚持下去！这些情况不都是因为你造成的，所以你不用着急，也不要来同情我。我现在已经不需要谁来同情我了。

哥，关于我们之间的关系，我真不知道怎么对你说才好！从你新年回来及你的前两封信可知，问题已经很明显的了，不过令人不解的是，你又那么痛苦。既然当初，又何必这样？既然这样，又何必当初？唉！既然说，我们的“悲剧”已经演完，为什么还要来问我？我没有向你提出第四个希望。假如你已看上了比我好的人,而又想起了那天的起誓，那么我可以向你提出第四个希望。至于我，你可以从你心里把她丢开吧！关于你的私生活！假如你真是照你信上所说的那样去做，那么只能增加我的痛苦，不过，我认为你不应该对我讲那些话，你将来会后悔的，好在我只当作与我讲笑话而已。还有什么要说的呐？噢！你给我的纪念品——手表和小刀，我都会很珍惜它们。手表，我会永远永远地戴着；小刀，我会永远地保存好。我的项链，等我有空时寄来，最好让我戴着它拍过照以后寄来，这样我也可留作纪念。你还有100元存款，也以后寄来，你给我用了很多钱，我现在无法还给你，怎么办呐？谈这些问题，我知道你是会生气的，因为我们在这些问题上是很大方的。不过，我总是有些不好意思！这样吧，我将我们共同买的东西寄给你，好吗？

你的爸爸，我去看过他的，他总是不在家，所以没有看见，真遗憾！待我有空时再去看他。假如他不讨厌我的话，我仍会像女儿一样的对待他，不用你感谢的。好吧！我很好，再见了！祝

健康！

永远在海洋中飞翔的

白鸥 1959.3.8

【按语】只有一封，其余两封没有找到。

鸥妹：

既然当初，何必这样？既然这样，又何必当初？我是做错了事的人，我实在是抬不起头来向你解释，我那神经错乱时的当初。你在窗旁看着窗外，也不知看些什么，你呆呆地坐了半天，也不知想些什么，你想哭又哭不出声来！你病了，而又病得很厉害，这一切都是我害你的。如果没有这个歇斯底里的当初，你是绝不会有如此说不出的难受和苦恼。

鸥妹，我在你面前犯下了罪，是我对不起你。虽然我现在想讲的话，在你面前失掉了效用，你会把它当作笑话而已。但我还是要向你表白：我是属于你的。这是我不可动摇的意志，我要把你永远地贴在我的心上，这是我不能变更的行动，在我的心间除了你就没有另一个姑娘的余地。这也符合客观发展规律。你说过：你也属于我的，我就没有理由不把

你当作我自己的心脏一样地爱护。如果你要因为我的当初而找另一个人，当然我的痛苦会难以形容，但我还是不怪你，我会把这当作是我应得的惩罚，而且我会尽可能地争取到你那里来向你贺喜！

鸥妹，我对自己的过错永远也不会原谅，永远不会忘记，我会把这作为我的警惕。但在你来说，你就不能原谅他吗？一个人虽然是聪明一世，但也有糊涂一时的时候。他的良心把他指责得像绞心一样地使他难受，他是哑巴吃黄连，你就不能可怜可怜他吗？鸥妹：糊涂一时的日子已经过去了，多想也无益，否则会造成双方的苦恼。多想一些我们以前比通向宇宙间去的路还长的情意吧！我们是生活中的演员，我们就算演过一段悲剧，但我们要演的剧还多着呢！我们以后再也不演悲剧，我们可以都演喜剧，你说好吗？我们共同买的东西，就存放在你那里吧，我是人走家搬的人，否则会增加我的负担。

鸥妹，我邀请你在暑假里到北京来玩，好吗？这里有你好几个妹妹，你可以和她们一起睡。在玩的时候我可以做你的向导，陪着你漫游北京的名胜古迹。

鸥妹，我现在在石家庄，到月底回去。你是知道的，出差时就没有富余的时间。我们就谈到这里！你允许我吻你吗？祝你

晚安！还祝你吃好、睡好、身体好、学习好！

你的

兆 1959.3.13

鸥妹：

我已从石家庄回北京了，下月初还要去，身体尚好！请放心。自和你分别后，我经常是处于被痛苦包围着的环境之中。可是你并不理解我为什么要痛苦，也许你不理解我，既然现在痛苦，那又何必当初。好吧，我就从头开始和你谈谈：我的痛苦和我的当初。

鸥妹，自我和你相识以来已有十一年之多，自我爱你的初期距今也不少于六年。我爱你勤劳朴素、我爱你聪明诚实、我爱你善良多情。当然我也知道你对我的爱虽然在特点上有所不同，但也不亚于我对你的爱。你把有人追求你而你很缓和地拒绝了别人的事都告诉了我，这

是我很感动的，这就说明了你对我的爱已胜于他人。但你使我不明白的是你明知我是最喜欢孩子的人，而你却左一个告诉我怕生孩子，右一个告诉我怕结婚以后……你又为什么要给我那么多使我难受的希望。最初，我是把你怕生孩子当作是一个女子，她不会不怕生孩子时的痛苦。当然这是以前医学落后使妇女在生产时留下了恐惧的心理。如今医学已向前发展了一步，生孩子时的痛苦会随着医学的发展而消除，“怕”就会成为没有必要的代名词了。最初，我对你给我的难受的希望，也当作是你对我在爱情上的考验而已。后来次数多了，你不能不使我在思想上产生怀疑，我怀疑你可能不愿意和我结合。你还记得吗，在你给我第三次希望的时候，我在你面前对爱的真挚流下了眼泪。我只要一有机会也不怕在路途中的疲乏，总是想法回来看你。我为什么要在没有你在的时候，就感到孤独，我为什么要在和你分开以后连晚上都梦见了你。本来，我们都确定了今年10月1日结婚，可是你又提出要把我们的婚期推到你毕业后并参加工作一年之后。如果有很大理由的话，我一点也不怕等，很多年都等下来了，我还怕再等两年？当然你要把我们的婚期推迟两年，我考虑因素是在我这里，我可以少讲些，甚至不讲我俩有影响的话。可是经你一赌气却把我的气赌出来了，再加上在我们相会时你也不像以往那样热情对待我，却引起了我的苦恼，同时也把以前对你的怀疑也交合在一起，因此形起一阵小小的风波。本来这个风波在我来说是试探性的，谁知你也不问我为什么，却认起真来了，那叫我怎么办呢？所以在我们分别以后，我就担心着我俩的关系有可能导向着恶化的方向。我会认为你真的不愿意和我结合，如果真是这样的话，那我的痛苦向谁诉也诉不清。我痛苦的是：我们好不容易培植出来的爱情就此被毁了；我痛苦的是：从此我就失掉了我从心底里爱的人；我痛苦的是：再也没有人来照顾我、可怜我。我痛苦的是……鸥妹，和你分别以后，我更加想你了。在增添衣服的时候，我就想着你，因为我的衣服是你寄来的；我在吃饭的时候也想着你，因为手里的筷子是你给我的；每当睡觉的时候，我更想念你，因为我盖的被头是你的。我们以往一幅一幅甜蜜使人难忘的美景都出现在我的脑海中，叫我如何忘得了你。每当看到别人双双对对地交谈着他们的甜言蜜语时，我却像孤雁一样的可怜。我是否需要再找一个新的朋友呢？我想也未曾这样想过。我已经和你说过了，在我的心脏中除了你以外，再也没有另一个姑娘的余地。当然我也这样想过，如果你真像我想的那样，不愿和我结合，那我不会把我的幸福建筑在你的痛苦基础上。如果你并不是这样，那我会向我的鸥妹认错。可是当我看到我们分别以后给我唯一的来信以后，我的心更乱了。我现在已经知道你已把以往你抱独身主义的愿望，随着客观条件发展而改变，可是你是不是愿意和我结合，在我来说还是个谜。在我上次给你的来信中说，我那神经错乱的当初，与我现在思想里所存在怀疑并没有矛盾。上次来信我恨我的当初是没有把我的目的和怀疑告诉你，我应该让你来决定我俩的关系。当初我却生硬地这样做了，结果使你弄得莫名其妙。但有些人在怀疑我在北京有了新的朋友，这种怀疑太没有必要了。因为我自从爱你到现在始终没有变过心，我可以这样说我对爱的忠实。

鸥妹，本来我想等你来信后再给你写这封信的。后来一想我还没有说清我为什么要当初的原因呢！如果要等着你对我这些忧虑的反应，那我等于白等一样。现在我的心情乱得很，在给你来信中，前后一定是存在很多矛盾，这也许是我实在不愿意和你分开而又不愿让你痛苦的原因吧！

鸥妹，你能不能告诉我一下在我们相会时，你说的：为了不使今后痛苦，就必需忍受现在的痛苦，原因何在？鸥妹，我正在等着你对我这些忧虑的反应。祝你

身心健康！

你的

兆 1959.3.31

荣兆哥：

很久没有信给你了，请原谅！你的来信已经收到了，请勿念。从我们分别以后，在你信上看来你是沉浸于痛苦之中，这确使我感到非常不安。可是我又没有办法来安慰你，因为我自已的心情差不多已经变了，变得那么可怕，冷淡，好像是没有感情的动物。按我的自尊心，我们的关系不可能恢复。但是，当我看到母亲为我俩而日夜焦虑，逐渐地消瘦下去；当我看到好心同志的热泪；当我看到爱我之人的痛苦，

我不能无动于衷。因为我到底还是有感情的，我无法控制我自己，因此我愿意让你来决定我们间的关系，好吧！随你怎么办吧！我们从明天起要温课了，下星期进行大考，因此没有时间给你写信，请原谅！你的手表不要重新去买，我将你的表仍还给你，因为我自己有表，一个人用两只手表岂不是浪费，并且你的钱应该另派用场，假如真是要给我留作纪念，那么请不要给我那么贵重的物品，好吗？再见了！祝

健康！

白鸥

涂于 1959.4.12 晚 10：40

鸥妹：

你好，来信收到。

如果不是你来信中告诉我，我是难以想到你的大考会提前来到。现在我预祝你愉快地和成绩优良地完成大考任务。

本来我是想在这封信里告诉你一下，我在最近两个多月里思想中存在过波动、斗争、矛盾等情况。当听到你大考马上就要进行，我怕我的这些会分散你的精力，影响你的考试，因此我犹豫了！如果不告诉你，我又憋不住，怎么办呐？最后，我想到你是善于分析和处理问题的人，所以我推翻了我的犹豫。我想早一点告诉你，要比晚一点告诉你好。

自和你分别以来，我的欢乐早已抛到九霄云外，这你是知道的，但是你不知道我在我俩的关系上是让它前进呢还是让它后退，却在我思想里进行了激烈的斗争。同时也出现了大小不同的许多矛盾，如果说要让它后退那是很容易的事。我要强调一个人的自尊心，还是一刀两断倒来得痛快。我也产生过和你在三年前产生的问号，一个人是不是一定要结婚？做一个独身主义者又何尝不可。我又想，我既要做独身主义者，那我又何必如此深爱着你？何必要在最近两个多月里和以前的一些日子里充满了痛苦？这是矛盾。一刀两断确实是痛快，但痛快仅仅是痛快，这个痛快并不能给我带来今后的幸福和欢乐。痛快的后面隐藏着我今后无极限的痛苦。想到这些我很后悔我在我俩相会时

所说的那些话，但不说又不行，不说就不能解决我思想里存在的怀疑之谜。这是一个矛盾。矛盾未解又是痛苦。我肯定我自己对爱是忠诚的、是死心的。也许是我太笨了一点，我只知道我们已经相互所属，我就应该更爱你。我不知道也看不出你对爱是不是忠诚和死心，你把你心里要说的话和我讲得太少了，我要求你为了对爱的忠诚，多谈一些在这次风波里，你的思想反应和今后的打算。我求求你帮助我解决思想里已存在的怀疑，你不要和我赌气地讲，否则我要当真的。

我总是这样想：我们的相爱来之不易，我们的爱不是在暖室里成长出来的，我们的爱是经过天寒地冻，是经过烈日煎熬的。我们要让她在暴风雨中成长起来，在暴风雨中，如果我们要过分地强调一个人的自尊心而忽视了对方的心、对方的特征和对方的一切，那我们就有可能经不起爱的考验。就拿你给我的三个希望来说，虽然我已和你说过好几次了，在今天我还是想拿这来印证一下我以上的说法：在两三年前，你给我的第一个和第二个希望时，我的心情你是可以理解的，那时我也认为这是损害了我的自尊心。我很自信，我不会找不到另一个姑娘。可是当我回想到以前的情景，你对我的体贴、你对我的照顾、你给我的热情，在我心中燃烧着，我忍受了暂时的痛苦。我是一点一点向你诉说着我的苦衷，我要让你知道我是在怎样地爱着你，好心的姑娘，你收回了给我的希望，你把我从痛苦中挽救了出来，我们的关系不但不就此中断，而速度更快地向前发展！我俩也发展到相互所属，我们的幸福就在我们的身旁，我们的欢乐永远也不会消失。我完全沉浸在幸福的幻想之中……突然晴天霹雳，你给我的第三个希望像炸碎了我的心一样。我极力控制我的心情，我忍受了我的悲痛，直到你考完试进入反右斗争时，我是那样可怜地劝你多想我们的以前和我对你的心情。如果在那时我要强调一个人的自尊心和我的性格的话，那我们的关系再也不可能向前发展了。虽然我有时脾气不好，但在事后，我会向你赔不是，你知道不知道，我自从有了你以后，我就把我所看到的姑娘看作都不如你。我知道我是偏爱，但这偏爱，在我俩的关系上是有好处的。我的心可以拿出来给你看，而你呢？却表现得使我现在还在怀疑你对我的爱，是不是从心底里出发的！这确实是在我俩关系上带来了不小的影响，这一次的风波也是由此产生的。本来我是要让你来决定我俩今后关系的命运，现在你转过来让我决定。如果要我来决定的话，我会说：继续前进，“十一”结婚！但问题在于我对你的怀疑是没错。那就是说，你是勉强的，你是被环境所迫。那我们今后的欢乐就会有问题，在这方面我们的看法不一定一致。也许你认为我的脾气和性格以及我的习惯，不能使你满意。你可能认为我不是你理想里的人，那也没有关系，我不怕你对我有意见，我非常欢迎你给我提出来，如我能做到的话，我一定做到。有些问题我是知道的，如我的吸烟就说了我的决心是不够坚强的，因为我不吸了好几次，最后又吸上了，这就不是你理想里的丈夫（这是你说的）。是不是能争取做你理想里的丈夫，我不想现在公布。因为我在这方面开了很多空头支票，但我可以这样告诉你：如我们能结婚的话，那就在那一天看，求你暂时不要不相信他。另一问题是我决定了又推翻，这也是属于意志不坚强的问题之内。特别是在说走了，结果又不走。如果你能理解我，要见你一次面不易，要离开你更不易的话，那我就不用解释了。这些是不是能影响我俩今后的幸福是值得考虑的。这仅仅是我知道的一些,但我不知道是很多的。我希望你多提，不论在我性格上、品德上、处理问题上、待人接物上等等都可以，不对也不要紧，因为我是这样想，为了我俩今后的幸福，就一定要现在解决相互的怀疑和恐惧，尽力而为地做到双方满意，绝对不要勉强。勉强不会给我们带来任何好处，甚至会给我们带来苦恼。

春，来临已深了，杏树已生了它的第二代；什么东西我总感觉小时候好玩，人就更是这样了。虽然我小的时候经常挨打，但我还是很留恋着我的童年，最少就不会像今天没有你在我身边时，我就觉得相思太苦，我就会觉得寂寞难受。这也许是我太爱你的原因吧！

鸥妹，分别以来，我不但为自己想得很多，矛盾也百出，我在你那边想得也不少，你的矛盾出现得也很多，可是我绝对不同意你说你是变得像没有感情的动物。例如：像你所说，当你想到爱着你的人的痛苦、你看到妈为我俩的关系而日夜焦虑、看到好心同志的热泪，你就不能无动于衷，这就说明了你是有感情的。我想如果你能回想一下我们以前的情景时，你可能会更不能无动于衷。鸥妹：你现在是不能无动于衷！这已是我们的关系回头向前走的开始。但我们是不能就让客观的发展形态来改变我们的意志和态度，我们要发挥我们的主观能动性，使客观规律来为我俩的关系服务。我考虑在你那里的客观因素要比我的因素好。好的是你的对方是这样死心地爱你。他的心里如果没有你，就像失掉了雨后的彩虹，显得一片空虚。他为你愿意改掉，你所不愿意的那些不好的习惯。他时常向你诉说他是怎样爱你、他是怎样地在远方想你。而你在这方面告诉他的太少了，就在我们最近几次的相会中，你对他也不如以前那样热情。你好像他来与不来和你无关似的。他在最近几次相会中，有时感到很难受的。他要和你相会一次实是不易，就是和你相会了，在相会的地方也不能住久。（这里面的原因你是知道的）他只能东住一天，西住一天，有时睡在人家的客厅里，有时睡在人家的棉花毯里，他难道没有家吗？不！他是有家，既然有家他又为什么要这样？他为的是谁？！

鸥妹，也许在我们爱情发展的过程中，可能把“我”这个字强调得过多，我们好像很少为对方想想，甚至发生了问题，还要强调“我”这个字。假如我们这样想：这个问题是我给他的，对方是否受得了？总的一句话，我们以前常说要相互谅解，其实我们谅解得太少了。就拿我来说吧，随便得很，我想我们的关系已不是普通的朋友关系了，只要在今后更加爱你，来作为对你的报答就行了。现在回想起来事情并非如此简单，因为你怎能知道我的企图和我的想法呢！如不向你表白清楚，有可能会造成你的误会。就拿这次风波来说吧！本来我的企图是试探，我未能做到不让你产生其他误会，结果却把事情弄得更糟一样。在事情弄糟的初期，我还并不在乎，我想如果你不是真心爱我，那我们的美好也无从谈起。因此我在给你第一封来信中，表示得很悲观、很苦恼。但在给你第二封来信中，态度就有所转变，虽然我在为着我在这次相会中你对我不如以前那样热情而难受，但我想到你以前给我无数的热情，热情就马上向我的苦恼进行斗争。在给你的第三封信中，我向你表示了有点悔意。在第四封信中，我在谴责自己，我压制了我残余的苦恼，来安慰你。在给你的第五封来信中，我告诉了你，我为什么要苦恼的原因，我为什么要试探你等。在这五封来信中你不难看出，我思想发展过程，我把我在这次风波产生以后的思想情况都告诉了你。可是你呢？从风波发生以后至今还未向我表示你的主观愿望。难道我的一切和我对你的一切，还得不到你对我真心的爱吗？如果说你根本不爱我？你是受着环境所迫，那你也不用顾虑，也不用勉强，以前这样讲过，现在我还是这样讲，我愿意忍受我一辈子的悲痛，我也不会把我的欢乐建筑在你的痛苦基础上，所以你现在完全可以对我讲你心里的真心话。

鸥妹，你已经到了让我这颗现在跳跃得很微弱的心，马上欢腾起来或者让我这颗心死了拉倒的时候了。

鸥妹，这封信是我在苦战十天，提前三天完成本月任务，来迎接我们伟大的“五一”劳动节的同时写的，我利用了好几个夜晚十点钟以后的时间写完了这封信，因此在里面很可能有些不确当的地方，请你来信指正。就谈到这里吧！祝你

身心健康！贺你考试成绩优良！

爱你的人

兆于北京 1959.4.28

写给我心爱的人

我在影集中看到了这朵枯萎的小花，
它使我回想起为它取名（猫头花）前一天的晚上：
无数星星在天堂里也未能看得住那明媚纯洁的月亮，
月亮却悄悄地出现在我的身旁。
她含羞、她微笑，她那温柔的声音，在我脑海中难忘。
是她使我心灵中的爱苗得到成长！
又经过我俩辛勤培植，我们的爱苗长大、开花。
她的芳香陶醉了我的心灵，她给我的生活带来甜蜜和希望！
我宣布：我永远地爱她，我永远、永远地守卫在她的身旁。
又一个晚上，乌云密布，狂风怒号，暴雨即时倾泻。
她受不了风暴吹打，她的命运快要和这朵小花相仿。
我为她忧郁，我为她悲伤。
我的知音，难道你真变得那样无情，
你就不能和我共同挽救我们的幸福之花？！

荣兆

于 1959.6.30 北京

荣兆哥：

夜阑增思忆
心如乱线丝。
你若将旧念，
望牵一线头。
若已忘旧意，
……
祝你永康健！

白鸥于 1959.7.5

鸥妹：

夜阑增思意，
　　全忆旧恩情。
愿接一线头，
　　祝福万年青。

祝你快乐！

海洋 1959.7.9

荣兆哥：

来信都收到，请放心，没有及时回信，请原谅！

今天大考已经结束，接下来就是品德检查，约在本月 10 号放暑假。暑假里我准备回家度过我最后的一个暑假生活，并且带小萍回去，因为我妈妈和妹妹都希望带她回去。你问我：我希望你什么时候回来？在暑期里我并不希望你回来，原因之一是：因为天气很热，路途遥远，为我而来，我有点不好意思。原因之二：我想过一个清静的暑假。所以我并不希望你回来。最后的决定权由你自己定。好！

以后谈吧！祝

健康！

妹

白鸥于 1959.8.1

鸥妹：

你好：

这一张照片（照片背面写道：给鸥妹：清风渐吹身爽凉，睡意已消思念强，旧情全现脑屏中，唯少知音在身旁。——北京万寿山。1959.7.15 兆）上的我，不像一般游览人那样愉快，而像心事重重。事实上我在那一天所想的东西很多，现在我把那天想的都告诉你，你愿意听吗？我那一天是：

1959.7.15 荣兆于颐和园万寿山

忧郁填满心灵，苦衷灌输全躯神经。
是谁在让我似痴似呆？哦！是我未得到姑娘的福音。

对蝶欢乐飞舞，鸳鸯戏水四飞。
炎夏美景如画，也难增我丝毫趣意。

鸟儿在丛林中歌唱，伴侣在树底下蜜语。
渔翁在等待着愿者上钩，独我在阁旁苦思冥想。

爱，像连理枝一样难分你我，情，像并蒂莲一样共发芳香。
心，像比翼鸟一样同起双飞，灵，像寻找欢乐一样共奔幸福前程。

啊！无情的乌云遮盖晴空，憎恨的风暴随即来临。
讨厌的阵雨倾盆而下，可怕的霹雳声巨惊人。

风波产生以后我一直在担心着：
阵雨能否阻碍比翼鸟双飞？乌云能否迷失我俩前程？

我在想：如果你仍是和以前一样地爱我，你不要以我的弱点或这次风波来欺负我，
那么我就会这样可怜地求你：

求你帮我把以上的问号消除，求你恢复我俩以往的通信次数。
求你多忆一些我俩的美好往事，求你不要对我冷待不理。

不理只能恶化我俩关系，冷待只能使人啼笑皆非。
四个月只来了一封让我猜谜之信，你像在折磨我心灵。

风波以后，你对我的态度不得不使我在这方面想：
若你已将旧意全忘，若你对我已无感情，若你已不爱我，你也该来信表明。

要挖出我心底里扎根之爱，要捞出我俩比海还深之情，
确是痛苦阵阵、困难重重。但也要把它归还给不爱我之人。

鸥妹：

我身背着以上这么多的心事，我哪有兴趣去观赏大自然的美景。在冷静的时候，我的理智也警告过我，但就拿不出说服我的论据。在以上的几首诗歌里不难看出我思想里的问号至今尚未消除，也不难看出，我俩今后关系的命运掌握在你的手里。我要求你马上给信解除我的问号，我再不允许你让我这颗心灵动摇不定，如果你还是像以前（指

最近半年内）那样不理不管，那我就认为你现在已经对我不爱，我就认为你是愿意把我俩风波以后的关系继续恶化，那我也只能很痛苦地，将我心底里那颗已扎根很深的爱来还给你。我在等待你的福音。祝你

暑期愉快！

爱你的人

兆 1959.8.9

【按语】在 1959 年的暑假，荣兆也回到我的家里，从此结束了持续半年之久的冷战。下面是他回京以后给我的来信。

亲爱的：

你好！

和你难舍的分别已有一星期了。因我身体不好，回京时在南京住了一夜，到济南又住了一夜，现在我和爸爸到了北京。路上尚平安。回京后我的身体大有好转，但医生还要我休养一星期，我估计下星期一（14 日），就可以上班了。现在我一切都还好，请放心！分别以来，你的身体好吗？亲爱的，祝你身心愉快！

亲爱的，半年多来的忧郁、痛苦、烦恼，甚至有点绝望的情绪，就在我们这次相会中消逝了。因此我这次回京，虽然身体不好，但精神上是非常愉快和乐观的。这是你给我的，也是我回北京身体大有好转的一个好的因素。但我也想到，在这一次风波里我给我心爱的也带来很多伤感，因此我只有这样求你：请原谅我吧！虽然我有些地方的言语不妥，做事不当，可是我对你的一颗心是忠诚的，我的实际行动中，还有很多很多好的一面，总的来说，我们好的多，坏的少。希望你多在好的上面想吧！另外我还请你千万不要这样想，也不要这么说："拿不出热情来！"你也知道，感情是培养出来的。如果我们谁也不去培养现有的感情，那感情就会得不到滋长。以前我们为什么会那样热情呢？也就是我对你好，你对我更好，因此我们就越来越好。亲爱的，我想这些你是比我知道得多，我也不谈了。我唯一的是请你多来信，

免除我一个人在外对你挂念。

亲爱的，我爸来京以后，因我身体不好，不能陪他，而他只能一个人在外面玩，看来他还很高兴！他可能要过“十一”后才回沪。亲爱的，我讲一段事给你听，但你可不要笑我，好吗？不！我不讲了。嗯！我还是给你讲吧！我的吸烟问题吧！对我来说，不吸烟是很难受的，但我又怕如果要吸烟就会遭到你对我的不满。因此我又不敢吸，现在当然可以这样说，以后我不再吸烟了，你高兴吗？

亲爱的，现在又要尝着两头相思的滋味了。我想在离别后的日子里，唯一的就是通信来解除一些思念。当然我会尽量做到常给你去信，告诉我的近况；但我希望你，常给我来信。不能像你所说：“高兴就写，不高兴就不写。”否则就会对我们已经建立起来的第二方案是不利的（是指新年结婚）。亲爱的，以后我们心里有什么事，我们就互相谈谈好吗？亲爱的，我们结婚的准备工作，我求你不要不管，因为我又不在上海，你如果不参加意见，那一定会成问题的。过去我那些不对的事，你就原谅我吧！以后我改过来就是了，请你也不要再生我的气了，好吗？亲爱的，我想现在离过年只有四五个月了。如果现在不准备起来，将来一时要买就会买不到我们称心的东西。因此我爸爸这次回上海以后，看到有好一点的床和五斗橱就买起来，借给别人的房子马上就收回来，该整理的就整理。这些东西如果你不参加意见，我在外面也是不放心的，就写到这里吧！我要休息了。祝你晚

安！吻你！

你的

兆 1959.9.1

鸥妹：

你好！

和你分别的那天晚上，我就到车站去签5日回北京的车票，结果没有签着，因为5日来北京的已经满员。为了不影响我病假期，因此我只能提前一天很留恋地离开了上海。回京后就到医院看病，又到我单位续请病假，又为我父亲的住宿问题到处联系，再加上我体力不佳，

所以把我上次给你的信推迟了，特此来信请求我亲爱的原谅。

亲爱的，回京以后我产生两种思想情绪：一是非常高兴，因为再过四个多月就要结束我的单身生活永远和我心爱的人——你互助合作、相互照顾、共同求得前进的幸福生活；二是我对你更加想念，特别是我躺在床上似睡非睡的时候，你那含羞又带着微笑的脸庞马上就出现在我的面前……在我醒着的时候，我又反复地想着我俩在这次相会中的经过。我觉得我的爱人和我讲得太坦率了，这是我非常满意的。同时我也感到无限惭愧，因为我爱人的苦恼，是我给你带来的。你说得很对，我在我俩的关系上，气量太小了一点，唉！也许是我太爱你了吧！亲爱的，在我们相见的日子里，我怎么不知道你在冷淡我，我怎么不知道你有些言语是刺痛我的心灵，但我为什么还要那样苦苦地追求你，这是因为我没有忘记你讲的这句话——你说我俩的关系已决定：你非我不嫁。我也和你这样讲过：非你不娶。因此我不愿在别人那里做个“长”人，却愿意到你面前做个“矮”人。我这样想，如果你还愿意和我结合，那我会以极大的限度来忍受你对我的一切态度，我很乐观地认为你这样刺痛我和冷待我，是暂时的。我很相信到后来，你会把现在给我的难受像难受在你的身上，你会把现在给我的刺痛像刺痛你的心一样，我更相信你会想到我俩以前的感情，你会看到在我俩周围有很多促使我俩结合在一起共同生活的客观因素。但我也不会忘记，你现在的痛苦是我给你带来的，你现在的气是因为我而生的。因此现在应该由我来消除你的痛苦，平息你为我生的气。我应该要培植出我很多的热情来暖化你这颗对我冷待的心。亲爱的，正因为我有以上这些原因，我才在我们这次相会中不管你怎样对我，我还是很热情地追求你，我还是比较耐心地向你解释我俩关系的存在。亲爱的，我已把我的秘密都告诉了你，我对你已经是这样了，如果你还是要对我冷待，你不但对我们第二个方案不利，而且太对不起我这颗一直在等待你，而没有变过爱你的心灵了。

鸥妹，今天15日了，我还是在宿舍里休养，医生说我应该把病全养好了再工作，我也没有办法，只能听医生的。现在我的身体一天一天好起来！每天在理疗科电疗，效果倒还不错，请你放心！我的精神还较愉快！

鸥妹，你的学习一定很紧张吧？你的身体怎样？我希望你从81斤，长到90斤以上，这就好了。现在天气一天比一天冷起来了，千万要注意身体。应该继续喝牛奶，知道吗？身心要愉快一点！过去的事就算过去了，想它也无益，只要今后我对你好就是了。好吧，我就写到这里吧！吻你。祝你

愉快！

你的

兆 1959.9.15

又：亲爱的，我在等待你的来信。

啊！月到中天，光华灿烂，
多少年来，你圆了又缺，缺了又圆；
你见过多少诗人曾把你咏进诗篇，
你也见过多少离人在思念相会；
他曾为他心上人辗转不眠，
他冷冷清清地度日如年。

啊！中秋明月，引人赏玩，
独我对月珠泪暗弹。
离隔万山千水，
恨与心上人不能常会，
对月长叹！

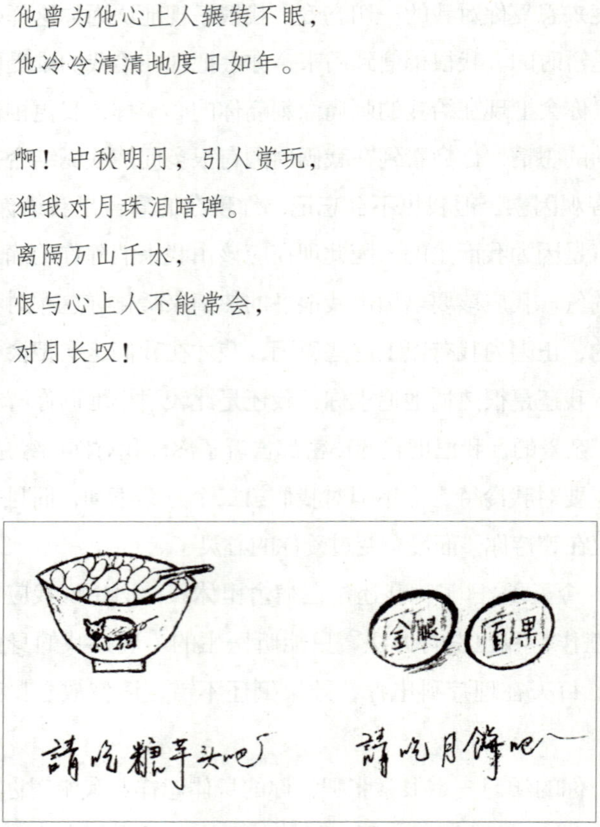

1959.9.17 荣兆仿两年前白鸥中秋礼物画

亲爱的：

这两首诗我是为你不在我身旁而写。这张画是因为你在两年前中秋节的那天给我的礼物而仿画。碗和月饼的大小均相等，不同的仅是一只羊变成了一只猪。你喜欢吗？吻你！祝

你好！

你的

兆 1959.9.17 晚

回一首

逢节倍思亲，
奈何难相会。

祝君有一日：

皎月大地照，
庭院幽香来。
老幼团俱坐，
围着满桌菜。
举杯邀明月，
同饮团聚酒。

赠给：荣兆哥！

白鸥

涂于 1959.9.21

荣兆哥：

你好！三封来信均收到，勿念。

现在你的身体好吗？是否开始工作了？愿你早日恢复健康！以健

康的身体，愉快的心情，迎接伟大的十周年国庆节；你的爸爸在京好吗？假如你能陪着他玩，那该多好啊！可惜你病着，这真是美中不足。你若好了，那你就陪他玩几天，他老人家也是难得来京的，这次来后，以后不知何年何月再来，是吗？哥，我现在是在劳动。这一学期我们是劳动两个月，保全实习一个月，我开头两个月是劳动。我大概告诉过你，我在学车工。我们班劳动的工厂叫卫星机械工厂，是同学们在去年大跃进的时候自己办起来的。也就是说是白手起家的，现在已经有四台车床，两台钻床。卫星机械工厂分：车工、木工、翻砂工、钳工。也就是说，假如制造一零件（假如没有现成材料），那么就要木工做木模，铸工按木模翻砂，翻出铸铁零件再来车床加工。该工厂主要任务是修配自己校内工场的零件，再承接一些外来加工的零件。我对我学的车床很感兴趣。就是我们的老师傅非常凶，脾气坏得真叫人难以理解，一点点不好或他一点点不愉快，就会大发脾气！幸好上几班同学已经"尝"过了。我们在未进厂以前，早已有了思想准备。再加上他的脾气也是发过就算的，所以我们也只好忍耐些。不过，当时是真受不了，因为我们从前也没有碰到过。哥，谢谢你送来月饼和芋头。在今年的八月中秋，我月饼倒吃了不少（我们每个人可买半斤月饼），可是芋头没吃到。不过接到你的信，也等于补吃了。在此特向你致以谢意！

我对你作的两首诗有一些意见。首先我得声明：我没有欣赏诗的能力，更没有评判别人诗的能力，有些诗句限于水平，还不能透彻理解。因此假如提得不对，请向我指正。同时请你向我在前面胡言乱诌的几句提出批评，以助进步！谅你必会同意吧！"啊！月到中天，光华灿烂"，我不知道"光华灿烂"与"光辉灿烂"有多大区别？不过，我觉得用"灿烂"两字来形容月亮总有些不妥。灿——光耀动目，我觉得形容类似太阳的东西较为妥善，不知你的见解如何？第三、四句你写道："你见过多少诗人曾把你咏进诗篇，你也见过多少离人在思念相会，"我觉得前一句与后一句在意义上是联不上的，前一句可以不要，或换一句别的词儿，可能读起来顺一些，不知你的看法如何？上面提的，仅供参考。哥：洁民到上海来生小孩了，前天我去看过她，她问你在什么地方，怎么不到她那里去，我告诉她，你在北京。她还告诉我：他们到石家庄铁路局去找你，结果找来找去找不到。她说，假如你去石家庄，请你到她家去玩。好！下次谈吧！再见！祝国庆节愉快！

妹

白鸥于 1959.9.21

鸥妹：

你好！

王锦堂因为身体不好，已回上海来休养了。在他休养期里，我要他到你那里来一次，叫你陪着他去丈量一下我们的房子，以便我为我们的新房尽量考虑到经济美观，来做几个设计方案，当然这些方案，一定会经过你的批准。关于施工日期那一定要等我们楼下的房子收回后同时进行，你说好吗？鸥妹，我们在分别时那天晚上商量的那些东西外，你再考虑考虑看我们还要些什么？你快给我回信，我可以立一张单子，交给我父亲去办理。

鸥妹，我们在分别那天，你同意我们在阴历年底结婚，我真高兴极了，我这一次确实是带着兴奋、愉快的心情来到了北京，我把这个消息告诉了我要好的同事，我也要求他们暂时保密。谁知我一到办公室，办公室的同事们都知道了。有几位年长的工程师，很关怀和亲切地祝贺着我俩的美事。有些同事也很关切地又带着埋怨的口吻，说我俩早就该结婚了。他们为我们高兴！我也完全地陶醉在幸福之中了。写到这里，在我脑屏中出现了这样一幅幻想图：太阳变得特别怕羞似的，在东海水平线上只露出半个通红的脸蛋，在她周围五光十色的云彩，映出了灿烂的光辉，和风微微地掀起了海浪，海鸥在海面上自由飞翔，就在这样一个美丽而又幽静的早晨，出现了一对情侣驾着一片小舟，迎着金黄色的海浪奔向他和她幸福的地方。

鸥妹，王锦堂在没有离开北京的时候，我多么羡慕雪蓉能经常给他来信。因此我也常到办公室去拜望我们那位管收发的同志，结果是扫兴而归。有时我不到办公室去，也常打电话问问，听到的总是说没有，有的时候有，但也不是你的。现在我真像口渴得正要水一样地盼望着你的来信。我在精神上愉快与否，和你对我的态度有着极大的关联。只要你给我一点点甜，我就会把它完全吸收在我的心里。只要你给我一点点热，我就会把它热遍全身。

鸥妹，我多么需要你的甜和热呵！我曾这样想过，如果你长期地不给我热，可能我的血管会为此硬化，如果你永远地不给我甜，可能我的心脏会为此停止跳动。这就要看我今后的思想觉悟如何了。但我可以这样相信你，你是不会让我到这样地步的，因为你是一个心善意良的人。鸥妹，请允许再一次这样告诉你：只要你和我都在人间，我绝对不会和第二个女人结婚。这就是要实现我以前许下的诺言。鸥妹，乡下爹妈那里我已去信告诉他们了。但姐姐和姐夫那里还未去信，请你代为问候。祝他们身心愉快，祝小萍快乐地成长。近来我的身体基本上恢复了！但还差一点，医生还是要我休息。请你放心！好吧，就谈到这里。吻你。祝你

安心学习、身心愉快！

你的

兆 1959.9.23

鸥妹：

你好！

得到你的来信，我高兴得当天晚上觉也没睡好。我常想着你的诗篇里写的："老幼团俱坐，……"我想，我们今天还未结婚，明天就要结婚，后天我们就能实现你所说的这幅美景。因此我一定把你赠给我的"祝君有一日……"那首诗保存好，到那时，我们的爸爸、妈妈、我们俩和我俩的孩子在同饮团聚酒的时候拿出来看，那就更有意义了，你说对吗！

鸥妹，在前些年里，我每天在想进高校深造。可是工作上不允许，领导上不同意，要想进夜大学，可是北京没有适合我专业的学校，后来你告诉我函授，因此我又打电话问了几个单位和几个同事，结果谁也不知道。今年唐山铁道学院才设立第一班函授，我想函授是很简单的，一报名就可发讲义，谁知报函授还要进行考试。要考高中物理、化学、数学（包括高中平面几何、三角、立体几何和大代数）。天啊！以前复习的，我都忘了！接到通知距考试日期还不到一个星期，连个星期日都没有。要考还不把我考"焦"了？！不过我不服气，我倒要看看我究竟"焦"到什么程度？考完后，我对数学是有把握，但化学、物理真是天知道！现在已公布，我被录取了，但也有很多人没有考上。

我们是六年毕业，学校要领导保证每个星期有十六个小时（业余时间）学习。每月面授两次（两天）。在第一年里要学完高等数学、画法几何和制图。10月6日开课。鸥妹，以后我们在一起的时候，我要你做我的辅导老师，你同意吗？

鸥妹，我看了你在劳动中的介绍，我知道你对车床很感兴趣！你猜我呢？告诉你：很羡慕你。因为我这两只好动的手，专欢喜做一些使劲的工作，一支铅笔太轻了。因此我在外面测量的时候，总想拿起大铁锤，把木桩打到地里去，可是常遭到测工同志的反对，他们不是怕我把木桩打到地里去，他们怕的是把大锤柄打断了，或者是怕把木桩打歪了。我想你们在劳动时的那个老师傅也可能有这样的心情吧！正如你说的对他小心点和忍耐些还是对的。

鸥妹，伟大的“十一”国庆节就要来临。北京也变得更加美丽。在灯光的照射下，很多高大的建筑物都露出了它雄伟的面貌。像人大礼堂、历史博物馆，在外表上看来，轮廓完美，体型庄严。人大礼堂里面有可容一万人就座的礼堂；能容五千人的宴会厅，布置得美丽又大方。它们位于天安门前的广场两旁。还有民族文化宫和民族饭店，位于西单。民族文化宫的屋顶有点像故宫的大屋顶，用的是琉璃瓦，它的形式很好看，我难以形容。民族饭店在文化宫旁边，是方方的，很雅致，也很朴素。北京新车站在东单过去一点点。车站顶上有两只大钟，每到15、30、45分钟和每小时就能发出很好听的音乐声。车站里面还有像上百公司（上海第一百货公司）一样的电梯，休息室和候车室都在月台上面。大都是大理石的墙壁，很宽大。确实是美观，是全国独一无二的车站。还有解放军博物馆和迎宾馆都在我们铁路局附近。解放军博物馆顶上有一只金黄色的军徽光辉夺目。迎宾馆，是很多座房屋组成的。每一幢和每一幢都不一样，各有各的特色，里面的装饰显得既富丽堂皇，又舒适温馨。都有地毯和席梦思床，帘布是丝绸的。这些地方都是我去过或经过的地方，还有我没去过的地方，如农业展览馆、体育场等，据说也很美观，我也不能介绍了。亲爱的，如果你能来玩，那该多好呵！我一定会陪着你好好地玩一玩。

鸥妹，你对我的两首诗有意见，你说你不知道“光华灿烂”和“光辉灿烂”有多大区别？我认为“光华”这两个字给我们听起来，好像形容着这个发光体或反光体的光谱比较幽、纯、素、美，它不像“光辉”

这两个字那样花，但都是光的形容词。“灿烂”当然是常用在“光辉”的后面，但它也可形容在比较素一点或单调的一些光谱上。因此“光华灿烂”可以用在月亮反射出来的光谱上。我这样的解释也许是死板硬套的。如果不对，你还可对我有意见。但你也不要太客气，如果我要和你比起来，我的写诗和欣赏诗的能力和你还差得很远呢！因为我在学校里语文是吃三分的老兄。但我欢喜这样想就这样写，直到我认识了自己是不对的，我就会很快地改。鸥妹，你又提到我写的“你见过多少诗人曾把你咏进诗篇，你也见过多少离人在思念相会”两段意义不一样，也联不起来，现在我看看也觉得联不起来。好吧，那就这样改：“你见过多少好友向你举杯狂歌，你也见过多少离人在思念相会。”鸥妹，我现在身体也好了，但我爸爸一个人把北京主要的名胜古迹也玩过了，他已决定 10 月 2 日离开北京，他要到乡下和其他地方玩一玩。我估计他到 10 日以后才能回上海。石家庄的工作基本上已经完了，所留下来的就是我的工作。本来许多工作都应我做的，因我病了，那些工作都由工程师给代做了。还有一些图上要修修改改的，非要等我上班后才能做，因为图是我设计的，我的意图他们不知道，他们不能改。什么时候再到石家庄去，这就很难说，但若到石家庄我一定去看看洁民。好！下次再谈吧！吻吻你以后再见！祝

国庆节愉快！

你的

兆 1959.9.27

亲爱的：

你好！

国庆节的假期，在今天来说已经是最后一天了。在这四天里除 2 日那天，我送我父亲到车站，晚上又到天安门去联欢外，什么地方也没有去过，总是躺在床上，静静地想你，我想着我们分别时的那天。我多么地希望你能和我在一起呵！可是你却在遥远的南方。漫长的日子里，多么使我等得心焦，但我还是愿意等你。我只求你安心地学习，直到你学习期满，我们再争取在一起，那个时候我们可能就会消除相思的苦恼。另外，我也要求你经常地给我来信，我要你撤消不高兴时就不给我来信

的做法。你也知道我，你不在我身边的时候已经是够苦恼的了。假如你再不经常给我来信，我会更苦恼的。对你来说，你在寂寞的时候可以回杨树浦和姐姐、姐夫他们谈谈心，还可以逗逗小萍玩玩。我在寂寞的时候只能和我自己玩。如果你能经常给我来信的话，就可以看看你的来信，可以减轻我见不到你时的一部分的苦恼。信是我们的媒介，也是我们在离别时的安慰。亲爱的，你接受我的要求吧！否则我会难受死的。

鸥妹，我把2日在天安门时所看到的美景，说给你听听，好吗？天安门前有条长安街，马路两旁的每一根电线杆上，有十三盏电灯。这几天的电灯全都亮了，真像两条火龙一样。以天安门为中点的四面八方的探照灯，一会在天安门的上空交在一个点上，一会又交叉成网一样。在天安门周围高大建筑物的四周，都拉上了一串串的彩色灯泡，灯光一亮，把建筑物的面貌照得清清楚楚，真是好看极了。天安门广场上的人，汇集成人海，有的表演节目，有的跳集体舞，有的跳交谊舞，还有的看热闹。晚上八点钟，就放礼花了，今年的礼花要比往年都多，花色种类也多。一会像星星一样闪光，一会像菊花一样好看，有时把天空变得通红，有时又染蓝了天空，有时又变黄色，有时又变白了……真是五光十色，灿烂异常，人们好像在仙境里一样，使人陶醉！

鸥妹，上海是不是也是这样？给我介绍介绍好吗？鸥妹：礼花是怎样放的，你知道吗？我告诉你：有一个铁筒，与迫击炮相仿，解放军拿了一个像一千支光电灯泡那么大小的玩意儿，用火点着了往铁筒里一放，一会就“轰”的一声，只看见一个很亮的火星直向上蹿，然后就在天空看到很好看的礼花了。

鸥妹，我的身体已经完全好了，请你放心！你的身体怎样？体重增加了没有？告诉你，我已比在乡下时增加了两斤，说也奇怪，我一到北京饭量就增加了。我一次可以吃半斤米饭或者四十个饺子。鸥妹，你吃过饺子吗？我能做，下次我回上海时一定做给你吃。请相信我一定实现我的许愿，而且做得好吃。

鸥妹，天气冷起来了，你一定要注意自己的身体，预防受寒，千万不能大意，否则要生病的，因为我深深体会到：有病时才感觉到健康人是幸福。鸥妹，这几天我没有事，我就看看你的照片和你的来信，我发现你时常头痛，我想可能是你因为学习紧张，大脑神经劳动时间过多，你可得要多注意休息，知道吗？鸥妹，现在你还常失眠吗？请不要多想了，因为我的病已经好了。今后我再也不会使你生气了。你要知道我如果没有你，我的生活就会乱七八糟，我不能没有你。我会在今后用更爱你、更体贴你来弥补我以前使你生气的地方。你就原谅我那些不好的地方吧！如果在精神上高高兴兴的，那么在工作上、学习上都会很愉快，你说对吗？因此我再要求我未来的爱妻原谅我过去不对的地方吧！好吧，我们就谈到这里，因为我要早一点睡，明天还要上班。吻你！祝你

晚安！

你的

兆 1959.10.3

荣兆哥：

你好！

来信收到，勿念！首先应该祝贺你被唐山铁道学院函授学习录取，的确，我为你而高兴，在此热烈地向你祝贺。现在已经开始学习了吧！在开学以后，不可避免的相继而来的就是困难，假如现在还没有，那么将来会有，因为学习的本身就是艰巨的，假如不艰巨，不难掌握它，那么我们又何必为它花这么多代价呐！尤其是业余学习，不像我们正规学习那样时间多。时间要自己去挤的，当工作忙的时候，或是出差在外的时候，这就显得较为困难了。因此我要求你首先应该树立克服困难的决心、信心。困难虽有，但别怕，有了坚强的学习信心，那么困难一定会克服的。其次要有恒心，六年的时间并不短啊！希望你有始有终，一定坚持到底，绝不能半途而废，我想你是不会的。在第一年里要学完高等数学、画法几何及制图三门课，是吗？高等数学并不难，但要花很多时间做习题，假如你不多做习题，那就显得很难；画几较难，很抽象，一般难以学好，在学生中称为头痛几何，但也别怕，多利用一些模型（自己做），多想象，也能学好的；制图是不会有问题的。你要我做你的辅导老师吗？不敢当，假如在一起的时候可以相互商讨。因为有许多功课，我虽然学过，但时间一长，也就忘了。我也要复习一下才能与你商讨，并且有的不一定懂，还得向你学习。

哥，你说，要我陪同王锦堂到你家去丈量一下房子吗？那是为什

么？重新设计一下吗？真不愧为设计师啊！我本想要看看你们怎样设计的，但在我的心里也想了一想，不妨提出来供你在设计时作参考，好吗？在楼上，我倒没有什么问题，最好厕所装上一扇门，假如不装也就算了，将来拉一块布好了。地板不知道漆不漆？不漆也可，假如我以后留在上海工作，到那时再漆也未尚不可；楼下，我认为倒要大大整理一下，我的意见是：将原来的木板去掉，然后改成把床的周围用木板围起来。这样一来显得很小，但是不这样，房间、客厅、厨房在一起不分，我觉得不大好，不整齐、不大方。但是假如这样一来地方显得很小，那么就不要改了。设计师，请你考虑一下，好吗？

哥，房内的家具，我基本上同意你的意见。但是我希望你预算一下，你的经济条件是否可能？假如钱不够，那么可以简单些。写字台修理假如钱要花多，那么就不必修理。买这些东西，我计算了一下，至少要花 350 元，房间内的东西，我觉得要准备 400 元，另外你还要做衣服，起码要 100 元吧！（我建议你做一套哔叽中山装。）还有，我想问问你：我们准备不准备请酒？我的意见是要。因为我姐姐结婚没有请酒，我的爸妈很不高兴，他们本来准备在乡下办酒席的。你还记得吗？1957 年春节，结果我们俩倒回去了，而我爸爸在上海不肯回去，姐姐和姐夫也没有回去，后来我妈妈又追到上海，最后没有请成。我爸妈只生下我们姐妹三个，姐姐已经没有请酒，妹妹还小，所以我应该请。我方至少要请三桌多，你方我就不知道了，我估计要六七桌吧！当然越少越好啰！（最好不要超过 5 桌）那就得花 150 多元，还要另用、还要买糖，唉！这样一来要花多少钱啊！700—800 元啊！（大概我估计偏高了）这一笔数目不小啊！我估计你没有，怎么办呐？当钱不够的时候，我建议：五斗橱可以不买，写字台可以不修，房内就是一张床和小圆台、一只夜壶箱，这样也得花 200 元吧！我真有些为你着急，怎么办呐？哥：告诉你一个好消息：我们只花 40 多元就可买一只很好的收音机了。是我姐姐的一个朋友在无线电器材厂工作，完全由他负责给我们去装，我没有碰见他，姐姐说的，你高兴吗？

哥，“十一”过得好吗？告诉你，我过得很好，很愉快，“十一”的晚上我还去参加人民广场的游艺晚会哩！北京布置得很美吧！见到你的来信和看到一些杂志上的介绍，我真想来玩啊！遗憾的是没有机会。以后有条件的话，我一定来北京玩，欢迎吗？上海也布置得很美，并且有许多地方都变了。你以前熟悉的平凉路，是那么荒凉，现在你一定不认识了，除了你看见过的工人文化宫以外，还有三层楼的百货商店、食品商店、照相馆……真是一片热闹非常的新气象！

哥，我有一件事不知道该不该问问你，就是到那个时候，我穿什么衣服好呢？穿短的，还是穿旗袍呢？别笑我。好，再见吧！祝

快乐！

妹

白鸥涂于 1959.10.7

哥：

昨天下午你的三位同事（两位姓王，一位姓张——我以前见过面的只有王锦堂，其他两位刚认识）来我院找我，不巧的是，我是中班，所以他们来后，我无法陪他们玩，只能让他们自己玩了。到了 5 点，此时到了吃晚饭的时候了，我的吃饭时间只有一小时，后我又请了一小时假，本想请他们在学校里吃晚饭，但一方面他们不肯，另一方面学校小菜也不好，所以我想同他们到你家去测量一下房子后，再在外面吃饭！量完房子后，他们坚持要回去吃。他们说：积在以后来吃吧！所以，结果仍是饿着肚子回家去，我真有些不好意思。在测量房子的时候，他们三个人真有趣，什么地方都得量一量，我在旁边看得忍不住笑，他们还跟我开玩笑！另外，他们三个人真好，他们在为你帮忙，给我做思想工作。不过这些工作是用一种巧妙的方法做的，我心里当然明白。真有趣！你还得谢谢他们哩！好吧，以后谈！

白鸥

于 1959.10.8 晨

【按语】王锦堂、张云鹏（桥梁设计工程师）、王礼敖（房建工程师），他们三人和徐荣兆都是上海人，在北京都同在设计科上班，同住一个单身宿舍，四个人的爱人都在上海，所以四个人非常要好，可以说无话不谈。

后来，他们三人因爱人关系都调回上海铁路局上班。只有徐荣兆因我毕业后分配到北京工作，所以我们就在北京扎根了。三位好朋友回上海后，开始还有联系。后来，慢慢地失去了联系，2009 年以后我和荣兆在上海居住，也想寻找他们，因为大家都已退休，无法取得联系，但心里一直很惦记他们！

亲爱的，你好：

自我们这次分别以来，一直在我脑子里旋转的就是这两句话：既然这样，何必当初？既然当初又何必这样？唉！亲爱的呀！我早知今天这样，我就不会当初了，我在当初根本就没有想到今天这样。我也回忆了我在风波里给你的来信，有很多是在向你认错，但也有不少信中的语言和态度，确实是伤透了你的心。今天又看到了你的来信，你不但不计较我以前对你的过错，反而给了我无数的温暖和甜蜜。我已把甜完全吸进心脏，我又把温暖热遍全身，在这同时，我也很感到无限地惭愧。首先感激我未来的爱妻的大恩大德，再请你接受我最后一次向你表示：在风波里我那些伤透了你心灵的言语和态度的忏悔！

鸥妹，我已上班，这周工作并不太忙，今天是星期日，我画画图、写写信、洗洗衣服、看看书，一天即将过去。明天我就要参加干部每年至少有一个月的体力劳动。计划是月底回来，据说是盖鸡棚。

鸥妹，本来我们面授那天，半天是高等数学，半天是画法几何。结果高等数学老师没有来，就上了一天的画法几何。这门课程我以前已学过不少，所以听起来并不感到难。高等数学开头两章，是坐标倒也并不难，可是以后就有困难了。但我可以向你保证，一定听你的话，有始有终地学习。一定会多做习题，有信心克服困难。现在我谢谢亲爱的帮助，特别谢谢亲爱的祝贺！亲爱的：你只花了 40 多元钱买了一台无线电吗？如果你不说原因，我确实是不会相信，因为一只矿石收音机也要 10 多元钱呢！现在我听了你的好消息，很高兴！我也很想买，但在经济预算中不能买，可是你却实现了我们共同的愿望。（遗憾，没办成。）

亲爱的，我根据王锦堂、王礼敖、张云鹏的现场丈量，做了一个设计方案（图纸没有保存），你看如果好的话，请鉴定委员会主任批准，这个主任，你别忘了，就是你呵！如果还有毛病或不同意的话，再请我这个外行设计师重新设计。亲爱的，我觉得我们新房里的家具确实不多，我想我们不管怎样绝不能少了一样，我们已确定的基本建设项目，你不要为我们经济问题担心。鸥妹，我们的估计数字完全一样，我估计新房里的东西和布置费用也是400元。

亲爱的，我和你同样意见，我们应该请酒。我想我们俩在一辈子里就只有一次的喜事，为什么不请一些要好的朋友和经常来往的亲戚在一起热热闹闹地祝贺呢！本来我想四桌就差不多了，但我爸爸说五桌还不一定够呢？现在看来五桌也是最少的了。总的来说，酒是一定要请的，究竟要多少，到婚期的前几天决定吧！你说好吗？亲爱的，你说你该不该问我那一天穿什么衣服？而我呢！却在想是不是可以向你建议，现在我就说吧：我说冬天穿旗袍不好，你的脚会冻坏的。我说你还是穿短的好，我建议你去买一件比较好一点的短大衣，做一件丝绵袄，买一条好一点的裤子，这样一来，你的钱就不够了。可是我早就给你想好了，我在12月18日寄给你，因为我现在的钱都给我爸爸了，让他给我买家具，不够的话，他就给我们贴。他说，他能贴我200至300元，这样一来，我们的经济就问题不大了。所以我要你不要为我们的经济问题担心。但我是不想白要他的钱的，我想我们在今后以每月交给他或贴补给他的生活费用的名义偷偷地还给他。你说对吗？鸥妹，我们楼下就不打算大整理了，因为：1. 房间显得很小。2. 木板又贵又不好买。3. 将来你如果不在上海，我爸爸还要到楼上去住，楼下还有可能借掉。如果我们将来在上海的话，那时再做长期打算。现在就按你说的那样，把木板拆掉，用到楼上去，楼下就做个门。你问我，新房里的地板漆不漆？我说要漆，但可买便宜的漆来漆。

鸥妹，锦堂来信了，他说你心地善良，让他们很欣慰。他们都暗赞你的优点很多……总的一句话，他们拜访非常满意。亲爱的，我就写到这里吧！因为我要整理明天劳动时所需要的被头、衣服、用品等，再会！祝

你好！吻你。

你的

兆 1959.10.11

荣兆哥：

你好！

来信收到，勿念。设计师啊！真不愧为设计师啊！看了你的设计图案（画得太漂亮了），心里真有一种说不出的喜悦，一种莫名的感激，使我久久不能平静！你为了我们的新房，我知道你是花了很多脑力。不但是你，还有你的朋友们，在此，我特向你、你的朋友们致以衷心的感谢！荣兆哥，你的设计图案是美。但是可能仅想到美，而忽略了大方。你想，地板是漆的红漆吧？那么墙壁尽量避免绿色，像一个人一样，穿红衣绿裤或绿衣红裤总显得有些“乡气”——上海话。因此我建议：房顶上若用纸板，那么只好用花纸（避免用绿的，假如要用也只能淡绿），窗的对面，原是木板，那么漆与地板一色就可以了。其他墙壁，原是白色，那就重新粉刷一下就好了，省得都是糊的花纸。花纸要糊得好，那就像是墙一样，假如糊得不好，那不好看的。另外，我希望简单些，我们应以节约为原则，可以省的就省，可以简单些的，就简单一些，好吗？哥，关于房内的平面布置图，我有两个方案，请你参考一下：见附图。（图找不到了——白鸥注 2015 年）我说一下我为什么这样布置的理由：1. 我总喜欢靠窗坐，所以我尽量将一只小圆台向窗前移。2. 有镜子的柜子最好对光线入射角，这样可以使房内光亮一些。所以我结合了你的意见，同时参考了我的喜欢。我认为以我的第一图为主，你可以再作修改。不过哥，假如按你的设计方案，我也没有什么大意见，并且你们那里还有真正的建筑设计师王礼敖呐！你可以结合王锦堂、王礼敖、张云鹏的意见。假如真正在图纸上排不好，那么将来到现场来安排吧！哥，你建议我穿短的？！好的。裤子我有，不用做。丝绵袄，我有两件，我想一件换一面子就可。大衣短的我有，要买就买长的，有钱就买，没钱不买。好吧，乱七八糟就谈到这里！我要去上中班了！下封来信，你可以看到我一张最近的照片了，已经拿来的全部给别人拿走了，所以你只好晚一步了，对不起！再见！祝

幸福！

妹

白鸥于 1959.10.15 下午 2 点

亲爱的鸥妹：

你好！

上次我已告诉过你，我在西山参加体力劳动，任务是盖鸡棚。开始我想这个工作一定不会太吃力，谁知完全出乎我的意料。这个鸡棚的建筑比一般的房屋还要好。基础是石头，外表是砖。这几天里我们光运料，要把砖和石头从山脚下运到半山腰，真是把我累得够呛！因此我的食量也增加了。我一次要吃三大碗米饭、一大碗米汤和一大碗菜。也许你听了不相信，但是这是事实。我的体重也比在乡下时增加了 2 公斤（58.5 公斤）。鸥妹，我们在这里劳动得很愉快，团结比较好。因为我们这里有四十个局的干部，离家都很远，星期六不能回去，也不休息。我估计要到月底才能回局。我身体很好，请放心！鸥妹，虽然在白天劳动很累了，可是每当熄灯后还不到两分钟时，你就会在我的脑屏中出现，你那微笑的脸庞、你那温柔的姿态一直要等到我睡着才会消失。确实，在我以往的半生中，除了我妈妈以外，我对所有和我接触的人都没有像爱你那样爱过他们，也没有像想念你那样想念过他们。在我以往半生中，只有我的妈妈才来关怀我的冷热，只有我的慈母才来分担我有时的痛苦；可是等到我稍许有了点清头（有点懂事），来让我的妈妈在精神上得到一些安慰，等到我将要以我自己劳动得来的钱来让我妈妈在生活上得到一些享受的同时，我的妈妈和我永别了。我多么的悲痛呵！以后谁能像我妈妈一样地、无微不至地来照顾我呢？我没有想到我知心的人，是我亲爱的鸥妹，是我未来的爱妻。是你以我妈妈的心肠来关怀我的冷热，来偷偷地照顾着我、帮助着我。亲爱的，想到这些，我越加地想念你了。我越加爱你了，我真为我有了你而骄傲！

亲爱的，上次我在来信中，没有说明我们楼下是何布置，是这样：楼下有一张铁床（高架的），再买一张最普通的八仙桌。还有一顶大橱，床和大橱都在乡下，这些东西都由我爸爸自己处理。怎样的放法，我也不知尺寸，只能等以后都全了再说吧！亲爱的：我们床上东西，你准备得怎么样了？你打算做几条被头？已经有了些什么，还缺些什么？你能告诉我吗？我知道你会办得很好，我现在问问你而已。

亲爱的，王礼敖、张云鹏都回北京了，我和他们见过一次面，他们说你要比照片上好看，又说你很热情，他们把和你相会时的情景和你的姿态形容得很美，他们说他们要在我们结婚那天，要闹一闹。不过，

1959年白鸥在上海照相馆拍摄的照片

你别怕！我知道他们的“底牌”，我能对付他们！亲爱的，我爸爸回上海了没有？今天有人来（我科的）只带来姐姐的一封来信，因此我也不知道他的近况，你如果有时间的话去看看他好吗？请来信告诉我。乡下爹爹姆妈来信没有，他们的身体怎样？在劳动时期里我很难挤出时间来给他们写信，如果你去信的话，请代我向候！祝他们快乐！亲爱的：熄灯时间到了，就写到这里！祝你

晚安！吻你。

你的

兆 1959.10.21

荣兆哥：

你好！ 10月21日的来信收到，勿念。

我的来信是否收到？从你信上看，还未收到。这几天大概总可以收到了。王锦堂同志昨已返京，你的毛线衫已托他带来，当你收到我的此信时，大概也可收到毛衣了，穿穿是否合身？袖口是不是太小？我是有意结得这样小的。我觉得小的好看，并且暖和。假如你不喜欢，那么等你回来时给你重结一下，好吗？给你结这件毛线衫的时间较紧，一共只有一个多星期（当你的朋友们送来后，先拆、后洗，所以不到两星期），而我除八小时劳动外还要开会、政治学习和上“政治经济学”课，因此空余的时间是有限的，所以只好抓紧时间和加快结的速度。虽然结好了，但质量可能不高，如不平服，我又来不及熨烫一下，只

能你去熨了，行吗？

哥，今寄上的照片是我最近照的。我将它放大8寸彩色的，昨天已拿来了，不过色上得不大好，真遗憾！[①]哥，你这张照片的底片还在吗？假如还有的话，我建议你也去放一张8寸的彩色的，我很喜欢你这张照片。[②]哥，你的爸爸我还没有见到他，不知怎么的，我现在有点不大好意思去，不过不去又不太好。所以我想吃过中午饭到你爸爸那儿去一次，（我今天上第一个夜班）去看看他是不是回来了？哥，你问我床上的东西准备得怎样了？我告诉你：我近来没有买什么，基本上还是以前买的。被面有两条。我想准备四五条，准备买淡绿的一条，另一条已定为白底梅花缎子被面。白底梅花——喜鹊登梅我已定做了；被里已有三条，再去买一条（我只有再买一条的布票了）；床单有两条，我想可以了；枕头已有三对，另一对与被面配对的喜鹊登梅已定做。枕巾已有两对，也够了。还要啥？请告我！好让我去买。哥，你劳动很累吗？应好好地注意身体啊！因为你的身体刚刚恢复健康，还不是顶好，所以应特别注意些，知道吗？自己能拿得动的就拿，实在拿不动的，就与同志们扛，千万不要硬拼，拼伤了反而会妨碍工作，是吗？我现在很好，请勿念，爸妈也请放心！小萍非常活泼、有趣，昨天我去看她的，她会来拿我的皮包，知道里面有东西可吃。到晚上，在灯光下捉自己影子上的两条小辫子，哈哈！害得我笑得嘴都合不拢，有趣极了。好吧！我就谈到这里，请代问候来访我的三个朋友们好！再见！祝

快乐！

白鸥

于 1959.10.26

亲爱的：

你好！

上次我们局长做了一个有关生产方面的报告，因此我有机会回局

---

① 我这一辈子结过许多件漂亮的毛衣，随岁月，如浮云，唯这件尚清晰可见……

② 现在我不知道是指的哪一张，他也没有放大的照片——白鸥 2015.3.12。

里听报告了。在回局的路途中，我就想一定可以收到你的来信了，果然如此，我还未进办公室，我们管收发的同志就把我叫住了。给了我一封你的来信，使我高兴得了不得。

1959.10.26 1岁7个月的徐萍

亲爱的，如果要我设计一条铁路，我是可以做一点小小的文章，现在要我设计我们的新房，我就会感到没什么，这不是因为工程小，这是因为我是个门外汉，上次虽然我画了几张图，也是根据你和我同事们的意见画的。如果要算是设计图，真是要把内行人看了，笑痛了他们的肚子。第一，我注的比例尺就不对，我上次注的是 20 ∶ 1，其实是 50 ∶ 1。因此上次画的那几张图，只能算我在收集你和我同事们意见后的一个关于我们新房设计的发言提纲。我很同意你的意见，我对我们新房里的颜色配得很不相称。但我不同意粉刷，因为要请别人粉刷，很不经济；如果我们自己粉刷，一定会不均匀。我会把花纸贴得像图上画的那样，我的方法是不用糨糊，用的是图钉，每当在接缝的地方都用硬纸板条，这样一来，如果颜色配好了，就会变得大方。地板的颜色，我想用咖啡色或用紫红色的，你说好吗？亲爱的，我们的新房就决定采用我这个发言提纲吧！关于颜色问题，等我回来后一同商量，或者你和爸爸商量。总的一句话，要美观、要大方、要经济，你说对吗？关于平面布置，我想把东西买全了，量了尺寸，再重新布置。亲爱的，你说你已有短大衣了，因此要做就做长的。我曾这样想过，如果你要穿了长大衣，好像不适合你现在的时候，又好像会变得老气一点，另一方面，那天你穿长的，我穿短的，在服装上，有点不相称。因此，我倒喜欢你穿短大衣，不过不要呢的，或者是哔叽的，最好买什么兽皮的，最起码是海富绒的。价钱，不要超过 130 元（我不知道是否能买到）再做一条好一点的裤子，买一双时尚一点又和衣服颜色相称的皮鞋，买一条白色或天蓝色的围巾。现在我担心的是大衣里面穿什么？不做新的丝绵棉袄，就把你原来的两件丝绵袄合并成一件，再换个面子或者做一个棉袄的罩衫。以上这些衣服都穿在你的身上，在我现在的形象里你会变得更加美丽，更加精神。关于长大衣，你是一定要买的，如果你不买，我也会给你买的。但不在今年，最好在来年过冬买。因为在那个时候我们都有条件穿长大衣了。以上我在你服装上的设计仅仅是给你的参考意见。如果你不愿意的话，你就按照你自己的设想做，因为我信你的审美力。亲爱的：这封信自我接到你上封来信就开始写，遗憾的是一直写到今天。在劳动期间里，六点钟就起床，六点半开始学习政治，一直到七点半才吃早饭，八点钟劳动，下午五点半收工，洗脸吃饭，六点半读报，七点完毕。星期三、四，七点至八点半学习政治，九点钟睡觉；在二、三、五、六晚上，经常开会，有富余的时间我还要自习，否则我函授就要跟不上了。亲爱的，请你原谅我这次来信太晚了，好吗？我的劳动还有八天就够一个月了。在10日以前我就回局了。我的食量现在有些下降的现象，每次只能吃两大碗半饭、一大碗菜、一大碗汤。身体很好，我会注意自己的身体，请放心！

亲爱的，今天是星期六，我们提前收工了，因为明天是大礼拜，休息一天，（我们是两个星期休息一天）刚到办公室就收到了你10月26日的来信，还收到乡下爹爹和我爸爸的来信。我爸爸又病了，他在吴淞。乡下爹爹说，要我看重你，要我俩恩上加恩，情上加情，要我目光放远些。他的话确实是一针见血，我一定会牢记着他的话，我不会辜负他老人家的教导。

亲爱的，今天我也看到王锦堂、王礼敖、张云鹏了，张云鹏刚走。他们都为我俩现在的关系而高兴，我们都有这样一个意见，在新年里我们一同拍个照。但王礼敖有点不同意，他说你们都是一对对的，他只是一个，最后也同意了。现在我们这里可热闹呢！亲爱的，你请锦堂带来的绒线衫，我已试穿了，很好！很合我身。真是像邱雪蓉对王锦堂说的那话：只有自己的爱人才有这样一片心情。亲爱的，我不会忘记你对我的恩情，我会珍惜你的情，我会像珍惜自己生命一样尊重你的爱。白鸥，我基本上同意你为我们床上的准备，我想我们四条被头就够了。可以取消一条准备的被面，因为我们的亲戚有可能送这些东西。这样变成有积压的可能。如果不送的话，四条也可以了，你说对吗？亲爱的，我们都是大手大脚的人，在结婚那天花钱一定很多，甚至我们现在想不起来的事，那天就会出现。因此现在要注意，避免“豁边”——上海话，超出计划了。亲爱的，你绝不要误会，我是为我们今后打算。亲爱的，小萍非常活泼可爱，是吗？再过两年，我们也会有一个像小萍一样活泼、天真的孩子，抱着你的大腿，亲热地叫你妈妈，高兴吗？好吧，就写到这里。祝你

身心愉快！吻你。

你的

兆 1959.10.31

荣兆哥：

你好！

近来怎样，还好吗？劳动大概很累吧！注意在空余的时间好好休息！哥，告诉你一桩惊喜交集的事情。10 月 27 日我到成都路去看姐姐（姐夫家里）。晚上，从石门二路乘 1 路或 12 路返校，当我走至石门二路的转弯处，看见 1 路电车到来，因此我便飞奔前去，当我跳上电车看表时，啊呀！我的手表呢？怎么没有了？到泰兴路我又急忙跳下车，沿原路找寻两遍，没有。我只得抱着忧郁的心情回到了学校，祈望着好心的同志拾到后交还。到第二天，我打电话到 1 路电车站失物招领处去问，对方问我是什么样的手表，在什么时间、什么地点掉的，我都非常详细地告诉了他。因为我的表已经戴了九年了，我常常自己拆开揩揩或调节快慢，因此对里面是怎样的形状等，我当然知道，并且最近我自己调了一根表带，上有特殊的标记我都一一地告诉了他，后他叫我打了证明去认。我去一认，果真是我的。我多么高兴啊！你知道是谁拾到的？是一位 21 路车、26 路车的驾驶员同志拾到的。到现在我还只知道他的驾驶号。后来我写了一封感谢信和送给他一本日记簿以作为谢意！我觉得这样的人真好，他有着高度的共产主义品质，应该感谢他和表扬他。要知道他并不是在电车上拾到的，而是在转弯处拾到的。也就是说，是在我奔跑的时候掉的。假如他拾了往自己袋里一放，谁也不会知道，是吗？现在拾到贵重物品交还失主，还是不多的，所以我觉得应好好地感谢他，对吧？

哥，你的来信收到了，勿念！我现在劳动已结束了，已进入实习阶

段，实习时间比在劳动时还忙，再加上我们现在正在展开反右倾、鼓干劲、继续大跃进运动，因此更要忙些。这次实习只有三个星期，实习完后再上两个月课就放寒假了。等明年开学后再大考，时间过得多快啊！劳动、劳动，劳动又结束了。等几天眼睛一眨，转眼就要放寒假了。

哥，告诉你，最近我又买了两条被面，一条是淡绿色的，还是缎子的；另一条就是白色，“喜鹊登梅”。真有趣，店里的人已经认识我了，我好久没去（虽说我是定做的，但我不去，他们也可卖掉的），他们也给我留在那里，现在买回来了。一对白色“喜鹊登梅”的枕头（和被面完全相配）还未完成，等本星期日去取回。哥，我们四条被头都是缎子的，并且都是很好的。因此我想买一条普通绸的被面，但是我觉得又要多买一条被絮和被单，所以我想暂时不买。姐姐要给我买很多东西：两只面盆、两只热水瓶、早已买好的痰盂、杯子等。她都要给我买，我说不要。她说：“我要办嫁妆了！”我只好对她笑笑！哥，脚盆、马桶你叫你爸爸不要买，我的爸妈会给我买的，否则我的爸妈会感到不好意思的。知道吗？

哥，关于我的服装，你倒真会设计啊！以前，我总觉得你在这方面不大注意的，对我穿的和喜爱好像不太关心的，但我认为：男子汉、大丈夫，也不应该在女人穿衣方面打圈子，所以我也不大来征求你的意见；从今天的来信看，你不是不懂，而且还想得很周到。我真好像发现新大陆那么高兴！我不希望你在这方面管得太多，但我希望你能作为我的参谋。哥，你叫我两件丝绵袄并做一件吗？我真要笑了！你知道我的另一件丝绵袄有多厚？有一斤多丝绵呐（一般大概只要三分之一）！这是我姆妈乡下给我做的（丝绵是我姆妈养的蚕丝）我是说过，我要做一件厚一点的丝绵袄，结果她给我做得那么厚！你知道，我的同学都眼红我这件丝绵袄呐！当很冷的时候，我说我一点也不冷，她们说：是呀！因为你有一件很厚的丝绵袄啊！你再要我两件并一件，我倒可以当作被头包在身上了。有趣吗！买一件海富绒短大衣，大概是 80 多元，这些东西我们以后再说吧！好吗？我去看看，什么好我就买什么吧！

哥，关于新房的粉刷问题！那有什么难的？我想想我自己也会刷的，何必还要请别人？刷得不匀也没什么关系；很好的墙壁用很多图钉钉上去，你不觉得可惜吗？墙壁上都是图钉也不好看啊！不过，随便你吧，随你的意图去布置吧！

哥，绒线衫合身的，是吗？这样我也放心了，下次你回来后，我要仔细地与你比一比，你比我大多少？你比我高多少？以后要结什么，我就知道了。哥，王礼敖同志还没结婚吗？我以为他已经结婚了。因为他上次来的时候，手上戴了一枚戒指，我以为是结婚戒。既然没有结婚，那么他一定有朋友了，这是他朋友的信物，是吗？好吧，我们不谈了，请代问候朋友们好！再见！祝

健康！

你的

白鸥于 1959.11.4 晚

【按语】我们习惯叫妈妈为姆妈。

亲爱的：

你好！

我在上次信中忘了和你谈谈我们相片的问题。两年多来，可能是我仅收到你这一张相片，收到你的近影时，我真高兴得了不得，这张相片照得很不错。因此你把她放大了，我满意。同时你也要我把你寄来的——我的照片放大。可惜了，这张照片是东北拍的，没有底片了，如果用相片翻拍，一定不清楚，因此只能以后再说吧！提到照片，我就想起我们就在眼前的结婚照，我记得我们曾经谈起过，我愿意拍三张：一张是我俩拍全身的；一张是我俩半身的；另一张是你一个人拍全身的。我们都穿礼服拍，拍照的日子我们曾谈过最好在登记以后，结婚以前的日子里。也许在不慌、不忙的情况下，拍得会好些。

亲爱的，上次你说要到我爸爸那里去，不知你去了没有？他一个人在凯旋路确实怪可怜的，如果你有时间的话，常去看看他，顺便看看我们要买的东西买了没有？我们楼下的房客搬走了没有？当然你会不好意思的，但你可用看望他的名义，了解些情况。亲爱的，我们的婚期越来越近了，无疑的我是很高兴，因此我想到上海每逢过节，四大公司都备一些带有“囍”的纸口袋，如果你有时间的话可以去看看。如果有，你就买 30—40 个，以后装喜糖分发给比较客气一点的亲朋好友。

亲爱的，我们劳动的地点在“西山”。“西山”是在石景山旁边，离北京市中心有三十多里，是在北京市的西面，因此这里的气候要比北京冷。现在这里已经冻冰了。亲爱的，上海冷吗？也许也一天一天地冷起来了，你可千万要注意保温，预防感冒。另外要保护好你的手、脚、脸，不要生冻疮。知道吗？亲爱的，今天有人从局里来，带来了你的一封信。这里的同事都和我开玩笑！有的说我高兴在心里；有的说我干劲更足了；还有要我请糖……热闹非常！在信上看到你手表失而复得的经过，我真是从担心到高兴。我觉得你的做法很对，应该表扬和感谢那位司机。亲爱的，你买的东西，我从你介绍的情况来看就很高兴，如果看到东西的话，一定会更满意。

鸥妹，你现在已做了第二个哥伦布，也许你会在今后做第三个、第四个……哥伦布。假如你不信，你可以在我们今后的生活中体会出来，因为我们就会发现对方的长处，我对你也是如此。举例来说，我刚见到你的时候和现在来比就大有不同。因此我现在也不是第二个哥伦布，我已经是第三个、第四个……哥伦布了。这也可以说发现了这么多的新大陆，就是对你爱的更牢固的基础。亲爱的，刚写这封信时觉得很冷，而现在呢？想到你给我的甜和热就甜了我的心脏，热了我全身。夜深了，祝你

晚安！吻你！

你的

兆 1959.11.9

【按语】说起结婚照，真是终身遗憾，当时的情况：1. 没有时间。2. 经济很紧。所以没有拍结婚照。我俩一辈子请照相馆拍的，只有1958年在外滩公园的那张合影，也是唯一的一张。

亲爱的：

你好！

11日从西山回来以后，工作倒并不算太忙，但业余学习忙得我透不过气来！因为在西山劳动的时候，我的函授课程落下来不少，到今

天为止，我还未全补上呢！怎么办？只能再加一把油！今天上午面授，下午自习。自习的地方可以自己找，因此我找了自己的宿舍。在自习的时候，因为以前没上过课，有些还弄不通，当然只能请教和我一同回宿舍的几个同学。现在我们的高等数学才上到第三章（二次曲线）、第四章（极坐标）及第五章（行列及线性方程组），由自己自习。下一次开讲第六章：空间直角坐标及矢量、代数初步。现在我感到有点吃力了，亲爱的，如果你在我的身旁那多好啊！我想你会抽一些时间来做我的辅导老师，想呀想，在自习的时候我的思想确是开了一会小差，不过很快就拉回来了。亲爱的，我要你猜猜在我的服务证里有你几张相片？如果你要问我为什么把你的相片放在服务证里？这是因为我太想念你了。虽然我不能经常看到你，但我还是可以经常地看看你给我的相片，虽然我们在分别时候不能吻你，但我还是可以吻你的相片。亲爱的，你愿意我这样做吗？这是因为我太想念你的结果呵！如果我要求调回上海，确实很困难，同时也没有理由，就是有理由也不一定能满足。王锦堂还未能回上海，最近邱雪蓉（王的爱人）写了一封信给这里的领导，内容是她到北京局来工作。

鸥妹，你们是不是正在开展反右倾学习？听说大字报贴得很多，是吗？我们这里已经学了很长时间了，我们每星期六学一天，其余都是工作。说是工作，其实像在玩一样，因我们今年的任务已经完了，明年的基建任务还未下来。现在大都是在设计一些铁路专用线。亲爱的，近来你的身体好吗？学习情况怎样？紧张吗？我爸爸那里去过没有？他的身体近来怎样？我的身体很好，现在我又想参加基建工程的足球队了。

鸥妹，邱雪蓉有小孩了，他们俩高兴得不得了。上次回来，遗憾的是张云鹏，因为他的爱人生了肝炎，在医院里不能接近，张云鹏只能在电话里说话，实在是可怜。现在他的爱人还在医院呢！她叫王雪清，是护士。他们说在我们结婚的时候都来。王锦堂因为他爱人不知什么时候生，所以回不回上海还未定。

亲爱的，我也不知道是不是可以告诉你，我在我们结婚那天，我穿一条新做的又像红色又像咖啡色的西裤，上身是和西裤差不多颜色的丝绵袄，这棉袄的领头很高，大约有六公分，穿了这身衣服，王锦堂说很好，但也有人说我像个商人。这人建议我不要戴帽子，不戴帽子很好，但我不知道你愿不愿意我这样打扮？来信告诉我好吗！我很需要你的意见。亲爱的，我听别人说，女同志在结婚时候总是有些心神不定，在电影里有时我也看到过这种镜头。我们的婚期就在眼前了，但不知你有没有这种心情，如果没有的话，那就更好，如果有的话，那就要想法不让它有。在我们十多年的相识中，在我们六年左右的恋爱中，你可以知道我对你的这颗心。对我家里的人也不要考虑太多，因为我们今后还不知道在什么地方生活呢！关于乡下的妈妈，只要户口能迁移的话，妈妈愿意到我们这里来的话，我们一定会叫妈妈来的。你知道，自我妈妈去世后，又听到你的介绍和妈妈对我的照顾，我是多么想念妈妈呵！你应该相信，我对妈妈不一定会亚于你。供养不管是你的或是我的父母，都是我们应该的责任。所以你不用乱想，好好地学习、好好地休息。好吧，我们就谈到这里。祝你

晚安！

你的

兆 1959.11.19

亲爱的：

你好！你的来信我收到了。

你说上海近来家具的质量和样子都不好，你为了不使别人为难，因此你想不参加意见，鸥妹，我知道你现在的时间并没有富余，但我还是要你挤一些时间去看这些东西，否则我爸爸会生气的。因为他在北京的时候，就说买这些东西一定会和你一起去，他是给我们俩买的，如果我俩特别是你（因为我在北京）都不参加意见，他会更加为难，你说对吗？鸥妹，如这些东西现有不好，那么就过一个时候，如果过一个时候，这些东西还是不好，就到杭州或苏州去看看。真的全不中我们的意，我们就买更次一点的，到将来你已肯定了工作地点后再买。不过，这样做是在没有办法可想时才采取，当然最好能在上海买到比较好一点的东西，因为我们要买的东西确实太少了。鸥妹，我估计我在年前一个星期回上海。因为新年假只有四天，婚假只有七天，探亲假有十四天，如果这三个假加起来倒有了二十五天，遗憾的是不能这

样加，只能在三个假中请一个假，当然我愿意请探亲假了。我也把这十四天分成初一前七天，初一后七天。你同意我这样分吗？还是初一前多几天，初一后少几天？或是相反？请你告诉我，我可作好准备订下自己的工作计划。

亲爱的，你说，我们床上的被单已经有两条，被里还少，你问我要不要买一条绒布的？我想，绒布的是比普通平布的暖和，但比较容易脏，洗起来也费劲，不过买一条问题还不大，因为我可以帮助你洗，我说买。现在还少一条，我想还是在上海买（在下月我可以寄 10 尺上海的布票来），我的理由是在颜色上及花样上都可以和你以前买的一致起来。

鸥妹，我爸爸好长时间没给我来信了，上次我给爸爸去了一封信，但至今还未回信，我真挂念！我不知道爸爸的病好了没有？他病后的身体怎样？真使我着急！我想到我的爸爸确实是很苦恼，到吴淞去休养吧！小孩的喧闹不能使他得到安宁；在凯旋路休养吧，又没人照顾，怎么办呢？到北京来，住的地方很不方便。鸥妹，我爸爸精神上的痛苦我们是可以理解的。当然我要回上海去照顾他，在我的条件上是不大可能的，如果要你去照顾他，在条件上也是不可能的。别的办法都走不通，因此我想常给他去信安慰安慰他，你也抽出一些时间常常看看他，这样在他的精神上可能会愉快些。亲爱的，你说上海现在做一件衣服时间很长，因此我希望你如果同意我在前几封信中的服装设计的话，你可以除了短大衣和皮鞋外，其他衣服包括你的内衣，现在就可以开始做了，你不要认为还早呢？其实时间过得真快，早点做准备是有利的。

鸥妹，前天晚上张云鹏、王锦堂和我在宿舍里大谈山海经，后来谈到王雪清、邱雪蓉和你，我们都有一个为难的问题。就是我们三个人对你们三个人的称呼，对邱雪蓉称呼一个嫂嫂就解决问题了。但他们两个人对你的称呼就难了，如王锦堂叫你为弟妹，实在不好听；张云鹏要叫你嫂嫂，他还叫不出口，如果他们两人叫你名字，又显得很不亲热；再拿我和王锦堂对王雪清也是如此，真是为难！昨天晚上，王礼敖、我、王锦堂三人都在宿舍，正好遇到停电，大家只能躺在床上闲聊，王锦堂大谈和邱雪蓉的恋爱经过，其实他也不知谈了多少遍了；后来电灯亮了，我们开了无线电，大放轻音乐，我们借此音乐跳了很多舞，直到十一点多才睡觉。你过得怎样？

鸥妹，我几个月没出差了，下个月我要出差邯郸，时间不长，但下个月的任务不多。我的身体很好，精神也很愉快！祝你

健康！

你的

兆 1959.11.29

荣兆：

你好！

对不起，来信迟了，请原谅我是因为工作忙的缘故。哥，是的，我们学校正在反右倾、鼓干劲，掀起继续跃进的新高潮！运动正在深入中。大字报已贴了不少，但是近来已掀起了学习大跃进的高潮！不单是学习，而且各项工作都要跃进。我们纺四因为劳动，所以落后了，我们的小弟弟倒跑在我们的前面去了，现在我们正在迎头赶上去！在学习方面，为了支援工业建设，我们8周课要在6周上完。因此我的学习任务是较重的。不过现在刚开始，所以学习倒不算太忙；在工作上：我这学期比以前忙些。我们的班委会又改选过了，我仍是班委，分工结果，我仍是宣传委员，又是大班黑板报编辑。因为我们纺四是毕业班，所以宣传任务很繁重，宣传工作不像其他工作，常常要写稿件，所以花的时间较多。毫无疑问要挤掉私人的很多时间，因此给你的信可能会少些，这要请你原谅的。

哥，上星期日，你的爸爸约我外出去看看家具，我本来不想去，他一再叫我去，因此我不得不去。看了以后，我有一个感觉：好的是有，但都是成套的，价钱也较贵，至少也要500多元，这不是我们经济能力所及，因此只好看看而已。我们所要买的东西，我们做了一下计算：约300元左右。不过，我建议以后再去，因此当时未买，到本星期日再去。

哥，从你爸爸和我谈话中可知，你现在没有什么钱，而且他给你的钱也是他向外借的。这使我有些生气。我生气的倒不是别的，而生气你不对我说真话。假如没有钱我们干脆什么都不要买，反正我们在家里的时间不多，在我毕业后，到了工作岗位上可以再买。而现在弄得

上不上，下不下，你说怎么办？我现在还是按你计划进行，但是我要求你，外借的钱不能很多，可以在短时期内还清，否则我不同意。知道吗？哥，我同意你所说的那样的服装，我也同意你不戴帽子。本来嘛，我向来是不喜欢别人戴帽子的，也许你是“小吕宋”（注：上海有名的鞋帽店）帽店的“小开”吧！因此对帽子特别感兴趣，所以你老是戴着一顶帽子，是吗？！我的衣服已在做了。裤子还没买哩！反正还早着呐！不过我可以告诉你，我的衣、裤的颜色都是较淡色的。因为我有深色的裤子，而没有春天穿的裤子。一天我在服装商店看到橱窗里一个模特儿穿着一条淡色裤子，倒也不错，因此我决定做一件较淡色的裤子，你说好吗？哥，现在你的功课已渐渐地难起来了吗？不要怕，好好地抓时间进行复习。在科学的道路上是较难走的，只有不怕困难的人，才会取得胜利！愿你在学习上做一个轻骑兵，我想你是能行的。好吧，我们就谈到这里！再见！祝

健康！

你的

鸥于 1959.12.1

鸥妹：

你好！

我从矿山村（出差地点）回来了。去的时候，我在石家庄住了一夜，因此有机会去看看洁民和金佑，他们都不在家，我到厂里去才找到他们。他们很热情地接待了我。他问我是不是今年年底结婚，我很不好意思直接回答他们，我用微笑的方法默认了。为了不多影响他们的工作和我也要开会，所以我只待了半个小时就告别了，他们要我回来经过时再去，我因又累、身上又脏，没有去。

鸥妹，你有些生我的气了？你说，我没有对你说真话，确实按我俩的关系，我没有理由不对你说真话。可是在这个问题上，我确实没有全部告诉你，我是想在婚后适当的时候再告诉你，原因是我怕你产生误会，引起你的多虑，会影响你的学习。现在你已知道，为了不使你生气，我把这个过程提前告诉你：关于我俩结婚费用的计划很早以前就订了，

可以说不成问题。原因是在风波的产生，从今年2月至8月，陪伴我的只是忧郁和失望。我总是以烟的刺激来消除我的忧郁、以酒来迷醉我的失望。以前我不常到外面去玩的，因为要多花钱。可是在那个时候我就不管了，自我感到失掉了你，我也不知道要钱做什么，就是在8月份我回来时，我还这样想，如果我俩说不合时我就叫我爸爸到北京来玩，我还有300多元，可以足够他花的了。如果说合了，我现在的这些钱再加上到过年还有200多元，再借100元，对我们的计划仍是没有多大影响。当然我也不会叫我爸爸到北京来玩了。结果在我们的相会里，直到我们要分别的那天你才答应我的要求。可是我爸爸都向别人说开了，再要叫他不来北京，实在很难说出口，他来北京和我回上海就花了100多元。当我爸爸知道我这种情况时，他说给我200—300元。过了几天，他就变了，他说他给我的钱是向别人借的，他要我在明年七八月开始，每月以贴补他20元的名义还他。这很可以看出他是有钱，我也很理解他的心事，因为他还有一个私生的我的妹妹；虽然我能理解，但我仍是很生他的气！因为父子之间，谈不上“借”这个字。这个小姑娘虽然是私生，但她还是我的妹妹，她没有罪，有罪的是她的父母。我愿意扶养她长大，但我也不愿听到父子之间这个“借”字，我真想说，算了吧，我不要你替我借钱，当这个“我”字刚出口的时候，我又把后面的几个字缩了回来，我不愿为此伤了父子的感情。反正我也不要他的钱，现在他已经这样说了，那就顺水推舟吧！以后我会给他比他给我的钱还要多。这个问题全部经过就是这样。

鸥妹，你听了这些，不要和我赌气，好吗？因为我怕为了这个问题伤了我们的感情，我也实在不愿要你为我着急或者心里难受。鸥妹，你听了能不能不想它，更不要去考虑它。你仍按我的计划去做。其实100、200元对我来说并不是多大的问题，仅仅是眼前一急而已。

鸥妹，我的布票不能寄来了，因为我的同事忘了写信到上海去要，如果布票不够的话，等我们登记以后再买吧，现在你应该先做你的衣服，免得以后来不及做。鸥妹，听说上海在过年时，酒席难订，是吗？那么，现在订能不能来得及？如果来得及的话那就现在订，过年办（暂订四桌）。鸥妹，你的学习和你的宣传工作很忙吗？那好啊！我希望你能做一个称职的委员，我同意你的想法，可以减少给我的来信，来补助你做宣传工作的时间。但是来信的间隔不要太长，一个月一封或者两封，内容可以写得简单些，以便少占些时间，否则我是要想念你的，知道吗？

鸥妹，因为这次出差，我的学习又落下了一点，现在我要学习了，就写到这里吧，最后吻我亲爱的你！

你的

兆 1959.12.13 下午

鸥妹：

你好！

近来你的学习和你的宣传工作很忙吧！你的身体近来怎样？还时常头痛吗？晚上还失眠吗？请不要多想，应该注意休息。

鸥妹，昨天晚上，我不知怎么搞的，直到晚上 2：30 还没有睡着，在这失眠的时间里，我想得很多，首先我想着我们美好的未来，后来我又想到我的家里，想到我的嫂嫂、我的爸爸，每个人的个性不一样，可能不太好相处。好在，我们和家里是两只船，合不在一起时，可以撑开。最后，我又想到我个人，在生活上和对组织关系上，又使我感到很不愉快。从学校出来到工作岗位已有六年了，自己的进步程度却像蜗牛爬行，要想争取入党，实感困难。自己的脾气又是这样糟，凡是和自己的思想吻合的，就高兴，如不吻合，就不高兴，有时还会不理别人。明知这是不好，下定决心要改，可是事到临头，又犯了。鸥妹，我在生活中，也是如此。同性的知己朋友，确实是难找，有时有些话只能和王锦堂讲讲，但得到的反应也不知是好是坏，所以使我更加地想念你。而你又在远方，要从信中告诉你，有时会讲不清，我又怕得不到谅解，反而造成误会。唉！我们如能在一起那该多好啊！有误会的话还能当面解释。现在唯有请你多多谅解！鸥妹，现在寄来 100 元，作为你做衣服用。唉！我多么的想让你穿得美一些，现在我是心有余而力不足，只能在以后再来弥补我的心愧吧！昨天晚上，我想得太多了，有些地方想得不对的话，请来信帮助。写到这里，我只能在信上寄来我给你的吻！

你的

兆 1959.12.18 晚 12：34

亲爱的鸥妹：

你好！

我在上月28日那天晚上，就想给你写信，谁知在我宿舍里出现好几个同事吵吵闹闹的，使我无法写。后来工作很忙，就没写。31日是我可以调休的日子，再加上1日和2日休息，写几封信的时间是太富余了。不料，在30日晚上有人找我，他听说在我任务里有一项工程，要在这个月10日通车。我也不知是真是假，在31日上班不久，处长和总工程师找我来了，要我尽快提出设计图纸和文件。为了工作，我只能把这三个休息日调到以后休息了，所以把给你的来信也拖到今天了！亲爱的，想你一定会谅解我的吧！告诉你，这项工程的设计任务在3日就给施工单位了。今天我函授学习，面授了一天，晚上才有了一些时间，因此写了这封信。明天我要出差保定，12日回来。

亲爱的，你的贺年片我是在31日23时40分收到的，因为那个时候我还在工作。有一个同事刚从城里回来（我们局在郊区），他在传达室把你的贺年片带给我了，我真高兴，应该是我俩和大家都永远快乐和幸福！你的来信，我在今天晚上也收到了。

【按语】我去的信没有找到。

我们买的东西，只要你满意，那我一定和你一样地满意，但你没有谈到我们要买的箱子，如果没有买的话，那就赶快买，买一只樟木箱（这是最起码的条件）。然后我再把我这里的一只皮箱带回来，如果做上一个箱套（布的），那就更好了。等我回北京时，我就把你的箱子拿回来，你说这样好吗？

亲爱的，我现在工作的安排，看样子非要到本月23日，我到上海的时候那就是24日晚上，25日早晨我们去登记。如果要再提前的可能性太小了。亲爱的，拿我回来的日子来看，我们结婚的日子最大可能是在大年夜，如果再早，我怕我们的结婚证书拿不出来，因此我想还是大年夜好。关于你复习功课的事，我肯定地说，在我们婚后有时间，因为我的函授在2月底要考试，我特别需要时间复习，否则我的考试就要成问题。我现在计划到2月15日才回北京上班，也可能2月18日上班。当然这是以后的事，估计我在上海停留的日子，不会太短。

亲爱的，我告诉你一件事，我把咖啡色的棉袄卖给别人了，自己又做了一套中山装，样子很好（很多人都这样说）。不是哔叽的，而是呢的，因为北京气候冷，和上海不一样，穿呢的比较适合。如果不做呢的话，那在寒冬时我就没有比较好一点的衣服了。亲爱的，现在我很同意我们的酒水自己家烧，因为这要比外面去办省得多。油和糖我这里能带回来。有可能我带一点咸肉回来。鲜肉是不可能了，因为春节肉票不到时候不能用。现在也无所谓，亲戚朋友都知道现在的情况，大家都能理解的。我这里的同事可能都在初一晚上到上海。他们说，我们先结婚，他们后吵闹。亲爱的，楼下的人还未搬走吗？真伤脑筋，如果他们搬走了，我们的新房赶快动手搞吧！墙就用白灰粉刷一下，但房顶和挨着门的那一面一定要按我给的图样那样做，否则太不美观了。凡窗、门、木板壁、地板，应该用喷漆或油漆漆一下，什么样的颜色由你决定。亲爱的，我要准备一下明天出差的东西，我们就谈到这里吧！关于经济问题，你不用过意不去，反正我们两个人就是一个人了。祝你

晚安！吻你。

你的

兆 1960.1.4

荣兆哥：

你好！

谁叫你把信寄到杨树浦去的啊！你看4日的信，我现在刚收到。想要贪快，结果呢？反而迟了好几天，真是得不偿失。

哥，姆妈要我告诉你，有些零碎东西不要买，否则要双倍的，如花瓶，你的前婶婶已送来了；我们两个人的碗筷，前楼已送了；茶杯等，我的姨妈（舅母的妹妹）已送来了；面盆、热水瓶，姐姐已买好了，所以买东西真有点困难。这样吧，等你回来后，我们看看还缺什么，然后再去买吧！好吗？你说，我怎么没有提到箱子，问题是这样的，樟木箱子，大概没有。因我的时间很紧，根本没有时间去奔跑，而你爸爸他也没有提过，所以我想慢慢地再说吧！而现在我姆妈和姐姐替我

去买。我说买一只塑料做的箱子,她们说:要买两只。买两只要60多元,我觉得太贵了,我坚持买一只,最后统一意见:买一只塑料的和一只板箱。不知你的意见怎样?

哥,告诉你,这次我们举行婚礼,有多少人为我们忙碌着哩!我妈妈、姐姐忙得比任何人都早,甚至比我们还早哩!现在她们还在忙着,到临近那个时候,那会更忙了对吗?你爸爸现在确实忙,可是他的确动得太晚了。前一个时期我正为此事着急呐!不过也难怪他啊!因为他病了好长时间;楼下的房客到现在还未搬掉,因为房子还没有哩!叫他们搬到哪里去啊!

哥,我真急呐!楼上的房子,到现在刚将板装好,大概这星期就要油漆了,再不漆啊!我们到那时就不能进房了,哈哈!哥:昨天,我回姐姐那儿去了,她们与我谈了很多,就是买这买那的,她们倒替我们想得挺周到的,我老是不要,当然一方面是经济条件不允许,另一方面我哪里想得到啊!我想东西越少越好,将来搬家方便些,可是她们却认为越多越好,我深深地知道她们还要讲究排场哩!有意思吗?我姐姐给我50元,她说,是送给我的,给妈20元,反正也是给我买东西的吧!我也不要她那么多钱,暂时借给我用一用吧,到以后再还给她吧!你说好吗?

哥,我很好,就是很忙。哥,请你尽可能在24日就到上海,最好是23日到上海,那么我们马上去登记,然后买东西(因为有些东西是凭结婚证购买的)。25日就要把床上的东西送到新房里来了,26日就要请吃喜酒了。(你说改期27日,这一意见她们可能不会同意,同时我们有些亲戚,他们已经知道我们是在26日,你说怎么办?)再见了!祝你

幸福!

你的

鸥妹 1960.1.11

鸥妹:

你好!

很长时间没有给你去信了,原因是我出差在外,前天我回北京了。

身体很好，请放心！鸥妹，我爸爸来信说，他已和你妈妈决定了我们的喜日是在本月26日。本来我是决定23日离开北京，24日晚上到上海，现在看来我的时间很急促，我又不放心，我们的新房布置得如何？因此我想把我的工作提前到19日完成，准备20日离开北京，21日晚上到上海。22日如果你能抽出些时间的话，我们就去登记。然后你仍旧准备你的功课，我就布置布置新房或者看书，等你放寒假了，我们就……这个日子最好是在24日晚上。你认为如何？现在，我估计我的工作在19日以前就能完成，原因是采取了一些新的措施，如果在那天回不来的话，我会写信或打电报告诉你。

鸥妹，王锦堂等人，他们送给我们一个台灯。他们是在我出差的时候买的，我不要也不行。还有很多人，都在打听我什么时候动身，而我不想把提前的日期告诉他们，因为我不好意思收他们的礼物。也有些人只知道我在23日动身，这个消息是我订计划时才给他们知道的。鸥妹，我们婚后要不要到外面去旅游？我一点意见也没有，完全听你的。你说出去，我们就走，但要你指定地方。你快来信告诉我，我在开免票时可以注意。不过，我们乡下是一定要去的，也可能在苏州玩一会，因为我没有去过，如果你不愿意去的话，那就算了。拍照的事，我意见最好是在23日晚上。

我回来时，不管哪一天，一定是乘21次车，这次车到上海是在下午5时50分（也就是17点50分）。如果我有电报告诉你“我21日离京”，那就是22日17时50分到上海。铁路上的时间是用0～24时来表示的。好吧，我们就谈到这里。祝你

愉快！

即将能够吻你的

兆 1960.1.13

荣兆哥：

你好！

来信已收到，勿念。读到了你的信，使我稍定心了一些。本来我真着急啊！但又无法开口，在我家里，我妈、姐姐她们都能给我安排

得很好！我想不到的，她们能想到；我没有买的，她们会给我买；可是你的家里，我们的房子，与你设计的还差得很远呢！房子到现在还未漆，下面的房客看来是不会搬了，否则怎么到现在还不搬呢？荣兆，我真急煞了！假如不搬，那怎么办呐？叫你爸爸，我家里的人怎么住呢？我们的新房还未漆和粉刷，那我更不好意思谈起房顶的设计了。反正你爸爸也知道，可是他连提也不提，他只有一个人，忙倒是忙，我又不能帮他。哥，你能提前回来，我真高兴极了！快回来吧！（当然不能妨碍工作）帮助你爸爸准备准备吧！哥，昨天接到我姐姐的信，我抄一段如下："今天我星期休息，做了一天的采购员。上午同妈妈到布店里买些布，下午又到上海（市中心）去了一次，到永安公司去买了一块纱的外国台布，夜壶箱上也是一块。现在台布、窗帘布和被里都已买好了。用三只耳环重新加工成一只戒指（我的一对耳环和姐姐一只耳环——姐姐另一只耳环给爸爸弄丢了）；回来时，走到"庄元大"，看到一家商店有樟木箱，因而就买了一只，价是32.2元……

哥，我根本没有想到用耳环去加工戒指，她们倒给我去做了，我真感激她们！现我决定将此戒送给你，留作结婚纪念吧！

哥，我们23日一切活动可以结束，24日放假。22日还要上课。下午文娱活动的时候，我们暂时决定班级联欢，会议不是我主持，但准备工作差不多都要我做，不过我可作预先安排。所以，假如21日、22日下午有时间，那我一定来接你。（我尽量争取来接你）哥，在这次寒假里我至少要抽1/2的时间复习功课。因为一开学就考试。一个半星期要考三门功课，真够呛的，所以不准备到外面去玩。请原谅！哥，告诉你一个好消息：我下学期实习的地方是：北京或郑州，两个地方都好！北京你在，郑州我舅舅在，来看看你们多好啊！最后，请你代我邀请王锦堂、王礼敖和张云鹏来我们家，尽可能在26日来（阴历十二月二十八日）！假如工作忙，无法早来，那也没有办法。来的时候可称我：白鸥。我不爱别的称呼，别忘了，我还是学生呐！好，再见！祝

快乐！

你的

白鸥涂于1960.1.15晚

又：家里的油和糖都够了，你不要去买了，假如可能的话，请买些咸肉和皮蛋（松花蛋）回来。

【按语】从我这封信发出，他该回来结婚了。我们的恋爱生涯终于要结束了，历时六年多，他每年至少回来两次和我见面，北京到上海路途中要27小时，往、返都是硬座，有时连座位都没有，十分辛苦！至今留下的信件，还有280多封，爱情的道路曲折、艰难。所以他说："我们的爱情比通向宇宙的路还长……"他苦苦地等待，苦苦地追求，使我感动。他的痴情，换得了我的真心。东园桃花，西园柳，终于要移到一起栽。我们的婚期是：阳历1960月1月26日，阴历十二月二十八日。已经没有几天了，我在等待他的电报。终于等来了那一天，我到火车站去接他，等了半天没接着，竟然那天的21次车没到上海？！原因不明。我的心里真是焦急万分！那时的通讯设备，又不像现在，一个电话一打，什么都明白了。什么原因整列车未到？肯定是火车出了什么事，车站里的工作人员就是知道，也不能告诉大家，所以也只能在家里等待了。他可能（由于年代久远，我已记不清了）是在24日回来的。他说了惊险的一幕：他乘的那列火车着火了。那天夜里他正坐着看报纸，突然听到急促的敲门声，他抬头一看，是一个列车员在敲播音室的门，那列车员惊慌失措地叫着：快快！前面着火了！他这一叫，大家都惊醒了，顿时大家都慌作一团。荣兆虽然大吃一惊，但马上就镇静了下来。他看看火势虽然很猛，但离他还有一节车厢，他的另一头是卧铺车厢（晚上是关门的），不能往那边去。他先把行李拿了下来，此时，车厢里已大哭小喊乱成一片，许多人都把东西往窗外扔出去，人也从窗口跳出去，他看了看下面，正是一座大桥，桥下虽然没水，但桥很高，跳下去不死也会伤着，所以不能跳。东西也不能扔，这一箱都是我们要用的和人家带的东西。此时，他很镇静，他连一张报纸都叠好放在衣服袋里，怎么办？他要看情况，做好了一切准备，随机应变吧！很幸运的是：他的一节车厢很快与着火的那节脱开了……他安全了，谢天谢地！火车头把着火的车厢拉走一段距离后又甩下，再继续走一段距离才慢慢地停下来！这样甩掉了火源，保证了其他车厢的安全。把损失减少到最少(好像是烧了三节车厢)。天也快亮了！铁道两边一片狼藉。他本是铁路员工，又是年轻小伙，当然参加了救治伤员，把沿线的物品拾回来……他跟我说：烧伤的人很惨，有个教授，大约六十岁，胖胖的，头皮、手指上的皮都掉了……真是惨不忍睹。还有的虽然没有烧着，但跳下去，受伤了。他的同事王礼教比他晚一天走，他眼看着王礼教那趟车从他身旁经过，而他还停在那里！出了这么大的事情，他能毫发无损地回到我身旁，已很幸运！其他一切来不及做的事——譬如新房没有布置，婚照也没拍等等一切都不计较了。我们是 1960 年 1 月 26 日在上海长宁区领的结婚证书。下面是结婚回北京后给我的来信。

鸥妹：

你好！

鸥妹，我留恋你，留恋上海，这是你知道的。但你不知道我在和你分别的时候，有一样任何代价所买不到的，也是看不见的东西留在你那里了。我不想收回来，我只需要你好好地保护它，绝不能再让它受到任何创伤，当然你交给我的一切，我仍是和以前说的那样，一定会像我自己的心脏一样地爱护。如果我们都做到了，这也许是我们精

1960 年春节白鸥与荣兆在上海

神上的愉快和夫妻生活上的幸福！你说是吗？

鸥妹，我这一次回来，从心底里来说，是高兴的。这是和你给我的热情是分不开的，你的热情不但使我高兴，而且还给我解除了我在路途中的疲劳。

鸥妹，我们在这一次的相会中，你对我的一切，我永远也不会忘记，我只能这样告诉你，只有我的妻子才能这样关心我，我应该更爱我的妻子。我有信心这样对你说：

青山松柏常盛，白鸥喜悦满怀。
忆顾昔日美景，今比昔日更佳。

鸥妹，我在北京的工作已忙得不可开交，大部分的业余时间，可能要给工作占用了。本月 16 日我要出差，计划月底回来。噢！我忘了告诉你，我在回京的途中很平安，现在身体很好，请放心！请注意你的身体。

鸥妹，鹏鹏说，他给我们拍的照，在本月 7 日就把底片洗好了。说拍得还好，就是有几张倒影，因为太长了，上面的头部没有拍进去。他说，这底片可能是寄给你了，不知你收到否？请不要忘了寄给我看看。（附：这两张就是鹏鹏拍的，因年代久远，不太清楚）

鸥妹，虽然你在学校里住了，但你也要适当抽几天住在家里，免得我爸爸会不高兴。

鸥妹，我在上海的时候忘了告诉你，刘贺勤和他的爱人在下月 10 日左右，要到上海来，我已答应他在我们家里住，他们已经登记了，他们是旅行结婚。

鸥妹，想你收到这封信时，你的考试已经结束了，考的怎样？没有考焦吧？祝你成绩优良，祝你的礼物就是我从远方寄来的吻！北京的气候真和上海相差很多，这里的积雪还未全融化，在外面时，棉袄绝不能离身。

白鸥在上海新房里

现在上海冷吗?

鸥妹，你也要多抽一些时间去看看妈妈和姐姐；乡下的爸爸那里也要常去信。去信的时候，可不能把我对爸爸的牵挂忘了，知道吗！好吧，我们就谈到这里。祝你愉快！

你的

兆 1960 年 2 月 14 日

兆哥：

你好！

一路上好吗？没有出什么事故吧！否则要把我急坏了。我很好，两门功课已考完了，都还好，请勿念。现在我要集中精力攻第三门了，争取考试最后胜利。兆哥，你在上海时，为了要使我安心地复习功课，因此什么都是你做，我从心底里感激你，谢谢你那么照顾我，但是我对你的态度很不好，原因是我心里很急，我想这一点你是能理解的，因为你也是刚出学校门不久。现在我来函向你道歉！望你能原谅！

兆哥，你走后，我回到家里，不知怎么会感到冷冷清清的，一个人感到很寂寞。此时，我才想起《女驸马》中的公主为什么一想到要独守空房，是那么的悲伤和害怕！当然啰，我怎么能和她比呢？仅在这个房间里是我一人住，我一回到学校，我们一房间就有十个人，那么热闹和温暖，所以我常回学校。但我一回到家里，说实在的，就是希望你在此，就是说，我很想念你！兆哥，你爸爸待我很好，请勿念！

兆哥我告诉你一个好消息：再过六个星期后，我们要到北京来实习了——已经决定了，我们在北京实习五个星期，再回学校参加科研。时间是多么快啊！我的学生时代快要结束了，再有六星期课，就不再上课了。荣兆哥，听到我来北京，想你一定非常高兴吧！的确，我真高兴啊！我来后，你这个“北京人”要做我的向导了。假如有时间的话，邀请你陪我玩几个地方，假如有可能的话，邀请鹏鹏、礼敖、锦堂和我俩一道出去玩，好吗？（譬如“五一”，有空吗？）照片已印好了，共十九张，其中八九张较好，其他不大好，下次寄来。好了，该看我

的书了，再见！祝

幸福！

你的

鸥妹于 60.2.14

兆哥：

你好！

来信收到，勿念。谢谢你的祝贺，但是，我虽没有考焦，也快考得半焦了。头两门课考得还好！最后一门考得不好，主要原因是复习的时间太紧了。现在先生还没有批改好，所以分数还不知道。兆哥，你说，你虽去北京了，但你已将一样用任何代价也买不到的东西留在我的身边了。喔！怪不得她那么热、那么高兴，原来是你用一颗火热的心在暖和着她的心。热流从她的心房传遍全身，哪怕是在严寒的北极，她也不会觉得寒冷；是你用你一颗善良的心来解开了她紧锁的眉梢，使她永远快乐和幸福。谢谢你，亲爱的兆，谢谢你，亲爱的哥，谢谢你，我的爱人。我一定像保护自己的眼睛一样保护他。我也会将他放在我的心上，使他们并联在一起，而安放在我的心脏。我也会像保护自己的心脏一样保护他！请你放心！

兆哥，这几天姆妈在我这里，她很好。她叫我告诉你：她是一直在心痛你呐！觉得你高高兴兴地回来，在火车上受了很大的惊吓。她疼你，她舍不得你！

兆哥，你说你已答应刘贺勤和他的爱人来我家住。只要是你的朋友，我都会伸出热情的手来欢迎他们的到来。但是，也给我带来了难题，我不知道你知不知道：我们南方（不单是常州）有个风俗习惯，那就是两夫妻不能同睡在别人的床上，这样说来，他俩来了，只能一个睡在楼上，一个睡在楼下，可是他们是旅行结婚啊！这怎么办？假如要将我们的房间让给他们，那要给你爸爸骂煞了！同时，我妈也不会同意的呀！因此我要求你或托你的好友向他们预先声明，好吗？北京很冷吗？你身上脱下了两件毛衣，一定会冷的，希望你多穿些别的衣服，我快些结好后，就可请人带来或寄来；上海不冷，请放心！

兆哥，我对你有一个要求：希望你尽量少抽烟，最好不抽，否则你在我的面前是憋不住的，而我又是最讨厌抽烟……希望你考虑一下我的意见！好了，再见！祝

健康！

你的

鸥妹于 60.2.19 晚

荣兆哥：

你好！

出差该回来了吧！外面冷吗？大概把你冻得够呛了吧？我在这里很好，请你别挂念我。

兆哥，你知道吗？今天是什么日子？今天是 2 月 26 日，离 1 月 26 日正好是一个月，也就是说，我们结婚已一个月啦！今天我们的"蜜月"生活已结束了。我们的"蜜月"真不简单，在这一个月中，我经过了大考、上课。当然啰！我在你的护理下还疗养了几天。你呐？做过一个很出色的家庭"主妇"；又为国家做了一些"了不起"的工作——可不是吗，你在促进我们的钢铁元帅升帐！哈哈！我们的"蜜月"过得不差啊！是吗？好了，不跟你开玩笑了！说正经的，我是为了庆祝我们结婚满月特地给你来信的。在此，我向你祝贺！并祝你幸福、健康！兆哥，这学期我们比较空，因此我想复习复习旧课。另外，我们正在进行无线电扫盲，理论课已经上过了，今天晚上要进行装配了。我真高兴，假如我学会了，那我以后就可买了零件自己装了。就怕我不能装，因为实习只有一次，并且是七八个同学合装一只，不过，我想自学，因为你也喜欢无线电，我在很大程度上是受你的影响，因此我也爱好无线电。我们班里有无线电研究小组，我现在又想参加，又不想参加，因为我已经参加了俄文自学小组，你说我该参加什么小组？兆哥，你爸爸也很好。请勿念！好了，再见！祝

康健！

鸥 60.2.26

鸥妹：

你好！

我已回北京，你的三封来信和我们的照片全收到了，勿念！这次出差，在饮食上成了一些小问题，吃了早饭，中午饭在什么地方吃？说实在的，谁也不知道。有一次，我们到了姚庄煤矿，费了很多口舌才吃到了中午饭；当然也有很顺利的地方，譬如我们在拔剑村吃到了饺子。后来，我们一直到了彭城才把饮食问题抛开了。现在给你介绍一下彭城的情况：彭城是一个较古老的城市，它不但烧瓷烧陶有两千多年的历史而有名，并且那里的古迹也非常有考古的价值。离城不远，有一个响堂寺，寺的位置在半山腰。寺旁有七个山洞，都是人工开挖出来的。每一个洞风格独特。人物素雅，线条细腻而流畅，可见古人下了多大的功夫啊！如第一洞，洞的门口就立着盘龙柱，还有怪兽和花纹。一进洞内就看见一根方柱，柱的正面，有如来佛，旁边站着四个像和尚一样的石人，我也说不出是谁。柱的背面和左右面都有大小不同的佛像，而且很多很多，还有刻上的花纹。洞的四面壁上，也是很多佛像和文字，这些字句我也看不懂，有很多字我也不认识。第二洞和第三洞的佛像已被毁掉了，连一些痕迹也看不出来了，很遗憾！据说和第一洞差不多。第四洞，是观世音菩萨。第五洞是如来佛。第六洞是力士洞。第七洞是千佛洞，千佛洞顶上刻着荷花和飞天，这个洞并不大，大约 2.5×2.5 平方米，可是我大概地数了一下，一千个佛只多不少。这些洞里的佛像的头部（大的佛像）全都没有了。这些珍贵的文物都被外国人盗走了。很是可惜！虽然这样，但我们还可以看出我们古代劳动人民的智慧、艺术水平是非凡的。鸥妹，因为我的语文水平所限，不能把我看到的都描写出来。我仅仅介绍了很少的一部分。

鸥妹，北京并不很冷，而且我出差的地方比北京还暖和一些，就是冷的话，我也不会感到冷，因为你给了我大量的热量和无数的甜蜜，既暖化又滋润了我的心田，使我感到无比温暖和幸福！因此，我在这里以很端正的姿态来谢谢我的鸥妹、谢谢我的爱妻、谢谢我唯一的知心人对我的关怀。鸥妹，你的爱人在吻你呢！你知道吗？他吻你三次：第一次，是感激你之吻；第二次，是爱你之吻；第三次，是我俩之心永不分离之吻。愿我们恩爱到白首。

鸥妹，这里的气候，现在来说不冷，你不要很着急地赶结我的毛衣和毛裤，这样会占用你很多的休息和复习功课的时间，而且结出来了我也不要现在穿，要放到今年秋天、冬天才要穿。这一学期是你最后的一学期，一定要考好，所以你要好好地掌握时间，不要“临时抱佛脚”，知道吗?

鸥妹，妈妈还在你那里吗?你要好好地服侍她。下月18日，你不要给我爸爸钱，仍是我寄给他。鸥妹，刘贺勤和他的爱人，可能在这个星期来，就到上海来玩，也许他们会来找你。关于房子的事，我们应该给他们一个方便，如果一对青年夫妻，把他们分开两个地方睡，谁也不太好受，而且他又是我一个较好的同事，我们又在同一个小组，如果太强调南方的风俗习惯，拿我们来说，是很难说出口的。我们应该是“百无禁忌”，你说对吗?妈妈那里你去说服她；我爸爸那里我写信去，同时希望你大力支援。我们就谈到这里吧！祝我的知心人儿

快乐！

你的

兆 1960.2.29

鸥妹：

你好！

因为时间就现在来说，确实是不够我用，我很想给你给家里的人写信，但挤不出时间来，另外我要复习功课的时间也是如此。也许你会问为什么会这样忙呢?简单的一句话，是因为工作。我们今年的设计任务，要比去年增加一倍，在不增加人的条件下，还要争取提前完成。如果要按我们现有的工作顺序和工作方法，那还要增加一倍人数。我们大家动脑筋，也在外面取了很多“经”。我们提出的口号：“设计定型化、计算查表化、测量机械化。”我们还要争取不久的将来丢掉三角板、丁字尺，现在还不能丢，因为我们正在搞很多套定型，制作计算表等用。测工们正在那里改进测量工具呢！在为实现这些口号的过程中，很多人都在忙到深夜（我也在内）。今天是星期天，也和平时工作日一样地在工作。鸥妹，如果你被分配到设计单位，也许你不要再拿铅笔和三角板了，你拿到的就是一瓶胶水和一把刷子，这样就能完成你要设计

的任务。

鸥妹，你问我，你是参加无线电小组呢，还是参加俄文小组？如果要我说，你应该参加俄文小组。鸥妹，你说，在我们的相会中，你对我的态度很不好，但在我的心里未曾感觉出来，我仍是这样觉得我的爱人待我很好，例如：你看到我的毛衣、毛裤坏了，你一定要我留下，给我织补；还有你为了照顾我，你要我在两个被窝里睡，结果你在我的要求下，你也同意了；还有在你的来信中也可以看出，你因为我在家里做了几天的家庭主妇的工作而很感激我。而我呢是这样想：我虽然没有能力来帮你复习功课，我也应该用间接的方法来帮助你。虽然我想如此，但有些地方，我还做得很不够，你也没有来计较我这些地方。这些都可以说明我的爱妻对我很好。亲爱的，你不要在这方面认为不好，应该认为我们新夫妇之间是恩爱的，你说对吗？

鸥妹，你说来北京实习，这当然是我觉得很高兴的事。来北京后，我一定会抽出空来陪你玩，如果你允许的话，也可以陪你的同学一起玩。鸥妹，你要来的地方，不但是名胜古迹多，同时你来的时期也正是春暖花开。鸥妹，好几年来，我一直在想能在北京和你相见。可是在以往的日子里，只能把这种愿望放在梦中，而今天呢？却可以说就在眼前了，也许就在这个月底。鸥妹，你来吧！你的爱人在等着你的来到呢！

鸥妹，你为我们结婚满月而特地来了一封信，而我呢？在这个日子正在田野里或野地里跑了一天。因此我一方面，谢谢我的爱人，另一方面，还向你抱歉。鸥妹，你说自我走后，当你回到家里的时候，感觉冷冷清清的，又感到寂寞。而我呢？和你分别以后，何尝不在想念你！这也许是我们像以前所讲的：

> 鸳鸯不能分离，
> 比翼鸟一定共飞。
> 荷花并蒂好看，
> 心心相印才蜜。

你说对吗？鸥妹，姐姐那里也写信去了，主要内容是感激他们。同时也给妈妈写了信，姆妈对我的热爱，使我感觉到又好像投入慈母的怀抱，享受了慈母的爱一样。

鸥妹，上海有什么事没有（包括家里）？你的身体有没有别的感觉？你千万不要有什么苦恼，有什么事，你就和我讲，我会给你一些安慰，希望你越愉快越好，因为你的愉快有很大一部分也是我的愉快，请来信（我这个月不出差）。祝你

健康！

你的

兆 1960.3.6

兆哥：

你好！来信均收到，勿念。

首先向你道歉！你所需要的照片还没有去添印，我这星期六回姐姐那儿去的时候再去印吧！哥：看到你们大动脑筋，进行技术革命的情景，我真非常高兴！同时对我来说，也是给我进行共产主义教育。是啊！无论是工厂、机关、学校，人们都在大闹技术革命和技术革新，向着高、精、尖方向发展。我们的祖国正在一日千里地向共产主义迈进！为了实现我们美好的理想，我们青年人，应该立下凌云壮志，投入战斗的洪流中去，将我们的青春献给共产主义事业；你们为了“设计定型化、计算查表化、测量机械化”，因而正在不分昼夜地工作着，这种精神是可嘉的，也是我应该向你们学习的。愿你在技术革新中打破迷信，做一个革新闯将，并预祝你们在不久的将来能实行测量自动化、计算电气化（用电子计算机）！

哥，你说得太客气了，实际上只有你在照顾我，我不会照顾别人，我是妈妈的任性女儿，所以在许多地方我是不注意的，往往事情过去了，我才发觉我不应该这样做或是做错了，因而有些地方只要求你不生我的气就好了。

哥，我们是在这个月底来北京，（大约在 28 日或 29 日）具体日子还不知道，待我知道后再告诉你吧！我来了以后，假如你有时间的话，在星期日我们就出去玩玩。假如没有时间，那么反正我们有很多同学一起来的，我可以与他们一起去，千万不要硬性抽时间陪我去玩，好吗？哥，锦堂来了没有？他告诉我是 5 日到北京的，怎么在你的 6 日

来信中还没有提到他？你的毛衣请他带来了，你的马夹也结好了，等我来时带给你吧！哥，我的体内没有什么反应，所以我并不担心。谢谢上帝保佑我在这两年中不要有，你说好吗？你把我的忧虑看作就是你的忧虑，我的愉快，有很大一部分是你的快乐。你对我这样体贴入微，我不知用什么话来表示我的感激之心！谢谢你，亲爱的。

哥，我们这届毕业生，主要是要求我们当教师和科学研究工作，其次再考虑工厂。现我已做好思想准备了，愿到北京纺织工学院来当教师，其次考虑上海纺织工业学院（我原来的上海纺织工业学校），或者留校，你说好吗？我们下次再谈，再见！祝

快乐！

你的
鸥妹于 1960.3.9

鸥妹：

你好！

在前两次来信中，一次也没有回答你提供给我的参考意见，我也知道你的意见是完全为了我，而我有什么理由不接受呢！因此我这样告诉你：和你分开的时候，我一定会少吸（烟），和你在一起的时候，我可以不吸，或时间长了，一定得到你的允许后再吸。在你同学面前，不管有多长时间我决不会吸。这个赦令，使我深深地感到夫人的宽大，谢谢我的夫人。鸥妹，我们的“双革”，只能说刚刚做出了一个头绪，为什么这样说呢？原因是因为新设计铁路的方向，可以在好几个 360 度之内，而半径（曲线）的大小各有不同。再拿车站来说，它的类型就不少于几千个，如果要拿旧车站的改建来说那变化就更多了，要搞出这些设计的定型，非得要一个相当长的时间再加上现在的设计工作忙得要命，只能一面设计，一面利用设计图来做定型。设计定型化这个方向，是不可能变的了。

鸥妹，假如你已知道了什么时候能来北京的话，你就写信告诉我，我可能来车站接你。你来后，我一定在星期日或在我调休的日子里陪着我的知心人一同玩，这你完全可以放心！

鸥妹，今天我还收到了乡下爹爹的来信，爹爹要我们好好地生活，要恩恩爱爱。我的爱妻：我想我们以后再也不会吵起来的，因为我们都能这样做：我们相互体谅，互相谅解，有什么事（除了保密工作）都让对方知道，我们抱着谦让的态度，那我们在精神上就会得到愉快！再加上我们热情地彼此照顾，我们在生活中一定过得很幸福！你说是吗？

鸥妹，你对于毕业以后的工作打算，我说很好！我希望你第一方案能实现。原因是：我很难调到上海来。当然这是希望，另外我们还要做一些其他思想准备，万一你被分配很远很远的地方，例如：新疆等地，如果真是这样，那你也要无条件地服从。你放心好了，我一定会要求调到你那里去。

鸥妹，妈妈还在上海吗？她的身体怎样？上一次我把信写到姐姐那里，里面还有十斤粮票，不知可曾收到？鸥妹，我上次做的设计，因为铁道部在鉴定时有更改，所以我明天就要出差，约在本月22日回京。好吧就谈到这里。祝你

愉快！

你的

兆 1960.3.13

兆哥：

你好！

我在等你的来信，可是没有，或许是你的工作很忙，是吗？那么就我来写吧！还有几天我要到北京来了，我真高兴；（说到曹操，曹操就到，刚盼望着你的来信，你的信就来了，谢谢你，这真是雪中送炭，解除了我的想念！）我大概在29日晚上乘夜车（听说是晚上11点多的车子）来京，到31日的早晨到北京，不过未最后确定，因为还未买票，待买票后，那么就不会变更了，那时我会告诉你的。假如你有空，而离车站近的话（我不知道你们离车站有多远），那么你就来，否则不必来接我，反正我们是很多同学一起来的。请你告诉我，你的电话号码，我来后就打电话告诉你，好吗？

哥，想到将来北京，我心里实在高兴，这不仅是为了来到首都而欢喜，更有意思的是你在那里，同学们说："你是牛郎，我是织女"，你信封上的那幅图画不久便能变为现实，我除了幸福地微笑以外，还能用什么更好的回答哩！兆哥，祝我俩幸福地会见，愿我们愉快地度过这美好的春天！哥，我知道吸烟很难戒，但是我总觉得天下无难事，只怕有心人。也就是说，只要有恒心、决心，什么事都能成的，当然戒烟也不会例外，你说呐！不过，困难是有的，是暂时的，你一时戒不脱，那么将时间放长，好吗？现在你尽量少吸，在我的同学面前可以不吸，那么将停止吸烟的时间延长、延长、延长至∞，那就不是可以不吸了吗？你要知道，不吸烟的人与吸烟的人在一起，真难受。有时男同学跑到我们宿舍来抽了烟，房间内、毛巾上、被头上都是烟味，我们都讨厌。尤其是我，抽烟的人睡过我的被头，那我定要洗后再睡，可是我偏偏和你在一起，我真实在没有办法，你戒又戒不掉，那我只能忍受了，我希望我的忍受是暂时的，对吗？

哥，我妈在我这里住了6天，她是一个非常知趣的人。她来后，我给你爸爸5斤粮票，小菜是我买的。妈除了给我做好椅子套以外，还给你爸爸上上下下洗得干干净净；其实你爸爸一直待我很好，我们相爱以后他经常来学校看我，我也常去看他。我们婚后，你回北京而我忙着复习功课。有一天早晨，其实我早就起床，在房间看书。他看我不下楼，特地做了一碗面条送上楼，我很感激，但也有些不好意思。

【按语】平时上海人的习惯，是吃米饭。早饭就是泡饭，就是昨晚吃剩下的米饭，放点水烧开。面食是很少吃的，有时吃顿面食，还会端碗给邻居尝尝呢。

我不知道你们这一次为什么会发生不愉快？是什么原因？你和你爸爸至今没有向我透露过一个字，也许是为了我们的婚事，他也受了很多委屈，遇到很多棘手的事，例如你以前的婚约也不是那么容易解除的，因为她是一个农村姑娘，好不容易跟上海的人攀上亲，等了你三四年，又白等了，那还不是他们开什么条件你们都得答应？！这其中曲折复杂的过程只有你和你爸爸知道，至今我还是一无所知。

哥，你的朋友怎么没有来？不来了是吗？你爸爸也等他们来呐！

我还回去将被头翻好（做好），等待他们的到来。再不来，我要回去将一切东西都要收藏起来了，因为我要来北京了，以后我不再回去睡了。那房间就让你爸爸住吧！你说好吗？

我在此很好，妈妈也很好。小萍很有趣，一张嘴什么都会说，她还会从1一直数到20，就是一看见她妈妈真是娇得要命，但看见她爸爸倒有些怕！好了，我们就谈到这里吧！乱七八糟，请原谅！再见！

祝

康健！

你的

鸥妹于1960.3.17

兆哥：

你好！

出差应该回来了吧！因为今天是22日了。昨天刚回来，是吗？这几天大概很忙吧？身体怎样，好吗？愿你一切都好！我很好，请勿念。

哥，告诉你一个好消息，我们于3月29日晚上11：58乘22次车来北京，于31日早晨6点多到北京。1日开始实习。哥，假如在可能的条件下，你就来接我，假如没有时间，那就不用来接，千万不能影响工作，知道吗！我记得你是很会掌握原则的，那么，“不能影响工作”这一原则别忘了，好吗？哥，我很想念你，你呐？想我吗？我就要来了，请你耐心地等待一下吧！哥，你要我带些什么来吗？要什么你告诉我一声好了，我尽一切可能替你办到。哥，吃的东西很难买到。我很早就想买一些五香豆和话梅带来，但是看样子是买不到了。上海现在连糖都没有，空手跑到你那儿来，我真不好意思。叫我怎么办呐！哥，在本星期日（27日），你爸爸说：你哥嫂到这儿来领我到你妈妈的坟上去扫墓。本来应该清明节去的，因为我就要来北京了，而你爸爸清明时要到乡下去，故我们准备提前去扫墓。我是应该去的，因为我没有见过你的妈妈，那就更应该去看看她老人家的坟墓，好让她安心地长眠吧！再一方面，除了我在上海工作以外，是很少有可能到她的坟上去了，是吧？不过，我不知道这扫墓到底怎么个扫法？反正我就跟着他们去好了。哥，你不是要一对枕头芯子吗？这次我可以替你带来了，还可以替你再带一条被头来，因为我来总要带两条被头吧！那么回来的时候就带一条回来。假如你那儿可以放的话，那么两条都留在你那儿省得以后搬家的时候麻烦。你别担心我不好拿，我们的被头是打行李来的。哥，我该看书了！拉拉扯扯地就谈到这里，以后见面谈吧！再见！祝

幸福！

你的

白鸥于 1960.3.22 晚

鸥妹：

你好！你的两封来信都已收到，请勿念！

这一次出差没有做完外业，我就回来了，回来的原因是考试。说起考试，也许你会感到奇怪，我不是告诉过你在 2 月底考吗？后来改在 3 月 15 日，因为我的工作忙，事先没有机会复习，在 3 月 15 日的那天我就出差了，很多人都是照我这样逃避考试，结果在 15 日那天只有两个人参加了考试。这真急坏了业余学校的校长，最后校长经请示，以局党委的名义硬性决定在 3 月 21 日考完，考前学生可以脱产五天复习功课。可是我呢碰上了倒霉鬼，来换我的人在路上过了一天半，我又在回来的路上过了一天半，再加上我这个人平时不“烧香”，还有两天的时间，怎么能够我用呢？结果“头痛”几何还能勉强，高等数学是糟得实在可怜，在我的要求下，在昨天又补考了一下，看来也许还勉强，考试的经过就是如此。这就给我敲了警钟，平时要用功些才好。

鸥妹，春天确实是美好，但在北京来说，这个季节风沙也特别大。有时在路上行走，连眼睛也睁不开，这也许是我讲得太严重了一些，愿上帝保佑等我们在相会的日子里，风沙会化“乌有”。

鸥妹，北京虽然有这样的气候，但杏花已为你的到来开出了雪白的花朵，在桃树枝上已出现了花苞，它要等着我们在幸福的相会中特地为我们盛开。鸥妹：这样的一种美景在我的回忆里，从未在我们面前出现过，而现在呢？就要出现了，谁说“忆顾昔日景，今日实难现”？

这不是事实给他做了一个回答吗？

鸥妹，北京现在的气温相当于我们在上海相会时的气温，也许好像还要冷一些。因此你所带的衣服以这个标准就可以了。你问我要带什么东西吗，被头、被单、枕头芯子，你能带就带来，另外尽你最大可能带一些吃的东西（不包括点心，其他什么都行）。鸥妹，我们结婚，没有能留你的父母在我家多住几天，我很感抱歉！我是这样想的：我们今后有很多的机会和爸妈住在一起，那时再报答也不迟。俗语说："日久见人心"！到将来，就可以看看我是什么心；我们都知道，为了我俩的婚礼，我爸爸他一人承受了很多压力，特别是在这样物质条件短缺的情况下，要在家里办五桌酒水，实在不易，因此我爸爸有些脾气，应该谅解。这不是怕我的爸爸，如果要说我这种现象是怕的话，那我就更怕我的太太了，那么好吧，怕爸爸、特别是怕太太，也没有什么不好，这并不与我所想的和所做的有矛盾，太太你说对吗？——跟你开个玩笑。鸥妹，我不但是在怕你，而且还在吻你呐！你知道吗？祝太太

万岁！

你的

兆 1960.3.25

【按语】3月31日，我和同学们一起来到了我们向往已久的伟大的首都——北京！在北京国棉二厂实习。真是非常高兴！而我呢！比他们更高兴，因为我的荣兆哥在这里啊！虽然他的工作很忙，而我的实习安排也是十分紧张，我们能在一起的时间并不很多，但他还是尽可能地陪我玩。

其实我们很可怜，因为我们在北京没有家，他住的是单身宿舍。我们虽然是新婚夫妻，但我们基本上白天在公园玩，到了晚上还是各回各的单身宿舍。尽管这样，我们还是十分珍情，十分留念！而且十分怀念！

在这一段时间里有一件事是我们夫妻两人一生中，最最幸福的最

最高兴的事：那就是孔雀园中所有的孔雀为我俩开屏。

那一天，荣兆领我来到北京动物园，因为我们在北京没有家，没有地方可待，因此我们早早地来到动物园。动物园内除我们两人，几乎没有什么游人，也许人家懒在床上还不肯起来呢！那天，北京4月的早晨，虽有些寒意，但在灿烂的阳光下，暖洋洋的。昨晚刚下过雨，空气十分清新。我们俩肩并肩走着，说着我们说不完的话……突然，听到“嚓”的一声，我说：“什么呀”？喔！我们一看，像一只鸡，它的尾巴像折叠扇一样打开了，一会另一只也是“嚓”的一声又打开了它的尾巴，我说：“这是什么鸟啊！有点像我们乡下的‘麻鸡婆’，喔！还没有‘麻鸡婆’好看！”所以也没太在意，还是边走边聊……但是，只听见嚓！嚓！嚓！……一只又一只……全打开了！啊呀！这才知道我们已进入了孔雀园，眼前的美景使我们振奋，所有的孔雀，好看的、不怎么好看的、大大小小没有一百只，起码也有七八十只同时开屏！这种壮观的场面真是仙境！我们陶醉了……我们高声呼喊：“快来啊！快来看啊！孔雀开屏了！”我们兴奋不已，那时我们没有照相机，更没有摄像机，大声呼喊，叫大家来看！可是因为太早了，喊了半天，也没什么人来，只有我们俩在细细地观察。啊！孔雀，你的羽毛是那么的娇艳美丽，在你翩翩起舞的时候，你的羽毛上的每一个花斑像一双双动情的眼睛，又像那美丽的宝石，在阳光的照耀下，闪闪发光，艳丽夺目。那白孔雀更像是一位美丽端庄的少女，穿着一件高贵、典雅的洁白的婚纱，我就觉得这世界上没有什么比她更纯洁的了！啊！美丽的孔雀啊！上帝在造就你们的时候给了你们这么漂亮的衣服，因为你们是鸟中之王，是吉祥、幸福的象征！让其他鸟类羡慕吧！此时我俩的心沉浸在幸福的海洋之中……

荣兆突然想起什么，他转过身来对我说：“白鸥，他们在跟你比美！”我唰一下脸红了。传说，孔雀开屏是跟人比美，哦！大概是我的衣服有点与北方人不一样吧！因为我从上海来，我身上穿的罩衫是我妈做的，花纹很好看的上海时尚花布，这花纹隐隐约约，素雅大方，又是淡粉色的，含有春天的气息。颈上围着白底带花的丝巾，这与清一色的服装有点区别吧！我想：那么多孔雀为我们开屏，一定是在祝福我俩的爱情有了圆满的结果、祝福我们的爱情比通向宇宙的路还长、祝福我们情深似海……我从上海来，我第一次看见它们，它们也是第一次看见我，是初次见面，今天几乎是为我俩专场演出，这种待遇可能比美国总统来访还要隆重、还珍贵！若不信，总统来，叫它们都开屏……它们不一定会开！因为它们不懂什么政治影响！也不懂人世间的习俗。所有的孔雀都在翩翩起舞，我俩在这仙境之中，感到无比的快乐和幸福！这么多孔雀同时开屏，看它们那么用力，心里很感动，我俩同声喊道：谢谢你们了！谢谢你们了！……持续时间好像有三四十分钟，它们才慢慢地恢复平静。这是我俩一生中最最感到幸福、快乐的事，是最美好的、最珍贵的回忆。这一生中能遇上这一次已足矣！

附：我想起来有一次我在他的单身宿舍，快到中午了，我们没有出去吃饭。他说他有几个土豆和一些挂面，自己做。他领我到锅炉房，这炉子是单身宿舍烧开水的。那天是星期天,好像宿舍里只有我们两人。他用一把水果刀把土豆的皮削了，切成片，用一大饭盒倒进开水，放入土豆片和面条就把饭盒放进炉子里烧，我说这一饭盒够我们两人吃了,他说:“什么？这一盒是你的！”我还有点怀疑,啊？我要吃那么多？烧好了，他先让我吃。他接着拿了一只小钢精锅——铝合金锅，也是土豆面条，烧了一锅……那天我吃一大饭盒，他吃一小锅！我很奇怪，我怎么会吃这么多，也许是我在上海很少吃到土豆的缘故？还真的很好吃，那情景仿佛是昨天……

我们毕业班来北京实习，历时五周，时间匆匆过去，很快我们又分别了。心里真有说不出的感觉，说实在的，我真有些离不开他了，离开了他，心里就会感到无限的空虚和难受。因此我写了下面的诗和信：

离别愁

久久相盼，日日相望。
屈指数日，嫌时太长。

昨来京城，万花相迎。
君伴身旁，情长意绵。

合欢未已，离愁相继。
实习期满，含泪别离！

恨来时迟，去时太疾。
今复沪去，何日再见？

荣兆：

亲爱的，你好！

我已平安无恙地回到了学校，请别挂念！

荣兆，我觉得要真正地了解一个人是不容易的，这一点我越来越感觉到了。尤其是通过这一次，也就是说我在北京的一段时间，我真大有感触。荣兆，我们的恋爱时间不算短，比起别人来说，那是已经够长的了；但是，我对你的了解还是不够的。有的地方还有些曲解，并且还要受些冤枉气。但是随着时间的飞逝，我对你的了解一点点地深入了，尤其是这次来京，我更能感受到你对我的百般体贴和照顾。这使我从内心发出感谢和爱慕；我也为我有这样的丈夫而感到幸福和自豪！荣兆，亲爱的，在这里我除了深深地感谢以外，并请接受你远方妻子热烈的吻！

荣兆，我们是在昨晚 5：30 到上海的，（晚点一小时）我们的党支书和校车早就等待着我们了，因此，我们就很顺利地回到了学校。一到学校，我们就觉得我们的校舍大变样了！它变得整洁美观了。一到宿舍，就感到特别亮，特别大，实际上房间没有变大，而是留校的同学发挥了团结友爱精神，将我们的宿舍打扫清爽了，墙壁也粉刷过了；原来，留校的同学，他们突击了三天，大搞清洁卫生，所以使学校变样了。

荣兆，我今天没有休息，但是我却抽空到杨树浦去了一次，也到你爸爸那里去了一次。我把你给我的黑枣全都给你爸爸了。你爷叔那里我送去一盒果脯，我去的时候，他们不巧出去了，因此没有看见他们，但我留一便条在台上就走了。

荣兆，我们乡下的口粮比以前松多了，他们三人，每月约有 70 多斤粮，也就差不多了，所以你不要寄粮票给他们了。我有多余的粮票（如星期日退膳食），就来支援你，因为我有了也无用，姐姐他们也可能会来支援你的，因此你别担心，你就放心吃吧！上海的糕点是配给的，即凭票购买的，一个人一月能买到四块配给的饼比较便宜；不配给的饼也有，但很贵。反正，乡下的粮问题不大了，我们也不会去买它；这几天我们要开三天会，主要是汇报一下所取得的成绩以及科学分析，也就算是科学报告会吧！以后我们到底干些什么，还不知道，好吧，时间不早了，该休息了。再见吧！祝我们在晚上的睡梦里在一起，下次再谈吧！祝

幸福！

你的

鸥妹 1960.5.9 晚 11 时。

又：寄来 5 斤粮票，望查收。

鸥妹，我的爱妻：

你好！来信收到，勿念。

你说得很对，要真正地了解一个人是不容易的。但你也许是知道的，当我深深地爱着你的时候，有一种特别巨大的魔力，使我永远也不愿和你离开，这种魔力会在我的生命中永不消失，我相信我对你深深的爱直到我已经没有了知觉才会停止。这就是我要给你的一颗心。虽然是这样，但在我对你的实际行动中表现得还是太少，因为客观条件的存在，所以还请我的爱妻原谅！关于在你的来信中谈到什么受冤枉气，什么曲解等，这都是暂时的，它是经不起我们真正爱情的考验的。过去的事就算过去了，只要你能相信我是一个不会欺侮你的人就是了。

鸥妹，在你来京的时候，桃花正为你开得非常茂盛，但在你回上海的时候，桃树上就出现了无数的桃子。虽然我们在北京相会只有短短的几天，且使我有了这样一个想法，我们的美景比花开还要美！我们心里的甜比蜜桃还甜！在这情景里，我也更进一步体会到，我的爱妻是这样温柔，是这样关心我的身体，因此我可以这样骄傲地说，我有了你这样的爱妻而感到幸福！鸥妹，我以同样热烈的吻来接你从远方给我的吻！

鸥妹，从现在我们处的情况来看，五六月份要非常忙。我自己的计划，订得也很紧。自你走后的几天中，每天晚上加班，就是这样，看来我的计划要如期完成还有些问题。不过你不用为我担心，我会想法子的。鸥妹，你走后，我接到了乡下爸爸的来信，他们还不知道你已经回上海了，你抽些时间写封信去告诉他们。

鸥妹，近来我的身体很好，请放心！鸥妹，回上海后，你的身体怎样？可得要注意，别太累，要掌握休息时间，知道吗？北京这两天不刮风了，天也热起来了。上海怎样？鸥妹，你到杨树浦去后，看了姐姐、姐夫没有，他们的身体好吗？请代为拜望！你到家里去看了以后，家里有什么变化吗？我爸爸的身体怎样？好吗？夜深了，我两只眼睛上下眼皮老打架，劝也劝不好。好吧，再见！愿在睡梦中睡在一起。祝爱妻

身心愉快！

你的

兆 1960.5.13

又：粮票已收到。下次来信寄到我宿舍来，可以及时收到。地址：北京西郊北蜂窝铁路第六职工宿舍。

荣兆哥：

你好！

上次寄来的信收到否？我想是该收到了吧！怎么还没有来信？我每天都在等待你的信，因为我明晨就要离开学校了，到上海国棉十四厂去搞科研。哥：我在北京的时候曾告诉过你，我是参加气流纺纱研究，现在仍是，因为该项目是属绝密，国外也在研究，并且很想知道我们的情况，所以我们的保密工作尤其重要，因此请你别告诉别人我是在做该科研项目的。因为是属绝密，所以我无法告诉你了，请原谅！我们这一个科研项目中抽出四人到工厂去，其余都留在学校。到十四厂去的有三人，两个女生，一个男生，我们准备明晨走。不过我们每星期要回来两次，参加政治学习（我每星期一、三或六下午回来）。

所以你的来信，我能收到，不过时间稍迟些罢了。待我到厂里去后再寄到厂里来吧！

哥，近来怎样？身体好吗？我很想念你，愿上帝保佑你一切都好，上次一信中附5斤粮票收到否？我想不会有什么问题吧？哥，吃饭应有一定的量，应该吃饱，不可以饿一顿，饱一顿的，没有一定的规律会妨碍你地健康的，尤其是对胃不利，我想你一定比我懂得很多，就是实际中没有很好的与理论相结合，对吗？哥，我告诉你一个可喜的消息：你猜我有几十斤？我大概有九十出头，难怪同学都说我胖了。这一点应感谢你，是由于你的亲切关怀和无微不至的照顾的结果，因此，我在这里特向你道谢！不过，我希望你也能胖起来！我不会照顾你，真糟糕！你看，我来后，害你瘦了，真使我感到不安，下次不来了，好吗？不来可能又要使你想瘦了，你看，我多么难啊！来又不好，不来又不好。你说，该怎么办？哥，我回来后为我们的黑板报写了一首诗，现抄来，请你给我修改一下。

在欢送会上

雪白的桌布，鲜艳的花；
清香的浓茶，亲切的话。

厂长、党委书记，技术员和工友，
都在欢送我们，学生在向师傅告别。

有多少话要说啊！一个月的“双革”，
使我们结下了深厚的友谊，形成了难分的整体。

时间不允许我们久留，新的任务在等待着我们。
再见吧，亲爱的同志和师傅！
再见吧，亲爱的京棉二厂！

写得不好，希望你能帮助我。哥，妹妹来信说，妈妈很好！爸爸也很好，小萍很有趣，请你放心好了。你爸爸也很好。

哥，现在江南真美极了！吃的菜很多，饭随便你吃多少，因此我生活很好，请你放心！别老是挂念着我，好吧，再见！祝

幸福！

你的

白鸥于 1960.5.14 晚 10：25

又：通信处：上海长寿路 30 号国棉十四厂（华纺学生）。

兆哥：

亲爱的，你好！

你的来信我已收到了，勿念！

哥，我来到这里很好，就是太紧张了，第一个晚上是 11 点多睡的，第二个晚上是夜里 3 点睡的，反正每天都要开夜车。我们组的人少，但任务非常重，因此忙得透不过气来！不过，厂里对我们的照顾是少有的，我们的任何需要加工的东西，拿到任何地方都可以马上为我们加工，你要知道这是非常难办的事啊！因为技术革新以来，尤其是修机车间忙得不得了（加工零件可以到修机间去请他们做），但是只要是我们的任务，他们可以放下别人的活，马上给我们做，所以虽然忙，但倒很愉快！我们组比起华纺来（华纺——我的母校也有气流纺纱研究小组），那力量差得远呐！但是他们还在争取与华纺一样同样能评为一类（现在他们是二类），他们组一共五人，一个工程师、一个技术员和我们三个同学，而华纺有我们老师和很多同学，尤其是院长亲自挂帅，所以要比在学校里忙得多。在生活上，对我们的照顾更好了，每天的晚饭只要四两[①]粮票就可以随你吃多少饭了（饭菜都不要钱），到晚上 10 点有点心吃，假如开夜车到 12 点，还可以吃夜宵。假如开通宵的话，则 4 点、6 点还可以吃，不要粮票不要钱，并且吃得特别好；我每天仅需 10 两粮票就能吃得很饱了。所以我每天能多 6 两，一个月可多好几斤呐！家里没有问题了，所以你别担心，总比你们那里好得多，现在我们这里和家里吃的菜真多啊！我最喜欢吃蚕豆和莴笋。我小的

① 那年代食堂里用的粮票都还是旧制，即 1 斤 = 16 两。

时候，一到蚕豆成熟，就把蚕豆当饭吃；这里吃得很好，请你放心！好吧，明天紧张的工作在等着我，所以我该睡了！再见！祝

康健！

你的

白鸥于 60.5.17 晚 11 时

又：今又寄 5 斤粮票。

亲爱的鸥妹：

你好！

15 日你就要到十四厂去搞科研了吗？这太好了！我祝你有克服任何困难的信心和有一种向别人请教或商讨的精神，来达到我们的希望，取得我们所需的果实。希望你安心地工作。

鸥妹，近来我的身体不算坏，饭也吃得很多，但就是胖不起来，这也许是和我与你分别以后旧病复发有关。你听了这些可不能着急，因为着急也无用，还是不急的好。我这个病呀，医生也没有办法，只有我的爱妻你才能来给我根治。鸥妹，和你分别以来，我对你的想念，好像比以前更厉害了。当我的眼皮刚一合上时，我们在一起时的美景一幅一幅地重演在我的脑屏之中！一会儿孔雀开屏要和你比美的镜头；一会儿我们在北海水面上，在你驾驶着一片不肯听话的小舟，我们在欣赏着北京的自然风光；一会儿你就坐在我的床边，可是当我要抱你、吻你的时候，你又不在了。唉！幸福的会见，确实好像是在昨天，可是今天，我们已经分开了，我多么记得我在接你和送你的情景呵！在今天我只能写这一首诗来表达我对你的想念和我的苦衷：

会时欢乐别时恋，未知何日再来见？

美酒如刀解断愁，梦回只觉湿衣襟。

啊，上帝呵！你为什么要让世界上有情人离别呢？你为什么不给他们创造条件，让他们在一起呢？思念的苦恼，只有离别的人才能知道，

否则谁能同情呢?!鸥妹,我是不是在发牢骚?请原谅!因为我太想念你了。鸥妹,上次的来信想你收到了吧,在上次的来信中,我忘了告诉你,如果你有空的话能否把你以前读过的书(指基本课)整理一下,最好笔记也整理整理,给我寄一点来。因为这些书,买起来很贵,如果你很忙的话,那你先把机械制图和高等数学的笔记寄来(我一定会给你保管好)。你的消息我收到了,希望你越胖越好,一直胖到像小皮球一个。然后我就抱着皮球睡,你说好吗?

鸥妹,上海现在吃的东西很多吗?这太好了,但现在北京也很多,遗憾的是我没有机会自己来做,因此写到这里,我又要想家了,鸥妹,现在上海大概蚕豆很多了吧?你能不能找一个星期天,多买一点老蚕豆放着,将来有机会就给我,因为我很想吃蚕豆,提起蚕豆,我有九年没有吃到了。

鸥妹,你的诗在我看来是很好,我提不出意见。也许是各人写的风格不同,我觉得你写的诗歌很多是不押韵。鸥妹,我这个月不出差,工作仍是很忙,有一项工程 17 日就应该提出设计文件,可是到今天还未完成呢!爸爸那里的钱我已寄给他了,就是没有时间去信。乡下爹爹和姐姐那里都欠下了信债,看来这星期天也不会有空,怎么办?如果我要在上海多好呵!好吧,就写到这里,祝我的爱妻好!吻你。

你的

兆 1960.5.20

鸥妹:

你好!

写这一封信的时间,是在深夜一点钟刚过五分钟,也许你会问为什么这么晚了还写信,原因是因为送王锦堂回上海,结果回去没汽车了。我和王礼敖、王锦堂三人就在车站里等到明天。闲来没事,也没法睡,因此才写了这封信。写到这里还没有告诉你,锦堂为什么要回上海,说来真是一个非常高兴的消息:锦堂调到上海铁路局基建处工作。我确实是为他高兴,但也为我有点难受,今后我的房间里只有我一个人了,我们再也不能像以前一样谈到深夜。无疑,锦堂这次的工作调动,会使我对你更加想念！我多么希望你能早日到这里来呵！我更希望我们在北京有个家，我就心满意足了。

鸥妹，你寄来了10斤粮票，我都收到。我知道你的定量也不多，你寄给我了，那你自己怎么办？以后你别寄了，我有办法的。我们现在的组织形式已经变了，不叫“设计科”了，而叫作“设计工厂”！我在设计工厂“方案工段”。但我们的工作性质未变，因此我们对外仍是称为“设计科”。我的身体很好，下个星期三我要出差到天津，然后到德州，时间不超过一个星期。这次出去主要是了解一些技术资料。鸥妹，我爸爸来信说，我买给他的枣子，自己没有吃到多少，大多数是给谁偷吃了，因此很不高兴！你告诉他不要难受，如果北京有，我会再给他买的。

鸥妹，你在十四厂科研要什么时候结束？我们新房里谁睡在里面？提起房子我就想到北京的时候！唉！我坐在大理石上，背靠水磨石面上，有点冷，不写了，再见！祝你身心愉快！

你的

兆 1960.5.29 北京新站

兆，亲爱的：

你好！

5月20日的来信已收到，请勿念！但未知我的来信可曾收到否？在那封信里我又寄来5斤全国粮票，假如已收到了，请告之，以免我挂念。哥，从我来十四棉以后，今天晚上还是第一次休息，我们每天晚上都搞得很晚，都是1、2、3点才睡，对于这种生活，我非常不习惯，人也感到非常疲倦。以后“夜车”可能还要开，但不会太晚了。因为中央现有指示下来了，每天的学习不超过9小时；保证有8小时睡眠；7小时吃饭、休息和文娱体育活动。星期六的晚上和星期天都由学生自己支配。因此在学校里的同学，一切都很正常，我们在外的同学，虽然不能像在学校里那样，但我估计不会经常地“开夜车”到深夜一两点。所以请你别担心我，我会很好地生活的。

哥，看你写得多么悲伤和怨恨啊！说什么美酒如刀解断愁，梦回湿衣襟，我觉得夫妻因故暂时离别是人之常情，又不是一生一直不在一起。“相会易欢，离别是苦”，但还不至于“美酒如‘刀’解断愁，梦回湿衣襟”，这两句好像只能用在古代爱国之君为国破而忧或他与他的妻子永不能相见，才会这样。在我们现在的时代里，写得这样悲惨，好像作者不是生长在我们的时代里，我的批评可能过分，请原谅！这是我个人的想法，假如有不妥之处，望指正。

哥，高等数学和机械制图和笔记已寄来，望查收。你说是基本（础）课的书和笔记都寄来，因为基础课程很多，所以我也不知道你到底要些什么书，仅将你指定的寄来，其他书假如现在还用不着的话，我以后可以带来，因为寄费也很贵。你看，怎样好？假如要用，当然我可以马上寄来！上海已很热了，现在我就是穿的短袖衬衣。北京怎样？热了吗？哥，请你注意一些身体，无论在吃的和穿的方面都应该注意。回来早就应争取时间多睡些觉，请别想念我，我很好；在汗流满面的时候千万不要马上往河里跳，我相信你不会这样了，但我还得要提醒你，否则到那时可能又会忘哩！好吧，今天我要早些睡了，再见！祝

好！

你的

鸥妹于 1960.5.30 晚 10 点

兆哥：

想去给你寄信，但却又收到了你的来信，真的锦堂调回上海了吗？这真是太好了，我为他而高兴，不过你的身旁少了一个知心朋友，是会感到寂寞的，怎么办呐！好在我不久就要来了（大约在 8 月初就可来了）你别着急！等我来后你就会不感到寂寞了，对吗？

兆哥，我要到 7 月初才回学校，我们的新房空在那里没有人住，我曾与你爸爸说过，请他住在楼上，楼下仍借给别人，他说要等我分配以后再作决定，所以现在仍空着。好吧！我要工作去了，再见！祝

好！

你的

白鸥 60.5.31 晨

荣兆，亲爱的：

你好！怎么不来信，难道生我的气了吗？怎么，是不是我批评错了，还是怎么的？我很想念你，我每天都在等待着你的来信，喔！莫非是你出差在外，因此无法来信，对吗？唉！我怎么忘了呢！假如是因为出差在外，无法给我来信，这是情有可原的，好吧！我们谈些别的吧！荣兆，从你告诉了我，你给你爸爸的枣子给谁偷吃以后，我就回去了一次，你爸爸告诉我，原来枣子是给你的妹妹和侄女偷吃的，原来是这样，我也放心了。本来我想吃的东西有人偷，那我倒担心我的衣服和东西了，现在用不着担心了，我的箱子也都上锁了。

荣兆，我请你爸爸给我们买一条席子（钱我已给了他5元），席子不容易买，什么要登记啰！是否已买到，我还不知道。荣兆，北京有没有蚊虫？是否要买帐子？假如要买，我想现在就买，请你告诉我，你喜欢方的还是圆顶的？好让我决定。兆哥，我在厂里很好，也没有以前忙了，能保证我们八小时睡眠了，请你别想念我，好吧！再见！

祝好！

你的

鸥妹于 60.6.10

又：这个月我还可以有粮票寄来，但下个月就没有了。

鸥妹：

你好！

你的来信我收到了，你的批评我接受。不过我要强调一点夫妻不管是长别还是暂别，两个人不能相处在一起，总是非常想念的，而且我们又是这样恩爱，再看到别人总是双进双出，这时我的内心你是可以理解的。当然这些情景要拿美酒如刀解断愁来形容是不确当，因此我可以改一改：

会时欢乐别时恋，未知何日再来见？
美酒能解暂别愁，梦回依然湿衣襟。

我要事先声明，我所以这样写，是因为我非常愿意和你在一起，但并不等于我在恨什么，如果我们在条件上不允许我们在一起的话，我就会这样想，这是因为祖国的建设也能联系到服从集体利益，放弃个人利益，你说对吗？

鸥妹，你说高等数学和机械制图和笔记已经寄来了，我怎么到现在还未收到呢？其他的书，你就别寄了，以后或是你带来，或是我来取，那在以后再说吧。乡下爹爹姆妈托人带来了很多炒米粉和咸菜，真叫我又感激乡下的爹爹姆妈，又恨你，乡下的粮食本来就不够三人吃的，这样一来，就更不够吃了。我这里的粮并不成问题，而你非要告诉爹爹，说我粮食不够。你告诉他们不是等于要他们着急吗？

鸥妹，本来我接到你的信，就应该马上回信，结果为什么把这封信一直拖到今天才写呢？原因是为我正在赶做山东省德州的一个工程，这个工程要在今天完成，告诉你，我已经设计完了，我的计划15日以后又要出差到河北省保定，估计月底回来。我一切都很好，就是不能

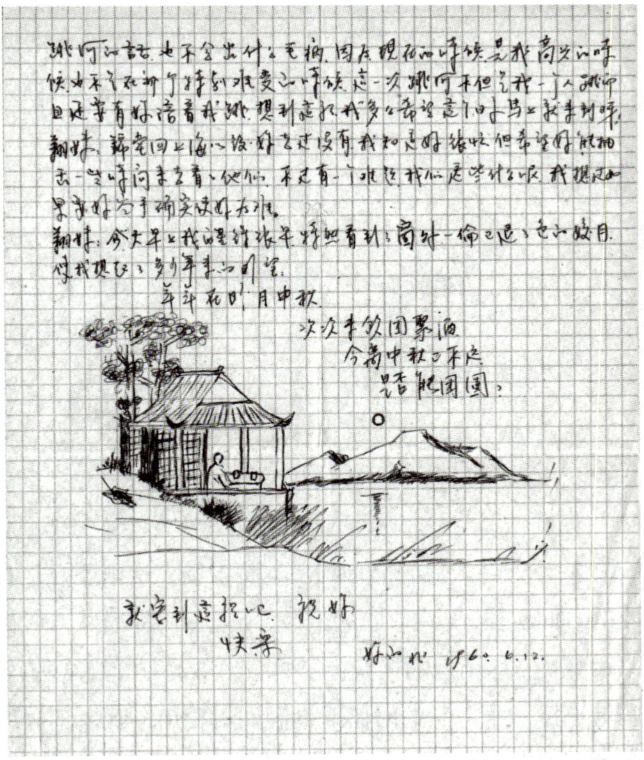

1960.6.12 荣兆随信插画

不想你，傻丫头，我在吻你呐！你知道吗？你的眼睛直对着我看，笑嘻嘻的脸蛋，叫我怎么不爱你呢！来！我吻你！唉！吻了半天仍是一张相片，真是难等8月初呵！

鸥妹，我再不会在汗流满面的时候跳河了，不过我想如果要跳河的话，也不会出什么毛病，因为现在的时候，是我高兴的时候，也不是在那个特别难受的时候。这一次跳河，不但是我一个人跳，而且要有你陪着我跳，想到这里，我多么希望这个日子马上就来到呀！

鸥妹，锦堂回上海以后，你去过没有？我知道你很忙，但希望你能抽出一些时间去看看他们。

鸥妹，今天早上我醒得很早，突然看到窗外一轮已褪了色的皎月，使我想起了多少年来的盼望，因此画了上面那幅画。

就写到这里吧！祝你

快乐！

你的

兆 1960.6.12

【按语】毕业后我分配在北京纺织科学研究院，由于年代久远，我已不记得是否回乡告别也不知哪一天报到的。我只记得我来北京的火车票是姐姐托人买的，可见我是一个人来北京的。（我们这一届分在北京的很多，单我们研究院就有十多个呢！）下面是我到北京后给他的信。

荣兆，亲爱的：

你好！

从昨天起，我们已来到了本院农场，这里还好，有电灯、自来水。吃的方面也很好，可以吃大米饭，所以一切都很好，请你尽管放心好了！

荣兆，这个月的钱我存了30元。我不知道你要不要用？假如要用，我就在过“十一”的时候取，假如不要用，我就不去取了。到10月份我领了给你，好吗？

哥，假如你能看见肥皂粉的话，请替我买一袋。兆，我很好，请勿挂念！我今天是在挖沟和匀菜，明天做什么还不知道，劳动强度还可以；我要到29日晚上才能回院，好吧，熄灯钟已敲过了，再见！祝好！

你的
鸥妹涂于1960.9.19晚

又：来信寄：纺织科学研究院人事处（华纺毕业生）

鸥妹：

你好！

从2日分别后，想你身体很好吧。明天我要到石家庄去，时间4—5天，我很好，请放心！鸥妹，我把我们在2日玩的和看到的写了几首诗，请爱妻批评。

妻赴京都，与夫畅游北海，
海面风起浪涌，片舟顺风北归，
满载夫妻情。

海面游舟点点，水映五龙亭，
时现时没。
岸柳因风难安静，独有白塔屹立。
纵有风情千种，夫妻相互评说，相思寂寞已绝。

金秋临夜风寒，妻我景山野餐，
猪肉馒头点心，唯缺酒醉，也解数日馋。
温暖在心间。

京都住屋间连间，住不下妻我一对。
送妻去东郊，我赴西郊返。

日欢夜来散。

鸥妹，舅父母那里的信我已发出。这次到石家庄，如有时间的话，我会去看看洁民他们。好吧，就谈到这里。祝你

愉快！

你的

兆 1960.10.4

兆，亲爱的：

你好！

身体怎样，还好吗？我很想念你，愿你一切都好！我来了北京，当然很好！已解决了主要矛盾。可是解决了一个矛盾，又产生了新的矛盾，即两人虽已在一个城市工作，却不能生活在一起。我看这个矛盾是暂时的，不久便能解决的，对吗？所以我觉得现在我们应该耐心地等待。绝不要急躁和埋怨，事实上，急躁和埋怨都不能解决问题，是吗？

兆，“十一”我们在一起的时候曾说，准备买毛线结毛衣。现在我想就不要去向人家要了，别人也要买的，并且我们缺的太多了，如果缺的少，那倒还可以和人家商量商量。我想你的衣服暂时就不拆了，或者买件羊毛衫？假如不要，那就以后有了毛线再说，好吗？

哥，你看看我做的预算怎样？请部长大人批改！假如按我们的计划去做，明年的现在我们可有一台无线电了。你觉得我的预算太紧了吧？不！我以后大概可拿“保留工资”的，（其他单位里，我们一同毕业的“青工调干”都已经拿了“保留工资”，即上学之前在工厂里工作时的工资。我大概每月可拿 50 多元。倒霉的是我进学校时已调到科室里去了。科室里工资低，我们上学时的助学金是按进校前三个月平均工资的 70%计算的。我们许多同学都回原单位去开证明，而我完全可以回厂去开证明的，但我当时想：我能上学已经很好了，助学金少点就少点吧！（我在工厂里是细纱挡车工，那时是计件工资，我每月都 80 多元呐！我多么傻！我没有回厂开证明，所以助学金一直那么低。）好吧！我们不去计较这些，够用就算了，对吗？我现在一个人在田里看山芋（红薯），到 2 点他们来换我，所以涂了这封信，好，再见吧！祝

快乐！

你的

白鸥于 1960.10.6 下午 1：05

荣兆，亲爱的：

你好！

根据你来信的日期推算，你应从石家庄回来了！不知道你是否已经在家了？否则在外面也是冻得够呛了！我很担心你的身体，愿上帝保佑你平安无事；今天上午下雨了，我们好多同学都在外面抢收山芋，当然是淋到雨了，我的衣服都湿了，现在回来无事，就坐在被窝里给你写信，我的衣服带来很少，但天气可能要变冷了，据说要冷到 2℃—3℃。我很担心，不过，我们这里人很多，在衣服方面，她们会支援我的，请你不用为我而担心。兆，我们要延期回来了！延期到 20 日，本来说 18 日给你钱，也得延期了。你可以晚几天还给鹏鹏，我想这不会成问题的，是吗？爸爸来信说，莲娣妹妹和小萍在八月半到上海去玩了几天，带去一只鸡和一只鸭。又问你什么时候回去拿东西，假如回去，一定要到常州去一次，也去拿一只鸡和一只鸭。我想我们回去，一定要到明年春天，今年的可能性是很少了，对吗？爸爸说，长久没给你信了，很想念你！（我去信告诉他们，假如没有要紧的事，写给一个人就得了，反正我们能经常碰头的，好吗？）兆，你写的诗，我没有细细地去领会，所以谈不上批评，你我之间还用什么客气，我有什么资格来批评，互相帮助那倒是应该的，对吗？我觉得你的诗进步很快，并带有古典的韵味！我应该很好地向你学习！好吧！再见！祝好！

你的

白鸥于 1960.10.13 上午 9：30

又：假如你写信给你爸爸，告诉你爸爸，请他替我把樟木箱内的一件丝绵棉袄（红缎子的）和一件短大衣寄来，就寄到你那里好了！谢谢！

荣兆哥：

你好！

告诉你一个好消息：我于20日回研究院后，就休假三天，再让我们参观军事博物馆、人民大会堂等，到月底去实习。你猜我到哪里去实习？告诉你：真出乎我意料之外，但却使我非常高兴！我们到郑州国棉三厂去实习！你说，我该多么高兴啊！可是要与你分开了，刚在一起，但又要分开了，真有些难舍！但是我们可以在新年会见，我到郑州车站来接你！是非常有趣的事，对吗？我请你爸爸寄衣服来，不知你是否已经发出信了？假如还未发出的话，那么请他给我寄到舅父家中，假如已经发出了，那就算了吧！好！再见！祝

快乐！

你的

白鸥于1960.10.16

【按语】郑州是新中国成立后的纺织工业基地。在50年代新建了六七个大型纺织厂。我舅舅原是上海国棉九厂的保全工，聪明能干，后提升为车间主任。为了支援内地建设，我舅舅大概在1953年就调到郑州来帮助建厂，就在郑州国棉三厂当车间主任。我的舅母以及弟弟妹妹们都在郑州，住在郑州国棉三厂家属宿舍。这次我能到郑棉三厂实习，等于回家了。这时的舅舅为了我们祖国建设，又调到新乡去建设新乡化纤厂了，但家还在郑州。像我们舅舅这一代老工人，为了新中国的建设，作出了多大的贡献啊！我到郑州来实习，徐荣兆送我来的，并住在舅舅家中。下面是他回京后给我的信。

亲爱的：

你好！

我已很平安地回到北京。在我刚离开郑州的时候，列车像我的心情一样那么留恋不舍似的很缓慢地向前移动，又好像怕惊动我那样让

我不知不觉中离开了我心爱的人。谢谢司机的好意。唉！要离开我心爱的人儿，怎么能使我没有伤感？古人云：人有生死离别，月有阴晴圆缺。此事古难全……因此我只能压制着暂时的离别,希望长久的会合。

亲爱的，回到北京后的第二天，我就到我局的农场报到，并参加了劳动。我们的农场离我们的管理局不远，我们的劳动时间，每天八个半小时，每月有三天休息。这三天是要连续休，不能一天一天地休，可惜我没有免票了，否则我又能来看你了。你忙吗？离开了你，我就想你，我不知你的身体怎样？现在的天气真是变化多端，可得要注意预防感冒，我很好，请放心！

鸥妹，你再想想，看你还要些什么？草纸（手纸），有！和你离京时那样的，要不要？另外，你要我买线，我忘了要白的还是黑的？或是其他颜色？要买多少？我很喜欢的碗，你买了没有？最好是四只，我是这样想的：我们如果有了房子的话，一定会有自己烧饭吃的时候，因为我们吃饭的人不多，所以这样的碗很合适，你说对吗？在郑州如能买到铝锅的话，请不要放过这样的机会。我这里如有我们将来厨房里有用的，我也买；我们农场还没有给我们下放者预备房子，所以我还在第六宿舍住着。业余时间不多，乡下爹妈那里我还未去信，你去信的时候，请你给我代告一声。舅母和汪国铭那里也请你代我问候问候！鸥妹，舅父回来了没有？从现在的情况看，我过阴历年来郑州问题不大，但遗憾的是我们不能睡在一起，如果要借旅馆过夜，又离舅父家很远，同时也有点不好意思。这个问题确是我伤脑筋的事，怎么办呢？噢！忘了告诉你，离开郑州的那天，我赶上了上午 8：42 的火车，因此回宿舍还不晚。因为明天要早起，我该睡了，就谈到这里吧！祝你

晚安！

你的

兆 1960.11.3

又：你的手表正在修理，很便宜，只要一元钱。来信请寄：北京复兴门外北峰窝铁路第六职工宿舍。

亲爱的兆：

你好！

来函收到，勿念！兆，自你离开我后，我便日夜地想念着你，刚读毕你的来信，我却更想念你了！的确，分别以后便是相思苦了。兆，你在农场好吗？工作量大不大？要知道你是不适合重体力劳动的人啊！因此你在劳动的时候应该特别注意，量力而行，不要硬拼！应该注意巧干！对吗？你在农场吃得好吗？你的定量增加了没有？我就是担心你的粮食不够吃。兆，我在这里很好！在厂里劳动强度不大，照理保全工的劳动强度是很大的，但我们是实习生，等于轻体力劳动，在工余的时间也比较空，因为该厂正在大抓劳逸结合，每天 4：30 下班以后开会一小时，最长不超过一个半小时，开完会，吃晚饭，然后回宿舍，因此时间是比较富余的。我现在正在结一件毛衣，结完以后要抓紧时间学习业务了。兆，食堂里吃的还可以，吃的种类很多：有面条、饺子、馒头、米饭，有时还有饼，没有山芋，我们山芋票倒发下来了，可就是没有山芋（山芋票可以换主粮的）。这里的米、面通用的没有百分比的规定，因此我每天都吃面条和馒头。饭倒不大吃了，因为这几天的米不大好。我实际的定量是 33 斤，这也足够我吃了。这里的菜不大好，我常常都不吃菜，因为面条也用不着吃菜，所以我就经常地不吃了。兆，这里每月可买二两糖、半斤糕点、半斤水果、一块肥皂。从供应来看，还算不差，对吗？兆，在农场里应该注意天气变化，应该多带些衣服，热时可脱，否则要冻坏身体的，知道吗？我们厂里是保持一定的温湿度的，所以没有关系，请你放心好了。

兆，我有了粗绒线衫就不要买球衣了。我所以要结粗绒线衫，其目的便是如此，因此你不要替我买了。假如有布票多，你就给我剪一件罩衫就好了。兆，你的棉袄可以去做了，夹里有旧的那么尽量用旧的做，可以节省点布票。你的布票，你做一件棉袄、一件中山装和我的一件罩衫也就差不多了。“线”白的买一大绞，我是给妈妈用，再买一个黑色洋线团。你喜欢的碗，我还没买，今晚我去看了，仍然很多，因为时间还长呐！我买了四只吃饭用的碗，我和同学都觉得好看就买了。以后有我们所需的东西我会买的，你放心吧！舅父还没回来。兆，你的手表给我了，你一定觉得很不方便，对吗？以后还是调回来吧！好，再见！祝好！

你的

鸥妹于 1960.11.6 晚 9：25

又：有空的时候，请给我买些信纸、信封寄给上海市内电话局长阳路分局殷玉生同志。那位同志就是给我买火车票的。请给我寄点纪念邮票来。

荣兆：

你好！

我的来信你是否收到了？可能已收到了，就是忙，没空回信对吗？这不要紧的，我完全能理解。

荣兆，毛选四卷的卡片我寄来了，可是不一定能买到，因为这是上海南京路新华书店的，北京可能不好买。假如不能买，你就寄给姐姐，请她在上海买后寄来。另外我也要学习，但没有书，假如你单位里能买到，那尽量替我买一本。

荣兆，我不知道你的定量是多少？够不够吃？我的定量是 36 斤，我给舅母 2 斤，给你 3 斤，希你好好计划地吃，我没法多支援你了！

荣兆，我很好！勿念！对了，我忘记你爸爸的地址，请告诉我，当然这是很不应该的！该吃批评，不过，你再告诉我一次，我一定记住了！好，再见！祝

好！

你的

鸥于 1960.11.15 晚

亲爱的鸥妹：

你好！

和你分别还只有半个月，而我总觉得好像已经有半年了！唉！忠诚

的时间呵！它哪里知道我们彼此想念呢。鸥妹，你的来信我已收到了。看到你的来信，我真高兴，但又感到遗憾！高兴的是我们的感情是如此深厚，比我们以往任何时候都要好，这说明都是我们以往的辛劳！遗憾的是你有那么多的业余时间，而我呢？早上和中午是没有一点富余时间的，但晚上5:30或6:00以后就可以回家了，农场到我们宿舍只要45分钟就可以了！大家都有这样多的时间，就是现在，我多么想在一起呵！

鸥妹，听可靠的消息：从下月开始，我们的公用免票都要取消了，也就是说和你们是一样的待遇了。好在我们在经济上还没有约束，我可以说只要我们还是分居或离得较远，我也不会减少我们以往的相会，因为我唯一的心爱的就是你，我要和你离别的时间长了，我就会更加想念你。只有我们经常的相会才能抵消我对你的想念！亲爱的，愿上帝保佑我们经常地在一起吧！鸥妹，我来和你谈谈我在农场的情况吧！我来农场已经半个月了，这里的劳动量并不很大，每天做的工作都是零零碎碎的，大部分是在和大白菜、胡萝卜打交道，这里的空气很好，吃的也不错。我们吃的大白菜都是菜心，因为菜叶子都给猪吃了。我吃得也比以前更多了，但你不要担心，我们的定量就要更改过来，我的职称是农务工，这个职称的定量最少是49斤，因此根据我的情况来看40斤以外是没有问题了，你说对吗？我在这里和同志们的关系很好！特别是和师傅们，现在我和组织关系比在局时来得接近了。这里的支部对我的印象并不坏，这是我听来的。总的来说，我在这里都很好，精神也很愉快！就是很想和你相会。现有两个住宿的地方：一个是农场，另一个是单身宿舍。农场的条件很差，连个写信的地方也没有，我现在是躺在被子里给你写信呢！

鸥妹，在本月底我到你那里来好吗？是买票来，时间也和上一次一样（三天），因为我们一个月可以休息三天，但我不希望我们分开住着你看怎么样？如果能行的话，我就来！鸥妹，你要我买的东西，我一样也没买呢！因为我买了一双球鞋，没钱了，到18日开支以后我就照办。我的手麻得实在没法写了，再见了！祝我俩晚上

梦里见！

你的

兆 1960.11.16

兆，亲爱的：

你好！

来信收到了，勿念！我的来信，是否已经收到了？里面有3斤粮票和一张购毛选四卷的书卡。你们免票马上就要没有了吧！这样，的确不大方便，上海也要少去几次了。好在我以后不再离开你了，假如我还是在上海的话，你的意见一定更大了，对吗？现在还好，没有就没有吧，我们的经济条件还可以，需要的话，上海还是可以去的，一年不能两次了，一次也可以了，对吗？

兆，你在吃的方面还算好，这我就放心了，我最担心你吃不饱！虽然我是吃饱了，但因你不够，我好像也不够。只要你够吃了，我以后就不寄来了。我要节省几斤到过新年时妈妈到郑州来过年，你说好吗？

兆，我不同意你月底来，下一月也不要来，要来就是在过年的时候来。我不要你来并不等于我不想你，实际上我是不可能不想念你的。我是这样想的：1.在经济上我们是应该节省，现在我们没有家，没有孩子，负担轻，现在不积累一些钱，以后就有困难。明年底，我们要买四件东西：大橱、写字台、无线电、厨房用品，这就需要几百元。因此我们的经济虽然无约束，但要自己好好地掌握！我们近几年还是应该艰苦奋斗，不能随心所欲，你说对吗？ 2.我不能离开宿舍睡到外面去。3.天气冷了，我都不愿出门，你却跑很远路到这里来，可时间只有三天，不合算。4.三天休息时间，希望你处理一些生活琐碎，余下的时间可以复习一下功课。（你的函授学习怎样了？我看你就是没有信心，这里向你提出批评。）所以我不同意你来，到过年的时候，你不来我倒要请你来了！好！听我的话，别再叫我生气，好吗？兆，你的棉袄一定还没有做，快去做吧！在农场一定冷极了，出去更冷了，你穿一件棉衣是不够的，快去做吧！兆，姐姐要买2斤驴皮胶，你去给她看看有没有卖？假如有的话，替她买了以后寄去！上海买钢精锅要有结婚证才能买，我们的结婚证书大概在你那里（和我的中技毕业证书放在一起，我好像记得拿到你那儿来了，你找找看），你寄一张给姐姐，让他们买买看。好了，我们以后谈！再见！祝

健康！

你的

白鸥于1960.11.22

鸥妹：

你好！

你一定在生我的气吧！我想你在生我的气的同时，又在加倍地想念我吧！而我呢，实在是有口难辩，虽然看起来，我有很多的业余时间，结果因为新三反运动在我们这里开展后，有时开会开得很晚，有时回宿舍就把这宝贵的业余时间给占用了。亲爱的，我听你的话，本月底不来了，就在过新年的时候，我再来看你！但愿你一切都好。在过年的时候，我很同意你的建议就请妈妈到郑州来玩。

亲爱的，粮票和购书证我都收到。上海购书证在北京可以买的，但现在没有书，因此我把购书证给了新华书店，服务员说：有书就用电话通知我，看来问题是不大了。鸥妹，我再告诉你我在这里买了些什么：信封 40 个、信纸 2 本、白线和黑线也买了。我还买了一支中华牙膏、一支白玉牙膏，两瓶啤酒。我的棉袄，还没有做呢！在今年我实在不想做，因为做了也是积压。面子我一定买回来，你的罩衫我会买的，总之我不会把现有的布票浪费了。鸥妹，北京买呢料，一定要在本店内做，也就是说不能把料子买出门，本来我不知道，因为在本月 18 日看见了黑色呢料，因为很多，我想再过几天来买吧，结果 22 日去买已经没有了。昨天我又到我们附近的商场里看到了麦尔登呢，很好，我说买一公尺另一寸，他说我不够，我说我只要一公尺另一寸，他说这料子不能带走，非得做成了服装才能出门，因此你接到这封信后马上把你做裤子的尺寸写一张寄给我。鸥妹，姐姐那里我还没有去信呢！不知他们现在身体好吗？

鸥妹，北京近来供应的香烟越来越少了，能不能在国铭那里给我想些办法。本来我在你面前绝对不敢如此大胆！现在我在下放后的工作中，休息的时间太多，也没其他东西可吃，唯有依靠这来消遣，请娘子多加相助！

鸥妹，我在农场什么都很好，特别是我的身体，他们说我胖了！我的食量也增大了，要吃 45 斤，精神也很愉快，就是在晚上想念你的时候，在精神上有一段插曲，我想这也是暂时的。今后的日子长着呢，在一起的时候可以说有的是。我爸爸的通信地址：上海市凯旋路 750 弄 93 号。北京买不到纪念邮票，就是我费了很大的力量，请别人从别处买来的。今后我会注意的，一有，我就会买了寄给你。你的手表我已修好了，但用了不到一个月就不走了。有一次我到收买钟表店中去请他们估价，他们说，这种表不要。鸥妹，我们买一只闹钟好吗？请你猜一下我的用意！鸥妹，如你有粮票多余的话，你就把这存起来好了，到我来郑州或妈妈来郑州时，给舅母，你说对吗？好吧，我们就谈到这里吧！祝你

晚安！

你的

兆 1960.11.29

兆，亲爱的：

来信收到。勿念！

是的，我生气了，我想不出什么原因使你不给我写信，这几天我每天都在盼望着你的信，结果使我很失望，这也使我很不安心！我还以为我不要你来郑州而生我的气了，所以不给我信，我想好吧，等你愿意什么时候来信，我就什么时候回信吧！现在你来信了，好，我就回信。话得说回来，既然你是因工作而不能来信，那我应该原谅！兆，我告诉你，爸爸给我寄来了一只烧好了的大公鸡，本来我想藏着到过新年的时候吃，但昨天又接到爸爸的信，叫我快点重烧后吃，怕要坏了。虽然是密闭的（两只肉罐头，一合起来中间焊锡），但没有防腐剂，所以恐怕要坏，今天还没有开，不知道好不好，我们乡下鸡要卖5元多一斤，可他们还寄给我吃。真是，可怜天下父母心啊！昨天爸爸信中告诉我：下个月开始，他们一家三口，一共吃50斤粮。假如有菜还可以多吃一些菜，可是偏偏今年菜也是荒年，乡下胡萝卜要三角一斤！你看，叫他们三人怎么生活啊！在粮食方面，我现在很注意节约。虽然我有33.5斤一月，但我这一月计划吃25.5斤，节约8斤，2斤买黄豆，6斤存着，存三个月（12、1、2），等妈妈来吃。（这里每人每月可以买半斤黄豆，舅母家每月可买4斤，他们不要买那么多，且也没有那么多粮票。所以我买了，以后可烧些酱油黄豆，你也喜欢吃豆，所以你来也好吃些。）在可能的情况下，你也应注意节约。你的定量很高，每月45斤，差5斤就是爸爸妈妈和妹妹三人的定量了，你现在节省些，等你回到局里后，

定量低了，也不至于饿肚子，对吗？兆，妈妈说，她不来过年，她说，路费很贵，开年看吧！等我积蓄一些钱再来，可是我还是要她来，路费也大不了30多元，我想没有问题的，她一定能来的。妈妈很喜欢吃馒头，我要请她来吃馒头了。

兆，你的棉袄不做也没关系，带到郑州来，请妈妈给你做吧！对了，你所有的袜子也带来，让我给你补。我告诉你，我到这里来后跟北方同志学会了做袜底，我可以保你称心满意。现在我已经给你做好一双了。我想给你做几双，再去买几双新袜子，新的就给你补好，你就将这带回去，将旧的放在这里再让我给你补，好不好？兆，我的裤子，只要一米就够了（还可以多一点呢），最好买好一点藏青的（与你的裤子一样）。我托你寄给殷玉生的信纸、信封寄去了没有？快告诉我，假如还没有寄的话，快点寄去，否则我会不好意思的！因为他常寄东西给我（如纪念邮票等）；还有我们的结婚证书快寄给姐姐，让他们给我们买一只钢精锅。假如能买到，等舅父来，就可给我们带来了！姐姐的情况我不介绍了，前天的来信附上，你看看吧！好吧，我不写了，再见！祝

健康！

你的

白鸥于1960.12.4晚

又：对了，你还叫我到国铭弟弟那里去要香烟，你倒好意思叫我去要？香烟是有，但我就是不给你要！在北京的时候，我记得你曾说过：假如索性没有，那倒也算了，那么现在少了几包，怎么就找“后援”了呢？在这个问题上，你就死了这条心吧！我不会帮你任何一点点忙的。其他正经的，哪怕困难得很，我都愿意尽我最大的努力去替你办到。你生我的气吗？那你去生吧！我不怕。假如这里有糖买的话，我一定留着给你带回去。

兆，我知道你买了一双球鞋，那么套鞋没有买？但农场里是少不了一双套鞋的，这里有时能买到，所以请你告诉我，你要买几号的套鞋？

兆，是不是每天要到农场去？但有时睡在宿舍里没人叫醒你，所以想买一只闹钟？不管怎样，我同意你买，但注意一点：假如是留着我们以后用的，那么要买好一点，式样漂亮一点；假如是给我妈妈的，

那么只要实惠一点就好了，对吗？好，下次写！再见！

【按语】从信中可知：六十年代的我们，物资如此缺乏！北京和上海全国两个最大的城市，信纸、信封还要从北京寄到上海，做饭用的钢精锅凭结婚证购买，北京还没有，还要到上海去购买，看老百姓在忙点什么？！喔唷，邮局更忙了。

鸥妹，我心爱的：

你好！

上次的来信，不知收到没有？怎么还没有收到你的回信呢！我很着急地等待你的来信。因为我需要知道你裤子的尺寸，可以早一点做起来，否则晚了，呢料就不太好买了，现在的东西越早买越好！

鸥妹，今天我休息，我就进城了，结果只买了两听罐头肉（和上次带到郑州来的一样），其他什么也没买到，就回来了。鸥妹，毛选第四卷我已买到了，是用你的购书证买的（平装）。我还买到了一些纪念邮票全部都给寄来。同时我把这几张贺年片也寄来给你。你爱怎么处理就怎么处理。另外我看到了一张好看的，但遗憾得很，已经卖光了，看到仅是一个样品，我一定买到了，我才算向你贺年。鸥妹，今天我是继续休息。上午我进城了但买到的和样品的颜色不一样，而花纹一样，这一次我不寄来了，在下一次来信中给你吧！时间的迁移，真像蜗牛爬行一样慢得使我焦急！我恨不得明天就是过年，后天就是你实习期满，否则你真要把我想坏了！特别是这两天的休息日子里，如果有你在我身旁该多么好呵！皎月呀，你为什么要离我这么远？你为什么只让我看看你模糊的外形，而不让我亲亲我的嫦娥呢！你快靠近地球吧，你要能让我一步登进广寒宫，永远和嫦娥在一起，这就是我一生中最幸福的了。明月你知道吗，情人相逢最乐，夫妻离别最愁，相隔万水千山，犹如黄连在咽喉。你为什么不发一点善心，让所有离别的人团聚呢！为什么要让他们永远尝着离别的苦味呢，真难使人理解？！

鸥妹，我想你想得太厉害了，请允许我发一下神经病吧！

鸥妹，我正在写这封信的时候，王礼敖来了。和他谈了很长时间，他已经肯定在今年阴历年结婚，我给他做了参谋，并概算了一下，他要买的家具和我们几乎是一样，就是多了一只无线电（这是早就买好的）。因此一算，钱不够了，因为又要现在就开始买东西，他的意思，是不是我答应借给他100元，在这个月开支就给他。我不想使他为难，所以我已答应了他，但我不知道你那里还有钱吗？如果没有了，那就算了，我在这里再想办法；如果有的话，一定要把你在生活或其他费用上打得宽裕后的钱寄来。因为我最怕你在生活费用上扣得很紧，而苦了自己。本来我这个月可以多30元，现在看来只能有20元了。在本月18日开支时可以有60元富余。告诉你，在这个月我时常在外面吃饭，今天我一个人买了二两酱猪肉，一杯葡萄酒。说实在的，在农场，除了白菜还是白菜。

白鸥，鹏鹏来过了，我们谈了一会。我问他过年回沪不，他说不回沪了。我告诉他礼敖结婚，最后他说考虑考虑！鸥妹，礼敖结婚，有可能没有房子，怎么办？我们的房子是不是可以暂借给他用几天，并且他还要我回沪，我正在犹豫，我想回沪也好，把我们的东西都搬到北京来！寄在同事家，另外再把妈妈接到郑州来，我也在郑州过年。当然我不想参加他们的婚礼，你认为怎样？当然这一来，我和妈妈的车费是很多的，也许还会有问题？看有没有这个必要？如有必要的话，这个问题我可以想办法解决，请爱妻来信，好吧，就谈到这里！因为时间太晚了。祝你

快乐！

你的

兆 1960.12.5

兆，我心爱的人：

你好！

来信收到，勿念！谢谢你寄给我许多纪念邮票和贺年片。时间过得真快啊！接到你寄来的贺年片，使我想到新的一年又要来临了。我的贺年片还没有买呐！我也不知道这里的贺年片好不好，因为我不到外面去（市里，还是和你一起去的），以后要去看看了。

兆，礼敖结婚要向我们借 100 元，当然啰尽我们的力量帮助他吧！不过，真是不巧，这几个月，我们的债刚还清，我们自己也不是顶富余。上月的薪水是提前发了，上郑州来给舅母买些东西，另外给了你一些，所以没有了。这月的薪水是明天发，我要除掉这月和下月的饭钱（因为我们是 10 日发薪，可是 30 日就要买饭票、菜票了。这月的饭、菜钱我是向同学借的）。不过这月我不寄钱回家（我和家里讲好了，以后每两月寄 30 元回去，可以少跑几次邮局）。这样可以多余 30 元；但我已写信告诉姐姐寄给她的，因为我想买条花呢的裤子，虽然我们的计划是明年 4 月份买，可是我怕以后凭证供应，所以我想提前买。现在为了借给礼敖，我只能寄给你了，但加上你的才 90 元，并且我的呢裤都没法买了；你看是不是可以这样：你这月给他 60 元，下月再给他 40 元。那么我的呢裤就可在这月买了，你与礼敖商量一下，这样好不好？关于房子问题，假如礼敖向你开口的话，那么你和你父亲商量一下，再做决定；对了，你以后去信时，请你爸爸将我们的东西归纳在一起，房子他爱怎么处理就怎样处理吧！我们不要占那么大一间房子，否则你父亲的经济有所损失，并且别人亦有意见，对不对？

兆，过新年是不是要回去？我想，我们不要回去了，你将东西搬到北京来，寄放在同事家里，这样很不好，你哪一个同事有这么许多地方给你存放家具？不要去麻烦别人了吧！等我回院以后就申请房子（同时你也申请），我们有了房子以后再回家搬东西，好不好？我妈妈不要你去接她，因为我舅舅过新年前才能回来，因此妈妈由舅舅接来！兆，你很想念我，我能理解你。我也同样的想念你，我们虽然暂时不能在一起，但以后我们就不再分开了，对吗？好吧，再见！

晚安！

你的

鸥妹于 1960.12.9 晚 9：04

亲爱的鸥妹：

你好！来信收到，勿念。

乡下爹爹也来信了，他说他要把鸡蛋烧熟了给我寄来，我写信给他说，我不要。因为乡下的菜今年收成不好，他们吃的不如我们好，应该留着他们自己吃，你说对吗？再加上他们三人一共只有50斤粮食，更成问题了，怎么办呢？我也没有办法接济他们。因为我在最近三个月还成问题呢！虽然我这里有六七斤挂面，但又没法寄去，只有在过年时请妈妈来郑州，这样才能解决一些他们的吃粮问题，也能解除一下我们对妈妈的思念之苦。

鸥妹，从昨天开始起，我们的工作时间是八小时，每个星期日都可以休息！唉！如果你在北京，加上我们有住房的话，那该多好呀！

鸥妹，最近北京的东西（指吃的和穿的），如果没有证，说实在是很难买！盲目排队的人，真是多得很。如果看到哪个商店里有卖吃的，可以这样正确地说，不到二十分钟就有成百成千个人接着排队！你想王府井百货公司卖高级点心（四元多一斤，还要六大两粮票），就有一千个以上的人排队，每天是这样。因为我这个月买了月票，所以进城的机会较多，也只有买到两元一包的高级糖和一瓶辣酱，现在我什么都想吃（当然是能吃的），但除每月二两糖和半斤点心外，什么也吃不到了。虽然是如此，等我来郑州过年时，我还能带一点东西来给我最心爱的人吃。

亲爱的，你说香烟是有，就是不给我要，如果我要生气的话，那么我就生吧！说实在的，我永远永远直到我死，我只承认一个上帝，如果上帝要不赐恩，我绝对不敢反抗，也不想生气，因为上帝的企图我是知道的。所以我还要谢谢上帝。鸥妹，今年我们的计划要多100元钱，再做一条裤子和请妈妈来郑州的车资以及我来郑州的车资，再加上我们过年时的零用，确实是够紧的，但这些都是必要的，哪一样也不能省，因此我应该好好地做一下计划，否则我们就会完不成，我大概想了一下，这个计划是可以完成的。但在有的时候有点“青黄不接”。

鸥妹，现在无线电的价格又降低了，120多元就可以买一只六灯机，这对我们来说是一个可喜的消息。

鸥妹，你说要给我寄糖来（如果买到的话），我说你不用寄来，套鞋也不要买，因为我不喜欢穿套鞋，如果你那里有什么东西要给我的话（包括吃的），能放的那就放着，不能放的那你就吃了，因为寄来是很讨厌的事，而且还要花钱。也可能在两个月后的今天，我就在你的面前出现了。但我担心的是我的住宿问题。爱妻，你的猜谜能力是很强的，也就是说你猜对了。我要买闹钟的原因：1. 按时叫我起床；2. 用了两个月以后，我就带到郑州来给妈妈带回去，因为妈妈很需要。现在看来这个钟只能到郑州来买了。好吧，就谈到这里。祝你

晚安！

你的

兆 1960.12.11

亲爱的兆：

你好！来信收到了，勿念。

我在本月10日寄来人民币30元，是否收到？本想等你来信以后才给你回信的，但等不着你的信，所以我只好不等了，假如接到钱，请马上给我一信，以免我牵挂。

兆，你说你在这三个月中，吃粮还有问题，这是为什么？难道你的定量还没有增加？你告诉我，你的定量到底多少？有困难的话，我可以帮你解决一些；写到这里，同学们在说，下月的粮食每人增加2斤，不知是真是假？总之，我可以尽量节约一些来支援你和爸爸妈妈。

兆，说实在的，这里也是什么也买不到，每月也是二两糖、半斤糕点、半斤水果、三两酱、两块腐乳。除此以外，什么也没有了。以前我很自信，我能藏东西，可是现在也藏不住，非吃掉以后才放心！这里没有高级点心，下月和再下月的点心，我要留着给你和妈妈吃了。但只能尝尝味道了，真没有办法。郑州的自由市场开放了，可是价钱高得吓人，你知道吗，一只鸡8元多、一斤肉3元、一个鸡蛋0.45元，这些东西，你看谁要啊！可是也有人要买，大概他的钱没有地方用了！兆，你的东西你自己吃吧！不要留给我了，谢谢你！

兆，我告诉你一个好消息：我们元旦放假四天，假如我们在一块的话，那该多好啊！你们放几天？大概也不会少吧？因为要劳逸结合呵！我估计这次春节不会少放！一方面要劳逸结合，一方面缺乏棉花，所以不会少。你们有消息了吗，大概有几天？你大概在2月几号来郑州？兆，你来后我们可以住招待所的，这些问题，我会预先联系好的，你放心好了。兆，我的呢裤暂时不要做吧，因为我也用不着穿，假如做

了也是放着，假如2月份能多余钱的话，就做，假如没有多，那就算了。这月寄来30元，就剪布用吧！多余的买钟，不够的话，我在下月10日寄来，但最多寄15元。因为我下月要寄回家30元，还要留10元买饭票（另用钱可在这月省下）。妈妈来郑州的车费，你不必担心，也不用你寄。1月份是我寄钱回去，2月份是姐姐寄钱回去，她可以用姐姐寄回去的钱来郑州的，我在2月10日发薪水后马上寄15元去，这样大概没有问题了。假如有问题的话，我可以预先向同学借一借，先寄一些回去，所以不用你担心！兆，谢谢你送给我贺年片，但我没有出去买，等我买后再送给你吧！好，再见吧！祝

晚安！

你的

鸥妹于1960.12.19晚10：15

又：我真要生气了，你是怎么看我的信的？我不是明明叫你买了信纸信封寄给殷玉生的，你却以为是我要的；你要知道，殷玉生现不在那里了，我只能写信叫他到那里去拿了。现在小偷很多，你的东西要当心些，特别是粮票和钱，应加以小心保管，你的箱子也应用锁锁好。别那么粗心大意！

亲爱的我的爱妻：

你好！

你的来信和你寄来的钱我都收到了，勿念！鸥妹，为什么没有马上给你回信呐？因为收到你的信时就在这个星期（在上个星期我没回宿舍）。为了你的一条裤子，费了我很多的精力。在前几个星期里，我就打听了哪里有呢料买，（因为现在呢料不多，而且很难买）看到了呢料，可是没有你的尺寸，后来有了你的尺寸又没有呢料了。好不容易又看到了呢料，可是店里的规程把我难住了，规程是非要本人来丈量尺寸后定做、交钱才允许你拿出门。从这段过程中，你就可以看出我的脚步勤与不勤！昨天和王礼敖跑了大半天没有结果，因为没有好料。今天又请了女同志拿了你的尺寸，从公主坟商场到西四、西单，到前

门，后又到王府井。为什么王府井是最后一个到呢？因为昨天我去过了，我一点信心也没有。不料在王府井兰天呢料商店看到了，但只能满足我70%—80%的意，因为质量不很好，但价钱并不算少：是37.6元一米，还要一次付清，如果要按我的心意的话，我真想不要，可是像今天这样的条件实在是难得，因此我想你是没有呢裤子的，很需要做一条，并且你明年也可回北京了，那个时候再做一条称心的吧，所以我做了，是一条黑色的。不管是好是坏，你就以我的这段过程和我的精神来作为满意吧，否则你要气坏我的。

鸥妹，礼敖的100元我已借给他了，我是按我上次给的计划行事的。我还给你买了一件罩衫的布料7.5尺（0.68元/尺）。我的棉袄面子还未买。因为我还没有看到我喜欢的面子呢！如果再要这面子时，看来还要跑好几次商店。鸥妹，本来我不想告诉你，现在看来，我不告诉你是不行了。要告诉你的就是我的粮食问题，我们这一批下放干部的定量，要满三个月以后才能改，也就是说，在最近三个月内仍按我们机关的定量，因此我的粮食已成了问题，而且问题还不小。记得和你分别时，我的粮能吃到下月的2日，一个月后只能吃到25日，这个月我只能吃到22日（连发粮票的日子也接不上了）。我把情况反映给支部，但支部也没有解决，要求我自己解决，我说我到哪里去解决？我的工作支部是知道，我不怕脏、不怕累，但累的工作就是吃得多。因为我是下放来锻炼的，我不能因为我不够吃，为了压缩肚子而不干累活！最后支部介绍我到可以借粮食的地方——食堂，借几斤粮票，但要领了粮票就还。虽然这个月我能解决了，但下个月我是更难了。现在我要和你商量，为了要保住我这里的六七斤挂面（我想给妈妈带到乡下去的），所以又向你求援了，我估计在我来郑州之前，就可以调整粮，到那个时候我就不发愁了，也可能是我乐观太早了一点，但至少也要比现在好。

鸥妹，和你讲了这么多话，还未向你问好呢，前面的你好是我现在加的，近来好吗？我很好，我胖了点了，也许是我的工作不同，和心情比较愉快的原因吧！请放心！

鸥妹，你的裤子尺寸仍是按你寄来的尺寸做的。因为我今天请去的那女同志很机灵！她向店员说：我穿了大棉裤，你量不准，你按照这个尺寸做吧！店员说："不是你的吧？"那女同志说："你怎么知道的呢？那你先量量我的长短就知道了。”其实我们事先已做了准备，她也是1米03，就这样做了这条裤子。

鸥妹，虽然年还未来，但我已为年的到来发愁！北京的东西实在是不好买，什么东西大都是要购货证的，就是买果子酱也要证。如果我来郑州，什么也带不来，多难为情！你再给我想想看，我给你买些什么好？驴皮胶现在是买不到了，买四颗人参再造丸，好吗？我还未买呢！给爹爹买一瓶虎骨酒（现在也不好买）。我现在是和你商量！但舅舅、舅母和表弟、表妹给他们买些什么呢？借给礼敖100元后日子真不大好过。请来信！

鸥妹，如果你要是在我的身旁，我就会省掉很多脑汁，真是：

> 幽夜无限伤心事，唉！尽在深深一叹中。
> 捣枕捶床千遍，唯怨你我西东。
> 推不掉相思恨。

好吧，我们就谈到这里，明天我要起早去农场，今天要早睡了。鸥妹，天越来越冷了，外出或进屋时穿衣要注意，知道吗？请你

保重身体！

你的

兆 1960.12.20 晚

荣兆，你好！

来信刚收到，勿念！

谢谢你给我做的呢裤，可是不能使我满意的是，我不喜欢黑色。因为我这里有一条黑色的呢裤，因为质料不好，所以我不爱穿它，可能你还没有看见我穿过，因此以为我没有呢裤。这次你又给我做了一条黑色的呢裤，就有两条了，况且我又不喜欢黑色，大概你还记得，我本想做深米色的，但你认为藏青色的好，所以我同意了，可是事不如愿，如今连藏青色的也没有了，因此只能做了条黑色的，并且是尽了你最大的努力争取来的，虽然我不能满意，但我还是应该感谢你！关于钱，我争取在下月10日再寄些给你。

兆，关于粮食问题，我真想狠狠地批评你一顿！我还以为你的定量增加到 45 斤了，才按 45 斤吃的，谁知道你，定量没有增加，但吃粮倒增加了，难道你不知道，“吃超”不补吗？真巧我还可以节约一些，否则你向谁去求援？谁会来支援你？这一月我好不容易节省了 8 斤，2 斤买了黄豆，6 斤留着，想积几个月后请妈妈到郑州来过年吃的。这样一来，我怎么能叫妈妈来？妈来了，我用什么给她吃？这一月快过去了，下月我要求你计划用粮，假如妈妈不来郑州，那么下月还能支援你，假如妈妈要来，我就没有办法支援你了，你就将那挂面吃掉算了。

兆，妈妈不一定能来郑州，今天接到姐姐的来信，他们要她到上海去过年，说等天气暖一点再到郑州来，我觉得应该同意！你来郑州不需要买什么东西，现在大家都知道：什么东西都买不着，所以不要买什么，你来就好了，我会安排的。娘舅还在上海，你怎么还不知道？我从来没有听见过叫“舅娘”的？就是你来一个创造性的叫法，以后还是叫舅母吧，不要叫人看了发笑。寄来粮票 5 斤，接到后请来信，以免我挂念！好吧，不写了，再见！祝

健康！

鸥于 1960.12.22 晚

亲爱的鸥妹，我的爱妻：

你好！

你寄来的粮票（5 斤），我收到了。是不是因为我这一关能过去了，而不给你来信了呢？不是的，说实在的，在这一个阶段中，可以说我是忙极了。今天是元月 1 日，看来我能休息了，结果没有，明天也不能休息，原因是我们搞的是积肥工作，积肥工作冬天来说是最忙的了，因为今年肥料如果没有准备得足够，那明年的春耕就会有影响，因此我们忙得很。元月 1、2 日不休息是我暂时到饲养组来帮忙了，（有一个同志很长时间没有休息，领导上给他调休了）来饲养组后，因为工作生，做得慢，工作变得更忙，单拿挤牛奶来说，三头奶牛的奶，我就要挤一天，还要挑水起粪等，还有一头小牛，半夜也要起来喂食、煮粥。这几天里我已有缺睡的现象。看来要到元月 10 日左右才能解决。

（等他回来了。）

鸥妹，你问我下月十几日到你那里来？我很难告诉你，现在我的工作不像管理局，自己不好排计划，我现在想：下月 13、14 日来你那里，你说好吗？鸥妹，你说妈妈可能不来，这是什么意思？要她来不是很好吗？我已经去信了，我要她来郑州！我建议爸爸和莲娣到明年，如果我们北京有房子了，就请他们来北京玩玩。

鸥妹，粮食问题上我这里可以解决，你在下月不要寄粮票来，留着给妈妈准备吧！因为我到月底就可以粮食调整，看来四十多斤是不成问题，因此你不要为我担心。总之，我受了这次教训，我会安排好的。

鸥妹，我的计划是已经大破产了，也就是说，我把二月份能多的钱都花掉了，但我这里能自己解决，你也不要寄钱来。如果你有可能的话，就给妈妈多寄一点去。我这里的经济情况，从我们分别以后到现在，借给礼敖是 100 元，买布 14 元、做裤子 7.8 元、向别人借了 45 元，本月 18 日可以还清。看来我是不善于做管账的。

鸥妹，我有很多零碎的事要和你说，但现在很多的工作要做呢！说真的，这封信我是硬挤出时间来写的。好吧，就谈到这里，祝你

元旦快乐！

你的

兆 1961.1.1

兆：

新年好！

寄来的粮票和钱是否已收到了？兆，我上次批评你用粮没有计划，事后我想了一下，又觉得不应该怪你。事实上，在农场，你的定量是不够的，但现在国家有困难，不能让我们吃得很饱，只能按照自己的定量、有计划地吃。有困难应向组织反映，但组织上也没有粮食，这是整个国家的困难啊！应由大家来克服。我们这里有个别的人也吃超了，有些是真的肚子大，不够吃；有的是有意和领导为难，一个月的定量，半个月就吃完了，到后来没有办法，领导上动员大家拿出自己的粮来救济他们，可是人家也不够吃啊！所以要人家拿出来，话可难听啊！

所以一个月的饭票每天都印上日子，只可以迟后，不可以提前用，到后来有的人还是不够吃，最后领导上给予补助，但最多只有3斤。目前的粮食是成问题，要真正的放开肚皮吃饱饭，还要等粮食过了关。唉！我是1两、2两的在节约，但这月我可以支援你，不过最多不会超过8斤，希望你好好地安排。

兆，昨天我们放了一天假，今天按理是没有休息的，但与明天的星期天对调了。所以连续休息了两天。这两天倒吃得很好，每人能吃到四两肉、二两鱼。兆，你呐？放几天假，大概连星期天也只有两天吧！吃得怎样，是否能改善一下生活？

兆，我告诉你，郑州买表、自行车、呢料、绒线（毛线），都不要凭票了，不过听说买的人多极了，很难买到，我想我们也不要买什么，以后有好的细毛线就给你买一件好了，你说对吗？

兆，近来你怎样，好吗？农场里一定冷得很，这么冷的天你们怎么在室外工作？又做些什么？农场里大概不会有暖气吧？你一定冻得够呛了，希望你好好地注意自己的身体。我在这里很好，请勿念！好，下次谈吧！祝

新年快乐！

你的

鸥于 1961.1.2 下午

又：对了，兆：假如能弄到油的话，请在新年里带些油来，我们可以做饼吃。（舅母家不能供给我们油，因为每人每月只有2两。）

亲爱的鸥妹，我的爱妻：

你好！

上次的来信不知你收到没有？你一共寄来了42元和5斤粮票，我都收到了，请放心！自我下放到农场以后，在工作上得到了领导和同志们的好评，但我觉得累了，今天能写这封信给你，也就是我连睡了两天和今天上午到医院里去打了一针后，才储备了一些力量。我不是请病假的，而是调休两天加上星期天，一共三天，明天该去上班。

鸥妹，你说，在本月你还能寄给我8斤粮票，我说你不要寄了，留着给我们的妈妈来郑州吃吧！我在这里问题不太大，我的家里也来信说，可以支援我。我们主要重点放在支援乡下爹爹妈妈莲娣妹妹，我们总要比他们好得多！因此我要妈妈到郑州来玩，也就是这个原因。食油我能带一点来，但为数不多，估计有半斤到一斤。另外我还可带十斤挂面来。鸥妹，你说要不要带一点大米来？还有味精、酱油，请来信！

鸥妹，你寄给我这样多的粮票和钱，我想你的生活一定很苦的了，怎么办呢？！这都是因为我，你才会这样。确实我想到这，就很不好受。现在我这里是能渡过了，而你那里就艰苦了。鸥妹，我们在做明年的计划时，再放松一点吧！在基本建设中，我们可以晚建的就晚建，可以不建的就不建，具体情况，等我们相会时再谈吧。

鸥妹，我们的结婚证，有一张已寄给姐姐了，但一直也没有收到她的回信，因此也不知她收到没有？也不知买到钢精锅没有？如果她有信给你已谈起此事的话，你就在给我的来信中提一提，使我放心！关于钢精锅的事，我也给家里去了信，他们也说买不着。他们以为我们现在就需要，所以要把家里的两只半新的寄来，我要去信告诉他们现在不要。但你看到了就买，买了放着绝不要等我们的小家庭成立后，没有锅烧饭，你说对吗？但姐姐那里如果买着了，这也不要紧，我们不怕有双份或三份，因为我们可以在这几份中挑一份最好的，其余的可按原价卖给别人，这是很容易的事，因此你可放心！

鸥妹，自你离开了我爸爸和我哥嫂以后，也许还没有去过信吧，特别是你去郑州实习以后，如果真是这样的话，那你太不应该了，说实在的，我是最怕你和我家里的人相处得不好，如果真是这样的话，我会难做人的，我可能要在夹棍中间，你要是体贴我的话，那么我要求你，要注意这些。现在我在他们面前说了谎。我说白鸥一到郑州后，在第一封来信中先检讨了自己，后问家里的地址，结果我告诉她是凯旋路250弄93号（应该是750弄），信是写给爸的，里面也附了给哥嫂的信，最后信又退回了郑州，应该怪我，现在我已给你做“梯子”，那你就“下台”吧！我嫂嫂她先主动了一步，我已把这信附上。鸥妹，近来是不是我的神经过敏呢？还是我有不主动的毛病？我觉得我对爹爹的心肠要比我自己的爸爸还好，而爹爹呢总是把我当作女婿外人，姐姐那里呢？几个月也不来信了，好像是无言可谈，我也知道，这样下去，你也可能会处在夹棍中间。但我相信你会在我们中间建起一座牢固的桥梁，可是在你的行动中却注意得不够，举例来说：如你在北京时写信给乡下的爹爹妈妈或郑州的娘舅时，你就不会代我一笔。亲爱的，我这样写，不是在挑你的毛病，我是想，怎样来使我们双方的大人和我们建立牢固的感情。

鸥妹，我寄给长阳路电话分局殷玉生的信纸、信封在上星期退回来了，怎么处理？请求先指示，后批评。祝你

健康！吻你！

你的

兆 1961.1.10

又：请代问候舅母和国铭，愿他们快乐！

亲爱的兆：

你好！你的两封来信均已收到，勿念！

兆，妈妈不到郑州来了，原因是：姐姐要妈妈到上海去过春节，姐姐来信说：天气这么冷，路远，车费又贵，来住一个月不合算，并且郑州供应没有上海好……她的意思是等天气暖和一些，再让妈来郑州，我觉得等天气暖和一些再让妈来郑州，这是有道理的，所以我们应该同意！你的意见怎样？我想你是会反对的，因为妈妈如不在春节来的话，那你就看不见她了，对吗？不过姐姐要妈妈到上海去过年，那我们能迁就，就迁就些吧！好吗？

兆，舅舅在本月初就回郑州来了，但回来以后就到新乡去开会了，大概在后天可回郑州，回郑州以后又要出差到上海去了。本来想寄给你的 8 斤粮票，因为你说本月底可以补了，所以我想请舅舅带给爸爸妈妈了，好不好？

兆，今天是 15 日了，下月 15 日便是年初一了，我们一定能欢度在一起了！我们不能忘记小年夜是我俩结婚一周年，我希望你在那天能在郑州了，那我们应庆祝一下！你来郑州不要带什么东西，假如你

想吃面条的话，你可带三卷挂面来（食堂里每天有面条，但不好）。至于大米（郑州现在有的是）、味精、酱油都不要带来。对了，假如有酒（黄酒或葡萄酒）可带些来；还有一盒图钉、一盒面油，其他不需要什么了。

兆，这两个月，我们是比较紧的。我来郑州以后一共领了108.6元的薪水，可我寄给你42元，寄回家30元，剩下的就是我的生活费。不过，无问题，我能过去，你不用为我担心！有了钱也买不到什么。今年我们总算存了100元，这100元就算作为买无线电的基金吧！好吗？礼敖还来后，我们就去买只无线电，你说好吗？

兆，结婚证姐姐早就收到了，但上海现在根本看不到钢精锅，假如有，他们会给我们买的。我们只要能买到一份也就好了，心不要那么狠，还想在双份、三份中间挑一份哩！现在物资紧张的时候，你不要再去增加紧张气氛了！好了，算了吧！让他们替我们买买看，能买到一份就好了。

兆，确实，我没有写过信给你的爸爸和哥嫂，对不起啊！你说假如体贴你的话，要我不使你做难人，我不会使你做难人的，写封信有什么难的！我马上就写。我爸爸大概好久没有给你信了吧！以前我在北京的时候，我说就写给我好了，不要写两封了；我来郑州以后，可能少了，但你也能理解，爸爸写封信并不容易，另外一封信就要8分，对我们来说，根本不考虑，但他们乡下人或许会考虑！至于姐姐他们，我知道他们写信是不勤的。你别疑心了，他们对你可关心呐！另外他们经常给我信，所以你那里就少了。殷玉生的信纸信封寄到上海市内电话局平凉路支局。好，再见！祝

健康！

你的

鸥于1961.1.15晚床上

亲爱的鸥妹，我的爱妻：

你好！

这几天，我们下午四点钟就下工了。而且我们工地就在我宿舍旁边，回宿舍后，拿了一本越剧《西厢记》曲谱看了看，却增添了我对你很

多的思念和我的回忆。我觉得我现在的处境并不比张生强多少，特别是在将要分别的那一段中，我和张生真是同病相怜，因此我在此书中拼凑了几句：我是认为这是我对你想念的思想反映的结果：

盼你来京都花开并蒂莲，却不料合欢未已愁相继；
顷刻间鸳鸯被拆两地分，今日是人间烦恼填胸臆。

我现在确实很烦恼，因为我见不到我知心人。我有很多事，要和你说，可是只能在纸上说，由于我的语文程度差，要想说的又形容不出来；要想看你又不能，只得在夜梦中盼望相会，梦后仍是我孤单的一人。有钱人不知无钱人之苦，天天在一起的人哪知离人愁呢？这也是因为我们长久地不在一起的原因吧！如果我要做人事局局长的话，我一定会想法把离人们让他（她）们团聚在一起。可惜我现在不是。

亲爱的，我近来的思想很不正常，特别是我们不在一起的时候，我的说话常常会反映着不满的情绪，这你是可以理解到的，但究竟有多少人能为别人着想呢？我很难说。因此我下了断语：再亲也不如自己的亲人亲。鸥妹，我的这些看法和想法如不对的话，请来信批评，绝不要生气。

鸥妹，我上次的来信告诉你，我累极了，因此睡了三天，第四天就上班了，上班后，我一直很好，请放心！我现在也比以前稍许胖了一点。我想你一定会高兴的，是吗？我也很高兴，这也是在你的关心下和支援下的结果。否则我会饿瘦的，因此我才说，再亲不如亲人亲。这个月的粮食我能接上发下月粮票的日子，但下月是不是会调整我的口粮，有人说不能，支部在以前传达的时候说能调整，可是直到现在，还未得到消息，真是急死人。

鸥妹，现在离过年越来越近了，北京什么也买不着，看来，我要空手来郑州，多么使人难为情呵。我真是因为你在那里，否则要我在这样的情况下来郑州，我是绝对不会的。现在也只能老着脸皮走来了！亲爱的，我想到这里，我觉得高兴了一点，但愿新年早日来到，祝我们快乐地度过新春。爱妻：我有一件事忘了告诉你，你寄来的糖，我收到了；虽然不如我现在放着来郑州时要带给你吃的糖好，但也甜到了我的心间了，谢谢你，我的爱妻，愿你听到我的反应和我一样的甜。

好吧，就谈到这里，祝你

身体健康！吻你！

你的

兆 1961.1.17

亲爱的兆：

你好！

你的来信已经收到了，勿念！我知道你很想念我，真像我想念你一样，这是难免的，也是合情合理的，你的想念和对我无微不至的关怀及对我的体贴，我十分感激！但为什么对别人讲话时要带不满情绪呢？难道人家害你的吗？难道人家硬性要将我俩拆开吗？不是，我是为了实习——也就是说为了继续学习。“人有悲欢离合，月有阴晴圆缺，此事古难全。”我们分离是暂时的，那么你应该非但毫无怨言，还应该鼓励我安心实习。你对人家有不满情绪，这真是有些莫名其妙！你说究竟有多少人能为别人想呢？假如有很多人都为你想，那也不能把我调回来不实习啊！也不可能让你不工作，来这里一个月啊！我觉得有些地方应该冷静地想一想，看看在什么场合下，发生了什么问题，怎么处理，不能一点不考虑，乱发歇斯底里！好，我的批评就到这里，假如不对，那就你来批评我。

兆，新年快要来了，你也别想我了，反正就要来了呗！你来的时候，请你再给我带下列东西：给我带条草席来（就是我放在你那里的一条），请别忘记，一定要给我带来！味精也带些来，送给舅母家；对了，还要请你多买些信纸、信封来（我和我的同学都要）。假如有松紧带，给我买三尺（做短裤用）。兆，我想烫头发了，所以请你给我买一把钢丝木梳来（普通用的就可以了）。

兆，我要你带的东西很多，我怕你可能会忘了几样，所以我建议你将我所需要的东西，写在一张纸上，放在皮夹子里，等整理东西的时候检查一下，好吗？

兆，你来的时候，钱、粮票，吃的东西应该特别注意，皮夹子应放在里边的衣袋里。你知道，这里的小偷很多，抢东西的人也很多，尤其是车站和饭店里，车站里抢东西，饭店里抢馒头、面条，我的同学就遇到过，真不像话，你要听我的话，特别小心。兆，假如你下月没有增加定量，粮票放在宿舍里又很保险，那你不要带粮票来了，我这里能够供给你，你放心来吧！假如放在宿舍里不保险的话，那就随身带着，不过应放好！好吧，我真像个烦老太婆了，你大概要听得不耐烦了。好，不说了，再见吧！祝

好！

你的

鸥于 61.1.25 晚于床上

又：兆，你把所要补的袜子都带来，好让我给你补。

鸥妹：

你好！

两封来信均已收到，勿念。很长时间没有给你信了。没疑问，我们之间的想念是可以想象的，好在我们就要相会了，在你的来信中要我做到的这点小事，可以告诉你说，我绝不会忘记一样，请放心！但究竟是什么时候来呢？很难说，因为有两个原因在约束着我：第一我不知到你那里来是不是可以用探亲假；第二是经济问题，我要等到我开支才能来，否则连车资都成问题。看来在下月 13、14 日到郑州的可能性大，说实在的，我真想马上就来郑州，你看如何是好？

鸥妹，下次你不要在信中寄糖来，第一把信都压坏了；第二别人看了还以为是什么东西呢！再说我这里的糖还多着呢！就是你从上海带来的糖罐头，有满满的一罐头呢！都是高级糖。鸥妹，在你要我带来的东西中，有三样买不到：一是面油；二是味精；三是酒类，现在我有三瓶啤酒也是以前买好的。现在我把我要带来的东西开了一个账单寄给你：你的呢裤、衣料、信纸信封、一盒图钉、草席、松紧带、钢丝木梳、三斤挂面、一斤油、三瓶啤酒、一瓶辣酱油、一斤肉、一罐糖，还有一斤半带鱼，一斤半点心，就这么多。鸥妹：我在箱子里看到你夏天穿的衣服很多，是不是要给你带一点来或再带点其他东西？

我是一点也不怕你说很多，就怕你说：呀，这也忘记告诉你带来，那也忘记告诉带来等等，反正我现在要想多带也买不到，可以说这次来带的东西不会多。

鸥妹，你说，我到郑州来可以不带粮票来，如果我有探亲假的话，那就要半个多月，我要吃二十多斤粮食，你能供得起吗？当然我也不会一点也不带来，但带的不会够我吃的，也就是说，要“揩一些你的油”，这要求你做好准备，因为我这里的粮食数量还未调整，据很可靠的消息说是能在下个月调整。不管如何，在眼前借了别人的粮债总得要还。我家里答应给我十多斤（现寄来了三斤），外债看来问题不大，但怕的是万一在下月还不能调整，所以还要“揩你的油”。

鸥妹，今天是我休息，因此我就买点米自己烧饭吃，同时又买了三斤面粉，放了一些油炒了一炒，用北京的名字来说，这是“油茶”，性质和我们南方炒麦粉一样，很好吃，这也是我要带来的，我想你一定很喜欢吃的。今天我差不多在锅炉房蹲了一天，给你的这封信也是在锅炉房写了很大一部分。写到这里，我又想念你了，如果你在北京的话，我们又可以过一天很有意义的生活。

鸥妹，为了要纪念我们结婚一周年，我决定在下月 12 日离开北京，如果有其他原因来不了或提前来郑州，我会来信或来电报告诉你。愿我们在相会的日子里过得更有意义更

幸福！

你的

兆 1961.1.30

亲爱的兆：

你好！来信收到，勿念！

首先得告诉你一个好消息：我们的妈妈现在决定与舅舅一同来郑州过春节！只知道年底来，具体的日子还不知道。兆，我想你一定高兴极了，对吗？我确实很高兴！但也有些担心，那就是吃粮问题，她来，我想让她住一个半月到两个月，舅母那里有我 9 斤粮票，那是上个月节约下来的，这月最多也只能节约 9 斤，那么共有 18 斤。这月没问题，

下月就有问题了，不过我舅母家也可揩些油，还可以向同学那里借一些，等妈回去以后还，所以问题不大。本来我以为妈妈暂时不来，所以我叫你可以不带粮票来，现在看来是不行了，这样吧，假如你2月份粮食增加了，那么就多带些来，假如没有增加，那就少带些，好吗？我这里总可以想办法的，你放心来好了。兆，我的夏天衣服要穿的，我差不多都带来了，所以你不要给我带了。既然妈到这里来了，假如无事可做，那也是很厌倦的，所以你所需要补的衣服、袜子都带来，让她给你修理一下，不过补衣服的布没有，怎么办？（我一点布票也没有）你有办法解决吗？

兆，一瓶辣酱油、一斤肉、油茶，你不要带来，留着你自己吃吧！点心少带些来。喂！你哪儿来那么多点心啊！上几个月你难道没吃？不要这样，不要把自己弄得太苦了。我们春节供应的东西是：一斤红枣、一斤柿饼、八两糖、半斤糕点，另外还有五只元宵和半斤酒。我的油和肉没有，因为我在食堂里吃。你来我没有什么给你吃，怎么办？只能苦苦你了。噢！假如你看到绣花线（枕头花线），给我买些来，颜色是紫红色、蓝色各两绞。好了，见面谈吧！祝

快乐！

你的

鸥 1961.2.3 晚

鸥妹：

你好！

上次的来信想你收到了吧！在上次来信中，我告诉你说：在本月12日晚上离京，13日早上到郑州，现在看来，我能提前一天离开北京（即11日晚上），12日早上到郑州，我已和我们领导口头上谈了一下，这个日子基本上没问题。还可用探亲假（14天）。你听了高兴吗？也就是说再过一星期的今天，我来会你了，想到这里我真高兴极了。前天乡下爹爹寄来了一罐头荷包蛋（18个），我一下子就吃了9个，结果在吃晚饭时老觉得吃不饱的我，竟少吃了半碗饭，而还觉得很饱。昨天吃了4个，今天吃2个，计划明天吃3个。这几天在饮食上，我真美死了！

为什么呢？因为我这几天里都是自己做饭，原因是在我们宿舍附近搞了很多的肥料，这几天把它运回农场。白天没车，利用晚上运的，我们就白天休息。

鸥妹，自我到农场去后，在身体上，觉得比在机关更好了，也稍许胖了一点，但也觉得老了。我想如果在一年以前，你一定会看到我这个老头子而不要我了。但在今天我们即将快乐幸福地度过我们结婚周年。好吧，余言我们面谈吧！吻你！祝你

快乐！

你的

兆 1961. 2. 4

1961 年荣兆（前）国铭合影

【按语】他 2 月 12 日到郑州，2 月 29 日回北京，在郑州一共住了 18 天。这是我们俩从相识到相恋直到结婚，最最长的一次聚会，我们白天在舅母家，和我们妈妈，和弟弟、妹妹们欢聚在一起，真是欢乐无穷！晚上，我俩住在招待所里，也有我们的二人世界。所以这个春节我们过得非常愉快！但在物质上，那个年代能吃饱就可以了。最让我们忘不了的是那一箱子大白菜——那年，荣兆在农场里劳动，到了冬天，分了两百斤大白菜，他一个人在北京没有家也没法吃，这两百斤白菜放在他单身宿舍的床底下，到春节了，大白菜的菜帮子都掉了，都快成白菜心了，他把这些白菜放在一只大皮箱里带来了！一只漂亮

的大皮箱，里面装的竟是大白菜，真是奇事。可是舅舅和舅母都说这比什么都好，因为那时连白菜帮子都买不到。荣兆身边没有钱，没带什么给舅舅家，心里十分过意不去，听到舅舅、舅母这么说，这也许是给荣兆最好的心理安慰！直到我们年老了，还常常提起，没什么东西可带，就带了一皮箱大白菜……真是：既愧疚，又无奈！

亲爱的兆：

你好吗？

你看时间过得多么快啊！我们日夜盼望的春节已经过去十六天了，而我们又已经分别两天了。以前你在的时候，我觉得时间过得特别快；可这两天，我又觉得特别慢，好像你已离开我两个月，甚至两年了。因此使我不得不想念你了，尤其是你走的时候，牙痛得那么厉害，可我一点办法也想不出来，只能在旁边干着急。现在是否好了呢？真使我不放心！愿你已经好了，此后再也不痛了，求上帝保佑你！

兆，妈妈大概在十几号就要回去了，我真想让她在此多住几天，

1961 年春节合家相聚合影留念

可也无能为力，因此只能让她回家吧！

兆，看你来的时候，拿了那么多东西，但回去的时候，什么也没有，我真不好意思。你自己舍不得吃，拿来给我吃，可我什么也拿不出，真是亏待你了，请原谅！我在此很好！祝

晚安！

你的

鸥妹于 1961.3.2 晚

鸥妹：

我在本月 1 日平安地到达北京，在火车上，睡得还算不错，可是对我这个爱睡觉的人来说，第二天仍是想睡，怎么办呢？只能利用中午睡了一会，才解决了一些问题。我的牙痛已好了，请放心！鸥妹，娘舅是不是已到保定来了？回想起我在郑州的时候，在经济问题上，真使我感到尴尬，再加上娘舅和国铭弟要离开郑州，应该买一些他们外出时的所需品给他们，譬如：买些咸菜等，我都不敢拿出钱，还有买点心也是如此，时间已经过去了，我想等他们来北京玩的时候再说吧！

鸥妹，从 3 月 1 日—8 月 1 日每人只发布票 2.5 尺，而且买袜子、毛巾、背心等十种棉织品都要收布票，看来我今年要买衬衣和外上衣等要节约下来了。好在我的衣服还不少，补一补还能穿，问题不大，请不要担心。

鸥妹，我的车资在我的单位可以报销，明天我就给你寄 16 元来（是保价信）。是给妈妈买一只闹钟呢还是给国铭弟买一点外出时要用的东西？钱少，你就看着办吧！在本月 18 日我计划还可以寄 10 元来。亲爱的，我们就这样来渡过我们这一个时期的难关吧！总之是为了我们的基本建设。为了早一点发出这封信，我就写到这里吧，舅母和国铭那里我会另写信去。祝你

身心愉快！

吻你的

兆 1961.3.2

鸥妹：

你好！

上次的来信不知你收到没有？里面有高级面油一袋（分两袋装）。在上次的来信中，我告诉你寄 16 元钱是寄保价信，结果在第二天我寄的时候改成汇款了，因为保价信要 7 角钱，而我买了饭票以后，只有 6 角多。我听说取款时邮局要看户口本，所以我没有写你的名字而写了国铭的名字。今天是星期日，除了在信中和你谈谈，剩下来的就是想你！回忆着我们结婚周年，过得倒不错，特别有意思的是：在那天我们还吃了枣子，那么我们在第二周年的时候，我们就有六个儿子在我们身旁，嘿！多么有意思呀，你要变成狗婆了。我不是骂你，我是在说笑话，因为你变了一个狗婆，那我成了一个狗爸爸了呀！说真的我们第二周年时，有一个就可以了。

鸥妹，你说我们在一起，经常要吵嘴吗？我说不会的，因为我们是彼此了解双方的性情，我们懂得理解和谦让，什么事都不要把它记到心里去（指对我们在感情上不利的）就可以了。这一次妈妈来郑州，我什么东西也没给她带一点，当然有客观原因，第一也买不到；第二也没钱，但作为她的一个儿子，平时常说妈妈好（事实也是如此。）的我，多么不好意思呵！只能拿自我宽慰的话来说，以后好好待她吧！谈到这里，祝你

快乐！吻你。

你的

兆 1961.3.5

兆：

你好！

你寄来的钱和信都已收到了，勿念！前天，当我看到你寄来的汇款单时，我真感到奇怪，我说，寄钱来给我做啥呀，我现在衣袋里还有 4 元呐！而你，可能是身无分文了。大概怕我没钱用，因此借了钱给我寄来的。后来，我也猜到了，一定是车费可以报销了，因此寄钱来了；兆，你说叫我买一些东西给国铭弟弟，可是你叫我买什么呀？

我是什么东西也不能买啊！我们这里发了2尺布票，可是袜子、毛巾、枕头套等都要布票的。我这2尺布票不能买别的，只能买平布补补袜子，你叫我怎么办呢？你寄来的钱，我是知道给妈妈买闹钟的，但我征求妈妈的意见，她说不要。原因是她以后不一定会在食堂烧饭了。据现在爸爸来信说：现在是轮流烧的，以后也可能如此，假如以后妈妈在食堂烧饭，那么常州、上海都可以买。所以她不要，我也不强调了。我想利用你的钱去买一只鸡改善一下生活，并在昨天，我花了三元钱买了半斤高级糖，真是天知道，这种高级糖还不及几毛钱一斤的低级糖，我真后悔！不过，譬如我们不能报销车费吧！

兆，舅舅大概在本月13日到保定去，国铭弟弟还不知道何时去何地学习，暂时还在家里。

兆，我在这里还算好，就是肚子不太好受，可是我的"朋友"又不来，我又懒得去麻烦医生，以后再说吧！另外，我很想念你，不知道怎么的，一个星期好像几个月、几年那么冗长；你怎么样？好吗？听说牙痛好了，我也就放心了。信中附寄来的高级香脂已收到（两包）谢谢你！不过，我的手已好了！那瓶"甘油"的效果还是很大的。

兆，舅母问你：北京有没有帆布箱子卖？假如有，请来信告之。

兆，今天是"三八"妇女节，使我回忆起以往的"三八"节来了。在以往的八年学生时代，每次"三八"男女同学围坐在一起开联欢会，男同学带着他们简单而有意义的礼物来祝贺我们。你看我们多么快乐！可是现在，仿佛没有这个节日了，我们仍是冷冷清清，真是气人，唉！工作人与学生是不一样啊！遗憾的是不能再做学生了！我、妈妈、弟弟妹妹们都很好，勿念！好！再见！祝

快乐！

你的

鸥于1961.3.8晚

兆：

你好！来信收到，勿念！

近来我的身体不大正常，除了腹胀以外，胃口一天天地不好了，

平时爱吃馒头的我，这几天我连看也不看了，一天只要喝几两粥就可以了，甚至连粥都不想吃，我自己也不知道什么是我爱吃的！虽然食堂里的花样很多，可我一样也不喜欢。我以为我病了，前几天我去请医生看了，医生说我很可能是怀孕了。不过还是给我打针（黄体酮），这种针是治月经病的，但即使怀孕了，也不妨碍，并能起保胎作用。打了三针，仍没有来。今天上午我又去了，医生给我检查过了，现已确定是怀孕了。兆，你的愿望是实现了！可是兆，我真是又惊又喜又愁！你知道，我现在怀孕，不利因素多得很，首先我是体力劳动，整天碰到的是铁，要么不做，一动便是用很大的力气；要么不拿，一拿就是几十斤，所以我很担心胎儿的安全，另外，现在国家正处在困难的时候，从现在到 8 月，每人仅发 2 尺布票。可是这 2 尺布又能做什么呐？到夏天，我原来的衣裤都无法穿了，要做新的，哪里来布票？未来的孩子用什么给他（她）做衣服？唉！怎么办呐？再有就是供应那么紧张，什么也买不着，这些我都没有意见，可是未来的孩子有意见，因为这对胎儿是非常不利的。不过这倒没有什么大问题，主要问题就是头两个月，你说对吗？兆，妈妈还没有走，已决定在 21 日走。她很好，勿念。舅舅暂时留在这里，不到保定去了；国铭弟弟可能去安东学习，但是不知道什么时候走。对了，他所要你买的旅行袋不要买了。（舅舅今天从新乡回来给他买了）近来怎样，你好吗？给我寄来了 16 元钱，又苦了你自己了，可你为什么不多留些给你自己呐？下次不要这样，好吗？好！我们以后谈吧！再见！祝

快乐！

你的

鸥妹于 1961.3.13 晚

荣兆：

你好！

前封信我告诉你舅舅不到保定去了，暂时留在郑州，可是不到保定去这消息是肯定的，但我没有想到他就要去安东，今天你接到他在北京给你的电话，一定会大为惊奇，对吗？不过，这也不能怪我，因

为他们的变化实在太大了，真的，实在对不起！害你弄得措手不及。

兆，我的反应并不太大，不像姐姐那样吐啊、东西吃不下等等。我人并不好过，但也不吐，东西是并不想吃，可饭吃得并不少。除饭以外，其他东西什么也不要吃，这些都很好；可是最糟糕的是我现在的工作，都是那么笨重，并且我现在实习的那个队，他们完全让我一个人做，有时把我当作一个师傅用，我每天上午拆车拆得满头大汗，接下来就是蹲在地上揩擦，最后装上，一个上午下来，我的肚子痛得要命！有什么办法呐！我去向谁说呐？正因为这个工作，问题就来了，近几天我只能停下来了，每天要打两针保胎针，因为已发觉要“先兆流产”，本来我想就让他流掉算了！可听说头胎不能流掉，否则以后很不利；不过，这个胎儿能不能保住，还成问题，不过，我总是千方百计地保住他。

兆，妈妈明天回去，但不能预先买票，所以只能今天晚上就到车站去等明天的票，并且我不能送她，幸好，国铭弟弟可以送她。噢！现在又已经决定今晚不走了，原因是已托车站里的人为我们代买了，买到哪一天的票就哪一天走。你送给妈妈的那一罐头肉，妈妈怎么也不肯带回去。她说，我一点吃的东西也没有，并且以后即使食堂改善生活，我也不能吃，因为这里总是羊肉和猪肉一起烧的。据说孕妇不能吃羊肉，否则以后对小孩很不利，所以我也只得不吃。那一罐头肉，今天妈妈已给我烧好了，味道很好！这应该谢谢你。这几天，我每天在食堂买些米饭，到舅母家来加加工，这样虽然我很爱吃，但我很不好意思，因为老是用人家的油；另外自由市场的青菜也要卖四五角一斤，所以真伤脑筋！食堂里的东西，除米饭以外，我什么也不要吃，这真成问题。

兆，你怎样？好吗？愿你多保重身体，别想念我，我会注意自己的。好吧，再见！祝

康健！

你的

白鸥于1961.3.20

又：钱不要寄来了，我够用了，谢谢你。

亲爱的：

你好！

我已从密云出差回来，到宿舍时，连收到你给我的两封来信。我看了信的内容，真是又高兴又担心。我高兴的是，我盼望已久的愿望，快要实现，也就是说，我做爸爸、你做妈妈的日子越来越近了。等你回北京时，我们要住房的条件更充足，再也不会像去年“十一”和“五一”那样，有着满腹的话，只能在马路上或公园里去倾诉。不但是这样，另外我们的小家庭中会热闹起来了。我们在假日里也可以带着我们的孩子一同到野外去欣赏自然美景，到那时，我们要把妈妈接到我们这里来不是就更好了吗，想到了我们今后的远景，我感到愉快。可是使我担心的是：你的身体不算太好！现在的物资供应上，又不能使你满足应需的营养，再有了孩子以后，那对你的身体更不利了，怎么办呢？因为我在农场，我这里的条件倒很好。我刚去密云的时候，我还把黄瓜、白菜、带鱼送给别人，我是想这些东西日子一长就要坏了，才这样做的。如果你在我的身旁，那该多好啊！除了这些东西外，我还有两听罐头，一听是鸡、一听是黄豆和肉。我还有一瓶酱，还有几颗花生米和大黄豆，还有咸菜，我都给你寄来。但使我遗憾的是找不到存放的东西，不过我会想办法的，最晚明天给你寄来，因为今天和明天都是我休息的日子。鸥妹，你现在身有孕，更需要营养，你就接受我的要求吧！你如果有想吃的东西，在郑州有的话就买；如郑州没有的话，你就来信，我在北京想办法买了给你寄来。我们不要太考虑我们的计划，这计划我们是可以随时变更的，总的一句话，身体要紧，知道吗？

鸥妹，你现在因为在劳动，有可能对胎儿有影响，并且已有流产的现象出现，我听说：流产对女同志的身体非常不利，也是不正常的现象，因为胎儿是被迫离开他（她）的位置，同时流血也很多。我所以要你这样地注意防止流产，我绝不是把我要孩子的思想胜于其他一切，我是要孩子，我想孩子，但主要的是你，是你的身体，我相信你会千方百计地在想办法不让自己流产。

鸥妹，在你 3 月 13 日的来信中，看到你为我们未来孩子的布票很发愁。我说，你一点也不用愁，我也算了一下，尿布：每块需布 0.5 ㎡，那 25 ㎡就够了。我的旧衣服、旧被单（特别是我的），就超过了这个数字。如外层全用新的，那 4 尺布就有富余（我也考虑了要用 30 块棉尿布）。

关于小孩的衣服，因为她（他）出生在冬天（阳历12月份），到那个时候，大人的布票又发了。可以肯定估计一定会比2.5尺要多，同时小孩也有10尺以上的布票（这是以困难的条件下估计的）。这样一来，加起来该有不少的布票了吧！你想想难道这些布票还不够小孩用的？我看还用不了呢！

鸥妹，还有一件事我要告诉你，关于你怀孕的事，你可以在和你工作和生活中有关系的人面前（如同学和老师傅等），不要害羞，可以公开。否则他（她）们不知道，有些笨重的工作交给你，如果你不做吧，影响不好，做吧，对你的身体对胎儿都不利！因为他们不知道，他们不可能来照顾你。本来么，有孕是一件正常的事，根本就不用怕羞，你说对吗？我还想，在这些人面前公开了，不但给了你照顾，同时有可能得到意想不到的帮助。

鸥妹，我还听说，女同志在受孕的第二个月中，反应也更多，也更容易流产，你要特别注意。鸥妹，我的身体特别好，以前我在工作中有时要胃痛或腰酸，但近来这种现象已没有了。在我要离开密云的那天，我也试验了一下我的体力（那一天上午，是自由活动）那里全是山包围着，我们住的一块平地，其中有一座海拔1200米高的山头，当我爬上山顶的时候也不觉得累（其他六个人都没爬上，因为是时间限制了），你想我的身体是怎样了，所以请你放心！

鸥妹，我要给国铭买的箱子，实在是买不到。3月16日我看到了旅行袋，排队的人很多，因为离开车的时间不多，所以没买。关于箱子的事，如有的话，我一定会买的。如国铭已买到而不要了的话我们也可自己用。

鸥妹，我想你的钱已不多了，因为你要给妈妈买车票，所以我给你寄20元钱，留着看到有想吃的就买吧！哪怕是8元钱的一只鸡也可以，再说一遍，总的是为了你的营养，为了你的身体。好吧！就谈到这里。祝贺我们的愿望已经实现！祝你

健康！吻你！

你的

兆 1961.3.25

兆：

你是怎么啦，干吗不给我信？难道我在哪里得罪了你，害你生气了？我天天在盼着你的信，可是连信的影子都不知在哪里呐！我真要生气啦！我这几天还停在家里，每天还要打针吃药。你看倒霉不？打针吃药倒是小事，可我心里的难受真讲也讲不出来，吃进去的东西都好像堆积在胸口似的。每到晚上冷得要命，每大便一次要花九牛二虎之力！你看我多苦啊！这些都是你害我的，不是吗？要是你不到这里来，就不会有这些情况产生，至少在我的实习期间不会有，是不是？所以我就是要怪你。不过从昨天开始，好像要好些了，但愿我就好了，否则我真的难过死了！

兆，北京有瓶装水果卖吗？假如有替我买几瓶，不过怎么拿来？我也想不出一个妥善的办法。要是寄，就是好寄也太贵了，怎么办？我倒不是想吃水果，而是我的大便实在困难，要是你有一个熟悉的朋友在北京到郑州的列车上工作，那多好啊！可惜，没有吧！

兆，妈妈于本月23日回去了，遗憾的是我连送都没有送她。幸好国铭弟弟还没有走，所以是他送妈的。现在还没有接到她的来信，不知她好不好？

兆，我们未来的孩子叫什么名字？你想过没有？假如是男孩，那让你给他取；假如是女孩，那就我取，好不好？假如是女孩啊，就叫璐琳或叫玮琳，好吗？你做爸爸的发表一下意见好吗？实际上，取名还早哩！不过我没有事情，就和你瞎扯扯，反正是我们俩知道。

兆，你的嫂嫂和你爸爸那里，最近我还没有去过信，不知你去过信没有？最好你能去封信，以后我当然也会去信的。好吧，我们就谈到这里，再见！祝

好！

你的

白鸥于1961.3.26晨

又：请你买几枚26届乒乓球赛的纪念章来！（国铭弟弟要。）

兆：

你好吗？

我还是收到你的本月5日的来信，可是今天已是29日了，这么长时间没有收到你的一封信，我想不出是什么原因，难道你真的病了？假如是病了，那么也得请别人给你代写一封，哪怕几个字也好！否则我的心都要碎了。你看，我每天在楼下信插里去看有没有你的来信，我总是抱着满腔热忱去看，但总是抱着失望而归。请你别再使我失望吧！假如我在哪里得罪了你，那么你也得来信言明之，别让我蒙在鼓里了，好吗？兆，今天我已是停了第十天了，身体比以前好多了，再休息几天，大概就可以工作了，所以请你放心！大概不会再发生流产之类的事了，以后我也会注意的。兆，停在家里真不好受啊！心里闷得慌，可又无精神出去玩。你走了以后，就是在昨天上午，去看了一场电影——《革命的家庭》。其余时间我一直是待在家里。时间确实很富裕，但又懒得做事情，只是看了两本小说——《敌后武工队》和《上海的早晨》。

兆，现在完全是春天了，天气很暖和了，许多人已换上春装了，可是我还穿的去年12月里所穿的衣服，一到晚上还觉得冷哩！真是我自己都觉得好笑！兆，幸好，我这里有舅母，我可以在家里一样的待在这里，否则我真够苦的了！食堂里的东西我一样都不要吃。你看多糟糕啊！兆，我把帆布箱子用一把小锁锁上了，但我把一串钥匙掉在箱子里了，我用的钱都在这箱子里，没有办法，只得请你将我给你的那把钥匙寄给我吧！谢谢你！好吧，再见了！祝

好！

你的

白鸥于1961.3.29上午

亲爱的：

你好！

从你连续的三封来信中，特别是第三封信，也就是最近的一封来信中，好像是没有收到我刚出差去密云时给你的来信（里面还有花线呐），因此使你等信等急了，你在怪我，我完全能理解的。你的难受，

我是比谁都要同情，我实在是无能为力来分担你的难受。亲爱的，我也在这里着急，怎么办呐？我在这里一点也想不出主意来。亲爱的，我想：等我们的小孩出生后会叫人时，我一定让他或她先叫妈妈，并且叫得你心花怒放，然后再叫我这个只会着急的爸爸。亲爱的，我看到你最近给我的来信，你问我为什么还不来信呢，难道你在哪些地方得罪了我，因此才不来信。亲爱的，你不要瞎想，因为我出差在密云时，实在是抽不出时间来写信。再说，自我们结婚以来，我还没有发觉我们相互间有什么在情感上出现不利的情况，可以说，我们的爱是比我们结婚前更深了。你对我的关怀、体贴我是永记在心灵深处。因此假使你有什么地方得罪了我，我也不会拿不给你来信来作为报复，相反的我给你多来信来向你说明。亲爱的，你千万不要生气，遗憾的是我不在你的身旁，否则我一定揉揉你的胸口，给你消消气！亲爱的，你现在好点了吗？亲爱的，今天我在《中国妇女》第 17 期中看到：怀孕时吐是正常的现象，这是因为体内出现不平衡现象所成。还说要多吃些蔬菜和水果。可是在北京除了橘子汁以外，什么也没有。今天，我从西单到王府井，每一家食品店都看过了，也没有。你也不用发愁我没法寄，只要有，我有的是办法。我不是吹牛，你可以在上一次我寄来的东西中得到证明。噢！我想起来了，我在上一封信中告诉你的要寄的东西，除了黄豆，我都寄来了，因为黄豆是粮食一类的。在罐头中，有两个是新焊的，你可以细看一下，其中有一个罐头在盖上焊锡是焊了一个圆周，另一个只是断断续续的，好像是一个圆周又分成好几个弧，这里面是放的咸菜；焊成圆周的那个是放的平磨辣酱，并有一两生豆油。那一罐头咸菜并不很咸，不要放得时间太长，放长了可能要坏（我是 3 月 26 日寄出的）。亲爱的，在怀孕期内，食量一定会增加的，你要吃够、吃饱，有条件的话，可以分成多次吃（这是我在《中国妇女》杂志看到的）。我想你的定量是够你吃的。关于其他人，你也不用担心，他或她们是可以想法解决的，就拿我来说吧，我已在力争不求外援，因为你担心也没有用，反而还会影响你的身体。我在杂志上看到在怀孕期间是不能发愁的，应该是愉快！否则，因怀孕所引起的难受的时间就要延长。如果按正常的情况来说，两个月以后，就没有什么不好受了。因此你应该是愉快！实际上，我们也没有什么不高兴的地方。

1. 我们最关心的是粮食定量，自妈妈来郑州一个多月，并且妈妈回乡下几天就要到上海去，家里的问题就不大了；我在这个月已经过去了，下个月再下个月要吃到接发粮票，问题不大，到6月份麦子也下来，春菜已接上，今后的问题更不大了，因此你可不用担心，尽可放心；

2. 你在郑州，在副食上总要比别人好，因为舅母或多或少是会照顾你的，你也不用不好意思，只要我们不忘记他们就可以了。再说，只要北京有什么，我会想法寄来的，你也不要担心；

3. 我们的分居也是暂时的，我想你一回到北京，我们就可以要到房子，我又是下放到农场，在时间上是非常方便的，那时我们可以把妈妈接到北京来，因此我们就不是更好了吗？

4. 我们的物质条件和经济条件也不差，只要我们要到房子，关于炉子、锅在北京都可以买到，也许你会奇怪，现在北京的炉子和钢精锅多得很，只要家属委员会发票就可以，你想我们是新成立的小家庭，哪会要不到几张票？

在经济上，我们现在已有100元，今后会存得更多，你说是吗？我们有这么多的好条件，我们还有什么发愁的地方呢！亲爱的，我们还有5个月左右就要在一起了，以后我们可以不分开了。我们想到这里我们应该高兴！在一起的时候，我们可以自己烧饭吃。我想这样的日子过得一定是不坏的，你说对吗？

亲爱的，我们未来的孩子叫什么？是女的我同意取名为玮琳（小名叫小琳），是男的的话，我未想出来呐！

鸥妹，请你代我向国铭问好，向舅母问好！在星期天，我就给他们去信，谢谢他们对你的照顾。舅父已去安东，正是我所想不到的。在他路过北京的时候，给我来了电话，那时我正出差在密云，电话是别人接的，在北京没有见到面，真是遗憾！否则至少也可和舅父在北京拍几张照。但希望国铭来北京时，我们能见面！你告诉国铭一下我的地址和电话。好吧就谈到这里，祝你

晚安！吻你！

你的

兆 1961.3.30

兆，亲爱的：

你好！

久盼的来信终于来了，我是多么高兴啊！同时也收到了你寄来的钱和一盒子食物。怎么说好呐！总之我很惭愧，但又非常感激，你把东西都寄给我，让我吃得很好，可是你呐？怎么办？这样也不好，你的身体也是非常要紧的啊！以后快别寄来了，留着你自己吃吧！谢谢你亲爱的兆，听我的话，我不要你寄的，你就别寄来好吗？兆，有两罐大概是酱吧？（我开了一罐，是酱）你自己焊的？真不简单，可是因为焊得不密封，所以汤都漏掉了，因而高级糖上都是汤，好香啊！可惜酱变成干的了，真遗憾！你干吗把干菜也寄来了？真是，你想把什么都给我吃啊！那我一定要变成一个大胖子了，哈哈！有意思！以后快别寄类似的东西来了，知道吗？那把钢丝木梳很好用，谢谢你。

兆，你又寄来20元，这样，你一定没有钱用了，是不是？实际上我也有得用，既然寄来了，那我就收下了！你叫我想吃什么就买什么，不过，我也不要吃什么，不想吃。现在我一直在舅母家吃，食堂里的东西我连看都不想看，真糟糕！但我要吃的东西，吃得很多；不要吃的东西，连闻都不愿闻！这种病也真怪！近两天，我的身体好多了，大概明天就可以工作了！兆，我这里的同学和师傅也都知道我已怀孕了。因为我停了两个星期了，还会有不知道的道理吗？他们叫我多看看，能做的就做，不能做的便看。不过，光站在旁边看，真不好意思！但也没有办法。兆，舅舅已于3月21日到安东去了。他在20日打电话给你的，但你已出差去了，所以未能会见。国铭弟弟暂时不走，据舅舅前天来信说，大概要到下半年才会去安东。箱子和旅行袋都不要买了，你别买了。好吧，我们以后谈吧，再见！祝

健康！

你的

白鸥 1961.4.1 下午

又：我刚才把另一罐头也开了，真有趣，你怎么把白菜也给我烧了寄来了？以后快别这样，我这里吃的还是不错，舅母每顿都给我做得很好吃，并且这里能买到新鲜的菠菜、青菜等；现在天气已热了，

多吃几天便要坏，刚才我尝了一下，白菜的味道已经不大好了。所以，亲爱的，你以后千万别再寄这些东西来了，好吗？谢谢你！明天我决定去上班了。

【按语】为了寄那些罐头，里面还有故事呐：他为了给我加强营养，积了两个月的肉票（那时每人每月只有二两肉），又向人家借了一张肉票，三张肉票共六两，买了一罐头肉，想从邮局寄给我。他事先已问过邮局，并给邮局看过，按照邮局的要求装进铁盒焊好，再来寄的时候，邮局却变卦了，为此荣兆和邮局吵了起来，吵闹声惊动了大家，此时从里面走出一个人，也许是他们的领导吧！问是怎么回事，荣兆就把经过叙述一遍，又说："我买这一罐头肉，要三张肉票，也就是说，我三个月不吃肉，为的是给我未出生的孩子增加一点营养……"荣兆的一席话，感动了在场的每个人，最后终于同意给寄了。

兆，亲爱的：

你好！

你寄来的东西和给舅母的来信以及附有钥匙的信均已收到，勿念！我的来信是否收到？其中还附寄来你的一块手帕呐！兆，你在出差前曾给我一信（其中还附有丝线）但我没有收到，所以我根本不知道你出差在外，也不知道你为啥不给我信。本来，我还抱着耐心等待的态度，但后来实在等不及了，所以我来信发牢骚了，请原谅我。你出差我还是在舅父来信中知道的，但已经是很晚了，错怪你了，真对不起你！兆，近来的身体比以前好多了，但只上了一天班，又停了三天了。所以还是吃不消上班，真糟糕！我从上月下旬起，就在舅母家里吃了，舅母每顿都给我做得很好吃，所以我吃的不比以前少，有时甚至多吃，但吃下去以后并不好过，好像要吐，但又从未吐过，这很好！否则与节约粮食的精神实在出入太大了，对吗？

兆，近来我一点也不节约，这个月的饭钱大概要20多元。主食票（饭票）6 元，我给舅母 13 元作为买菜用。自由市场的东西是很贵的。舅母常常给我买些新鲜的蔬菜，前几天还给我买了 6 只鸡蛋，你猜，鸡蛋多少钱一只？要 0.45 元呐！真是吃不起！前天我也到自由市场去遛了一次，看见有梨卖，我很高兴地去问多少钱一斤，你猜他回答我要多少钱一斤？要 5 元钱一斤。简直把我吓了一跳，这么贵，我是不会要的。兆，北京假如有水果卖的话，假如太贵，我们不要，它又不是什么仙果，吃了又能怎样？不吃又无关系。这个月郑州还不差，有半斤柿饼一个人。

兆，这次乒乓球比赛你去看了没有？你应该争取机会去看看，我在北京的话，一定也会去看的。

至少也可看一下电视，在这里我们也很感兴趣，特别是国铭弟弟，尤其关心，所以我们都在报纸和无线电里听好消息呢！

兆，我知道你喜欢孩子，听到我已怀孕的消息，一定是非常高兴的。但我总觉得现在真不是时候，等我实习完了，就好了。不过，现在既然有了，那也无法，看到你这样高兴和对我无微不至地关怀，使我得到了无限的安慰！使我从心底里非常感激你。只要你高兴，再痛苦我也能忍受！兆，现在我还停在家里，看来，我大概要调动工作以后才会好，保全工作我是不行了，真糟！

兆，我还好，至少与姐姐不能比，我要比她好得多哩！她吐啊，饭都不要吃，但零碎东西嘴里不能断。可我没有吐，饭吃得不少，零碎东西（除你寄来的糖）是没有什么可吃，我也不想吃。所以我就算很好了，请你放心好了。好吧，以后谈吧！祝

快乐！

你的

鸥妹于 1961.4.7 下午

鸥妹：

你好！手帕已收到，勿念！

忆思结婚周年，龙凤相嬉兴无际，

平风静浪谈私语，绵绵蜜蜜心间。

已悉吾得雏龙（凤），喜愁轻重相重，
万水千山之隔，难能回郑侍奉？
龙思凤已容瘦，焦急亦无用。
相逢时尚早，还请凤保重！凤保重！

亲爱的：

乡下爹爹来信中提到，妈妈说她在离郑的时候，你瘦得很！可是我看又看不见，摸又摸不着，我又担心、又着急。唉！真不知如何是好？亲爱的，你要多注意身体，该休息则休息！想吃则就吃，不要思前想后；如果你感觉有什么困难，你就在来信中说明。你不要担心我，因为我这里很好！在农场吃的东西很多，前几天农场还有西红柿和黄瓜卖给每个人，本来想把这些东西给你寄来，可是在三天中不能离开农场（我们的鉴定和工友们的评奖，要在三天完成），结果西红柿快要烂了，因此只能我自己吃了。我吃的方法很多，有生吃的，有做汤吃的，也有西红柿炒黄瓜吃的。自己烧来吃的东西（也可能是心理作用）香得很！我现在除了想念你以外，一切都很好！我只要你的饮食不成问题（想吃就好），身体好的话，我就放心了。可是如你的身体那么瘦，又怀了孕，叫我怎么不担心呢？！我在郑州时看到自由市场上，有卖的东西很多，如鸡、蛋、枣、鱼、蔬菜等等，很多，难道你什么都不想吃吗？你叫我怎么不担心呢？钱去了会来的，花一点又怕什么呢！在这方面你不要考虑得太多了，知道吗？听我的劝告吧！亲爱的，否则在你的营养上我会更着急的。亲爱的，在星期六下午（昨天）我看了一下午国际乒乓赛，太紧张了！从今天的报道看，中国要战胜了日本就是团体冠军，否则就是亚军。我还买了三枚纪念章（如果要多的话，请快来信，现在是多得很）今天先寄一个。

亲爱的，爹爹的来信中说：“为我想法找粮票，信来迟了，结果还是没有办法。”我真奇怪，怎么让乡下为我操心呢？再说我并不存在很大问题，以前是有些紧张，主要是我没有掌握好，现在我是一半自己烧来吃，一半是在食堂吃，我计算了一下，可以吃到发粮票的时候，请爹爹放心，不要为我担心。可是亲爱的你呢，更不应该为我担心，现在积肥的紧张程度要比在冬天小得多了，而且工作量也小了，吃得

也不像以前那么多了，请放心！好吧，祝你身体

健康！吻你。

你的

兆 1961.4.9

又：因我不知舅舅的通信地址，所以给舅舅的信寄到郑州来了，请转交。钥匙收到请来信。

兆，亲爱的：

你好！

你的来信和26届乒乓球锦标赛的纪念章一枚，已经收到，勿念！兆，从你来信中可知，你很担心我的健康与营养，告诉你，我现在一切都很好，身体比以前好多了，反应也比较少，也比以前胖了（比妈妈在的时候）。现在我已经工作四天了，还是在保全实习，假如不工作或做些轻便工作，那可以说已经完全好了；但是，要进行正常的保全实习，还比较困难。我已经打报告给领导，要求调到试验室工作，看来问题不大，但现在还未调去；关于营养问题，因为现在我在舅母家吃饭，可以到自由市场去买些菜，如小青菜，现在也不算贵，一元钱可以买七斤，并且我也爱吃；我也买了鸡蛋，也买过一次鱼，我虽然不是馋这些东西，但我觉得应该注意营养，否则对胎儿不利的。因此我也不计较钞票，你说得对，钞票用去以后会来的，并且我们现在的经济还是比较宽余的。舅母对我很好，每顿饭都为我另做，吃的花样也很多，所以我的饭量比以前还要大。

兆，舅母家经济比较紧，我又一直在麻烦她，因此我另外又给舅母 10 元钱给她用。兆，前天我妹妹来信说，你爸爸到乡下去了，顺便到我家去了一次，幸好我妈妈还在家里（妈妈现在已去上海了。）他在我家住了一夜便走了。兆，对于 26 届乒乓球赛，我们也大感兴趣！每天听了无线电的当场转播，还要看报纸（实际上听了转播，早就知道了），真是紧张。尤其是国铭和安民，比谁的兴趣都高，值得高兴的是我们获得了辉煌的成绩，这是我们中国人民的骄傲！你假如还有纪念

章的话，请再寄一枚给安民，好吧，以后谈吧！对了，你的情况怎样？你好吗？请告诉我，再见吧！祝

快乐！

你的

鸥于 61.4.18

亲爱的，你好：

你的两封来信我都收到了，勿念！

为什么我的回信会这样晚呢？原因是我们积肥组本来是四人，现在一个调去养牛了，另一个劳动期满回机关去了，留下我和另一个人，为了迎接“五一”的到来，我们两个人的任务，不但要做四个人的工作，而且还要把原来的计划加一倍，另外我们这里正在开展整风运动，又加上季度鉴定等事，因此我的业余时间都挤掉了，近来确实是忙，但我的身体倒很好，由于经常在外，我黑了，而且黑得很！

在你的来信中我听到了你的身体要比妈妈在的时候胖了一点，反应也比以前好了一点，我很高兴。我希望你要加以注意，特别是在饮食上和营养方面，要想吃的就买，身体是主要的。关于舅母那里我们应该多给一点钱，她对我们确实不错，特别是在过年的时候，我是非常感激的！再说，你现在又在她那里吃饭，她们的经济并不太好，因此我们更应该这样做，因为我们是有条件的，你说对吗？在你的来信中，听说舅母对你很好，这使我放心了很多！我这样想如舅母不在郑州那要使你够受罪的了，所以我们还得好好地谢谢她呐，花一点钱又算得了什么呢！

亲爱的，你要我给你谈谈近况吗？除了上面告诉你以外，我在生活上比以前更节约，除了要给国铭买箱子的事以外（没有买着），我是很少出去的，因为出去要花钱。但你听了这个不要为我担心，因为我是很注意营养的。我是可以不花的就不花了，我想吃的还是会买来吃。再说我的农场，吃的也不少，有菠菜，有去年留下的白菜，有小青菜、黄瓜、西红柿等，还有豆腐酱。前一个时期，每个人还另买西红柿和黄瓜，遗憾的是不能给寄来，结果我自己吃了。前天我们还可以买咸

白菜，可以随便买，我买了 20 斤，今天我又洗了洗，切切碎，重腌起来，等你回来吃（大约就剩下 11 斤了，我把不好的都去了），总的来说，我的生活是很好的，可是每当我吃着新鲜的东西时，就想起你来了，虽然我劳累了一天，每当临睡的时候，你又出现在我的脑屏中，正是：

月色溶溶夜，花荫寂寂春。

卧床思白鸥，直到斗柄横。

——“斗柄横”是深夜的意思，在《西厢记》中有此句。

在 26 届乒乓球比赛中，我到体育馆去看了一次比赛（在工作时间，领导上许可的），总的来说是很紧张的。除了去观看这场比赛外，我还看过几次电视实况转播。

鸥妹，今天我给你寄来了 30 元钱，收到了，请来信。好吧，就写到这里，祝你

晚安！吻你。

你的

荣兆 1961.4.23

兆，亲爱的：

你好！

你的 4 月 23 日写的信和寄来的 30 元钱均已收到，内附的两枚纪念章也收到了，勿念！兆，首先得让我转告你一个好消息：金凤姐姐已于 4 月 19 日顺利地生下一男孩，你看多么好啊！第一个是女孩，第二个是男孩，一男一女，我和国铭弟弟都说：够了，很理想，以后可以不要再生了。兆，先告诉你一些别人对我的猜测：好些人根据我的妊娠反应情况，都说我要生男孩。我当然不会预先知道我将生男生女，不过，的确，我的反应并不大，我一次都没吐过，也不想吃什么，就是嘴里淡得很，晚上便发冷，虽然好像没有什么是我爱吃的，但是每次的食量却很大，看来好像是矛盾的，实际上并不，我不爱吃的东西闻都不愿闻，可是我爱吃的东西却吃得很多，我的粮食差不多刚够我吃，你可以想象我吃得很多，至于我的希望，无论是男孩还是女孩，我都喜欢！假如是第二胎，当然希望与第一胎是异性，我想你也是如此吧，

对吗?

兆，你怎么又寄来30元？大概你是想到我们的计划吧！按计划，这月我要做一件春秋大衣，可是根据振兴哥的来信，上海买呢料虽然不要凭证，但是好的毛料不容易买到，一有就卖光了，所以我很犹豫，你说要不要请他们去买？兆，你以后不要寄钱来了，我够用的，谢谢你！

兆，看到你的来信，知道你很节约。节约些当然好，但是也不要过分地节省，该用的就该买，想吃的就吃，不要过分地压缩自己。兆，以后咸菜不要买，我还要等四个月才回来，以后新鲜菜很多呢！当然应该吃新鲜的蔬菜（咸菜没有营养了）。假如我们想吃那可以到那时买来腌，又何必现在买，好，以后别买了（你爱吃的例外）。

兆，我近来还好，请你放心吧！从下月份起，我将调到试验室去实习，这对我非常有利，我可以不担心了，所以你更可以放心了。兆，我顺便问一声，你的下放劳动什么时候满期？好，我们就谈到这里吧！

祝

快乐！

你的

鸥于1961.4.27晚

亲爱的：

你好！来信收到，勿念。

今天是我们欢庆的“五一”节日，我们宿舍的人都回家去了，剩下我一个人，东做做西摸摸地过了这个白天。今天做的工作也不少，因为前些日子没空，留到今天有很多衣服也洗干净了，还有两条劳动布的裤子破得太不像话了，也补好了。现有留下的还有总结和下月的计划还没有写呢！等写完给你的信后，我再写。明天我要到农场值班。鸥妹，我现在发觉不到一个星期就可收到你的或者是我的回信，要比上海快得多了。这也是说，虽然我们仍是在离别，但我们之间谈话的行走距离短了。说真的，如你在上海时，我有些事要你马上回信，可是等啊等啊很长时间才能等到，真叫人焦急。

亲爱的，在你的来信中，我已经知道你现在的反应要好多了，我也比以前放心了很多，但愿你仍和不怀孕时一样就好。你说别人对你的猜测是我们会得个儿子吗？那也好，儿子和女儿都没有关系，只要我们对孩子教育好，大的总是可以带着小的玩，如果哥哥不带他的妹妹玩，那么有个爸爸就会带着他的女儿玩（我是说，假如我们第一个是儿子，第二个是女儿的话），不会让你这个做妈妈的操心得更多。亲爱的，如果我们这一次是儿子，我们给他取个什么名字？叫俊谨好吗？小名叫小俊，你看怎样，如果这个名字不好，那我坚持有一个俊字，另一个字那你取。鸥妹，我们不得不考虑情况更复杂一些，什么事都应该有个思想准备，那就是双胞胎，那怎么办？

鸥妹，上个星期我和礼敖、鹏鹏三个人去天安门、北海、故宫、景山等地春游了一次，玩是玩得很高兴，可惜我们拍了几张照片都不好，分析起来有两个毛病：一是软片不好；另一个是光线不好。啊呀快九点钟了，我就写到这里吧！祝你

愉快！吻你。

你的

兆 1961.5.1

兆，亲爱的：

你好！

前一封信大概已经收到了吧！兆，告诉你从明天开始，我被调到试验室去了，所以你可放心了，不用再担心我的身体了；据说，试验室的定量也有三十一斤半，看来不算低，也已经够我吃的了！就是不大可能支援你了。尤其是我现在在舅母家里吃，当然应该把我的粮食全都交出来，你真的够吃吗？

兆，我们增添了一位小外甥，应该送些礼物给他，但这里没有什么可买，因此我寄了 10 元钱去，叫他们去买一只金木鱼吧！就算是我们两人的一点礼物，你觉得怎样，这样好吗？

兆，舅母现在替别人带三个小孩，两个是婴儿，一个与跃跃差不多大，家里变成托儿所了，吵得很，我和国铭都很反对！我们以为是舅舅家经济较紧而这样的，但我们算算也可以了，因此我就和舅母讲了，

舅母说："我也不愿带，但人家没有人带，一次次地和我讲，我实在无法回头（拒绝）人家。"她说得也有理，我们也无话可说了。这月我本打算到食堂里去吃的，但舅母很诚心地留我，所以我仍在舅母家吃。

兆，我很好，请勿挂念！好，我们以后谈！再见！祝

快乐！

你的

鸥于1961.5.2

亲爱的：

你好！

上次的来信想你收到了吧？你5月2日的信我也收到了，知道你已到试验室去实习了，虽然我不知道试验室的工作怎样，但从你的来信中看出，和我的想象中理解是要比保全工作的劳动量要轻些。但愿你的身体很好，反应减少。鸥妹，你说你要到食堂里去吃，因为是舅母的诚意挽留你才没去。我说你也多此一举，我们明知道食堂里吃的不如自己做来吃要好，我们也不是白吃舅母的，因为我们现在的条件还是较好，完全可以做到在经济上支援一点舅母家，这样不但对舅母家稍许有一点利，另外对你在身体的保养上来说，是非常好的，我们在现在的环境下还求之不得呢！再一方面，我要求你要做到，在小的方面，不要太算，平时可买一点糖啊，稍许便宜一些的小吃一类东西，到舅母家大家分着吃；如有一些小的不如意的事发生，也不要去计较它，心情要尽量放宽！

亲爱的，你已寄了10元钱给我们的小外甥买一点东西作纪念吗？我同意！妈妈是不是在上海？她的身体怎样？从我自郑州回北京后还只有一封信给妈妈，明天我还休息，我一定写信给乡下的爸爸和上海的妈妈。

亲爱的，在这几天里，老有一个孩子在我的思想里，一会在伸着她的小手向我招呼，一会又好像在叫爸爸！特别是有一次去北海玩，有一个妇女带着大约两周岁多一点的孩子在售船票处像等人的样子，一会妇女对孩子说："你爸爸就要来了，我们划船好吗？"孩子说："好！"

唉！这种情景多么使我感触呵！

亲爱的，我告诉你一个好消息，就是我们的免票问题，现在已经公布了，免票是已经取消了，但我们可以报销，一年可以报两次（只要经领导批准的假）。今年我已报了一次，如你回北京后，我们有了房子，我还可以回上海去一次，如我不到上海去，那我还可到你那里来一次。这两者我还在考虑呢！因为你回北京后，不一定马上就有房子。你来信给我决定吧！

鸥妹，你现在吃得很多吗？我希望你要吃足你自己的定量，不要支援任何人，因为你已是两个人在吃你的定量了。至于别人，你也不用考虑，因为你也考虑不过来，就拿我来说，再给我每月增10斤，我也不会说够，我自己能想法解决的。鸥妹，我在给你准备着肉和油，数量不多（是我一个人），我想等你回北京后，就有不少了，我给你做好吃的，你高兴吗？好吧，就谈到这里。祝你

愉快！

你的

兆 1961.5.7

又：鸥妹：我现在还是在搞积肥工作，每天是和粪打交道，实在是又脏又累，但我倒很高兴，因为这是很光荣的任务，也是我受考验的时候。另外这个工作常在外面流动，不是固定在一个点上，也是很适合我的要求。告诉你这个工作虽然脏吧，但我的床是很干净的，也就是说，在休息的时候，别人也看不出我是搞这个工作的。我觉得在卫生方面应该做到这样。我的身体很好，如果你在我的身旁，就是你们母子或母女两个人也不是我的对手，你看我的劲多大！

亲爱的兆：

你好！5月7日的来信已收悉，勿念。

兆，我不知道你在上月底或这月的1日、2日有没有来信？要是有的话，那可能又遗失了，因为我觉得你好长时间没有来信了，我也一直在等你的信，不知道这中间是否遗失了呢？还是因为工作忙而确实

没有写？不过，我老是怀疑是遗失了！兆，我实在非常感激你，你对我的关怀、体贴真是难以用文字来形容。从我来北京到现在，你差不多将一些好的供应品全部留下了，而你自己呢？一直不吃，都省给我吃。兆，亲爱的：我对你这样无微不至的关怀和爱护，实在难以用“感谢”等语言来表示我的心意！我只能永远地牢牢地记在心中，我虽然没有像你这样的爱、体贴来对你，但是，我这颗热血沸腾的心永远永远地不会忘记！兆，不过，我有一个要求，希望你不要留下肉和油，你自己吃吧！数量很少的一些供应品，你再留给我，我不要！我要求你自己吃掉。你应该同意我的意见，因为你的身体需要营养，听我的话吧！好吗？兆，听到你说的虽然免票已取消了，但一年能报两次车费，我很高兴，这样你可以每年回上海了。今年，我估计你一定要回上海一次，原因是：

1. 我回京以后，假如能申请到住房，那么你要回去搬东西，领妈妈到北京来；

2. 假如没有房子，那我得回上海或常州去生孩子，到我产假快满的时候，希望你回来领我回京。因此，我希望你不要来郑州，并且我还有三个多月就要回来了。

兆，我很想你回上海以后能买一顶大橱（大立柜）和两张椅子（就是像我们房内的椅子一样——带弹簧的椅子），你看，我们的人多起来了，那么相应的，我们现有的家具就不够用了。我觉得大橱不单是房内的装饰品，而很有它的实用价值，你认为怎样？我算了一下我们的经济情况，我觉得是能够的（我到 8 月份能积蓄 180 元）。

兆，妈妈现还在上海，待姐姐满月以后（约本月 20 日左右）一同回乡。妈妈近来因为太劳累了，所以身体不大好，我听了以后很难过，据说，现在已好了！请勿念！

兆，你的爸爸、哥哥那里我又都去过信了。好，再见！祝

快乐！

你的

鸥妹于 1961.5.11 晚

亲爱的：

你好！

5月11日的来信收到了，勿念！可惜的是我在5月1日给你的信退回来了，害你等急了吧！请不要生气。在我的爸爸来信中知道，你最近给他去了信，他很高兴。原文是："我收到了她的信，我很高兴。但想到她的身体不好，我又很担心。别的办法我也没有，只有叫她自己当心自己的身体，在工作中处处要小心，以防流产。"

鸥妹，在他的来信中也能看出，他对你也寄有一点希望，因为你是我的爱人，我要求你也常去信安慰安慰！把他也当作是你的爸爸，和我一样，在他精神上得到安慰，在老年生活中还有一点愉快的来源。

亲爱的，我的身体很好。我的营养，在农场里还是可以的。另外我比你有优越的地方，因为我能在外面吃几次。外面的菜油水大，也很便宜，几角钱就可以。我这里已有一罐头肉、两瓶红果酱、半斤油。

亲爱的，我听你的话，我不来郑州，我也同意你的计划。另外，我想，你来北京后，如有房子，那请妈妈来北京，如北京一时还没有房子，那我和你一起回上海，然后我一个人再回来办理房子的事，办完了，我再回上海接你，再把我们的东西都寄到北京来。看来我们的条件是很好的，但愿什么都很好，特别是身体更好！

鸥妹，你问我什么时候劳动能毕业，一般是一年，也可能有超过的，但也有不到一年的。总的是看工作的需要和劳动的成绩，可是我告诉你，我很愿意留在农场。好吧，就谈到这里。祝你

愉快！吻你。

你的

兆 1961.5.14

兆：

你好！

5月14日的来信已收悉，内附5月1日的来信和两张照片都已收到，勿念！5月1日的来信，意外地被退了回来，你要我请邮局检查，我看不必了，虽然你并没有把地址写错，但是，你仔细检查一下，恐

怕毛病还是出在你自己身上，你看看你写的“荣”字，太潦草了，人家一定以为是“向菜街”，当然要以“无此街名”而退回了。所以，以后还是写得稍为端正一些吧！

兆，你爸爸最近也有信来了，很热情，他要我回到上海去分娩。我很感谢他，但是我倒想回常州家里去生，可是心里又有些担心，所以到底在北京还是上海，我决不定。当然，假如北京没有房子，那么也只能回上海了，你说呐？

兆，假如我生的是双胞胎的话，那么我们两人平分一下，一人带一个，好不好？兆，不会这么巧的，你想得太多了，假如生两个，那么以后再说吧！我现在不考虑。兆，假如我们生的是男孩的话，你取名为俊谨，我认为后一个字，倒真有修改的必要，但到底怎样改，我还未曾考虑好，这样吧！你也再想想，我也再想想，好吗？

兆，这里的青菜很便宜，一元钱可买三十多斤，因此他们都买了几十斤、几百斤晒干（先在锅内煮一煮，然后再晒干）。藏起来，到没有菜吃的时候，在水里一浸，然后烧烧或蒸蒸吃。据说，和新鲜菜一样。北京的青菜多不多？假如也很便宜的话，那你有空的时候也弄一些，好不好？最好青菜要稍为大一些的，假如都像鸡毛菜一样，那也不合算，并很讨厌；我很好，勿念！好，再见！祝

健康！

你的

鸥于 1961.5.19 晚

鸥妹：

你好！

来信我已收到。在你的来信中看到你还没有确定你生孩子的地方，我的意见是如北京有房子，肯定在北京生，在这个期间请妈妈也来北京。如北京没有房子，那也在北京生，我想我们单位的领导不可能让你抱着孩子去睡集体宿舍，为什么我要这样肯定呢？我想我们再不利用这样的机会，我们的房子就更难找了。夫妻俩不能生活在一起，其苦恼我是深有感触的！

鸥妹，看到你说，在你回北京时，你计划要积出 180 元，我有意见，我说你积得太多了。我要你特别注意身体，应该要多吃一些富有营养的东西。不要太考虑钱，关于我们要买的东西，如在今、明年内因钱而不能买，那我们可以放到后年，再后年，主要是身体，我也想开了，因此我在这个月内花钱要比以前多得多。在食堂吃，不但数量不够（更谈不上什么质量），连油水都少得可怜。在这个月内，我时常在外面饭店吃，因为那里可以多买几个菜，油水也多，在食堂里吃，每顿半斤都吃不饱肚子，每到吃饭之前，饿得实在是无力；但在外面吃就饱得很，当然钱是不少，但为了身体，我不能考虑这些了，否则我要成一个骨架子了。现在我比在郑州时已瘦了不少，也许是天热或工作重了一点吧！鸥妹，和你讲了半天，我还没有告诉你，这封信和上封信的间隔时间会这样长，因为在这些日子里，我还没有休息过呢！以前我们一天拉一车粪，现在一天拉两车粪，常是早出晚归，请原谅！照理说，我今天是应写总结或做计划了，可是我很想念你，我怕你着急或会产生误会，因此我放下别的工作而在这里给你写信。鸥妹，我们孩子的名字以后再说吧！祝你

愉快！

你的

兆 1961.5.30

兆，亲爱的：

你好！

没提起笔来前，好像有千言万语要向你倾诉，可是，现在又不知从何说起了，好吧，就和你瞎扯扯吧！兆，近来我真想念你，我也说不上为什么，反正晚上未睡之前要想你，晚上睡着了又常常梦见你！唉！真恨不能在一起，你看我俩到现在一直处于分离状况，真是恼怒！不过，我还有三个月就要回来了，8 月底的今天我一定在北京了。昨晚的月亮多么美啊！是那么皎洁、那么圆！你知道吗，昨天是农历 4 月 15 日啊！要是以前，我们家里可热闹哩！（四月半是我们乡下的节日），因此我又想到家和你了，真是每逢佳节倍思亲啊！兆，我的肚子一点

点大起来了，只要注意一看就能看出来。我这里的短裤只有一条还能穿，其余都嫌小了，现在我要请你给我寄一条来（在箱内，你找一下吧！是白底小绿花、抽带的内裤）。这条短裤是我去年买的，因为太大，所以没穿它，现在可以派上用场了。北京有肥皂粉吗？假如有的话，请给我买五包来（与裤子一起寄来），这里每月只有半块肥皂，实在不够用，假如北京没有肥皂粉，那就算了。

兆，这几个月我真会花钱，每月要花去30多元，将是我过去的两倍，不过，也好像没有吃到什么。以后我可能还要花得多，因为以后有水果了，只要有，我就要买，因为我听说孕妇多吃水果，将对孩子的皮肤有好处。现在郑州也有果子露、杏子、青桃子卖，杏子原来要一元一斤，今天合作社也有，八角一斤，那是好的，差的可便宜些。以前我从来不吃杏子的，可今年我也常买来吃，你会笑我吗？

兆，你近来怎样，好吗？我很好，但并不胖，我真奇怪，我的体重怎么不增加呐！还是和以前一样重，仍是84斤，大概以后会增加的，是吗？

兆，北京可以订到《妇婴卫生》吗？假如可以订的话，你就订一份，每次你给我寄来，因为我觉得我在这方面的知识实在太欠缺了，可这里没有地方订，所以你给我去看看，好吗？兆，你在农场可要注意自己的身体啊！尤其是现在天气热了（这里已经很热了），在饮食方面尤其应该注意，生的冷的应该尽可能少吃，晚上不要贪图凉快而睡在外面，知道吗？快要做爸爸的人了，不要再有孩子气。好吧！我们以后谈，再见！祝

健康与快乐！

你的

白鸥于1961.5.30

又：鹏鹏和礼敖请代为问好！

兆：

你好！来信已于昨日收悉，勿念。

兆，我告诉你，舅舅已于昨日上午到达郑州，今日上午又乘火车到新乡开会去了。不知要开几天会，然后再回这里，从郑州再到安东去。这次回来非常突然，我们一个人也不知道（他本人事先也未知道）所以高兴极了。他说，他到北京以后，就打电话给你了，可是人家听不懂他的话，所以你未接到。

兆，听到你说吃不饱，我很难过，但最近我没法支援你，倒不是我吃得多，而是前几个月我将粮票全给舅母了。从明天起，我要回食堂里面去吃了，以后一定会有粮多的。兆，我回食堂去吃的原因是：郑州从 4 月份开始就搭配吃杂粮了，但 4、5 月份杂粮的比例是 20 %。何谓杂粮呢？它与北京不大同，是黄豆粉（实际上是豆饼粉，我们乡下是喂猪或做肥料的）和大麦粉，那时我一直不爱吃，因为豆粉既无营养价值，又是豆腥味重，因此舅母一直为我另烧的。可是这个月大米只有 20 %、面粉 15 %、大麦粉 15 %，豆粉和另一种渣粉要占 50 %。大米只做稀饭都不够，当然我也只能吃豆饼粉了，现在吃吃味道倒不像以前那样难吃了，可是吃了以后肚子发胀，真不好受（都有这样感觉的）。从今天开始，食堂里每天一人只能买 4 两稀饭，本来我的主食票总是买稀饭的，现在一天 4 两稀饭，那是自己都不够，可我不能再让他们去买那些黑色的窝窝头啊！（他们自己家里也一直吃这种东西），所以我决定自己到食堂里去吃了。

兆，今天已是 7 日了吧？可是我这月只有吃过一碗菜饭，这真是在锻炼我！一天，试验室有几个人在谈论吃的问题，她们笑着说：她的肚子里还有小孩在吃她的呢！（指我）我笑了笑！可是我的心里不知是什么味道！兆，现在到处都是比较艰苦的，北京还要比别的地方好得多哩！你就忍耐一些吧！对了，兆，供应给你的油和肉等副食品你自己吃，不要留给我，谢谢你。

兆，这里的水果以后大概要多起来了，今天已有桃子卖了，不过价钱很贵，要 1.20 元一斤，以后可能会便宜些，北京怎样？有没有水果等东西？兆，这里一个人可以买一双皮鞋和布鞋，北京要不要凭证买？假如有凉鞋的话，你觉得喜欢的话，你自己买一双吧！虽然现在你用不到穿，但以后总要穿的，何况你以前想买而总是受经济压缩而没有买成，现在你可以买了。

兆，北京现在要热了吧？这里已经很热了，我觉得这里热得比上海早些。兆，这里的鸡蛋比以前要便宜一些了；以前每只要0.5元，今天1元钱买3只，我买了10只。从我怀孕至今已4个多月了，我共买了32（连今天10只在内）只鸡蛋了，别的也没啥好吃，尤其现在我老吃些稀饭。我不是为了节约粮食而吃稀的，实在是别的我不要吃，但我还是吃饱的，所以请你放心好了！好吧！我们就谈到这里！祝

康乐！

你的

白鸥于1961.6.7

【按语】我怀孕后，真是苦死了，没什么吃的，每人每月供应半斤糕点，还是带有霉味的饼干，那也都给我吃掉了！舅母家床底下不知什么时候腌了一瓮头糖大蒜，可能因为有点酸和辣，弟弟妹妹们不吃，全给我一人吃了。舅母有两次把弟弟妹妹轰出去玩，偷偷地给我包了一碗饺子……想到这些，我要掉眼泪！

亲爱的，你好：

来信我收到了，勿念。

"快要做爸爸的人了"，多么简短的一句话，却引起了我甜蜜的回忆。还记得吗？你说你要做一个独身主义者，你不想结婚，那就更不愿有孩子，可是现在你快要做妈妈了。你不是要我来给你生一个布娃娃吗？而现在我们快要是真的孩子的爸爸妈妈了！多有意思啊！虽然我们有了孩子会给我们增添烦劳，给我们带来一些为时尚早的担心，但仍是精神上的安慰。亲爱的，你的衬裤我找到了，本来我上个星期就能给你寄来了，我想买一些其他东西一起寄（我想买二小听鱼罐头和酱肉），耽误了好几天了，也买不到，后来想到这些东西不容易买到，另外你还有两月就快回来了，如果这些东西买到了就留下等你回来吃吧，我只能把你的衬裤和几本孕妇生活卫生常识寄来吧！最晚在这个星期日，很对不起！

亲爱的，在最近我爸爸给我的来信中，可以看出他很高兴。他对

你爸爸和妈妈去过一次信（分别去的）和你给他去了信，在他的精神上得到了快乐和安慰！在这里我也表示我的感谢！

亲爱的，上封我给你的信中，也许在有些地方会使你担心或产生一些误会，但愿来信说明。看来我虽然是瘦了一点，但劲还是很大的，请放心！现在我就是盼望你早日回来，盼你身体健康！希望你想吃就买，不要担心经济，身体是基本的，你要注意。这个月我的钱花得很多，也可能是你的两倍，但我的气色大有好转，因为现在不注意，将来年老了，什么病就都来了，那除了我们一对老夫老妻照顾外，谁能为我们担心呢！

鸥妹，肥皂粉在北京近几天买不到，在前几天我买了四袋，但邮局同志说，北京东西不能外流，怎么办？好吧，祝你

快乐！吻你。

你的

兆 1961.6.8

又：请代为问候舅母，祝她健康并要求她注意休息，不要太累了，如果累病了，舅舅在外也不安心的，请多加注意。再请代为问候国铭弟，近来还是在学习还是已进厂工作？愿他能培养出对体育的爱好，这样不但能增强体质，而且还能锻炼出机智对付突然的攻击。祝他青春快乐！

亲爱的：

你好！

刚刚发出我的给你的来信，就接到你的信，在你的来信中，我看到你说为了支援我的粮食，因此你要到食堂里去吃。这使我非常感激，叫我怎能不爱你呢！亲爱的，你这样不惜自己地来体贴我，我是永远也忘不了的。这也说明只有是你、是我的爱妻，才能这样来关心我。亲爱的，你的爱人在这里非常地想念你，他考虑你不能这样做，他不同意你到食堂里去吃，你现在非常需要营养，我听别人这样说（我也觉得有道理），就是在你现在的时间里，你收入的营养不全是你本人

用，我们的孩子也在用，如果你收入的营养不够两人用的话，那我们的孩子就要用你内部的养料，这就是说会给你的身体带来影响，不要认为不要紧，但到你年老无力时，就会给你总算账的。亲爱的，你应该是现在只要认为对你身体有利的，就应该通过合理的方法求得，更不应该放弃！你不要管别人，别人他们自己会想办法的。就拿我来说吧，我在这个月因为外面油水多，就经常在外面吃，虽然多花了一点钱，但我的身体就好多了。并且我今年开了一点荒，种了几十棵山芋（不在农场内），还有二十棵花生，因此你不要担心别人。亲爱的，你的衬裤我给你寄来了，里面有一块肥皂和一根皮带、两本书，请查收。

亲爱的，北京现在天气也热得很，我也游过三次泳了。可惜你如果在 8 月里回北京，你不能学游泳了。噢！我自己会注意身体的，保证不会得病，请放心！快要做爸爸的人了，连这点也不知道，假如是忘了这一点，也是暂时的。亲爱的，我哥哥来信说嫂嫂病了，在经济上要我支援，看来下个月又不能剩一点钱了。

亲爱的，近来我的身体很好，工作也比较不错，请不要挂念！我愿你保重身体。祝你

健康！吻你。

你的

兆 1961.6.11

亲爱的兆：

你好！

舅舅已于 19 日路过北京，未知可曾见到你？本想请他带些东西来的，可是我又担心着不一定能见到你，因此我未曾让他带东西。兆，本来我早想写信给你了，但是我在看一本书《迎春花》，这本书的吸引力很强，因此把我吸引住了。接下来就是做第二阶段思想小结，今天已经完成了，因此我给你写信了，时间拖长了，请能谅解。

兆，你寄来的东西和来信均已收到，勿念！你说，我为了支援你粮食而到食堂去吃，但我并非如此。到食堂去吃是我自己去的，粮食确实是有多，那么我就应该来支援你。兆，我也知道，我现在应该多吃，

但是除了米饭，别的我真的吃不下，可是米饭没有，那就只能吃些别的了。兆，你别客气，也别为我担心，我在此很好！至于你说，我不该到食堂里去吃，应在舅母家里吃，兆，舅母虽然待我确实不错，但因为大米只有30%，只可以做做稀饭和难得吃顿饭，我总不能再吃他们的了，因此我到食堂去吃了。

兆，你来信说你嫂嫂病了，你哥哥要求你在经济上帮助他，那是理所当然的，你领了钱就寄些给他们，并在去信时，代为问候。

兆，妈妈最近给我寄来蚕豆和炒麦粉。蚕豆：舅母家两斤，我两斤。炒麦粉也是舅母家两斤，我两斤。我想请舅父带来的也就是蚕豆和炒麦粉。兆，我真爱吃蚕豆，两斤豆快给我吃完了。炒麦粉我倒不大吃，你带来的，我还未吃掉呐！近来，因我在食堂吃得少，晚上饿了，就拌些炒麦粉吃吃。兆，家里自留田里收的是元麦，现在种的大多是山芋，家里的生活逐渐好转了，我也放心了。就是近来姆妈的一只左手很痛，未知好否？

兆，你也种了一些山芋和花生吗？我真高兴，勤劳的人，我预祝你大丰收，你获得了丰收，我是否能分享一份？嗯！我想没问题吧？特别是花生，哈哈！我要来享用了！

兆，对了，我想起来了，你告诉我因在食堂里吃不饱肚子，因此常常到外面去吃，我不反对你到外面去吃，可是我要提醒你的就是应该注意影响，因为你现在是下放锻炼，锻炼不单是劳动，艰苦的生活不能忘记，因此我要求你注意些，不要引起同志们对你有意见，知道吗？这次寄来粮票5斤，望查收！好，再见！祝

康乐！

你的

鸥于1961.6.22

又：国铭弟弟在今晚要到保定来了，他说等他到了保定以后再给你信。兆，我们未来孩子的名字叫俊毅，好不好？我的意思是希望他英俊而刚毅。

【按语】我们三个孩子分别叫玮琳、俊彦、俊国——2015年5月白鸥。

亲爱的：

你好！很长时间没收到你的来信了，我很想念！

近日来农场里忙得很，每天五点半就开始工作，晚上七八点钟收工，因此睡眠和洗衣服都成了问题（星期日也不休）。鸥妹，你听了这些不要着急，这是暂时的，从明天起，就会正常的。原因是积肥组的工作还没有完成，我把小组的成员撤回来了（原先是支援农业组），继续完成我组的计划。

鸥妹，在本月22日，我和娘舅见面了，说来也巧，我刚从地里回办公室喝水，娘舅的电话来了（立即我就准备明天调休），晚上就见了面，而且和舅舅住在一间房间里，第二天我们玩了故宫、北海、景山等地，看到了我以前还未看到的很多东西（如十三陵挖掘出来的金丝皇冠和金银元宝等，还有用一万多斤重的一块水晶雕刻成的大禹治水的图景。啊呀，还有好多东西，我说也说不上来了。我们还带了一个照相机。我们是走累了就休息，歇息一会就再玩。总的来说，我们玩得很高兴！噢！我们还去王府井买了三十块臭豆腐，给舅舅带安东去的。那天我们吃到的东西还很不错。舅舅说北京供应的东西比郑州好得多，他说郑州吃的是豆粉就占70%，吃得家里人的肚子很不好受，因此我就想到你了！北京的东西确实要比其他地方多又好，但只能在北京吃，我没法给你寄来！亲爱的，你苦透了！我实在没有办法，在我这里除了一罐头肉以外，如菜花果子酱、蘑菇、酱瓜等都是瓶装的，不能寄。亲爱的，好在我们只有两个月就可以在北京见面了，我把这些东西都留着，等你回来好好地补补你吧！但我要求你注意的是你的身体，有吃的就买来吃。听舅舅说，在食堂里吃的也不算差，因此我也不坚持你一定要在哪里吃，总的一句话，哪里好就到哪里去吃。特别要你注意的是，如果在食堂里吃，一定要吃完你自己的定量，我不同意你去支援别人，包括我在内。亲爱的，近来我除了睡眠有点不足外，其他都是很好的，我身上的肌肉也比以前多了，定量虽然是比较紧一点，但能过得去，请你不要担心。在20日我还收到了乡下爹爹寄来的两斤炒麦粉，爹爹、姆妈真好，他们自己不够吃，还省下来寄给我吃，你如去信的话，叫他们不要这样，我自己会想法解决的。亲爱的，我就写到这里吧！希望你睡好、吃好、精神好！吻你。

你的

兆 1961.6.26

兆：

我刚接到你的来信，知道你还没有收到我的信，但我估计，这封信你是26日写的，那就应收到我的信了！我很着急，里面有5斤全国粮票呐！兆，本来我就担心，你能否收到我的那封“挂号”信？说来真可笑，因为我是第一次寄挂号信，我不知如何寄法，我就贴上0.2元邮票，往信筒里一塞。今天我到邮局去替舅母取钱，看见人家贴上邮票交给邮务员并取回收条。我才着急了，怎么办呐？会不会遗失？如果你收到了，那么你快些来信告诉我，以免我挂念！

兆，我以前来信告诉你，这里吃的杂粮很多，因此每次吃饭便成了我的负担，不吃肚子饿，吃吧，实在不要吃；可是近几天，食堂里大米饭有的是，馒头倒限制买了。我最爱吃米饭，因此吃得也就多了，精神上也很愉快！盼望着一直是这样，我就没有问题了。兆，请你放心吧！噢！你一定会觉得很奇怪，郑州怎么会这样不稳定供应？我听说是：郑州的粮食要依靠外地支援的，因此来什么就吃什么，所以是这样的。

兆，今天上午我也接到妹妹的来信，我高兴极了，看了一遍又一遍（她的来信，我总是要反复地看上好几遍，实际上也背熟了，但还要看），她告诉我：我们自留田里收了70—80斤麦，她拾麦穗拾到30多斤。他们三人7、8、9三个月一共分到269斤麦子。看来，在粮食上是不用为他们担心了，这在我的思想上轻松了很多，现在他们自留田里大部分种的是山芋。兆，你听到这消息也一定会高兴的。

【按语】这封信的结尾找不到了。估计时间：1961.6.28—29——白鸥。

亲爱的鸥妹：

你好！你寄来的信和粮票全都收到，勿念。

鸥妹，很长时间没有给你来信，想你一定很想念我，是吗？唉！我们自恋爱一直到结婚以来，常处于离多会少，我常想我们的通信如果用言语来代替，那该多好呀！这样我们就可以免去相思。凡是离人都知道相思多深，恋人都知道相思痛苦。我们虽然也知道团圆是甜，相会是乐，但不知在何日？

鸥妹，听说国铭弟弟已到保定来学习了，可是我一直到现在也没收到他的来信，我也不知道他在保定什么地方学习。昨天我宿舍里有人出差到保定，我这里刚从农场买了四斤西红柿，否则带给他不是很好吗？可是不知道他的地址，真遗憾！很长时间也没有收到他的来信，也不知道为什么。

鸥妹，近日来我是又黑又健壮，在这个月我吃的西红柿，也有几十斤了。我吃的油水也不少，可是我这里存下的钱已经不多了。自从郑州回来后，我不但没有积出钱来，反而从礼敖还给我的钱里又用掉了将近 50 元。亲爱的，你会怪我吗？请原谅我好吗？我是这样想，我在近几个月内，如果不像我在外面吃得那么多，光吃一些我的定量，我是很难会有像我现在的身体的。

亲爱的，你现在的身体怎样？我很想念你！虽然我在农场忙得很，每天早上 5 点就起床，晚上 8 点多才回宿舍，有时还要晚一些，可是我总要想念你一会才能入睡。我在盼望快点回来！近日里，我们农场里卖给职工的东西真不少，什么菜都有，郑州供应的菜类多吗？鸥妹，我顺便告诉你一下，我种的 50 棵白薯和 19 棵花生都长得不错，看来等你回来后，我和你一起参加我们的丰收，好吗？鸥妹，我哥哥那里我寄去 25 元，可是直到现在还没有收到他们的回信，是不是因为太少呢？我还摸不清。鸥妹，郑州有草席的话，你就买一条（单人、双人都要），单人的我要，双人的我们俩要。有皮鞋的话，你也给我买一双，是高腰的话，是什么皮我都要；如果是短腰的话，那要好看美观一点的。为什么我要请你买呢？主要是我这里每个人只能买一双鞋（不管是什么鞋），因为我的高腰球鞋给别人偷走了，我就买了一双球鞋，所以我这里不能买了。噢！想起来了，我爸爸说上海有可以打折的布，但不知你要买什么颜色的布，请你去信，再好也告诉我一下，如果北京有

的话，我也可以买。好吧！就写到这里。祝你

健康！吻你。

你的

兆 1961.7.8

又：请代问候舅母，祝她快乐！和舅舅在北京一起拍的照片在下次来信中寄来。

兆：

你好！久盼的来信已经收到。知道我寄来的信和粮票均已收到，我也放心了！

但是，在你的来信中也引起我的不满，这你应该自己知道！好吧，我们就来谈谈这件事吧！谁都知道，由于连续两年的自然灾害，造成了农业歉收，因此定量是紧了一点，副食品的供应也是紧一点，这是不可否认的。但我们如何来对待这些问题呢？值得我们好好深思的，尤其是我们“下放干部”，别忘了，我们是下来锻炼的，要经得起困难的考验！有些人，对当前的困难，看成了不得，因此情绪低落。市场上供应什么就赶快排队抢购，好像现在吃到就是拾到似的；可是也有些人并非如此，他们认为困难并不可怕，这是暂时的，将来会好转的。现在虽然粮食和副食品供应紧张，那么我们应该设法减少这种紧张气氛。假如不需要的和不迫切需要的东西，暂时就不买。兆，对于你，我是很了解的，我知道你的定量是比较紧的，但是和别人比起来，国家给你这么多定量已经是很高的了。我想你熟悉李金佑吧，但你不知道他要吃多少，我和他同学四年，一直和他同桌吃饭，他吃的比你还多，可是他现在仅有27斤/月，你可以想象，他有多困难？可是他从不说什么，当然也不到外面去吃。我很了解李金佑，他不是一个伪君子，并不是说有了困难，为了装积极，而在别人面前讲没有困难，其实他不说困难，人家也知道他有困难。如果他把困难挂有嘴上，人家反而会反感，因为大家都有困难啊！而是他能正确对待困难和理解困难。郑州纺织厂的一些干部定量都是27斤/月，那人家也是在食堂里

吃啊！兆，我知道你在农场里劳动很好，那也意味着你在劳动锻炼和思想改造获得了一定的收获。我们都是积极要求进步的青年，我们要注意自己的行动，不能给人家留有不好的影响！

兆，实际上我们的经济情况也没有条件像你那样，说实在的，我们还一无所有，目前摆在我们面前两件事，都需花钱：一是我即将面临生产，二是我们马上要成家，都需要很多钱！我们能依靠谁？只有我们自己！你现在一点也不想积蓄，将来怎么办呢？兆，你看看我们舅舅家吧！他们一家这么多人，主要就靠舅父一个人负担，而他的工钱 100 元 / 月都不到。兆，从你的来信中可知，你们农场的供应很不错，比我们这里要好得多，我们食堂里，老是吃青菜、老韭菜等，吃到黄瓜那就是好菜了。这里也有番茄（西红柿），可要 0.6 元 / 斤，我还没有吃过哩！今天是我的星期天，为了改善一下生活，舅母去买了 0.5 元青蛙，两只茄子，一些苋菜，但我们要几个人吃，你是知道的。兆，也许你会觉得你的妻子并不温柔，并不体贴你，甚至要你饿肚子，不让你吃饱。我当然不够温柔，也谈不上体贴，但我也不想让你饿肚子，我也在千方百计地支援你。我不反对你上饭馆改善一下生活，但这仅可以是难得的一次，不能经常去。兆，这月的粮票我也能寄给你几斤，希望你好好安排。兆，以后每月给我 30 元，你不要奇怪，我不也是想替你把把关，积些钱出来，我们以后要用的。

【按语】这封信的结尾没有找到。估计时间：1961.7.12—15——白鸥。

兆：

你好！

你寄来的信和照片均已收到[①]，勿念！看到了你以前每月的收支情况，我知道有些地方是错怪你了。好在我们是夫妻，没什么关系，假如是错怪了你，那么你也会原谅我的，是吗？总之我们应以节约为原则，这个精神还是对的，是不是？

---

① 信没有找到——白鸥 2015.5.3。

兆，这里的天气很热，平时很难坐下来写，现在稍有些风，因此才能坐下来写信。兆，你听说过“热死人”吗？这里真的热死人了，也就是说，因为太热而中暑死了，三厂有一个工人，他骑自行车到乡下去买菜，因中暑死在路上；还有不知是几厂的一组工人（十五人）到乡下去劳动，要与农民比比干劲，结果死了三个，其余的都进了医院。说明这里的天气太热了，北京不知道要好些否？兆，我看你们的工作时间这么长，又是大热天，我真为你担心！你在工作中要注意些，不要太疲劳了，在饮食方面要注意卫生。

兆，北京的西瓜多少钱一斤？这里的西瓜很多，今天卖 1.6 角 / 斤，前几天便宜到 1.3 角 / 斤。这里大概有这样一个习惯，就是西瓜上市以后，大都要大吃几天的。因此我们也每天都买来吃，我看舅母家平时很节约的，可是吃西瓜一点也不节约，或许是一年只有几天吧！他们大吃西瓜，那我更是大吃了，因为舅母切给我的总是比他们大，我也不客气，因为我也买的，舅母不买，我就买，否则我怎么好意思吃呐！今天我买了两个大西瓜，一个是 15 斤，另一个是 20 斤。15 斤的已经开了，很甜！喂！你不要流口水啊！哈哈！

兆，假如我们没有特殊情况的话，大概还有 20 多天，我们就要回北京了，假如北京西瓜贵的话，我就带一个回来，不过，你要来接我的，因为我自己整天都要抱着一个“大西瓜”，再带一个真的大西瓜，我可吃不消了。

兆，石家庄的同学已经捎信来了，叫我回北京的时候到他们那里下车，他们来接我。我正在犹豫！你看怎么办呢？要是去的话，是有些不便；不去吧，我倒是很想念他们，因此犹豫不决。兆，这里没有皮鞋和球鞋卖，反正你今年要回上海的，你就到上海去买吧！今天国铭弟弟来信说，保定有套鞋卖（元宝套鞋），假如你要的话，可请他买一双。你寄来的照片已转寄给舅父了，并且我已告诉他，你很忙，因此无空写信。我在此很好，勿念！祝

康乐！

你的

鸥妹于 1961.7.28 晚

兆：

好久没有接到你的信了，很是想念！

我知道你忙，愿你注意身体健康，一切都好！也许你在算我还有几天可回来了！的确，假如按原定的计划，仅有十多天，我就应该回京了。但是最近接到院里通知，我们的实习期将延长一个月，也就是说，我要到9月底（9月25日—26日）才回京。兆，忍耐些吧，我们的相会期也只得推迟一个月了！

兆，听说北京正在紧缩人口，大批干部下放或支援农业，郑州也是这样。由于这几年的农业歉收，造成了原棉供应不足，因此我们纺织工业就伤脑筋了。前几天我们到郑州每个工厂去参观了一下，看到各厂的机器大部分都拆了或是涂上牛油，然后用纸包好！看来是长期停工的打算。因为中央的方针也很明确的，是“以粮为纲”，所以棉花的供应不会好转，在两三年内，有些工厂不会生产，那么这些工人怎么办呐？凡是从58年进厂的，而且是从农村来的都已动员回农村了。我们纺织工厂的工人、技术人员可能是“过剩”了，也许形容得不当，我们回院以后，看来不是下放，就是支援农业或是重新分配，大概不可能留在院里。因为听说院里现在正在下放大批干部，但是我回院以后大概仅有一个多月便要分娩了！在北京我们还没有房子，这真使我着急。我真想写信到院里去申请，但我也有顾虑：

1. 我以后不会在院里工作，当然他们不会来考虑住房问题。

2. 我也怕别人讲我个人问题考虑得太多。

所以我不敢去信，我想还是回京以后再讲吧！

兆，我想你那里也申请吧！本来说房子紧，那么这次下放这么多人后，是否可有房子空了？假如你那里能申请到的话，那问题就不大了，假如你那里房子还是那么紧的话，那么你也别去为难你的领导了，等我回院以后再说吧！好吗？兆，我在此很好，请你放心好了！以后谈吧！祝

康乐！

你的

白鸥于1961.8.8

又：舅舅来信叫我代向你问好！

亲爱的：

你好！

很长时间没有给你信了。近来身体怎样，好吗？我很想念！我在农场的工作仍是忙得很，估计在本月内还是如此，我的身体很好，请勿念。亲爱的，你什么时间能回北京？有没有听到要延期的讯息？希望你不要延期。说实在的，我们分别的时间要比相会的日子多得多，确实太不公平了！有许多话也没法相互诉说。如果要依靠通信既费时间，又说得不能详细，好不闷人！郑州热吗？北京一点也不热，这几天不盖被子还不行，盖了被子还有点觉得冷。在夏天来说，这是可以说享福！为什么会这样呢，主要是常下雨的关系，过几天会不会热起来，很难说，希望一直是这样吧！

亲爱的，现在我们农场，能吃的菜少得很，西红柿已经没有了，我们吃的是土豆、南瓜，如果你月底回来的时候，正是菜少的时候。不过，我们农场还卖给职工小菜，数量不多。可是因为我没有家，所以常是放弃权利。我多么希望你回来，马上就有个家。

亲爱的，你再想想看，我们需要买些什么？因为现在买东西很难保证一下子就买到，但有时就能碰到，所以要事先做好准备。

亲爱的，我想10月1日回上海去，因为你八月底回北京（如果不变更的话），九月份分着房子，这不是正好吗？！我还这样想，如果九月份还不能有房子，那我也可以少拿一些东西，到一月份我再回上海把东西全拿来，你说好吗？

亲爱的，我们的小家伙在你的肚子里还淘气吗？他（她）大概对你有意见，说你为什么不多吃一些富有营养的东西。鸥妹，我给她（他）准备了很多东西，差不多皮箱里都放不下了。鸥妹，你不是欢喜吃面条吗？最近我买到了四斤挂面（白得很），等你回来，我做给你吃。鸥妹，你寄给了我很多粮票，你够吗？我真担心，我怎么来感激你呢？我的爱妻，夫妻的感情确是很难拿文字或言语来表达的，我只有永远拿爱来对你，我想你是会相信我的。因此我要求你多加保重身体，有什么不痛快或对我有不满的时候，都和我谈谈，不要放在心里，像你前一封来信就很好，我知道你是不知道我的详细情况，经过解释就好了，否则总放在心里不是更糟了吗？

亲爱的，你代我望望舅母吧！因为现在很晚了，我不再重写了，

祝她愉快！请你在回信的时候顺便谈谈舅舅的近况。祝你

健康！

你的

兆 1961.8.12

兆：

你好！来信已经收到，勿念！

关于申请房子的事情，我只是把我的思想反映给你。事实上，我没有去信院里，也不想去信，回去以后我再去申请吧！但愿能顺利地解决。不过北京有了房子，我也不一定在北京生。我想回上海，因为我近来十分想家、想上海。假如不利用产假回去，我以后没有机会回去了；但是，到临分娩时回上海，真有些担心，所以我也不知道怎么办？你说呐！你为啥一定要我在北京生？兆，你问我需要些什么？告诉你，可以作好准备，有了就买，现在真的我也不知道，到以后要用的时候再说吧！这次舅公（舅母的爸爸）回去，我请他带信给妈妈，叫她替我买一只椭圆形的大浴盆，既可以洗澡，又可睡小孩。我想北京不会有，上海也不一定有，所以我请妈妈乡下买，不知有没有？！兆，这月我还可以给你寄5斤粮票来，以后恐怕没有办法支援你了，因为我从这月20日开始，定量又从30.5斤降低到29斤了。回北京以后，定量不知多少，我想不会多的，所以没有办法再支援你了，真伤脑筋！你的定量有没有降低？郑州市的定量都降低了（除小孩和矿工以外）。我猜想你在农场不一定会降低，是吗？假如你要降低的话，那怎么办呐！

兆，郑州这几天的天气渐渐凉爽了，但是，今天又出乎意料地热，现在我浑身都是汗，这天气也真怪！我在此很好，请勿挂念！愿你好好保重身体！好，我要洗澡去了，再见！祝

健康！

你的

鸥于 1961.8.21 晚饭后

【按语】我和徐荣兆从1953年8月开始通信直到1961年8月（从我1961年8月8日给荣兆的信中可知，我回北京纺织工业部纺织科学院的时间是1961年的9月25—26），我们间的通信历时整整八年。从这些留下的信件计算，它们经过的路程累加起来可绕地球赤道八圈多，已接近从地球到月球的距离了！所以徐荣兆常说，我们的爱情之旅比宇宙还长……上苍也会感动！

有一种爱情叫见字如面

白鸥　徐荣兆／著

人民文学出版社

如果你的丈夫
一直深深地爱着你
时刻关心着你
并尽他的可能来满足
家庭和你的需求
不管穷与富
他是个好丈夫
而你是一个幸福的女人
……

婚姻是爱情的保鲜柜

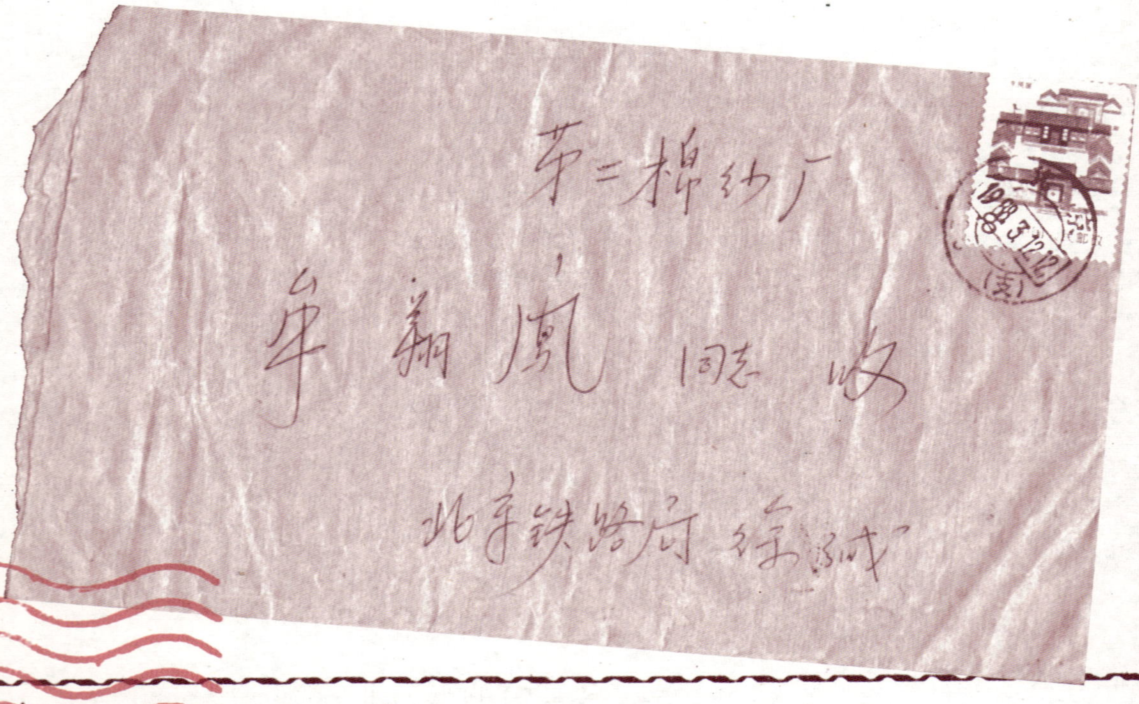

妹：妹送我的一双象牙筷我在年初一使用了。因为我的自己的一双玻璃筷给同志丢了一只。但我用它的时候特别小心。用完了我把它擦得很干净（所附这二字错了请改正）。仍放到小盒里去。因为这上面有天是妹送给我的。我会把妹心爱的东西也是我心爱的东西保存得很好。

妹什么时候开学。可能在这学期要比任何学期来得紧张。我很相信我们之间的通信会影响妹的学习和妹的休息。我觉得妹给我的通信可少或者写得越简单越好。我不会怪妹。我祝你在这学期的要比任何学期好。

妹妈妈的身体健康吗？妹妹什么时候结婚？妹给我代为拜年拜年。祝同她们拜个晚年。祝妹妈身体健康，万寿无疆。祝妹妹幸福健康。祝我能早日抢到外汇。祝妹下学期

成绩优良

荣水

1/56.14.

北京：我们温馨的家

回院以后正值院内大批干部下放，我们这批和我一起从上海华东纺织工学院来到研究院的同学，面临着再次分配，我们一起来的十多个同学，除我以外全部调走：新疆、吉林、辽宁，分配到吉林、辽宁的又再次下放到农村。他们的经历真是苦不堪言，听说主要还是粮食困难。其中有两位父母在海外，所以也就回去了。直到现在我都很想念她们。

我是最幸运的一个，因为我回北京时还有一个多月就要分娩了，因此院里说，等我生了孩子再说，因此暂时留下来了。我俩在北京没有房子，自然只能回上海，但姆妈在常州乡下，我在 1961 年 10 月 20 日回老家牟家村，想与姆妈一同去上海，谁想由于路途中的劳累，玮琳提前出生了。玮琳生于 1961 年 10 月 23 日晨，在常州第一人民医院。产后我仍回牟家村。不知何故，小孩嘴里有许多小白点，吸奶困难，常挤出来倒入奶瓶喂她……奶头挤破了，由于乡下卫生条件差，我得了奶疮，乳房涨得像两块石头，天天高烧，前后在不同地方开了三次刀，苦煞了我和玮琳，拖累了我的爸爸姆妈，急坏了在北京的荣兆、上海的姐姐……我住进医院开刀，小孩没有吃的，可怜的孩子还未满月，妈妈抱着孩子东讨一顿，西讨一顿，有时就给她吃米粉糊糊。最后一次我住进常州医院开刀，我姐知道后就回老家把姆妈和玮琳接到上海去了，从此玮琳得救了，有吃的了。因为我的外甥阿梁比玮琳大六个月，姐姐正在哺乳期，阿梁已可以喂点粥了；另外姐姐厂里的同事知道情况后，纷纷伸出援助之手，她们把订的牛奶省下给我们。可怜啊，那是困难时期啊，只有老订户才有，但每一星期只给两瓶。真要谢谢那些好心人！

我出院以后，由荣兆爸爸陪同直接到上海姐姐那里，我们终于到上海了，尽管那是困难时期，这就好多了。但是，由于几次开刀，我贫血了。自我感觉很怪，老感到嗓子眼里长有一东西，吃饭没感觉，咽吐沫时感到困难，很难受，甚至影响睡觉，我很苦恼。在常州住院时，就请耳鼻喉科会诊过，到上海后，又到新华医院继续查原因，经几次检查，确定是贫血。咽喉部确实没什么，但有那感觉，这是一种“臆病”，以后慢慢会好的，果然几个月后就好了。有趣的是，后来我在研究院宿舍和另一同志合住一套房，我发现他爱人每隔几分钟嗓子眼里会发出一种响声，说是打嗝又不像，我问她怎么啦，她说，这是臆病，老觉得喉咙里有东西……啊！原来得这种怪病还不是我一人。贫血经过一段时间治疗也好多了，再说那是困难时期，上海各种供应都要凭证，过年了，一户只能买一斤苹果，因为苹果含有铁质，是补血的，全给我吃了，那么可怜。在上海待了一段时间，我的产假只有六十天，加病假已三个多月了，玮琳长得很可爱，已经会笑了，我们决定回北京了。

再说北京，荣兆为了我们忙得不亦乐乎，我们北京有房子了！说到房子的来历，荣兆会滔滔不绝地告诉你：他在农场劳动时提出的，农场领导答应可以向局领导申请。但以后荣兆又离开农场，调到列车段当列车员了。农场的领导也都换了新的了。当我女儿出生后，我们回来住哪？所以要房子迫在眉睫。有一天他抱着忐忑不安之心，到路局机关去看看。他进了办公大楼，也不知去找谁，听到有一屋里有人，他就推开了门，一看，里面烟雾弥漫……巧了，满屋子都是人，他们正在讨论分配房子呢！秘书小赵问："小徐，找谁？"荣兆本来就不知道找谁，被小赵那么一问，心里一激灵，随口就答："我找你！"小赵走出门来，问什么事，荣兆说："有没有我的房子？"赵答："我没看到你的名字啊！"荣兆说："农场的就是我的。"她说："农场有。"荣兆又把孩子已出生情况一说……她说："明天到我家拿钥匙。"第二天他到赵秘书家拿到羊坊店117栋1号的两把钥匙，一把是一楼，另一把是四楼，让他选一。他考虑到姆妈年老，还要抱孩子，还是一楼吧！这可把他高兴得不得了！多少年来盼望着自己有个家，现在终于实现了！虽然一间房子只有十二平方米，但有自己的厨房、厕所，是一间一套，关起门来是一个完整的家啊！我们很满足了。提到秘书小赵，我们很是感激她。"……那时机关常常出去义务劳动，有几次到西山去种树。种树，就得要挖坑，她们那些女同志，怎么挖得动？这些重活自然是我的事。"——荣兆说。几次劳动下来，大家都熟悉了，对他印象很好。我在毕业前来北京实习时，我们虽是新婚夫妻，但因为北京没有房子，也只能各回各处，小赵知道后，曾向我们伸出援助之手，我们曾在她家住过一夜，这次的房子，她又帮了我们，所以我们非常感激。荣兆把我们在上海结婚时买的家具运来北京。上海的家具，样式新颖，美观大方，所以我们小家在北方来说那是很漂亮了。

成立一个家庭，非常不易，锅碗瓢盆都要买。我生玮琳已用去了我俩好不容易积攒的400元钱，后来还不够，荣兆那里还要买东西，真是苦透了。记得荣兆跟我说，为了买那只蒸锅，他心里真不是“滋味”。那时什么都凭票，还限期，过期作废，蒸锅也是要凭票买的，票要到期了，可是手里没有钱（只要 15 元），不买？票也是好不容易来的，只能硬着头皮向别人借了钱去买。那时也不知怎么搞的，连吃饭的碗也买不着，碗也要凭票购买，我记得只给我们一张票，只能买一只碗，是我姆妈从老家拿来几只碗，才够用；荣兆到上海搬家具，要寄费，还要想买些零碎东西，他告诉我，一把菜刀要八块钱，买了以后，口袋里只剩下几毛钱了，他还要从上海回到北京（车票已买好了）；几年后，为了给我买只手表（我的旧表坏了），还是上海产的半钢女表，要 80 元（也是凭票供应）。买完后，荣兆兜里只剩 7 分钱，他从永定门回家（那时住在羊坊店），买票只能到打石桥，再从打石桥走回家。唉！

我和妈妈在 1962 年春节后抱着女儿回到北京。到了北京马上就订了两瓶牛奶，孩子吃的问题解决了（那时虽然还是困难时期，但北京对小孩吃奶，跟居委会一说马上就能订到）。妈妈在家带着孩子，一切正常，孩子也像发馒头一样长得很快，非常讨人喜爱！

我到研究院上班了，荣兆还在列车段。

后来，我听姆妈和荣兆回忆这段时期还是很愉快的。荣兆在列车段，常常是出去两天，回京休息两天，一天要去集中学习和开会，一天可以在家休息。他常常抱着孩子，领着我妈出去玩。有一天到北海公园玩，一进公园大门正好有一辆儿童车，他让孩子睡在车里，上面盖着他的皮大衣，推着车，一边走，一边给姆妈讲解……姆妈十分高兴！上白塔的时候，他说：“姆妈，你站在那里别动！”他两手把车拎上去一段路，把车放在那里，再返回搀扶姆妈上去（因为我妈是小脚，爬高一定要搀扶着她）。搀着她上一段路，遇到路边可以坐的石块，就让她坐稳，回来再把车拎上去一段路，把坐车放妥，再返回搀妈妈爬一段……就这样，来来回回，一点点终于到达最高处。孩子在车里睡得很香，而我妈站在那里，瞭望着美丽的北京城，她老人家第一次登这么高，看这么远，她热泪盈眶，不知说什么好……下来的时候，也和上去时一样，要一点一点地下来，荣兆是累点，但他年轻，不在乎，只要姆妈玩得高兴就行！那一年，我姆妈玩了不少地方，什么故宫、中山公园、天坛、颐和园等等，特别是故宫，那时门票才三分钱，里面还可以随便进，喔！（那时讲的是阶级教育）皇帝坐的龙椅，我妈也坐过了，……后来，她回到老家告诉人家：皇宫里也玩过了，龙椅也坐过了，她带着一种骄傲与满足感……乡下邻居们听了羡慕得不得了！

再说我去研究院人事科报到后，就让我到棉纺室后纺组工作。原来，研究院下放走了一大批人，棉纺室有个蔡老工程师，他有个得意门生下放在新疆，他就一个劲叫后纺组人手不够，目的是想把他的得意门生调回来……（这些都是我组的同志，后来告诉我的）。再说我们从上海华纺分去的一批人，除我外，全都走了，我回上海那段时间，荣兆到研究院人事科管我们的那位同志家里找过她几次，请领导考虑我们的实际困难，如果不能留下，希望能让我们夫妻俩人一起走。加上蔡老那么一叫，后纺组需要人，而我本来就是后纺的，就这样，阴差阳错地就把我留下来了。

1963 年 1 月 9 日，我们的第二个孩子——俊彦出生了。那时，市场供应好多了，荣兆用十元钱托人从石家庄买了四十个鸡蛋，带到北京还破了两个；正好过春节，有节日补助加上生孩子补助，那一年过年我们一共买了七斤肉，丰富极了。但是那些桂圆、核桃之类的补品也不知哪儿去了，就连花生都看不见。有一天，荣兆正好路过王府井“稻香村”，看见正在卖桂圆，这真是千载难逢的好机会，赶紧排队，东摸西摸，买两斤就差两分钱，没有办法，荣兆要求买两斤，我缺两分钱，你拿掉点，拿多少我不计较，店里不肯，为此吵了起来！排在后面的人着急了，就说：“你称给他吧，我来付钱。”但荣兆坚持不要人家付，你拿掉多少都行，最后还是荣兆胜利了，现在想起来怪可怜的。俊彦满月后，我姆妈、俊彦、玮琳，由荣兆送回老家——常州牟家村。俊彦的奶妈很年轻，又是一个村，有照应，所以俊彦还没出生，就约定了。俊彦周岁断奶，我妈就领回来了。

1964 年，我到西安国棉三厂劳动一年。劳动结束后回到纺织工业部研究院，又把我从棉纺室调到机研所去了，但都属于纺织工业部领导。我调过去后，被安排在情报组，工作约一年，又把我调回棉纺室。据后

1965 年妈妈、俊彦、玮琳在石舫

来有人告诉我，是因为我是唯一的一个工人出身的知识分子，还调走了感到不合适，所以又把我调了回来。

我从西安劳动回来，荣兆下放也回来了，生活比较安定了，我妈带着两个孩子也回北京了。两个孩子只差一岁，像双胞胎，长得漂亮，活泼可爱，真是人见人爱！姆妈带着两个孩子，虽然很辛苦，但心里很快乐！我们住一楼，窗户朝东，窗户外几乎是由四栋楼房围成的一个方形的院子，院子东边就是马路，那里两栋楼成直角形，留下二三十米的距离便是进入院子的通道，离我们窗户约有五六十米。我们屋内靠窗放一小方桌，桌子两边有两张弹簧椅子。每当荣兆中午回家吃饭、下午下班，两个孩子就跪在椅子上，趴在窗台上，全神贯注地看着东边，等待着爸爸回家。只要荣兆一露头，两个小脑袋刹那间就不见了，他马上就看见两个小天使像箭一样，冲出单元门，飞也似的向他奔过来……一会儿就抱着他的双腿，高兴地喊着“爸爸！爸爸！”此时的荣兆总是弯下身子亲亲两个孩子，然后一手抱一个，抱着他们回家……后来，两个孩子重了，就一手牵一个拉着他们回家。荣兆看见两个孩子，别提心里有多高兴！同事们看了也都羡慕不已。星期天，我们也常常一起到公园玩。有一次我们在颐和园划船，我给他们一人煮了一个鸡蛋（平时只有过生日才煮一个鸡蛋），两

1965 年母亲在天安门城楼前

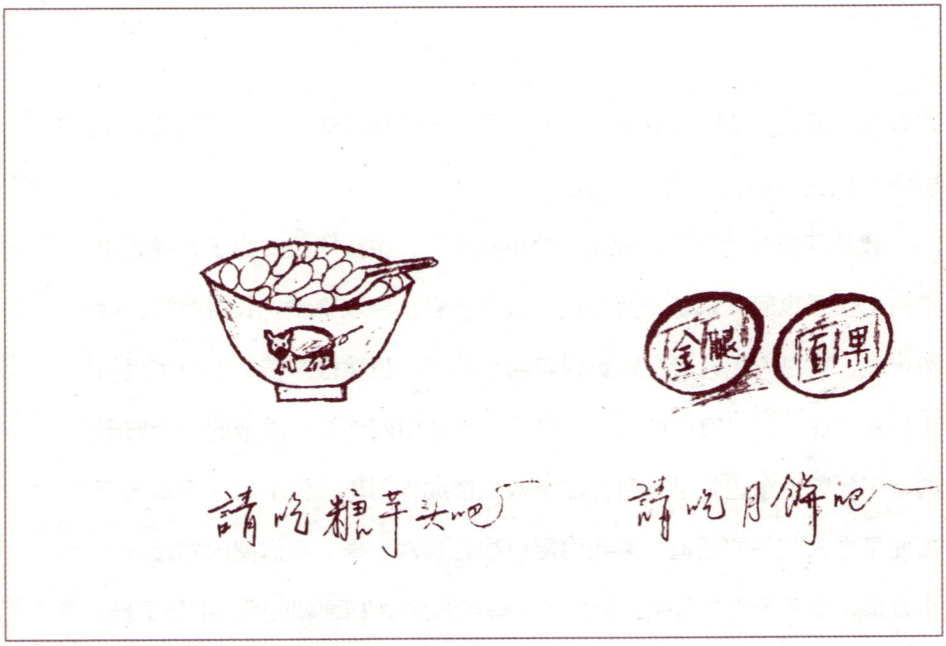

个人高兴得不得了，两只小手紧紧地攥着，舍不得吃。俊彦坐在船上，那只攥蛋的小手放在河里玩水，一不小心，蛋掉下去了……孩子一愣，快要掉眼泪了，我们马上安慰他说：没关系，鱼也饿了，就算喂鱼吧，玮琳你那鸡蛋等一会和弟弟一人一半……

有一段时间，我妈回老家了。我和荣兆一人带一个孩子，俊彦由荣兆带，长托在路局的红旗托儿所；女儿由我带，送我研究院托儿所。我因离家太远，因此在研究院要了一间单身宿舍，平时带了女儿住那里，只有星期六才回家，星期一早上带了女儿去研究院。有时我出差，两个孩子只能都交给荣兆，有时他把孩子带到单位，他们的同事也都非常喜欢！也会在天真的孩子口中套取点笑料。如：他们问我儿子，你爸爸力气大吗？孩子说，我爸爸力气大着呐！怎么个大呀？我爸爸把我妈妈一抱就抱起来了！逗得大家哈哈一乐；有一次荣兆带了女儿出差，多亏他们的女同志帮忙照顾，那天他们坐了火车头，这给孩子留下了很深的印象。那时我们的邻居也特别好：2 号是我儿子托儿所的阿姨，所以，我儿子的接送都由她代劳了；3 号对我们也是特别照顾，我们没菜了，她说：你们随便拿（他们冬天贮存好多大白菜）；另外，3 号有四个孩子，比我们的孩子大，他们都知道照顾我们的孩子了；那时大家烧的都是煤球，有一天家属委员会给我们送来了一套罐装煤气灶，因为我们是双职工。说实在的，我们根本没想到，我真怀念我们那时的邻居，怀念那时的人那么老实、诚恳、友好。

那时我在东郊上班，单程要两个小时，倒四部车，非常辛苦。荣兆为了照顾我，申请研究院房子，研究院给了我一间屋子，我们就退掉了路局的房子（那时，必须退掉的），就搬过去了。荣兆从此就辛苦了，早出晚归。

翔妹：

看不到底的天空出现了数不清的星星 虽然没有像你那样优美的月亮 但也不像伸手不见五指那样 不是在想家 我是在想 如果我不是在朝鲜的话 现在我可能出现在你的身旁 我愿意看到你那笑的小脸 我愿意绕中山公园走静安寺 走在没有杂音的夜晚里 我在利不了不想你。

我还好像记得在一个黎明的早上 我俩站在高高的山顶上 看到了满山遍野的杨梅花 又听到了高我不小溪里的水流得有调有节 刚发芽的小树上的小鸟 伴着了小溪里的音谱 在为我们歌唱 你的心上都投入了我的怀抱 虽然是初春的早上 还有寒气的残余 但在我的心目里 却充满了温暖激动 我想你能听到我的心在跳跃 但我想你不会知道我除了温暖和激动外还有别的感觉。我向你诉说了我心里要说的话 我又注意着你在高兴的听着。后来我不知你是高兴还是生气 猛然的就跑了 我却跑得特快 我想追你 但也不知为什么我的脚像生了根一样 我急得也想不出其他办法 只有高声的喊着翔凤妹快回来 结果没有把你喊回 却把睡在我周围的同志都喊醒了 他们问我在喊什么 我也不好意思回答 我只有装得像睡着了一样 之后我拿着电筒看看你微笑的相（我把你给我的相片经常放在我枕头旁边的一本日记簿里 目的是为了能经常的看到你）看着你还

我这一辈子

童年：在日本侵略者的铁蹄下

在我出生的时候，我的爸爸姆妈都在上海纺织厂工作，姆妈是摇纱车间的挡车工，爸爸是铜匠，也就是钳工。舅舅也在纺织厂工作，他是准备车间的保全工。生活尚且安定，但是好景不长，到了 1937 年 8 月 13 日，震惊世界的“八一三”事变爆发了。那时我才两岁，姐姐六岁，妹妹才几个月，爸妈带了我们逃难到乡下。日本兵到处烧杀抢掠，老百姓十分害怕。“日本兵快到常州了”的风声日益逼紧，父亲为了一家人的安危，想到江边（即江阴）去探探路子，便只身去了江阴。那时人们像潮水一般涌向江边，涌向江里的难民船。难民船开往哪里？不知道！只听说后面日本人追来了，赶快上船！父亲进退两难，进，家里还有妻子女儿；退，大批人们向前涌来，退不出去。一狠心就上了船，这一走，他吃尽了苦头，随着难民船到了重庆。

再说我母亲在家等啊等，不见回来，不时跑出村外看看，还不见回来，一时心急如焚。时间在一点一点过去，心里一阵紧一阵，难道出事了？这年头，兵荒马乱，死人到处都有，母亲开始暗暗落泪。过了一天又一天，母亲的眼睛都望穿了，眼泪也哭干了，仍不见爸回来。我舅舅和伯父们也是焦急万分，分别出去寻找，但这时人们已经到不了江边，因为那里已经被日军占领了，无奈又只能回来。到处打听也杳无音讯，大家都认为我爸已凶多吉少，好心的邻居为了宽慰我母亲，就说他已经随难民船逃走了，我妈也只能信以为真了。家里留下了姆妈和我们幼小的三个孩子，没有几天，我的家乡也沦陷了。日本兵常来扫荡，老百姓四处逃亡。有一天，日本兵又来扫荡，姆妈一手抱着我，一手搀着姐姐，跟着大家逃了出去。姆妈再也没有手抱妹妹，就把妹妹留在了床上。谁知日本兵来了没有当天走，在我们村子里待了一天一夜，姆妈急得像热锅上的蚂蚁，又不敢回家！好不容易等日本兵走了，姆妈急忙回到家里，可怜的妹妹哭声已像猫叫，喂她吃奶，她已经不会吸吮，挤了奶给她喝，她也不会咽了。姆妈把她捆在身上，紧贴在胸前，用自己的体温暖和着她幼小的身体。但是，妹妹终究没活下来。妹妹已死了好几天了，姆妈还是用自己的身体暖着她，她就那样软软地，永远睡着了。可恨日本侵略者夺去了妹妹幼小的生命。

姆妈带着我们两个幼小孩子，靠种田为生。我家地不多，大概只有两三亩田，舅舅家还有几亩田。为了养活我们姐妹，姆妈只得拼命干活，在田里像男人一样干，回到家里还有两个小孩要照料。那年月，人的命不值钱，大人活着都很艰难，何况还带着两个小女孩！有一些好心人就劝我妈："五妹妹，你把一个给人家做童养媳吧！留下一个已经够苦的了，带了两个怎么过啊？"姆妈看着我们，哪一个也舍不得啊！只得咬紧牙关艰难地支撑着。那个年代，不单是生活困难，还要躲避日本人的扫荡。我记得的就有两次，在我幼小的心灵中留下深刻的印象：我大约五六岁了，一天妈妈在"七亩田"里削麦（即松土除草），我去找姆妈，刚到那里，就听见有人大声喊道："日本人来了，快逃啊！"随着喊声，在田里干活的人们，立刻扛起锄头向一个方向跑去，妈急忙拉着我跟着走，大家走到一个村旁，不料迎面又碰上日本兵，拦住去路，无可奈何，只能走到田里去削麦。姆妈放下锄头，拉着我坐在坟墓（那时田里经常有坟墓的）边，看见日本兵骑着大马，背着刺刀，在我们面前转来转去，要大家拿出"良民证"，他看了几个，许多人都说："我们都是良民，我们都是良民！"日本兵这才扬长而去。我坐在姆妈身边吓得发抖，心都快要跳出来了！日本兵一走，姆妈拉着我急忙赶回家里，因为姐姐一人在家不知怎么样了！到家才知道她跟着大家逃走了，过一会又跟着大家回来了，一家人这才放下心来。还有一次，妈和姐都不在家，只有我一人在家，吓得我不知道怎么办，多亏我小伯父叫我不害怕，坐在家门口装作晒太阳。日本兵到家里翻箱倒柜，每一只抽屉都开着，遇到粮食，红小豆等好吃的东西，或一些值钱的东西都要，不要的就扔在地上。等鬼子一走，我进屋一看，东西扔得满地都是，我赶紧拾起来放好。家里养的鸡啊、猪啊，他们当然不会放过，不过那时候谁家也不养了，养了自己也吃不着的，再说拿什么东西喂牲口啊？！这就是"扫荡"，而且经常来，所以老百姓穷得一贫如洗，只能吃糠咽菜，艰难度日。日本兵来扫荡，不仅是抢劫掠夺，还要杀人放火！日本鬼子到处奸淫掳掠，杀人放火，无恶不作，老百姓看见日本人比见鬼还害怕。"鬼"，当然没有，他最多吓唬人，可日本侵略者可真是无恶不作的。我妈妈那时才三十多岁，但在我的记忆里，她举止庄重，头上梳着发髻，身穿黑色衣服，完全是乡下老妇人的打扮。这当然一方面是为了躲避日本人，另一方面，因为我爸不在家，让村里那些不正经的男人望而生畏，所以村上的人都很尊重她，老年人称她为“五妹妹”，年轻人称她为“五婆婆”，因为我爸爸排行老五。“婆婆”在我们那里是对老人的尊称。

抗战时期，有时形势好点，舅舅和舅妈就到上海去做工，舅舅家的地就由姆妈管理、耕种，我们的生活稍许好些；形势不大好时，舅舅和舅妈回到乡下，我们都住在一起。由于我们还不会劳动，粮食就不够吃，舅舅和舅妈也只能陪着我们吃糠咽菜，我妈总觉得对不起他们，晚上偷偷地哭过好几次。因为没有粮食，我记得夏天只能吃些菜糊糊、南瓜啥的，这些东西尽管吃的时候已经饱了，但过不了几个小时就又觉得饿。尤其是重体力劳动者，吃不饱，也就做不动，所以对大人们来说，这日子多么艰难！我姆妈，一个女人，在那困难的年代，田里所有的重活、累活都压在她身上。生活的艰难困苦，对亲人的思念，正如李煜所写的“问君能有几多愁，恰似一江春水向东流！”……无穷无尽！

直到抗战胜利，舅舅、舅妈到上海做工，后来我姐也去了，这样的苦日子才终于熬出了头。舅舅和舅妈对我们像亲生女儿一样，他们为我们成长付出了辛劳，并吃了不少苦，我除了感谢我的姆妈在那么困难的时候还没有把我们送掉，还应感谢舅舅和舅妈的养育之恩。

在那艰难困苦的抗日战争时期，老百姓吃尽了苦头，战士们奋斗在前线，用鲜血和生命换取伟大的民族尊严。那牺牲的三千五百多万同胞啊，是你们换来了十四年抗战的胜利，何其悲壮！我的一个表哥（是我亲姑姑的大儿子），听说他参加了新四军，就这样，一个帅小伙再也没有回来。他为抗日献出了年轻的生命！我们子孙后代都不能忘记这段苦难的历史！

在乡下读小学

我六七岁时得了一场大病，大概到八九岁才上的学，当然是牟家村小学，那时开始入学是读半年级。现在的孩子多幸福，大人从小就教他们认字，我很可怜，姆妈不认识字，她能教我背乘法口诀，但不认识123……我就是连123都不认识的一个乡下小女孩，但幸运的是，我学习还可以，很快我的学习就上去了，在小学里我的成绩在前三名，我学习用的铅笔、橡皮、本子都是奖来的，家里没钱买。

抗战胜利后，舅舅和舅妈带着姐去上海做工；姆妈带着我和国铭表弟在乡下，姆妈还是种田。因为国铭弟还很小，我只能每天背着他到学校，坐在我身边，好让姆妈到田里去劳动（那时的农村小学，管得也不那么严格）。弟弟很乖，坐在我旁边也不闹，下课了，他和我同学一起玩耍；下雨天，姆妈送饭到学校，我们就在学校吃饭，放学了，再背着他回家。就这样一直到他五岁，才回到他的座位，读半年级。在学校里我是比较活跃的，我参加各种比赛，我还记得到三河口中心小学参加写大字比赛，写的是："明月松间照，清泉石上流。"多美的诗啊！在学校里我是学习好，又听话的乖巧女孩，老师们都喜欢我，有时我在课堂上写大字（做作业），老师就坐在我旁边看我写，偶尔还在我的本子上写上几个字；学校里的讲台上有一架风琴，课间我除上厕所外，就在那练习弹琴，大约在二年级时，我就会弹《满江红》了。我在小学二年级时出过天花。“天花”是一种非常可怕的传染病，我是怎么得这种病的呢？那年我校要到三河口中心小学参加演讲比赛，学校选定我和另外一个男生参加，他叫李××，比我高一级，那时他姐姐正在出天花，他被传染上了。他已经开始发烧，但学校为了完成任务，还是把我们俩关在老师办公室里练习，所以我也被传染了。这次比赛各校都特别重视，我只记得在街上看见有的小学来参加比赛的人穿着花衣服，坐着独轮车，推着来的。我还说：“喔唷，新娘子来了！”为了这次比赛，姆妈也为我做了一件新衣。到了演讲台上，看见台下黑压压的一片都是人，我这个乡下小女孩，哪见过这世面，我有些害怕，不由自主地有些哆嗦！但是我很快就镇静下来了，想着老师教我的，往远看，别管那些人，放松，背我的讲稿，所以到第三句就正常了。比赛结果令人满意，我得了第三名。第一名当然是中心小学的，第二名是我的那位同学，那天他还在发烧，得个第二也应该。比赛结束，第二天我就开始发烧，高烧持续了十五六天，我现在还隐约记得我说的胡话，说老天真不公平，某某已经好了（其实那人因出天花已死亡），我还不好……高烧之后，满身长了很多脓疱，奇痒难受。这就快要好了，姆妈告诉我：不能搔，搔破了那脓疱，就是麻子，破一个就是一点麻子，但是奇痒难熬啊！姆妈听说生矾水能止痒，姆妈日日夜夜不停地给我抹……我出天花没死，也没有麻子，全靠我妈日日夜夜地细心照料，是姆妈又一次给了我生命！我们校长可能觉得对不起我，在我快好时来家看望过我。其实，学校不应该让那同学参加比赛，更不应该把我们关在一起练习，这些，老师当然懂得，但他们为了学校的荣誉竟全然不顾……但我从来没有恨过他们。后来我和那位同学都好了，很幸运！

我成了一名童工

我于 1947 年上半年离开牟家村小学，当时只有十二岁，读小学四年级。那时舅舅舅妈在上海十四棉纺织厂做工，听到有招工的消息，让我到上海来等着，妈妈让我跟着同村的一个阿姨来上海。那时从我们村到常州乘的是船，到了常州再乘火车到上海。坐在常州火车站，静静地等着上火车，突然火车一叫，把我吓了一大跳，那阿姨赶紧搂着我说："啊呀，丫头，勿吓！这是火车叫！"这一声吓了我一大跳的汽笛声，从此使我离开了宁静的小村庄，来到了繁华喧闹的大上海。在上海等了很长时间，眼看快要过年了，正当我就要准备回家过年时，突然得到消息：要招工了。那是 1948 年 2 月份，我穿着姐姐的皮鞋、旗袍，怕重量不够，兜里装了一块铁疙瘩，年龄也不够，舅舅把我的身份证上"十二加一横变成十三，再加两竖改成十五"，再告诉他们这是去年的，这样我就成了十六岁了。其余各道关口，舅舅都已打点好了，这样，我就顺利地考入了上海中纺十四厂细纱车间的"养成工"。到厂里后，开始是培训，所以全部上长日班，中午吃饭是兰英姑婆和姑公管我饭，兰英姑婆和姑公可能是长日班。姑公在厂里炉子间（锅炉房）工作，姑婆是织布车间的"兰带子"——也是车间里的头头吧？！估计仅次于"那摩温"吧！所以工作比较自由，他们上班时带点生的菜，到时间用自己带的炒菜锅往大炉子里一放，菜很快就好了，因为火旺，炒的菜特别香，我到时间就去吃饭，他们做什么，我就吃什么。这一个月吃得很好，我要谢谢他们！纺织厂的主要任务是把去掉籽的棉花去除杂质，再把纤维梳理成平行、伸直、拉细，然后纺成细纱，织成布。我要成为细纱车间的挡车工，首先要学会接头，因为在纺纱过程中有各种因素会产生“断头”，也就是说，不能连续纺纱了，所以挡车工的主要任务是接头和做清洁工作。那么当然首先就要学接头，在练习过程中，我那细嫩的右手食指，被纱线勒得一道道血口子，每一次，纱嵌进肉里，钻心的痛啊！那伤口就像刀砧板被刀切得一道一道的，不过我是被纱勒的，而且“只能”在那一公分左右的右手食指上，一天要重复不知多少次，这是什么日子？是多么难熬啊！那些日子，我每天晚上睡觉都不希望有明天，明天不要醒……可是到了第二天还是醒了，我还是必须去受那个罪！手指上的那一块肉破了，好了；好了，又破了……这样反反复复，那块皮长厚了，难关终于过去了。我成为正式挡车工人了。那时车间有喷雾可以加湿，但没有空调。到了夏天那热啊，常有中暑的，最热的时候，听说就在屋顶上浇冷水。每到夏天，汗水浸湿了衣服，尤其是裤腰那一圈，几乎没有干的时候，所以我的身上每年都长痱子，尤其是腰围一圈，像湿疹一样，我上学后离开工厂好多年了，到了夏天还会起湿疹，痒痒难受。我们车间就在黄浦江边上，那墙上有一排小窗口，窗口不大，也很矮。当我上夜班四下没人时，就偷偷地撩起背上的衣服在窗口边坐一会，让凉风吹一下后背，这是最好的“享受”了。这当然只能一会儿呵！所以那时的劳动环境是很差的。我进厂已经是 1948 年 2 月份了，上海各工厂地下党活动势力已很强，工人已得到保护，所以我们这批养成工也没受什么苦。时间一长，我已经有很多新朋友了，按厂里的俗语来说，我已有一批小姐妹了。厂里有夜校，我已去读书了。那时上海沪东区有个“年青年会”，我车间有个姑娘是那里的成员，她向我介绍那里怎么怎么好，让我到那里去上夜校，我也同意。但要考试，我觉得数学考得还可以，但语文我基本上不会，那全是政治方面的，我连听都没听说过。那姑娘陪我去考的，她到别人那里看一题告我一题，我从来没有这样考过，觉得很没有面子，没法见人了。后来她找过我多次，我不肯去，她和老师一同来家找我，我还不肯去。啊呀！爱面子的我错过了一个大好机会，原来那是党的地下组织，那里的人全是地下共产党员。

上海解放了

1949 年 5 月上海解放了，我们工人真的彻底解放了，当家做主人了。解放那年我才十四岁。上海解放前夕，有钱人，还有国民党军官都争着逃到台湾去，那时马路上一片狼藉，我站在弄堂口，常看见那些国民党兵叫："三轮车"！那时三轮车忙得不得了，三轮车夫不理他，结果，那车夫挨了一顿打，还得拉他走……那时，对国民党兵，尤其是那些伤兵，老百姓都怕他们，离他们远远的，免得惹是生非。我常在马路上看见他们打人，老百姓叫他们为"丘八"。我们解放军与他们截然不同，老百姓见了解放军不害怕，还感到很亲切……上海解放前几天，炮声隆隆，解放军要攻进来，国民党部队要抵抗，那些国民党要员要逃，老百姓想躲，城里乱哄哄……我舅舅安排我和姐跟着邻居，在市里大旅馆合开了一房间，只有"咪猫妈"带着我们几个孩子住在那里，地上铺着席子，我们就睡在地上。据说那里是"租界"，"租界"是受到保护的，舅舅给我和姐每人四块银圆，缝进裤腰带里，以防走散。舅舅他们大人仍旧留在家里。我们在旅馆里住了几天，一天早晨醒来，突然听不到炮声和机关枪声了，上海已经解放了！我们又回到家里。我走在马路上，马路上静悄悄的，商店紧闭大门，到处都是反动标语。第二天那些反动标语都不翼而飞，都换成了庆祝解放的标语了。听说上海解放那天夜里，解放军都是睡在马路上的……好让人感动！ 我们常州比上海要早解放一个多月，那时，妈妈怀着莲娣妹快要生了，碰上战争，整天担惊受怕，也不知解放军是什么样的，就把衣服打成一个个包袱，塞进对面破屋里堆放的稻草堆里，谁知解放军一来看上那几间破屋了，他们把稻草铺在地上当床，一个个包袱当枕头。那一晚，姆妈的心像十五个吊桶，七上八下，心想这一下完了……第二天，他们把稻草仍然堆放整齐，把包袱放在一起，然后对我妈说：“大娘啊，包袱都放在那里啦！”我妈很感动！解放军和国民党鲜明的对比，老百姓看在眼里，记在心里。厂里也有很多人来跟我讲革命的大道理，我觉得很对，所以很快我就成了党的积极分子，我思想单纯，工作积极。1949 年 9 月我第一批加入了共产主义青年团，并且担任团的干部。我非常忙，但是我还是坚持上夜校读书。记得我的老师是上海复旦大学新闻系的在校学生，我年龄小，学习好，常得到他的夸奖。我还学了写快报，有一次厂门口贴出了我投的快报，有很多人围着看，我以为是什么重要的通知，所以挤到前面，一看，喔！原来是我投的。我的表现得到了领导重视。不久，厂里开始搞“民主改革”运动，我厂是沪东区的重点单位。上海是纺织工业的重要基地，产业工人集中地，这个运动，党中央十分重视。

脱产搞运动

为了配合运动，厂里抽出一些工人脱产搞运动，我就是其中一个。我来到运动办公室，因为年龄太小，什么也不会做，就帮助运动办公室做些杂活，我脱产在运动办公室，经常要听些报告，首长讲话之类的，我总是坐在市委派下来的干部陆同志（后来我才知道她曾是刘少奇的秘书）旁边，她总是问我："小妹妹懂吗？"我总是摇摇头，然后她就给我解释。说实话，我当时只有十五岁吧，还是个孩子，有很多听不懂。当时厂里的党委书记是李子圃同志，他也是个大干部，他知识渊博，报告中经常"引经据典"，那我更不懂了，是陆同志一一跟我解释，民主改革运动可能有几个月吧！我从她那里获得了不少知识，我觉得我一下子长大了许多！我不知道她后来做些什么，但我见到的她，是那么温柔，那么和蔼可亲，那么知识丰富，又那么乐于助人，我很感谢她。

推广郝建秀工作法

运动过后，我仍然回到车间。细纱挡车工是一种熟练工种，两年多下来，我的工作已经很好了。我的工作有条有理，我出的白花全车间最少（白花，即棉花。白花少就意味着断头少，或断头后很快把头接上了，如果断头多，那出的白花就多了），每到下班之前，每个人的白花有落纱长（纺的纱是绕在纱管上的，绕满了就要换管子，那叫落纱，落纱长就是落纱工的组长，也管理这一区域的挡车工）来收走，把车头、车尾揩拭干净，挡车工也要把头接齐，清洁工作做好，准备交班。落纱长觉得我出的白花最少，日子一长，就传到上头去了，厂里特别重视，正好厂里要抓典型，总结工作法，所以车间派了技术员跟踪测定，我做什么他记什么，我到哪里，他跟到哪里，我喝水、上厕所，他都要跟着并记录时间。这样跟着我足有一星期，后来领导告诉我，要总结我的工作

白鸥在挡车

法；但是没过几天，青岛“郝建秀工作法”总结出来了，那是全国总工会主席陈少敏大姐亲自抓的，要在全国推广，这才放弃了我。后来领导派我和其他几人出去学习，学完后回到厂里，成立了推广“郝建秀工作法”小组，我任组长。我是推广“郝建秀工作法”的小先生。脱产大约半年多，又回车间看车，但是我脱产那么长时间，我看的车早就有别人看了，照例，我是公出，回来后应该回到原位，但是我小小年纪，在厂里那么受到重视，早就有人妒忌，有一台坏车（断头特多）没人愿意去看，就让我去，当时没多想，去就去呗！那台破车，早该“大平或报废”了，以我当时个人的力量是没有办法改变的，别的车断一个就一个，这台车，一断就是一大片，根本忙不过来，我又是个要强的人，只有拼命地做……我终于累病了，“心动过速”。后来，组织上为了照顾我，将我调到检查科工作。没有几月，我就考上了上海纺织工业学校，我在上海国棉九厂（原来的中纺十四厂，新中国成立后改为国棉九厂）当了四年半工人，终于又进学校读书了。

上中专

能再进学校读书，这真是我梦寐以求的。我在厂里虽然一直坚持上夜校，但业余学习总是有限的，每当我在马路上看到少先队员列队敲着鼓，唱着少先队队歌时，我总是很激动，我会驻足不前，眼泪不由自主地夺眶而出，因为我的年龄和他们差不多，我多么想也能和他们一样啊！现在考取了上海纺织工业学校，我当然非常高兴！

上海纺织工业学校位于上海西面长宁路，离中山公园不远。学校的围墙宽约三四百米，长度可能更长些。学校正门在长宁路上，进门，旁边就是传达室，再走进去是一座两层楼房，中间是学校的办公室，两边是教室；再进去，迎面而来的一大片绿色草坪，宽约 80 米，长约 200 米，大草坪四周是竹篱笆编制的宽 30—40 公分的花台，看来已是多年种植的蔷薇花，爬满花台。到了初夏，一大圈蔷薇花的阵阵芳香，使人陶醉。竹篱笆外面都是石板铺设的道路，再外边就是有顶盖的长廊，我们女生宿舍就在长廊西边，是一排与办公楼、教室楼成直角形、颜色一样的——红瓦黄墙的两层楼房。喔！多么漂亮。女生宿舍对面长廊旁边有一座别致的钟楼，是欧洲式的教堂，那是我们的图书馆。大草坪的南面是一座健身房，里面有大舞台、篮球架等，地面上都是木地板，下雨天可以在室内上体育课，也可在里面跳舞。而且遇到雨天，从宿舍到教室、图书馆或健身房都不用雨伞，因为一圈都有走廊，设计多么人性化。健身房的后面有一大片空地，我们开体育运动会就在那里。走过这片空地，靠近围墙有一排参天大树，大树间吊着秋千架，我和同学常在那荡秋千……女宿舍屋内都是木地板，屋子整洁。洗脸、洗衣等有盥洗室。厕所都是一个个单间的坐式抽水马桶，浴室也都是单间的，浴缸是一只只荷花缸。要知道那时我还是第一次看到这样的设施。这么漂亮的学校，这么好的设施，在这大上海恐怕也找不到第二家！因为我们这学校新中国成立前是“圣玛利

1955 年白鸥在纺校教学大楼前

亚”女子中学，是教会学校，曾经是宋美龄读书的地方。说实在的，要不是解放了，我是不可能到这里来读书的。

1952年10月开学。学校分三个专业：棉纺、棉织、印染。棉纺专业大概有十二个班级，我是棉纺第四班，班里约有四十名同学。正式上课了，第一年是补习初中课程。我考进来时也只有小学六年级的水平，接着上初中，对我来说，一切很正常。但是我们来自工厂，文化水平参差不齐，有的很轻松，有的很困难，学校号召我们互相帮助，于是每班成立互助组，“好、差”搭配，一起上课，课后分散讨论，互相帮助。我们的大草坪上真热闹，一个个小组围成圈坐在草坪上，讨论……这样学习过了一段时间，有人还是跟不上，学校考虑到我们基础不一，要一个进度学习有困难，于是学校进行了一次大考试，按照文化程度分成三个学制。第一进度四年毕业，第二进度四年半毕业，第三进度五年毕业。这样，学校又进行了一次大调整。我被分在第一进度棉纺第四班，从此我们进入了正规课程。第一年补习初中文化，第二、三年进入高中课程，第三年也已开设专业课了，第四年全部是专业课程、到工厂实习并进行毕业设计等。学习紧张而有序。我学习还可以。

1953年白鸥在纺校图书馆前

头两年学苏联，实行“5分制”，后来又改成100分制，上课经常提问、小测验，作为平时分。我的三角成绩最好，平均分是 100 分。我每天睡觉前，躺在床上，把当天所学的课程，在脑子里像放电影一样再过一遍，想想哪些应记住，哪里还有问题，第二天及时弄明白。这样的学习方法还是很好的。我校那一大片大草坪，像一片绿色地毯。休息的时候，同学们都喜欢在草坪上玩耍。我们有的坐着，有的躺着，唱歌、跳舞，那么尽情地欢乐！草坪上没有一点尘土，南方的天气，经常下雨，草坪被雨水冲刷得干干净净；又经常有雨水的关系，草坪长得绿油油的十分可爱；草坪上没有杂物和杂草，这当然要归功于管理的工友，但是学校里没有一个人会在那扔垃圾或脏物，这是做人的公德，不用人们提醒；更没有人会随地吐痰，没那习惯。所以我们可以随便坐着、躺下。南方的草坪是不怕踩的，你可以尽管放心。每到要复习功课的时候，我喜欢独自静静地坐在那里复习功课，思考问题，或背些定理、公式什么的，我自己觉得我的脑子像草上的露水一样清澈，想要记的东西看一遍，背一遍，默写一遍，基本都能记住了。大概只有那段时间脑子最好使了。同学之间非常友好，尤其是同一宿舍的，哪个同学出去买点好吃的零食，回来大家一起吃，尤其是星期天从家里回到学校，有什么好吃的，每人一份，放在你的床上。如果是度假回来，那就更多了，每人一堆，也放在你床上；遇有生病，同学之间更是关心、照顾，盛饭、端水、按时喂药。我们同宿舍共有十人（上下铺），这房间里就是我和另一个同学最小，她们都像大姐姐一样照顾着我。记得有一次我发烧了，已经昏昏沉沉，根本不知道我吃的什么药，要什么时候吃，就听见她们几个人咕噜了一会（估计是商量分工吧），以后是王琪同学按时，甚至半夜还起来给我喂药……她们会像自己亲人一样关心照顾。我在纺校读书四年，那里的环境，那里的生活，那里的同学、老师，使我终生难忘。

我常常想起那里，想再到那里看看，再在那草坪上坐一会，那些同学，我多么想再能见到他们！然而那学校早已不复存在，同学也失去了联系，不知她们在哪里？也不知她们是否平安？唉！人生在世，匆匆忙忙，许多同学毕业后再也没见过，遗憾！但他们生气勃勃、诚恳待人……他们的动作，他们的音容笑貌永远留在我心中。

上大学

1956年暑假后开学，我就进入华东纺织工学院读书，这更是我梦寐以求的。华纺位于延安西路，离上海纺校不远，在上海纺校的南面，大约走二十分钟就可到达。华纺比纺校大多了，有学生四千名，分纺织系、机械系、染化系等，我是纺织系棉纺专业。“华纺”的老校门具有古建筑风格，进门不远处是小桥流水，河里还养有许多鱼，景色也很迷人。校园内建有教研大楼、纺化（化学纤维）楼、电工楼、中心大楼、图书馆、大操场、医务室。还有八栋学生宿舍、两个食堂、家属宿舍；供学生实习的棉纺工场、机械工场、毛纺工场、缫丝工场等。地方很大，也有草坪，但是找不到像纺校那么好的一大块大草坪了。

我们棉纺大班由五个小班组成：61班、62班、63班、64班、65班，每一小班大约三十人左右，我在62班。我们小班基本上都是从中专来的，自习或辅导都是以小班为主，上课就大班一起听课，所以教室很大，想要坐在前面些，就要早些去占个位置。我们基本上没有教科书，也没有参考书，全靠上课时用心听，认真记录。我们的学习情况在前篇信中都说了，总的来说，我们的学习勤奋、刻苦、努力，毕业于1960年10月。

华东纺织工学院后改名为中国纺织大学，现在叫东华大学。

参加国家重点科研项目——气流纺纱

经过了两年“文化大革命”（大约已是 1968 年），按照革命理论，应该要“抓革命促生产”，作为部研究院应抓什么项目，既能震动纺织界，又能较快地拿到成果？我估计部、院当时的领导，经多次讨论，结合国际情况认定：纺织部的重大项目：纺部是气流纺纱；织部是无梭织机。而我们研究院决定集中力量搞气流纺纱。研究院可以说是集中了最强大的力量了，上面卢山副院长直接领导，工艺部分由我们棉纺室袁义淑和我等五人参加；机械部分由何 ××（主设计）等三人；机加工有四人，其中有八级车工，也有八级钳工，都是机械工场技术上的强将；试验室有两人参加，还有电工师傅、挡车工等。气流纺纱自己有试验车间，里面配有车床、刨床、钻床，那些老师傅别看他们级别已到顶级，他们没有一点架子，对我特别好。我们可以自己去动那些机床。我因为在学校勤工俭学时，当过一年车工，所以我自己设计的零件，比较简单的，我可以自己到车床上加工，给予我们多么好的研究环境和条件啊！试验室的仪器我也可以随便操作。给予我们这么好的条件，真是只有研究院了。

那时的思路：一条是在老的细纱机上改造，另一条是干脆搞新机设计。那时的中国科技大学也没有什么任务，他们在我们这里投入了一大批力量，把上天的技术用到气流纺纱上来了。他们设计了一台新型气流纺纱机，上半部分还是和老的环锭细纱机一样，纺纱杯的转动是利用“陀螺”原理——空气轴承，利用压缩空气吹动，使纺杯高速回转。那时我把速度调至每分钟50000转，中科大的人告诉我，可以调到70000转甚至更高，但是速度越高越不好接头，而且噪声也越大，是一种刺耳的尖叫声。这项研究工作是绝密的，只有我和中科大的几个人参与研究，气流纺纱工场其他人是不可进去的。后来考虑到纺纱厂是多头生产，是几千头、几万头、几十万头……那么这种空气轴承是否可行？要多少台压缩机？要多高成本？后来中科大搬到安徽去了，这项研究也就停止了。

气流纺纱到底是在老机上改造呢？还是制造新机呐？经过多年的探索、试验，最后大家基本取得一致的看法：气流纺纱与环锭纺纱（老的——传统的纺纱方法）的纱各有特点，气流纺纱不能代替老的环锭纺纱方法，因此气流纺纱可以离开老框框，采用新机制造。这一看法的取得真是不易，大约经历了十多年，这过程我都参与了。气流纺纱采用分梳辊开松纤维，然后凝聚在“加拈杯”里，加拈成纱。那么研究工作就集中在分梳辊、加拈杯、高速轴承等部分，每一部分都是一个大课题，不但是要我们纺织行业通力合作才能完成，而且还要靠其他先进行业共同来完成。研究院给我们气流纺纱专题这么好的研究环境和条件，集中了一大批技术力量，我们完全能够取得成果。但是，由于体制不稳定，大约在1970年，研究院撤销，改成北京纺织研究所，属于北京市纺织局领导，研究院的气流纺纱专题也就撤销了。

后来，研究院的气流纺纱专题合并到北京国棉三厂气流纺纱研究小组。我们试验样机全部过去，还要了我和另一位同志。我是1971年来到北京国棉三厂的，当时气流纺纱是国家重点科研项目，由多个单位合作而成，合作单位有：纺织工业部研究院（我走后不久就恢复了）、北京纺织研究所、北京航空学院以及山西榆次经纬纺织机械厂等，直属部领导。我到了那里，厂长很重视我，让我担任组长。这可苦了我了，我初来乍到，人生地不熟，我不了解他们，他们也不了解我，还有些师傅的脾气也不太好弄。有人对我说："人家说，这里的有些人看上去像共产党员，但不是；有的人看上去不像共产党员，他倒是共产党员。"这句话很耐人寻味！说明在群众眼里，对共产党员的要求心里有杆秤，这对我来说也是一种鞭策！有些人，对知识分子的看法有些偏激，认为知识分子只能在车间老老实实劳动。协作单位中的张公权外语好，通过中国情报所搞来国外实物，对当时的研究工作有很大的参考价值，这样的好事也会遭到非议。我面对复杂的局面，感到压力很大，希望上面能重派领导，我还是搞我的研究工作吧！后来，小组的领导班子做了调整，研究工作也一直紧张有序，各级领导十分重视，合作单位配合得很好。各地区搞气流纺纱的热潮也很高，你来我往，取长补短，所以进展很快。因为我们气流纺纱是部里的重点项目，程维稷副部长（一级工程师）亲自过问，研究院后来也已恢复，研究院院长张方佐（一级工程师）经常来厂询问。

【按语】那时我就听说，全国纺织系统只有两个一级工程师，他们都非常关心气流纺纱研究工作的进展情况，都为气流纺纱的研究做出过贡献，现在想想，作为我们气流纺纱的研究人员是非常幸运的。加上我厂领导也非常重视，所以遇到困难，倒能马上解决了。几位老人也想在有生之年看到成果，尽力为我们创造条件。如今，这几位老人都已故去，气流纺纱已经成功应用，他们的在天之灵可得以安慰！

七十年代的气流纺纱发展很快，我们从单头到多头，从短机到200锭正规样机设计制造成功，我们为安装这中国第一台气流纺纱正式样机，特地安排了一个小车间，这台样机经过我们精心调试，获得成功。来参观者一批又一批，络绎不绝。当时的中央各级领导都来了，气流纺纱当时轰动了全国。紧接着经纬纺机又设计了中试车间。此时，我厂招了一批新工人，都是高中毕业生，他们是气流纺纱的生力军，他们年轻力壮，生气勃勃，又有文化，还没有条条框框，也没有帮派之分。经过培训，他们担当了各工序的看车、修机、管理。他们真是一批优秀的青年，为气流纺纱的研究增加了活力（其中有位同志后来考入清华大学，毕业后一直在美国从事机器人研究工作）。这一中试实验小车间通过鉴定，又设计了一个更大的中国第一个气流纺纱试验车间，这次设计大部分吸收了国外先进技术，但还有部分保留了我们自己的试验成果，例如加捻杯子就是我提供的图纸。

配套设计全部采用全国科研的最新成果，如清钢联。厂房是新型的，

中国第一台气流纺纱机

是新建的（一楼是清钢联，三楼是并条机和气流纺纱机，二楼是技术隔层——是排气和除尘用的）。说实在的，在当时是很先进的（连门都采用光电控制的），规模也很大。机器安装的时候真是轰轰烈烈，山西经纬厂蒋总带领六个安装队伍来安装气流纺纱机，真是气势宏大。每个安装队，都有技术拔尖的老师傅担任队长，下面有四五个师傅，六个队就要三十多人，我看他们的整个装配车间都来了。经纬纺机研究所的同志，他们是常来常往的，此时当然全来了，真的很热闹。说起经纬纺机厂，它位于山西榆次一个小城市，但这个机械厂很大，它除制造细纱机外还有军工任务，直属纺织部领导。我们当时就听说将来它要承担气流纺纱机器的制造任务，听说是部里安排的。经纬纺机厂中有个机械研究所，里面有个气流纺纱机研究小组，就是和我们合作的成员，我们互相之间是常来常往的，所以大家关系都很好。这厂里的老师傅对我们也是不陌生的。想当初，我们一来到该厂，敲锣打鼓到各车间，大力宣传气流纺纱：气

研究改进气流纺纱机件，左起滕文忠、徐加利、白鸥

流纺纱是一种新型的纺纱方法，它能提高产量、增大卷装、降低劳动强度、改善劳动环境等等的优越性……并告诉大家这是部里直接抓的合作项目，我们都是合作单位，我们所做的每一项工作有多么重要……另外，那时他们那里物资供应很紧张，粮食方面粗粮多，细粮（白面粉）很少（好像只有 30 %），酱油不好买，白糖也买不到，所以他们每次出差来北京，我们要想法买到这些东西给他们带回去。我们如果出差去他们那里，也给他们带这些东西去。我们的师傅每次出差都是要出大力气的，是非常辛苦的。机研所的同志，因为他们经常往来，所以他们自己要的都可以自己解决；我们带去的，他们要，可以自己留；不要，可由他们去分发给那些有困难而自己又没有机会出差的人。有一次我和大家一起去，给他们买了一大堆，进火车站后都堆放在一起，我在那里看着。到剪票时，师傅们每人肩扛手提一个个进站了，剩下的就要我来拿，老天哪，我怎么拿得动，我肩上扛着，手里还要拖着，没有办法，只得落在后面艰难地走着……当他们上了火车，发觉我还没有上车，有两位师傅马上下车来接应我。上车后，我感到肩上特别痛，撩起衣服一看，已留下一道紫红色的血印了……由于相互间的关心，所以我们之间的关系是不差的。那时我们经常出差去他们厂里，吃住在他们厂里的招待所，一住就要两三个星期。那里吃得很苦，70 % 都是粗粮，记得有一次吃面条，我还很高兴，那面条好像有点紫黑色的，听说是榆树皮面，上口还可以，但是我的肚子叽里咕噜闹了一个晚上。菜也吃得很苦，早晨炒土豆丝，中午土豆丝，晚上还是土豆丝……有一次我厂党委书记刘彻同志也在那里，她是可以吃小灶的，但她没去而是和我们一起吃，吃完洗碗时，她笑着说，这里有一个好处，碗很好洗（没有油），水一冲碗就干净了！引得大家哈哈一乐！

我离开研究院来到了三厂，我就从不过问他们是什么派的了，到山西我就更不管他是哪一派了，一视同仁。那时机研所的老朱同志，他出身于资本家，而岳母因为成分问题也受到冲击。可想，他当时承受着多大的压力，但是我们对他们都是一样对待的。我虽然自己出身比较好，但我从没有什么优越感，我希望出身不好的同志也不要有什么自卑感或反过来看不起穷苦出身的人。出身不能选择，我们都很年轻，都想为社会主义建设贡献自己的一份力量。其实他的岳母是一个很好的人，通情达理，勤劳能干。她只有一个女儿，跟着女儿从南方来到这山沟沟里吃苦，已经很不容易。老朱的爱人更是聪明能干，一家人那么好，我很尊重他们。我每次出差去他们厂里，他家都要请我吃饭，那时他们自己养了好多鸡，我到他们家吃饭，他岳母做了一桌子菜，光是鸡就杀了三只，一只白斩鸡、一只清炖、一只红烧。我说："老朱啊，你杀一只鸡就足够我吃的了，你干吗要杀三只？"他笑笑说："都是自己养的啊！"我们关系一直都很好！我最后一次去他家里，他家已住进厂里的"高工"楼，是三室一厅的大房子，发现统战部门送的一块镜框，挂在墙上，他跟我解释说，这是政协的奖品，说我们在统战方面做出了贡献！我们都"会心地"笑了。他的老岳母思路清晰，为人诚恳，活到 101 岁。

安装时我负责技术检查和验收，每个队安装一部分，我要检查一部分。检查合格，才能接着装下一步，不合格就要返工，重新装。老实说，我负责检查和验收，其实是个很难做的工作，会得罪人的。我和其他两位同志根据装配总图和技术要求及时地写出了"安装说明书"，发到他们手中，里面既有插图，又有安装顺序，又有技术要求。山西的老师傅对我很好，他们很尊重我，我对他们也很客气。他们每安装一部分叫我去检查，我知道他们自己已反复检查过多遍了。有些地方可能他们自己也觉得有些欠缺，但可能反复几次还是调节不过来，到我这里，我又不能马马虎虎让他们过关，因为科学的东西来不得半点虚假，现在不严格把关，到时候会原形毕露，更加难办。如果不合格，一定要有充分的数据说明没有达到要求，让他们没有话说，这是口服；还要一起商量，出点主意怎么来解决问题，我知道我的一句话，一个队五个人就要忙半天，如要他们返工，也要让他们自己认识到，这是必须的，这样才能心服。所以我检查到不合格时，总和颜悦色地和他们商量，既要达到目的，还不能让他们失面子。有些老师傅技术是一流的，脾气也是怪怪的。有位师傅姓任，听说他在经纬厂是出了名的怪，但他对我很好。有一次我出差到他们厂里，非要请我到他家吃饭不可，他亲自做了清蒸甲鱼给我吃（据说他吊甲鱼有绝招，他到河边，用手指蘸一蘸河水，放在嘴里尝一尝水的味道，就知道这条河里有没有甲鱼，所以称他为吊“王八”大王），可惜我不知怎么吃，他夹了块裙边给我吃——据说这是最有营养的，我也没吃出什么味道。后来他还托人给我捎来两只熏鸡，倒是味道好极了！不知他是怎么做的。我和他非亲非故，就是因为我几次出差到他们厂里，还有这次安装，他也是安装队的。听说这些师傅们对我很佩服，谢谢他们了，这么给我面子。

二十多台新机安装调试完成，整个工序正式投入生产，规模也是很大，轰轰烈烈，我们厂也是够风光的，全国各地来参观的人络绎不绝。

中试车间配套工程是很多先进的机器组合在一起的，不一定会马上收到好的效果。果然出现了不少问题，气流纺纱出现问题是条干不匀。新车间开出来，几十台车，一天下来，就是不得了的纱啊，何况我们纱是出口的（早已定下的），此时抓产品质量的杨厂长，限我一星期解决问题。亏得我对条干不匀早有研究，根据波谱图分析，确定了条干不匀的波长，再分析是何机件造成，根据计算应该是纺纱器中分梳辊问题。分梳辊有什么问题？要知道这是新机啊！每个部件都是新的，我受到很大的压力，说实在的，这一星期我没睡好觉，我悉心研究，终于找到了根源：原因是分梳辊在包刺条时把辊压毛了，有毛刺（肉眼看不出来），造成“挂花”。找出原因，大家应该很高兴。然而有些人就是不信，不知是谁出的主意，组织了一个班子：厂级由总工程师刘总带领、车间由管设备的主任参加，工段由工段长参加，还有平车队长和我，一同来到车间，由他们随便找哪一个纺纱器，让我说出它哪里有问题。我根据每一个纺纱器的纱和波谱图的分析，告诉他们是什么机件有问题，他们马上拆开看。这样连续看了七八个，我说的一点不差。大家统一了认识，并按照我的方法解决了分梳辊的毛刺问题，中试车间终于正常生产。纱都销往香港，织布做牛仔裤，因为气流纺的纱，条干均匀，上色性能好。

提起牛仔裤，当时非常时尚，年轻人穿了，更显得青春魅力……可

并条气流纺中试车间

是又有谁能想到这纱是怎么纺出来的？遇到些什么问题？因为牛仔布纱较粗，在开始试纺过程中遇到很大的困难，根本纺不出来，断头太多了！我和纺织研究院的袁义淑同志（在研究院时，我和袁就是一个组的，后来我调到三厂，她作为协作单位，我们还是在一起工作，她也为气流纺纱的研究作出了贡献！）在不断探索中，改进了一个零件，才解决了纺粗支纱的问题。穿条牛仔裤会想那么多？疯啦？！但是，我们用的、穿的、吃的、住的，每样东西都有人在为它默默地付出……正因为有这些人的努力，我们才能推动着科技前进！

中试车间开车半年后，各项指标基本上达到要求，终于通过了国家鉴定。

今天我回忆我的工作，可以说是比较成功的。我从细纱挡车工人，读中专、大学，从研究院到国棉三厂，从一个普通女工成为新型纺纱的研究人员、高级工程师。我工作认真、负责、踏实、钻研，工作有条有理。从我大学毕业进入工作单位，我的笔记本是一本接一本，所有的工作、学习、试验、成功、失败、联系……都有记载，我相信："好记性，不及懒笔头。"我待人诚恳，常听到别人的赞扬，说"白老师真好！"……纺织厂称女的都叫老师。人们对我的看法和评价，那么，当气流纺纱获得国家科委一等奖时，让我到部里上台领奖，这是最好的说明。提到上台领奖还真有些戏剧性：1978 年，国家科委召开了第一次科技大会，听说纺织部得了两个一等奖，一个是气流纺纱，另一个是无梭织机。气流纺纱还得了 2000 元奖金。科技大会一结束，接着纺织部就召开了颁奖大会。我们气流纺纱一直是部里重点科研项目，我在学校还未毕业的时候，就参加该项目的研究，毕业后在纺科院也参加该项目的研究，不过那时还是探索试研阶段。到了 1978 年，气流纺纱已进入中间性试生产的研究工作，说实在的，我是从头到尾都参加了该项目的研究工作。如今得了大奖，当然大家心里都非常高兴！大会最后一天是颁奖，厂领导通知我，说部里指定要一个女的上台领奖，所以要我去（我厂出席会议的是设备主任，是男性）。当时我很奇怪，就笑着说："要一个女的还不容易，我们纺织厂有的是女的……" 但领导还是要我去，我说我不去，谁参加会议就谁去领吧！但到最后我还是被送去了。当我悄悄地从边门走进会场时，本来一片肃静的会场顿时骚动起来，只听许多人低声说："来了，来了！" 接着那么多人转过头来和我打招呼，笑脸相迎，招手示意！他们有部里的、研究院的、上海的、山西的、天津的等等，几乎大半个会场，我的心一下子被卷入了春意浓浓的暖流中，说实在的，如果以前

气流纺纱车间

1982 年白鸥在办公室

心里真有什么委屈现在都一扫而光了。直到我进入会场找到座位坐下，会场才平静下来。使我感到震惊的是研究院的徐 ××、陈 ××，在“文化大革命”中我们是两派，如今见了我像见到久别的亲人一样，那么高兴！我感到意外。还有感到意外的是，为什么有那么多人说：“来了，来了！”难道他们知道我会来？我虽不是代表，但是，从“要我上台领奖”这件事情来看，好像是讨论过的？因为我不是代表，我除了和我打招呼的人点头微笑以外，没说一句话，当领完奖后，我一人就悄悄地离开了会场。所以到底是怎么一回事，我不知道。大会结束后，那位出席会议的同志回到厂里，好像回来后的第三天吧，他见办公室无他人，就走近我尴尬地笑了笑，说：“白老师，我今后再也不会做那傻事了……”我笑着说：“没事，你是我们的代表。”我在气流纺纱中，倾我一生的心血，

参加 1985 年中国纺织工程学会新型纺纱学术讨论会的部分代表合影，前排左起：胡巧云，无锡国棉一厂；白鸥；吕树荣，国营远东机械制造公司设计室主任。后排左至右：姜洋波，石家庄纺织研究所副所长；徐惠君，石家庄纺织研究所总工程师；孙松，天津纺织研究所副所长；朱秋范，山西经纬纺机厂气流纺纱研究小组组长。

为了国家，那是应该的。那 2000 元奖金，有那么多协作单位要分，厂里的各部门都要分点，到我气流纺车间，我得的最多：30 元。人在和大自然的拼搏中是多么的不容易啊！我的一生也是不容易的。但每当我想起进入会场的那一瞬间，我看到了人们对我的肯定，我得到了安慰！

也有人告诉我：郭 ×（一个平车队长，这个人很怪，平时很少说话，见到我最多一笑）聊天时曾说："在气流纺我就佩服白老师，她既有理论，又有实际。"喔唷！郭 ×，我平时好像没跟你单独说过一句话，难得你还对我那么好感，谢谢！回忆我这一生，我对人、对事心里都是坦坦荡荡的，我自己本来就是纺织厂的女工，我知道挡车工有多么辛苦，我只想通过我的努力，能帮助姐妹们改善一下劳动环境，减轻些劳动强度，工作不要那么辛苦。但是，虽然气流纺纱比传统的环锭纺纱前进了一大步，但它不能代替环锭纺纱。虽然我也知道这些年来环锭纺纱机器也在不断地改进，但是我们的挡车工仍然是很辛苦的。我深深地感到一个人的力量是微薄的，要使我们的工人不那么辛苦，要靠我们纺织行业的全体员工共同努力、不断地改进，也许要经过几代人的努力才能获得，我期待这一天早日到来。我在气流纺纱的研究工作中已经尽了自己的力量，虽然我有很多的不足，但是我努力了，也是有成绩的，所以这一生没白活。我在工作中得到的一些成绩，首先要感谢党的政策，对我这样工人出身的人一路开了“绿灯”。如果不是党的政策，我没有钱上学，那我一辈子就是个工人。就算我读了书，到了研究院，也进不了“气流纺纱”这一研究专题，因为研究院有的是人才，要拿我和他们比较，我那时是最差的一个了。再说这项目是部里直接抓的重点项目，谁不想进这专题？让我进这一专题是党的政策为我开了“绿灯”。是老一辈领导（如程部长、张院长、卢副院长等）和许多同志和朋友为我们的工作铺平了道路，是所有合作单位，特别是山西经纬纺机厂的工程技术人员的努力，说真的，他们才是主力。我不过是做了我应该做的。

我的工作，对我们纺织工业来说是国家的重点项目。兆的父亲、两个母亲、爷叔、两个婶婶，都是纺织厂的工人，因此他对我工作的重要性是了解的，他一直对我的工作很支持。特别是我写一些专业文章，工厂不像研究机构，有些人表面不说什么，但心里有反感、妒忌。求个太平，相安无事最好，所以当时我是有顾虑的，是荣兆，他一直在鼓励我，他认为进行学术交流，是我们技术人员的责任，也可以进一步提高自己，有些自己的心得、体会对人家也会有所帮助。在他的鼓励下，我才有勇气去写。在写的过程中，他帮我画插图，帮我一遍遍誊写。所以如果说我的工作有点成绩，那和他的鼓励也是分不开的。

請你代我告訴一下你給我介紹的同学 过年時我不能回来了
請原諒我事等我下次見面時再談吧。

妹，我这次接到你第三次来信，你说有我一个人去处理这些事，
另外，有的人要慕我为我祝贺。

曲线限速表　　单位　公里/小时

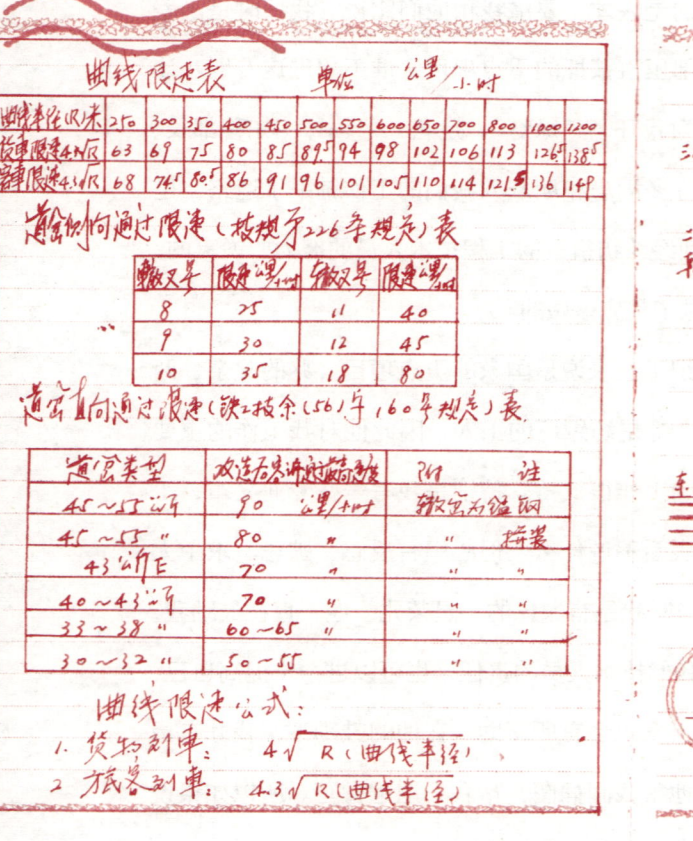

曲线半径(R)米	250	300	350	400	450	500	550	600	650	700	800	1000	1200
货车限速4√R	63	69	75	80	85	89.5	94	98	102	106	113	126.5	138.5
客车限速4.3√R	68	74.5	80.5	86	91	96	101	105	110	114	121.5	136	149

道岔侧向通过限速（技规第226条规定）表

辙叉号	限速公里/小时	辙叉号	限速公里/小时
8	25	11	40
9	30	12	45
10	35	18	80

道岔直向通过限速（铁工技字(56)第160号规定）表

道岔类型	改造后客货列车通过道岔速度	附注
45~55公斤	90　公里/小时	辙岔为锰钢
45~55 〃	80　〃	〃　拼装
43公斤E	70　〃	〃　〃
40~43公斤	70　〃	〃　〃
33~38 〃	60~65　〃	〃　〃
30~32 〃	50~55	〃　〃

曲线限速公式：

1. 货物列车：$4\sqrt{R}$（曲线半径）
2. 旅客列车：$4.3\sqrt{R}$（曲线半径）

京秦铁路十号疏解示意图　83年

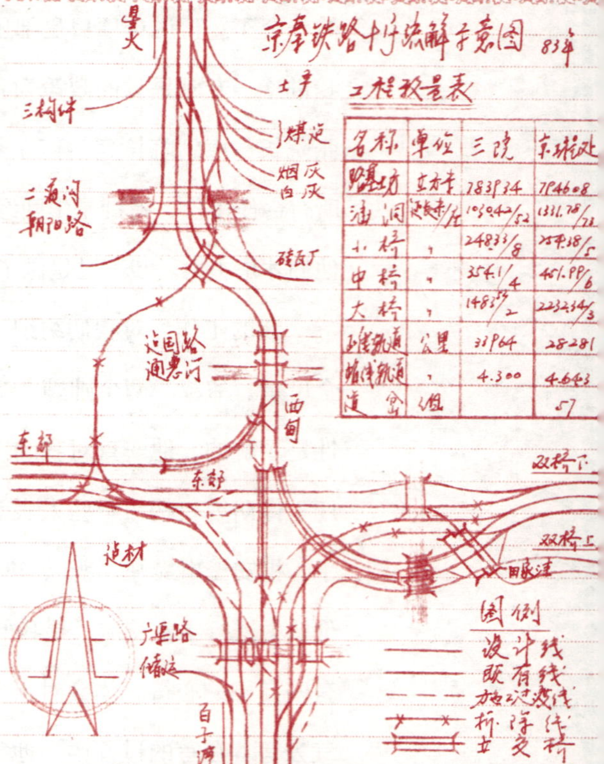

工程数量表

名称	单位	三院	京铁处
路基土方	立方米	783834	7P4608
涵洞	延长米/座	1030.42/52	1331.78/73
小桥	〃	248.33/8	254.38/5
中桥	〃	354.1/4	461.99/6
大桥	〃	1483.55/2	2232.34/3
正线轨道	公里	33.P64	28.281
站线轨道	〃	4.300	4.643
道岔	组		57

人生的另一半——徐荣兆

我和荣兆都是江苏常州武进县人，老家相距不过十余里，但是并不认识。抗战时期，我们都逃难回到乡下……

童年：曾亲眼目睹日寇的罪行

身处抗日战争时期，因为生活不稳定，只有上过小学二年级的荣兆在 1940 年，跟着父母回到常州老家种田。他们一家那么多人：爸爸、两个姆妈（兆和哥哥都是大的姆妈所生）、哥哥、嫂嫂、连兆六口人。哥哥在小学教书，能贴补些家里。但主要还是要靠田里的收获来维持一家的生计。兆告诉我，因为他爸爸一直是在工厂里做工，对于农活也不会，所以他那时也是家里的主要劳动力了。他除了田间劳动以外，一年四季的柴火要靠他，所以他每天都要割草、晒干，除了当时烧的，还要贮存冬天烧的。他知道今天到哪里去割，明天又该到哪里去割，小脑袋里还都有计划。除此以外，还要经常去弄点鱼虾，给家里添点荤菜。他们那里许多人家是养鱼的，但他们家没有养。那里常有一个个小坑或小的池塘，他经常用泥土围一小坑，把坑里水舀干，留下来总有些小鱼小虾，每次都可以弄到大半碗（大碗），这就是他们的荤菜。鱼都大人吃了，虾都留给他的，他爱吃虾。我们南方螺蛳很多，弄这些东西他自然不在话下了。正因为这些小虾、螺蛳等含有高蛋白的食物给他的身体奠定了良好的基础。种田、割草、弄鱼，这是他的日常工作。

兆有一天问我："你有没有体验过'真的一步也走不动了是什么滋味'？"我说："我没有亲身体验过，但我听我姆妈多次讲过她小时候挑稻子和挑麦子的情景……"我姆妈和舅舅从小是孤儿，就靠几亩薄田为生，到了收割季节，时间非常紧迫。姆妈常对我说："先把割下的稻子打成小捆，大人一担能挑二三十个，而我们人小，只能挑六至十个。挑稻或挑麦，半路上都不许放下来，要一直挑到门口场上才能放下来，因为谷子已成熟，放下来稻粒或麦子就会掉在地上，所以中途不能放下来。"我妈和舅舅当时还是两个弱小的孩子，也要把稻或麦子挑回家啊！姆妈说："刚挑起来还可以，越走越重，这稚嫩的肩膀压红了、肿了、磨破了、出血了，还得挑。经常是汗水、泪水、血水湿透了衣服，还得一步一步担回家。富人家的田大都地势好，离家近，全部是稻田；而我家的田都是低洼田多，埂头多，坟地多，而且离村远。好不容易收到点粮食，哪能舍得在路上浪费，所以中途无论如何不能放下来。"我永远也忘不掉姆妈几次跟我提起那痛苦的回忆：担子压得一步也走不动了，但是不能放下，真是要命啊！她脸上痛苦的表情，又仿佛回到了童年……真的一步也走不动了。兆说："我小时候经历过两次：一次是挑鱼秧，另一次是挑米。你知道我们那里许多人家是养鱼的，但我们家没有养，因为我家没有鱼池，没有养鱼的工具，养鱼还要有本钱、技术……小鱼喂的是豆浆和鸡蛋。你知道小鱼叫'鱼秧'是到哪里去买来的吗？"我说："我不知道。"他说："鱼苗是鱼子孵化出来的，让它长大些就叫'鱼秧'，'鱼秧'产在长江边上。我们那里的养鱼人家，一般年前就把鱼池里的水车干，'鱼'统统捉干净，你知道鱼有家鱼，自己养的那品种的鱼，还有野鱼，注意：野鱼要吃家鱼的呵！鱼捉干净后，把水车干；然后要修整鱼池，还要消毒，作好准备工作，来年再养新鱼。""喔！还有那么多讲究！"我说道。他说："我们虽然没有养鱼，但很多人家是养鱼的，要买'鱼秧'的。我们那时在乡下，单靠那几亩田是没法生活的，还要想法赚点钱……我跟着爸爸，还有一些同村人来到江边，买了'鱼秧'放在木桶里挑回家来！你知道，鱼是离不开水的，那桶里是鱼和水啊！我还是孩子啊，当然要比大人少一些，但是从江边到我家至少有一二十里路吧！我挑着担子，越走越重，肩上压红了、肿了，也顾不上了。走不动了可以放下歇歇再走，但是要赶路啊，你不能老歇啊！得跟着大家走啊！到最后真的一步也走不动了，但还得走……那天晚上我睡得跟死人一般，不好意思，尿撒在被子上也不知道了，第二天爸爸一声不响把被子抱出去晒。"

他说："另一次是挑米。我们粮食不够吃，家里要断粮了，爸爸到很远的朋友家里借了一百斤米，叫我和哥哥两人去挑回来。那时，是抗日战争时期，家家都是缺衣少食的，能借到这么多米，是多么的不容易。我和哥哥高兴地去了，我哥比我大，他当然要多挑点，他大概挑了六十多斤，余下的三四十斤就是我的了。刚开始还可以，但越走越重……真是'百步无轻担’，何况本来就是‘重担’！路又那么遥远（大概有二十多里）！到后来走几步就要停下来歇歇……再继续……那种无奈，一辈子也忘不了。”

有一次，兆的哥哥在北京玩，讲到在田里干活的情景：“大夏天要到稻田里去‘搂草’——即除草，稻已长高了，稻叶子像刀割一样把身上、手上拉得一道一道，又痒又痛。骄阳似火烤着背，脚踩在被太阳晒得发‘烫’的水里，脸上、身上的汗珠‘吧嗒’‘吧嗒’往下掉……真是‘汗滴禾下土，粒粒皆辛苦’啊！”荣兆接着说：“你人高，过一会还能站起身来喘口气，我人矮，站直了还没有稻子高，连气都透不过来！”啊呀，背上火烤，脚下水烫，密密的稻田里没有一丝风，闷热得连气也喘不过来，这是一种什么滋味？真是难以想象！只有亲身经历过的人才知道。小小年纪的兆哥，他吃那么多苦！因为他是当时的主要劳动力，是天天要顶着干活的，而他哥哥是教书先生，是可以几天才去一次的。

兆哥从九岁（1940 年）逃难回乡，亲眼目睹了日本侵略者的滔天罪行：兆看见日本人开枪打死村里逃出的三个年轻人，那三人的身上一丝不挂，他们拼命地奔跑，可能是想能逃出虎口吧！但是一群恶狼在他们后面砰！砰！砰！几枪，他们全都倒下了……兆还看见日本鬼子用枪押着一群年轻姑娘，她们被同一根草绳捆绑住一只胳膊，姑娘们一边走，一边哭泣、抹泪，她们都是良家女儿，被鬼子押去充当“慰安妇”了；兆还看见日本鬼子把村上的老百姓集合在一起，中间架了三角架，把人衣服脱光了吊在三角架上，下面点着柴火烧，人的下部马上起泡，接着皮肤变黑……人也晕死过去了，几个鬼子把人拖到河边，往河里一扔，再“砰砰”两枪，河水马上就出现一片血色……真是灭绝人性，是一群恶狼！我们都恨透了。

抗战胜利后，1946 年兆回到上海继续上学。几年书没有读，人却长大了，不好意思留在低年级，就直接读五年级，一年后，小学没毕业就直接跳了初一，中学读了两年又跳到高一。高一没读完，就生了一场大病，不得不休学了。兆说："小时候我特别调皮，还爱玩。走路都不好好走，常常是脚踢着一颗石头子，一面走，一面踢着玩。下楼梯往往也不好好走下来，而是骑在扶手上滑下来，离地还有三四级就往下一跳……爬树我是最拿手了，有一天上树抓金虫，两只手里攥满了金虫，手不能松开，怎么下来呢？只能两只胳膊和两条腿夹紧树干往下滑，不料断树杈把我的右腿内侧膝盖骨处割破了一道很长的口子，也不敢告诉大人。过两天我爷叔发现我走路怎么一瘸一拐的，才拉住了我，看了我的伤口，原来白骨都露出来了，这才做了包扎。"他说："还有一次，我也不知道做错了什么事，总是不听话吧！爸爸要活埋我，爸爸扛了一把锄头，在前面走，我在后面跟着，走到田里，爸爸在刨坑，我在旁边看着，我想看看他怎么活埋我……""我还会搞恶作剧，前马路婶婶认识一个女的（她就住在婶婶家附近），会装神弄鬼的，那叫什么'关网'，就是打了几个哈欠以后，就装作已经死去的人说话……总的是在搞迷信吧！我想试试她怕不怕触电，我事先准备了一根电线。有一天她又在那里装神弄鬼了。等她死者上身，替死者说话的时候，我把电线往她身上一搭，她马上跳起来破口大骂……这时我早就逃之夭夭了。"他说："我在上学时，常和同学打架，其实同学也不敢欺侮我，倒是我爱打'抱不平'，看见强的欺侮弱的，有钱人欺侮穷人，我都看不惯，我都会替他们出气。有一次我又看见一同学欺侮另一同学，我就上去打了那同学，那同学不服气，约我第二天（星期天）到军工路去——上海杨树浦路军工路，那时是一个非常荒凉的地方，他说：'侬有种，明早去军工路！'我说：'去就去！不去是赤佬！'"到了第二天，兆一人去了，而他的同学带来一个军官，那是他爸爸的副官。兆说，他一点也不怕！那副官问他："你为什么要打他？”兆就把那同学欺侮同学的事说了一遍，还说同学之间要团结之类的话，那同学还算老实，不否认曾经欺侮人家，那军官自知没理，也只能说说同学之间不能打架，以后你不能打他了，他也不能欺侮人家等等就完了。但是，有一次他打抱不平就没有那么幸运了，他打了一个同学，是校长的什么人，就被学校开除了。正好是放假，家里也不知道。后来知道了，就换了一个学校。因为学费的问题，前马路婶婶说了一些难听的话，他心里不高兴，决定不读书了，要找工作，自己养活自己。

兆说："我小时候除奶奶外，由于我的淘气，好像无人疼我，但是奶奶在我九岁那年就离开我了。我姆妈的性格有一点'男性化'，她打牌、抽烟、喝酒。倒是我的小姆妈比较关心我，所以小时候人家问我哪个姆妈好？我总说：'小姆妈好'！（很遗憾，小姆妈在新中国成立后就离开了他父亲。）我从乡下到上海来后，就住爷叔家了，我家里也无人过问了；爷叔待我不差，但他毕竟是个男人，我也很少见到他，开学已很久了，我还未交学费……我在背后似乎听到前马路婶婶在说什么钱扔在河里还能听到响声，给他连声音都听不到。我生气了。"

兆不想回家了。有一天，他漫无目的地走呀走，已经走了快一天了，身无分文，从早上到下午四五点钟了，粒米未进，他又渴又饿。看见有位中年妇女在屋前的菜园子里忙碌着，他就进去叫声"阿姨"，要碗水喝！那人很痛快地答应了，回家端过水来，给他喝了。那妇人见他相貌堂堂，不像是个"小瘪三"——流浪者，就问他家在哪，家里还有谁，他撒谎了，说家里无人，出来找活的。那妇人很有意思，心想家里有个女儿，将来把他招为上门女婿，倒也蛮好！就把他留下来了！荣兆他那时的思想很简单，只要有人肯收留他，有口饭吃，干什么都可以。到晚上男的回来了，见家里多了一个男孩，当然要问女的是怎么一回事。兆听他们嘀里嘟噜老半天，后来就听见男的说："我看他分明是个学生，这么好的孩子，人家家里要找来的，明天叫他回去吧！"就这样住了一晚上，吃了两顿饭，他又回家了。回到家里问他昨天住在哪里，他说住在同学家，家人信以为真。

兆说："有几天我没有去上学，到处打听有没有出路，后来在同学家里听到了浦东伞兵部队在招兵，我和三个同学想偷偷地去报名。接待我们的人好像是个当官的，问我们为什么来当兵，家里知不知道，我们异口同声地回答：'家里知道，是因为家里穷没有饭吃，才来当兵的。'后来那当官的答应我们了，但要我们回家找'保'后再去。当时因为天黑了，就在那里住了一晚。第二天回到家，家里人都知道了，母亲对我哭，父亲在旁边生气不说话，嫂子劝我不要去当兵，在婶母家不好就回家来。母亲怕我再去当兵，叫嫂子暗暗地看着我。一个星期后，家里对我有点放松了，我还是趁机走了。"

兆说："我骑了叔父的自行车，离家出走了。沿着铁路，一直骑到杭州。到杭州时，身上的钱已在路上花光了，我想在茶馆里过一夜，明天再想法子。谁知道，这小店是不让过夜的，要我到别家去，再三要求也没有用，后来警察把我带到派出所，问了我的情况，要我写信回家。不到一个星期，我哥哥来了，哥哥告诉我，姆妈在家成天地哭，父亲急得没有办法。当我听到这些情况时，心里也很不好受，只得默默地跟着哥哥回到了上海父母家里。没过几个月，上海就解放了。1950 年我又进了学校读高一，那时我性情好多了，因为我回家了。由于几次出走，家里人关心我了，母亲疼爱我了！我感到了家的温暖。学校里的同学也很友善，我的学习也不差。但是一场大病的降临使我又不得不离开了学校。后来就在叔父的电珠厂当工人。"

考上齐齐哈尔铁路学校

1951 年 10 月铁道部招考，他被录取了，被分配到齐齐哈尔铁路学校。刚被录取的时候是说读医的，一列车都是被录取的上海人，火车大概开到沈阳吧，突然停了下来，据说铁道部命令他们这两节车厢的人，要改学开火车的司机了，很多人就不干了，闹起来了！他当时想，当火车司机不也是很好的嘛！所以他没有去闹。到学校后，开始学的机务班，后铁道部又命令他们改为勘测班。命运决定了他一辈子奋斗在铁路战线上。进学校以后，有高一文化程度的他，一切不成问题，他是学习组长、政治课代表等。他学习努力，思想要求进步！积极争取入团，终于有一天支部大会已经通过他为中国新民主主义青年团员了，在申报团委审批中，没有批准。据说是有人说他已经在学校里入团了，是由于思想不明确而退团了。这莫须有的“罪名”害得他一辈子也没能进入团的大门。他说：“进学校以后，学校是管吃管住的，只要有点零花钱就可以了，头两年有妈妈的关心，定时给我寄点零花钱，生活不成问题。但是到后来妈妈病重、死亡，就无人关心了。学校里每天只吃两顿饭，这对我这个南方人来说，很不习惯，学校对面就有烧饼卖，只要一毛钱一个，我肚子饿得咕噜咕噜叫，也只能看看而已。但是总要买些牙膏、牙刷、肥皂、毛巾、信纸、信封等零碎东西，向家里要钱，写了好几封信，三个月了，爸爸给哥哥 10 元，让他寄来，而我收到的只有 9.8 元……”（为什么少了 2 角钱呐？据说 1 角是寄费，1 角是买了一包烟，可见他哥哥也很苦。）但是“祸不单行”，妈妈走了，他悲痛万分！就在此时，他生了大病，要动大手术。

兆说，当时他也不知道到底是什么病，只知道尿血了，齐齐哈尔医院没法检查，要他去沈阳医院检查，沈阳医院的医生还是很好的，但医生说：“你这病检查要打一种进口的药剂，这里没有，你要到 ××× 地方去买来，才能做检查。”于是兆去买来，检查结果是左肾结核。医生告诉兆：“你这病要动手术，我们这里做不了，你到哈尔滨陆军军区第二医院找 ××× 大夫，他是我同学，他们能做。”医生还给荣兆写了一张便条。于是兆便来到哈尔滨。兆得了这么重的病，为了治病，他一人成天东跑西颠！那时他乘火车是不需买票的，看病也是公费，但他自己没钱啊！没地方住就在车站的长凳上啊！吃也只能是咸菜、馒头……生活十分艰苦。到了哈尔滨到医院问好第二天几点挂号，兆就回到火车站。到第二天还提前去了，排到他没有号了，于是兆就和挂号处吵了起来！兆说：“昨天我来问你，你叫我几点来，我还提前来了，就没号了，如果你告诉我要早点来，否则就挂不上来，那我就不走了。你知道我是在火车站过夜的啊！”大家听了特别同情，问兆看什么病，兆便告诉他们看什么病，并把沈阳医院那大夫写的那张纸条拿出来，那人说：“那你直接去找他就是了，还挂什么号啊！”唉！那时的人就是那么老实。哈尔滨的那位大夫看了片子说：“你怎么现在才来？”“那我要排队挂号啊。”兆说。“你知道这病是拖不起的呀，再拖，命就没了！”大夫说。马上住院，手术！立即开了 200 瓶连霉素、200 瓶配尼西林（青霉素）。要知道这些药都是进口的，很贵的。还要输血。兆对我说：“你知道沈阳医院为什么不能手术吗？因为沈阳医院买不到这些药！老实说，没有共产党，我的命早就没了，这是真的！”手术以后，他没有人陪伴，没有人照顾，身边没有一点钱，更谈不上营养；那时多亏有一个病友——也是一个青年，是他帮助了兆，后来兆没东西谢他，就脱下身上的一件毛衣送给他了。那时的医生、护士也特别好，兆很感谢他们！兆告诉我，这个手术当时来说，是很大的手术，那医院只做过两例，他是第三人。前两个一个是横切、刀口不易长好；第二个是竖切，刀口也不易长好；吸取了那两个人的经验，他的刀口是斜切的，长得很好。”我和他结婚后看到了他的伤口，在左侧腰部从后面一直斜到前面，约有一尺长。

兆说：“手术后没几天，我就想要下地走动，因为我着急落下的功课。我们是毕业班，从看病到手术后已经离开学校一个多月了，再拖下去，我会跟不上的。我必须尽快回校。但是伤口痛得我站不起来，一步也挪不动。有一天，我一生气，跌跌撞撞地冲出去十多米，整个病房的病友、医生和护士都惊呆了，病友们看着我，喊我快回来！那医生虽然被我的突然行动惊讶，但马上镇静下来，小声告诉大家，不要喊他，他需要勇敢！再说我冲出去那么一点点路，我的伤口痛得我头上汗珠直往下掉！有了今天的第一次，就有明天的第二次……手术以后的人站不直，而且往一边倾斜，每纠正一次，伤口痛得好像要撕裂开来了。我想我还那么年轻，我必须挺直，每天我都咬紧牙关，坚持锻炼！当我能走一点路了，我就要求出院了！回到学校，多亏我的老师和同学的帮助，我总算按期完成了学业，我和同学们一起毕业，走上工作岗位。”

多才多艺的他

兆的体育还是不差的，样样都可以来两下。足球、篮球、排球，跑、跳、游泳、溜冰都行。特别是短跑，他说：“每当学校、机关开运动会，我只要参加短跑，准能获奖。”

关于游泳，兆说他在上海中学时，有一天他去游泳池游泳就被教练看上，要他到那里去工作。当时因为年龄还小，没有同意。但是，有些事情没有经历过，有些莽撞。有一天和一同学在上海杨树浦广西码头上了渡轮，行至江中他跳下水，本想跟着渡轮游的，谁知纵身向江中一跳，本来看似平静的江面，其实水流很急，想跟着渡轮游，不行；就想往岸边靠，但是也不能。他心里还是清楚的，不能拼命，要保存力气，于是就随着潮流往下游冲，同时也不断地往岸边靠。那同学拿了他的衣服，上岸后沿着江边向下游追去。他一直被冲到亭海桥才上岸（大概有几里路吧！）。从此，他才知道，不能随便往黄浦江跳了。

说起游泳，他小时候在乡下学习游泳曾被淹“死”过。他说：“到了夏天，农村的河里有许多小孩在玩耍，我也在，那时我还不会，只能在水浅的地方玩玩。那天我突然看到离我不远处有个什么东西，我想去捞，我就游过去了，后来我就什么都不知道了……到我知道的时候，我已经躺在地上，眼前一片漆黑，只听见有人说：‘醒了，醒了！’原来我在河里玩的时候，我哥哥在河旁边跟人说话，一会儿哥哥看不见我了，知道出事了，大家才七手八脚地把我捞上来了。原来我去的地方深，所以被淹了。多亏我哥在，否则就完了。以后我可小心了，由于经常在水里玩耍，自然慢慢就学会了，我们那里的男孩，一般都会的。”

有一年暑假，兆、姐夫和我都在我们乡下老家休假，姐夫不会游泳，我和姐夫在河边摸螺蛳玩，他在河中摸蚌，他是用脚踩，踩到了，再潜入水中用手去挖出来。我们三人正玩得高兴呐！突然我妹妹出现在河对面，她找我们来了，“啊！你们在那边。”我妹妹说。“喂！我们在这边，你怎么到那边去找我们了？”我对我妹说。我妹站在那里有点犹豫，想走回头路，再绕到我们这里，大约需要半小时。兆对我说：“我把她抱过来吧？”我和姐夫都惊讶，河这么宽，水又这么深，怎么抱过来（我妹大概有八九岁了）？他说："可以。"他一手抱着她，一手划水，小心翼翼地一步步向前，我和姐夫担心地看着他……突然我有一种从未有过的感觉：他很帅，很可爱。后来他告诉我，在摸蚌的时候，发现河底有一条窄窄的田埂，他是摸索着、踩着田埂走过来的，所以能保证我妹的上身不着水。

兆告诉我，他在北京工作以后，夏天常去颐和园昆明湖和他单位附近的八一湖（钓鱼台那里）游泳。星期天，他常常一人去"颐和园"，租一条船，划到"十七孔桥"就跳下水去游泳，游完再上船。有一次，他们工会组织活动，在"颐和园"玩，在"十七孔桥"那里游泳。他刚游了一会，就听见有人喊他："徐荣兆快回来，出事了！某某某不见了！"大家都十分紧张，那人是他们科里的一个男同志，大家都很年轻，也不知道那人不大会水。于是兆一次次潜下水底寻找，等把那人捞上来时已经死了。那天夜里，电闪雷鸣，大雨瓢泼，兆一人在路边守护着棺材，等候着马车来拉……

兆游泳多次救人。兆告诉我："在水中救人不能去拉他的手，因为求生欲望是人的本能，你一旦拉着他手，他就会紧紧地抱着你，你就动弹不得，那两个人都有危险。你只能托他的脚，帮他浮出水面，然后一次次握住他的脚，用力向岸边搡（送）。"兆说："在水里救人很累的。有一次在'八一湖'救一个人，等把他推到岸边，我已经筋疲力尽了，但岸边站着那么多人，只是呆呆地看着。那天我火了，'浑蛋，你不会拉他一把？！'站在岸边的那些人，才惊醒过来说：'啊呀，对不起！太紧张了，我傻了！'他们才七手八脚地把他拉上岸。等兆上岸后，被救的那人一个劲儿地道谢：'没有你，我就完了……'兆说：'不用谢！快回去吧！'"

兆游泳那么好，我和他夫妻一辈子，竟然没有时间和他一起游泳。

我们年轻时很苦，业余时间很少，一星期只有休息一天，我常常还要值班；三个孩子年幼，我妈妈年老，妈妈在八十年代后，由于青光眼双目失明，老年痴呆。所以我的星期日很忙，几乎没有时间出去玩。我一辈子只有一次和兆在秦皇岛市海边游泳场玩，那时我妈已经去世，我已经四十多岁了，我还不会游泳，他拉着我走到水较深的地方，水已到我的脖子，我站不稳了，当浪头过来时，他教我顺势往上一跳，喔！否则我都没法站在那里了。遗憾啊！守着一个游泳高手，我竟然没有机会向他学习。

兆的身体也很好，在学校里身体是甲级。但在 1953 年，得了肾结核，左肾切除。但他的坚强性格，从未把自己看成是动过大手术的人。他人挺拔、标准、帅气。从 1957 年“十一”开始，连续好几年的“五一”“十一”游行队伍中，他都是仪仗队里红旗手。我和他在一起生活了几十年，从未把他有过不一样看待。

他爱唱歌、跳舞，会吹口琴。他告诉我，他也会拉小提琴，但买不起琴，只能放弃了。当时的流行歌曲，当然不在话下，还会上海的一些老歌。我特别爱听他唱《送别》：长亭外，古道边，芳草碧连天，晚风拂柳笛声残，夕阳山外山，天之涯地之角，知交半零落，一壶浊酒尽余欢，今宵别梦寒……还有《天上人间》：树上小鸟啼，江畔帆影移，片片云霞，停留天空间，阵阵熏风，轻轻吹过，稻如波涛柳如雪……他特别喜欢唱《花好月圆》《彩云追月》等等。他唱的歌，我都觉得很好听，同时还觉得歌词特别美。要知道我们那时还没有电视，虽然我在 1962 年在研究院分期付款买了一台收音机，但收音机里是听不到的（当时这些歌都认为是靡靡之音）。偶然听到唱什么《夜上海》，那是在电影里什么特务或坏人出场的戏里。兆还和我讲了《彩云追月》的故事：说是台湾一酒吧里，有一天一个老人，听到一姑娘唱《彩云追月》听得入了迷，老人回忆起他姐姐教他唱过，听完后，他叫住那卖唱的姑娘，问她这首歌是谁教的，姑娘告诉他：“这是我娘教的。”老人又问：“你娘叫什么？”她答：“我娘叫×××。”老人一听就是他亲姐姐，又问：“你怎么会在这里卖唱？”她说：“我来找我的舅舅，找不到舅舅，又没钱生活，所以只能在这里卖唱。”老人又问：“你舅舅叫什么？”她答：“我舅舅叫×××。”老人一听，正是他自己，姑娘终于找到了舅舅，两人抱在一起痛哭。听完这感人肺腑的故事，我也很受感动。我不知这故事来自何处，是否有此电影，也许他也是从别人那里听来的。

兆除了文艺、体育之类以外，对于玩牌竟然也懂。有一次看到电视里有一个镜头：澳门赌场中双方把牌摊开……兆竟然头头是道地给我解释：这方是×××牌，那方是×××牌。我好奇地问他：“你怎么懂这些？”他说：“凡是玩的，我都懂，但是我不玩的，我们小孩只玩‘官兵捉强盗的游戏’！”我突然想起他的叔父和他的母亲都会……啊呀，徐荣兆啊！亏得解放得早，否则你会是一个什么样的人？我真难以想象。他和同事们只玩“桥牌”，在家里有时也玩玩“麻将”，从来没有到外面玩过牌类。

为铁路建设奋斗了一生

1954 年毕业后，兆就被分配到北京铁路管理局勘测设计所。

工作的艰苦性，在给我的来信中经常能反映出来，兆的文化知识学习也是非常努力的。下班了，人家都回家了，但是，他没走，他办公室的灯是经常亮着的，他深深地知道自己文化知识的缺乏。

大概在 1958 年，有一天傍晚，兆在路局旁的马路上碰到一个人，那人是上海住在他叔父家邻近的熟人，也是看着他长大的。能在北京碰见熟人，兆特别高兴！连忙叫道："爷叔！" 不料，那人在此地遇见荣兆，十分诧异，惊得愣了！荣兆问："爷叔，您怎么在这里？" 他道："我是上海派来的，在军事博物馆搞装修。" 他是木工。那年北京有十大建筑诞生，军事博物馆是其中之一。荣兆："喔！在这里碰到真不容易！请到我办公室去坐坐吧！" 他说："不了，我是随便出来走走的。" 正是那人以前说过："这个孩子，将来要么楼上楼，要么楼下搬砖头。" 他的意思很明白，这孩子那么顽皮，将来也可能会很好，也可能是一个没出息的人，在他当时看来是一个没有出息的人，那时在荣兆心里留下了很深的印象。此时此地碰见荣兆——几年前那个顽皮的孩子，他很惊奇，也很尴尬！但是他不知道正是这些刺痛兆心里的话，无形中激励着兆，要学习，要进步！

荣兆知道自己基础较差，所以要抓紧时间学习。我读过的很多基础课程，最后他都拿去了。开始他是为继续升学做准备的，后来错过了三年的高考机会（一年是因为工作忙而不允许，另外两年是在朝鲜），随着年龄的增长也就放弃了升学的希望。

在工作上，他真是不怕脏不怕累，也不怕苦。他从学校来到这里，因为新中国成立不久，路局的勘测设计所也是刚刚成立，除了有几个办公室和几个人外，什么也没有。要造一条铁路，他们首先要出去勘测，不仅仅要自己背上被头铺盖，还要背上测量用的仪器、铁锤、木桩，甚至煤油灯等等，每个人的身上要负重几十斤啊！没有汽车，全靠两条腿，每天要走几十里。他们会经过各种地方，大多是在农村，那时的农村，条件是多么的艰苦，所以他们经常是没地方住，有时甚至住在马厩里。没地方吃饭，老百姓吃什么，他们也吃什么，那还是好的，至少还能吃上一口热的，还能喝口热水。但是他们是在野外工作，如果那里没有村庄，到哪里去找吃的啊？北方的大冬天，外面已经是冰天雪地，他们只能带着冻得像石头那么硬的馒头，到了中午就在雪地里啃着那冰冷的馒头，没有水就吃几口雪，北风呼呼，手、脚、脸冻得生疼……亏得他们都是满腔热血的青年，都有一颗坚强的心，否则他们也要变成“冰棍”了。铁路要经过的地方，不管是急流险滩还是崇山峻岭，哪怕是龙潭虎穴，他们也得走一趟，因为他们要勘测，不勘测，怎能设计？所以遇山要爬山，遇河要过河。河面上往往是没有桥的，水性好的男同志先过去，探探河水的深浅，然后再过来拉着女同志过去。有时冰刚化开，刺骨冰冷的河水使人冷得直打寒战，但也得过啊！到了夏天，夏日炎炎似火烧，可是他们却要顶着炎热，在野外奔走，找不到一块遮阳的地方，一天到晚汗流浃背。有时还找不到水喝，大热天，真的渴死了，看见地上有个坑，坑里有水，喝了再说，几口下肚，才知道水是臭的。他们有时开玩笑地说，自己快要被太阳晒成“萝卜干”了，多么艰苦的生活，多么艰苦的环境他们都能克服，因为他们是“铁路的开路先锋”！——他经常给我唱“我们是开路先锋”这支歌。他说他们测量，是哪里高往哪里爬，有一次他爬到一个高点，也没注意下面是什么，只听“喀嚓”一声，一只脚踩进窟窿，向下一看，赶紧离开。“啊呀，对不起啊！我把你的屋顶踩破了！”原来是坟墓，不知多少年了，棺木已腐烂。有时候，饿死了，找不到吃饭的地方；一天的工作如此辛苦，可是回到住的地方，没地方洗澡，有时连擦身都困难，时间一长，身上便长了虱子，这可苦了他们组里那些年轻漂亮的留着辫子的姑娘。头发里一旦长了虱子，不是回去洗洗头就可以去掉的，要经过较长一段时间的清洗，还要天天用篦箕（齿很密的梳头用具——我们家乡常州盛产篦箕、木梳）梳理，才能彻底清除。因为虱子下的“子”是粘在头发上的，单靠洗是洗不下来的，必须天天用篦子梳理，经过一段时间后，才能彻底清除。荣兆在给我信中有首打油诗：“早出夜归二头黑，外业测量少水喝。北风呼呼寒意增，饿着肚子回家来。”他说，苦吗？不！为了祖国建设，这一点算不了什么。他们一年年的春夏秋冬，一次次的艰辛困苦，年复一年奋斗在建设铁路战线上，默默地付出……我很感动，很同情，也很心痛他，要建一条铁路要多少人为它付出辛劳！

他跟我说，有时，女同志叫他：“徐荣兆过来！”他问：“干什么？”她说：“叫你过来，你就过来！”他过去了。她说：“站着，别动！不许别人过来！”原来她或她们要找地方方便了。是啊！在野地里哪里来厕所？！我听了，笑笑！心里想：可以看出，你是个正人君子，女同志要你为她“站岗、放哨”是对你的信任。

他这一辈子，参加过抗美援朝，下放过农场，以后又调到列车段做乘务员，后来又下放到工程队，最后还是回到设计所。除抗美援朝是带了祖国的使命去帮助邻国外，他一直奋斗在铁路战线上。他说，如果把铁路比作经济动脉，那他就是动脉血液中的一个细胞。他工作了三十五年。对于工作，他一直认认真真、勤勤恳恳！也许是他那倔强的性格，决定了他不怕艰苦，不甘心落后。他虽在学校就动过大手术，但他一直和正常人一样工作。年轻时，勘测设计工作都是走在前面，不计报酬，加班加点不计其数。有时甚至只睡五六个小时，第二天接着干，也是心甘情愿的。特别是在数九严寒、酷热伏天，两条腿、一床被，走到哪，干到哪！想到这是为祖国的“四化”建设做贡献，心里感到很光荣！

他是铁路工程师，在他的一生中，由他负责的单项设计工程和由他负责总体设计的工程就有几十个，有些工程都是投资千万元以上的大工程。最后他又调至基建处技术科，参与审查或鉴定设计工作。在几十年的实践工作中他得到提高，他感慨万千。

他在一篇工作总结中写道："在国家指定的起讫点修建一条铁路，其间有可能要经过山脉、河川、城镇、农村、工矿企业，需要修建路基、桥涵、车站、铺设轨道或开凿隧道等等。铁路建设不但要更好地满足政治、国防、经济等方面的要求，同时必须考虑到运营便利，投资节省，确保工程优良。勘测设计就是为解决以上问题进行工作的。我在北京的东北环线和其他的一些专用线设计中，深深体会到选线和定线的责任重大，其难度也很大。但通过实践，逐步了解其关键在掌握控制点的选择，在满足线路限坡的同时应照顾到桥涵的控制标高；尽量少挖少填，少占良田。其中体会最深的是采用地形图要准，纸上定线要细，现场踏勘时必须注意线路走向的可能性及具有解决重点的设想。又因自然条件的差异及线路走向的不同，其工程费、运营费及运输能力也各不相同，故在选线中，使用比较方案，局部地区要反复多次，才能显示线路走向及其他方面的优缺点。"

在站场设计方面，他在总结中写道："我在石家庄枢纽、保定站改建、沧州区段站改建等工程中给我在站场设计中奠定一定的实践经验。站场布置是否合理，我认为取决于地形、地貌及满足于行车组织需要，但经济资料又是行车组织的基础，情况比较复杂，涉及不同专业，我虽属铁路设计，但必须会站场设计，必须懂得行车组织，会计算咽喉道岔及站场股道的通过能力，牵出线能力等。经过上述站场设计，我终于掌握了设计中必须要做的工作。"

多年的总体设计负责人工作，使他感到该工作复杂、责任又重，不但要熟练本专业技术，还要熟悉与本工程有关的机务、车辆、房建、电力、通信、信号、给排水等工程的主要内容，同时要汇总及编制整个工程设计文件，并注意到文件的整体性、原则性，是否漏项、重叠，一点也不能疏忽。因此总体设计负责人要较好地完成一项工程的设计任务，必须严格要求自己，必须深入各工种，从中协调统一在同一原则上，锻炼自己知识面广，组织能力强，善于处理技术上的疑难问题。由他担任总体设计负责人工作有十多年，大小工程有几十个，较好地完成了任务，自己也得到了锻炼。

1985 年以后他调到基建处技术科，参与审查或鉴定的设计文件约有二十多项。他说：“看来鉴定设计工作比总体设计负责人的工作，难度不

徐荣兆在工作

同，责任更大，既要把握住工程质量，又要控制投资概算，掌握全面程度不亚于总体设计负责人所做的范围，对于各专业的主要技术条件及内容，了解得越多、越细、越好。由于鉴定设计负责对工程概算和房屋建筑任务都要兼管，所以鉴定工程设计任务比较繁重，特别是各工种的技术要求及概算中的数量、定额、费率的核实，如在这些方面注意不到，总投资高了，也许会造成浪费；反之，也不好。这是国家的钱财，我们要认真对待。”

他在这段时间内尽管自己有审批工程款项的权力，但是他自己两袖清风，一尘不染。他也碰到过，有人对他说：“徐工，给你一封信。”他一看那封信，是厚厚的一叠……便严厉地说道：“拿回去，你别害我！”也有人请他：“徐工，年底了，请过来叙一叙，有点小意思……”他回答道：“你们自己聚吧，我还有事，不来了。”“我们退休以后，安心在家养老，如要拿了人家一点，那我们还能安心得了？”他说。

我们退休了，有时间一起出去旅游，看看我们祖国的大好河山。当我们看到在悬崖峭壁间，在江河激流上，一座座彩虹似的桥梁，把天堑变通途。满载客、货的列车像巨龙一样穿山越岭，跨江过河，沿着轨道平稳地向着需要去的地方奔驰。面对此情此景，他思绪万千，他这一辈子一直奔波在铁路战线上，我国铁路建设能发展到今天的状况，其中包含着他的一份心血！他说：“尽管我个人认为我已经尽自己的能力积极地工作了，但毕竟是一个小小的细胞，对整个事业来讲是极其微小的，但正是这些微小的工作组成了伟大的事业，正是我们千千万万的铁路员工完成了这伟大的事业，才有我们今天这样的辉煌的成就，因此我感到非常自豪！”

我们年轻时都读过《钢铁是怎样炼成的》这本小说，我们都很崇拜小说中的主人翁——保尔，我们也都要以他为榜样：“当他回首往事的时候，他不因虚度年华而悔恨，也不因碌碌无为而羞耻……”他年老时回忆他做的工作，说：“我没有白活，没有白来这世界……”他要做的都做了，他对国家，对人民已经尽力了。

相底片、交给了照相馆要他们来印二张，谁知等我去走回来取相片时
相片上的人不像是我了，因为我以前没有注意把底片搞坏了。因此要求我
的妹：特别原谅我这样的种种情况。同时我自己和妳商量一下，妳不是说要
我快快把相片寄给妳，妳也把相片寄来给我，现在是不是先把妳的相片寄寄
二个星期后，再把相片寄妳（因为这相照要二星期后才能领取）如果这样
妳认为吃亏的话，妳也可以把我放在嫱田那里的旧照片任意挑取一张。
妹：上次我收了一封嫱田自己写的信，他说他知道了我收到了他相片很高兴
他这次来信真出我意料之外，也是我意料之外的高兴，他能写这样字句
通顺而没有白字的信，令我……嫱田来信因我已解介了。
妹：北京西郊公园又运来了二只大象，一只非常怕羞的小熊猫和一只斑
马。大家好像过得是到似的，要他向左转他不会向右转，要他向前走他
不会向后转。斑马和普通的马数小，其样完全是一个样，颜色是黑和白
书写的一样。小熊猫实是把脸放到使人看不见的地方，外貌有阔气的
小熊对人的打架，太有意思了。上班时到了，祝妳 暑期内学习身体
健康

荣北 1954.8.12

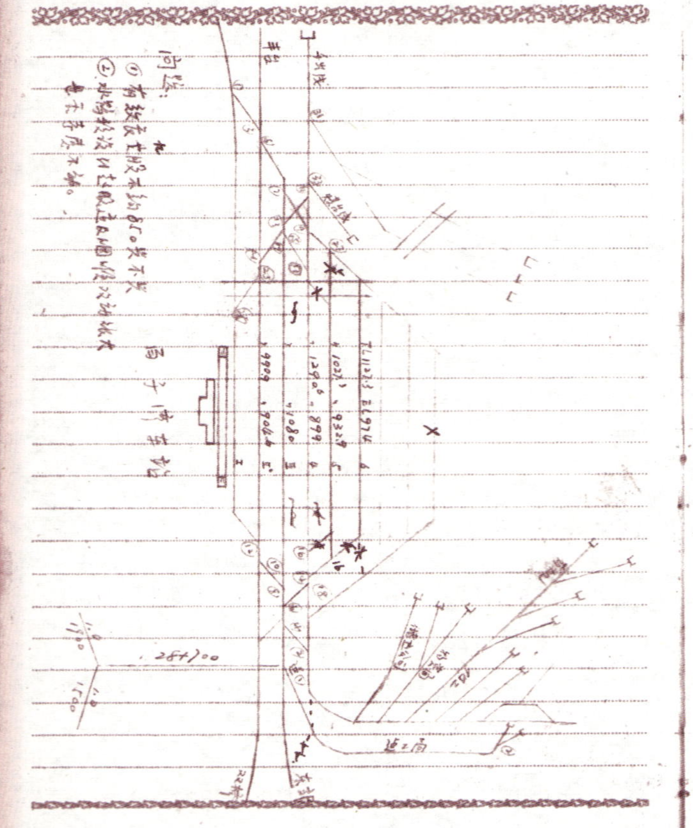

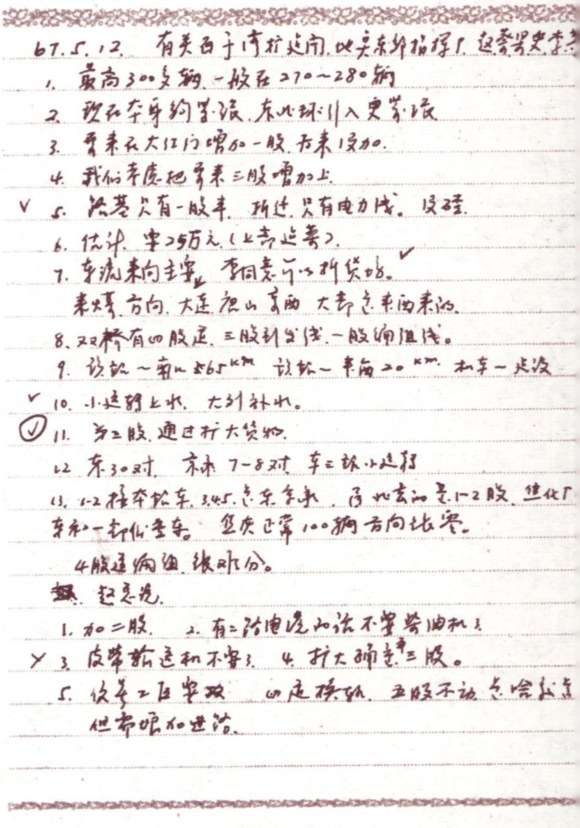

67.5.12. 有关西子湖站的情况，北京东郊枢纽……

1. 最高300多辆，一般在270~280辆
2. 现在存车约当流，东北环川入更当流
3. 将来在大红门增加一股，将来须加。
4. 我们考虑把将来三股增加上。
✓ 5. 路基只有一股车，机务只有电力线，没磅。
6. 估计，需75万元。（上部运费）
7. 车流来向主要……以折货场。
来大车方向，大连、唐山、京西、大部分来自东西来的。
8. 双桥有四股道，三股到发线，一股调机线。
9. 站……~南……865km，站……~……20km，机车一次……
✓ 10. 小运转上水，大列补水。
Ⓥ 11. 第二股，通过打大货物。
12. 东30对，京承7-8对，车站小运转
13. 1-2道……，3.4.5……，……1-2股，……
……，正常100辆方向……。
4股道调车……。
……起意见。
1. 加二股。 2. 有……不……
✗ 3. 皮带……不要了。 4. 打大……三股。
5. ……，……不动……
……加进站。

一辈子的承诺

“冷面滑稽”先生

兆年轻的时候有点上海人称的“冷面滑稽”，常讲有趣的故事，逗我开心。

有一天，兆问我：“你见过‘天开眼’吗？”我说：“什么？天上都是空气，开什么眼？”他笑了！过了一会，他说：“我见过。我在乡下，到麦子或稻子成熟的时候，我就要睡在田边或场上看管，以防有人来偷。有一天夜里我起来撒尿，只见什么东西都是金黄色的，天空是金黄色的，田里的一切、场上的一切全是金黄色的。”我说：“你在做梦吧！”他说：“不是！传说这时把东西往天上扔，掉下来就变成金的了！”“那你还不快点把东西往上扔！”我说道。他说：“我那时身边什么也没有。”我说：

“那你自己往上蹦啊，掉下来不就是金的了！”他说：“那你还能找得到我？”哈哈——我们都笑了！后来，他告诉我，这种奇观不单是他一人看见，也许是晚霞的余光照射的结果吧！

兆还和我讲过他小时候，把已经“死”了三天的奶奶叫醒的故事。他说：“我小时候，因为妈妈在厂里做工，我是寄养在别人家的。听说奶爸奶妈对我特别宠爱，小时候我玩耍时经常会踩在他们的身上、脸上、头上！据说到了三岁才领回家的。回家后由奶奶带领，奶奶特别慈祥，我还记得奶奶经常坐在一张有靠背的竹椅凳上，我靠在她胸前，她双手搂抱着我。我也不知道我几岁的时候，奶奶‘死’了，家里已做好了一切准备，按照老家的习俗，人死三天后就要入殓了。就在要把她抬进棺材的时候，发现她的身体还是软的，大家都很奇怪，三天了，身体怎么不硬？大家犹豫了，难道没有死？！此时有一人出了一个主意说：‘叫她最喜欢的人紧贴着她的耳朵，大声喊她！’大家议论着，她最喜欢的人是谁。又有人说：‘还有谁？她的小孙子荣兆啊，快把荣兆叫来！’于是，有人把我领去了，他们教我嘴唇紧贴奶奶的耳朵，大声喊！我就贴着耳朵，大声‘奶奶！奶奶！’喊了几声，果然奶奶答应了——唉！唉！唉！眼睛还未张开，两手已经抖抖簌簌地抚摸着我的脑袋了！醒了！醒了！大家高兴得不得了，丧事变喜事了！后来奶奶又活了好几年呐！奶奶真的死了，那年我已九岁了，我在上海，等我回到家，只见到了她的棺材，这一次奶奶真的走了，我再也见不着我的奶奶了，我伤心地哭啊哭！也哭不回来了。”

兆说：“我有两个姑妈，一个姑妈家离我家不远，所以我经常去，姑妈待我很好。他们家做米酒一做就要做很多，用陶瓷缸盛放。米酒很甜，很好吃。姑妈对我表哥们管教很严的，平时不许他们随便吃；对我就不一样了，我可以随便吃。有一天，我去了姑妈家玩，玩着玩着，我一个人又去吃酒了……”他又说：“过了一会，姑妈看不见我了，问我表哥，荣兆哪里去了？表哥说不知道啊！姑妈一想，坏了，好像好长时间没有看见他了，不要出什么事了。于是他们全家出动到外面去寻找，找了半天也找不到，大家着急地又回到家里，商量着怎么去告诉我家里呢！就在此时突然发现我醉倒在酒缸旁，大家都笑了，虚惊一场。”

有一天，我问荣兆：“你家有一套‘神秘’的楼房是怎么一回事？”他先是一愣，接着笑了笑反问我道：“你怎么会知道？”“我听你前婶婶说的呀！”——那时我还在厂里做工，因为住在一起常听她讲些有趣的事。有一天说起乡下房子，她说你们老家有一幢很大的楼房，长年无人居住，只有一位老人因没有地方住，就住在那里，给你们看房子的。那房子原来的主人是个寡妇，无儿无女，死后的牌位仍放在你们屋子里，但到夜里就会转过身来。吓得我毛骨悚然！荣兆说：“喔！我小时候就住在那屋子里。如果我那时就认识你，我一定把你领到我家来——反正你早晚要来我家的，让你看看那牌位是怎么转过来的！”“啊！你坏！你要吓死我啊！”我说道。我们两个人都笑了。接着他又说：“哥哥和嫂子结婚就在那里。因哥哥是小学老师，要住校，嫂嫂害怕，我这个小叔子就住在那里陪她。我比嫂嫂小十岁呐！他们结婚，我还是个孩子。”荣兆讲了这屋子的由来和牌位转身的原因：“我爷爷这一代有兄弟六人，可见这是一个大家族。就在此时矮凳桥（离我家——徐家村很近）有一幢楼房要出卖，房子的主人是个寡妇，无儿无女，我爷爷他们看中了这幢楼房，很快与主人达成了协议 。但此时有一个地主也要买房，为此打起了官司。我听奶奶说，为了打赢这场官司，爷爷他们兄弟几个齐心协力，不惜倾家荡产。铜钱一巴斗一巴斗的抬出去……后来，除了矮凳桥那幢房子外，把所有的鱼池、田地、房屋（徐家村的）都抵押出去了，最后官司是赢了，但家里却空了。为了生活，祖父这一辈人只得带着他们的孩子外出谋生，有的到苏州、南京、上海等地。我父亲就到苏州卖酱油去了，那个时候卖酱油是挑了担子，走街串巷，要一路叫卖的呵！所以现在我们同一曾祖父的子孙们，有的在台湾，有的在云南、上海、南京、北京等地。那些抵押出去的田地、房屋一直到我父母工作以后才赎回来的，还在上海盖了房子，所以我父母这一辈子也很不容易。至于那房屋原主人的牌位怎么会转身呐？因为隔壁邻居，他们的米不是用碾子碾出来的，你知道碾米是要钱的，所以他们每晚自己在石碓（舂米用具）里舂米（去除稻子上的外皮），由于地面震动引起了牌位的转动。所以你白天把它转过来放好，过一晚它又转过去了。”他接着又说：“主要还是房子太大，楼上、楼下好几间呐！其实前面还有院子，院子两边还有厢房，长期关着无人居住，阴森森的，再加上点迷信色彩，就使人害怕。我在老家一直住那屋，不是很好吗？”我听了他的介绍，笑道：“你们的老祖宗，按现在的观点来分析，是不是有点‘傻’啊？！花那么多钱买了这房子，而自己什么也没了，只能外出谋生了！人都走了，要这房子干吗？”接着我又说：“嗳！我是他们的孙媳，我这么说，是不是对不起他们了？！首先我不能离开当时的历史背景去分析问题。再说，我已经从这里看到了，他们当时的勇气和团结一致与强权势力斗争的精神！我很感动！也很尊敬他们！”我这么一说，我俩都笑了！

荣兆在乡下时，养了一只狗，因为全身都是黑的，所以叫它“阿黑”。兆说：“阿黑有一天生小狗了，在我妈的床上生的，我妈也没打它。我和爸爸赶紧给它搭了一个暖暖的狗窝，我把小狗一只只挪到狗窝去，阿黑只是嘴里‘呜呜’地响着，眼睛看着我，并没有要咬我的意思。它把床上、小狗身上舔得干干净净的。抗战胜利后，我爸妈、哥嫂都到上海去了，家里就留我一人，还有阿黑。第二年我要到上海去读书了。我抱着它上了火车，火车上的人已挤得满满的了，我抱着它，挤在人群中……阿黑突然放了一个‘屁’，啊！好臭！大家都说，快把狗扔下去！扔下去！大家都那么说，我没有办法，就只能抱了出去，把它留在站台上了。几年后，我回乡去，在那站下了车，我一眼就看见了‘阿黑’，我叫了一声‘阿黑’，开始它愣了一下，接着就向我奔来，那高兴劲呵！摇头晃尾地围着我的两条腿转啊转。离车站不远处，有一堆稻草，我和它在草堆上滚啊滚。过了一会，我要走了，阿黑站在那里，一动不动，看着我，像人一样，好像要掉眼泪了！”我说：“它又要成为野狗了？！”兆说：“不，我听说站长已收留它了。”我说：“喔！可怜阿黑它天天在站台上盼望着你，才感动了站长。”兆说：“以后我一直没回去过，所以也一直没有再见到它，但常常会想起它。”

兆说：“东北的冬天，大雪茫茫，兔子也会出来觅食。有一次我们许多同学出去捉野兔玩，有一只野兔被我们围住了，很快聚集了很多同学，我们围成一圈，圈子由大一点点在缩小，兔子东窜西逃，逃不出去。从同学那里拿了一个哨子，我吹着哨子指挥，随着哨声，同学们的呐喊声，兔子吓得直‘叫’，

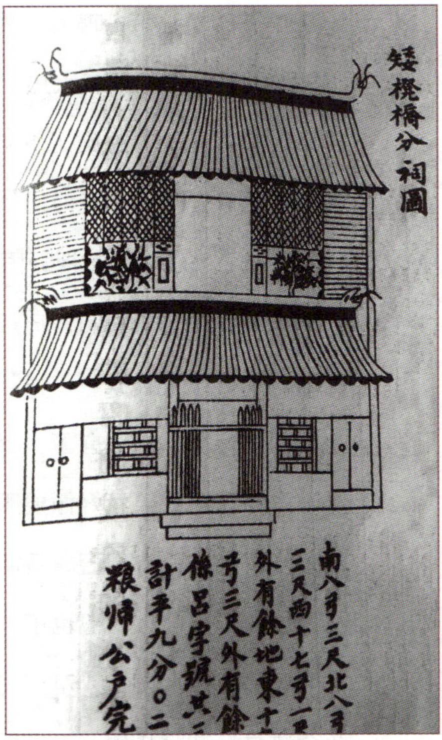

该楼房上世纪末已倒塌。图片来自《徐氏家谱》。

我还是第一次知道兔子也会叫。同学们手拉着手，圈子越缩越小，它往男同学那窜，男同学会迎着兔子靠近它，它向女同学那里窜，女同学吓得直往后退，兔子真聪明，它终于在女同学那里找到了突破口，最后还是逃出了包围圈。兔子逃走了，我的指挥任务也结束了，当我从口中拔出哨子的时候，我的嘴唇感到一阵剧烈的疼痛……哨子竟然和我的嘴唇皮冻在一起了，我要从嘴里拔出哨子，会连着嘴唇皮一起撕下来，后来只能用唾沫一点点把哨子和嘴唇化开，才取了出来。”

刚才你说兔子急了会叫，我给你讲一件事，蛇会笑，你见过吗？我见过。1960 年我从上海来到北京纺织研究院后，就到农场去劳动。一天中午，我一个人去田里看山芋（防止有人来偷）。同时要割点草回去喂猪，于是提了篮子，带着镰刀，来到田里。地头边有一个三角形茅草棚，地上铺着稻草，中午天气太热，我们可以在那里稍稍休息一会。我把篮子、镰刀往脚边一放，就坐了下来。拿出刚接到的两封信，拆开信封聚精会神地看起来！当我看完两封信，我的思想还完全沉浸在信的内容中，心里很高兴……忽然我的视野里好像进入了什么？我下意识地看了看身旁，啊！不知什么时候开始，一条蛇盘坐在我的篮子里了，离我大概只有一尺远，竖起头看着我……我吓得大叫一声，站起身来向外冲，那蛇被我的行动也惊得不知去向了。我在外边站了一会，回过神来，我清清楚楚看到了蛇在对我笑！好像要跟我说话？！蛇会笑吗？我很奇怪！看来它不会伤害我的，我想再看看清楚，它到底是一条什么样的蛇，这条蛇是圆脑袋，不是很大，但也不小了，它盘在篮子里，几乎铺满了篮底。我壮着胆子寻找那条蛇，草棚周围没有，扩大范围找，在草棚不远处，有两个坟墓，杂草丛生，看来是多年的老坟。喔！那里有个洞，也许就是它的家了。我远远注视着那个洞，思索着刚才它把我吓坏了，我也把它吓坏了，当然它不会再出来了，于是我站了一会就走了。我说："荣兆，你知道我怕蛇，你敢捉它，逗它玩，知道蛇也会发怒，而我连看都不敢看的，小时候在乡下我要看见了蛇，我比蛇还逃得快。但是，我真的看见它在对我笑！"蛇会笑吗？我后来问过很多人，都说不知道。

【按语】蛇会笑吗？多少年来是我心中的一个谜，最近我上网查了查，原来"笑"不是人类的专利，动物也会笑。

骑着老虎上学校。这是柴河林业局的同志给荣兆讲的故事，他回来讲给我听的。大东北地大，人少，有的地方真是荒无人烟，走半天都看不见有人家，也碰不到一个人。那里有一人家，好像过着与世隔绝的原始生活。有一天，一只老虎出现了，它只是远远地在那里徘徊，时而朝这家看看……一连好几天都是这样。慢慢地靠近些，还是在那里徘徊……屋里的主人早已注意到这位"客人"了，他们发觉这只老虎受伤了，好像有什么事要求助他们。过了几天，又靠近些！这家主人起了怜悯之心，在屋外给老虎放点吃的，这样又过了一段时间，人和老虎终于敢靠近了。他们发现这是只怀孕的母虎，快要生了。于是主人更是细心照顾，不但给它伤口上药，还给它吃得更好。这只老虎也就住在他们屋外不走了。又过了几天，小老虎终于诞生了，而主人家也生了个小男孩。这家主人更是里外忙着照顾。母老虎生下小老虎后，头几天没走，在"家"陪着小老虎，几天后出去了，但还记得回来喂奶，再过几天出去了，不回来喂奶了，小老虎饿得直叫，主人一看这还了得，不喂奶不要饿死了，主人就担当起喂养的任务。一开始这母老虎还知道过几天回来看看，后来干脆不回来了，也不知去向了。所以这只小老虎完全由这家人喂养，和这个小主人一起长大！慢慢地孩子到了上学年龄，要进学校读书了。由于他们是从小一起长大，一起玩耍，几乎是形影不离的，小主人到哪里，它也到哪里，因为小主人是经常骑在它背上玩耍的，于是小男孩骑着老虎来到学校，吓坏了所有的人。后来知道这只老虎不会伤害人，也就不谈虎色变了。小主人在校内上课，它坐在校门口等着，赶也赶不走，它在那里等到小主人出来，骑着回家。后来在主人的劝说下，小主人在上课，它就回家了，到放学时再来接小主人。但是，因为它是一只老虎，而且老虎长得比人快，六七岁的老虎是只大老虎了，大家都觉得安全成了问题。后来公安局知道了，老虎是属国家一级保护动物，当然国家要管的，它应该到它该去的地方了！

天空中出现一条龙。那是 1945 年的事情，十四年抗战胜利了，人们好像如释重担。一天下午姆妈好像还在田里干活，家里就我一人，我在烧夜饭。突然耳边听到不断有人从我家门口经过，他们大声呼喊：西边天上有条龙，快去看！还听到孩子奔跑时的脚步声……我家就在村西。我们村上平时很安静，偶尔也能听到鸡叫狗吠。早晨是公鸡打鸣，呼叫人们天亮可以起床了！上午母鸡下蛋了，它会咯咯嗒咯咯嗒告诉主人它下蛋了！那狗见了生人才会吠，它报告主人有生人来了，要提高警惕！我们很少会听到人们嘈杂的呼喊和喧闹声！我很想马上跑出去，但是我不能走，因为我在烧夜饭，灶膛里柴火在燃烧！过了一会我也出去了，只见一堆人还在那里议论着：说刚才天上有条金色的龙，还会动！人们都很惊奇、激动！我顺着他们的目光看去，天上是像有条“龙”，但它是由许多云丝组成并且已成淡灰色的了，隐隐约约……就像如今放烟花散去的样子。那天天空晴朗，除了这条“龙”外，没有一点别的云彩，太阳也特别好，还没有到太阳落山的时候，也不大可能是晚霞反射的结果。

那时农村里的人们也没听说过放烟花，也没人见过烟花！那时的人老实，不会说谎，但可能会有些夸大！龙是我们国家的象征，龙上天了，象征着我们的民族站起来了！要扬眉吐气、兴旺发达了！人们心里很高兴啊！

可爱的小松鼠。荣兆多次和我讲过，他第一次到杭州，在西湖边的“楼外楼”吃了一顿饭，他要了一个“竹笋炒肉丝”，还有一碗面条。春天杭州的竹笋很多，当然也特便宜，但是他觉得好吃得不得了，一辈子也忘不了！饭后他来到中山公园，进门就见“孤山”两个大字，他说他不知道为什么取名为孤山，其实它一点也不“孤”，来这里的人太多了！顺着拾级而上就来到“天下西湖景”。其实这里是个小院子，但这里有山有水有亭，他坐在亭子里观赏着眼前人工堆置的假山，假山旁边有一水池，其上还有曲径通道，南方的园林设计真是妙哉！突然来了一只松鼠，黄耸耸的毛，长长的尾巴十分可爱，它在地上觅食。它动作敏捷，警觉性极高，一边吃着东西，一边东张西望。他怕惊动它，连大气都不敢出，眼睛也不敢正视它，很想让它在这里多停留一会。但不一会不知是什么东西惊着了它，“唰”的一下逃得无影无踪了。还有一次，他爬到飞来峰山上，有点累了，正好那里有一张石桌，旁边有石凳，他就在石凳上坐下休息！突然有一只松鼠跳上桌上觅食，啊呀！离他那么近，他说他真想伸出手去摸摸它，但是不敢，他连一动都不敢动，气都不敢透，怕惊着它，只是眼睛偷偷地看着它，希望它多待一会，然而不一会，它也不知去向了！2000 年我们在“曲苑风荷”正坐着休息，突然有三只松鼠来到我们不远处，它们那可爱的模样吸引着我们，我们的妮妮屏气凝神、猫着腰、蹑手蹑脚地趁它们不备，从后面一点点接近它们，3 米……2 米……1 米……只有半米了，那些只顾吃食的小家伙突然感到了什么，“吱溜”一下跳上树梢，两下三下就无影无踪了！可爱的松鼠真是杭州一景，它给人们的印象真是太深刻了。

兆曾遇到一个与狼群激战了一个晚上而失声的人。兆在列车上遇到了一个东北人，他是来北京上访回去的，他已经不会说话了，但能写和比画，他讲述了与狼群斗了一夜的故事。这个人可能经常要在野外走的，所以随身带了一根木棍，以作防身之用。有一天，天快要黑了，他还在赶路，突然出现一只狼，对付一只狼，他是不怕的，因为他手里有根棍，狼也不敢靠近他。突然又来了一只狼，对付两只狼，他就有点困难了，他边走边想，赶快选择了有利的地形，他正好遇到有两块高低差异的地面，他背紧贴高地，边斗边走到一块有点像洞，但洞又不深的地方，他的身子紧贴洞壁，这就不要担心后边和两边了。此时天已全黑，他面前已是一群恶狼了，他只见那狼群一对对绿色发光的眼睛，贪婪地一次次张牙舞爪地向他猛扑过来，他紧握手中木棍拼命击打，狼群的轮番攻击，使他没有一丝喘息的机会，这场人、狼大战直到天明，狼群渐渐退去，他活了下来，他胜利了！来到单位，由于一晚上精神高度紧张，竟然成了哑巴——他不会说话了，治也治不好。他不会说话，就没法工作，单位不要他了。他没有了工作，那他，他的家怎么生活？没有办法，他才到北京上访。终于得到接待站的支持，接待站的信上写道：他是因公致残，单位应该适当照顾。车上一些人听了他讲的故事，都竖起大拇指，夸他勇敢！他满意地笑了！兆说："这故事说明了，人只有勇敢，才有生的希望。"我说人是这样，植物也是一样，我给他讲了我小时看到的："我看到竹笋能在乱石堆里生长出来。我们老家有一块荒地，地上都是碎石、瓦片，我姆妈也不在那里种植什么东西。与这块地相邻的是人家的一片竹林。有一年春天，我们发现我们那块到处是乱石的地面上钻出了竹笋，那是地下竹子根茎长呀长，长到我们这边来了，由于生命力的顽强拼搏，它从地下钻出来了，啊！我高兴极了！它们的来到是多么的不容易！”

另一件是在我们的屋旁边，每年从墙脚下面长出一棵像“小树”一样高的苋菜。我们的屋旁，我姆妈每年都在那里种一片地约 1 米 ×4 米的苋菜，每年那里总是长出均匀的、大小差不多的一片绿油油的苋菜，但那里唯有一棵是从墙根脚下钻出一棵像“树”那样的一棵特大的苋菜，它高有一米，有许多枝杈，从枝杈上摘下的苋菜特别鲜嫩，我经常是摘那棵“树”上的苋菜。你越摘它长得越多越快，苋菜是草本植物，一年一次，第二年是又要下籽种植的。唯有那棵像“树”一样大的苋菜，它每年枯萎了，拔掉了，第二年又从老地方长出一棵和今年一样的一棵大苋菜，好像那棵菜又复活似的，其实不是的，它确实是新生的，年年如此，而且就长一棵。离开农村以后，那我就不知道了。小时候我也经常割草，我割的草是用来喂猪的，猪除了吃些粗粮，大部分是吃水草，还有地上长的青草。我说：“荣兆，你割草是用来烧饭用的柴火，是专割老的、高的、粗壮的，我割的是专挑嫩的。”我们经常看到大石头下面也能长出草来，但是，有的草一辈子也钻不出来，只能在下面生长。有时扳开一块石头，下面压着曲曲弯弯的小草，它被压得直不起腰来，虽然太阳无私地照耀着大地，温暖着大地，但是它见不着阳光，所以它是淡黄色的，它变不了绿色，但它还是倔强地生长着。我们人和植物是一样的，也会遇到各种困难，各种的无奈，但是我们仍要克服各种困难，坚强地生存，创造人生的价值！

催眠良方——我家的聊斋故事

我到研究院后，外语压力很大。我在学校里学的是俄语，六十年代由于中苏关系紧张，俄文好像不是那么有用了，但是俄文我已读到中级班了，放弃也有点可惜，又只能继续读（晚上有补习班），同时又参加英语学习班，我还自学日语（当时太贪心了，后来不得不放弃俄语和日语），由于学习过度紧张，因此落下了“神经衰弱”的毛病，晚上常常睡不着，特别是遇到工作上的压力，或有什么烦心事，会彻夜不眠，尤其是调到工厂以后，那里的人事关系比较复杂，我受到很大的压力，晚上常常睡不着。荣兆一觉醒来，看我还未睡着，他也为我着急。后来他想了一个办法：天天晚上给我讲故事，哄我睡觉。说起讲故事，不知他从哪里学来的，他还真有一套，他会滔滔不绝地跟你讲，讲得出神入化，你会跟着他的故事如身临其境一般。记得我还在大学时有一年暑假，他和我一同回我老家——常州，从上海上火车以后，我们相对坐着，他跟我讲“嫦娥奔月”的故事：那嫦娥偷吃了仙丹，奔向月宫……他一直讲到常州，他讲得入神，我听得入迷，我们俩只看着对方，车厢里发生什么事，我们不知，窗外有什么也全然不顾，我们完全沉浸于故事中。突然我发现这火车停了很长时间，我说这是什么站？怎么停那么长时间？荣兆向窗外看了看，也没有看见站台上的站名，他还在继续讲嫦娥。列车开动了，我俩不约而同发现，刚才停的地方就是常州车站，两人这一惊非同小可，赶紧拿了行李到列车门口等候，下一站是“犇牛”。到了犇牛，我们赶快下车，还好对面有列车停着，荣兆拉着我的手，跨过一根根轨道向对面车跑去，连忙进入车厢，那列车员看着我们过来上了他的车，他很随便地问了一声：“乘过头了吧？”荣兆答：“是的，我是北京铁路局的。”他一面回答，一面从口袋里拿出“免票”，那列车员看也不看，一声不响走开了。喔！荣兆到底是铁路员工，他比我机灵多了！

到了常州，我们下车了，但是由于这么一折腾，回家的船开走了，要第二天才会有船。今天晚上怎么办？我们只有来到旅馆，他知道我一人不敢睡一房间，只能要一间有两张床的房间，但旅店有规定，住一间屋要有结婚证明。荣兆只能把为了我的学业所以还不能结婚的原因说了一遍，最后终于给我们一间屋，但有两张床。晚上，他很规矩，只是吻我，不敢越过雷池半步。第二天我们才回到家。此事谁也不知道，没结婚就住旅店，太荒唐了……我们谁也不能说。

有那么很长一段时间，我没法睡觉，他天天给我讲故事。我躺在他怀里，头枕在他的胳膊上，静静地听着他讲“小翠的故事”：“小翠是狐狸，她是来报恩的。话要从头说起，那天，电闪雷鸣，风雨交加，突然有一只狐狸，钻到一男子的长衫下面，那男子正撑了一把伞在雨中行走，看见一小动物躲在他的长衫下面，顿起怜悯之心，也就停下脚步，保护着它。那狐狸就此躲过一劫，否则它会被雷劈死。那狐狸就是小翠的妈妈。若干年后，那男子生有一子，但那孩子是个傻子，夫妻俩虽有万贯家产，却只有一个傻儿子，真是家门不幸。再说，那只被救的狐狸看见女儿小翠已经长大，它要小翠前去报恩。小翠已是一个美少女了，心地善良，她带着使命，来到他家。她去找那傻小子玩，天天和他一起玩球，她要治好傻子的病，首先要从锻炼好他的身体开始。日子久了，傻子一天天好起来了，也不大傻了，但已离不开小翠了。那夫妻二人看见自己儿子的病好起来了，自然也十分高兴！”我听啊听……心静下来了，慢慢地睡着了，荣兆听着我呼吸也均匀了，知道我快睡着了，一面继续慢慢地讲，并轻轻地喊我：白鸥，白鸥！没有回答。他一只手托了我的头，一只手慢慢地抽出，把我的头轻轻地放在枕头上，给我盖好被子。有时怕惊醒我，不敢动，他的手一直让我枕着，直到我一觉醒来才离开。正是：

月色溶溶夜，花阴寂寂春。
屋内暖暖情，愿依久久随。

第二天晚上，我接着听他讲故事："傻子的父母，看见自己的儿子一天天好起来，想要给儿子娶媳妇了，想到小翠好是好，但来历不明，不是门当户对。小翠也已觉察到了，一天，小翠突然消失了。那傻儿子已离不开小翠了，他找不到小翠，整天失魂落魄！不知又过了多少天，突然听到院子后面有小翠和几个人在谈笑风生，那傻子赶快过去寻找，果然是小翠。他高兴得不得了，小翠啊！我找你找得好苦啊！我不能没有你，你赶紧跟我回去吧！其实小翠也不愿离开他，她又回到他身边了，两个人在一起玩都很开心。突然有一天，小翠说，我要回去了，并告诉他：你到什么什么时候，到什么什么地方来娶亲。到了那天，他娶回跟小翠一模一样的女子，那傻子再也不傻了，从此一家人高高兴兴地过着幸福的生活。我就是躺在他的怀里，听着故事睡去，一天又一天，一年又一年，他的故事永远讲不完。他的故事来源于《聊斋》，但《聊斋》里有的故事比较短，只有几行字，但他却能讲好几个小时；我只想能安静下来睡觉，经常是心不在焉，或是"左耳朵进，右耳朵冒"，常常是他讲了半天，我还不知道他讲些什么。而他呢，翻来覆去地、不厌其烦地讲给我听；有的故事他讲过许多遍了，但我还会有些地方不明白，因为我听着听着就睡着了。《聊斋》里的故事大都是狐狸和鬼的故事，但大多是好人、善良的，我喜欢听。

他对我喜爱的物品更是放在心上，只要条件许可，他就会给我买来。他知道我爱吃雪花梨，有一年，他出差到雪花梨的产地，给我带回两箱雪花梨，每箱四十斤，加上他的行李——一个很重的背包，至少也有二十多斤，就是说他要拿一百多斤，关键是那两箱梨，它的包装是方方的纸箱，体积又大，两手拎了两只箱子不好走路，可是他从汽车倒火车，火车再倒汽车，汽车再倒汽车，中间要走很多路啊！下车后还要穿过地道……这两箱梨拎回家，真是难为他了。我把梨包好，放在室外贮存。北方的冬天，家里干燥，有时干完活，特别是洗完澡后，吃上一个从室外刚拿回来的冰凉、甘甜的雪花梨，那叫舒服啊！比夏天吃冰淇淋还要滋润心肺……这是他给我创造的条件啊；在我生第二个孩子时，那时还是比较困难的时候，他从北京—上海的餐车上给我买了一罐上海“梅林”出的凤尾鱼，我特别喜欢，那时市场上根本看不见，只有列车上的餐车里有时才能买到。后来，他遇到了总会给我买一盒。有时也会请他的朋友给我带一盒。我在他那里有时会有点任性，譬如吃水果，是酸的，我不爱吃，我就不会去动它，他一声不响，慢慢地吃掉了；有的时候做一件事，时间长了，我就不耐烦了，我站起身就离开了，可他一声不响，默默地把它做完。他对我更多的是“包容”。

我是个善良、温柔的女子，我的丈夫待我这么好，我很感动，也很幸福。但是他的脾气不好，夫妻之间一辈子在一起难免有磕磕碰碰，让我生气、感到很无可奈何的时候，只要一想到他对我的爱，对我讲了那么多的故事，我一切都能忍耐，一切都能原谅他。正由于他这样，帮助我，使我有力量去面对我的工作，面对我遇到的困难。

1988 年我退休了，退休后被山东诸城一家工厂聘去工作，我写给荣兆的信是这样的：

“兆：你好！我离开你已有一个多月了，这一个多月可真难熬啊！我天天想你，特别是夜阑人静、一个人睡在床上，我特别地想能依偎在你的怀里，头枕在你的手臂上，静静地听你讲故事，啊！我是多么的幸福！我们俩从年轻到中年，现在正步入老年，我们俩仍是那么亲热、相爱，你说你不能没有我，而我又怎能离得开你？！而这种欲望，随着年岁的增长越来越强烈。

兆用他男人的肩膀，撑起一片天

1969 年，我们从羊坊店（荣兆单位的房子）搬到英家坟（我研究院的宿舍）以后，我上班是近了，可是荣兆就辛苦了。孩子们都已上学了，姆妈一直为我照看着家庭。1972 年我们又有了一个儿子俊国，姆妈更辛苦了。我姆妈来自农村，从小苦惯了，生活极其简朴。和我们合厨房的邻居说，看见老人家起油锅，就知道姑爷（徐荣兆）要回来了。其实荣兆一直在北京铁路局设计所工作，但是在“文化大革命”中，搞了一个“图板搬家”运动，据说当时设计所有个领导（革委会）是天津人，从此就搬到天津去了，那个领导因为家在天津倒是方便了，可是那么多设计人员可苦了，除星期天外都要到天津上班。所以我们研究院很多人都以为我爱人的工作单位在天津。

1976 年唐山大地震，涉及天津、北京。那天荣兆在天津，震后交通中断，我们老小吓坏了，而且震后就是大雨，余震不断，大家根本不敢回屋，外面又没有地方待。荣兆不在家，我还不能回来——在厂里值班，也无暇过问家里，我姆妈领着孩子们真是可怜。震后第一天，研究院在家属宿舍区里临时搭了一个简易的棚，给了我们放一张小床的地方。荣兆第三天才回到家里，看到这种情况，五个人那么一小块地方，那怎么行啊？他一句话都没说，拿起铁铲，选了一块地方就挖起来。那天，我们厂里正好发给我一点塑料布，到晚上一个透明的地震棚搭好了，这晚我们一家总算有一个可以睡觉的地方了。

过了几天，他的单位发了点地震棚的材料：几根竹竿、席子什么的，他就又选了一块地方，利用地形，北面的一半是原来的泥土作墙体，再往下挖一点，几根竹竿往上一放，席子往竹竿上一搭，南面是用的原来的塑料布，既是墙，又是窗。又一个地震棚搭好了，我们不是住在全透明的棚里了。这两个地震棚一搭，他在我们研究院宿舍这一片天地间引起了人们的注意，特别是男同志（以前人家只认得我，很少有人认得他），我们院长的儿子（他是机械工程师）对我说：“我上午去部里的时候，看见他在挖土，下午回来，一间屋子盖好了，真是‘神’了！”许多人说他能干！

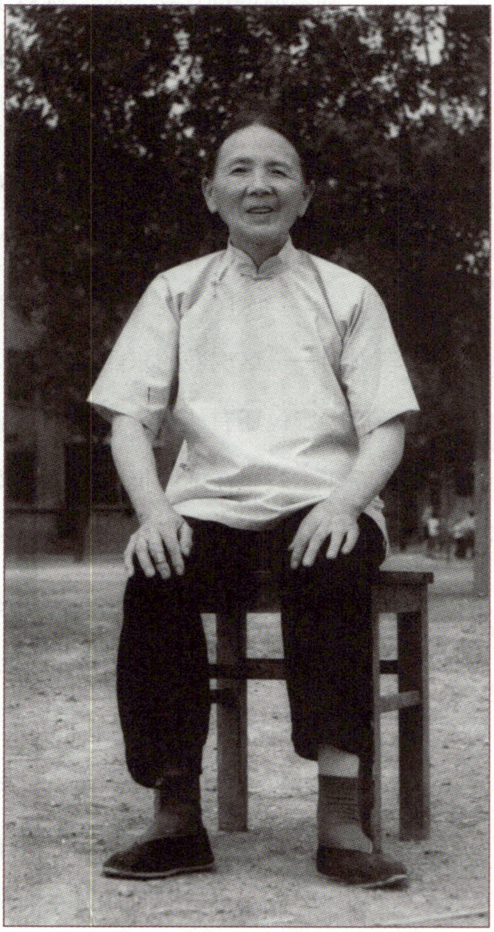
1972 年妈妈在北京家门口

说实在的，地震后，不断的余震，大家都是惊魂未定，家里也不敢久留，我们要回家上个厕所，或拿什么东西，都是一会就下来了，姆妈上去做好饭，马上下来，吃饭也不集中了，谁饿了，上去吃点，就下来。晚上根本不敢回去睡觉，大家忙着搭地震棚，但是又没有搭的材料，各地支援，调拨、运输也需时间，可是我们没有时间等待，特别是老人与孩子，我们家老的老，小的小。所以荣兆没有一刻停留，他用他男人有力的臂膀撑起一片天地，让老人、小孩、妻子有遮风挡雨的地方。

随着时间的迁移，防震材料也多起来了，一天荣兆从单位回来，告诉我，他们设计所明天发放一些防震材料，我从单位借了一辆平板三轮车。我们商量好了，他在家挖地基（我们又可重新盖地震棚了），玮琳做他的帮手；我和俊彦去拉东西；姆妈带领俊国，还管做饭。按照分工，我和俊彦一早就出门了，那天风大，我们蹬车到路局（从英家坟到木樨地），已经中午了，就在路局对面的小摊上各自吃了一盆炒饼。装完一车材料——这次发的东西还真不少，有十多根竹竿、一些旧木头，还有苇席，好像还有油毡等东西，装了满满一车，立即返回。我们娘俩，一个蹬车，一个在下面推车，那天风大，车上又装了东西，我上车只能蹬四五下，脚就踩不下去了，几乎一直是俊彦在蹬车，我在推。要知道，俊彦那年才十三岁啊！我实在没法，路过东单，给他买了半斤蛋糕，他还舍不得吃掉，剩两块给弟弟。到后来我连走都走不动了，别说推了（我听说，到路局，单程可能有三十多里吧），我们俩到家快五点多了。再说，徐荣兆在家，他的准备工作差不多了，估计我们也该回来了，就到马路上来望，看看还没有，一会再来看看，还是没有！又怕我们路上出事，他知道我俩从未蹬三轮拉过东西，还出这么远的门（其实我们娘俩还真是第一次蹬车上马路），他是担心加心疼！焦急如焚。后来终于看见我们了，赶紧前来接我们，大家也就放心了。他接到材料后，马上盖上屋顶，围成墙，一套两间屋子盖好了，里面隔墙是“火墙”，他告诉我，这是从北方农村学来的。这一下，冬天也可住了。这间地震棚一盖好，他在我们那里“威名”大震，说他“神”了，一天盖一间屋，还那么有模有样，很多人夸他能干、手巧！这间地震棚盖好，我们都可以放心了，我们一家六口人都能住下，还可以做饭取暖（我们有炉子——以前在羊坊店住的时候用的），在这个地震棚里我们住了好长时间。

后来，随着日子一天天过去，余震也少了，慢慢地没有那么紧张了，工厂、机关恢复了工作，荣兆又到天津上班去了。星期日回家他还是忙个不停，做了许多“土结”，即土块，晒干，当砖用。他的准备工作完成后，又在马路边盖了第四个地震棚，这次墙体是用的“土结”，屋顶是原来的竹竿、油毡等，一套两居室，有窗，有门，很漂亮，我给它取名为“春来茶馆”，多少人为它赞叹不已！我们又在里面住了一段时间，后来，余震也没有了，我们的“春来茶馆”也就拆了，但是几根竹竿我放在凉台上晒衣服用了很多年，“春来茶馆”的模样也一直留在我们的脑海中……徐荣兆是一个责任心很强的男人，无论多大困难，他敢于担当，也能吃苦，不惜力气。只要有他在，我妈说，她就放心，我也是。

突然有一天，他在天津，煤气中毒。

唐山地震，徐荣兆他们在天津的办公楼墙体已经裂了大缝，其实那天他也是很危险的，他住四楼，震得特别厉害！墙与墙连接处已脱开，幸亏没有倒塌，否则后果不堪设想。楼上再也不能住了，从此都住地震棚里，尽管没有了余震，也还都住在里面。冬天，里面生了煤球炉取暖。有一天夜里，荣兆画图到很晚，又喝了好多水。也不知睡了多长时间，突然醒来要撒尿，他是睡在最里面，尿桶在最外面的门口，他走到门口，撒了一半，“嘭！”的一声就倒在地上，什么也不知道了。此时，一屋十多个人，都惊醒了，靠门口的人起来想把荣兆扶到床上去，但拉不动，其他人已经起不来了！大家心里都明白：煤气中毒了，但都不能动弹，已经起来的那个人开门冲出去敲另一屋的门。急剧的敲门声，惊醒了一屋子人（都是同事），半夜敲门，一定出事了，赶忙起来开门，敲门的人已晕倒在门口了。这一屋也有十几个人，他们到了那一屋，一面打电话叫救护车，一面把荣兆他们抬出室外，放在地上。不知过了多久，荣兆醒来喊：“冻死了！”可不，这是大冬天深夜的地上，零下十几度啊！虽然下面也垫了被子，那也吃不消啊！后来都被救护车拉到医院，总算无一伤亡。那天，星期日没有回家，他单位的同志来电话对我说，他加班不回来了，因为他们加班是经常的事，所以我也没什么不放心的，谁知出了这么大事，想起来，真是后怕！后来他们都说是徐荣兆的一泡尿救了一屋子人。

艰苦奋斗

我们这一辈子真的很“苦”！要房，没有！我们一家六口人住一间，一住就是二十年！要钱，也没有！1960 年我分配到研究院，后又调到国棉三厂，工作了十八年才第一次涨工资；荣兆工作二十多年中，工资没动过，也是到 1978 年以后才开始涨的。孩子一天天长大，我们的负担在加重，从 1978 年第一次涨工资开始，每次涨工资，我都有份，甚至有两年都只有 40％的名额下，也都有我，到我 1988 年退休，我的工资才 125 元。荣兆的工资开始比我高，后来差不多。说实在的，我和荣兆两人的工资也只能维持一家人的温饱。许多东西我们没有钱买，只要能自己做的，差不多都是自己做了。要时间，也没有！一星期休息一天，我还要加班，厂里值班，逢到节日，党员还要义务劳动！我要能休息一天，这一天我有多忙啊！

有一年，上海方业上同学出差北京来看望我，他很遗憾地对我说："我真没有想到，你会这么'惨'，家里连顶大橱都没有！"（我能理解他的意思：像我这样的人，在结婚时就该有。）此时，我只能对他苦笑笑！后来荣兆对我说，我们买不起大橱，那我们自己做吧！怎么做啊？那时连块木板都买不到的。后来我们想到把一张双层床拆掉（双层床，是我当年向研究院借的，后来处理给我们了），估计够做一顶大橱了，那就自己做吧！可怜荣兆不会木工活，有了工具，也不会使用。但他这个人向来胆大，敢干，没有什么事能难倒他的。木工，毕竟是技术活，光有干劲还是不行。记得买来了锯条也不会使用，"咕吱""咕吱"……锯了半天，满身大汗（他干活，从来不惜力气），才锯开一点点。后来才知道：新锯买来要先"开锯"，要把锯条上的齿一个个左右扳过，还要用锉刀将一个个齿锉过。唉！他哪知道啊，白费他那么多力气！后来，我请来了我同事的爱人——他是木工，但他是在工厂里专做门的，也没有做过大橱，但他总是木工啊！在他的帮助下，总算做成了。但"门"荣兆怎么也刨不平，后来我们用了木纹纸贴面，上漆后，还蛮好，蛮漂亮！这是一顶三开门的大橱，中间是一面大镜子，两边两扇门。那面镜子，我忘了兆是从哪里买来的，只听说，这面镜子原来是留给大使馆的，后来不知什么原因不要了，所以质量很好，兆很满意。大橱后边，没有木板了，兆有的是废图纸，只能用纸糊了。唉！不管怎么，总是大橱吧！衣服和被子有地方放了。兆为了做这顶大橱，没少动脑筋，也没少花力气。尤其是顶部，像一个人戴什么帽子，也是会影响他外观形象的，兆像制作工艺品一样，做了多次的改进，因为这已经不妨碍我使用了，我就随便他改了。不过他改一次，我要给它油漆三遍（我负责油漆）。这顶大橱，不知道的人都以为是买来的。有了这次经验，以后他做沙发、沙发拉床自然不成问题了。

我们吃的也很苦。粮食是没有办法选择的，供应什么吃什么。鱼、肉都是按人口供应的，是有限的。有一天，我们办公室里，大家在聊“吃”的问题，我说：“我们一天两个鸡蛋炒白菜或炒菠菜，这是我们一天的荤菜，我上有老，下有小，我该吃什么？我自己知道。”我说完后，一片沉默。我不知每个人的心里在想些什么。在吃的方面我的荣兆从来不说什么，我妈烧什么，他就吃什么，有的时候吃饭会恶心，他也不说什么。他说：“我们就这点钱。”

我们的孩子从来不买零食，也不给零花钱，没有那个习惯。我记得我们小儿子俊国大概二三年级吧，我给他 10 元钱交学杂费，回来我向他要找回的 5 元钱，他把鞋子一脱，从鞋底里拿出 5 元钱给我，他是怕钱被大孩子抢走，才藏在鞋底里的。他小小年纪就知道这 5 元钱对家里也很重要。有时，荣兆也能买点水果回来，一般是买一斤苹果，或是一人一根香蕉。那时是国光苹果，个小，一斤有五六个，往往是三个孩子一人一个，姥姥一个，我们两人一人半个；有一年，我郑州舅母给我寄来八斤红枣，山西朋友也送我五斤红枣，都放在床底下。等有一天我去拿红枣时，发现两只口袋都是空的了。我们叫来两个大孩子询问，两个孩子心里有点紧张，一个说，我就吃了一个，另一个说，我就吃了几个。我和荣兆听了笑笑！后来荣兆对我说：“两个孩子正是长身体的时候，也许每天吃几个枣也能给他们提供一点营养，是好事！”我说：“对！”他对我更多的是鼓励和帮助。记得我们刚成家不久，我想着做衣服是件大事，一家人，缝缝补补是必须的。我们省吃俭用买了一台缝纫机。那时，我们两人都不会用，不过没几天，我们都学会了。我们的家庭还刚成立不久，我还不会做衣服，那时我女儿大概只有三岁吧！我给她做“大菜衣”（就是小孩穿在外面的罩衣），我不会开领子，荣兆说：“这好办！”他就拿了一只小碗往领子那里一扣，剪去碗的大小，不就行了吗？虽然以后我知道有一定的裁剪方法，但我当时不会，也就按照他的建议解决了我的难题。有一次，我给我女儿做棉猴，我怕孩子冻着，棉花絮得特厚，机器踏的时候，送布牙已经推不动了，此时我在踏，荣兆就在前面拉……这样两人共同完成了一件棉猴。以后我买来了裁剪书本，自己学了裁剪，我的姐夫和同学牟灿兴又从上海买来了各种衣服、裤子的裁剪图片，这就省了我很多裁剪的时间。从此我们家大人、小孩的各种衣服都是我自己做的，甚至荣兆的皮大衣都是自己做的。一直到我退休，孩子也长大了，经济条件也好转了，就不用我做了。还有理发，我到研究院工作不久，发现我室几个女同志中午休息时在给男同事理发，我很感兴趣，走过去想学，但又不敢在别人头上下手……因为我一点点也不会啊！回家和荣兆说了，有一天他出差到东北（好像是“文化大革命”时期），他用 5 元钱奖金买了一把“推子”，从此他的头发一直是我理的，从买了“推子”开始，一直到他去世，50 年哪！他几乎一直是在家理的。两个男孩小时候也都是我理的。在我刚开始把他当试验品的时候，没少夹他的头发，没有他的鼓励和包容，我哪敢啊！后来我叫他到理发店去，他不肯，说理发店要排队，还没你理得好，还不自由，在家理发已成习惯了。

我们的经济条件，也就大概在 1984 年以后才稍稍有所改善，但是要买一些稍为高档点的产品（如自行车、黑白电视机等），自己拼拼凑凑有一半钱，再向人家借一半钱，买来后再慢慢地还人家；因为买这些东西，那票也是好不容易弄到的，等我们自己能积那么多钱，那票早就过期了。

我们在北京二十年了，老少三代六口人，一直住一间房。那时研究院封阳台，看我们可怜，我虽不是研究院的人了，但还是帮我们封了。阳台上可以放一张小床，再加一块铺板，就算成一张大床吧，我和荣兆两人，从此就睡在阳台上了。但是，冬天的阳台还是比较冷的，特别是靠外墙的一边，因为地方不宽，我们人是紧挨着墙的，我在靠外墙的一边尽管加垫了一些棉的，那还是比较冷，为了不落下毛病，我们两人里外换着睡。

我们所处的年代，物质条件不富裕，因为我们的国家穷，需要我们艰苦奋斗，我们无怨无悔。直到 1981 年我才分到一套两居室，从此算解决了居住问题，那年荣兆已经五十岁了，儿女都已长大，我们总算熬出了头。老天啊，祝福我们吧！祝福我们：

好花常开，恩爱常在。

默默相守，苦尽甘来。

我们的生命在延续

他给我讲过两个动物关心爱护它们后代的故事。

大熊猫怎样关心小熊猫：有一天他去动物园玩，看见一只淘气的小熊猫在它的妈妈身上玩耍，大熊猫的两只“手”总是在不停地保护着它的小宝宝，当小宝宝向上爬时，它用身体托着它；当小宝宝爬呀爬，熊猫妈妈坐在那里够不着了，它就站起来托着小宝宝；当小熊猫越爬越高，熊猫妈妈就用自己的脑袋顶着它；当小熊猫还在向上爬时，熊猫妈妈竟用自己的鼻子顶着小宝宝。

鸟岛的故事：鸟岛位于山东长岛之中，远看笔直的巨石耸立在大海之中，崖壁陡峭，岩石经过长年的风化和海水的侵蚀，形成了像刀劈似的断崖；近看又能看到崖壁此凸彼凹，又有许多石窟、石洞，上万只海鸟就栖息安身于此。这些巨石就是鸟的“楼房”，它们在此安家落户、繁衍生息。再走近它，能看到石洞里有鸟蛋，母鸟可能已外出觅食，那公鸟站在洞外守候，以防别的鸟或动物来偷袭，那公鸟十分辛苦，那陡峭的崖壁没有它们站立之处，“我很担心它们一不小心会掉入大海。”荣兆说。

动物竟能如此细心地照顾它们的下一代，何况我们人类呐！

荣兆对我们的孩子都是很关心的。小儿子俊国有一次得了重感冒，孩子才几个月大，鼻子不通，呼吸困难，给他喂奶，吸了几口就放下了。那天夜里，我们两人看着他发愁。突然他弯下身去，用嘴帮他疏通。他平时也是一个很爱面子的人，为了孩子他可以屈尊自己，我在一旁看着，我这个当妈妈的自愧不如。

在孩子成长过程中，我们做父母的，是不能不关心的。现在城市里的孩子，基本上是由大人看护着他们长大的；但是我们的孩子，他们小时候好像是“散养”在外面的，姥姥在家根本看不过来的，而我们又忙于工作。淘气是孩子的天性，他们除上学以外，都是一群群地在外面玩，就是常在一起的，也会有今天两人好，明天又不好了。又何况他们到处跑，会接触到各种各样的人，所以大人要不管，那他们遇到的危险太多了。首先要教育自己的孩子，不能打人，不能欺侮人家，要团结、要友爱。但是他们自己也是在不断地犯错误又不断地改正错误中成长的。他们在外面会遇到各种各样的人，大孩子欺侮小孩子是常有的事，遇到这种情况，是他熟悉的地方，他会去找那孩子及那孩子的家长；是我熟悉的地方，我会去找他们家长。我们不能袒护自己的孩子，但也不能孩子受到欺侮而不管。不管他家长是谁，“官”有多大，只要有理，问题总能解决。我们孩子也遇到过，他说：“你再告我就打死你！”找了他家长，孩子遭到更重的毒打，我跟孩子说：“你一定要告诉我，否则你被打死了，我还不知道找谁。”我再次去找了家长，才算解决了问题。我们自己孩子也有犯错的时候，我们除教育自己的孩子以外，还登门向人家道歉！有一次我们的孩子和对门的孩子打起来了，互用石头子扔向对方，我们孩子脑袋破了，但伤口不大；但是对方孩子，眼睛被打着了，第二天肿得像核桃，我看着都心痛。我除了向人家道歉以外，还帮受伤孩子看病，我一次次领着他看病，直到痊愈。同时也告诉他，打架的危害性，我说：“其实脑

1990 年妮妮 1 岁 9 个月

袋也很重要的，你要把他打成傻子了，怎么办？以后可不能打架了。”我们的孩子看着我一次次领着他去看病，心里也感到不安，我告诉他，还好，看几次可以治好，如你把他打瞎了，那可怎么办？真是越想越害怕。他知道自己闯了大祸，已经后悔不已。这两个孩子从此以后再也没有和人打过架。孩子在一天天长大，他们懂事了，有自卫能力了，自然就不用操心了。

外甥女妮妮出生了，给我们带来了无穷的欢乐。

我退休后被山东诸城一乡镇企业聘请去指导工作。我和荣兆又开始了通信，可惜信没有留下，只留下了几首诗。

思　念

夕阳虽好近黄昏，秋景色美冬将临，
年迈图得天伦乐，却是伴侣两地分。

红墙黄瓦似玉宫，玉树翠花珊瑚红，
龙腾凤翔欢乐舞，梦醒却是一场空。

徐　强（徐强是徐荣兆的曾用名）诗

1988 年 2 月于北京

合家乐

除夕之夜欢无尽，儿女满堂乐更深，
桂花美酒菜满桌，合家团聚迎新春。

西山脚下泉水声，高歌声声春风随，
引来千鸟满怀开，大地苏醒万物生。

徐　强

1988 年春节

相思恨

聚会未已离相继，要留有感别为宜，
只是夜来思不住，愿化杜鹃随妻栖。

无奈夜长声不断，笛声和月到窗帘，
触景生情更添愁，此情只有知音怜。

徐　强

1988 年 3 月于北京

无　题

微风柔媚桃花红，杨柳轻摇笑从容，榭台旧景依犹在，人面却在夜梦中。

丛林深处影形重，假山背后话更浓，碧水湖面游船过，情投道合志相同。

道路崎岖雾迷蒙，缥缈遥闻玉箫声，断桥修复倩人在，奇光璀璨南柯梦。

四十年前喜相逢，嫩绿年华攀高峰，谁知世事不易处，无门无靠行不通。①

荣　兆

1989 年春于北京

他这一辈子担任线路设计三十多年，担任总体设计负责人十多年，担任过许多大工程的总体设计负责人，并很多次以路局“总工”的身份参加各种会议，凭他的业务能力，“高工”应该没有问题，而且下面已经通过。但在审批中有一总工没同意，因此在第一批中，没有他。作为一个技术人员，遇到这种事，心里的痛苦和压力是可想而知的。不久他就要求退休。关于这件事他和我详细地谈过，估计是天津西站设计方案讨论时，他以北京铁路局总工身份参加讨论，对设计方案提了六点建议。他的发言引起了当时中央首长李瑞环同志的注意（当时他兼任天津市市长），会议休息时，市长走到他身边，和他亲切地交谈了二十分钟。会议结束回局后，他本来应该马上向总工汇报，但是有位处长写了简报，发给各级领导。兆想大家都知道了，也就忙别的事了，遗忘了汇报，没想到会引起某些人的不满。后来，我知道有一位叫蒋某某的总工向他道歉：“当时没坚持，很对不起！”但是道歉有什么用？这已成为他的终身遗憾！后来我又问过他，你的六点建议被采纳了吗？徐答：“全部采用了。”我说：“行了，我们只要对得起国家就可安心了，个人得失算不了什么。”

我退休后，女儿带着刚出生一个多月的妮妮住在娘家，孩子常常晚上啼哭，荣兆就抱她过来，放在身边，她一哭，他就说：“哭什么！外公

① 这里可能是指他的“高工”未批。

在你身边呐！”半夜后，让女儿抱走，因为他第二天还要上班。几天后，当她听到“哭什么！外公在你身边呐！”，她真的不哭了，小眼睛盯着外公，听他讲话了。慢慢地，她会笑了，后来她会“咿呀”“咿呀”地跟你说话了。外公常常抱着她，所以她和外公很亲。

1990 年 7 月，荣兆也退休了，我还在山东诸城，他抱着妮妮乘坐人家送货的小车来到我那里。那时我住厂里的集体宿舍——那宿舍是一排平房，我一个人住一大间。他们来了，两张小床一拼就是一张大床。妮妮那时还不到两岁，竟然可以跟着外公，离开妈妈，真是不简单。她的到来，轰动了厂里许多人，那时她会背八首诗，唱两支歌，还说这个小孩长得那么白！想不到我们妮妮成了当时的小“明星”了。许多人都来看她，中间有些年轻妈妈，她们自己也有和妮妮差不多大的孩子，我问其中的一位：“你的孩子怎么样啊？”她笑着说：“我的孩子只会哭！”

她跟着外公住在那里很好，上午外公抱着她到镇上去买菜。回来的时候没法抱她了，只能让她站着别动，他拿着菜往前走一段，放在那里，回来抱妮妮往前走，再把妮妮放下，再回来拿菜……就这样来来回回走到家。他一般都会买一斤排骨和不到一斤的河虾，还有芸豆。那里的纯排只要五元钱一斤，那时当地人不要排骨，说肥肉才三元多，排骨没有油还要五元，不合算，很少有人买；虾，买的人更少了，可能也要四元一斤吧！据说，那里有个水库，每次捞，也不到一斤，而且每次就那一个人卖虾（他也不是天天有虾卖），后来他们互相认识了，虾，基本上我们包圆了。那里的芸豆，样子不怎么好看，但很好吃！他把菜买回后，妮妮玩虾（个个活的大河虾），荣兆做好准备，我回去烧就是了——用的罐煤气。妮妮还不会自己吃饭，要喂她。荣兆喂饭才有意思呐！他拿了一把不锈钢的大勺，盛了一平勺米饭，上面有一块排骨肉，肉上面有一只剥好的大虾，堆得高高的，他说：“你吃不吃？你吃不吃？不吃给外婆吃了！”妮妮张大嘴，他就趁势往里一塞，我说：“你少一点，都要撞到喉咙口了！”他不听我的，等妮妮嘴里吃完，他第二勺已经准备好了，又是这样，跟“填鸭”一样。三个月后，我们一起回北京时，小脸蛋变得红彤彤，圆鼓鼓的了。中午饭后，我上班去了，他们午睡起来，一般就出去玩。妮妮拉着她的小车（木质玩具车），一前一后出发了，外公在前面，后面跟着妮妮，两个人走路的姿势都有点像，挺拔，有点雄赳赳、气昂昂的姿态，向河边出发——离我们家不远处有条大路，路那边有一条大河，河边有一排排大树。他选了一棵树，先把妮妮抱上树杈坐好，然后自己上去坐好，再把妮妮抱在身上。两个人像猴子一样，坐在树上，看着田野，看着河流，看着这纯真的大自然……优哉游哉！树叶挡住了骄阳，阵阵凉风吹过，好舒服。荣兆又仿佛回到了他的童年时光，几十年来可能是他最放松的时光了！到我快下班了，他们才回来。他们常常这样。人们都忙着工作，没有人看见他们。有一天，他告诉我，妮妮拉的小车坏了（底板掉了），他们拉着小车只顾向前走，什么时候掉的也不知道，放在里面的钱（硬币）也都掉光了，回过头来找，一个也没找到。真好笑！

有一天那里下了冰雹，把快要成熟的苹果砸坏了，果农只能摘下来处理，十五元钱一筐，又甜又脆，还那么鲜灵。我也买了一筐。这苹果那么好吃，但不能放时间长，更不能贮存，只能尽快吃掉（要烂的）。我们三人，荣兆拿把小刀削皮和挖掉雹子砸过的小坑，我们两人围着他，吭哧吭哧地吃，荣兆总是给我一大块，给她也一大块，那些零碎的小块的，都归他自己了。

我们二人真有趣，我吃完一大块，她的一大块也没了，好家伙，一块又一块，她能和我吃一样多。我们三人一吃苹果，桌上的苹果皮就一大堆，喔哟！这一筐苹果，后来我送掉半筐，那半筐我们足足吃了六七天呐！

妮妮在诸城还学会了颜色的辨认。我有一块盖在箱子上的布，是白底上有不同颜色的小圆球，正好作教材，她也很快学会了。妮妮是在诸城过的两岁生日，在“十一”期间，我们从诸城出发，乘车到烟台、蓬莱、长岛去玩了。这可能是我们俩第一次外出旅游。我们在蓬莱玩的时候，妮妮是一个人从底下走上蓬莱仙阁的。我和荣兆真是高兴，她不要我们抱，她还用小手去碰碰比她大的孩子，那孩子可厉害，马上喊：“妈！她打我！”她妈也可厉害，“谁呀！”回头一看我们妮妮那么小的孩子，她愣了一下，我们笑着说，她才两岁！她想和你玩……我们在蓬莱海洋招待所认识了北京丰台电话局的一批青年，他们是集体旅游，可能是一个班或一个组，有七八个人吧！都是好样的，我们一同去了长岛，他们经常来抱妮妮，特别是遇到有上上下下的地方或要走路多的地方，就看见他们有两人一咕噜，一个人立即走过来，接过荣兆手里的妮妮，使我们心里热乎乎的，真的很感谢他们。在长岛月亮湾的海边，我们看到那被海水冲刷得那么光滑的各种石头子，高兴得不得了，每个人都弯着腰在挑选自己认为是最好的带回家，我们妮妮到那里，一屁股坐下，她头也不抬忙着拣石子，她的两只小手抓满后，又放下了，然后，她就开始抓一个向海里扔一个……她还不知道要带些回家，不过，外公外婆已给她带回几个了！

她很勇敢，能爬很高，那时候的她还不知道什么叫“害怕”，这可能是她的外公培养出来的。我们生活区有个足球场，球场上有一张裁判员坐的高高的凳子，平时就靠在大树旁，她外公经常把她抱上凳子，让她往树上爬，那些在球场锻炼的老头老太们看到了很惊讶，喂！危险！荣兆说，没事，我在保护着她呐！妮妮有个特点，手劲大，只要她一只手抓住，她就能支撑自己的重量。荣兆对孩子更多的是鼓励，从不吓唬，但也告诉她，一定要外公在，才可以啊！所以只有一岁半的她，在红领巾公园滑滑梯，很高，是大孩子玩的，她也一次次爬上去，滑下来。有一个小青年，可能他出于好奇：那么小的孩子，会走路也没多久，竟然能爬这么高？所以一直来来回回跟着妮妮，也许觉得这孩子太可爱了！当然我和他外公一直在保护着她。妮妮在三岁多就会蹬我的三轮车。有时我和他外公骑三轮车去幼儿园接她，回来时她让我坐着，她蹬车。她的脚够不着，是等着踏脚上来，她用力一踩，再等着踏脚上来。开始，她外公在旁边保护着她，后来，不用外公了，外公也跟不上她了。我们楼里的人看到了她骑车带我，大家都笑了！

妮妮，真可以说是外公捧在手心里长大的。每天接送幼儿园，陪妮妮玩，在红领巾公园的河边上，把报纸往地上一铺，两个人坐在那里拔点草喂鱼；坐在外公的自行车的车把上去河边捞鱼虫；妮妮还不会数数的时候，“加油”就是让她数数，一说，妮妮给外公加油，她就喊“1、2、3……10”，妮妮加油！她又“1……10”，越说越快！她以为“加油”就是“1……10”，焉知外公用心之良苦；他们冬天一起堆雪人、做滑冰小车，元宵节做兔子灯笼……让她拉着在球场上玩；春天在球场上一起玩球——所以妮妮拍球好着呐，一岁多的小人能拍几十个（篮球，大人看着都很惊讶！），和外公一起放风筝……晚上跟外公睡觉，睡前一定要外公讲故事。有的故事听过几十遍了，还要讲。睡觉还要挨着外公，外公等她睡着了，偷偷地离开了她，她一觉醒来，又钻到外公背后睡了；红领巾公园有棵歪脖子树，它的树根还在河边的泥土里，但树已倒下，（还活着）平躺在地面，树干伸进河面上空，妮妮多次要想走进伸向河里的那一头，但有点害怕。有一天我们又在那里玩耍，她说："外公，我要上去！"外公看了看树说："好吧！但你不能离开我的手。"他估计她走到头，他还能拉着她。就这样终于满足了她的好奇心。她常说："我和外公是'铁哥们'"！妮妮长大后，外公还是很关心她，更多的还是鼓励！

我们的大孙子（大儿子俊彦的儿子）——牛牛（因为孩子属牛，所以小名叫牛牛。），出生于 1997 年 5 月 2 日。在孩子出生之前，荣兆就把烟戒了。说起戒烟，几十年来，不知戒了多少次，都没有戒掉。妮妮小时候，一手抱妮妮，一手拿着烟，不小心就烫着妮妮了，所以这次他下决心，在孩子出生之前，把烟戒掉，这次总算彻底地与烟诀别了。那时我俩身体还算好，而且在家也没什么事，孩子正可以由我们来带。在我儿媳未上班前，我们俩天天骑车过来。我骑的是三轮车，他骑自行车，他总是在我的外侧保护着我。我们来到他们住的地方，买菜做饭，照看孩子，一直到儿媳产假期满上班，我们把牛牛接到我们那里住，完全由我俩喂养。牛牛从小吃奶粉和牛奶长大。牛牛过来后，我管孩子的吃奶、穿衣、尿布等；他管孩子的睡觉，因为我有神经衰弱的毛病，我要有什么心事，就睡不着，所以小床放在他睡的一边。吃完奶睡觉了，我给孩子脱衣服，换好尿布……一切都弄好了，我就不管了。他就把小床摇啊摇，直到睡着。半夜，我起来喂一次奶粉。白天，很多时间是他抱着的，因为我还要买菜做饭洗衣等一大堆杂事。孩子长得很好，很可爱。儿子、儿媳星期天来看孩子。儿媳看见爷爷抱着，她拍拍手对牛牛说："爷爷辛苦了，妈妈抱抱！"牛牛先是对她看看，接着转过身去，小脑袋搁在爷爷的肩膀上，不看他妈妈了，好有意思！真是一分劳动一分收获。

到第二年春天，我们几乎天天在红领巾公园。牛牛坐在座车里，座车放在三轮车里，还有一大堆牛牛喝的用的，都放车里，我蹬三轮，他骑自行车一同来到公园。公园地方大、空气好，离家也不远。我们牛牛学走路就是在红领巾公园。

牛牛三岁了，我们带着他到上海、杭州、普陀山去玩了。我们是先到常州，带牛牛到太姥姥、太姥爷（我的父母）坟上扫墓。然后从常州到上海，我们在我姐姐家里住了一段时间，又到吴淞看望了荣兆的哥嫂，领牛牛到太爷爷、太奶奶坟上扫墓，并参加了荣兆的大侄女的第二个女儿的婚礼。然后从上海乘轮船到普陀山。普陀山是佛教圣地。我和荣兆都不是虔诚的佛教信徒，我们都是读书人，都相信科学，但对世界上那么多人崇敬的观世音菩萨也很敬仰，所以这次领了孙子来重游圣地。牛牛毕竟只有三岁，这么小的孩子到这里来玩，好像不多，所以一路受到大家的关照。我的荣兆特别辛苦，几乎一直抱着。我们上山是乘缆车而

1996 年白鸥、荣兆在龙井

上。但从惠济寺下来，就是荣兆一直抱着了。每到一个寺，看到菩萨，我们牛牛和大人一样都会跪拜，而且看见个募捐箱子，都会到爷爷那里去取钱，然后塞进募捐箱里——这好像是他的任务，他不会落掉一个箱子。我们从惠济寺到法雨寺再到普济寺，到每一寺都是这样。我们在普陀山看到郭沫若先生有副上联：“佛顶山顶佛”。征求下联，我回的下联是：“天下水下天”。横批：“海天佛国”或“山山水水”。我的学识短浅，不知可否？算个游戏吧！我们是 2000 年 5 月 21 日出发到普陀山，24 日晚乘轮船返回上海，又从上海到杭州。我们在杭州大概住了两个多月。

杭州，我表弟汪国铭家在那里，他们正好有房子暂时可供我们居住，真是机会难得，国铭给我们准备好水、电、气一切生活必须。我们就住在那里，按照游览图游览。每天早晨起来，荣兆收拾家里，我去菜市场

2019 年春节汪家四兄弟摄于河南疗养院。左起：老四汪跃民、老大汪国铭、老二汪安民、老三汪福明

买菜（他们楼下不远处正好就有一个大菜市场），同时买回早点。买回之后我和荣兆就洗、烧……等饭菜做好，我们就带着刚做好的饭菜出发了，我们玩呀玩，遇到一个幽静的好地方，我们就坐下来打开我们带来的饭菜，一面欣赏着美丽的风景，一面品尝我们带来的还是热的饭菜。杭州市场供应那么丰富，新鲜的排骨、鲜活的河虾，荣兆特别爱吃；竹笋、蚕豆、茭白……我们都喜欢，天天换着花样吃，既经济，又实惠。大家看了都很羡慕。饭后休息一会，我们继续游玩。我们欣赏着大自然的美景，欣赏着能工巧匠的手艺，欣赏着大自然的鬼斧神工造就的大好河山……暑假到了，妮妮那时正好读小学五年级，我们在杭州玩的条件那么好，正是机会难得，赶紧让她放了暑假也来杭州。妮妮来后，我们是妮妮的向导了，又玩了一遍杭州的主要景点。

【按语】国铭弟原和我舅父在河南新乡化纤厂工作，他聪明好学，虽然不是高校毕业，但他在化纤厂担任重任，他是中央化验室组长；我的弟妹潘秀惠是华纺化纤系毕业的——和我同校并且是同一届，但我们当时并不认识。他们同在一起工作，为化纤的生产、应用和发展作出了贡献！后来他们调至浙江平湖，又为当地的经济发展献出了力量！国铭弟是嘉兴市人大代表，而弟妹是嘉兴市的政协委员，可见他俩的业绩并非一般。后来他们又调到杭州分别在工厂中担任厂长和总工；五个弟弟妹妹都留在郑州，三个上山下乡、两个参军，他们都在社会大熔炉中得到锻炼。后来下乡的三个又上了学，由于他们聪明好学、勤奋工作，都得到了社会的好评。三表弟福明是教授、大表妹雪芳是副教授、小表妹筱芳是大医院的护士长、二表弟安民是工厂的车间主任、小表弟跃民是工厂里的技师。他们都为社会主义建设事业作出了贡献！

七月的杭州，天气真热，我们住的地方没有空调，晚上席子一摊，我们都睡在地上，还有蚊子，我们在三个屋都点上蚊香。

每天早上，我还是要一早去买菜，回来做饭，妮妮负责买早点，杭州的早点，花样也很多，两个小的，经常是牛奶、粽子，我们也是换着花样吃。荣兆还是负责收拾三间屋子，做好出去前的准备；我们牛牛起来负责倒三间屋子的蚊香灰，当他倒完后，他说："喔唷！我的任务总算完了！"多好笑啊！我们出去仍是带着水、饭菜、水果……还有相机。我们现在出去游玩，多了一个任务，就是到一个旅游景点，不但要向她介绍，还要帮她把景点介绍抄下来，以便她回去写日记、写作文时的参考。孩子正是长知识的时候，这正是帮她增长知识的好材料。小妮妮果然不负我们的初衷：她回校后写了一篇《虎跑游记》，被选进中学生作文选。

有一天，我们带着妮妮、牛牛来到钱塘江大桥游玩。钱塘江，江面辽阔，波浪滔滔，我们伟大的人民，巧夺天工，像在江面上飞驾着一道彩虹——这气势雄伟的钱塘江大桥。回忆四年前我和荣兆特地来钱塘江观潮，每年中秋节前后，钱塘江出现奇观，据说是受月亮引力影响。在一定的时候，潮水来时，只见远处一条白线向我们滚滚而来，慢慢地浪变高了，变大了，快到我面前时，像有排山倒海之势，雷霆万钧之力向我们袭来，我不由自主地后退几步……喔！潮水从我们面前过去了，脸上和身上溅到了许多浪花，心里还是激动不已。这次我们不能在此等候了，有点遗憾！

钱塘江北岸山坡郁郁葱葱，山上有镇妖的六和塔，从前我和荣兆都上去过了，因此只给妮妮买了一张票，让她带了牛牛上去玩，我和荣兆坐在塔下等候。他们每上一层，到窗口给我们挥挥手，表示他俩平安到

2000年妮妮、荣兆、牛牛在杭州西湖的湖心亭

达，我俩抬头注视着窗口，也向他们挥挥手，表示看见了。他们越爬越高，他们伸出的小手越来越小……终于他们已到达最高的一层，下来也是如此，每下一层伸出小手向我们挥挥手。最后下来了，我们高兴地祝贺他们！此时，我看到妮妮脸红彤彤的，背上的衣服全湿了，我问她："妮妮，上面那么热吗？"她说："不是的，塔上的楼梯台阶都很高，牛牛人太小，跨不上去，扶他上，太慢，下面有好多人等着哩！我没有办法，只能背着他上下。"喔唷，这小姐姐了不起！那年她才十二岁！

我们这次在杭州玩了两个多月，真叫过瘾。但是荣兆很辛苦，因为牛牛太小，还要经常地抱着他。尤其是天天回来的时候，我们都是又累、又热、又困，由于我们住得较远，在公交车上要一个多小时，牛牛天天睡在爷爷的两只手臂上，所以荣兆的两只手臂上长满了痱子。

还有一天，我们上玉皇（玉龙皇）山去玩，上去时，我们乘小车上的。下山的时候，由于我们走错了道，我们走的那条道，坡度大，台阶高，台阶上很脏，还常有鸟吃剩的半条大青肉虫，有男同志的手指那么粗长，鸟都只吃一半，一半留在台阶上。开始我们有点恶心，后来见多了，也就不怪了（看来这条路多少年都没人走过了）。牛牛骑在荣兆脖子上，荣兆小心翼翼地一步步下来，台阶震得"噔！噔"直响，我在下面台阶挡着他——我怕他冲下来，他到底是快七十岁的人了啊！我们也曾想过再回到山顶去找路，可是爬不动了，只有硬着头皮往下走。估计过半山腰了，看见一条较为平坦的支路，我们就走支路，忽然看见一草屋，我和妮妮走进去看看，好像是工人休息的地方，里面有脸盆，盆里有点水。一会有个人进来了，我们就把我们下山走错道一说，我们身上满身是汗，能否给点水让我们洗个脸。他说，可以，可以！他领我们去取水，然后他走开了。啊！那个山洞一点点大，但那里好像开空调似的，那么凉快，泉水那么清凉，我和妮妮在工棚里洗洗脸，又擦了擦身，荣兆没有擦身。为了赶路，我们给了那个人随身带的两个桃子表示谢意就走了。当我们走到山下，那里有一排房子，正好走出一个人来，我们问他我们要乘 ×× 路车怎么走，他听了“愣”了一下，说，你们为什么要乘那个车，那车在山的那一边，现在我们在山的这一边，这里也有车站，你们可以乘 ×× 车到 ×× 地方。呀！他帮了我们大忙了，我们按照他的指引刚坐到车里，就是狂风暴雨，否则我们到哪里去躲过这一场雨？！荣兆开玩笑地说，他是观音菩萨派来帮我们的，真要谢谢你了——同志。那天我们实在是太累了，坐在车上都睡着了，只有荣兆，他手里还抱着牛牛，只是打了一个盹。回家第二天，荣兆上半身起了许多红疹，可能是下山遇上的瘴气。我们在山上就擦了身，而他没有，并且他肩上还扛着牛牛，他最辛苦了！他身上的红疹回北京两个多月才消失。

牛牛从杭州回来后，就上幼儿园了，天天由爷爷接送，我很少去接他。有一天我和荣兆一起去接他，可把他高兴的，告诉这个阿姨，又告诉那个阿姨：“我爷爷、奶奶一起来接我了！”睡觉也大都是跟爷爷睡的，每天睡觉都要讲故事，爷爷总是不厌其烦地讲啊讲……要说妮妮是外公捧在手心里长大的，那么牛牛更是爷爷捧在手心里长大的了，因为妮妮小时候，她的妈妈为她歇了三年（停薪留职），而牛牛在上学之前几乎一直是由我们带的，上学后我们才慢慢地不管了。带大一个孩子，真是不容易啊！我们的小孙子（小儿子徐俊国的儿子）——小宸宸是在 2010 年 5 月 4 日出生的。我们心里很高兴，但是我们都已老了，心有余而力不足了。荣兆多次和我念叨过：对不起我们的小宸宸了……

到我们这个年龄，孩子们都已中年了，他们都有独立的小家庭，生活还是温馨、幸福的！大家各自忙着自己的工作和生活。而我们俩呢？

他对生活还是充满着乐趣和希望的。他在北京家里写过“年华老去，笑声依旧”八个大字，端正而美丽张贴在墙上。年轻时我觉得他有点冷面滑稽，年老了，好像仍然习性未改，仍然向往着欢乐的生活。他在上海的屋子客厅里，张贴着“一个人最美丽的事是你给人带来快乐！”几个大字，可见他的胸襟开阔，是那么豁达、开朗。荣兆他还是深深地爱着我，处处照顾我，已成了他的一种责任和习惯。

退休以后，一般我们总是同出同进。有一个时期出门 总是他蹬三轮车，我坐上面；有时我蹬车，他就骑自行车在旁边保护我，他担心我路上的安全；有时步行过马路，特别是车多，又没有红绿灯的地方，他一定回过头来拉着我的手走，他怕我会犹豫不决……如果乘坐公交车，他能有一个座位，那一定是给我坐的。有一次我们俩要到一个很远的地方去，那是大热天，我们在东四上车，坐那部车一直要到终点站，很远。

1996 年牟家三姐妹合影。左起：白鸥、姐姐金凤、妹妹莲娣

来的是部空车，要能排队上车多好！可是那么多人，也不排队，都一个劲地往上挤，荣兆开始护着我，一看不行，他说我先上吧！他在最后一排占了一个座位，等我上车，他看不见我了，起身喊我，可他嘴里含着一根冰棍，嘴稍一张，一滴水滴在隔壁座位上的一个中年妇女的裤子上了，很尴尬……我看见了，马上说对不起，对不起！可她不看我，一直恶狠狠地盯着荣兆，荣兆忙着拿起东西让我坐，还来不及说话。几秒钟后，荣兆马上向她道歉：对不起，对不起！并拿出手绢给她擦拭，她才罢休。后来我对他说，以后我们不要去跟人家挤，他说还不是为了你！天那么热，路又那么远，我怕你吃不消，如果是我一人，我从来不跟人家去挤。喔！真不好意思，都是为了我。

在工作的时候，大家各忙各的，从来没有机会一起乘坐火车或飞机出远门，退休后才有这样的机会。

在卧铺车里，临睡前，他常会来低声说几句话——他让我放心睡觉，因为他知道我睡不好。夜里还会过来看看我，给我盖盖被子——我都有点不好意思；我们夫妻多少年来相濡以沫，配合默契：没洗衣机时，我洗衣服，他帮我用清水“过”，或帮我晾晒。遇到洗被子，比较费劲，我用搓板搓不动了，总是他帮我用板刷刷洗，再用清水“过”；每天做饭，他帮我拣菜、洗菜，帮我做好准备，他才会离开；我做甜酒酿，把所需酒药块放在小碗里端过去，他就把酒药研碎了放在桌上，供我使用；我在揩擦厨房，擦洗油烟机，他就用浓浓的肥皂粉或洗洁精水，清洗最难洗的滤油网、接油盒，以及油烟机上的一些零件，一遍一遍刷、刮、擦，做这些事他比我有耐心！我用机器织毛衣（我有一台日本丰田毛衣机），他就坐在旁边帮我修毛衣针，撞弯的毛衣针，经他修理，可以继续上机使用；如果我用手工织毛衣，他就坐我旁边帮我放线。喔！我们总是默默地配合着。当然他做什么我也会配合他的。家里的活都是琐碎的重复劳动，我们每天都要吃饭穿衣，每天都必须买菜、做饭、洗衣，不断地、重复地、不厌其烦地重复去做。我们都喜欢吃霉干菜烧肉，因此，每年秋天，我们都会到菜市场买几十斤雪里蕻，这也是我们俩必做的事。首先，我们把买来的雪里蕻拣一遍，去掉不好的，挂在竹竿或绳子上晾一天，让菜稍为蔫一些，然后我把它洗干净，他用盐腌好，放在缸里摁结实，要用力气往缸里塞，因为我们缸小，雪里蕻多，要用力气，自然每年都是他做。过一段时间，雪里蕻咸菜就能吃了，雪里蕻咸菜炒肉丝，可好吃哩！真鲜美！到撤暖气前几天，把剩下的咸菜取出来，洗干净，放在大蒸锅里加水煮开，放凉后切碎，这又是荣兆的任务（凡是要用力气的活，他都不会让我去做的）。然后放在暖气上烘干，这就是我们每年都做的“霉干菜”，可香呐！用它烧肉可是一道名菜，人人都爱吃；“笋干烧肉”又是我们过年必做的一道菜，也是人人爱吃的，但准备工作比较麻烦。一般提前一个月就要“发”笋干，即把笋干浸泡在淘米水里，天天用淘米水换（洗净，再泡在新的淘米水里）。用淘米水发出的笋干白、净。二十多天后，他把老的一头切成小块再泡，到离春节前五六天他基本上已把笋干切成薄片了（切得越薄越好），泡在清水里，过两天烧开一次。切笋干很费劲，有时手上都会起泡，这些用力气的活都是他做的。到小年夜，一大锅笋干烧肉我就做好了，天天一大碗，有时一直吃到正月半。

端午节包粽子，我们一般在节前十多天就包了，只要能买到新粽叶，我就包了。按照我们老家的传统，是用芦苇叶包的小脚粽。我发现提前十多天，那粽叶长得最好，又宽又长，柔韧性好，买早了，北京天气比较冷，粽子叶还没长大；买得太晚了，又感到那粽叶太厚，有点硬，反而没有早一点买的好。一般我们包两种粽子：肉粽和红小豆粽。包粽子的肉（猪肉）很有讲究，我一般选那很厚的肉：瘦的要特多，肥的要有一点，不能多，带皮。因为我们的孩子爱吃瘦肉，没有肥肉，那粽子没有油，也不好吃；肥肉多了，太油，我们也不爱吃。所以我切肉也很注意，基本上是一块肉一个粽子，因为大家爱吃肉，所以切的小块也是比较大的，带皮——皮有胶质，也蛮好吃的。肉要提前一天用葱、姜、酒（黄酒或料酒）、花椒、大料、盐、味精、酱油腌制，放在冷藏室并翻拌几次。江米不要泡，到时候淘好米，放点酱油，稍放点盐、味精翻拌均匀即可。红小豆要提前一晚浸泡，米淘好即可，不用提前浸泡。包粽子，我和荣兆总是一起包的，因为我坐的时间不能长，否则我的腰受不了，所以他总来帮我。

小儿媳史伟和孙子宸宸（2019 年摄）

家里的一些修修补补的事，自然是他的事，尤其是一些要动用工具，花点力气的活，他从来不要我动手。

我有冠心病，他退休以后，裤兜里就多了一样东西——一瓶速效救心丸，他什么时候都随身带着，而且几乎和我形影不离。他看着我犯病，真是心痛不已。为此，他买来了《家庭简易推拿法》一书，学习推拿。我犯病时总是上吐下泻，上面吐得胃里东西全部倒空，下面拉得肠子都快绞断了，大汗淋漓，腹痛难受，没有一点力气，只能趴在椅子上，还离不开马桶。此时的荣兆已顾不得什么了，他用热毛巾不断地给我擦汗，给我在背上揉心腧等几个穴位，掐内关……来减轻我的痛苦，并不断地安慰我。我犯过很多次病，热了、冷了、累了、吃多了、吃得油腻了，或吃的不合适都会犯病，所以他不敢离开我，我也离不开他，因为我这样的病，谁能侍候我？只有他，我的丈夫，他不会嫌弃我，荣兆，谢谢你！

他多次听我讲过我的大伯伯和好娘娘的故事：我爸爸排行老五，爸有四个哥哥，大伯父是我父亲的大哥，大伯本来有个儿子，名荣铨，与爸差不多大，早死了，所以大伯与好娘娘膝下无儿女，是一对勤俭、善良的老人。大伯不多说话，倒是好娘娘能说，但她什么都听我大伯的，在我大伯面前像个孩子似的，什么都依附着我大伯。两位老人对我妈像对待自己的儿女一样，疼爱照顾，对我和姐姐就像奶奶对待孙女一样，爱护和照顾。所以在我成长的过程中，除了感谢我的爸妈和舅父母，还要感谢我的大伯和好娘娘。

我的大伯除了种田以外，还是厨师，勤劳肯干，又没有负担，所以生活上比一般人家要好些。那时我们老家，在“青黄”不接的时候好多人家会断粮，我大伯家不会。我听姆妈说过，此时，好多人愿意到我大伯家打短工，因为还能吃上两碗饭，但好娘娘不会多烧，估计刚能吃饱，锅里就没了，她说是正好。还能吃上几片切得薄薄的肉片，那薄薄的肉片当然很快就吃完了，我好娘娘会说：正好，正好！大家都知道他俩是勤俭又善良的老人，能谅解。也愿意啊，因为别人家吃不着了啊！

我记得小时候，得了一次大病，虽然保住了命，但是骨瘦如柴 。病后急需营养，我家米都没有了，哪谈得上什么营养，大伯和好娘娘就叫我每天到他们家吃午饭，他俩总是把好吃的给我，记得有一次吃的是“糊头”，他们俩都把自己碗里的虾夹到我碗里，直到现在我还记忆犹新。每天都去吃饭，妈有点不好意思，有时让我带点煮熟的玉米过去。这样一直到秋收。

大伯是厨师，每年冬至，乡下有“吃祠堂”的习俗 ，即在祠堂里会餐（钱是祠堂里的），此时大伯就去掌勺儿，有人教我去挨着大伯，用肩膀碰碰大伯的腿（那时我还很小），大伯转过身来，往我嘴里塞一粒肉丸子，我高兴地走了。过一会又去了，用同样方法又吃了一粒。现在想起来，真可笑。听说我小时候特别喜欢吃肉，尤其是肉丸，但是穷啊，平常吃不上的。据说，我大伯去掌勺时，有时好娘娘也会去弄点吃的，她不是用我的方法，而是在我大伯背后老跟大伯说话，大伯烦了，回过头来，往好娘娘嘴里塞一粒肉丸，好娘娘就走了。

在我的记忆里，大伯心细，好娘娘倒是大大咧咧的，什么也不在乎。有一天在我家睡午觉，天很热，就睡在宽大凳上，我和姐姐把一盒痱子粉，把她的脸涂白了，还解开她的衣服，把上身也涂得白白的，我和姐不懂事，几乎把一盒粉全都倒在她身上了，我俩高兴极了，她还是呼呼大睡，醒来后，哈哈大笑！

大伯和好娘娘勤劳朴素，平时又省吃俭用，用一生的辛劳节下点钱，为自己准备了两口“寿材”，这两口上好的棺材，漆了又漆，不知漆了多少遍，亮得都能照出人影，两老满意了。我大概八九岁时，大伯死了，留下好娘娘，悲伤欲绝，整天念叨：“荣铨老子，你快来同我走吧！”大概一两年后，好娘娘也死了，多好的两位老人都走了。几十年过去了，我还是想念着他们，感谢他们！每当我讲起大伯与好娘娘的故事，荣兆总是带着微笑默默地听着，现在我细细地想来，他好像在学我的大伯伯？！他对我也是疼爱、包容。

2007 年荣兆得了脑溢血，虽然病是好了，但留下了后遗症——行动不便。虽然恢复了一段时间，能走路，也能干活，生活能自理，但是走路不方便了。

我们俩从 2009 年开始到上海居住——荣兆父亲的老房子拆迁，分到的回迁房。那时我们北京也正好遇到拆迁，没地方住，我俩就住到上海去了。上海的房子，阳台比较大（有 4.5 平方米），我要求在阳台上设计一秋千，阳台封闭后，冬天我们可以坐在秋千架上晒晒太阳，夏天也可以坐在上面乘凉，平时也可坐着休息。本来我想在房子装修时，请他们帮忙装上，但装修房子时，承包商觉得有困难，这好像不属装修范围，我们不想为难人家，只要求在上面给我们安上两挂钩就可。我们住进以后，想买，也没有找到合适的，我俩商量着自己动手做。我们注意到小区里有个屋边有张旧沙发，扔在那里已经好几个月了，估计是没有人要了，于是我把它捡了回来。把它拆开，经过改装，我再做个套子，再买两根链条挂上，简易的秋千就成了。荣兆脑溢血以后，他的手脚已经不听使唤了，但他的脑子还可以，我说，不急，就当闹着玩吧，一个星期后，终于做成了。我俩经常坐着，优哉游哉！

在上海，我经常要到超市去买些日常用品，一般都是我一人去的

（其实很方便，各大超市都有班车到我们小区，一天有好多次呐！）。我出去后，他总是很不放心，经常在中间给我打几次电话，但因超市很闹，手机又放在包里，我听不见，所以没接电话，他在家焦急万分！我回来后，他问我："为什么不接电话？"我说没听见啊！他说："我本来就不放心让你一人出门，你不接电话，要知道我在家有多着急！"后来我们约定：我到商场后打一个电话、中间打一个、什么时候回来打一个，这样他才放心了！有时我买东西多了，他就拉着小车在小区门口接我。我们俩已老了，还都有病，我们真的是"相依为命"了。我觉得如果你的丈夫一直深深地爱着你，时刻关心着你，并尽他的可能来满足家庭和你的需求，不管穷与富，他是个好丈夫，而你是一个幸福的女人。荣兆是个好丈夫，而我就是一个幸福的女人。

上海的房子——嘉定金鹤新城中虹华苑，环境很优美，听说以前是一大片农田，我们刚去时，一些配套设施还正在建设中。那里正在修地铁，只看见马路上很多地方被施工的铁皮挡板围着，两三年过去了，突然有一天，终于到地面上了，看到地铁的出口了，在地下忙碌的工人们转到上面来工作了，我俩很高兴！这是我们城市建设的标志，我拉着一小车，里面放有两张马扎，我们走一段，就打开马扎坐一会，来到宽阔的马路（金沙江西路）旁，坐在那里，看着工人们忙碌，看着马路上来回的车辆，看着马路上的人们川流不息……我们曾经也是这么忙碌过的。我们对他们微笑，他们对我们也报以微笑！我们的微笑是对他们的劳动无声的赞赏和慰问！他们对我们微笑是好奇，也许心里在想这两个老人，没事，真幸福！喔！我们是看到我们的城市建设得更好、更美而高兴！

我们小区旁边有个幼儿园，每天下午四点，幼儿园要放学了，接孩子的汽车、摩托车、自行车以及家长们占满了马路和幼儿园大门口，真是热闹！我们两人就坐在幼儿园对面的屋旁，那儿不影响交通，也能看得见。当我们看到一个个活蹦乱跳的孩子，脸上洋溢着幸福，被家长牵着小手走出幼儿园大门，有的上了汽车，有的上了自行车，也有步行……他们的喜悦也感染我们，我们心里也充满了快乐！我们要到所有的孩子都已接走了，幼儿园关门了，我们才舍得离开。

小区周边有绿地，我拉着小车，里面有两张马扎，还有水，还可能有一点小点心或一两个水果或几张报纸，走累了，就在马路边上坐一会，喝点水。冬天，我俩坐在草坪上一起晒太阳；夏天我们坐在树荫下纳凉；傍晚，我们坐在那里一起看日落……

在家里，他经常捧着一本《唐诗·宋词·元曲》，几年来，他到哪里都带着它，真是爱不释手。他欣赏着里面的诗、词、曲。只要有空坐下来了，他就会打开书卷，朗读、背诵，尤其是每天晚上睡觉之前，他都会坐在床上看一两小时。有时我俩展开讨论，喔唷，那就会忘了时间——

2004 年白鸥 70 岁生日

直到深夜。里面很多首他都能背下，他对有些诗词是如醉如痴，百看不厌。他喜欢李白的“君不见黄河之水天上来，奔流到海不复回。君不见高堂明镜悲白发，朝如青丝暮成雪”；他喜欢张继的《枫桥夜泊》：“月落乌啼霜满天，江枫渔火对愁眠。姑苏城外寒山寺，夜半钟声到客船”；他喜欢李商隐、陆游的许多诗词，我俩经常背诵苏轼的“十年生死两茫茫，不思量，自难忘，千里孤坟无处话凄凉。纵使相逢应不识，尘满脸，鬓如霜”。如今只有我一人在背，荣兆，你在那个世界可听见？！他很欣赏徐再思的《水仙子　夜雨》：“一声梧叶一声秋，一点芭蕉一点愁，三更归梦三更后。”这里面的数字用得多好！还有邓玉宾的“天堂地狱由人造，古人不肯分明道。到头来善恶终须报，只争个早到和迟到。休向轮回路上随他闹”。他读到这元曲高兴得不得了，他好像看到那些在世上伤天害理、做尽坏事的人得到了报应。唉！真是自我安慰！他赞美“与人方便，救人危患，休趋富汉欺穷汉。恶非难，善为难。细推物理皆虚幻，但得个美名儿留在世间。心，也得安；身，也得安。”鼓励人要做好人，人要做好事，身、心才得安宁。他对赵显宏的《满庭芳　渔》“江天晚霞，舟横野渡，网晒汀沙。一家老幼无牵挂，恣意喧哗。新糯酒香橙藕芽，锦鳞鱼紫蟹红虾。杯盘罢，争些醉煞，和月宿芦花。”和《满庭芳　牧》“闲中放牛，天连野草，水接平芜。终朝饱玩江山秀，乐以忘忧。青箬笠西风渡口，绿蓑衣暮雨沧洲。黄昏后，长笛在手，吹破楚天秋。”这两曲也是赞不绝口，仿佛他已回到童年，穿着蓑衣，戴着箬笠，手拿长笛，骑在牛背上，在那自己的江南家乡，乐而忘忧了。我们差不多每天晚上睡觉之前是在诗中度过，他披着衣服坐在床上，脚伸在被窝里，手捧着书卷，在翻看、朗读，而我躺在他旁边，我因为便秘，每天睡前都要按摩肚子——这是医生教我的：首先胃部顺时针按摩 120 次，接着肚脐眼部顺时针按摩120次，再以肚脐眼为中心扩大顺时针按摩120次、逆时针按摩120次，所以我按摩要花很长时间。我的手在按摩，我的心在听他朗读，他会背了，我也会背了，我们俩人就一起背。他躺下睡觉了，他经常会伸过手来摸摸我的肚子，是否还有硬块，如果还有硬块，他会帮我按摩，直到硬块消失。关灯了，有的诗词背不下去了，开灯翻书再看一看，会背了关灯睡觉。

我多么希望这样的好日子能长些，可惜，这样美好的日子并不长，2013年春节，我们回北京过年，荣兆不幸摔了一跤，从此瘫痪在床，再也不能去上海了。自从得了脑溢血后，他经常摔倒，也许是脑溢血后遗症吧！所以一般我是不敢离开他的。那天，我鬼使神差地毫无意识地离开了他几步，眼看着他倒下去而不能拉，我这后悔……我没有照顾好他！

2006年徐荣兆75岁生日家人合影，前排左起：大儿媳郭强、大儿子徐俊彦、大孙子徐鸣超（牛牛）、白鸥、女儿徐玮琳、女婿张崇顺；后排左起：徐荣兆、外孙女张晓琪（妮妮）、小儿子徐俊国。

我不能原谅自己，对不起啊！以前他不知摔过多少次，都没事。这一次，他是往后倒的，把脊髓摔坏了，从此头颈以下一动都不会动了，而且左大腿痛得不得了，不断地要求翻身，后来延长到一个小时翻一次身。我们的孩子都很孝顺，给他买了自动病床、轮椅、床前大彩电，我们自己还买了担架，每次送医院，几个孩子抬来抬去，汗流浃背，我看着都心痛。可是我们的劳累并不能减轻他的痛苦，我真是心痛，但也很无奈！他在病中，仍然关心着我、关心着家里的经济。他不放心我骑电动三轮车（这车是小儿子买给他的，他在摔倒前一小时还在教我骑车呐！）我们住三楼，沿马路，能听到马路上的噪声，但他看不见马路上繁华的景象，因此，我在窗台上放了一面镜子，调节好镜子的角度，他躺在病床上，从镜子中就能看到马路上的车辆，看到我放三轮车的小屋；也能看到我骑车出去和回来！当我出去后，他就经常看着镜子，当他看到我回来了，就叫保姆下楼来接我。这样他也能放心些！家里的经济，一直是我管着，可是他很关心，过几天就要问问，家里还有多少钱？也许他这一辈子只有他工作以后还没成家之前这段时间没有经济压力，一直承受着压力，是穷怕了！我告诉他，我们现在足够了。可是他仍不放心，关心我！关心着小辈！

大概在 2014 年 5、6 月份，妮妮在德国读研究生时给他来了封信。信是这样写的：每当生活中遇到困难的时候，我就想起外公对我说过的话："有外公在呢，不要怕，上！"虽然当时还在上幼儿园，这句话我却一直受用到现在。留学生活可谓苦中带甜。美丽的风景，友善的同学，优质的教学质量，甘甜可饮的博登湖水，让生活充满阳光；生涩难懂的词汇，国内外本科、研究生连接的缺失，又让学习变得略显吃力。学习让我变得充实。一天的学习生活之后，走在博登湖畔，我经常想起小时候同外公玩耍的快乐时光：红领巾公园的歪脖子树；大球场上同外公一起放风筝；三岁的我爬上了一棵大杨树；红领巾公园的游乐场里扒着小飞机翅膀攀岩……小时候的我，真的好开心、好勇敢、好坚强。感谢外公给我这么好的启蒙教育，助我一路前行。——与这封信一同寄来的还有一个小天使，希望外公看到她就像看到我一样，也希望她能帮我传达不能相见而日积月累的思念。外孙女妮妮。

当我给他读完这封信，他的眼眶里充满着泪水，但脸上却洋溢着满意的笑容！孩子能这样，他已足矣！

他在病床上躺了一年半，于2014年9月24日走了。荣兆：你一路走好！到时，我会来陪你的。

白鸥于北京

2015.6.24，初稿

2017.1.11，3稿

后　记

他走后，我看到这一大沓我们的信件，想起我们结婚以后，好像说过要把我们的通信（信纸）按次序排排，以留作纪念！他好像弄过一次，头几年的按序排列好了，但后来可能没时间，绝大部分乱七八糟堆在一起，用报纸包好，用绳捆好，扔在箱子的最底下。几十年了，生活忙得我们无暇过问。老实说，现实的工作、生活、家务、孩子、老人、买菜、做饭……已把我忙得无心再回忆过去，天天只能面对现实，像机器人那样一天忙到晚，那些信上写些什么？早已淡忘了。他走了，孩子们都有自己的小家庭，现在就剩我一个人了，没有事了，家里静得连我自己的心跳声都能听见。我打开这些信件，我想把它理理好，看一遍，然后烧给他。但是，看了这些信，我又很感动，原来他是那么爱我！看到这些信，好像他还活着，不过是在遥远的地方，他还在跟我说话呢！我舍不得烧掉它，就想整理一下，保存下来。这就有了这份初稿。

现在我鼓足勇气公开这些信件，目的是想有人记得他，希望对社会也能有些帮助！

在写作过程中，得到了严立三同学及其夫人姚华老师，还有李鸿儒同学的帮助，在此特表谢意！

牟翔凤

2017.3.29

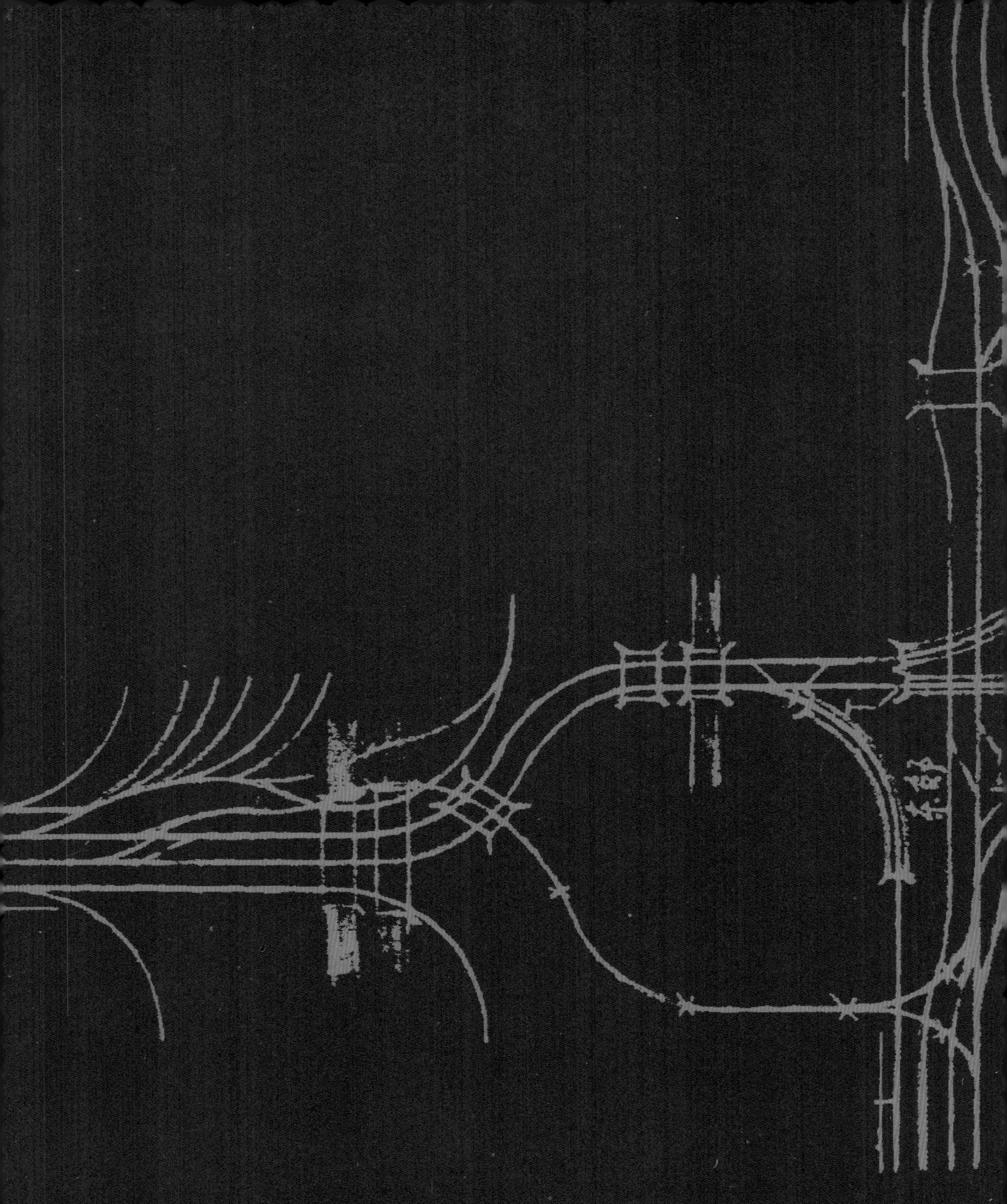

样炼成的》：丈夫妻子失眠，丈夫每天给讲聊斋故事，一直到妻子睡着为止。二贵相亲，物质贫乏，他们互相分担，互相照顾，尽量把自己有的提供给对方。白鸥怀孕后，荣兆省了三个月的肉票，寄给妻子和孩子。

爱情的基础是相爱，婚姻的基础是相知，婚姻的秘诀是相亲。他们留下了那个时代人们对幸福美满的见解：

如果你的丈夫一直深爱着你，并尽他可能来满足家庭和你的需求，不管贫与富，他是个好丈夫，而你是一个幸福的女人。

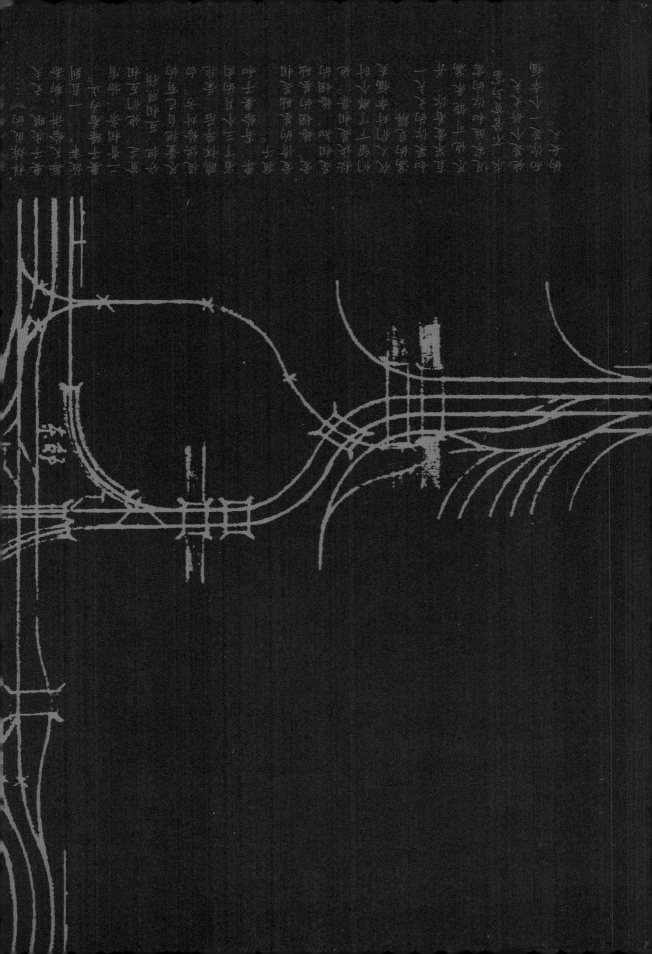